美濃部重克
榊原千鶴
校注

源平盛衰記㈥

中世の文学
三弥井書店刊

ニ嬉シク思ケレ共ニヤサシクソノ用立ニモ忠度ハ裏
女房心ノ移ラヌ年来通ハセ給情深キ中也ケルニ彼女大宮ノ女院ノ御歌ノ
房ミヽ形勢ザウ心ノ世ニ有難トオホシケルニ髙倉
院モ思召ナセ給テ忍テ時ニハ浦幸アリ忠度ハ
年久シク院ノ日浅ナリ御幸ヤ天庁傍シキ女會タ
希ナル秋ノ夜ノ月ノ先モサヤケク千虫ノ音信アリ
オリ知ラス道芝ノ露置スムソ真ニ高倉院ヽ女房
ケレハ御幸アリ忠度モ知ヘシモ夜フケ人定
真良風通ハタリ院ハ先ヨリノ御幸スレハ女房ハ御
青三年御物語アリ忠度ハ渡シタリハ角モ賀ヽ
其先左右ニ不給人ノ出ヨカシ角トコソベントオホシケレ

お茶の水図書館成簀堂文庫蔵『源平盛衰記』巻三十二、三丁裏
本書46頁「落行人々歌」参照。

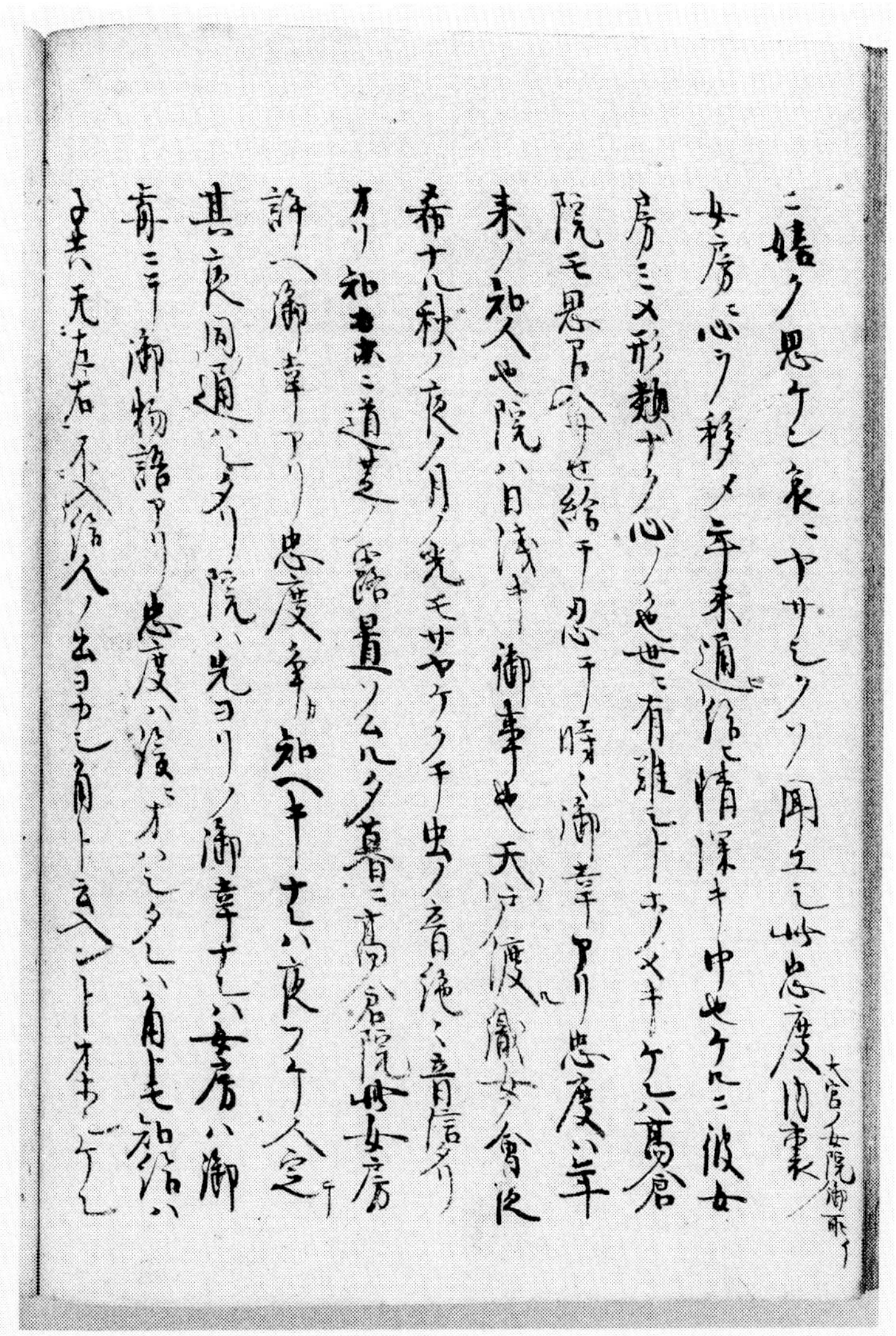

目次

凡例……七
巻第三十一……九
木曾登山……一一
勢多軍……一一
鞍馬御幸……一三
平家都落……一五
維盛惜二妻子遺一……一八
畠山兄弟賜レ暇……二六
経正参二仁和寺宮一……二八
青山琵琶　龍泉啄木……三〇
頼盛落留……三六
貞能参二小松殿墓一……三七
小松大臣如法経……三八
巻第三十二……四一

落行人々歌……四三
刈田丸討㆓恵美大臣㆒……四八
円融房御幸……五〇
義仲行家京入……五一
法皇自㆓天台山㆒還御……五二
福原管絃講……五四
四宮御位……六一
維高維仁位論……六五
阿育王即位……七〇
義仲行家受領……七二
平家著㆓太宰府㆒……七三
北野天神飛梅……七四
還俗人即位例……七五
巻第三十三……七九
太神宮勅使……八一
尾形三郎責㆓平家㆒……八一
平家太宰府……八七

平氏参二宇佐宮一歌……八八
清経入海……九〇
九月十三夜歌読……九一
同著二屋島一……九二
時光辞二神器御使一……九三
頼朝征夷将軍宣……九五
康定関東下向……九六
光隆卿向二木曾許一……一〇〇
木曾院参頑……一〇二
水島軍……一〇五
斉明被レ討……一〇九
木曾備中下向……一〇九
兼康討二倉光一……一〇九
同人板蔵城戦……一一三
行家依二謀叛一木曾上洛……一一五
室山合戦……一一六
木曾洛中狼藉……一一九

巻第三十四 …… 一二一
木曾可二追討一由 …… 一二三
同人怠状挙二山門一 …… 一二四
法住寺城郭合戦 …… 一二五
明雲八条宮人々被レ討 …… 一三一
信西相二明雲一言 …… 一四〇
四十九人止二官職一 …… 一四四
公朝時成関東下向 …… 一四四
範頼義経上洛 …… 一四七
頼朝遣二山門牒状一 …… 一四七
木曾内裏守護 …… 一五一
光武誅二王莽一 …… 一五一
義仲将軍宣 …… 一五三
東国兵馬汰 …… 一五五
佐々木賜二生唼一 …… 一五七
象王太子象 …… 一六六
巻第三十五 …… 一六七

義経範頼京入……一六九
高綱渡二宇治河一……一七六
木曾惜二貴女遺一……一八六
義経院参……一八九
東使戦二木曾一……一九一
巴関東下向……一九四
粟津合戦……二〇一
木曾頸被レ渡……二〇九
兼光被レ誅……二一一
沛公入二咸陽宮一……二一一
巻第三十六……二一三
一谷城構……二一五
能登守所々高名……二一六
福原除目……二一九
将門称二平親王一……二二〇
維盛住吉詣……二二一
同明神垂跡……二二一

忠度見二名所々々一……二二二
難波浦賤夫婦……二二三
維盛北方歎……二二四
梶井宮遣二全真一歌……二二五
福原忌日……二二五
源氏勢汰……二二七
義経向二三草山一……二三二
通盛請二小宰相局一……二三五
清章射レ鹿……二三七
鷲尾一谷案内者……二四〇
熊谷向二大手一……二四六

文書類の訓読文……二五一
校異……二五七
補注……二六五
源平盛衰記と諸本の記事対照表……三五一

凡例

一、底本は内閣文庫蔵慶長古活字版全四十八冊を用い、明らかな誤植と思われるもの以外は、底本のまま翻刻した。たとえば義—儀—議、掘—堀、己—已—巳、斉—斎、小—少、大—太、壇—檀、鳥—烏、湯—陽、藤—籐、播—幡など、頻出するものはそのままとした。

二、底本は漢字片仮名交りなので、翻刻に際してその表記に従ったが、変体仮名や異体字は原則として通行のものに改めた。〈例〉ソ→シテ　躰→体

三、本文には振り仮名および送り仮名を平仮名で補った。その際、古辞書類および近衛本・蓬左文庫本の本文を参照した。

四、句読点、中黒、「　」、『　』、濁点は校訂者が加えた。

五、漢文表記には助動詞等の場合も含めて、左に返り点を付した。〈例〉被レ仰　可レ止

六、段落の分け方は校訂者の私見によった。

七、底本の低書部は原則として二字下げとした。

八、和歌・漢詩は底本一字下げであるが、二字下げとした。

九、底本は各巻冒頭に目録を掲げるが、本文中には小見出しを掲げていないので、この目録に基づいて、標題の内容が始まる行の上の頭注欄にゴチックで見出しを設けた。

一〇、巻三十三の目録の「平氏参宇佐宮歌」「清経入海」「九月十三夜歌読」「同著屋島」の四つの標題は、順序が

間違っている。そこで目録作成および小見出しを付す際は正しい順序に改めた。

一一、長文にわたる漢文体の文書等の訓み下し文は、文書類の訓読文として巻末に一括して掲げた。

一二、本文中の不審な箇所については、底本と同系統と考えられる近衛本、相補う関係にあると考えられる蓬左本・静嘉堂本を適宜参照し、123・・・の番号を付して校異として巻末に一括して掲げた。略号は左の通りである。なお底本に書き入れられた異本注記も適宜参考にした。

㋙＝近衛本　㋝＝静嘉堂本　㋭＝蓬左本

一三、頭注と補注の引用本文のなかの（　）の部分は注釈者が加えた。

一四、本書作成に際して、本文は榊原千鶴・美濃部重克が、校異は榊原千鶴が、頭注・補注は美濃部重克が担当した。本文校訂の方針・様式については、松尾葦江が統一した。なお、久保田淳が全体的に監修に当たった。「源平盛衰記と諸本の対照表」は榊原千鶴が担当した。

一五、注釈に際して、左記の注をはじめ、先学の御学恩を蒙ったことを銘記する。

『源平盛衰記』に引用の漢籍の典拠」　遠藤光正　東洋研究77〜104号　昭和61・1〜平4・9

一六、浅野日出男氏と谷重豊季氏には、岡山市周辺の現地調査に際してご援助を頂いた。

原稿作成にあたっては南山大学・パッヘ研究奨励金ⅠＡおよび文部科学省・科学研究費基盤Ｃ一般の援助を受けている。

源平盛衰記　巻第三十一

木曽登山

勢多軍

鞍馬御幸

平家都落

維盛惜二妻子遺一

畠山兄弟賜レ暇

経正参二仁和寺宮一

青山琵琶　龍泉啄木

頼盛落留

貞能参二小松殿墓一

小松大臣如法経

源平盛衰記巻第三十一

木曾ハ[一]山門ノ返状ヲ見テ、加賀国住人、[二]林、富樫《とがし》ガ一党巳下《いげ》[1]、北陸道《ほくろくだう》ノ勇士《ようじ》等、[三]五百余騎ヲ引卒《いんぞつ》シ、[四]大夫房覚明《たいふばうかくみやう》ヲ先達ニテ、近江国湖ノ浦々ヨリ漕渡《こぎわたり》テ、天台山ニ打登《うちのぼり》、[五]惣持院《そうぢゐん》ヲ城郭トス。悪僧ニハ[六]白井法橋幸明、[七]慈雲坊法橋寛覚、[八]三上阿闍梨珍慶等ヲ始《はじめ》トシテ、事行《おこなひ》シケレバ、[九]三塔九院ノ[一〇]大衆《だいしゅ》、老若《おいもわかき》モ甲冑《かつちう》ヲ著シ、弓箭《きゆうせん》ヲ帯シテ、木曾ニ同意ス。其《その》勢、[一一]谷々ニ充満《みちみち》タリ。「既《すでに》、都ヘ責入《せめいる》ベキ」ト聞エケレバ、新[一二]三位中将資盛ハ、宇治ヨリ京ヘ帰《かへり》入ラル。勢多《せたの》大将軍知盛[一三]、重衡両人ノ内、重衡卿ハ山階ヨリ引返《ひつかへし》給ケリ。新中納言知盛卿ハ、五百余騎ニテ、今夜ハ粟津浦ニ宿《やどり》給タリケルガ、此ヨリ京ヘ帰上ラントスル処ニ、加賀国住人ニ大田[一四]、倉光[一五]等、源氏ニ志アリテ上洛《しやうらく》シケルガ、越前国ヨリ両人打連《うちつれ》テ、北陸道ヨリ[一六]海道ニ出《いで》テ、五百余騎ニテ勢多ヲ廻《まはり》上ル程ニ、「加州ノ輩、林[一七]六郎光明巳《い》[2]下《げ》、天台山ニ」ト聞《きき》テ、三井寺ヨリ志賀唐崎ヲ経テ、[一八]東坂本ニ著《つき》テ、林、富樫ト一手ニ成《なり》テ軍《いくさ》セント思《おもふ》。[一九]勢多長橋打渡《うちわたり》、粟津浜ヲ打《うつ》程ニ、新中納言五百余騎ニテ返合《かへしあは》セ宣《のたまひ》ケルハ、「爰《ここ》ハ平家ノ公達ノ陣ノ前也。敵カ御

木曾登山

一　巻三〇の末尾に載る。

二　加賀国の最有力の領主。藤原利仁の裔を主張する加賀斎藤氏。林介貞光を祖とする林系斎藤氏と富樫介家国を祖とする富樫系斎藤氏。↓補注一

三　砺波山合戦ののち、安宅の渡まで平家を追撃した加賀国の兵力も五百余騎(巻二九)。

四　信阿、信救とも。和漢朗詠私注、三教指帰注、箱根山縁起並序、仏法伝来次第、新楽府略意の著者。平家物語収載の多くの願文、牒状の作者でもある。木曾義仲の手書き。木曾義仲関係の記録、情報の提供者となり得た人物。

勢多軍

五　法華総持院。延暦寺東塔の名称の起った近江宝塔院のあとを継ぐ伽藍。比叡山屈指のその規模は九院仏閣抄や比叡山東塔絵図によって知られる。源氏が総持院に城郭を構えたことは吉記にも見える。↓補注二

六　巻三〇で木曾義仲が語らったとする三人の山門の悪僧のひとり。

七　同。巻三二の補注二六の村上太郎信国を参照。

八　同。延慶本、長門本は三神阿闍梨珍慶とする。三神阿闍梨源慶と恵光房珍慶とが合成された名。人物名の把握には誤解がある。↓補注三

九　東塔を中心に西塔と横川をあわせた三塔と最澄の計画による九箇所の伽藍。東塔に八院、西塔に一院。

一〇　行学合戦(巻九・堂衆軍)で対立していた大

方カ何者ゾ。名乗《なのつ》テ通レ」ト問《とは》レケレバ、大田、倉光、「名乗《なのり》テ中々悪《あ》シカリナン」トテ、馬ノ鼻ヲ引《ひき》返シ、勢多ノ橋、二、三間ヲ引落《おとし》テ、当国ノ[一]一宮建部社《たけべのやしろ》ニ陣ヲ取《とる》。中納言、宣《のたまひ》ケルハ、「敵ナレバコソ、名乗《なのり》ハセデ引退《しりぞく》ラメ。思《おもふ》ニ、[二]北国無案内ノ奴原ニゾ有《ある》ラン。追懸《おつかけ》テ討捕《うつと》レ」トテ追《おふ》程ニ、平家ハ橋ヲ引レテ渡スベキ様ナカリケレバ、馬ヲバ西ノ橋爪ニ繋置《つなぎおき》、[三]粟津浦ノツリ舟共ニコミ乗《のり》、東《ひんがし》ノ浜ニ押《おし》渡シ、勢多ノ在家ニ火ヲ懸《かけ》テ攻《せめ》ケレバ、源氏モ森ヨリ[四]出《いで》合ツヽ、矢尻ヲソロヘテ射合《いあひ》タリ。[五]廿二日ノ夜半計《ばかり》ノ事ナレバ、暁懸《かけ》テ照ス月、マダ山端ヲ出《いで》ネ共、猛火《みやうくわ》地ヲ耀《かかやか》シテ昼ノ如シ。源平、互《たがひ》ニ乱《みだれ》合テ、二時バカリゾ戦《たたかう》タル。新中納言ノ侍ニ、[六]進藤滝口俊方ト云《いふ》者アリ。中納言、深ク憑《たのみ》給タリケルガ、一陣ニ進《すすみ》テ戦ケル程ニ、敵二、三騎、討取《うつとつ》テ、我《わが》身モ敵ニ討《うた》レニケリ。其《その》外、死スル者十余人、手負《おふ》者ハ数ヲ不レ知《しらず》。源氏方ニモ、[七]大田次郎兼定ガ嫡子ニ、入江冠者親定ト云者ヲ始《はじめ》トシテ、七、八人ハ討《うた》レヌ。疵ヲ被《かうぶる》者モ多カリケリ。入替々々《いれかへいれかへ》戦《たたかふ》程ニ、平家ノ軍兵《ぐんぴやう》、打《うち》シラマサレテ引退ク。知盛卿、「今ハ力及バズ」トテ、通夜《よもすがら》都ヘ入《いり》給ニケリ。大田次郎、倉光冠者両人ハ、勢多ノ軍《いくさ》ニ打勝《うちかち》テ、是モ其《その》夜ノ中ニ、林、富樫《とがし》ヲ相尋《あひたづね》テ、東《ひんがし》坂本ヘ入

衆と堂衆・神人が共同戦線をはったか。
一一　十六谷を数える。
一二　平重盛の子で維盛の弟。この時の動きは玉葉、吉記、百錬抄にも記される。↓補注四
一三　平清盛の子。兄が知盛、弟が重衡。この時の動きは吉記にも記される。補注四参照。
一四　あとに次郎兼定とする。↓補注五
一五　加賀国の在地領主林系斎藤氏の一流。盛衰記には成澄、兼光の名が見える。兼光は一一〇頁注三参照。　一六　東海道。
一七　加賀国の在地領主。林系斎藤氏。↓補注六
一八　現在の坂本。比叡山の琵琶湖側の麓。日吉社が鎮座。
一九　瀬田川にかかる。京都の東を守る要衝。歌枕。「瀬田長橋打渡」は常套文句。

一　近江国の一宮。瀬田川東岸の交通の要衝に位置する。
二　北陸道の者で、この近辺の地理に通じていない連中。
三　瀬田川の河口の西岸。　四　建部社の社地。
五　吉記・寿永二年七月二二日の条に知盛、重衡等が瀬田に向ったことが記される。補注二参照。　六　未勘。
七　一一頁の注一四。現在、石川県河北郡津幡町に大田村、金沢市に入江村がある。
八　玉葉・寿永二年七月二三日の条に「六波羅之辺、歎息之外無他事云云」と記す。
九　院の御所の北面に祗候する近習者。「後白河院北面歴名」がある。補注八の吉記にも北面の動きを記す。
一〇　延慶本、長門本は法住寺御所に参じたとする。愚管抄も京都脱出行のとき法住寺御所からとする。吉記・寿永二年七月二四日、二五日の

ニケリ。宇治、勢多ノ討手、都ニ帰上《かへりのぼつ》タリケレバ、[八]平家ノ一門、今ハ度ヲ失《うしなひ》テ為方《せんかた》ナシ。京中ノ貴賤周章《あわて》フタメキテ、肝魂《きもたましひ》モ身ニソハザリケリ。

二十四日未刻ニ、[九]北面ノ者一人、窃《ひそか》ニ[一〇]院御所ニ参《まゐり》テ、「[一一]承《うけたまはる》旨コソ候ヘ」ト申セバ、法皇、「何事ゾ」ト御尋《たづね》アリ。奏申《そうしまうし》ケルハ、「明日巳午ノ時ニ、源氏等[一二]四方ヨリ数万《すまん》騎ニテ都ヘ責入《せめいる》由、聞エ候間、平家、『都ノ内ニ安堵シ難《がたし》』トテ、『三種《さんじゆ》ノ神器《しんぎ》、[一三]院、内取進《とりまゐらせ》テ、明旦卯刻ニ西国ヘ下向』トテ、内々[一四]出立《いでたち》候」ト申ケレバ、法皇、「神妙《しんべう》ニ申セリ。此《この》事努々《ゆめゆめ》人ニ披露有《ある》ベカラズ。思召《おぼしめす》旨アリ」トテ、其《その》日ノ夜ニ入《いり》テ、殿上人ニ[一五]右馬頭資時計《ばかり》御伴ニテ、[一六]北面ノ下臈二、三人召《めさ》レテ、忍《しのび》テ[一七]鞍馬ヘ御幸ナル。人是《これ》ヲ不レ知《しらざり》ケリ。同日ノ小夜《さよ》深《ふくる》程ニ、[一八]大臣《おほい》殿ハ忍ツヽ、[一九]建礼門院ニ参ラセ給テ、「逆徒《げきと》入洛《じゆらくの》事、日比《ひごろ》ハ去共《さりとも》ト思《おもひ》侍リツレ共、今ハ憑《たのみ》スクナク承《うけたまはり》候。『都ニテイカニモ成《なり》ハテン』ト申《まうす》方モ多《おほく》候ヘ共、人々ノ御為、心苦シカルベシ。[二〇]筑紫ノ方ヘ趣《おもむき》テ試《こころみ》バヤ、トコソ思立《たち》テ候ヘ」ト申サセ給ケレバ、女院、御涙ヲハラ〳〵ト流サセ御座《おはしまし》テ、「兎《と》モ角《かく》モ、能様《よきやう》ニコソ計《はから》ハセ給ハメ。サテハ住《すみ》ナレシ花《はなの》都ヲ振捨《ふりすて》テ、始《はじめ》タル旅ニ浮ビ立《たつ》ベキニコソ。吉野ノ花ヲ詠《なが》メ、明石ノ月ヲ見《みむ》人、暫《しば》シト思フ旅ダニモ、故郷ハ恋シトコソ聞《きき》侍ル

条も然り。一方、玉葉・同月二三日、二四日の条には後白河院は法性寺御所に移っていて、そこに安徳帝も移ったとする。↓補注七。北陸道の敗戦以後の混乱のなかで安徳帝の後白河院御所への行幸と内侍所のこと、後白河院御所の警固のことが何度も取り沙汰されていたらしい（玉葉・寿永二年七月二一日、吉記・同月二二日、百錬抄・同日）。

鞍馬御幸

一一　延慶本、長門本では小山田別当有重からの情報であると記す。

一二　玉葉には、近江方面からは木曾義仲、大和方面からは源行家、摂津・河内方面からは源行綱、丹波方面からは丹波追討使を押返した軍勢（覚一本では下野足利氏の祖となった源義康の子矢田判官代義清の軍勢）が京に迫っていると記す（寿永二年七月二二日条）。

一三　後白河院と安徳天皇。

一四　出発の準備を整える。

一五　源資時。少将、右馬頭、美濃介。延慶本、長門本に左馬頭とあるのは誤り。後白河院の近臣。平清盛の治承三年一一月の、また源義仲の寿永二年一一月の対後白河院のクーデターに際して解官されている。

一六　本書五〇頁には定康、俊兼、知康が従ったとする。延慶本には藤判官信盛、源内左衛門定康、途中から伊勢氏人為末が随行したとする。長門本はその他に壹岐判官知康の名を掲げる。補注八の吉記参照。

一七　巻三二にあるように、鞍馬路を経て延暦寺の座主房であった東塔円融院に入った。↓補注八。巻三三の補注二五の宗盛の書状に平家の都落は後白河院の失踪に原因があったと述べる。

一八　平宗盛。延慶本、長門本では「ウスヌリノ

ニ、帰《かへる》サシラヌ波ノ上ニ、浮身ヲヤドシ、[一]コガレテ物ヲ歎カン事、兼《かね》テ思フコソ」トテ、御衣《ぎよい》ノ袖ヲ、御顔ニ宛《あて》サセ給《たまふ》ゾ痛《いたは》シキ。大臣《おほい》殿ハ、[二]終夜《よもすがら》御前ニ候ハセ給テ、去方行末《こしかたゆくすゑ》ノ御物語、申サセ給ケル程ニ、比《ころ》ハ[三]六月ノ廿日余《あまり》ノ事ナレバ、深行《ふけゆく》夜半ハ程モナク、暁懸《かけ》テ出《いづ》ル月、雲井ノ空ニ幽《かすか》也。[四]五更《ごかう》ノ鐘ノ音《こゑ》、コトニ今夜モ明《あけ》ヌトテ、打《うち》ヒヾク。何事ニ付《つけ》テモ、御心細《ぼそく》ゾ覚シケル。

[五]橘内左衛門尉季康ト云《いふ》者アリ。是《これ》ハ平家ノ侍也ケレ共、院ニモ近ク被㆓召仕㆒進《めしつかはれまゐら》セケレバ、[六]廿五日ニ、院御所[七]法住寺殿ニ、上臥《うへぶし》シテ候ケルニ、暁《あかつきの》程ニ、常ノ御所ノ方、騒ガシク私語《ささやき》アヘリ。又女房ノ音《こゑ》ニテ、忍《しのび》ヤカニ泣音《なくね》ナドシケリ。コハ何事ナルラン、ト、胸打騒《うちさわぎ》、奇《あや》シク思《おもひ》ケレバ、忍ツヽ指足《さしあし》シテ立聞《たちぎき》ケレバ、「御所ニ渡ラセ給ハヌ。イヅチヘ御幸成《なり》ケルヤラン。誰知進《しりまゐら》セタルラン」ト、人ハ我ニ問《とひ》、我ハ人ニ尋進《たづねまゐら》スレ共、只泣《なく》ヨリ外ノ事ナクテ、知進セタル人モナシ。季康、浅間敷《あさましく》思テ、聞敢《ききあへ》ズ、急《いそぎ》六波羅ヘ参《まゐり》タレバ、「大臣殿ハ[八]夜部《よべ》ヨリ女院御所ヘ入《いら》セ給タリシガ、未出《いまだいで》サセ給ハズ」ト申《まうす》。軈《やが》テ女院御所ニ参《まゐつ》テ、「角《かく》」ト申入《まうしいれ》ケレバ、大臣殿ハ周章《あわて》騒《さわぎ》給テ、「ヨモ、サアラジ。僻事《ひがこと》ニゾ有《ある》ラン」トハ仰《おほせ》ケレ共、ヤガテ法住寺殿ヘ馳参《はせまゐら》セ給テ、「イカニ」ト尋申《たづねまうし》給ケレ共、「我、知進

烏帽子ニ白帷ニ大口計ニテ」ときわめて軽装であったとする。

一九　彼女は六波羅泉邸にいた(補注八の吉記、百錬抄・寿永二年七月二五日)。

二〇　治承三年一一月のクーデターの時に、既に清盛は皇太子言仁親王(安徳帝)と建礼門院を奉じて鎮西に赴くといって朝廷を脅迫している(玉葉・同月一五日)。寿永二年七月にも後白河院を鎮西に拉致する謀議があったという。↓補注九

一　漕がると焦がるとを掛ける。波、浮の縁語。

二　両者の親密さが示される。因みに、読本系諸本は、後に、両者の近親相姦の関係に言及する。

三　七月とあるべし。

四　初更から五更(午後七、八時から翌午前三、四時)の時刻ごとに夜居の僧が勤行にならす鐘。

五　長門本は同じ。延慶本は秀康。「後白河院北面歴名」に橘定康、行康、師康の名がある。

六　後白河院登山の日付は諸書一致。補注八参照。

七　九条末にある法性寺の北、現在の三十三間堂(蓮華王院)の東南、法住寺殿(南殿)。ただし玉葉では法性寺に渡御されていたとする。皇代記も同じ。補注七参照。

八　両者の異様なまでの親密さと、心優しいけれども迂闊な宗盛像を印象づける。

九　高階栄子。はじめ相模守平業房に嫁したが、後に後白河院の寵愛をうけ、宣陽門院覲子を生む。玉葉・文治元年一二月二八日の条に「法皇愛妾号丹後近日朝務、偏在彼唇吻。」と記す。政治に容喙し、巻三二・四宮御位にその一端が示されている。

一〇　後白河院に供奉せずとり残されていた。

タリ」ト申《まうす》人ナシ。[九]浄土寺二位殿ト申《まうす》女房、其《その》時ハ丹[3]後殿トテ、夜モ昼モ御身近《ちかく》候ハセ給ケルヨリ始《はじめ》テ、人々一人モ[一〇]働カズマシ〱ケルガ、只涙ヲ流シ、アキレテゾ御座《おはしまし》ケル。夜モ既ニ明《あけ》ヌ。「法皇失《うせ》サセ給ヌ」ト披露アリ。公卿、殿上人、上下ノ北面、馳《はせ》参ル。御所中ノサハギ不レ斜《なのめならず》。馬、車馳違《ちがひ》、[一一]塵灰《ちりはひ》ヲ踏立《ふみたて》テ、京中地ヲ返セリ。増《まし》テ平家ノ人々ノ家々ニハ、敵ノ打入《うちいり》タランモ限《かぎり》アラバ、「此《これ》ニハ過《すぎ》ジ」トゾ見ヱケル。懸《かかり》ケレバ、官《くわん》兵《びやう》洛中ニ充満《みちみち》テ、幾千万ト云《いふ》事ヲ不レ知《しらず》。

平家ハ日比《ひごろ》、「[一二]法皇ヲモ西国へ御幸ナシ進《まゐら》セン」ト支度シ給タリケレ共、カク渡ラセ給ネバ、[一三]憑《たの》ム木本《このもと》ニ雨ノタマラヌ心地シテ、「去《さり》トテハ、行幸計《ばかり》也トモ有《ある》ベシ」トテ、[一四]卯時ノ終《をはり》ニ[一五]出御アリ。御輿《こし》ヲ指寄《さしよせ》ケレバ、主上《しゆしやう》ハイマダ[一六]幼キ御齢ナレバ、何心モナク召《めし》奉ル。神璽、宝剣取具《とりぐ》シテ、建礼門院、御同輿《どうよ》ニ召《めさ》ル。[一七]内侍所モ同《おなじ》ク渡入《わたしいれ》奉ル。[一八]平大納言時忠卿、庭上《ていしやう》ニ立廻《たちめぐつ》テ、「[一九]印鎰《いんやく》、[二〇]時ノ簡《ふだ》、[二一]玄上、[二二]鈴鹿、[二三]大床子《だいしやうじ》、[二四]河霧御剣以下、[二五]九重ノ御具足、一《ひとつ》モ取落《とりおと》スベカラズ」ト下知セラレケレ共、人皆アハテツヽ、「我《われ》先ニ〱」ト出立《いでたち》ケレバ、取落ス物多カリケリ。[二六]昼《ひ》ノ御座《おまし》ノ御剣モ、残《のこり》留《とどまり》タリケルトカヤ。御輿出《いで》サセ給ケレバ、[二七]内大臣宗盛公父子、[二八]平大納言時

一一 「チリハヒタチノボリテサカリナル煙ノゴトシ」(方丈記)。 一二 補注九参照。
一三 頼む木の下に雨漏る、と同じ。「天の原くもればかなし人しれずたのむ木のもと雨ふりしより」(兼盛集・七)。頼みにしていたことのあてがはずれることのたとえ。
一四 覚一本も同じ。玉葉・寿永二年七月二五日の条に「及巳刻、武士等奉具主上、向淀地方了者」とある。二五日のことは醍醐寺雑事記上の下にも。
一五 補注七の玉葉によれば主上は法性寺に。補注八の吉記、補注一〇の百錬抄によれば建礼門院は六波羅泉殿から乗車。↓補注一〇
一六 数えで六歳。
一七 三種の神器のひとつの神鏡。内侍が守護する。

平家都落

一八 平関白と称された日記の家の平氏出身の実力者。高倉帝の母の建春門院滋子、平清盛の室の時子の兄。彼の指示と帯出した宝物のことは補注八の吉記、補注一〇の百錬抄にも記す。
一九 天皇の正印と諸司の倉の鍵。鎰は錠まえ。
二〇 時の杙に付け、殿上の小庭にさし、時刻を示した札。↓補注一一
二一 天子代々のわたり物のひとつである琵琶の名。順徳院御琵琶合などで牧馬と番えられる名器。名称、伝来については禁秘抄考註、大内裏図考証に、演奏の事例は胡琴教録下巻や御遊抄に詳しい。都落に際しては女官たちの機転で持ち出されなかったという。↓補注一二
二二 天子代々のわたり物のひとつである和琴の名。毎年、御神楽の折りに弾じられる。
二三 お手水、理髪、食事などに天皇がその上に円座を置いて座る足のついた台。渡り物の御倚

子でなく大床子とするのは不審。
二四　参考源平盛衰記、名目抄、武器考証は河霧の御剣と解する。河霧の御剣は未勘。摂関家に相伝するという和琴に河霧がある。↓補注一三
二五　宮中の大事な御物。
二六　清涼殿の昼の御座に置かれ、常に天皇の身に添えられる御剣。天皇渡り物か。↓補注一四
二七　延慶本、長門本はなし。宗盛とその子で数え年一三歳の正三位、右衛門督清宗。
二八　延慶本、長門本は「父子」なし。吉記・寿永二年七月二五日の条には武士以外に行幸に供奉したのは平時忠とその子の中将時実だけであったとする。補注八参照。保暦間記には「時忠ノ外ハ大臣殿ヨリ始テ鎧ヲ着給ヒヌ」とする。

一　延慶本はなし。日記の家の平親範の子。時忠の従弟で、尊卑分脈ではこの時、内蔵頭。蔵人補任の寿永二年の蔵人頭に信基の名はない。「内蔵頭」の誤りか。摂政基通の都落行からの離脱をとどめようとして果たさなかったことが、補注八の吉記に見える。
二　近衛司とあるべし。近衛府の官人。
三　御綱(みつな)の次官。行幸のとき鳳輦のもとに供奉する近衛の中将、少将。その輩下の者。
四　三年前の治承四年のこと。
五　延慶本、覚一本には「先表」とする。拙稿「平家物語の解釈原理―先表思想」(『平家物語研究と批評』)
六　中古京師内外地図に八条通りに沿って重盛邸、頼盛邸、重衡邸の名が見える。
七　清盛の西八条邸、一名、蓬壺があった。清盛の室時子が住む。時子建立の光明心院が邸内に。
八　六波羅にあった頼盛邸。清盛の泉殿の東南。

忠卿父子、[一]蔵人頭信基計《ばかり》ゾ、衣冠ニテ被二供奉《ぐぶせられ》一ケル。其《その》外ハ公卿、殿上人、[二]近衛官《このゑのつかさ》、[三]御縄介《みつなのすけ》ノ末ニ至ルマデ、老《おい》タルモ若《わかき》モ皆甲冑《かつちう》ヲ着シ、弓箭《きゆうせん》ヲ帯シテ打立《うつたち》ケリ。七条ヲ西へ、朱雀ヲ南へ、行幸ナル。唯、夢ノ様也《やうなり》シ事共也。「[四]一トセ都遷《うつし》トテ、俄《にはか》ニ淡立《あわたた》シク福原へ行幸ナリシハ、懸《かか》ルベキ事ノ[五]験《しるし》也ケリ」ト、今コソ思合《おもひあは》セケレバ、[六]八条、[七]西八条、[八]池殿、[九]小松殿、[一〇]泉殿以下ノ人々ノ家々十六所、皆火ヲ懸《かけ》テ焼亡《やきほろぼ》ス。余煙数十町ニ及《およん》デ、日ノ光ダニ不レ見《みえざり》ケリ。或《あるひ》ハ[一一]陛下誕生ノ霊跡、或《あるひ》ハ[一二]龍楼幼稚ノ青宮、或[一三]博陸補佐《あるひははくりくふさの》居所、或《あるひは》相府[一四]丞相《じようしやうの》旧台、[一五]三台槐門《くわいもん》、[一六]九棘《きうきよく》[一七]鴛鸞栖《ゑんらんのすみか》、[一八]門前繁昌、堂上《たうしやう》栄花ノ砌《みぎり》也キ。如レ夢如レ幻《ゆめのごとくまぼろしのごとし》。[一九]強呉滅《ほろびて》兮有二荊棘《けいきよくあり》一、姑蘇台之露瀼々《じやうじやうとして》、暴秦衰《おとろへ》兮無二虎狼《こらうなし》一、感陽宮之煙片々《けぶりへんぺん》タリケン。[二〇]漢家三十六宮、楚《その》項羽ガタメニ被レ滅《ほろぼされ》ケンモ、争《いかで》カ是《これ》ニハ過《すぐ》ベキトゾ覚ヘシ。[二一]無常ハ春ノ花、風ニ随《したがつ》テ散ズ。有涯《うがい》ハ暮《ゆふべの》月、雲ニ伴《ともなひ》テ隠ル。誰カ栄花ノ春ノ夢ノ如《ごとく》ナルヲ見テ、驚《おどろか》ザラン。憶《おもふ》ベシ。命葉ノ朝ノ露ニ似テ、易レ零《おちやすし》。蜉蝣《ふいう》ノ風ニ戯《たはぶ》ル丶、[二二]懇逝《こんせい》ノ楽《たのし》ミ幾許《いくばくぞ》。螻蛄《ろうこ》ノ露ニ囂《かまびすしく》シテ、[二三]合乳ノ声、詣ヲ伝《つたふ》。[二四]崑閬《こんらう》ノ十二楼上、仙ノ陬《すみ》カ終《つひ》ニ空シ。[二五]難蝶ノ一万里中、洛《らく》ノ城不レ固《かたからず》。多年ノ経営、一時ニ魔滅シヌ。盛者必衰ノ理《ことわり》、眼ノ前ニ遮《さへぎ》

レリ。年来《としごろ》日来《ひごろ》ノ振舞ハ、目醒《ざま》シクコソ思《おもひ》シカ共、サスガ角落下《かくおちくだり》給フヲ見テハ、貴賤悉《ことごと》ク哀《あはれ》ノ涙ヲゾ拭《のごひ》ケル。況《いはん》ヤ住《すみ》ナレシ城《みやこ》ヲ迷出《まよひいで》テ、イドコヲ指《さす》共ナク、旅立《だち》給ケン人々ノ心ノ中、推量《おしはか》ラレテ無慚《むざん》也。

当時ノ摂政近衛殿ト申《まうす》ハ、二六普賢寺内大臣基通公[6]御事也。太政入道ノ二七御婿ニテ、平家ニ親《したし》ミ給ケル上ニ、「法皇モ西国へ御幸ナルベシ」ト、日比聞召《ひごろきこしめし》ケレバ、御伴申サセ給ベキニテ有《あり》ケルニ、前《さきの》内大臣ヨリ、「行幸既《すでに》」ト告《つげ》被㆑申タリケレバ、御出有テ、御車ヲ、二八七条造道《つくりみち》[7]マデ遣ラセ給タレ共、法皇ノ御幸ハナカリケリ。「イカヾ有《ある》ベキ」ト思召煩《おぼしめし》ハセ給ケルニ、御伴ニ候ケル二九進藤左衛門尉高範ト云《いふ》侍、御車ノ前ニ進出《すすみいで》テ、「供奉シ給ベキ平家ノ一門、三〇池殿ノ公達、小松殿君達、皆留《とどまり》給ヘリ。法皇ノ御幸モナラズ。サレバイヅクヘトテ、御出ハ候ヤラン。急還御《いそぎくわんぎょ》有ベキニコソ」ト申《まうす》。近衛殿ノ仰《おほせ》ニハ、「彼《かの》一門ニムスボオレテ、年比《としごろ》ノ恩モ忘レ難ク、主上《しゆしやう》行幸モアリ。平家ノカヘリ思ハン処、イカヾ有ベキ」ト御気色アリ。高範、牛飼ニ向《むかひ》テ、「縦《たとひ》、主上《しゆしやう》行幸アリトテモ、御代ハ法皇ノ御代。御運尽《つき》給テ、外家《ぐわいか》ノ悪徒ニ引《ひか》レ、花洛ヲ落《おち》サセ給ハン行幸ニ、供奉セサセ給《たまひ》タラバ、末憑《たのも》シカラン御事歟《か》」トツブヤキテ、キト目ヲ引合《ひきあは》セタレバ、牛飼モ進《すすま》ヌ道ナレ

九　小松谷の苦州滅道に沿った平重盛邸。
一〇　六波羅にあった清盛邸。六波羅にはほかに門脇宰相教盛邸、通盛邸などがあった。
一一　安徳帝は六波羅邸で誕生。
一二　皇太子の居処。青宮も同じ。「皇太子居処　龍樓、鶴禁、東園、青宮、銀牓、銅扉(下略)」(唱導鈔)。言仁親王(安徳帝)を念頭に。
一三　関白。清盛の女婿・近衛基通を念頭に。
一四　大臣。　一五　太政大臣、左大臣、右大臣。
一六　公卿。　一七　殿上人。
一八　直幹申文の「堂上如華、門前成市」(本朝文粋・巻六)の変形。巻二・清盛息女、巻四八・女院六道廻物語にも。
一九　和漢朗詠集巻下・故宮によるか。源順「河原院賦」(本朝文粋)が原拠。「感」は「咸」とあるべし。→補注一五
二〇　漢楚合戦を念頭に。漢の成都(長安)を詠んだ「成都賦」に「離宮別館三十六所」、和漢朗詠集・十五夜付月に「漢家之三十六宮　澄々粉餝」。
二一　以下「雲ニ伴テ隠ル」までは覚一本、屋代本などの建礼門院大原入御のくだりに類似句。有涯は生命の意。「盛者必衰ノ理、眼ノ前に遮レリ」までは表白風の表現、無常の類句を連ねる。
二二　延慶本は「邈逝」。「懇」は「邈」とあるべし。邈は遠い、はるかの意。はるか遠くまで飛んでゆく、その楽しみも僅かの間にすぎない。
二三　延慶本は「合殺之声、韻ヲ伝フ」。長門本は「合散之声伝韻」。
二四　崑崙山の閬苑で仙人の居所。山上の崑崙宮の天墉城に金台五所および玉樓十二所があるという(海内十州記)。
二五　延慶本、長門本は「雉蝶一万里ノ中」。「難」は「雉」、「蝶」は「堞」とあるべし。雉堞(ちちょう)は都を取り囲む城壁。

バ、牛ノ鼻ヲ引《ひき》返シ、一楷《ずはえ》アテタリケレバ、牛モ究竟《くつきやう》ノ牛ナレバ、造道《つくりみち》[一]ヲ上《のぼり》ニ東寺マデ、其ヨリ大宮ヲ上《のぼり》ニト、飛《とび》ニ飛《とん》デゾ還御《くわんぎよ》ナル。越中二[二]郎兵衛盛嗣ガ、「殿下《てんが》[三]モ落《おち》サセ給フニコソ。口惜《くちをしき》御事哉《かな》。止メ奉ラン」トテ、片手矢ハゲテ、追懸《おつかけ》奉ル。「御車ヲ延《のば》サン」トテ、高範返合《かへしあはせ》テ、散々ニ防戦《ふせぎたたかふ》。大臣殿《おほいどの》[四]是《これ》ヲ見給テ、「ヤヽ、盛嗣ヨ。年来《としごろ》ノ情《なさけ》ヲ忘《わすれ》給テ、落《おつ》ル程ノ人ヲバ、イカデモ有《あり》ナン。急ギ御供申《まうす》ベキ[五]一門ノ人々ダニモ、見エ給ハズ。況《いはんや》摂政ノ御事ハ、申ニヤ及《およぶ》」ト制《せいし》給ケレバ、盛嗣、其ヨリ引《ひつ》返ス。其《その》間ニ、近衛殿ハ遥《はるか》ニ延《のび》サセ給ケルガ、御目ニ御覧ジケルハ、丱童《くわんどう》[六]二人、車ノ左右ノ轅《ながえ》ニ取付《とりつき》テ、遣ル共《とも》ナク舁《かく》共ナシ。御伴ニ候ケリ。牛ノ前ニハ[七]赤衣《せきい》ノ官人、「春ノ日」ト書《かい》タル札ヲ、榊ノ枝ニ取具《とりぐ》シテ走《はしる》トゾ、御覧ジケル。「誠ニ春日大明神、高範ニ入替《いりかは》ラセ給ツヽ、角計《かくはから》ヒ申《まうし》ケルニコソ」ト感涙ヲ流サセ給ツヽ、西林寺[八]ト云《いふ》寺ヘ入《いら》セ給タリケルガ、其《それ》ヨリ忍《しのび》テ知[九]足院ヘ移ラセ給フ。人是《これ》ヲ不レ知《しらず》シテ、「摂政殿ハ吉野ノ奥」トゾ申ケル。

[一〇]権亮三位中将ノ許ヘ人参《まゐつ》テ、「源氏既《すでに》天台山ニ打登《うちのぼり》、[8]三千衆徒《しゆと》同心シテ、都ヘ攻入《せめいり》候也。其《その》上此《この》夜半ヨリ、法皇モ渡ラセ給ハズトテ、大臣殿ニハ騒ガセ給フ。西国ヘ行幸トテ、内裏ニハ武士、雲霞ノ如《ごとく》ニ集《あつま》リ、御一門皆

二六　治承三年一一月の清盛のクーデターで関白。翌年、安徳帝即位とともに摂政。寿永二年一一月の木曾義中のクーデターで解官、義仲没後の寿永三年一月に還任。
二七　巻二・清盛息女。清盛女の寛子（または完子）と結婚。父基実も清盛の女婿。
二八　七条造道は不詳。羅城門を南下したとする後の本文からすると鳥羽の造路。延慶本、長門本は七条朱雀とする。
二九　「某年、任左衛門尉、仁安二年正月三〇日、蒙使宣、同三年正月六日、叙従五位下」「為範男、母右衛門尉藤原康時女」（地下家伝廿一・近衛家諸大夫）。また華頂要略所収の「進藤系図」に「範高」として見え、承久三年七月二〇日逝去とする。「後白河院北面歴名」にも「藤原範高（朱書「進藤」）為範子、近衛殿侍」とある。
三〇　後に頼盛の京都残留、維盛の遅延のことが見える。愚管抄にも頼盛と維盛の動きが見られる。↓補注一六

一　鳥羽の造路。羅城門から鳥羽に向かって南下する。「上」は北の方向。
二　越中守平盛俊の子。越中次郎兵衛尉。上総五郎兵衛忠光、悪七兵衛景清とともに平家の侍大将として活躍。壇ノ浦合戦を彼等とともに生きのび抵抗を続けたとされる。
三　関白、摂政の呼称。近衛基通を指す。
四　平宗盛。気遣いの人の一面が示される。
維盛惜二妻子遺一
五　池殿頼盛と小松殿維盛を指す。補注一六参照。
六　髪をあげまきに結った童子。春日大明神の霊験譚。春日権現験記、春日御流記、月庵酔醒記などに類話↓補注一七

御伴トテ御出立《いでたち》アリ。イカニ、此《ここ》一一御所ヘハ御使ハ候ハザリケルヤラン」ト申《まうし》ケリ。三位中将ハ、懸《かか》ルベシト兼《かね》テ知給《しりたまひ》、日来思《ひごろおもひまうけ》儲給タル事ナレ共、指当《さしあたり》テハ、「穴《あな》心ウヤ」ト計《ばかりのたまひ》宣テ、行幸ハ成《なり》ケレ共、妻子ノ遺《なごり》ヲ惜《をし》ミツヽ、只泣《なく》ヨリ外ノ事ゾナキ。「ツカノ間モ離《はなれ》ガタキ人共ヲ、憑《たのも》シキ者モナキニ、誰育《はぐく》ミ誰憐《あはれまん》トテ、振捨出《ふりすていで》ナン事ノ悲《かなし》サヨ」ト宣フモ、又理《ことわり》也。

此《この》一二北方ト申《まうす》ハ、一三故中御門大納言成親卿御女也。一四芙蓉《ふよう》ノ貌《かたち》モ厳《うつくし》ク、桃李ノ粧《よそほひ》モ細《こまや》カニシテ、容顔人ニ勝《すぐ》レ給タリケル上、心ノ優ニ情《なさけ》深キ事モ、世ニ類《たぐひ》ナカリケレバ、ナベテノ人ニ見セン事ヲ、父母《ぶも》労《いたはし》ク思テ、「女御、后ニモ」トゾカシヅキ給ケル。天下ノ美人ト聞エケル上、父新大納言、世ニ覚エイミジク、時メキ栄ヘ給ケレバ、哀《あはれ》ト思ハヌ人ハナシ。法皇聞《きこし》召入《めしいれ》サセ御座《おはしまし》テ、御色ニ染《そむ》ル御心アリテ、忍《しのび》テ度々御書アリケレ共、女房、思入《おもひいり》給フ事ノ有《あり》ケルニヤ、「是《これ》モ由ナシ」トテ、引《ひき》カヅキ臥《ふし》給テ、

一五雲井ヨリ吹《ふき》クル風ノハゲシクテ涙ノ露ノ置《おき》マサル哉《かな》

ロズサミ給ケルモ、一六思《おもひ》アル人トゾ聞ヱシ。父大納言、法皇ノ御書ノ事聞《きき》給テ、周章《あわてよろこび》悦給ヘリ。一七御所ヘ可レ進《まゐらすべき》ニテ、内々其《その》用意有ケレ共、更ニ聞入《いれ》給事ナシ。大納言ハ、大《おほき》ニ本意ナキ事ニ思ハレテ、「親ノ為ニ不孝《ふけう》ノ人ニテ

七 検非違使の配下の看督長のイメージ。

八 補注八の吉記に、はじめ知足院に、ついで西林寺に向かい、最後に登山し恵光房を御所としたとする。恵光房は補注三参照。

九 船岡山の西南紫野にある。補注八の吉記に「信範入道知足院」とする。補注八の玉葉は「逃去雲林院信範入道堂辺方了云云」とする。知足院と雲林院とは近接。↓補注一八

一〇 平維盛。従三位、右近衛権中将、前中宮権亮。この時二六歳。

一一 六波羅の南東にあたる小松谷にある小松殿。

一二 藤原成親の娘。母は藤原俊成の娘で歌人の京極局。建春門院に仕えて新大納言局と呼ばれた。妙覚(六代丸)の母。のちに吉記の記主、勧修寺流の藤原経房の後妻となる。

一三 藤原家成の子。後白河院の近臣で鹿ノ谷の謀議の主謀者として処刑。妹が平重盛の室、嫡子成経は平教盛の女婿、娘は維盛の室で六代丸の母。成親一家との姻戚関係は小松家を平家一門内で微妙な立場に置いていた。

一四 美女を形容する常套表現。「桃李ノ粧、芙蓉ノ眸」(巻一九・文覚発心の袈裟御前の形容)。

一五 雲の上はるかからの風がはげしくて、吹き散らされた木草の露が涙の上に置き重なって、私の袖はいっそう重く濡れるのです、の意。上の句は後白河院からの艶書の頻りなるを言い、下の句はそれが維盛との逢うて逢わざる恋の悲しみに泣く私に辛い涙を加えることになると歌う。

一六 「思ひあり」は歌語。恋をしている状態。

一七 後白河院に娘をさし上げるつもりで。

オハシケルヲ、今マデ父子ノ儀ヲ思《おもひ》ケルコソ口惜《くちをし》ケレ。今日ヨリ後ハ、永ク親子ノ好《よし》ミヲハナレ奉ル。人、参リ寄《よす》マジ」ト誡《いましめ》ケレバ、通フ人モナシ。乳母子《めのとご》ニ、[一]兵衛佐ト云《いふ》女房一人ゾ、免《ゆるさ》レテ候ケル。コレニ付《つけ》テモ、世ノ憂《うき》事ヲ思ツヾケ給ケルニヤ、イツモ引《ひき》カヅキ、泣《なく》ヨリ外ノ事ゾナキ。サテモ或《ある》時、[二]髻《もとゆひ》ヲヒロゲテ、何トヤラン書付《かきつけ》テ、又如レ元《もとのごとく》ニ[三]引結《ひきむすび》、捨《すて》給ヘリ。兵衛佐、是《これ》ヲ取《とり》テヒラキ見《みる》ニ、一首ノ歌也。

[四]結《むすび》テシ心ノ深キモトユヒニ契《ちぎり》シスヘノホドケモヤセン

書《かき》スサミ給ヘリ。是ヲ見テコソ、兵衛佐、始《はじめ》テ思《おもひ》アル人トハ知《しり》ニケレ。[五]色ニ出《いで》ヌル御心ノ内、争《いかで》カ知《しる》ベキト思テ、様々諫《いさ》メ申《まうし》ケルハ、「イカニ、法皇ノ御書ノ候ケルニハ、御返事ハ申サセ給ハザリケルニヤ。女房ノ御身ニハ、加様《かやう》ノ御 幸《さいはひ》ヲコソ、神ニモ祈《いのり》、仏ニモ誓《ちかひ》テ、アラマホシキ御事ニテ候ヘ。[六]サラデハ又、何事ヲ思召《おぼしめし》、イカナラントテ、父御前ノ御悪《にくみ》ヲ蒙《かうぶ》ラセ給《たまふ》ベキ。猶モ随《したが》[七]ヒオハシマサバ、ナドカ御赦《ゆるさ》レモナクテ候ベキ。サラバ御[八]幸ニモナリ、御目出《めでた》キ御事ニテ候ベシ」ナンド、細々トクドキ申ケレバ、女房、涙ヲ流シ給ヒ、「物ノ心ヲ弁《わきまふ》ル程ノ者、争《いかで》カ父ノ仰《おほせ》ヲ背《そむく》ベキナレ共、人シレズ思《おもふ》事アリ。[九]何程ナラヌ夢ノ世中《よのなか》、尽《つき》セヌ思《おもひ》ノ

一　未詳。
二　元結に使うために細かく畳んだ紙を押し広げて。
三　こころの内をそれとなく知らせる手だてのひとつ。「みづからとらせたりしかへりごとを、もとゆひのやうにひきむすびて、これはたがぞとなげをこせたりしは」(艶詞)。
四　末をかけての深い心を元結に結びこめた二人の固いきずなは、ほどけてしまうのだろうか。「結」「モトユヒ」「ホドケ」は縁語。「いときなきはつもとゆひに長き世をちぎる心は結びこめつや」「結びつる心も深きもとゆひに濃きむらさきの色しあせずは」(二首、源氏物語・桐壺)
五　和歌に詠みこまれたお嬢さまの恋のなかみを、どうかして知ることができまいかと思って、の意。「しのぶれど色にいでにけりわが恋は物や思ふと人のとふまで」(拾遺和歌集・恋一・六二二　平兼盛)
六　院のおぼしめしに応えることをなさらずに、ほかにどのようなことをお考えになり、どのような身のうえになろうとお考えになって、の意。
七　院のこころに靡くことを言うか、父の意向に従うことを言うか、両様に解し得る。
八　後白河院が通ってお出になり、の意。
九　はかなく短い夢のような一生のうちに、(後白河院の愛を受けたならば、人知れず恋している人への思いの上に新たな)思いが重なって、尽きることのない愛執の罪がいっそう深くなるでしょうから、と仰言って、の意。
一〇　正月や五節などの大礼の後に、天皇が侍臣

罪深カランズレバ」トテ、又引《ひき》カヅキテ、臥《ふし》給ヘリ。兵衛佐ハ、「イカナル人ノ御事ヲ思召入《おぼしめしいれ》テ、角《かく》ハ仰《おほせ》候ゾ」ト、問奉《とひたてまつり》ケレ共、イナセノ返事モナカリケレバ、「童《わらは》ヲサナクヨリ、御身近ク付《つき》マイラセテ、立去《たちさる》方モ侍ラデ、何事モ二心ナク、深ク憑進《たのみまゐらせ》テコソ侍《はべる》ニ、カホドニ御心ヲ置《おか》セ給ケル事ノ悲《かなし》サヨ。承《うけたまはり》タラバ、憂《うき》モツラキモ、共ノ歎《なげき》ニテコソ候ハメ」ト、終夜口説奉《よもすがらくどきたてまつり》ケレバ、理《ことわり》ニ折《をれ》テ仰ラレケルハ、「有《あり》シ殿上ノ[一〇]淵醉《ゑんすい》ニ、[一一]小松左衛門佐ノ云《いひ》シ言《こと》ノ有シヲ、聞入《ききいれ》ザリシカバ、ヒタスラ[一二]穂ニ顕《あらはれ》テ、[一三]『此世《このよ》一《ひとつ》ノ事ニ非ズ、可レ然《しかるべき》先世ノ契《ちぎり》モ有ケルニヤ』トマデ、心ノ中ヲ知《しら》セタリシカバ、[一四]見ソメタリシニ、『後ノ世マデモ同《おなじ》心ニ』ト云シ者ヲ。[一五]角《かく》ト聞《きか》バ、イカバカリ歎カンズラント思《おもふ》ニ、心苦《ぐるし》キゾトヨ」ト宣ヘバ、兵衛佐、労《いたはし》ク御糸惜思《いとほしくおもひ》ツヽ、[一六]サル御契《ちぎり》ノ有ケルニヤ、小松殿ヨリモ申サセ給《たまふ》、ト聞ヱシゾカシト思出《いで》テ、急ギ小松殿ヘ参《まゐっ》テ、[一七]北御方ニ、「然々《しかじか》ノ仰《おほせ》事[一八]ナン」申《まうし》タリケレバ、「糸惜《いとほしき》事ニコソ」トテ、三位中将ニ尋《たづね》給ヘバ、「サル事有」トテ、急ギ車ヲ遣《つかはし》テ、迎取奉《むかへとりたてまつり》給ヘリ。[一九]彼《かの》小松殿ノ北方ト申《まうす》ハ、新大納言ノ妹、姫君ニハ御[二〇]姨母《をば》ナレバ、三位中将ニハ御イトコ也。年比《としごろ》ニモ成《なり》ケレバ、男女ノ子息儲《まうけ》給タル御中也。男子ハ十歳、[二一]六代御

を清涼殿の殿上の間に招いて催した酒宴。定法なくさまざま思い思いに朗詠、今様、乱舞などが披露される。廷臣たちが女房たちの区画へ立ち入り、また所々への殿上人たちの推参が行われ、男女の知り合う機会となっていた。→補注一九

一一 維盛が言い寄ったが、彼女はそれに応じなかったので。左衛門佐は誤り。

一二 艶書を送ってきたのである。

一三 二人の関係を前世からの宿縁であるという。

一四 はじめて逢う瀬を持った、その時に、の意。延慶本、長門本では、逢う瀬を持っていない。

一五 自分(成親の娘)が後白河院に靡いたと聞いたならば、の意。

一六 お二人の間にそのような御関係があったのか。そういえば小松家のお邸からお手紙が送られてきたと聞いたこともあったよ、の意。

一七 重盛の室。藤原家成の娘で、成親の妹にあたる経子。維盛の母は未詳。尊卑分脈には官女とある。

一八 「ナン」は「ナント」とあるべし。

一九 維盛にとっては義母。彼女の実子は、清経、有盛、師盛、忠房の四人。

二〇 成親の娘にとっては父方の叔母。「姨母」は「姨 ハハカタノヲハ」(名義抄)。父方のおばは「姑」。

二一 生没年未詳。維盛は正盛から数えて五代目ゆえに幼名が五代。その嫡子ゆえに幼名が六代丸または六代御前。平家滅亡後、大覚寺に潜んでいたところを逮捕されたが、文覚の働きで助命され、のちに出家、法名は妙覚、妙光ないし良潮。

前、女子ハ八ツ、夜叉御前[一]トゾ申《まうし》ケル。共ニワリナク厳《うつくし》キ御有様也。時ノ間モ離レ難キ人々ヲ、憑《たのも》シキ人モナキニ、打捨《うちすて》、出《いで》ナン事コソ悲《かなし》ケレ、トオボスニ、御涙関敢《せきあへ》ズ。北方モ後《おくれ》ジト出立《いでたち》[二]給ヘバ、中将ハ、「兼《かね》テ申侍《まうしはべり》シゾカシ。具シ奉《たてまつり》テハ、御身ノ為、糸惜《いとほし》ケレバ、只留《とどまり》給ヘ。維盛西海ニ下《くだつ》テ、水ノ底ニモ沈ミ、敵ニモ討《うた》レンヲ、マノアタリ御覧ゼン事、イカ計《ばかり》カハ悲《かなし》カルベキ。露愚《おろか》ノ事ハナキ者ヲ。角《かく》ナ歎給《なげきたまひ》ソ」ト宣ヘバ、北方、「イカニ角《かく》ハ聞ユルゾ。後ノ世マデモトコソ契《ちぎり》シニ、今更、打捨給フ事、心ウサヨ」トテ、涙モセキアヘズ御座《おはし》ケルヲ、見《みる》ニ付《つけ》テモ為方《せんかた》ナク思召《おぼしめし》ケレ共、様々ニ誘《こしらへ》給ケル程ニ、ホド経《へ》、時移《うつり》ケレバ、イ『維盛ヲバ二心アル者』[三]ト、大臣殿《おほいどの》宣《のたまふ》ナルニ、今マデ打出《いで》参ラネバ、イトヾサコソ思《おもひ》給フラメ」トテ、泣々《なくなく》打出《いで》ントシ給ヘバ、北方、「父モナク[四]母モナシ。甲斐《かひ》ナキ女ニ、幼《をさな》少キ者共ヲ打預《あづけ》、只一人都ニ残シ留《とどめ》、イカニセヨトテ、情《なさけ》ナク振捨《ふりすて》テ出給《いでたまふ》ゾ。野末《のの》、山ノ奥マデモ相具《あひぐ》シテコソ、兎《と》モ角《かく》モ見ナシ給ハメ。縦《たとひ》習ハヌ旅也共、此ニ奉レ被レ捨《すてられたてまつり》テ、明暮《あけくれ》恋シ悲シト、晴《はれ》ヌ思《おもひ》ニヤマサルベキ。稚《いとけなき》者共ノ便ナク歎《なげ》カン事、父ノ御身トシテ、ナドカ顧《かへりみ》給ハザルベキ」ト宣《のたまひ》テ、袖ヲ引《ひか》ヘツヽ、人ノ聞《きく》ニモ不レ憚《はばからず》、

一　未詳。

二　旅立ちの準備をし装束をつける。

三　補注一六の愚管抄は維盛のそうした動きに言及し、補注八の吉記にも「小松内府子息等可帰降之由云云」と記される。

四　成親は治承元年七月ないし八月に殺されている。京極局は養和元年閏二月二四日逝去（明月記）。

五　別離の際の貴族の女性の激情が記される。重衡と大納言典侍との別れの場面（巻四五・重衡向南都被斬）あるいは後深草院二条が院の葬列を追う場面（とはずがたり巻五）など。中世文学に特徴的な新しい情景。

六　遠い将来を考えてのこころ。彼女の再婚を

音《こゑ》ヲ立《たて》テヲメキ給ヘバ、イト見棄《すて》難ク思《おもひ》給ヘ共、サテ有《ある》ベキ事ナラネバ、[五]重《かさね》テ宣《のたまひ》ケルハ、「留置《とどめおき》奉ルハ、誠ニ情《なさけ》ナクコソ思召《おぼしめす》ラメ共、維盛ハ遠キ情ヲコメ奉《たてまつつ》テ、角《かく》ハ相計《あひはから》ヘル也。後ニハ、『賢クモ計《はからひ》テ捨置《すておき》ケリ』[六]ト、思召合《おぼしめしあは》スル御事モ有《ある》ベシ。若《もし》又イヅクニモ落留《おちとどまり》、心安キ所アラバ、必《かならず》急ギ迎《むかへ》トラン」ト、スカシ誘《こしら》ヘテ、出《いで》給ハントシケル程ニ、新[七]三位中将資盛、左[八]中将清経、左[九]少将有盛、侍[一〇]従忠房、兼[一一]盛、備[一二]中守師盛、五、六人ノ弟達、各《おのおの》門ニ打入《うちいり》ツヽ、「行幸ハ遥《はるか》ニ延《のび》サセ給ヒヌラン。イカニ今マデ角《かく》テハ御座候《おはしまし》ゾ」ト宣ケレバ、三位中将ハ、「少《をさな》キ者共ノ、痛《いたく》慕《したひ》侍《はべる》ヲ誘侍《こしらへはべる》程ニ」トテ、涙ニ咽《むせび》テ立《たち》給ヘリ。北方ハ冑《よろひ》ノ袖ニ取付《とりつき》テ、「サテ打捨《すて》テ出《いで》給フニヤ」トテ叫給《さけびたまふ》。若君、姫君モロ共《とも》ニ、左右ノ袂ニカナグリ付《つき》テ、我《われ》捨ラレジトゾ慕ヒ給《たまふ》。三位中将ハ、余《あまり》ニ無二為方一被レ思《せんかたなくおもはれ》ケレバ、重藤《しげどう》ノ弓ノハズニテ御簾《みす》ヲザト掻揚《かきあげ》テ、弟ノ殿原ニ、「是、御覧ゼヨヤ。イ[一三]カニモ軍《いくさ》ノ先ヲコソ蒐《かけ》候ハメ、稚《をさなき》者共ガ遺《なごり》ヲ、思ハジトスレ共《ども》思ハレテ、『争《いかで》カ情ナク引切《ひききる》ベシ』ト、心弱ニ誘《こしら》ヘ侍ル程ニ、出兼《いでかね》テ侍ゾヤ」トテ、涙ヲ流シ給ケリ。冑ノ左右ノ草摺《くさずり》ニハ、若君姫君、取付給ヘリ。鎧《よろひ》ノ袖ニハ、北方ト覚シクテ、取付給ヘリ。日来《ひごろ》ハサシモコソツ

暗に認めている。
七　母は少輔掌侍藤原親盛の娘(尊卑分脈)とも故下野守親方の娘(公卿補任)とも。寿永二年七月三日叙三位。平家物語諸本では殿下乗合事件の張本とする。本書はその事件の内容に小異ありかつ清盛の次男基盛の所行とする。勢州四家記には同事件の時、伊勢国鈴鹿郡関谷に流寓し一子を儲け、それが勢州関家の祖であると記す。維盛に酷似して美男であったといい、建礼門院右京大夫の恋人であった。都落の当日、平貞能とともに山崎から引き返し源氏と合戦したことが補注八の吉記に見える。
八　母は成親の妹経子。左中将、正四位下。大宰府落の後、柳浦で入水自殺。謡曲・清経の主人公。
九　母は清経と同じ。右少将、従四位下。壇ノ浦合戦で没(巻四三・二位禅尼入海)。最期は諸説あり。
一〇　母は清経と同じ。藤原通憲の子の脩範の娘を妻とする。屋島合戦の後は紀州の湯浅宗重を頼って源氏への抗戦を続けた。吉記目録・文治元年一二月八日に関東に護送されたこと、同一六日に首を切られたことが記される。
一一　維盛の兄弟にこの人物はいない。後掲の都落の人々の交名にその名はない。
一二　母は清経と同じ。一ノ谷合戦で戦死(巻三八・経俊敦盛経正師盛已下頸共懸一ノ谷)。法然の高弟の勢観房源智は師盛の子と伝えられる。
一三　どんなにしてでも合戦ならば、思いきって先登をかけるでしょうが。恩愛の情を強調する科白。建礼門院の御産の時、心配でうわの空の状態であった清盛が、後に「さり共いくさの陣ならば是程浄海は臆せじ物を」と言ったとする(覚一本巻三・御産)。同じ発想の言葉。

ヽミ忍《しのび》給シニ、悲《かなし》サニハ恥ヲモ忘レケルニヤ、人々ノ見アハレケルニモ不レ憚《はばからず》、悶焦《もだえこがれ》給フ。弟ノ殿原、是《これ》ヲ見給テ、各《おのおの》涙ヲ流シツヽ、馬ノ鼻ヲ引返《ひっかへ》シ、門ニ出《いで》テゾ泣《なき》給フ。ヤヽ有《あり》テ、新三位中将、又、縁ノキハマデ打《うち》寄セテ、「御遺《なごり》ハ、イツモ尽《つき》ヌ御情、誠ニ打具シ奉《たてまつる》歟《か》、思召切《おぼしめしきる》歟《か》。御心弱《よわき》モ折ニ依《よる》ベキ事ニ候。兎《と》モ角《かく》モ疾々《とくとく》」ト聞エケレバ、三位中将、心強ク思切《おもひきり》、振捨《ふりすて》テコソ打出ケレ。北方、稚《をさなき》人々、後《おく》レジト慕《したひ》給ヘバ、中将モ心強《つよく》ハ出《いで》タレ共、跡ニ心ハ残《のこり》ケリ。[一]行《ゆく》モ留《とまる》モ推量《おしはか》ラレテ哀《あはれ》也。

昔[二]、悉達太子《しっだたいし》ノ、檀特山《だんどくせん》[三]ニ入ラントテ、王宮ヲ出《いで》シニ、耶須多羅女《やしゅだらにょ》[四]ヲ悲《かなしみ》テ、出《いで》モヤラザリケンモ、角《かく》ヤト思《おもひ》シラレタリ。彼ハ報恩[五]ノ道ニ入《いり》、終《つひ》ニ覚《さとり》ヲ開給《ひらきたまふ》。是ハ闘戦ノ旅ニ出《いで》ツ。後イカナラント無慙《むざん》[六]也。

侍共モ面々ニ打出ケル其《その》中ニ、北国ニテ討《うた》レシ斉藤別当真盛[七]ガ子ニ、斉[八]藤五、斉藤六トテ兄弟アリ。斉藤五ハ十九、斉藤六ハ十七ニゾ成《なり》ケル。三位中将此《この》二人ヲ招寄《まねきよせ》テ、「年来《としごろ》身近召仕《ちかくめしつかひ》ツレバ、昵《むつまし》サニ、イヅクマデモ召具《めしぐ》シ度《たく》思ヘ共、巳等[9]ハ無官[九]ニテ、出仕ノ伴ナンドモセネバ、ヽカヾシク人ニ見知ラレザレバ、幼《をさなき》者共ヲ留置《とどめおく》事ノ覚《おぼつか》ナキニ、二人ハ是ニ留《とどまっ》テ、少《をさな》キ者共ノ杖《つゑ》柱トモナレ」ト宣ヘバ、兄弟二人、馬ノ左右ノ承鞚《みづつき》[一〇]ニ取付《とりつい》

一　行く者の心のうちも残される者の心のうちも。
二　釈迦が出家以前、中印度、ヒマラヤ山麓にあった迦毘羅国の浄飯王の太子であった時の名前。過去現在因果経、仏本行集経などが原拠。法苑珠林、仏祖統紀また今昔物語集巻一第四話その他に載る。ただし山の名は檀特山としない。
三　北印度、ガンダーラ地方の山。釈迦の前生、須太拏太子が菩薩の修行をしたとされる山。後に悉達太子が王宮を抜け出て入山し修行した山とする伝えを生じる。↓補注二〇
四　悉達太子の三人の妻のうちの一人。羅睺羅の母。
五　阿私仙に仕えて法華経の教えを受けることになるところの法の道。
六　阿修羅の世界に生まれかわる可能性が高いゆえに無慙という。弔いの対象となることを示唆。
七　巻三〇・真盛被討。越前の河合系斎藤氏。巻二八・斎明射蟇目で源氏を裏切ったと記される平泉寺長吏斎明とは従兄弟ないしそれに近い同族（尊卑分脈・藤原時長流）。武蔵国の長井に移り居住。源義朝の支配下にあり、平治の乱の

テ、「一一イヅレモ御宮仕《づかへ》ハ同《おなじ》御事ナレバ、仰《おほせ》ニ随《したが》ヒ進《まゐら》スベキニテ侍《はべれ》ドモ、一二公達、北御方ノ御歎《なげき》、承リ忍《しのぶ》ベシトモ覚ヘズ。其《その》上女房ノ御身、幼《をさなき》御事、一三何ノ御事カハ侍《はべる》ベキ。タヾ御向後《ゆくへ》コソ、覚束《おぼつか》ナク思進《おもひまゐら》スレバ、落着《おちつか》セ給ハン処マデハ、御伴ニコソ」トテ、後《おくれ》奉ラジト叫《さけび》ケリ。中将宣《のたまひ》ケルハ、「誠ニ年来《としごろ》ノ好《よしみ》ハサル事ナレ共、一四多者《おほき》ドモノ中ニ、思《おもふ》ヤウ有《あり》テコソ加様《かやう》ニハ云《いふ》ニ、ナドカ口惜《くちをしく》、我云《わがいふ》事ヲ用《もちゐ》ヌゾ。維盛ニ随《したが》ハンニ、ツユ劣《おとる》マジ」ト恨《うらみ》給ヘバ、遥《はるか》ニ見送《おくり》奉リ、猶モ走付参度《はしりつきまゐりたく》ハ思《おもひ》ケレドモ、誠ニ思召《おぼしめす》様アリテコソ宣《のたまふ》ラメト思《おもふ》ナリ。遺《なごり》ハ旁《かたがた》惜《をし》ケレ共、兄弟泣々帰《なくなくかへり》ニケリ。三位中将、心ツヨクハ出《いで》給タレドモ、跡ニ心ハ留《とどまり》テ、前ヘハ更ニスヽマレズ。隙《ひま》ナキ涙ニ掻《かき》クレテ、行前《ゆくさき》モ又見ヱザリケリ。弟達ノ見合《あは》レケルモ、サスガツヽマシク覚《おぼえ》テ、サリゲナクモテナシ給ヘドモ、抑《おさふ》ル袖ノ下ヨリモ、余《あまり》テ涙ゾコボレケル。北方ハ、「是程《これほど》ニ情《なさけ》ナカルベシトハ、年比《としごろ》ハ思ハジモノヲ」トテ、引《ひき》カヅキ臥《ふし》給ヘバ、少《をさな》キ人々モ、ヽロトモニ倒伏《たふれふし》、モダヘ焦《こがれ》給ケリ。日数フレバ、北方、二人ノ公達ヲ拘《かかへ》テ、世モ怖《おそろ》シク、道モ狭ク覚シケル上、カク打捨《うちすて》ラレ給テハ、一日片時《へんし》、堪《たへ》テ御座《おはします》ベシトハ覚サヾリケレ共、ツレナク消《きえ》ヌ露ノ身ノ、日数モサスガ積《つもり》ツヽ、年月ヲコソ被レ送《おくられ》ケレ。

後、平家に仕えた。巻三〇・真盛被討でその最期が記される。
八 尊卑分脈に斎藤五を「盛房無官」、斎藤六を「某」とする。延慶本、長門本はそれぞれ宗貞、宗光とする。巻四七の六代御前の物語で活躍。
九 彼等の出自ならば可能性のある衛府の尉などにまだ任官していない。
一〇 手綱を結びつける轡の引き手の部分。
一一 貴方(維盛)に随行するのも、北の方たちのもとに留まるのも、貴方に奉仕するということでは同じことなので。
一二 若君たちや北の方が歎かれるのをかたわらにいて、耐えることができようとも思えません。
一三 どんな危険も起こらないでしょう。
一四 考えるところがあって、たくさんの家来のなかで、とくにお前たちを選んで、このように言いつけているのに。覚一本では「をのれらが父、斎藤別当、北国へくだし時、汝等が頻に供せうどいひしか共、存るむねがあるぞ、とて、汝等をとゞめをき、北国へくだて遂に討死したりけるは、かゝるべかりける事を、ふるい者で、かねて知たりけるにこそ」とする。斎藤別当実盛の意中を汲んで、二人を六代たちの守護のために残す、と言うのである。

歎《なげく》ニ死ナヌ理《ことわり》モ、今コソ被二思知《おもひしられ》一ケレ。

[一]越中次郎兵衛盛嗣、[二]大臣殿御前《おほいどののおまへ》ニ進出《すすみいで》テ申《まうし》ケルハ、「[三]池殿ハ、御留《とどまり》ニコソ。侍共、一人モ見エ候ハズ。口惜《くちをしく》侍《はべる》者哉《かな》。[四]上コソ恐レ有《あり》トモ、安カラズ存《ぞんじ》候ニ、侍共ニ一矢射懸《かけ》テ帰《かへり》参《まゐら》ン」ト申《まうす》。[五]大臣殿、打頷《うちうなづき》許給テ、「サナクトモ有《あり》ナン。年来《としごろ》ノ重恩ヲ忘《わすれ》テ、イヅクニモ落著《おちつか》ン所ヲ見置カヌ程ノ者ヲバ、ト角云《かくいふ》ニ及バズ」ト、制シ給ケルゾ糸《いと》ヲシキ。「サテモ、権亮三位中将ハイカニ」ト問《とひ》給ヘバ、盛嗣、「小松殿ノ公達、一所モ見エサセ給ハズ」ト申ケルニ、大臣殿ハ、池大納言ノ様ニ、頼朝ニ心ヲ通《かよは》スヤラント覚ユレバ、「サコソハ有《ある》ラメ」トテ、世ニ心細ゲニ宣《のたまひ》テ、涙ノコボレケルヲ押拭《おしのごひ》給ケレバ、人々モ冑《よろひ》ノ袖ヲヌラシケリ。[六]新中納言知盛、此《この》有様ヲ見給テ、「皆是《これ》、日比思《ひごろおもひ》儲《まうけ》シ事也。今更驚《おどろく》ベキニ非ズ。サハアレ共、都ヲ出《いで》テ、未《いまだ》一日ヲダニモヘヌニ、人ノ心モ替《かはり》畢《をはん》ヌ。増《まし》テ行《ゆく》サキ、サコソハト押量《おしはか》ラルレバ、只都ニテ、イカニモ成《なる》ベカリツル者ヲ」トテ、大臣殿ノ方ヲツラゲニ見給ケルゾ、実《げ》ニト覚《おぼえ》テ無慙《むざん》ナル。

[七]畠山庄司重能、[八]小山田別当有重、[九]兄弟二人ハ、年来《としごろ》平家ニ奉公シテ、都落《おち》ニモ御伴申テ、泣々《なくなく》淀マデ下《くだり》タリケルヲ、[一〇]大臣殿、御覧ジテ、近ク両

一　一八頁注二。

二　前内大臣平宗盛。

三　清盛の異母弟である平頼盛。六波羅の池殿を邸にし、この名があった。母の池禅尼は平治の乱で頼朝の助命に力を尽くした(平治物語)。頼朝は深い恩誼を感じていたという(吾妻鏡)。治承三年一一月の清盛のクーデターの時は反清盛派として解官されている。平家内で微妙な立場にいた。延慶本第三末・頼盛道ヨリ返給事には宗盛との不和の原因についても記している。平家滅亡後、頼朝の優遇措置でこの一族のみ貴族として存続。→補注二一

四　御一門の頼盛様に対しては。

五　以下、心のやさしさと、優柔不断、不覚人ぶりの混在する宗盛像を示す。

六　宗盛の同母弟。母は清盛の正妻時子。寿永元年に中納言。果断で有能な人物とされる。最期の場面での「見るべき事は見つ」(巻四三・二位禅尼入海)の言葉は平家物語における運命の主題を端的に示すものと評される(石母田正『平家物語』岩波新書)。

七　坂東平氏。武蔵国の大勢力の秩父氏。畠山重忠の父。平家に属し在京、ために重忠など秩父一族は頼朝の石橋山挙兵の時、大庭景親に味方したとする(巻二一・小坪合戦、愚管抄巻五、真名本曾我物語巻三、吾妻鏡治承四年九月二八日、同文治元年七月七日)。加賀国篠原合戦では弟の有重とともに平家方として木曾義仲に対して勇戦(巻二九・平家落上所々軍)。のち頼朝に帰降。

畠山兄弟賜レ暇

八　重能の弟。のち頼朝に属す。巻四一・忠頼

人ヲ召《めし》テ、「御供、神妙々々《しんべうしんべう》。但《ただし》イヅクマデモ相具《あひぐ》スベケレ共、子息家人等、皆東国ニ有《あり》テ、頼朝ニ相従《あひ》ヘリ。身ハ御供ニ候《さうらひ》テ、心ハ鎌倉ニ通フ覧《らん》。親子ノ儀、ソレ悪《にく》カラズ。[10]抜𩋙計下《ぬけがらばかりくだり》タラバ、何ニカハセン。トク〳〵罷《まかり》帰レ。若《もし》世ニアリト聞《きか》バ、思《おもひ》忘レズ参《まゐる》ベキ也」ト宣ヘバ、重能、有重畏《かしこまつ》テ、『[一一]身ハ恩ノ為ニ仕《つかは》レ、[11]命ハ儀ニ依《よつ》テ軽シ』ト云《いふ》事アリ。年来《としごろ》恩ヲ蒙《かうぶつ》テ、身ヲ助《たすけ》、妻子ヲ養ヒ候キ。今更子ガ悲《かなし》ク、妻ガ恋《こひし》ケレバトテ、争《いかで》見捨奉《すてたてまつる》ベシ。落著御座《おちつきおはしま》サン所マデハ、御供也」ト申セバ、「人ノ親ノ、子ヲ思フ志、尊《たつとき》モ卑《いやしき》モ替《かは》ル事ナシ。サレバ子ハ東国ニアリテ、源氏ニ随《したが》ヒ、親ハ西海ニ落テ、身ヲ亡《ほろぼ》サン事、不便《ふびん》也。只トク〳〵頸《くび》ヲ延《のべ》テ、頼朝ニ随テ、再《ふたたび》妻子ヲ相見《あひ》ルベシ。ツユ恨《うらみ》ト思《おもふ》ベカラズ」ト、宣《のたまひ》ケルコソヤサシケレ。二人ノ者共、二十余年ノ好《よしみ》ナレバ、遺《なごり》ハ実《まこと》ニ惜《をし》ケレ共、サスガニ身ノステ難《がた》サニ、泣々《なくなく》都へ上《のぼり》ニケリ。

権亮三位中将維盛、[一二]資盛、清経[12]巳下《いげ》兄弟ノ人々、三百余騎ニテ、「行幸ハ、ヽヤ成《なり》ヌ。急《いそげ》ヤイソゲ、打《うて》ヤ〳〵」トテ、大宮ヲ下《くだり》ニ、東寺、[一三]四塚《よつづか》、造路《つくりみち》、[一四]御吉野、[一五]志賀、[一六]柳原、[一七]淀津、[一八]羽束《はづかし》、[一九]六田《むつだ》河原ヲ打過《うちすぎ》テ、[二〇]関戸院《せきどのゐんの》辺ニテゾ、行幸ニハ追付《おつつき》給ケル。大臣《おほい》殿ハ此《この》人々ヲ見給テゾ、少《すこし》力付《つき》テ、「今マデ見ヱ

被討に述べられる、一条忠頼に対する頼朝の誅罰に際しては、有重が働いている。(吾妻鏡・元暦元年六月一六日)。

九　平家物語諸本また吾妻鏡・文治元年七月七日条には宇都宮朝綱を加え三人とする。↓補注二二

一〇　補注二二の吾妻鏡では平貞能の取りなしによったとする。平家滅亡後、宇都宮朝綱に平貞能は庇護を求め、朝綱の取りなしによって頼朝の宥免を得たという。そのことは延慶本でも言及されている。覚一本にも朝綱による貞能のための頼朝への取りなしについて記しているが、都落に際して件の三人について宗盛に取りなしをしたのは平知盛となっている。それは知盛などを登場人物として集約的に造型しようとする覚一本の性格の反映であろう。

一一　後漢書朱穆伝に「情為恩使、命縁義軽」が原拠。和漢朗詠集にも引用。「情」を「身」とするのは陸奥話記や十訓抄に。七十一番職人歌合・弓取には前半を「運は天にあり」とする。

一二　資盛は平貞能とともに山崎から京都へ引返し、源氏と合戦していた。補注四参照。本書では維盛を待っていて遅れたとする。

一三　朱雀大路の南端、九条大路にあった羅城門付近の地名。ここから造道(鳥羽街道)に出る。

一四、一五　未詳。

一六　東は愛宕郡新熊野村、西は葛野郡東塩小路村、北は下京の町地、南は紀伊郡東九条村に接する地域。中世には散所民の居住地。

一七　木津、宇治、桂の三川合流地点。巨椋池の南、淀川の起点で、現在の伏見区の淀水垂町、淀大下津町あたりを中心とする港津の地。

一八　現在の伏見区羽束師。羽束師森は歌枕。

一九　未勘。「都出の名所に(中略)南を眺むれば、

サセ給ハザリツレバ、宥《おぼつかな》ク思奉リツルニ、角《かく》テ又見エサセ給ヘバ、嬉《うれし》クコソ」ト宣ヘバ、三位中将ハ、「稚《をさなき》者共ノ、強《あながち》ニ慕《したひ》侍リツルヲ、[一三]誘《こしら》ヘ侍《はべり》ツレバ、今マデ行幸ニハ後《おく》レ進《まゐらせ》候ヘ」ト宣ヘバ、「何トテ具シ奉《たてまつり》給ハヌゾ。留置《とどめおき》奉《たてまつつ》テハ、[二]イカニシテカ御座合《おはしましあは》スル。御心苦《ぐるし》キ事ニテコソ」ト宣ヘバ、「行前《ゆくさき》トテモ、憑《たのも》シクモ候ハズ」ト計《ばかり》ニテ、問《とふ》ニツラサノ勝《まさ》リツヽ、イトヾ涙ヲ被レ流《ながされ》ケリ。是ヲ聞《きき》ケル人々ハ、実《げ》ニト思《おもひ》ツヽ、我《わが》身ノ上トゾ悲《かなし》ミケル。池大納言ノ一類ハ、今ヤ〱ト待《また》レケレ共、落留《おちとどまり》テ見ヱ給ハズ。

[三]修理大夫経盛ノ子ニ、[四]但馬守経正ト申《まうす》ハ、入道ノ甥《をひ》也。童形ノ程ハ、幼少ヨリ[五]仁和寺宮ニ守覚法親王候テ、御愛弟ニテオハシケルガ、是《これ》モ都ヲ落ケルニ、昔ノ好《よし》ミ、忘《わすれ》難ク覚エケレバ、最後ノ見参《げんざん》ニ入進《いりまゐら》セントテ、[六]有教、[七]朝重ト云《いふ》侍二人召《めし》具シテ、只三騎ニテ、[八]仁和寺宮ヘゾ参給《まゐりたまふ》。経正ハ、[九]練貫《ねりぬき》ニ鶴ヲ縫《ぬひ》タル冑直垂《よろひひたたれ》ニ、萌黄《もえぎ》糸威《をどし》ノ鎧《よろひ》ヲゾ著タリケル。人シテ申《まうし》入ケルハ、「一門ノ栄花既ニ尽《つき》テ、今日都ヲ罷出《まかりいで》候。再《ふたたび》花雒《くわらく》ニ還《かへり》登ラン事、有難《ありがた》シ。身ヲ西海ノ底ニ沈メ、骸《かばね》ヲ山野ノ塵《ちり》ニマジヘン事、疑ナシ。何事モ皆、[一〇]先世ニ報フ事ト思フ中ニモ、[一一]今一度君ヲ不レ奉レ見《みたてまつらず》シテ、空《むなしく》ナラン事、憂《うき》世ノ妄念ト成《なり》侍リヌト、悲《かなし》ク覚《おぼえ》候ヘバ、乍レ憚《はばかりながら》[一二]推参」ト申

東寺西寺四塚、としはゆけどもおひもせぬむつた川原とうちながめ、山崎宝寺関戸院をうち過」(幸若・敦盛)。

二〇　大阪府三島郡島本町。山城と摂津の国境に設けられた関に付随して建てられた施設。貴族の旅宿などにあてられた。

一　なだめすかしていたので。　二　どうしてそばにいて会うことができましょう。

三　清盛の弟。母は源信雅の娘。治承三年に修理大夫。歌人。平家の文化的活動の中心的人物で、仁和寺の月次の会の常連でもあった(左記)。檀ノ浦合戦で自殺。↓補注二三

経正参ニ仁和寺宮一

四　経盛の嫡男。敦盛の兄。俊成に師事。歌人。数寄人であり琵琶を嗜んだらしいことは残夜抄・第一一に「つねまさとていみじくやさしきすき人ありき。それがしうとめにて能登あまといふことびはの上手ありき」などからも想像される。養和元年八月一五日に但馬守。一ノ谷合戦で戦死。謡曲・経正の主人公。補注二三参照。

五　後白河院の皇子。母は大納言季成の娘、従三位成子(高倉三位)。以仁王、式子内親王の同母兄。仁和寺第六代御室で喜多院御室と号す。仁和寺を真俗文化の一大拠点としてその中心にいた。

六　世系未詳。藤九郎有教。経正の従者の筆頭として経正に近侍(巻二八・経正竹生島詣)。ただし経正最期の場面には見えない(巻三八・経俊敦盛経正師盛已下頸共懸一ノ谷)。

七　未勘。

八　補注二三の左記にも青山返却のことを記す。

九　延慶本、長門本も同じ。覚一本は紫地の錦の直垂に萌黄匂の鎧。覚一本は敦盛最期の時の

入ル。宮、大《おほき》ニ[一三]憚《はばかり》思召《おぼしめし》ケレ共、サシモ糸惜《いとほし》シ、不便《ふびん》ト思召シ者ナル上ニ、誠ニ都ヲ落《おち》下ル程ナレバ、又御覧ゼン事有《ある》マジ、トテ、御前近ク召《めさ》レケリ。経正、悦《よろこび》テ、冑《よろひ》着ナガラ、中門ノ廊ニ畏《かしこま》リ、跪《ひざまづい》テ申《まうし》ケルハ、「十一歳ノ時ヨリ、此《この》御所ニ参《まゐり》、不便《ふびん》ノ者ニ被二思召一《おぼしめされ》シカバ、[一四]慈悲ノ御衣《ぎよい》ノ下ヨリ生立《そだて》ラレ進《まゐ》ラセシ上ハ、[一五]剃髪《ていはつ》、染衣《ぜんえ》ノ形ニコソ罷《まかり》成《なる》ベキニ、心ナラズ、在俗不善ノ身ト成《なり》、[一六]叙爵《じよしやく》シ侍《はべり》シカ共、出仕ノ隙《ひま》ニハイツモ、此《この》御所ニコソ伺候申《まうし》シニ、近年源平ノ諍《あらそひ》ニ打紛《うちまぎ》レテ後ハ、ツト参ル事コソナカリツレ共、五日三日ニ不レ参《まゐらざる》事ハナカリキ。而《しかるに》一族、運傾《かたぶき》テ、今日既ニ都ヲ罷出《まかりいで》ツ。遥《はるか》ノ西海ニ落下リ、八重ノ塩路ヲ漕隔《こぎへだて》ナバ、帰ラン期《ご》ヲ不レ知《しらず》。骨ヲ道ノ側《かたはら》ニサラシ、名ヲ浪ノ末ニ流サン事、疑ナシ。哀《あはれ》、不便《ふびん》ノ昔ノ御[一七]好《よし》ミ、生々世々《しやうじやうせぜ》ニ、争忘奉《いかでわすれたてまつる》ベキナレバ、今一度、君ヲモ見進《まゐら》セバヤト存ジテ、人々ハ、ヽヤ落罷《まかり》ヌレドモ、経正ハ先《まづ》、是マデ参上仕《つかまつる》ニ、御前近被レ召《ちかくめされ》進《まゐら》セヌル事、申《まうす》ニ猶モ余《あまり》アリ。抑《そもそも》又、下預《くだしあづかり》シ[一八]青山ヲバ、イカナラン世マデモ、御形見ニトコソ思侍《おもひはべり》ツレドモ、争《いかで》カ懸《かか》ル名物ヲ、空《むなし》ク旅ノ空ニ引《ひき》失ヒ、波ノ底ニ沈メ侍《はべる》ベキ。サレバ返上仕ラントテ持参。ソレ進《まゐ》ラセヨ」トテ、郎等有教ヲ召《めし》テ、錦《にしきの》袋ニ

装束が練貫に鶴縫うたる直垂に萌黄匂の鎧(巻九・敦盛最期)。練貫は生糸を経とし練糸を緯(ぬき)として織った絹布。

一〇 前世の行いが原因となって、この世に結果となって現われる、の意。

一一 守覚法親王にいま一度お目にかからぬままで死ぬことになったなら、その心残りが妄念となって、来世にはきっと悪所に生まれかわることになってしまう。

一二 承諾を得ぬままに目上を訪問すること。

一三 「憚り」の意味するところは複雑だが、平家を逆賊とする認識に由来するところが大きいだろう。因みに吉記・寿永二年七月二八日には朝廷においてすでに平家を追討・征伐の対象と見なしている。頼盛が都に残り参上したのを帰降と見なし帰仁と表現されている。↓補注二四

一四 経正が稚児として守覚法親王の膝下にあったことをいう。

一五 出家の意。髪を剃り、墨染の衣を着る。

一六 五位に叙されること。三一頁には一七歳の時、初冠して五位になるとある。

一七 後に桂宮家諸大夫の家となる西の生島家蔵「当家伝」、また地下家伝・二三に、経正が仁和寺坊官維禅(仁和寺本「惣系図」の「高橋 一条」の系図に「維禅 寿王房、惣在庁」として名が載る)の娘の腹に設けた経菊丸に対して平家滅亡後も守覚法親王は庇護を加えたという(角田文衞『平家後抄』)。

一八 補注二三の左記によると守覚の一代前の御室である紫金台御室覚性から下されたとする。青山は楽家録に、古く消失したと記されるもので、楽書の類にその名を見つけることが難しい。

入《いれ》タル青山ト云琵琶《いふびは》ヲ取出《とりいで》テ、輪台[一]、青海波[二]、蘇香《そかふ》[三]、万寿楽《まんじうらく》[四]ノ五[五]、六帖《でふ》ヲゾ、暫《しばら》ク弾ジ給ケル。是《これ》ヲ最後ト引《ひき》給ヘバ、聞《きく》人涙ヲ流シケリ。サテ琵琶ヲ懐《いだき》テ、御前ニ指置《さしおき》給ツヽ、鎧《よろひ》ノ袖ヲ顔ニ当《あて》テ、ヤヽサメ〴〵ト泣《なき》給フ。宮ハ此《この》有様ヲ御覧ジ聞召《きこしめし》テ、聊《いささか》モ御返事ヲバ仰セズ、香染《かうぞめ》[六]ノ御衣《おんぞ》ノ袖、絞リアヘサセ給ハズ。哀《あはれ》ニ堪《たへ》ヌ御有様、徐《よそ》ノ袂《たもと》ゾ濡増《ぬれまさ》ル。

抑《そもそも》、此《この》琵琶ハ、承和二年[七]ニ掃部頭《かもんのかみ》[八]貞敏ガ、勅宣ヲ蒙《かうぶり》、大唐国ニ渡《わたり》ツヽ、廉承武[九]ニ謁シテ、秘曲ヲ伝ヘ習《ならひ》シニ、二[一〇]ノ琵琶ヲ得タリキ。玄象[一一]、青山、是也。博士、此琵琶ヲ弾ジツヽ、曲[一二]ヲ貞敏ニヲシヘシニ、青山ノ緑ノ梢《こずゑ》ニ、天人天降《あまくだり》ツヽ、廻雪[一三]ノ袖ヲヒルガヘス。博士、瑞相ニ驚《おどろき》テ、青山ト名ヲツケキ。

又、此琵琶ノ造様《つくりやう》、紫藤《しとう》ノ槽《さう》[一四]ニ枝ノ腹[一五]、花梨木《くわりぼく》ノ頭[一六]ニ、同天首《てんじゆ》[一七]、黄楊《つげ》ノハン[一八]首《じゆ》ニ、同撥《ばち》[一九]。白心《びやくしん》ノ[二〇]フクジユニ、虎ノ皮ノ撥《ばち》[二一]面、落帯[二二]ナリ。撥面[二三]ノ絵ニハ、夏山ノ碧《みどり》ノ空ニ、有明ノ月出《いで》タル様ヲ書《かき》タレバ、青山共名付《ともなづけ》タリ。譬《たとへ》バ撥面ニ牧ノ馬[二四]ト書タレバ、彼《かの》琵琶ヲ牧馬《ぼくば》ト如レ云《いふがごとき》也。

昔、村上天皇[二五]御宇ニ、月明々トシテ陰《くもり》ナク、風颯々《さつさつ》[二六]トシテ最冷《いとすさまじ》。秋夜深更ニ臨《のぞみ》テ、御寂《さびしき》折節、御心ヲ澄《すま》シツヽ、此青山ヲ取出《とりいだし》御座《おはしまし》テ、

一　左舞、新楽、中曲。四人立ち。青海波の破に対する序となる。
二　左舞、新楽、中曲。二人立ち。輪台に続けて舞われる。両曲を合わせて輪台青海波あるいは単に青海波という。四人の舞人が輪台の序を舞い、続いて二人の舞人が青海波の破を舞う。垣代の楽器に琵琶がある(教訓抄、舞楽小録、舞楽図説など)。源氏物語・紅葉賀で光源氏が、安元御賀で平維盛が舞ったことで有名。
三　蘇合香または蘇合と書く。左舞、新楽、大曲。六人立ち。阿育王が蘇合香を得て、それを服し病気が癒えたことを喜び作ったという(教訓抄・巻二)。

青山琵琶　流泉啄木

四　万秋楽のこと。吉野吉水院楽書に「万秋楽。万寿楽ト云ハ秘事也」とする。左楽、新楽、大曲。六人立ち。仏の世界の曲という。都率内院の音楽といい、また聖衆来迎の時の曲ともいい、往生浄土の功徳を持つとする説話もある。巻一五・高倉宮出寺にもその説。
五　帖は一曲の構成単位。万秋楽は全六帖でその五、六帖は笛では秘曲(十訓抄第一〇・笛の秘曲、教訓抄巻三の末尾)。
六　丁子染。黄地に赤味を帯びる。
七　西紀八三五年。仁明帝、唐は武宗帝の時代。巻一二・師長熱田社琵琶にも見える。
八　貞観九年没。従五位上掃部頭。承和二年の遣唐使の准判官として渡唐し琵琶とその演奏法を請来。三代実録に卒伝が見える。↓補注二五
九　伝未詳。琵琶血脈などの本朝の琵琶系譜では祖とされる。三代実録では貞敏の師を劉二郎とする。ところで当時、唐では廉郊という楽吏が琵琶の名手として有名(太平御覧、類説、説郛など)。

一〇　禁秘抄、十訓抄、古事談、絲竹口伝などは二面の琵琶を得、その一面を玄象とする。文机談には玄象と牧馬を請来したとする。覚一本、塵荊抄、榻鴫暁筆などは玄象、青山、師子丸の三面を得、前二者が請来されたとする。補注二五参照。
一一　一五頁注二一。
一二　文机談巻二には三曲、教訓抄巻一には賀殿を授けたとある。補注二五参照。
一三　美しい舞すがたをいう常套文句。「廻雪飄飄転蓬舞、左旋右旋不知疲」（白楽天・新楽府「胡旋女」）。
一四　甲ともいう。胴の背面の板。↓補注二六
一五　響孔となる半月・隠月がくりぬかれているおもての面。「枝」は未詳。
一六　三味線の棹に相当する頸（鹿頸）あるいは腹の頭部の額のいずれかの誤りか。
一七　転手。弦を巻きつける棒。音程を調節。
一八　反手。鹿頸のさき、横に折れ曲った部分で、転手、絃渕、海老尾がある。
一九　琵琶の撥は多く木製。黄楊は堅い材質。
二〇　覆手。腹の撥面の下。絃のもとを張るところ。白心はヒノキ科の白槇。
二一　腹の、撥のあたるところ。革が張りつけられている。人物の登場する情景の絵が描かれるものが多い（胡琴教録巻下・押撥面等）。
二二　腹と甲の接する、胴の縁（磯）に張ってある皮。
二三　榻鴫暁筆第一八にも載るが、本書に拠ったか。
二四　胡琴教録、絲竹口伝に異説。↓補注二七
二五　巻一二・師長熱田社琵琶に類話。この説話未詳。↓補注二八
二六　風の音。「颯颯風和雨」（白氏文集・五絃）。
二七　摂関家を除く清華以下の家柄。

御自《みづから》万秋楽《まんじうらく》ノ秘曲ヲ弾《ひき》給ケルニ、撥《ばち》ノ音ニヤメデタリケン、月モサヤケキ軒端頭《のきばのほとり》ニ、天人天降《あまくだり》給テ、五、六帖《でふ》ノ秘曲ノ時、廻雪ノ袖ヲ飜シ、雲井ニ登《のぼり》給ニケリ。懸目出《かかるめでたき》琵琶ナレバ、其《その》後[二七]凡人引《ぼんにんひく》事ナシ。仁和寺宮ニ伝ハリ、代々此《この》御所ノ重宝也ケルヲ、皇后宮亮経正、十七ニテ初[二八]冠《うひかぶり》シテ、ヤガテ五位ニ成《なり》、[二九]スキ額ノ冠ヲ給《たまはつ》テ、[三〇]宇佐宮ノ御使ニ立《たて》ラレケル時、申《まうし》預《あづかつ》テ下《くだり》ツヽ、当社権現ノ神前ニテ、[三一]盤渉調《ばんしきでう》ニテ青海波ヲ弾給ケル。御神殿ヤヽ動《うごき》ツヽ、内ヨリ二羽ノ千鳥、飛出《とびいで》テ、社壇ノ上ニゾ舞遊《まひあそぶ》。神明御納受有《あり》テ、化現《けげん》シ給《たまふ》ト覚《おぼえ》テ、忝《かたじけな》シ。経正、楽ヲバ留《とどめ》テ、[三二]三曲ノ其一《そのひとつ》、流泉ノ曲ヲ調ベタリ。宮人、巫女《ふぢよ》、賤女《しづのめ》、賤男《しづのを》ニ至《いたる》マデ、[三三]呂律《りよりつ》緩急ヲバ不レ知《しらざれ》ドモ、感涙袖ヲ絞《しぼり》ケリ。凡人此《ぼんにんこの》琵琶ヲ弾《ひく》事ハ、経正バカリゾ有ケル。懸《かか》ル希代《きたい》ノ重宝ナレバ、身ヲハナタズ、家ニ伝《つたへん》トコソ思ハレケメ共、都ヲ落《おち》別ルヽ程ナレバ、縦《たとひ》波ノ底ニ消失《きえうせ》ヌ共、是ヲ御覧ゼン折々ハ、思召出《おぼしめしいだ》シ御座《おはしま》シテ、[三四]後ノ世ヲモ御トブラヒアレカシ、ト思《おもひ》ケレバ、進報シケルニコソ。

抑《そもそも》、[三五]流泉曲トハ、[三六]都卒内院ノ秘曲也。菩提楽《ぼだいらく》トハ此《この》楽也。弥勒菩薩《みろくぼさつ》、常ニ此《この》曲ヲ調《しらべ》テ、[三七]聖衆《しやうじゆ》ノ菩提《ぼだい》心ヲスヽメ給故《たまふゆゑ》也。其声歌云《そのしやうがにいはく》、

[三八]三界無安《さんがいむあん》　猶如火宅《ゆによくわたく》　発菩提心《ほつぼだいしん》　永證無為《やうしようむゐ》

トゾヒヾクナル。[一]漢武帝ノ仙[二]ヲ求《もとめ》給シ時、内院ノ聖衆《しやうじゆ》天降《あまくだり》テ、武帝ノ前ニテ此《この》曲ヲ調べ給シ時、龍王窃《ひそか》ニ来《きたり》テ、[三]南庭ノ泉底ニ隠《かくれ》居テ、此《これ》ヲ聴聞セシカバ、庭上《ていしやう》ニ泉流《ながれ》テ、満《みち》タリシヨリ、此曲ヲバ流泉ト名《なづけ》タリ。我《わが》朝ニハ延喜第四王子、会坂《あふさか》ノ[四]蝉丸《せみまる》ノ、琵琶《びは》ノ上手ニテ、天人ヨリ伝《つたへ》ラレタリシヲ、秘蔵《ひさう》セラレテ、更ニ人ニ授《さづけ》給ハズ。[五]博雅三位、三年《みとせ》ノ程、夜々《よなよな》関屋ニ通《かよひ》ツヽ、伝《つたへ》タリシヲ、三位モ是《これ》ヲ秘蔵《ひさう》シテ、輙《たやす》ク人ニハ伝ザリケリ。

[六]啄木《たくぼく》ト云《いふ》曲モ、天人ノ楽也。本名解脱楽ト云《いふ》。此《この》曲ヲ聞《きく》者ハ、[七]生死《しやうじ》解脱ノ心アリ。其声歌《そのしやうが》ニ云《いはく》、

[八]我心無碍法界同《がしんむげほっかいどう》　我心虚空其本一《がしんこくうごほんいち》
我心遍用無差別《がしんへんゆうむしやべつ》　我心本来常住仏《がしんほんらいじやうぢゆうぶつ》

トゾ響《ひびく》ナル。[九]震旦《しんだん》ノ[一〇]商山《しやうざん》ニ仙人多ク集《あつまり》テ、偸《ひそか》ニ此曲ヲ弾《ひき》ケルニ、山神《さんじん》虫ニ変ジツヽ、木ヲ啄《たたく》様ニモテナシテ、此ヲ聞《きき》ケルヨリ、啄木トハ申《まうす》也。此楽ヲ弾《ひく》時ハ、天ヨリ必《かならず》妙華フリ、甘露定《さだめ》テ、[一一]海老尾《かいらうび》ニ結ビケリ。

サテモ経正ハ、既ニ罷出《まかりいで》ントシケルガ、今ヲ限《かぎり》ノ別《わかれ》ノ道、立《たち》モヤラズ。琵琶ヲ御前ニ閣《さしおき》ツヽ、角《かく》ゾ思《おもひ》ツヾケヽル。

[一二]呉竹《くれたけ》ノモトノ筧《かけひ》ハカワラネドナヲ住《すみ》アカヌ宮ノ内カナ

二八　叙爵することをいう。
二九　冠の磯の部分から甲にかけての全体を黒羅で作り、薄く漆を塗った冠。若者が被る(筆の御霊前篇之五、歴世服飾考二上)。
三〇　未勘。平清盛が大宰大弐となり着任後、宇佐八幡宮は平家に好みを通じ、大宮司公通は清盛の御家人的存在となっていた。
三一　唐楽の六調子のひとつ。盤渉(ロの音)を主音とする調べ。青海波は盤渉調の曲。
三二　琵琶の秘曲とされる、流泉、啄木、楊真操の三曲(教訓抄巻八・琵琶)。
三三　短音階の呂旋、長音階の律旋の旋律とテンポの緩急。
三四　守覚法親王が経盛、忠度、経正などの後世の弔いをしたことは左記の端書に見える。補注二三参照。　三五　この説未勘。
三六　弥勒菩薩を教主とする浄土で、四十九院があり、一生補処の菩薩たちが住む。
三七　都率天の内院に住む菩薩たち。
三八　法華経・譬喩品の偈のなかの句。

一　この説未勘。
二　自らが仙となるための仙術。武帝は四〇歳を過ぎた元鼎、元封年間、神仙への志向が甚しかった。史記の封禅書、漢書の郊祀志、漢武内伝、漢武故事など。
三　長安の西北二百キロの地にある離宮、甘泉宮がイメージにあるか。
四　蝉丸の出自は不明だが、延喜帝の四宮とする説は巻三九・重衡関東下向や東関紀行ほかに載る。蝉丸は地神盲僧派第四代とされる。この説話は江談抄第三、今昔物語集巻二四ほか諸書に載る。
五　天元三年(九八〇)薨、六三歳。醍醐帝の皇

宮モ御涙ヲ押《おさ》ヘ御座《おはしまし》テ、

　[一三]呉竹《くれたけ》ノ本ノカケヒハ絶《たえ》ハテヽ流《ながる》ル水ノスヱヲシラバヤ

[一四]御前ニ候ケル人々、昔ノ好《よし》ミ、争可レ忘《いかでわするべき》ナレバ、各《おのおの》遺《なごり》ヲ惜《をしみ》ツヽ、墨染ノ袖ヲゾ絞《しぼり》ケル。[一五]大蔵卿法印ハ、余リニ悲《かなし》ク思ヒツヽ、是《これ》ヤ最後ノ別《わかれ》ナルラント思入《おもひいり》テ、

　[一六]夏山ノ出入《いでいる》[14]月ノ姿ヲバイツカ雲井ニ又モ見ルベキ

経正ノ返事、

　[一七]夏山ノ緑ノ色ハカハルトモ出入《いでいる》[15]月ヲ思《おもひ》ワスルナ

[一八]侍従律師行経ハ、コトニ不レ浅《あさからず》契リタリケル人也。

　[一九][16]哀《あはれ》ナリ老木《おいき》若木《わかぎ》モ山ザクラヲクレ先立《さきだち》花モ残ラジ

経正返事

　[二〇]旅衣夜ナ〳〵袖ヲカタシキテ思ヘバトヲク我ハ行《ゆき》[17]ナン

ト宣《のたまひ》テ、「御遺《なごり》ハ旁《かたがた》推量《おしはかり》御座《おはしま》スベシ。今ハ[二一]心ヅクシノハテマデモ、是ヲ最後ノ思出《おもひいで》」トテ、御前ヲ立《たち》給ケリ。年来《としごろ》見ナレシ人々モ、冑《よろひ》ノ袖ニ取付《とりつき》テ、衣ノ袂《たもと》ヲ絞ケリ。「夜ヲ重《かさね》、日ヲ重ヌ共、別《わかれ》ハイツモ同《おなじ》事。行幸ハ遥《はるか》ニ延《のび》サセ給ヌラン」トテ、心ヅヨク振放《ふりはなち》、甲《かぶと》ノ緒ヲシメ、馬ニ打乗《うちのり》

子克明親王の子。母は藤原時平の娘。従三位皇后宮権大夫。琵琶血脈では源高明とともに楽所預図書頭源脩(藤原貞敏の孫弟子)の弟子。

六　この説未勘。

七　悟りを得て輪廻の世界から脱すること。

八　未勘。　九　この説未勘。

一〇　陝西省商県にある。秦末漢初の隠士、商山の四皓の伝説で有名な地。

一一　琵琶の棹の先端の左へ折れ曲った部分。伊勢海老の尾のような形をしている。

一二　守覚法親王様の御所を訪れたい私のこころは変わらないけれど(平家の世は末と変って、それも叶わない今)、いっそう飽かず住み続けたいと思う御所のうちだ、の意。呉竹は皇族の意の竹園。筧は訪れの意を響かすか。呉竹、筧、すむ(澄む)は縁語。覚一本はこの歌(第二、三句「かけひの水はかはれども」)と「あかずしてわかるゝ君が名残をばのちのかたみにつつみてぞおく」の二首。

一三　私の御所を訪れることもできなくなって、落人となったあなたはどこへ流れてゆくのか、その行く先が知りたいものだ、の意。呉竹、筧、ながるゝ、水は縁語。延慶本では守覚法親王の返歌はこの歌と「あかずしてながるゝ袖の涙をば君がかたみにつつみてぞおく」の二首。長門本は「あかずして」の一首。

一四　守覚の日記、仁和寺本惣系図、仁和寺侯人系図、真俗交談記、真俗擲金記などで、近侍また出入りの人々の名前がわかる。　一五　未勘。

一六　御所に繁く出入りなさっていたあなたの美しいお姿を、いつ再びこの御所で拝見できるのでしょうか、の意。夏山は繁きを響かせる。延慶本、長門本はこの贈答歌なし。

一七　落人となって、心の深さを確かめあうこと

出給フ。参ル時ハ、世ヲ忍《しのび》タル体ナレ共、帰ル時ハ、赤旗[一]赤注《じる》シ付《つけ》サセツヽ、南ヲ指《さし》テ歩《あよ》バセケリ。行幸ニ追付進《おひつきまゐら》セントテ、心ヅヨクハ出《いで》タレ共、住《すみ》ナレシ故郷ハ、サスガニ悲《かなし》ク覚エツヽ、鎧《よろひ》ノ袖ニ涙落《おち》テ、行前《ゆくさき》モ不レ見《みえざり》ケリ。[二]梅津里ハ夏ナレド、匂《にほひ》ヲ残シテ芳《かうば》シヤ。[三]桂里ノ月影モ、思《おもひ》出テゾ通ラレケル。[四]大井河、岩越《こす》瀬々《せぜ》ノ水ノ泡、旅ノ憂《うき》身ノ悲サニ、消入《きえいる》心地シ給ヘリ。

[五]飛騨守景家モ、「御伴ニ」トテ出立《いでたち》ケルガ、三歳ニナル孫ニ遺《なごり》ヲ惜《をしみ》ツヽ、「イカヾセン」トゾ悲《かなしみ》ケル。其《その》孫ト云《いふ》ハ、北国ノ軍《いくさ》ニ討《うた》レシ[六]飛騨太郎判官景高ガ子也。其《その》妻ハ、夫ニ後《おく》レテ深思《ふかきおもひ》ニ沈《しづみ》、「此少《このをさなき》者ヲカヽヘテ、後イカヾセン」ト歎《なげき》シ程ニ、積思《つもるおもひ》ニ堪《たへ》ズシテ、此世空《むなし》ク成《なり》ニケリ。父ニモ後レ、母ニモ別《わかれ》テ孤《みなしご》也ケルヲ、祖父《おほぢ》飛騨守景家ガ、我《わが》懐ニ拘抱《かかへいだき》テ、常ハ口説言《くどきごと》シテ、「哀《あはれ》、果報ナキ身トナレル悲サヨ。懸忘《かかるわすれ》ガタミヲ残《のこし》置《おき》、我サヘ物思《おもふ》事ノ無慙《むざん》サヨ」トテ、鳥ノ雛《ひな》ヲ[七]燸《あたたむる》ガ如ク孚《はぐくみ》ケル程ニ、平家都ヲ落ケレバ、景家モ出立ケリ。東西モシラヌ稚《をさなき》者ヲ、宿定《やどさだ》メナキ旅ノ道ニ、具セン事モ叶《かなふ》マジ。跡ニ憑《たのも》シキ者モナケレバ、誰ニ預《あづく》ベシ共覚ヘズ、思侘《わび》テツク〴〵是《これ》ヲ案ジ出《いだ》シテ、冑《よろひ》ノ袖ニ懐《いだ》キツヽ、母ノ八

が出来なくなっても、昔の私のことを忘れないで下さい、の意。緑の色は深い心の色の意。

一八　覚一本は葉室大納言光頼の子、大納言法印行慶の作とする。

一九　老木も若木も山桜は悲しいものだ。あとになりさきになりして散ってしまって、花も残るまいから。都落する平家を山桜に喩える。行経と経正の交情の花やぎを山桜に喩えるともとれる。延慶本、長門本は第二、三句が異なる。

二〇　つくづくと思えば、私は夜ごと独り寝の袖を片敷く憂き身となって遠くへさすらいゆくのです、の意。行経との交情の意が含まれるととれば、あなたを残してという気持を含意。「さむしろに衣かたしきこよひもや我をまつらむうぢのはしひめ」(古今和歌集・恋歌四・六八九　よみ人しらず)。

二一　「つくし」は心尽くしと筑紫をかける。

一　赤符とも。兜につける笠符や鎧の袖につける袖符。赤符は平家のもの。

二　四条大路を西に延長した桂川左岸の地域。歌枕。梅花の意を掛ける。

三　桂川中流右岸の地域。歌枕。桂と月は縁語。

四　保津川の下流。桂の辺りから下流は桂川と呼ぶが、大井川とも。歌枕。以下、瀬、水の泡、うき、消えは縁語。

五　秀郷流藤原氏。伊勢が本貫の地ゆえ伊藤を称す。忠盛、清盛に仕えた、平家貞と並ぶ平家の有力家人の伊勢守景綱の子。飛騨守。上総介忠清の弟。玉葉・治承四年一一月二一日条に「彼家(宗盛)後見。有勢武勇者也」、同・寿永二年六月五日条に平盛俊、忠経とともに「彼家第一之勇士也」とする。息子の景経は宗盛の乳母子。倶梨迦羅峠の戦いで戦死した息子の景高の後世

十有余ニ成《なり》ケルニ、具シ行《ゆき》テ、「此《この》子預奉《あづけたてまつる》。御為ニハ、曾孫《ひまご》也。景家、西海ノ浪ニ沈ミ候共、生《おほ》シ立《たて》テ、御形《かた》見《み》共《とも》御覧候ヘ」トテ、打預《うちあづけ》ツヽ、落行《おちゆき》ケリ。景家ガ母、老々《ろうろう》トシテ、庭ニ杖《つゑ》ツキ走出《はしりいで》テ、泣々申《なくなくまうし》ケルハ、「我《わが》身縦《たとひ》若ク盛《さかり》也トモ、懸《かか》ル乱《みだれ》ノ世《よの》中ニ、イカニシテカ育《はぐくむ》ベキ。況《いはんや》八十ニ余《あまり》テ、今日明日トモ知《しら》ヌ命也。行《ゆく》末遥々《はるばる》ノ少《をさな》キ者ヲ、何トセヨトテ、捨《すて》預テハオハスルゾ。縦情《たとひなさけ》ナク老《おい》タル母ヲコソ、振《ふり》捨テ出給フ共、恩愛ノ別《わかれ》ノ悲《かなしき》ニ打副《そへ》テ、[八]歎《なげき》ヲ重給《かさねたまふ》事コソ心ウケレ。イカナラン野《のの》末、山ノ奥ヘモ具《ぐし》行給ヘ」トテ、嬰児《みどりこ》ノ手ヲ引《ひき》、冑《よろひ》ノ袖ニ取付《とりつき》テ、門ヲ遥《はるか》ニ出《いで》タリケリ。弓矢トル身ノ哀《あはれ》サハ、人ニ弱気《よわげ》ヲ見セジトテ、カナグリ棄《すて》テ出ケレドモ、涙ハサキニスヽミケリ。

落行《おちゆく》平家ハ誰々ゾ。公卿ニハ前内大臣宗盛、[九]平中納言教盛、新中納言知盛、修理大夫経盛、[一〇]右衛門督清宗、[一一]本三位中将重衡、権亮三位中将維盛、[一二]越前三位通盛、新三位中将資盛、[一三]殿上人ニハ内蔵頭《くらのかみ》信基、但馬守経正、左中将清経、[一四]薩摩守忠度、小松新少将有盛、[一五]左馬頭行盛、能[一六]登守教経、[一七]武蔵守知章、備中守師盛、小松侍従忠房、[一八]若狭守経俊、[一九]淡路守清房、僧綱《そうがう》ニハ、[二〇]二位僧都全真、[二一]法勝寺執行能円、[二二]中納言律師忠快、経誦

を弔うために出家の許可を願いでたことが巻三〇・平氏侍共亡に記される。延慶本、長門本も同じ。南都本、屋代本、高野本、高良本などは、その折、出家を許され、ほどなく歎き死にをしたとする。

六　景家の嫡男。左衛門少尉、検非違使。平等院合戦で高倉宮の首級を(巻一五・宮中流失)、また頼政の首級を(玉葉・治承四年五月二六日)得たとされる。頼政追討の賞で従五位下。倶梨迦羅峠合戦で信濃住人根井小弥太行近に討たれたとする(巻二九・平家落上所々軍)。

七　音はジュ、ダン。煗(あたためる)の俗字。

八　老いた身で幼児を育てる辛苦の歎き。

九　清盛の弟。門脇宰相。通盛、教経、業盛、忠快の父。

一〇　宗盛の長子。この時一三歳。正三位、右衛門督。壇ノ浦合戦で捕われ、文治元年六月二一日に父とともに近江国で斬られる。

一一　清盛の五男。三位、左権中将、但馬権守。玉葉に「堪武勇器量」と評され、平家公達草子では女房たちを楽しませるよき貴公子ぶりが描かれる。奈良炎上の張本となって後に悲劇の人物となる。大納言典侍輔子はその室。

一二　教盛の長子。従三位、前越前守。平家一門のなかで彼ら兄弟が武勇に秀でる。一ノ谷合戦で戦死。その報を得て愛人小宰相は入水。

一三　以下の交名のなかに一ノ谷で戦死する従五位蔵人業盛の名がない。

一四　清盛の弟。正四位、左兵衛佐、薩摩守。武将としても活躍したが、歌人で、千載集入集に関わる逸話が有名。一ノ谷合戦で戦死。

一五　清盛の二男の故基盛の子。正五位、左馬頭。歌人。新勅撰和歌集入集に関わる逸話がある(巻三一・落行人々歌)。壇ノ浦で入水。

坊阿闍梨[一]祐円、侍ニハ、受領、検非違使、衛府、諸司、百六十人、無官ノ者ハ数ヲ不レ知《しらず》。此《この》二、三箇年ノ間、東国北国度々ノ合戦ニ、討漏《うちもら》サレタル人々也。

池《いけの》大納言頼盛卿モ、池殿ノ亭ニ火ヲ懸《かけ》テ、鳥羽ノ南、[二]赤江河原マデ落《おち》給タリケルガ、赤旗赤注《じるし》チギリ捨《すて》テ、此ヨリ都へ帰《かへり》上ル。[三]八条女院ノ御所、[四]仁和寺常葉殿ニ参籠《まゐりこもり》給ヘリ。落残ル勢、僅《わづか》ニ百余騎也。[五]兵衛佐ノ許《もと》ヨリ、度々被二申送《まうしおくられ》一ケルハ、「平家追討ノ院宣ヲ下給《くだしたまは》ル上ハ、私ヲ存ズベカラズ、御一門ノ人々、可二恨申《うらみまうすべき》一ニテ候。但《ただし》御アタリノ事ハ、驚思召《おどろきおぼしめす》ベカラズ。其《その》御故[六]池尼御前ニ、難レ遁《のがれがたき》命ヲ被レ助進《たすけられまゐらせ》テ、今ニ甲斐《かひ》ナキ世ニ立廻《たちめぐ》レリ。其御恩、争《いかで》カ奉レ忘《わすれたてまつる》ベキナレバ、イカニモ報ヒ申サントコソ存《ぞんじ》ツレ共、後《おく》レ進《まゐらせ》ヌレバ、力及バズ。今ハ故尼御前ノ御座《おはす》ト、深思進《ふかくおもひまゐら》スレバ、頼朝、角《かく》テ世ニ立廻《たちめぐ》リ候ハヾ、朝恩ニモ申替《まうしかへ》テ、御宮仕申《づかへまうす》ベシ。ユメ〳〵[18]嬌飾ノ所存ニアラズ」ト被レ申《まうされ》タリケル上、[七][19]法皇仰《ほふわうのおほせ》之旨モ有《あり》ケルヲ憑《たのみ》テ、留《とどまり》給フ。

又、同《おなじ》キ侍ニ、[八]弥平兵衛尉宗清ト云《いふ》者アリ。兵衛佐、平治ノ逆乱《げきらん》ニキラルベカリケルヲ、此《この》宗清、池ノ尼御前ノ使《つかひ》トシテ、兎角詞《とかくことば》ヲ加《くはへ》テ、死罪ヲ申宥《まうしなだめ》タリケルニ依《よっ》テ、兵衛佐、思忘《おもひわすれ》給ハズ。国々ノ兵《つはもの》ヲ差《さし》上セ

一六　教盛の子。能登守。武勇に秀で武将として活躍。武勇譚は平家物語を彩る。吾妻鏡では一ノ谷合戦で戦死とし、それを根拠に以後の合戦における武勇譚を虚構とする説もある。↓補注二九。

頼盛落留

一七　知盛の長子。母は治部卿局。従五位、左馬頭、武蔵守。一ノ谷合戦で戦死(巻三八・知盛遁戦場乗船)。治部卿局は守貞親王(後高倉院)の乳母で琵琶の名手。角田文衛『平家後抄』。

一八　経盛の子。従五位、若狭守。一ノ谷合戦で戦死(巻三八・経俊敦盛経正師盛巳下頸共懸一ノ谷)。吾妻鏡・元暦元年二月一五日の戦死者名に見える。

一九　清盛の子。従五位、淡路守。覚一本巻九では一ノ谷合戦での戦死の様が語られ、平家一門一〇人の戦死者のうちに数えられる。本書、延慶本、長門本には、戦死を八人とし彼の名を記さない。吾妻鏡の元暦元年二月一五日の戦死者名にもない。

二〇　天台宗山門派の僧。藤原親隆の子。母は平時信の娘。二位尼時子の猶子で二位法眼と称す。壇ノ浦で捕われ安芸国配流(玉葉・文治元年五月二一日、吾妻鏡・同年六月二一日、本書巻四五・虜人々流罪)。歌人。藤原隆信と親交。帰洛後、建礼門院を大原に訪問(玉葉和歌集)。

二一　藤原頼長の家司・藤原顕憲の子。平時子、時忠は異父の兄姉。時子の養子。前法眼、法勝寺執行。妻の範子は尊成親王(後鳥羽天皇)の乳母で、後に源通親の室↓補注三〇。壇ノ浦で捕われ備中国配流、帰洛後の正治元年(一一九九)没。

二二　教盛の子。小川法印。横川長吏。阿娑縛抄の編者承澄の師。壇ノ浦で捕らわれ伊豆国配流

給ケル時モ、「穴賢《あなかしこ》、池殿ノ殿原ニ向《むかつ》テ、弓矢ヲ引《ひく》事有《ある》ベカラズ。又宗清兵衛ニ手カクナ」トゾ被二誡仰《いましめおほせられ》一ケル。平治ニ頼朝助《たすか》リテ、寿永ニ頼盛遁《のがれ》給フ。周易ニ、「[九]積善《しやくぜん》之家有二余慶一、不善之家有二余殃《よあう》一」ト云《いふ》本文アリ。誠哉《まことなるかな》、此言《このこと》。人ニ情《なさけ》ヲ与《あたふ》ルハ、我幸《わがさいはひ》ニゾカヘリケル。

源氏[一〇]多田蔵人行綱、摂津国ヲ押領シテ、河尻ヲ打塞《うちふさぐ》ト聞エシ間、[一一]肥後守貞能、馳向《はせむかひ》タリケレ共、僻事《ひがこと》ニテ帰《かへり》上ル程ニ、[一二]相模ガ辻子《つじ》ト云所マテ[20]、[一三]行幸ニ参リ合フ。貞能、馬ヨリ下《おり》、大臣《おほい》殿巳下《いげ》[21]ノ人々ニ向奉《むかひたてまつつ》テ、「穴心《あなこころ》ウ。是《これ》ハイヅチヘトテ、御座《おはします》ヤラン。都ニテコソ、イカニモ成《なり》給ハメ。又西国ヘ落《おち》サセ給タラバ、助リ給ベキ歟《か》。落人《おちうど》トテ、此彼《ここかしこ》ニテ打《うち》殺サレ、射殺サレ、骸《かばね》ヲ道ノ側《かたはら》ニサラシ、名ヲ後ノ世ニ[一四]クタシ給ハン事、口惜《くちをし》カルベシ。トク〳〵是ヨリ還《かへり》上ラセ給ヘ」トテ、[一五]爪弾《つまはじき》ニ及ブ。大臣殿、宣《のたまひ》ケルハ、「貞能ヨ、汝《なんぢ》ハ未レ知《いまだしらず》。思フモ理《ことわり》ナレ共、[一六]源氏、昨日ヨリ天台山ニ登《のぼつ》テ、谷々坊々充満《みちみち》タリ。又此《この》夜半ヨリ、法皇モ御所ヲ出《いで》サセオハシマシテ、渡ラセ給ハズ。[一七]男子ノ身ナラバイカヾセン。主上《しゆしやう》イマダ幼《いはけな》キ御事也。女院、二位殿ヲ始進《はじめまゐら》セテ、女房達カタ〴〵マシマス。マノアタリ心憂《うき》目ヲ見《みむ》モ、悲《かなし》ケレバ、[一八]一間戸《ひとまど》モヤト思《おもひ》、又、[一九]禅門名将ノ御墓所ニ

(巻四五では飛騨国)、のち武蔵国へ。五味文彦『平家物語　史と説話』参照。

一　融円とも。経盛の子ないし弟。覚一本にあり。延慶本、長門本になし。延慶本、長門本、覚一本では壇ノ浦合戦での生捕りの交名に名が載る。

二　赤井河原とも。京都市伏見区羽束師古川町あたりの桂川沿いにあった地名。

貞能参ニ小松殿墓一

三　鳥羽帝の皇女暲子内親王。母は美福門院得子。頼盛との関係。↓補注三一

四　八条院の山荘。葛野郡太秦村常盤谷の鳴滝川の西。↓補注三二　五　源頼朝。

六　忠盛の正妻、頼盛の母、清盛の義母。彼女の頼朝助命嘆願は平治物語に詳しく愚管抄にも。頼朝の報恩は吾妻鏡にも記す。↓補注三三

七　愚管抄にも言及される。補注一六参照。

八　平家貞の甥で貞能の従兄弟。妻は伊勢の住人桑名三郎維綱の娘。拓植氏。頼盛の家人。平治の乱で頼朝を捕えるが恩情を示した。愚管抄巻五、平治物語下巻、幸若・伊吹落。頼朝が報恩のため下向を促したとき辞退、宗盛勢に合流のため屋島に向かう。元暦元年七月の伊賀、伊勢の平氏の蜂起、三日平氏の乱で誅殺された平家清は宗清の子。

九　周易の「文言伝」の「積善之家必有余慶、積不善之家必有余殃」が原拠。明文抄四、玉函秘抄上巻、管蠡抄第一〇などにも載るが、管蠡抄に載せる表現に一致。殃は災い。

一〇　摂津源氏の中心、多田氏。摂津守頼盛の子。鹿ノ谷の謀議に加わるが翻心。平家都落の直前には淀川尻を押さえ兵糧米を奪ったことが玉葉や吉記に見える。補注四参照。

参《まゐつ》テ、今一度奉レ拝《おがみたてまつり》、思フ事ヲモ口説申《くどきまうし》、其《その》後、塵灰《ちりはい》トモナラント思《おぼし》召《めす》也」ト仰《おほせ》ケレバ、貞能ハ、「昔ヨリ、源平世ヲ諍《あらそひ》テ、合戦イマニ絶ヘズ。縦《たとひ》敵、天台山ニ有《あり》トモ、争《いかで》カ住《すみ》ナレシ都ヲバ、アクガレ出《いで》サセ給ベキ。貞能ハ余《あまり》ニ京ノ恋シク候ヘバ、帰上《かへりのぼり》テ敵アラバ討死シテ、同《おなじく》ハ骸《かばね》ヲ都ニサラシ侍《はべる》ベシ。敵ナクハ、又コソ帰《かへり》参ラメ」トテ、[一]只一人都へ帰上《のぼり》ツヽ、[二]法住寺ノ辺ニ一宿シタリケレ共、人々モ引《ひき》返シ給ハズ、家々ハ今朝、皆焼払《やきはらひ》給ヌ。ナニヽ付《つけ》、イヅクニ有《ある》ベシ共覚《おぼえ》ザリケレバ、貞能、[三]小松殿ノ御墓ニ参《まゐり》テ、夜深《ふく》ルマデハ忍音《しのびね》ニ念仏申《まうし》、頓證菩提《とんしょうぼだい》ト回向《ゑかう》シテ後、申ケルハ、[四]「君ハ加様《かやう》ノ事ヲ、兼《かね》テ被二知召一《しろしめされ》テ、[五]熊野権現ニ御祈誓候《さうらひ》テ、トク失《うせ》サセ給ケルニヤ。此世《このよの》中イカニ成立《なりたち》候ベキ。賢人ノ大臣トコソ、君モ臣モ思《おもひ》奉リシ事ニ侍《はべり》シカ。草ノ陰マデモ、遠キ守《まもり》トナラセ給テ、御一門、今一度都へ返入《かへしいらせ》給へ」トテ、生《いき》タル人ニ物ヲ云《いふ》様ニ、涙ヲ流シテ申ケリ。暁ニ及《および》テ[六]夢ヲ結ブ。大臣《おとど》、衣冠正シクシテ、八葉ノ蓮座《れんざ》ノイト目出《めでた》キニ、左ノ足ヲ指上《さしあげ》テ、登ラン〳〵トシ給ケルニ、鬼神来《きたり》テ引落《ひきおと》シ奉ル。貞能、「アレハイカニ」ト問《とひ》奉リケレバ、大臣、涙ヲ流シ、「八葉ノ蓮座ト云《いふ》ハ、[七]都卒天宮也。[八]我、君臣ノ儀ヲ乱ラズ、親子ノ礼ヲ篤《あつく》ス。国ヲ思《おもひ》、

には三種神器奪還の御教書を得る(玉葉・寿永二年七月二六日)。法住寺合戦では後白河院の側で木曾義仲に敗れる。義経の西国落の際にはこれと戦う。

一一　平家貞の子。平宗清の従兄弟。筑前守、肥後守。清盛の「専一腹心者」(吾妻鏡・文治元年七月七日)。清盛の家令(玉葉・治承四年二月二〇日)、また宗盛の家人(吉記・寿永二年六月一二日)。鎮西に所領を持ち勢力を扶植。治承・寿永の内乱期には追討使として肥後の菊池高直の叛乱鎮圧などに赴く。多田行綱追討のことは補注四の玉葉・吉記にも載る。

一二　未勘。覚一本は鵜殿(大阪府高槻市鵜殿、淀川西岸)で出逢ったとする。

一三　都落する安徳帝の一行。

一四　朽たし、腐し。だいなしにする、の意。

一五　不満、嫌悪を表わすしぐさ。

一六　吉記の七月二二日。補注二参照。玉葉の七月二二日、二四日。補注四、七参照。

一七　男子の身として他にどうしたらよいだろうか、の意。　一八　ひとまづ、の転訛。

小松大臣如法経

一九　延慶本、長門本も同じ。平清盛の遺骨は吾妻鏡の治承五年閏二月四日、一九日によると播磨国山田の法華堂に納められたらしい。巻二六・平家可亡夢には福原に納めたとする。巻三一・福原管絃講では福原の清盛の墓所詣のことが記される。神戸市兵庫区南逆瀬川町に清盛塚と称する鎌倉時代の十三重塔がある。

一　吉記では資盛と貞能が山崎のあたりから八百余騎で引返し蓮華王院付近で源氏と合戦せんとしたとする。補注八参照。玉葉では平家が落ちてのち貞能がひと合戦のために京に引返した

人ヲ恵《めぐむ》ニ、全ク私ヲ以テセズ。其《その》上莫太《ばくたい》ノ善根異国[九]ニ及《およぶ》ニ依《よつ》テ、都卒天ニ生ゼントスル処ニ、一門ノ悪行ニ答《こたへ》テ、今為二鬼神一《きじんのために》被二引落一《ひきおとされ》タリ。鬼神ト云《いふ》ハ、即《すなはち》一族ノ悪霊也。サレバ汝《なんぢ》[一〇]、如法経ヲ書写シテ、必我後《かならずわが》世ヲ助《たすけ》ヨ」ト宣フト見テ、夢覚《さめ》ヌ。其《その》後、墓堀起《おこ》シ、水ニ流スベキヲバ賀茂河ニ入《いれ》、持《もた》スベキヲバ持《もた》セテ、甲斐《かひ》〴〵シクハ云《いひ》タリケレ共、泣々《なくなく》福原ヘコソ下《くだり》ケレ。[22][一一]王哀《わうほう》ト申《まうす》者、昔唐土ニ有《あり》ケリ。其《その》母、生《いき》タリケル時、余《あまり》ニ雷《いかづち》ニ恐《おそれ》ケリ。母死《しし》テ後、雷ノキビシク鳴《なる》時ゴトニ、必《かならず》母ノ墓ニ行《ゆき》テ、「王[23]哀是《これ》マデ参《まゐり》テ侍《はべり》。雷電ノ音《こゑ》、恐レ思《おもひ》給フナ」ト、声ヲ挙《あげ》テ泣《なき》シカバ、雷鳴《なり》ヲ止《やめ》ケリ。其《その》母夢ニ来《きたつ》テ、悦《よろこ》ブ色タビ〳〵有ケルトカヤ。至孝《しいかう》ノ志深キ時ニハ、古今上下、懸《かか》ルタメシモ有ケリ。

貞能、後ニ聞ヱケルハ、西国ノ軍破《いくさやぶれ》テ、[一二]下野国宇都宮ヘ下向ス。彼《かの》宇都宮ハ、外戚《ぐわいせき》[一三]ニ付《つい》テ、親シカリケレバ、尋《たづね》下テ出家シテ、肥後入道ト云《いひ》テ、如法経ヲ書写シテ、大臣《おほい》[一四]殿ノ後生ヲ弔《とぶら》ヒ奉《たてまつり》ケリ。貞能、都ヘ返入《かへりいり》ヌト聞《きこえ》ケル上、越中[一五]次郎兵衛盛嗣、上総[一六]七郎兵衛景清、二人大将軍トシテ京ヘ上リ、落留《おちとどまり》給ヘル平家ノ一門、幷《ならびに》侍共、人手ニ懸《かけ》ンヨリ、一人モ不レ漏《もらさず》討捕《うつとる》ベキト聞ヱケレバ、池殿[一七]ハ色ヲ失ヒ、騒《さわぎ》給ヒ、「コハイカニス

という噂を記す。補注八参照。

二　蓮華王院(三十三間堂)を含み寺域は東南のほうに広がり、法性寺の北に位置する。その南殿は後白河院の御所。延慶本は法性寺の辺りとし、覚一本は、西八条の焼け跡に大幕ひかせ、とする。

三　平重盛。貞能は重盛の郎等職に補せられていたかどうかは分らないが、小松家に随身していたらしい。三七頁注一一の吉記に宗盛の家人とするが、宗盛の本宗家とは距離を置いた活動をしている。

四　運命を知る者としての重盛像が平家物語の主題との深い関わりにおいて造型されていることを石母田正『平家物語』(岩波新書)は説く。

五　巻一一・小松殿夢・熊野詣に見える。山槐記・治承三年五月二五日の条、百錬抄・治承三年八月一日の条にも重盛の熊野参詣のことに言及する。

六　とはずがたり巻五に記される、二条が那智で得た夢想を思わせる。

七　弥勒菩薩の浄土。鎌倉時代には明恵や貞慶の鼓吹のもとに弥勒信仰熱が高まり、兜率天曼荼羅も描かれて、その浄土が視覚化されていた。

八　愚管抄巻五でも重盛を「イミジク心ウルハシクテ」と評している。

九　船頭妙典に託して金を育王山に送って大善を修したことが巻一一・育王山送金に記されている。延慶本第二本・小松殿大国ニテ善ヲ修シ給事では、九州に勢力を持つ貞能に送金の手だてについて依頼している。

一〇　法華経の書写による供養。一日のうちに法華経を書写供養する一日経はことに滅罪の効能が信じられていた。

一一　晋の人、字は偉元。この孝養譚は晋書・王

ベキ。源氏ハ未《いまだ》二打入《うちいらず》一、平家ニハ引別《ひきわかれ》ヌ。浪ニモ付《つか》ズ、礒《いそ》ニモツカヌ心地カナ」トテ、只[一]八条殿ニ参《まゐつ》テ、「若《もし》ノ事候ハヾ、助《たすけ》サセオハシマシ候ヘ」ト申サレケルモ、云《いふ》カヒナシ。女院ハ、「[二]懸《かか》ル乱《みだれ》ノ世ナレバ、我イカニト計《はから》フベキニモ非ズ。ソモイカヾセサセ給フベキ」トゾ仰《おほせ》ケル。

平家ノ方ノ者ヤ、シタリケン。[三]池殿ノ門前ニ、札ニ書《かき》テゾ立《たて》タリケル。

[四]年比《としごろ》ノ平《ひら》ヤヲ捨《すて》テ鳩《はと》ノハニウキミヲ蔵《かくす》[24]イケルカヒナシ

大納言、此《この》歌ニ恥《はぢ》テ、出仕モシ給ハズ。[五]常ニ籠居《ろうきよ》シテゾオハシケル。[六]有為《うゐ》無常ノ境ト云ヒナガラ、命ヲ惜《をしみ》身ヲタバフ事、定《さだめ》テ可レ有《あるべき》二後悔一ヲヤ。「年来芳志アル一門ヲ捨《すて》テ、他門ニ帰伏《きぶく》シ給ヌル事、ゲニモイケル甲斐《かひ》ナシ」トゾ、人申《まうし》ケル。

褒伝が原拠。芸文類聚巻二・雷、太平御覧第一三・雷、蒙求古注などにも見える。↓補注三四

一三　宇都宮朝綱を頼ったことが吾妻鏡・文治元年七月七日の条に見える。補注二二参照。朝綱は下野の豪族。後白河院北面。頼綱(蓮生)の祖父。貞能とその郎党の子孫はのちに山田党と称する宇都宮家の家臣団を形成する(角田文衛『平家後抄』下)。一三　母方の親戚。

一四　内大臣重盛。平貞能と結びつく縁起を持つ小松寺の存在に注目すべきである。(永井義憲「平家物語と観音信仰」『日本仏教文学研究』第一集)。一五　一八頁注二一。

一六　山槐記・治承四年一一月四日の条には平景清とする。平家物語では伊勢の南家藤原氏の伊藤上総介忠清の子とし、越中次郎兵衛盛嗣、上総五郎兵衛忠光(忠清の子)と並んで侍大将として登場することが多い。謎の多い人物であり、日向の盲僧集団の伝承によって文芸世界において英雄伝説の主人公として成長する。謡曲、幸若舞曲の景清、古浄瑠璃の日向景清などが知られる。壇ノ浦合戦後も生きのびて、平家物語の合戦譚の作者となったとする伝説もある(臥雲日件録・文明二年正月四日)。一七　平頼盛。

一　八条女院暲子のもと。

二　この言葉は、高倉宮謀叛のときの遺恨(清盛の命を受けた頼盛は女院御所を捜索して、女院が養育していた高倉宮の若宮、姫宮を拉致した)によって、女院が頼盛に冷淡にあたったことを示すものと解されている(『平家物語研究事典』「八条女院」など)。

三　六波羅の清盛の泉殿の東南にあった頼盛邸。

四　長年住みなれた平屋(平家一門)を捨てて、小さな鳩(源氏の氏神は八幡神でその神使が鳩)の羽がいのもとに、わずかに身を隠すようでは、生きていても仕方がないでしょう。

五　頼盛は元暦元年一二月に大納言を辞任し、平家滅亡の三ヶ月後の文治元年六月に出家(法名重蓮)、文治二年六月に逝去。

六　有為転変とほぼ同義。この世が常に移り変わることを言う。

源平盛衰記　巻第三十二

落行人々歌

円融房御幸

法皇自㆓天台山㆒還御

四宮御位

阿育王即位

平家著㆓太宰府㆒

還俗人即位例

刈田丸討㆓恵美大臣㆒

義仲行家京入

福原管絃講

維高維仁位論

義仲行家受領

北野天神飛梅

源平盛衰記賦巻第三十二

落行《おちゆく》平家ノ人々、或《あるひは》[一]式津《しきつ》ノ浪枕、八重塩路ニ日ヲ経ツヽ、船ニ竿《さを》サス人モアリ。[二]或《あるひは》遠《とほき》ヲ凌《しのぎ》、近《ちかき》ヲ分《わけ》ツヽ、駒ニ鞭《むち》ウツ人モアリ。前途《せんど》ヲイヅコトモ不レ定《さだめず》、[三]生涯闘戦ヲ日ニ期《ご》シテ、思々《おもひおもひ》心々ニゾ下《くだり》給フ。[四]権亮三位中将ノ外ハ、[五]大臣殿《おほいどの》ヲ始《はじめ》奉《たてまつつ》テ、可レ然《しかるべき》人々ハ皆、妻子ヲ引具《ひきぐ》シ給タリケレ共、下様《しもざま》ノ者共ハ、妻子ヲ都ニ留メ置《おき》シカバ、各《おのおの》別《わかれ》ヲ悲《かなしみ》ツヽ、行《ゆく》モ留《とまる》モ互《たがひ》ニ袖ヲシボリケリ。[六]夜カレ日枯《ひかれ》ヲダニモ怨《うらみ》シニ、[七]後会其期《こうくわいそのご》ヲ知《しら》ザリケルコソ悲ケレ。相伝譜代ノ好《よし》ミ不レ浅《あさからず》、年来日比《としごろひごろ》ノ重恩モ、争《いかで》カ忘《わする》ベキナレバ、人ナミ〳〵ニ、涙ヲ押《おさへ》テ出《いで》タレ共、心ハ都ニ通《かよひ》ツヽ、[八]行《ゆく》モ行《ゆか》レヌ心也。[九]淀《よど》ノ大渡《おほわたり》ニテハ、「南無八幡三所大菩薩、再《ふたたび》都ヘ返シ入《いれ》給ヘ」ト、各《おのおの》伏拝《ふしおがみ》給ヘドモ、神慮誠ニシリ難シ。[一〇]薩摩守忠度、故郷ノ家々煙《けぶり》ト登《のぼる》ヲ顧《かへりみ》テ、

　[一一]古郷ヲ焼野《やけの》ノ原ニカヘリミテ末モ煙ノ浪路ヲゾユク

[一二]修理大夫経盛、

　[一三]墓《はか》ナシヤ主《ぬし》ハ雲井ニ別ルレバ宿ハ煙ト立《たち》ノボルカナ

[一四]或旧女《あるふるをんな》、泣々《なくなく》ロズサミ給ケル。

落行人々歌

一　住吉神社(難波江に面す)近くの海岸の敷津の浦。歌枕。枕を敷く、に掛ける。
二　延慶本など「遠ヲワケ嶮キヲ凌キツツ」とある。
三　生命。延慶本など「生涯ヲ闘戦ノ日ニ期シテ」。ここは生命の終り、の意。
四　維盛。　五　宗盛。
六　夜、昼の男の訪れが絶えること。「カレ」は「離(かれ)」
七　いつ再会できるか分らない。四五頁注一九。
八　謡曲・通盛、現在巴などにこの表現あり。
九　木津川、宇治川、桂川の合流地点。京都市伏見区。石清水八幡宮を祀る男山が近い。
一〇　天養元年～寿永三年。平忠盛の子、清盛の弟。歌人。
一一　延慶本では平行盛、覚一本では平経盛の詠歌とする。ふり返ると第宅にかけた火が故郷を焼け野にかえる煙がたちのぼり、行く手にも靄(もや)にけむり行く先も分らぬ海路が待っている、の意。
一二　天治元年生れ。壇ノ浦合戦で戦死とも行方不明とも。平忠盛の子、清盛の弟。歌人。
一三　延慶本では平忠度、覚一本では平教盛の詠歌とする。延慶本の第三句は「ワカルレド」。はかない定めだなあ。主は都落して雲居(宮中)を離れてゆき、その住処であった宿は煙となって雲居(空)に昇ってゆくよ、の意。悲しいユーモアがある。
一四　本書巻四一・実平自西海飛脚、延慶本五末・平家屋島落留事に平知盛の詠歌として載る。六代勝事記には作者の詠歌として載る。

[一]住《すみ》ナレシ都ノ方ハヨソナガラ袖ニ波コス礒《いそ》ノ松カゼ

是ヲ聞《きき》ケル人々、イヨ〳〵袂ヲ絞リケリ。

中ニモヤサシキ事ト聞エシハ、薩摩守忠度ト申《まうす》ハ、入道ノ舎弟也。淀《よど》[二]ノ河尻マデ下《くだり》タリケルガ、郎等六騎相《あひ》具シテ、忍《しのび》テ都ヘ帰《かへり》上ル。如法《によほふ》[三]夜半ノ事ナルニ、[四]五条三位俊成卿ノ宿所ニ行《ゆき》テ門ヲ扣《たた》ク。内ニハ是《これ》ヲ聞ケレ共、懸乱《かかるみだれ》ノ世ナル上、イブセキ夜半ノ事ナレバ、敲共々々《たたけどもたたけども》開《あけ》ザリケリ。余《あまり》ニ強ク敲《たたき》ケレバ、良久《ややひさしく》有《あり》テ青侍ヲ出《いだし》、戸ヲヒラカデ是ヲ問《とふ》。「忠度ト申《まうす》者、[五]見参《げんざん》ニ申入度《まうしいれたき》事アリテ、参《まゐり》タリ」ト答《こたへ》ケレバ、三位、大庭[六]ニ下《おり》、世ニ恐《おそれ》テ内ヘハ入《いれ》ザリケレ共、門ヲバ細目ニ開テ対面アリ。忠度宣《のたまひ》ケルハ、「懸《かかる》身トシテ、御タメ憚《はばかり》アレ共、所詮、一門栄花尽《つき》テ、都ニ不ㇾ安堵《あんどせず》、西海ヘ落下《おちくだり》侍《はべり》。亡《ほろび》ン事疑ナシ。世静《しづまつ》テ後、定《さだめ》テ勅撰[七]ノ沙汰候ハンカ。縦《たとひ》身ハ八重ノ塩路ノ底ニ沈《しづむ》トモ、藻塩草[八]、書置《かきおく》末ノ言葉《ことのは》、後ノ世マデモ朽《くち》ヌ形見ニ伝ハリ侍レカシ、ト思出《おもひいで》テ、河尻ヨリ忍上《のぼつ》テ侍《はべり》。是ゾ年比《としごろ》読集《よみあつめ》タリシ愚詠共ニテ侍ル。身ト共ニ、波ノ下ニミクヅトナサン事、遺恨ニ侍リ。是ヲ砌下《ぜいか》[九]ニ進置候《まゐらせおきさふらふ》。勅撰之時ハ、必思召出《かならずおぼしめしいで》ヨ」トテ、巻物[一〇]一巻、泣々《なくなく》冑ノ引《ひき》[一一]合《あはせ》ヨリ取出《とりいで》タリ。三位、感涙[一二]ヲ流シ是ヲ請取《うけとり》、「御詠一巻、預置候《あづかりおきさうらひをはんぬ》畢。

一　住みなれた都のかたを今は遠く離れていて、変わる契りの恨みゆえではないけれど、流す涙か、はたまた磯馴れの松を吹く風の運ぶ波のせいか、袖が濡れるよ、の意。「君をおきてあだし心をわがもたばすゑの松山浪もこえなむ」(古今和歌集・東歌・一〇九三)「秋ふかきのじまがさとにやどかればそでになみこすさをしかのこゑ」(歌合　文治二年・八三　藤原定家)

二　延慶本は四塚の辺りから、乗りかえ一騎を連れて、とする。　三　まったく、の意。

四　永久二年～元久元年。藤原顕頼の猶子。中世初頭の代表的歌人。娘の一人の京極局は後白河院の女房、新大納言成親の前妻、平維盛室の母である。千載和歌集の撰者。永万二年に非参議、安元二年に出家。住処は五条京極。

五　お目にかかって。

六　主殿の建物の前、中門より内側にある広い庭。

七　勅撰和歌集撰集の院宣は平資盛を使者として寿永二年二月に俊成の許に伝えられた。谷山茂「千載和歌集の成立とその時代的背景」(『谷山茂著作集　三』所収)。

八　「書き」を導く修辞。

九　おてもと、の意。「砌下」は切石のある階下の前あたりを指す言葉。

一〇　この家集が寿永百首歌集であるなら、もっと早くに俊成の手に渡っていた可能性がある(松野陽一「俊成年譜　補注」『谷山茂著作集二』所収)。

一一　鎧の胴の右脇の間隙部。

一二　延慶本、長門本には「ワナナク〳〵」とある。

一三　「yeitai エイタイ(永代)永久に」(日葡辞書)。

一四　すぐれた歌人。

是、[一三]永代《えいたい》秀逸ノ御形見、未来歌[一四]仙ノ為二指南《しなんたる》一歟《か》。[一五]此怨劇《このそうげき》之中ニ、御音信《おとづれ》ニ預《あづかる》事、恐悦不《すくなからず》レ少候哉《かな》。縦《たとひ》[一六]浮生《ふしやう》ヲ万里ノ波ニ隔《へだつ》トモ、御形見ヲバ[一七]一戸ノ窓ニ納《をさめ》テ、勅撰《ちよくせんの》時ハ思出侍《おもひいではべる》ベシ」ト宣ヘバ、忠度、「今ハ身ヲ波ノ底ニ沈メ、骨ヲ山野ニ曝《さらす》トモ、思《おもふ》事ナシ」トテ、馬ニノリ、[一八]古詩ヲ、

[一九]前途程遠《せんどほどとほし》馳二思於鴈山之暮雲一《おもひをがんざんのゆふべのくもにはす》　後会期無《こうくわいごなし》霑二纓於鴻臚之暁涙一《えいをこうろのあかつきのなみだにうるほす》

ト、打上《うちあげ》〳〵詠ジツヽ、南ヲ指《さし》テゾ落行《おちゆき》ケル。本文ニハ、[二〇]「後会期《ご》遥《はるか》也」ト書《かき》タルヲ、忠度、還《かへり》見ルベキ旅ナラズ、今ヲ限《かぎり》ノ別《わかれ》也、ト思《おもひ》ケレバ、「後会期無《ごなし》」ト詠ジケルコソ哀《あはれ》ナレ。三位モ遺《なごり》ノ惜《をしく》シテ、遥ニ是ヲ見送テモ、「アハレ世ニ在《あり》シニハ、此《この》人共ニコソ諂《へつらひ》、追従《ついしよう》セシニ、替習《かはるならひ》トテ、今ハ門ヲ隔《へだつ》ル事ノ悲《かなし》サヨ」ト、哀ナルニモ涙、優ナルニモ涙、忍《しのび》ノ袖ヲゾ絞ラレケル。代静《よしづまり》テ後、[二一]千載集ヲ撰《えらば》レケルニ、忠度ノ此《この》道ヲ嗜《たしなみ》、河尻ヨリ上《のぼり》タリシ志ヲ思出給《たまひ》テ、[二二]「故郷花」ト云《いふ》題ニ、[二三]「読人シラズ」トテ、一首被《いれられ》レ入タリ。

[二四]サヽ浪ヤ志賀ノ都ハ荒《あれ》ニシヲ昔ナガラノ山桜カナ

トヨメル歌也。[二五]名字ヲモ顕《あらは》シ、アマタモ入《いれ》マホシカリケレ共、朝敵トナレル人ノ態《わざ》ナレバ、憚《はばかり》給テ、只一首ゾ被《いれられ》レ入ケル。亡魂イカニ嬉《うれし》ク思ケ

一五　あわただしい状況。

一六　定まりのないこの世での生命。

一七　同門(同窓)の歌人の集としてとり納めて、の意か。

一八　律体の詩に対しての古体詩をいう。

一九　大江朝綱の本朝文粋第九・於鴻臚館餞北客詩序の一節。和漢朗詠集巻下・餞別、江談抄第六・長句事にも。「雁山」は雁がそこから飛びて出るという山西省太原付近の雁門山。「纓」は冠のひも。「鴻臚」は外国の使臣を接待する施設である鴻臚館。

二〇　即興的に詞章を変えて謡ったのである。本書には載せないが覚一本巻六・嗄声の源資賢の今様の謡い変えは有名。資賢の催馬楽の謡い変えも有名(吉野吉水院楽書、建寿御前日記)。

二一　第七番目の勅撰和歌集。文治四年成立。二〇巻。後白河院の院宣。藤原俊成撰。

二二　忠度集では詞書に「為業歌合に、故郷の花を」、千載和歌集では「故郷の花といへる心をよみ侍りける」とある。

二三　千載和歌集には、経盛、忠度、行盛の詠歌が各一首、経正の詠歌が二首、合計五首が「よみ人しらず」として採られている。

二四　天智天皇の大津の宮は荒れて跡もとどめないが、長等の山の桜だけは今も咲き匂っている。「昔ながら」は三井寺の西の長等山をかける。

二五　忠度の詠歌はのちに、新勅撰・一首、玉葉・四首、風雅・二首、新拾遺・二首を合わせて一〇首が勅撰和歌集に入集。

ン、哀《あはれ》ニヤサシクゾ聞エシ。

此《この》忠度、内裏[一]ノ女房ニ心ヲ移シテ、年来通《としごろかよひ》[二]タマヒ、情深《なさけ》キ中也ケルニ、「彼《かの》女房、ミメ形類《たぐひ》ナク、心ノ色世ニ有難《ありがた》シ」ト[三]ホノメキケレバ、[四]高倉院モ思召入《おぼしめしいれ》サセ給テ、忍《しのび》テ時々御幸アリ。忠度ハ年来《としごろ》ノ知《しる》人也。院ハ日浅キ御事也。[五]天戸渡《あまのとわたる》織女ノ、会《あふ》夜希《まれ》ナル秋ノ夜ノ、月ノ光モサヤケクテ、虫ノ音絶々音信《たえだえおとづれ》タリ。[六]オリ知《しり》ガホニ道芝ノ、露置《おき》ソムル夕暮ニ、高倉院、此女房ノ許《もと》ヘ御幸アリ。忠度争《いかで》カ知《しる》ベキナレバ、夜フケ人定《しづまつ》[七]テ、其《その》夜同《おなじく》通ハレタリ。院ハ先ヨリノ御幸ナレバ、女房ハ御前ニテ御物語アリ。忠度ハ後ニオハシタレバ、角《かく》トモ知給ハネ共、左右《さう》ナク入《いり》給ハズ。人ノ出《いで》ヨカシ、角《かく》ト云入《いひいれ》ン、トオボシケレ共、御幸ノ折節也ケレバ、「イカニ」ト[八]咎《とがむ》ル者モナシ。忠度カナタコナタヲ立廻《たちめぐ》リ、御前近キ御縁ニ良久《ややひさしく》立居給ヒ、扇ヲゾ仕《つかひ》給ケル。[九]蚊《か》ノ目ノキリ〳〵ト御前ヘ聞エケリ。院モ怪《あやし》ク思召《おぼしめす》御気色也。女房ハ、忠度ノ来《きた》レルニコソ、「角《かく》」ト告《つげ》マホシク思ハレケレ共、院ニ憚進《はばかりまゐらせ》[一〇]ケル上ハ、人シテ云《いふ》ベキ便リモナシ。忠度ノ待《まつ》ラン事モ痛《いたは》シク、折節骨《こつ》ナキ事ヲモ知レカシ、トテ、女房何トナキロズサミノ様ニ、「野[一一]モセ」ト仰《おほせ》ラレケレバ、忠度、扇ヲタヽミテ窃《ひそか》ニ帰《かへり》給ニケリ。

一　今物語、十訓抄巻上・第一可施人恵事、古今著聞集巻八・好色第一一に類話がある。延慶本は今物語、十訓抄とほぼ同文の説話を載せるが、本書は脚色が加わっている。古今著聞集がやや近い。↓補注一

二　一貫して忠度に尊敬表現を用いる。延慶本も同じ。補注一所掲の説話集では尊敬表現を用いていない。

三　おぼろげながら知れわたる、の意か。

四　永暦二年～治承五年。仁安三年践祚、治承四年二月に退位。

五　七月七日の七夕の夜を指す。「あまのとわたる」「あふよまれなる」は七夕を詠むときの歌語。「織女タナバタ」(文明本節用集)。

六　(男が道芝の露をひそかにわけて来る)逢瀬の時機をまるで知っているかのように、道芝に露がおきはじめる夕暮れどきに。

七　名義抄に「定　シツム」とある。

八　忠度の訪れに気がつく人もいない。

九　扇の要(かなめ)。古今著聞集には「扇のかなめを鳴らして」とある。延慶本、今物語、十訓抄には扇を「ハラハラ」とつかい鳴らしてとある。補注一参照。

一〇　こちなし。無作法なこと。

一一　注一三の和歌の第三句に拠る言葉。色好みの場において和歌の一句をもって意志を伝達する例は後嵯峨院と鳴門少将の妻との物語が有名。古今著聞集巻八・好色は本話の直前にその物語を載せる。鳴門中将物語・なよたけ物語・同絵巻としても流布。色好みにおけるこうした言葉はのちに大和言葉(やまとことば)と呼ばれ、お伽草子(たとえば浄瑠璃十二段草子、小男草子)に趣向として持ちこまれる。江戸時代には大和言葉を集成した辞書も刊行されている。↓補注二

後ニ此《この》女房ニ逢《あひ》タリケルニ、「サテモ一日ハイカニ」ト問給ヘバ、忠度、「骨《こつ》ナキゾ、カシカマシ、ト仰《おほせ》候シカバ、帰《かへり》テコソ」トゾ答《こたへ》タル。女房又、宣《のたまひ》ケルハ、「人シテ申《まうし》タル事モナシ。何ヲシルシニテ角《かく》ハ思召《おぼしめし》ケルゾ」トイヘバ、「野モセ、ト仰候シカバ、帰リヌ」ト。「一二源氏夕顔ノ巻ニ、

一三カシカマシノモセニスダク虫ノネヨ我ダニ物ハイハデコソ思ヘ

ト云《いふ》歌ノ候ゾカシ」トゾ宣ケル。思寄《おもひより》給ケル女房モ、心エ給ヘル忠度モ、互《たがひ》ニ由アリテゾ覚ヱケル。懸《かかる》優ニ情《なさけ》深キ人ニテ、河尻ヨリモ帰上リ給ケル也。

一四左馬頭行盛ト申《まうす》ハ、太政入道ノ二男ニ一五左衛門佐安芸判官基盛ト云《いひ》シ人ノ子也。一六父ハ保元ノ乱《みだれ》ノ後、宇治河ニテ水神ニ取《とら》レテ失《うせ》ニケリ。孤子《みなしご》ニテオハシケルガ、一七京極中納言定家卿ニ奉レ付《つきたてまつり》、歌道ヲ学《まなび》給ケリ。都ヲ落《おち》給《たまふ》トテ、定家ノ遺《なごり》ヲ惜《をしみ》ツヽ、巻物一ツニ消息具シテ被レ送《おくられ》タリ。巻物トハ日来読集《ひごろよみあつめ》給タリケル歌共也。定家卿披《ひら》キ見給フニ、来方行末《こしかたゆくすゑ》ノ事共、コマヤカニ被レ書《かかれ》テ端書《はしがき》ニ、

一八流《ながれ》ナバ名ヲノミ残セ行《ゆく》水ノアハレ墓《はか》ナキ身ハ消《きゆ》ル共

定家是《これ》ヲ見給テ、感涙ヲ流シ給ツヽ、勅撰アラバ必《かならず》イレン、ト被レ思《おもはれ》ケリ。

一二　根拠未勘。

一三　今物語、十訓抄は同じ。延慶本、新撰朗詠集は第三句が「ムシノネヤ」、古今著聞集は第四句が「我だになかで」となっている。「かしかまし草葉にかかる虫のねよわれだに物はいはでこそ思へ」(宇津保物語二・藤はらの君・六七　三のみこ)、「かしかまし草葉にかかる虫の音やわれだにものをいはでこそ思へ」(異本伊勢物語・二二六　もの思ふ男)が原拠か。野原いちめんに鳴いている虫の声のうるさいこと。物思いでいっぱいの私でさえ恋ごころを言葉に出さずに耐えているのに、の意。

一四　文治元年壇ノ浦で戦死。平清盛の次男基盛の子。左馬頭、播磨守(尊卑分脈、玉葉)。歌人。

一五　清盛の次男。検非違使、左衛門佐。保元の乱で活躍。応保元年の時、二三歳。

一六　本書巻四三・二位禅尼入海にも記事がある。藤原頼長の怨霊に取られたという。↓補注三

一七　仁治二年没。俊成の子。新古今和歌集の撰者のひとり、新勅撰和歌集の撰者。歌人で古典学者。注一八の和歌入集の事情は新勅撰和歌集の詞書を見よ。↓補注四。

一八　新勅撰和歌集の所載歌と異同がある。補注四参照。延慶本の所載歌は新勅撰和歌集に同じ。しょせん流れてゆくものならば、せめて名前だけでも留めてほしいものです。流れる水のようにはかないこの身は消えてしまうとしても、の意。

薩摩守忠度ノ歌ヲ、父俊成卿ノ、「[一]ヨミ人不レ知《しらず》」ト千載集ニ被レ入《いれられ》タル事ヲ、本意ナキ事ニ思ハレケリ。忠度ハ朝家《てうか》ノ重臣トシテ、[二]雲客ノ座ニ連《つらな》レリ。名ヲ埋《うづ》ム事、口惜《くちをし》ク被レ思《おもはれ》ケレバ、「イカニモ行盛ヲバ名ヲ顕《あらは》サン」トテ、朝敵ナレバ世ニ恐《おそれ》テ、三代ヲ過《すぐ》サレケル。[三]後鳥羽、[四]土御門、[五]佐渡院御宇ヲ経テ、[六]後堀河院御時、[七]新勅撰ノ有《あり》シニ、「今ハ苦シカルマジ」トテ、左馬頭平行盛ト名ヲ顕《あらは》シ、此《この》歌ヲ被レ入《いれられ》タリ。亡魂イカニ嬉《うれ》シト思フラン、ト哀《あはれ》ナリ。

[八]昔、[九]称徳天皇御宇ニ、[一〇]藤原仲麿ト云《いふ》人オハシキ。是ハ[一一]贈太政大臣武智丸ノ子也ケリ。[一二]高野女帝ノ寵臣《ちようしん》ニテ、朝恩深《ふかう》シテ政ヲ我儘《わがまま》ニ執行《とりおこなふ》間、奢《おごる》心アリテ、世ヲ世共思ハズ、只一族親類ノミ朝恩ニ誇リケリ。権勢日々ニ重クシテ、人ノ畏《おぢ》ヲソルヽ事、今ノ平家ノ如《ごと》ク目出《めでた》カリキ。我一人ト世ヲ押《おさ》ヘ行《ゆき》テ、是《これ》ニ勝ツ者ナカリケレバ、御門、是ヲ御覧ジテ、「仲麿」ト云《いふ》名ヲ改《あらため》テ、「[一三]押勝」ト被レ付《つけられ》タリ。[一四]大保大師ニ至レリシカバ、スゾロニ[1]工マシク思召《おぼしめす》トテ、「恵美大臣」トゾ仰《おほせ》ケル。去共《されども》、盛者ノ衰《おとろふ》ル習アレバ、河内国弓削[一五]ト云所ニ、[一六]道鏡禅師ト云僧アリ。貴キ聞ヱアリテ、禁中ニ召《めさ》レテ、[一七]如意輪法ヲ行ヒケレバ、御

一　千載和歌集の谷山茂博士蔵本、穂久邇文庫蔵酒井家旧蔵の巻八・羇旅部の巻末に「君すめばここも雲ゐの月なれどなを恋しきは宮子(みやこ)なりけり」の一首が行盛作として載る。千載和歌集においても平家追討の院宣が下される以前の俊成の草稿では平家の人々の詠歌も名をあらわして入集したと推測されている(谷山茂「平家歌壇と千載集」『谷山茂著作集　六』「千載和歌集の成立とその時代的背景」『同　三』、久保田淳、松野陽一『千載和歌集』の解題)。

二　殿上人。公卿を月卿と呼ぶのに対する語。

三　高倉院第四皇子。母は修理大夫信隆女。寿永二年八月二〇日践祚。元暦元年七月二八日即位。尊号は初め顕徳院、のちに後鳥羽院。

四　後鳥羽院第一皇子。母は内大臣源通親女。建久九年正月一一日践祚。同年三月三日即位。

刈田丸討二恵美大臣一

五　順徳帝。後鳥羽院第二皇子。承元四年一一月二五日践祚。同年一二月二八日即位。承久の乱で佐渡に配流。順徳帝の次の仲恭帝(承久三年四月～七月在位)の名が省かれている。

六　高倉院の孫。後高倉院(守貞親王)の皇子。承久の乱後、後堀河、四条の二代にわたり天皇位は後鳥羽院の皇統を離れた。承久三年七月九日践祚。同年一二月一日即位。

七　第九番目の勅撰和歌集。天福二年成立。二〇巻。後堀河帝の勅宣。藤原定家撰。

八　水鏡巻下・四十九代称徳天皇の条に見える。

九　孝謙帝が重祚した女帝。扶桑略記、水鏡などは四十九代、愚管抄などは四十八代。

一〇　孝謙帝の時、大保(右大臣)。橘奈良麻呂の乱を押さえ淳仁帝(淡路廃帝)を立てる。道鏡を除こうとして乱を起し誅せられる。

一一　南家藤原氏の祖。天平九年薨、同贈太政大

寵愛《ちようあい》甚《はなはだし》クシテ、恵美大臣ノ権勢モ物ノ数ナラズ。法師ノ身ニテ、[一八]太政大臣ノ位ヲ給ヘリ。[一九]門第ノ法師ドモヲ以テ、上達部ナドニ被レ成《なされ》ケリ。後ニハ、御位ヲユヅラント思《おぼしめし》召テ、[二〇]和気清麿ヲ御使トシテ、宇佐宮ヘ被レ申《まうされ》タリケレ共、御免《ゆるさ》レナシ。力及バセ給ハデ、[二一]只法皇ノ尊号ヲ奉ル。弓削道鏡法皇トハ是《これ》也ケリ。大臣、大《おほき》ニ本意ナキ事ニ思《おもひ》テ、帝ヲ怨《うらみ》奉リ、[二二]天平宝字八年九月十一日軍《いくさ》ヲ起《おこ》シ、国家ヲアヤブメ奉ラント謀《はかり》ケルガ、漏《もれ》聞エニケレバ、[二三]罪八虐ニ当《あた》ルトテ、サシモキリ者也シカドモ、官職ヲ被レ止《とどめられ》テ、死罪ニ行《おこなは》レントセシカバ、恵美大臣モ兵《つはもの》ヲ集《あつめ》テ、禦《ふせぎたたかは》戦ント用意アリ。帝、[二四]坂上刈田丸ヲ大将軍トシテ、数万《すまん》騎ノ官兵《くわんびやう》ヲ以テ被レ攻《せめられ》ケレバ、大臣堪《たへ》ズシテ、一門引《ひき》具シ都ヲ出《いで》テ、東国ヘ趣《おもむき》テ凶徒ヲ語《かたら》ヒ、朝家《てうか》ヲ討奉《うちたてまつら》ント支度シケリ。官軍遮《さへぎつ》テ、勢多橋ヲ引《ひく》。大臣此ヨリ引帰《かへり》、北陸道《ほくろくだう》ヲ下《くだり》ニ、[二五]海津ノ浦、[二六]敦賀ノ中山打越《うちこえ》テ、越前国ニ逃《にげ》下リ、[二七]我《わが》身ヲ帝王ト名乗《なのり》、親類一族ヲ大臣、公卿ト詐《いつはり》テ、正税官物《くわんもつ》ヲ打留メ、人ノ心ヲタブラカシ過《すぎ》ケル程ニ、官兵《くわんびやう》又責《せめ》ケレバ、船ニ取乗《とりのり》、[二八]新羅、高麗ヘト志《こころざし》、漕《こぎ》ケレ共、[二九]王事靡レ盬《もろいことな》ケレバ、波風荒《あれ》テ船ヨリ下《おり》、戦《たたかひ》ケルガ、同《おなじき》十

臣。藤原不比等の子。
一二 藤原不比等の孫、高野姫尊。孝謙帝のこと。
一三 天平宝字二年八月二五日任大保（右大臣）、恵美の二字を姓に加え、仲麿を押勝に改める旨の勅が下る（愚管抄、公卿補任）。
一四 天平宝字元年に右大臣、同二年に右大臣を改め大保と称する。同四年に大師（太政大臣相当）に任じられる（愚管抄、公卿補任）。
一五 河内国若江郡のうち。大阪府八尾市弓削。
一六 俗姓は弓削氏。少僧都。太政大臣禅師、法王の位にのぼる。称徳帝による寵愛のことは日本紀略前編一二・光仁天皇の宝亀元年八月条、古事談第一の第一話、愚管抄巻三、水鏡などに見える。光仁帝のとき下野国薬師寺に左遷。
一七 如意輪観音を本尊とする修法。道鏡が得意としたことは古事談、僧綱補任抄出。↓補注五
一八 天平宝字八年九月一二日に恵美押勝が官位を止められ、一三日に道鏡が大臣に。出家の人の任大臣の初例。同九年に太政大臣に（公卿補任）。
一九 天平神護二年、参議に円興禅師、法参議に基貞（続日本紀には基真）が任じられた。
二〇 延暦一八年没。平安遷都に功あり。宇佐八幡の託宣をもって道鏡の野望をくじく（八幡愚童訓、八幡宮寺巡拝記など）。神護寺に墓がある。
二一 天平神護二年一〇月に法王位（続日本紀、公卿補任）。天平宝字九年が天平神護元年。
二二 水鏡も同日。続日本紀、日本紀略、公卿補任も同日。
二三 大宝律、養老律で最も重い八種の罪。
二四 延暦五年正月七日薨。薨伝にもその武勇のことが賞讃される。田村麻呂の父。
二五 滋賀県高島郡。琵琶湖西岸の海運の要衝。
二六 敦賀市山中。敦賀津から四里。西近江路は今津宿、海津宿、中山宿と北上する。

八日ニ大臣終《つひ》ニ討《うた》レケリ。刈田丸、其頸《そのくび》ヲ以テ都へ上《のぼる》。一門ノ公卿[一]五人被レ刎《かうべをはねられ》レ首、骨肉親類、同心合力《かふりよく》ノ輩《ともがら》、皆亡《ほろび》ケルコソ無慙《むざん》ナレ。「彼[二]ヲ以テ是ヲ思《おもふ》ニ、平家栄花既尽《すでにつき》ヌ。亡《ほろび》ン期《ご》時至レリ」トゾ申《まうし》ケル。昔ノ押勝ハ北国ニ越《こえ》テ討《うた》レ、今ノ平家ハ西海ニ下《くだつ》テ久シカラジト哀《あはれ》也。

[三]二十四日夜半ニ、法皇、法住寺殿ヲ御出有《あり》テ、[四]賀茂へ入ラセ給タリケルガ、爰《ここ》ハ都モ無下《むげ》ニ近シ。猶《なほ》、悪《あしか》リナン、トテ、御輿《こし》ニテ鞍馬へ御幸アリ。御伴ニハ[五]右馬頭資時一人ゾ候ケル。下北面ノ衛府ニ、[六]定康、[七]俊兼、[八]知康、纔《わづか》ニ三人也。鞍馬寺モ上下参詣ノ砌《みぎり》也。人目シゲシ、トテ、是《これ》ヨリ又[九]横河へ上ラセマシ〳〵テ、[一〇]寂場坊《じやくぢやうばう》ニ御座《ござ》アリケルヲ、大衆僉議《だいしゆせんぎ》シテ、コレ、猶悪《なほあしか》リナン、トテ、[一一]東塔南谷[一二]円融坊へ渡シ入進《いれまゐら》セケリ。サテコソ[一三]衆徒《しゆと》モ武士モ力付《つき》テ、円融坊ノ御所近《ちかく》候ケレバ、法皇モ御安堵ノ御心也。是ヲ角《かく》トモ不レ知《しらず》シテ、京都ニハ、院ハ夜ヨリ失《うせ》サセ給ヌ、主上《しゆしやう》ハ悪徒ニ被レ引《ひかれ》テ西国へ行幸、[一四]摂政殿ハ吉野《よしのの》奥トカヤ聞ユ。其《その》外女院、宮々モ、世ノ騒《さわぎ》ニ恐レマシ〳〵テ、嵯峨、広隆、賀茂、八幡辺ニ付《つい》テ逃隠《のがれかくれ》サセ給ヌ。平家ハ都ヲ落《おち》タレ共、源氏モ未《いまだ》二入替《いりかはらず》一。主モナク人モナキ所ニテ、自残留《みづからのこりとどまり》タル人々モ、闇ニ迷ヘル心地ニテ、イカナルベシ共不レ覚《おぼえず》。天地開闢ヨリ

二七　水鏡も同じ。続日本紀、日本紀略では塩焼王(新田部親王の子)を帝としたとする。
二八　諸書は近江国へひき返して琵琶湖西岸の高島郡の地で敗死とする。
二九　詩経に原拠。世俗諺文、玉函秘抄にある。

一　水鏡に同じ。
二　故事を引いて論評する際の本書の様式。
三　前出、一三頁。

円融房御幸

四　巻三一の補注八の吉記には新熊野、新日吉に参った後、鞍馬路を経て横川、そして東塔円融房に着御とする。
五　前出、一三頁。巻三一の補注八の吉記には資時と知康が随行したと記す。愚管抄は知康の随行をいう。
六　橘氏。後白河院北面歴名に載る。後白河院の院庁の庁官(吾妻鏡・文治二年七月八日)、大夫尉(同・建久二年五月一二日)、北面下﨟、大夫尉(玉葉・建久三年三月一五日)。また敗走中の源義朝を助けたとして関東の功士としての評価があった。↓補注六
七　藤原氏。歴名に載る。六位。左衛門尉。検非違使(玉葉・建久三年三月一五日)
八　平氏。歴名に載る。鼓判官。巻三四・法住寺城郭合戦参照。
九　比叡山三塔の一。円仁の創建。首楞厳院(横川中堂)を本堂とする。延慶本、長門本によると大原越横川道を経て横川に至ったことになる。↓補注七
一〇　延慶本、長門本は解脱谷の寂場房。横川中堂の東、解脱谷にあった。元三大師(慈恵大師)の御坊跡と伝える。
一一　比叡山三塔の一。南谷は根本中堂の南に位

以来《このかた》、懸《かか》ル事聞《きき》及バズ、ト歎《なげ》ク程ニ、[一五]廿六日ニ、「法皇ハ天台山ニ渡ラセ給《たまふ》」ト披露アリ。[一六]上下我《われ》先ニトゾ馳参《はせまゐり》給フ。[一七]入道前関白松殿、当時《たうじの》[一八]摂政内大臣基通、[一九]左大臣経宗、[二〇]右大臣兼実、[二一]内大臣実定以下、大、中納言、宰相、三位、四位、五位、公卿、殿上人、上下ノ北面マデモ、官ニ居シ、職ヲ帯シ、先途《せんど》ヲ期《ご》シ、後栄ヲ望《のぞみ》テ、人トカズヘラル丶ハ、一人モ漏《もれ》給ハズ、参集《まゐりあつまつ》テ、円融坊ニハ堂上《たうしやう》、堂下《たうか》、門内、門外、[3]隙迫《ひまはさま》モナクミチ〱タリ。山門ノ繁昌、衆徒《しゆと》ノ面目トゾ見エケル。

[二二]二十六日ノ辰刻ニ、[二三]十郎蔵人行家ハ、伊賀国ヨリ[二四]宇治路ヘ廻《めぐ》リ、木幡、伏見ヲヘテ京ヘ入《いる》。[二五]木曾冠者義仲ハ、近江国勢多ヲ渡シテ、同《おなじき》日未刻ニ京ヘ入ル。是ハ天台山ニ登《のぼり》テ、[二六]惣持院《そうぢゐん》ニ城郭ヲ構ヘタリシカバ、[二七]西坂本ヨリ入《いる》ベキカ、又[二八]東《ひんがし》坂本ニ下《くだり》テ、[二九]志賀、唐崎ヨリ[三〇]大関、小関ヲヘテ、京ヘ入ベキニテアレ共、余勢数千《すせん》騎、[三一]鏡、篠原、野洲河原ニ陣ヲ取《とり》タルヲモ、打具《うちぐ》センガ為ニ、又[三二]順道也。且《かつう》ハ祝《いはひ》ノ京[4]入《いり》ナバレトテ、湖上ヲ押渡《おしわたつ》テ、野路、勢多ヲヘテ京ヘ入《いる》。其《その》外、甲斐、信濃、美濃、尾張ノ源氏等、此《この》両人ニ相従《あひしたがふ》。其勢六万騎ニ及ベリ。行家、義仲、都ヘ入《いり》テ後ハ、[三三]武士在々所々ヲ追捕《ついぶく》シ、衣装ヲ剥取《はぎとり》、食物《じきもつ》ヲ奪《うばひ》取ケレバ、洛中狼藉不レ斜《らくちゆうらうぜきなのめならず》。

置し、東塔五谷の中央にあたる。

一二　梶井門跡の本坊。後白河院皇子の承仁法親王は梶井門跡。玉葉・寿永二年七月二六日条、巻三一の補注八の吉記も同じ。愚管抄・巻五にも。太平記巻二でも吉例として言及。

一三　巻三一の補注三参照。

一四　近衛基通。一八頁

一五　巻三一の補注八の玉葉や吉記によるとすでに二五日に法皇登山のことは知られていて、その日のうちにも公卿たちが登山したと記す。

一六　吉記に二五日、二六日、二七日に登山した公卿たちの交名を記す。↓補注八・一〇

一七　基房。巻三一の補注八の吉記に二五日登山のことが見える。

一八　内大臣は前年六月に辞している。巻三一の補注八の吉記に同日登山のことが見える。

義仲行家京入

一九　永万二年から没年の文治五年まで左大臣。故実に詳しく貫首秘抄は多く彼の作法による。

二〇　永万二年から文治五年まで右大臣。玉葉の記主。玉葉、吉記に登山のことが見える。

二一　寿永二年四月から文治二年まで内大臣。吉記、玉葉に登山のことは見えない。

二二　補注一〇の吉記・寿永二年七月二七日条には「源氏等未入京」と記す。玉葉の二六日条には剣璽奪還の御教書を源行綱に下したと記す。

二三　摂津源氏。摂津守多田頼盛の子。成親謀叛のとき以来、平家方に。平家都落に際し平家を背き摂津河内で敵対活動。大和国宇多に陣を定め入京の機を窺う。ために平家は宇治方面を警戒したと玉葉は記す。巻三一の補注四

二四　宇治街道。伏見南坂と同北坂の二経路があった(『京都市の地名』宇治街道の項)。

二五　一一頁

[一]二十七日、法皇、天台山ヨリ還御。錦[二]織冠者《くわんじや》義広、白旗指《さし》テ先陣ニ候ケリ。公卿、殿上人、多供奉《おほくぐぶ》シテ、蓮[三]華王院ノ御所ヘ入《いら》セ給フ。此《この》[四]廿余年絶《たえ》テ久《ひさし》キ白旗ヲ、今日始《はじめ》テ御覧ジケリ。供奉ノ人々モ珍シクゾ見給ケル。

[五]二十八日ニ、義仲、行家両人ヲ院[六]御所ヘ召《めさ》レタリ。検非違使ノ別当左衛[七]門督実家、頭[八]弁兼光、御前ノ簀子《すのこ》ニ候《さうらひ》、御気色ニ依《よつ》テ、平家内大[九]臣以下之党類、追討スベキノ由被二仰下《おほせくだされ》一ケリ。両人庭上《ていしやう》ニ跪《ひざまづい》テ、是ヲ承ル。義仲ハ、赤[一〇]地錦直垂《あかぢのにしきのひたたれ》ニ塗籠《ぬりごめ》ノ箭負《やおう》テ、[5]蒔剣ヲハケリ。折烏帽子《をりえぼし》ニ黒革威《をどし》ノ冑《よろひ》ヲ著シ、笠ジルシヲ左右ノ袖ニゾ付《つけ》タリケル。甲[一一]冑ヲ着タル郎従五人、童《わらは》一人ヲ相具《あひぐ》セリ。行家ハ縫[一二]物ノ紺ノ直垂ニ、同毛鎧《おなじけのよろひ》、引立《ひつたて》烏帽子ヲ著テ、郎等三人ヲ相具セリ。両人相並《ならび》テ、東[一三]庭ノ南ニ当《あたつ》テ、御所ノ方ニ向《むかつ》テ、跪《ひざまづい》テ候ケリ。別[一四]当実家、座ヲ起《たつ》テ北ノ簀子《すのこ》ニ蹲踞《そんきよ》シテ、砌下《ぜいか》ニ可レ進《まゐるべき》之由、頻[6]目《しきりに》シケレ共、心[一五]ヲエズシテ勧《すす》マズ。内裏ハ、前内大臣ノ党類ヲ追罰スベキノ由、召仰《めしおほせ》ケレバ、行[一六]家ハ砌《みぎり》ニ近進《ちかくまゐり》テ是ヲ奉《うけたまは》ル。義仲ハ深敬《ふかくうやまつ》テ進《まゐら》ズ。両人ノ作法、何《いづれ》モ取々《とりどり》ニ、ユヽシクゾ見ヱケル。法皇ハ御簾ノ内ヨリ叡覧《えいらん》アリ。院宣ノ御返事ヲバ、義仲畏《かしこまつ》テ申《まうし》ケリ。又、前[一七]右兵衛佐頼朝、上洛《しやうらく》スベキトテ、庁[一八]官ヲ御使トシテ、関東

法皇自二天台山一還御

二六　一一頁注五また補注八参照。
二七　京都市左京区の一乗寺、修学院付近。比叡山の西山麓雲母坂登山口付近一帯の地名。
二八　比叡山の東山麓登山口、日吉神社が所在。
二九　志賀(今は滋賀)の里の地名。大津市内。琵琶湖南西岸の湖畔。
三〇　逢坂山の北麓に小関越の道、南麓をめぐるのが大関越。
三一　遠まわりだが、琵琶湖東岸に渡り、鏡、篠原、野洲川原(いずれも海道筋の宿)の陣の軍勢を収容して、野路、瀬田を通っての入京。
三二　順当な道筋。東海道、北陸道のものが入京する際の順当な道筋であるというのである。
三三　中山忠親作とされる貴嶺問答にもその狼籍についての言及がある。↓補注九

一　吉記、玉葉の同日の条。↓補注一〇
二　吉記は「錦部冠者、義経男」。近江源氏の山本義経の子。柏木義兼の兄弟。巻三一の補注三参照。↓補注一一
三　補注一〇参照。蓮華王院は法住寺の一院で三十三間堂はその本堂。後白河院が本願、清盛が建立。その縁起譚は吉口伝にも↓補注一二
四　平治の乱以来の源氏の衰亡を念頭におく。
五　吉記、玉葉の同日の条。↓補注一三
六　吉記、玉葉に蓮華王院の御所に申刻の半ばを過ぎた頃とある。介添え役は大夫尉知康。
七　吉記、玉葉に院の命令の伝達役は実家。実家は、治承五年に検非違使別当、寿永二年正月に左衛門督。歌人。
八　勧修寺流。経房、定長の兄弟。摂関家の家司でしかも後白河院の院司。寿永二年七月三日に蔵人頭。この時左中弁。歌人。日記が残る。

へ被レ下《くだされ》ケリ。

[一九]同《おなじき》日院《ゐんの》御所ニテ議定《ぎぢやう》アリ。[二〇]左大臣経宗、内大臣実定、[二一]堀河大納言忠親、別当実家、[二二]大宮中納言実宗、[7][二三]梅少路中納言長方、[二四]右京大夫基家、[二五]源宰相中将通親、[二六]左大弁経房、[二七]新三位季経、[二八]新宰相中将泰通卿ゾ参ラレケル。頭弁兼光朝臣、仰《おほせ》ヲ奉《うけたまはつ》テ、[二九]「国主《こくしゆの》璽、剣、鏡、西海ニ令レ趣給畢《おもむかしめたまひをはん》ヌ。母后、主上《しゆしやう》、還御《くわんぎよある》有ベキノ由、院宣被レ進《まゐらせらる》ベキカ、将又《はた》、可レ被レ遣《つかはさるべき》二追討使一カ、定申《さだめまうす》ベシ」ト、[三〇]右大臣ニ仰《おほせ》ケレバ、[三一]「国母定、有二帰御之志一歟《さだめてきぎよのこころざしあらんか》。賊臣何無二還向之思一哉《なんぞくわんかうのおもひなからんや》。若申二行還御一者《もしまうしおこなはば》、可レ被レ加二珠賞一之由《くはへらるべき》[8]、可《おほせ》レ被レ仰二遣前内大臣之許一歟《つかはさるべきか》。失《うしなはん》二国璽一事、[三二]王莽盗レ之《これをぬすみ》、[三三]趙王奪レ之《これをうばふ》。漢家之跡、雖レ非レ一《いつにあらずといへども》、本朝之例曾未レ聞《かつていまだきかず》。[三四]被レ待《またれ》二返報一、可レ有《あるべき》二左右《とかう》一歟《か》」トゾ、一同ニ定メ申サレケル。

同《おなじき》二十九日、追討ノ庁下文《ちやうのくだしぶみ》[9][三五]ヲ下サル。「五畿七道諸国、可レ追二討前内大臣宗盛以下之党類一事、件党類忽背二皇化一、[10]已企二叛逆一。加レ之、盗二取累代之重宝一、猥出二九重之都城一。[三六]論二之朝章一、罪科旁重。早令レ追二討件輩一」トゾ被レ載《のせられ》ケル。昨日マデハ源氏ヲ追討セヨト、諸国七道ニ被レ下《くだされ》二院宣一、今日ヨリハ可レ追二討《ついたうすべき》平家一之由、五畿七道ニ被レ下《くださる》二院宣一。世ノ転

九　平宗盛。以下の叙述は吉記のそれと近い。
一〇　吉記では錦の直垂、黒革威の鎧、石打羽の矢、折烏帽子の姿。塗籠の矢は矢柄を漆で塗りこめた矢。蒔剣は鞘に蒔絵を施した剣。
一一　吉記には義仲、行家どちらの郎従か区別できないが全部で七、八人とある。
一二　吉記では紺垂直、尾白鷲の尾羽の矢、黒糸威の鎧、立烏帽子の姿。本書の引立烏帽子は折烏帽子を引立てた着かた。立烏帽子のようにも見える。
一三　吉記に東庭の階隠の間のあたりに蹲居とする。　一四、一五　吉記も同じ。
一六　吉記は「両人称唯(イショウ)退入」と記す。
一七　百錬抄の七月二八日条に「庁官(中原)康定下向」とある。
一八　拾芥抄の「院司」に「庁官公文、院掌等在之」とある。院庁の下級官人については小泉恵子「中世前期に於ける下級官人の動向について」(石井進編『中世の人と政治』吉川弘文館)
一九　補注一三の吉記によると午の刻過ぎ開始。
二〇　以下の人々、吉記には季経の名がなく、吉記に載る成範と宗通の名が本書にはない。
二一　中山。山槐記の記主。寿永二年に大納言。
二二　西園寺。公経の父。基家の女を妻とする。寿永二年に権中納言。
二三　葉室流。座主流、還都の時、正論を吐く。治承五年に権中納言。歌人。
二四　治承三年に右京大夫。平頼盛の女婿。平資盛は基家の女婿でその持明院第に住み持明院三位中将と呼ばれる(愚管抄・巻五)。歌人。
二五　村上源氏。高倉院の院の別当。治承四年参議、左中将に。歌人。厳島御幸記、高倉院升遐記の記主。建久の政変で兼実を失脚させる。

変、政ノ改定《かいちやう》、哀《あはれ》ナリケル事共ナリ。

同晦日《おなじきつごもり》、[一]頭弁兼光朝臣奉《おほせをうけたまはつて》レ仰、「可レ被レ行《おこなはるべきや》二行家、義仲等勲功之賞一否《いなや》、[二]国主未定之間、可レ被レ行《おこなはるべきや》二除目一否《いなや》」之由、人々ニ勅問有《あり》ケリ。梅小路中納言長方卿申サレケルハ、「勲功之賞尤可レ被レ行カ。等差事、[三]頼朝者為二本謀一。義仲者称二戦功一歟。[四]昔、誅二[五]諸呂一立二[11][六]文章一、[七]陳平雖レ為二本謀一、[八]周勃依レ有二戦功一、周勃之賞巳[12]超二陳平一。然者義仲之賞、可レ勝二頼朝一歟。但、[九]承平ニ討二将門一、秀郷者有二興衆平定之忠一、貞盛者積二数度合戦之功一。公卿論レ功、秀郷之賞超二貞盛一畢。今、頼朝挙二義兵一、振二威勢一。旁頼朝之賞、可レ勝二義仲一カ。除目事、[一〇]円融院、大井河御遊日、[一一]時中卿被レ任二参議一、其後、於レ[一二]陣被レ行二除目一カ。任二件例一被レ仰二勧賞一、後日可レ被レ行二除目一カ。[一三]嘉承摂政事、大上天皇詔也。准二彼例一可レ被レ行」トゾ被レ申《まうされ》ケル。

十郎蔵人行家ハ、[一四]法住寺ノ南殿《みなみどの》、萱《かや》ノ御所ヲ給《たまはつ》テ宿ス。木曾冠者義仲ハ、大膳大夫[一五]信業ガ[一六]六条西洞院ノ家ニ宿ス。平家ハ[一七]保元ニ春ノ花ト栄ヘシカ共、寿永ニ秋ノ紅葉ト散《ちり》ハテヽ、[一八]八条ノ蓬戸《ほうこ》、[一九]六波羅ノ蓮府《れんぷ》、暴風塵《ちり》ヲ立《たて》、煙雲焔《ほのほ》ヲ払《はらひ》ツヽ、福原ノ旧里ニ下《くだつ》テ、[二〇]故相国禅門ノ墓ニ詣《まうで》ツヽ、

二六　勧修寺流。摂関家の家司で後白河院の院司。勧修寺流興隆の立役者。吉記の記主。歌人。
二七　六条藤家の顕輔の子。清輔の弟、重家の同母弟。歌人。摂関家・兼実の家司。三位になったのは文治五年。ここに載るのは誤り。
二八　太政大臣伊通の子の為通の子で、成通の猶子。安徳帝践祚の時、泰通が御剣を隆房が御璽を捧持。隆房の妹が妻。親平家的な人物。
二九　吉記では源氏勢の京中と神社仏閣での狼籍、安徳帝と三種神器奪還についての後白河院の諮問を兼光が取りついでいる。
三〇　兼実。この時、参院していない。左府(経宗)が議題を承り、公卿僉議の上卿を勤めた。
三一　建礼門院にも平家一門の人々にも帰京の念願がある。追討使を発遣するのではなく、安徳帝、建礼門院の還御を促す院宣を宗盛に遣すべしという。吉記にはこの意見は見えない。
三二　新の王莽が漢の伝国璽を得て帝位を簒奪したときのこと。↓補注一四
三三　西晉時代、趙王倫が恵帝から帝位を簒奪したときのこと。晉書に原拠。
三四　宗盛からの返事。
三五　後白河院の院庁の下文。延慶本では義仲と行家を院の御所に召して別当実家と頭中弁兼光が命令を伝えたとする。
三六　国家の掟。

一　吉記、玉葉。↓補注一五。　二　天皇。
三　玉葉には「今度義兵、造意雖在頼朝、当時成功事、義仲、行家也」と記す。

福原管絃講

四　史記巻一〇・孝文本紀、漢書巻四・文帝紀が原拠。
五　漢の高祖没後、劉氏と帝位を争った呂后の

一族。
六　文帝。底本「文章」とし「テイ」と墨書のルビ。帝が正しい。前漢第五代皇帝。姓名劉恒。呂氏の乱平定後、即位。
七　漢の高祖の功臣。史記に陳丞相世家が立てられている。周勃と協力し文帝を立てる。
八　漢の高祖の功臣。史記に絳侯周勃世家が立てられている。呂后崩後、文帝を立てる。
九　将門追討の勧賞は天慶三年三月九日に行われ、藤原秀郷は従四位下、平貞盛は従五位上に。秀郷の計略、貞盛の奮戦が認められた結果であることが将門記に記される。
一〇　玉葉によると勧賞の除目の仕方の准拠について答申した外記の勘文に嘉承二年の忠実の摂政任命と円融院による時中参議任命の時の例が示される。↓補注一六
一一　左大臣源雅信の子。寛和三年参議。長保三年大納言で薨。この出来事は百錬抄、古事談第一、続古事談巻一、時中卿笛譜、教訓抄巻二に載る。↓補注一七
一二　公事の評定をする場所。除目は清涼殿。
一三　嘉承二年七月一九日の白河院による忠実摂政の任命。
一四　玉葉・安元二年三月二〇日「東山御所南殿世謂之法住寺殿」とある。南殿は御白河院の御所。法住寺七条末上御所（七条殿）つまり北殿の巽角にあったのが萱御所。承安三年四月一二日に焼亡している（玉葉、百錬抄）。
一五　平氏。世系未詳。玉葉・安元二年正月三〇日に大膳大夫従四位上。院の近臣。一五二頁注七の業忠の父。
一六　一五二頁注七。後白河院の持仏堂たる長講堂に近い。

各《おのおの》法施《ほつせ》ヲ進《たてまつ》リ、思々《おもひおもひ》ノ口説言《くどきごと》、ヨソノ袂《たもと》モシホレケリ。[二一]入道ノ造《つくり》置《おき》給シ花見ノ春ノ岡ノ御所、月見ノ秋《あきの》浜ノ御所、雪見《みる》原ノ萱《かや》ノ御所、船見《みる》浜ノ浦《うらの》御所、馬場殿、二階ノ桟敷殿、常ノ住居ノ御所トカヤ。[二二]五条大納言邦綱卿ノ造進《まゐら》セラレシ里内裏、其《その》外人々ノ家々、蔀《しとみ》モ格子モ破落《やぶれおち》、御簾《みす》モ簾《すだれ》モ絶《たえ》ハテヽ、イツシカ[二三]歳ノ三年ニ、痛荒《いたくあれ》ニケルコソ哀《あはれ》ナレ。[二四]旧苔路《きうたいみち》ヲ塞《ふさぎ》テ、秋ノ草門ヲ閉《とぢ》、[二五]瓦《かはら》ニ松生《おひ》テ垣ニ葛《かづら》カヽレリ。[二六]台傾《うてなかたぶき》テ苔《こけ》ムセリ。松風計《ばかり》ヤ通《かよふ》ラン。簾絶テハ閨顕《ねやあらは》也。月影ノミゾ指入《さしいり》ケル。サラヌダニモ、シホレハテヌル旅衣、是ヲ見、彼ヲ見給《たまふ》ニモ、イトヾ涙ゾ袖《そで》ヌラス。

[二七]母二位殿ハ内ニ御座《おはします》。[二八]大臣《おほい》殿ハ外ニ居給《たまひ》テ、[二九]貞能、[三〇]景家以下ノムネトノ侍共ヲ、御前ニ召《めし》テ仰《おほせ》ケルハ、「[三一]積善之余慶家ニ尽《つき》テ、積悪之余殃《よあう》身ニ及故《およぶゆゑに》、神明ニモハナタレ、法皇ニモ被レ棄奉《すてられたてまつつ》テ、帝都ヲ迷出《まよひいで》テ客路《かくろ》ニサスラフ上ハ、何ノ憑《たのみ》カ有《ある》ベキナレ共、誠ヤ[三二]一樹ノ陰ニ宿リ、一河ノ流《ながれ》ヲ渡《わたる》モ、皆是《これ》、先世ノ契《ちぎり》トコソキケ。況汝等《いはんやなんぢ》ハ、一旦随付《したがひつき》タル門客《もんかく》ニ非ズ。累祖相伝ノ家人也。其上[三三]十善帝王、三種神器《さんじゆのしんぎ》ヲ御身ニ随《したが》ヘテ御座《おはします》。野《のの》末、山ノ奥也共《なりとも》、落留《とま》ラセ給ハン所マデ、送付奉《おくりつけたてまつり》、火ノ中ニ入《いり》、水ノ底ニ沈《しづむ》トモ、今ハ限《かぎり》ノ御有様ヲモ見ハテテ進《まゐら》スベシ」ト宣《のたまひ》

ケレバ、並《なみ》居タリケル三百余人ノ侍共、老《おいたる》モ若《わかき》モ皆涙ヲ流シテ、御返事申《まうし》ケルハ、「[一]怪《あやし》ノ鳥獣《けだもの》ダニモ恩ヲ不レ忘《わすれず》、徳ヲ報《むくふ》ト承ル。何況《いかにいはんや》、人倫ノ身トシテ、争年比《いかでとしごろ》日比《ひごろ》ノ重恩ヲ忘レ、今更我《わが》君ヲステ進《まゐらす》ベキ。此《この》廿余年ガ間、妻子ヲ孚《はぐく》ミ所従《しよじゆう》ヲ顧《かへりみる》モ、一事トシテ君ノ御恩ニ非ズト云《いふ》事ナシ。全ク二心有《ある》ベカラズ。縦《たとひ》天竺、震旦也共、[13]雲ノ終《はて》、海ノ終《はて》マデモ御伴仕《つかまつ》リ侍ルベシ。御心安《やすく》被二思召《おぼしめされ》一候ベシ」ト、異口同音ニ申ケレバ、二位殿モ大臣《おほい》殿モ、聊憑《いささかたのも》シク思召レケル。

二位殿又、人々ニ被レ仰《おほせられ》ケルハ、「此《この》[二]福原ハ故入道大相国ノサシモ愛シ給シ所也。魂魄《こんぱく》モ定《さだめ》テ此ニコソ住《すみ》給フラメ。今夜バカリノ遺《なごり》也。西海ニ出《いで》ナン後ニハ、再《ふたたび》爰《ここ》ヲ見ン事モ有難シ。亡魂モ、イカバカリカハ哀《あはれ》ニ思召ラン。且《かつう》ハ最後ノ別《わかれ》也、且ハ最後ノ弔《とぶらひ》也。入道ノ為ニ[三]管絃講行《おこなひ》給テ、後生ヲ弔《とぶらひ》給へ」ト、[14]彼レ仰ケレバ、大臣殿、「尤可レ然《もつとももしかるべし》」トテ、先《まづ》故禅門ノ[15]墓所被レ参《まゐられ》、手自《てづから》花香《けかう》ソナヘテ念仏申《まうし》、廻向《ゑかう》シテ涙ヲ流シ給ケレバ、一門ノ人々モ皆袂《たもと》ヲゾ絞《しぼり》ケル。其《その》中ニ[四]薩摩守忠度、角《かく》ゾ思ヒツヾケ給フ。

[五]ナキ人ニ手向《たむく》ル花ノ下枝ハタヲレル袖《そで》ノシホレケル哉《かな》

ト御所ニ帰《かへり》、仏懸奉《かけたてまつり》ナンドシテ、管絃講ヲ被レ始《はじめられ》ケリ。

一七　以下の表白風の表現は六代勝事記にある。
一八　仙人の居所の意の蓬壺が正しい。八条の蓬壺は清盛の西八条殿の一名(中古京師内外地図)。また本書巻二六・蓬壺焼失を参照。
一九　平家一門の邸宅所在地。蓮府は大臣また大臣の居処。　二〇　三七頁注一九
二一　延慶本に「花見ノ春ノ園ノ御所、初音尋ル山田御所、月見ノ秋ノ岡ノ御所、雪ノ朝ノ萱ノ御所、馬場殿、泉殿、二階桟敷殿」とある。岡ノ御所は延慶本第二中・入道登蓮ヲ扶持給事でも月を賞でる場所となっている。所在は未勘。
二二　巻一七・福原京参照。邦綱と大内裏図については『宮城図解説』(陽明叢書　別輯)参照。
二三　治承四年一一月に京都還幸してから三年。
二四　以下、故宮・破宅の朗詠また表白調の表現。
二五　白氏文集の驪宮高による。本書巻一七・福原京にも引用される。「牆有衣兮瓦有松」
二六　「臺傾滑石猶残砌　簾断真珠不満鉤」(白氏文集巻三一・同諸客題于家公主旧宅、和漢朗詠集巻下・故宮付破宅)に拠る。
二七　平清盛の正室で宗盛の生母の時子。
二八　平宗盛。　二九　三七頁注一一。
三〇　三四頁注五。
三一　周易、説苑などが原拠。明文抄、玉函秘抄、管蠡抄その他にも見える。
三二　説法明眼論に「宿一樹下、汲一河流」とあり、流布の表現も同じ。渡は汲とあるべし。
三三　天皇の位を前世の十善の果報とする。

一　動物報恩のことは巻四・白山神輿登山の「楊宝黄雀」(続斉諧記、蒙求、訓世評話、十訓抄、金言類聚抄)、巻二六・如無僧都母放亀(菅野扶美「山陰中納言ノート」『梁塵』第一号)の「毛宝放亀」(晋書、続捜神記、蒙求、訓世評話)などに。

右衛門督清宗[六]、讃岐中将時実[七]ハ蕭《せう》[八]ノ役、薩摩守忠度、越前三位通盛ハ笛役、左中将清経、淡路守清房ハ笙《しやう》[九]ノ役、和琴《わごん》[一〇]ハ丹後侍従忠房、羯鼓《かつこ》[一一]ハ若狭守経俊、鉦鼓《しやうこ》[一二]ハ平大納言時忠、方磬《はうけい》[一三]ハ平中納言教盛、太鼓ハ内大臣宗盛、琴二挺、琵琶《びは》三面、簾中《れんちゆう》[一四]ノ役、弁局[一五]、大納言佐殿[一六]ハ琴、普賢寺殿[一七]北政所、帥佐殿[一八]、内侍局[一九]ハ琵琶ノ役、法勝寺執行《しゆぎやう》能円、中納言律師忠快ハ伽陀《かだ》[二〇]ノ役、経誦坊阿闍梨祐円ハ式役[二一]、二位僧都[二二]仙尋ハ法華経ヲ、タエ〴〵ニコソヨマレケレ。

昔[二三]、釈尊説法ノ砌《みぎり》ニ、大樹緊那羅《だいじゆきんなら》ガ香山《かうぜん》ヨリ出《いで》ツヽ、八万四千ノ伎《ぎ》楽《がく》ヲ作リ、浄妙無礙《むげ》ノ歌ヲ以テ、如来大会《だいゑ》ヲ供養ゼシニ、尺梵《しやくぼん》護世ノ諸天、々龍、夜叉《やしや》ノ非人マデモ、琴音ニキヽトレテ、威儀ヲ忘《わすれ》タリケルニ、迦葉《かせふ》尊者ノ舞《まひ》給ケルニ、阿難唱歌《しやうが》シ給ケンモ、角《かく》ヤトゾ覚《おぼえ》ケル。

夫《それ》、簫笛《せうちやく》[二四]琴箜篌《くご》、悉《ことごとく》中道ノ方便ニ帰シ、琵琶鐃銅鈸《ねうばち》、併《しかしながら》法性《ほつしやう》ノ深理ニ叶《かな》ヘリ。妙音大士[二五]ハ十方楽、普現色身ノ證《しよう》、是新《これあらた》ニ、馬鳴《めみやう》[二六]菩薩ハ苦空ノ曲、皆語《かいご》得道ノ世ヲ可レ知《しるべし》。是以《これをもつて》極楽界会《かいゑ》ノ月《つきの》前ニハ、聖衆倶会《しやうじゆぐゑ》シテ楽ヲ催シ、忉利天宮《たうりてんぐう》[二七]ノ雲上《うんしやう》ニハ、天人歌舞シテ袖《そで》ヲ翻ス。加レ之《しかのみならず》、

二 清盛は福原家と呼ばれていた。「承安元年一一月九日。参内。着奥座。頭弁来仰云、正五位下能盛、左衛門尉盛国、左兵衛尉平貞綱、盛国可為検非違使。各福原家賞」（達幸故実抄第三）

三 管絃によって死者を弔う法会。順次往生講式、音楽講式、妙音天講式などによる法会はそれに当たる。

四 延慶本に「（禅門ノ御墓所で）薩摩守忠度ハ眺望ノ御所ノ花ヲタヲリ、故入道ニ廻向シテ涙カキアヘズ」として、この歌を記す。

五 亡き人に手向けた花の下枝がしおれている。折り取った人の袖が涙でしおれていたからだなあ。

六 以下の人名は注七の時実を除いて三五頁に見える。

七 平時忠の長子。越後守、讃岐守。寿永二年四月に左中将。妹は源義経の妻。吉田経房の娘を妻とする。壇ノ浦で生虜となり配流されるが、赦免され、建暦元年には従三位に叙せられる。

八 長さの異なる竹管を横並べにしたもので上部から吹く雅楽用の管楽器。

九 一七本の竹管を円筒状に匏に埋めこんだ雅楽用の管楽器。 一〇 雅楽用の弦楽器。六絃。

一一 雅楽用の太鼓。細長いばちで左右の革面を打つ。唐楽の新楽の演奏に用いる。

一二 雅楽用の金属製の打楽器。二本のばちで金属製で円盤状の鉦を打つ。

一三 雅楽用の体鳴楽器。小鉄板一六枚を槌で打ち施律を響かせる。 一四 御婦人がた。

一五 未勘。 一六 平重衡の室。安徳帝乳母。

一七 平完子。清盛の娘で建礼門院の妹。近衛基通の室。基通は都に留まったが、彼女は都落に加わった。↓補注一八

一八 帥典侍。藤原領子。葉室流の藤原顕時の娘。

霊山浄土《りやうぜん》ノ苔庭《こけの》ニハ、菩薩證得《しようとく》ノヒヾキヲ成シ、安養世界ノ玉橋《たまの》ニハ、如来讃嘆《さんだん》ノ曲ヲ奏《そうす》。[一]常楽我浄《じやうらくがじやう》ノ調べ、麗《うるはし》クシテ猶《なほ》麗ク、[二]苦空無我ノ音《こゑ》、妙ニシテ更《さらに》妙ナレバ、[三]不生《ふしやう》不滅ノ曲ハ、定《さだめ》テ虚空界ノ風ニ通ジ、[四]非有《ひう》非空ノ響ハ、必ズ法性《ほつしやう》海ノ波ニ和スラントゾ覚エケル。サレバ菅絃モ読経16モ、[五]円音《ゑんおん》教ニ帰シ、妓楽《ぎがく》モ講唱モ、[六]一実乗《じよう》ニ混ジテ、[七]同時一念ノ精誠《せいぜい》ヲ鑑《かんがみ》、[八]三種回向《ゑかう》ノ信力ニ依《よつ》テ、志ス処ノ先人聖霊《しやうりやう》、九品《くほん》往生ヲ遂《とげ》シメ給ヘト也。[九]回向《ゑかう》ノ伽陀《かだ》モ終《をはり》ケレバ、吹送《ふきおくる》笛ノ声、弾《ひき》終ル琴ノ音ニ、簾中モ簾外モ皆涙ヲ流セバ、僧衆《じゆ》モ俗衆《じゆ》モ共ニ袖《そで》ヲゾシボリケル。二位殿ハ今ヲ限《かぎり》ノ仏事ゾト、貴キ中ニモ悲《かなし》ク、嬉《うれし》キ中ニモ哀《あはれ》ニテ、為方《せんかた》ナクゾオボシケル。

入道ノ弟[一〇]修理大夫経盛ハ、詩歌管絃ニ長ジ給ヘル中ニモ、横笛ノ秘曲ヲ伝《つたふ》ル事、上代ニモ類《たぐひ》少ク、当世ニモ並《ならぶ》人ナカリケリ。一年《ひととせ》法皇、[一一]故堀河院ノ御為ニ、法住寺殿ニテ[一二]報恩講経供養ノ時、階下ノ公卿、殿上人、家ヲタヾシテ舞楽ヲ奏シ給シニ、経盛、其《その》時ハ[一三]東宮ノ大夫ニテ、[一四]左ノヲモ笛ヲ仕《つかまつり》シニ、伶人《れいじん》舞曲ヲ尽《つくす》ニ及ンデ、宮中澄渡《すみわたり》、群集《くんじゆ》ノ諸人、各《おのおの》袖ヲ絞《しぼり》ケリ。上皇モ故院ノ御追善ナレバ、今ハ[一五]都卒天上ノ内院ニ納《をさま》リ給ラント思召《おぼしめし》、龍顔《りようがん》ヨリ御涙ヲ流サセ給ケリ。[一六]八条左判官忠房ハ、[一七]陵王ノ秘曲

平家物語の作者に擬される行長、時長の叔(伯)母。平時忠の後妻で安徳帝の乳母。壇ノ浦で生虜となる。　一九　未勘。
二〇　経文のなかの韻文体の詩句でそれを唱える。順次往生講式では「頌云」として示されている。
二一　往生講において、式文を読む役。順次往生講式に、述意門、正修門、廻向門の三門を挙げる。講全体がその三門で構成され、その順序で進行する。
二二　全真とあるべし。三五頁注二〇。
二三　大樹緊那羅王所問経が原拠。大樹は緊那羅の名、香山はその居所。釈梵は仏教護持の帝釈天と梵天。非人は人でないもの。迦葉、阿難は釈迦の十大弟子。順次往生講式にも大樹緊那羅のことが引かれる。↓補注一九
二四　管絃をもってする往生講の式文によったのだろう。補注一九の順次往生講式が似ている。箜篌は弦楽器。鐃は打楽器。銅鈸は一種のシンバル。式文全体が和歌陀羅尼観に通じる音楽を陀羅尼とする言説。
二五　法華経・妙音菩薩品に登場する妙音菩薩。順次往生講式では「十万楽」。
二六　古代インドのカニシカ王時代の仏教詩人。龍樹菩薩の師。誤って大乗起信論の作者とされる。「皆語得道ノ世」は「開悟得道ノ用(はたらき)」とあるべきか。
二七　忉利天は須弥山頂にあり中央に帝釈天の大城がある。霊山浄土は釈迦の浄土、安養世界は阿弥陀の極楽浄土。

一　涅槃に備わる常(常住永遠)楽(たのしみ)我(自在無碍)浄(清浄)の四つの徳。
二　煩悩による迷いの四つのすがた。苦、空、無常、無我。

ヲ舞尽《まひつく》ス。[一八]大ヒザマヅキ[一九]小《こ》膝突《ひざまづき》、[二〇]入《いり》日ヲ返ス合掌ノ手、終《つひ》ニハ[二一]皇序《くわうじよ》ノ袖《そで》ヲ翻ス。[二二]其《その》家ナラヌ人ニハ、各《おのおの》笛ヲトヾメシニ、此《この》経盛、皇序ノ秘説ヲ吹《ふき》給シカバ、法皇、叡感《えいかん》ニ不《た》レ堪《へず》ヤ思召《おぼしめし》ケン、御前ノ御簾《みす》ヲ上《あげ》サセ御座《おはしまし》、御衣《ぎよい》ヲ脱《ぬい》デ押出《おしいだ》サセ給ケルヲ、経盛給《たまはつ》テ階下ニ帰着《かへりつき》給シカバ、男女耳目ヲ驚《おどろか》ス。此《この》道ニ不レ携《たづさはらぬ》人ハ、[二三]面《おもて》ヲ壁ニ向《むか》ヘタルモアリ。懸《かかり》ケル人ナレバ、心有《ある》モ心ナキモ是《これ》ヲ惜《をしみ》ケリ。[二四]八条中納言入道長方ノ弟ニ、[二五]左京大夫能方ハ、経盛ノ横笛ノ弟子ニテ、秘曲ヲ伝《つたへ》給ケリ。今ニ一説ヲ残《のこし》テ落《おち》給シカバ、イカナル[二六]博雅三位ハ、会坂ノ麓ニ夜ヲ重ネ、[二七]ウチノキ府生忠兼ハ、父ヲイマシメ五逆罪ヲ犯スゾト思ヘバ、妻子兄弟ヲ振捨《ふりすて》テ、同《おなじ》都ヲ落給ケルガ、福原ノ[二八]眺望ノ御所ニテ、[二九]甘州《かんしう》ニハ只拍子《ただびやうし》、[三〇]倍臚《ばいろ》ニハ[三一]五節ノ[三二]楽拍子《がくびやうし》、底ヲ極《きはめ》給シカバ、[三三]龍笛、鳳《ほう》曲ハ、聖衆《しやうじゆ》ノ座ニ連《つらな》ルヤトアヤマタレ、[三四]霓裳《げいしやう》羽衣《うい》ノヨソヲヒヲ、天人ノ影向《やうがう》スルカト、見《みる》人聞《きく》人諸共《もろとも》ニ、涙ヲ流サヌハナカリケリ。能方ハ、「イヅクマデモ」ト慕《したひ》給ケルヲ、経盛アナガチニ制シ被《まうされ》レ申ケレバ、名残ハ様々惜《をし》ケレ共、福原ノ一夜ノ宿ヨリ、都ヘ帰上《のぼり》給ケリ。ヤサシカリケルタメシ也。

角《かく》テ平家ハ福原ノ旧里ニ一夜ヲ明《あか》シキ。秋ノ初風立《たち》シヨリ、漸《やうやう》夜冷《よさむ》[17]ニ

三　はじめも終りもない真如そのもの。
四　有でも空でもない中道としての森羅万象のありかた。
五　一切完備の頓悟を言う円頓のことか。天台宗は円頓一実教と称する。
六　真如に至る唯一絶対の教え。
七　同じ時に同じ思いで法会を行うところのまごころ。
八　功徳を自分たち、全ての衆生、平等智に手向ける菩提廻向、衆生廻向、実際廻向。
九　最後の廻向門の式文を読み終ったところで唱える頌。そのあと音楽が続き、略神分、少祈願、六種、廻向で終る(順次往生講式)。
一〇　二八頁注三。巻三八・経俊敦盛経正師盛已下頸共懸一ノ谷の敦盛最期で経盛が笛の名手であったことと名笛さえだのことが記される。さえだの由来は諸本間また幸若舞曲・敦盛とで異同あり。楽家録巻四一の説は本書に同じ。
一一　後白河院の祖父。管絃に巧みで笛の名手。
一二　未勘。　一三　経盛に東宮大夫の官歴はない。
一四　左方の舞楽(唐楽)の吹物の主奏者である音頭のことか。
一五　万秋楽は都率天の楽と言われているが、そのことと関係するか。堀河院の都率往生のことは未勘。↓補注二〇
一六　大江忠房か。雅楽権助、式部少丞、皇嘉門院判官代。
一七　左方の舞楽。蘭陵王、羅陵王とも。教訓抄巻一に曲の由来が二説記されている。
一八、一九　「ひざまき」。この曲の乱序ないし嗔序でなされる秘蔵の手。↓補注二一
二〇　この手が印象的なので本曲を没日還午楽とも呼ぶと教訓抄巻一に記す。
二一　荒序が正しい。荒序は秘事ゆえ上臈が伝授

成《なり》ニケリ。[一]旅寝ノ床ノ草枕、露モ涙モ諍《あらそひ》テ、ソヾロニ物コソ悲《かなし》ケレ。明《あけ》ヌレバ今朝ヲ限《かぎり》ト思《おもひ》ツヽ、内裏ヲ始《はじめ》テ人々ノ家々、皆焔《ほのほ》トゾ焼上《やきあぐる》。余煙、日ノ光ヲ抑ヘツヽ、雲井ノ空ニゾ消紛《きえまがふ》。形見ニ残ル福原モ、焼野ノ原ト成《なり》シカバ、サコソ哀《あはれ》ニ覚シケメ。[二]昨日ハ東海ノ東《ひんがし》ニ轡《くつばみ》ヲ並べ、今日ハ西海ノ西ニ纜《ともづな》ヲ解《とき》、[三]雲海沈々トシテ、蒼天《さうてん》既ニ晩《くれ》ナントス。松風[四]颯々《さつさつ》トシテ、旅寝ノ夢モ覚《さめ》ヌベシ。霞、孤島ニ峙《そばだつ》テ、月海上《かいしやう》ニ浮《うか》べリ。八重塩路ヲ漕分《こぎわけ》テ、浪ニ引《ひか》レテ行《ゆく》舟ハ、万天ノ雲ニ連《つら》ヲ成《なす》、[五]憑《たのむ》ノ雁《かり》ニ似タリケリ。蜑《あま》ノ焼藻ノ夕煙、尾上ノ鹿ノ暁ノ声、渚《なぎさ》々ノ波音《なみの》、遠近《をちこち》舟ノ[六]曳《えい》ヤ声、惣《すべ》テ見《めにみ》レ目聞《みみにきく》レ耳事ノ、一《ひとつ》トシテ催《なみだをもよほし》レ涙、心ヲ傷《いたま》シメズト云《いふ》事ナシ。都ニ捨置《すておき》シ妻子モ覚《おぼつかなく》、栖馴《すみなれし》故郷モ恋シケレバ、老《おいたる》モ若《わかき》モ、只泣《なく》ヨリ外ノ事ハナシ。[七]但馬守経正、行幸ニ供奉《ぐぶ》ストテ、思続《おもひつづけ》給ケリ。

　　[八]御幸《みゆき》スル末モ都ト思ヘ共猶《なほ》ナグサマヌ浪ノウヘカナ

サテモ主上《しゆしやう》ヲ始進《はじめまゐら》セテ、[九]龍頭鷁首《りようとうげきしゆ》ノ舟ヲ、海上ニ浮《うかべ》テ出《いで》サセ給ヘバ、浪路ノ皇居静《しづか》ナラズ。都ヲ落《おち》シ程コソナケレ共、是モ遺《なごり》ハ惜《をし》カリケリ。[一〇]棹《さを》ノシヅクニ袖濡《そでぬれ》テハ、古郷《ふるさとの》[一一]軒ノ忍《しのぶ》ヲ思出テ、[一二]月ヲ浸潮《ひたすうしほ》ノ深《ふかき》愁ニ沈《しづみ》、[一三]霜ヲオホヘル芦《あし》ノ脆《もろき》命ヲ悲《かなし》ム。[一四]洲崎ニ騒グ千鳥ノ声、暁ノ恨ヲ添《そへ》、[一五]傍居《そばゐ》

を受け、舞うことは珍しかったらしい。→補注二二

二二　秘伝を伝えている伶人の家。補注二二参照。

二三　泣く様子。「あるは直衣のそでを顔にあて、あるは面を壁にむかへて」(閑居友巻下・建礼門女院御いほりにしのびの御幸の事)

二四　五三頁注二三。邸は堀川の東、八条の北、梅小路の南にあった(中古京師内外地図)。

二五　延慶本にもある。能方は未勘。

二六　源博雅が逢坂関で蝉丸から琵琶の秘曲の流泉、啄木を習ったという故事。今昔物語集巻二四、江談抄巻三ほか諸書に伝える。

二七　醍醐天皇時代の有名な府生。二中歴に見える。今昔物語集巻一九第二五話に滝口忠兼として孝行譚、十訓抄第六に美奴忠兼の延長八年、清涼殿落雷で死去のことが載る。この説話は未勘。

二八　この御所の名は延慶本にも見える。所在未勘。

二九　泔洲楽とも。甘粛省の名にちなむ命名。左方の舞楽。この曲の只拍子は秘事(教訓抄巻三、新撰要記、雑秘別録)。

三〇　倍臚破陣楽とも。左方の舞楽。只拍子で演奏するのが普通らしい。→補注二三

三一　豊明節会の御遊のとき舞楽を演奏する。

三二　只拍子とともに拍子のとりかたの基本。補注二三参照。

三三　龍笛は横笛。鳳曲は妙なる曲の音色、延慶本は「鳳管(笙のこと)」とする。

三四　天人や仙女の着る美しい裳と羽衣。唐の玄宗皇帝作とされる楽曲の名でもある。

一　和歌的表現。「恋すればたびねのとこの草枕露おきまさる物にぞありける」(摂津守有綱家歌合・七番恋左・一三・帯刀致定)

二　諸本に小異あり。延慶本は「昨日ハ轡ヲ東山ノ東ニ並べ、今日ハトモヅナヲ西海ノ西ニトク」

ニカヽル楫《かぢ》ノ音、夜半ニ心ヲ傷《いたま》シム。[一六]白鷺ノ遠樹ニ群居《ゐる》ヲ見テハ、東夷《とうい》ノ旌《はた》ヲ靡《なびか》スカト肝《きも》ヲ消シ、夜雁《やがん》ノ遼海《れうかい》ニ啼《なく》ヲ聞《きき》テハ、兵《つはもの》ノ船ヲ漕《こぐ》カト魂ヲ失フ。[一七]青嵐膚《はだへ》ヲ破《やぶつ》テ、[一八]翠黛《すいたい》紅顔ノ粧《よそほひ》ヤウ〳〵衰へ、[一九]蒼波《さうは》眼《まなこ》ヲ穿《うがつ》テ、[二〇]外土《ぐわいと》望郷ノ涙難《おさへがたし》レ押。サコソハ悲カリケメト、推量《おしはから》レテ哀《あはれ》也。[二一]指《さし》テ行《ゆく》ヱハ知《しら》ネ共、露ノ命ハ松浦《まつら》船、彼ハ須磨ノ関、是《これ》ハ明石浦《あかしの》ナド申《まうす》ヲ聞給フニ、[二二]藻塩タレツヽ歎《なげき》ケン、昔語《がたり》ノ跡マデモ、思《おもひを》残ス隙《ひま》ゾナキ。

　[二三]寿永二年八月朔日、[二四]京中保々守護事、任二義仲注進之交名一、殊令二警巡一、[二五]可レ加二炳誡一之由、[二六]右衛門権佐定長、奉二院宣一、仰二[二七]別当実家卿一。[二八]出羽判官光長、右衛門尉有綱頼政卿孫、十郎蔵人行家、高田四郎重家、泉次郎重忠、安田三郎義定、村上太郎信国、葦敷太郎重澄、山本左兵衛尉[18]義垣、甲賀入道成覚、仁科次郎盛家、トゾ聞エケル。

　主上《しゆしやう》ハ[二九]外家《ぐわいけ》ノ悪徒ニ引《ひか》レテ、花ノ都ヲ出《いで》テ、西海ノ波ノ上ニ漂《ただよひおはします》御座。[三〇]可レ奉二還上《かへしのぼせ》一由、平大納言時忠ノ許《もと》ヘ院宣ヲ雖レ被レ下《くださると》、[三一]平家是《これ》ヲ奉レ惜《をしみたてまつり》、免《ゆるしまゐら》進セザリケレバ、力及バセ給ハズシテ、サラバ[三二]新帝ヲ祝《いはひ》奉ルベシ、トテ、院ノ殿上ニテ[三三]公卿僉議《せんぎ》アリ。「高倉院御子、先帝ノ外三所御座《おはします》。[三四]二宮ヲバ儲《まうけの》君ニトテ、平家西国

三　「于時雲海沈沈洞天日晩」(長恨歌伝)。

四　松風あるいは鈴の音の擬音語。

五　田の面(も)の雁。田にいる雁の意の歌語。この辺り宴曲風の表現を連ねる。それ故、単に雁を云うのに歌語を用い、かつ音律を整えている。瀬戸内海を漕ぎ連らねる平家の無数の舟を、列をなして空を渡る雁にたとえている。

六　舟人の櫓を漕ぐときのかけ声。「なぎたる朝の海に舟人のゑいや声めづらしくぞ聞こゆる」(厳島御幸記)　七　二八頁注四。

八　長門本、八坂本など同じ。延慶本は初句が「みゆきなる」、また作者を皇宮宮亮経正とする。「御幸」は「行幸」とあるべし。

九　ここでは天皇の御座船。以下の美文は九二頁の本文、六代勝事記に似る。↓補注二四

一〇　涙を流すのである。「橋姫のこころを汲みて高瀬さす棹のしづくに袖ぞぬれぬる」(源氏物語・六二八　橋姫)

一一　シダ類ののきしのぶ。偲ぶと掛ける歌語。「あれまさる軒のしのぶをながめつつ茂くも露のかかる袖かな」(源氏物語・一九八　須磨)

一二　月影も涙に濡れている風情。「たび人をおくりし秋のあとなれやいりえのなみにひたす月かげ」(秋篠月清集・江上月・九八三)。「深き」を導き出す。

四宮御位

一三　霜枯れの葦。「脆き」を導き出す。

一四　洲崎に鳴き騒ぐ千鳥の声は逢う瀬の終りとなる暁の到来を告げて、流離の悲しみに恋の別れの恨をも添える、の意。

一五　すぐそばに聞こえている楫の音。延慶本では「旅泊ニカヽル梶ノオト」とある。「浮寝の床の梶枕、旅泊の哀を催す」(宴曲集巻四・海辺)

一六　以下の対句は小異はあるが、本書巻四八・女

へ取下進《とりくだしまゐらせ》ケリ。今ハ三[一]、四宮ノ間ヲ可レ奉レ立歟《たてか》。又、故以仁ノ宮ノ御[二]子オハシマス。十七ニゾ成《なら》セ給ケル。此ハ還俗《げんぞく》[三]ノ人ニテ御座《おはしま》セドモ、懸《かかる》乱世ニハ成人ノ主、旁可レ宜《かたがたよろしかるべし》。還俗ノ事、天武之例[四]、外ニ求ムベカラズ。又、[五]昭宣公、恒貞親王ヲ奉レ迎ラレキ。還俗ノ人[六]、憚《はばかり》アルベカラズ」トゾ沙汰有《あり》ケル。去共《されども》、法皇ハ高倉院三、四御子之間ニ思召定《おぼしめしさだめ》ケレバ、同《おなじき》[七]八月五日、彼《かの》三、四宮ヲ奉二迎取一《むかへとりたてまつる》。先《まづ》三宮ノ五歳ニ成セ給《たまふ》ヲ、「是《これ》へ」ト仰《おほせ》有ケレバ、大《おほき》ニ面嫌《おもぎらひ》マシ〳〵テ、ムツカラセ給ケレバ、「疾々《とくとく》」トテ、速《すみやか》ニ返出《かへしいだ》シオハシマス。次ニ四宮ヲ、「是へ」ト申サセ給ヘバ、左右《さう》ナク歩ミ寄《よら》セ給。御膝《ひざ》ノ上ニ渡ラセオハシマシ、御ナツカシゲニ龍顔《りようがん》ヲ守リ上進《あげまゐら》セ給ケリ。御歳四歳ニゾナラセ給。法皇ハ御哀気《あはれげ》ニ思召《おぼしめし》、御髪掻撫《かきなで》サセ給《たまひ》、御涙グミテ、「此《この》宮ゾ誠ニ朕ガ御孫也ケル。スゾロナラン者ナラバ、ナドテカ懸《かかる》[八]老法師ヲバ懐《むつまし》[19]ク思フベキ。故院[九]ノ少《をさな》クオハセシ顔立ニ違《たがは》ネバ、只今ノ様ニ思出《おもひいで》ラルヽゾヤ。懸忘《かかるわすれ》形見ヲ留置《とどめおか》レタリケルヲ、今マデ不レ奉レ見《みたてまつらざり》ケル事ヨ」トテ、御涙ヲ流サセ給ケリ。浄土寺[一〇]ノ二位殿、其《その》時ハ丹後殿ノ局《つぼね》トゾ申《まうし》ケル、御前ニ候《さぶらひ》給ケルガ、袖《そで》ヲ絞《しぼり》テ申サレケルハ、「兎角《とかく》ノ御沙汰ニ及バズ。御位ハ此宮ニコソ」ト聞エサセ給ケレバ、

院六道廻物語の本文にも見られる。↓補注二五

一七　青葉を吹く風の意で夏の風。「夜宿極浦之波　青嵐吹皓月冷」(和漢朗詠集・行旅)。

一八　化粧した美しい顔のこと。「翠黛紅顔錦繍粧　泣々尋沙塞出家郷」(和漢朗詠集・王昭君)

一九　眼が痛くなるほどに毎日、海原を眺めて。

二〇　都を遠く離れた地。延慶本、長門本は「懐土」。

二一　はかない命は松浦船のように行方も知らず瀬戸の海に浮かんで、の意。松浦舟は歌語。待つと懸けられる。

二二　在原行平の説話。「わくらばにとふ人あらばすまの浦にもしほたれつつわぶとこたへよ」(古今和歌集・雑歌下・九六二・在原行平)。

二三　吉記には七月三〇日の条に付載。↓補注二六

二四　都城制における保(四町を一保)を拡大して定めた地域。

二五　法制用語。はっきりとしたいましめ。

二六　勧修寺流藤原氏。吉田経房の弟。寿永元年に右衛門権佐。弁官、蔵人頭を経て参議に。

二七　五二頁注七。

二八　以下の交名は補注二六参照。

二九　母方の家。平家のこと。

三〇　補注一三の吉記によると寿永二年七月二八日に後白河院はその旨を仰せ出されており、同三〇日に時忠のもとに院宣が遣わされている。↓補注二七

三一　玉葉の寿永二年八月一二日に、二日前に時忠から返書が到来したとする。↓補注二八

三二　玉葉によると、その議論は早く八月六日以前に行われていて一〇日に決定をみたらしい。↓補注二九

三三　新主の選定は八月一八日。↓補注三〇

三四　守貞親王。その皇子が承久の乱後に即位して後堀河天皇。太政天皇となり後高倉院の院号を得

法皇、「子細ニヤ」ト仰有《おほせあり》テ、定マラセ給《たまひ》ニケリ。内々[一一]御占有ケルニモ、[一二]「四宮ハ御子孫マデ、日本国ノ御主タルベシ」トゾ、神祇官幷《ならびに》陰陽寮ナド占申《うらなひまうし》ケリ。御母ハ、[一三]七条修理大夫信隆卿ノ[一四]御娘ニテオハシケルガ、建礼門院中宮ノ御時、忍《しのび》ツヽ、内ノ御方ヘ被レ参《まゐられ》ケレバ、[一五]皇子サシツヾキ御座《おは》シケルヲ、父修理大夫、[一六]平家ノ鍾愛《しようあい》ヲ憚《はばかり》、又中宮ノ御気色ヲモ深ク恐《おそれ》給ケレ共、[一七]八条二位殿、御乳人《めのと》ニ付《つけ》ナドセラレケリ。此《この》宮ヲバ[一八]法勝寺執行《しゆぎやう》能円法印ノ奉レ養《やしなひたてまつり》ケルガ、平家ニ付《つい》テ西国ヘ落《おち》ケル時、余《あまり》ニ周章《あわて》、北方ヲモ不レ被レ具《ぐせられず》、宮ヲモ京ニ奉レ忘《わすれたてまつり》タリケルヲ、法印、人ヲ返シテ、「急《いそぎ》宮具シ進《まゐら》セテ、西国ヘ下《くだり》給ヘ」ト北方ヘ宣《のたまひ》タリケレバ、既ニ下ラントテ、西八条ナル所マデ忍《しのび》具シ進《まゐら》セテ、出《いで》給タリケルヲ、[一九]御乳人《めのと》ノ[二〇]妹《せうと》ニ、[二一]紀伊守範光ト云《いふ》者アリ。心賢ク思《おもひ》ケルハ、主上《しゆしやう》ハ西海ヘ落《おち》下ラセ給ヌ、法皇、都ニ留《とどま》ラセ給タレバ、御位ヲバ定《さだめ》テ四宮ニゾ譲ラセ給ハンズラン、神祇官《じんぎ》ノ御占《みうら》モ末憑《たのも》シキ事也、トテ、[二二]二位殿ノ宿所ニ参《まゐつ》テ尋《たづね》申ケレバ、「西国ヨリ御[二三]文有《あり》トテ、忍テ此《この》御所ヲバ出サセ給ヌ」ト答《こたへ》ケル間、コハ浅増《あさまし》キ事也、ト思《おもひ》、覚《おぼつかな》キ所コヽカシコ捜尋進《さぐりたづねまゐら》セテ、「唯今《ただ》[二四]君ノ御運ハ開ケサセ給《たまふ》ベシ。物ニ狂ハセ給テ、角《かく》ハ出立給《いでたちたまふ》カ。[二五]西国ヘ落下ラセ給タラバ、君モ御位ニ立《たた》セ

る。貞応二年崩。母は藤原信隆の娘七条院殖子。

一　三宮は承安第三宮と号する惟明親王。母は宮内大輔平義範の娘少将局。四宮は尊成(後鳥羽院)。母は守貞親王に同じ。五歳と四歳。

二　高倉宮以仁王の三宮。加賀宮。また仁和寺宮道性とも。母は八条女院暲子の女房(玉葉・治承四年五月一六日)。玉葉の文治元年一一月一四日の記事に生年一九とあるので、寿永二年には一七歳。但し同文治三年八月一〇日の記事にはその逝去を記し生年一八とする。また百錬抄の寿永二年九月一八日の記事には六歳とする。

三　出家は高倉宮謀叛発覚の折りのこと。↓補注三一

四　出家して吉野に籠った大海人皇子が壬申の乱を経て天武天皇として即位。↓補注三二

五　恒貞は橘逸勢の乱で廃太子となった淳和天皇の皇子。ここは時康親王とあるべし。昭宣公(藤原基経)が陽成帝を降ろし、光孝天皇(時康親王)を擁立したことをいう。皇統を変更して皇位から遠い位置にいる成人(時康親王五五歳)を擁立しようとしたことをいう。

六　位置に錯誤あり。「還俗ノ人ニテ御座セドモ」の次に置くべし。

七　愚管抄に同じ説が載る。↓補注三三

八　後白河院は寿永二(一一八三)年の現在で五七歳。

九　高倉院は治承五(一一八一)年に崩御。

一〇　高階栄子。平業房の室、後に後白河院の寵人。長講堂領を遺贈された宣陽門院覲子を生む「法皇愛妾号丹後。近日朝務偏彼在唇吻」(玉葉・文治元年一二月二八日)と評されていた。

一一　神祇官と陰陽寮において行われた。補注三

給ヒ、御身モ世ニオハセンズルニヤ」トテ、大《おほき》ニ瞋《いかり》腹立《だち》テ、取《とり》留メ進《まゐら》セタリケルニ、翌日法皇ヨリ御尋《たづね》アリテ、御車御迎《むかへ》ニ参《まゐり》テ、角定《かくさだま》ラセ給ケリ。「ソモ帝運ノ可レ然《しかるべき》事ト申《まうし》ナガラ、範光ハユヽシキ奉公ノ者也」トゾ人申ケル。[一一]七条修理大夫信隆卿ハ、[一二]白鶏《しろき》ヲ千羽飼《かひ》ヌレバ、必其《かならずその》家ニ王孫出来《いでき》御座《おはします》ト云《いふ》事ヲ聞《きき》テ、白鶏《しろき》ヲ千羽ト志シテ飼給ケル程ニ、後ニハ子ヲ生《うみ》、孫ヲ儲《まうけ》テ、四、五千羽モ有《あり》ケリ。夥《おびたたし》ナドハ云計《いふはかり》ナシ。[一三]鳥羽田井、[一四]西京田ナドニ行《ゆき》テ、稲ヲ損ジ麦ヲ失フ。懸《かかり》ケレバ、「信隆ノ鶏」トテ人モテアツカヘリ。爰《ここ》カシコニシテ打殺《うちころし》ケレ共、生《うめる》子ハ多シ。七条、八条ニ充満《みちみち》テ、尽《つく》ベキ様モ不レ見《みえざり》ケリ。誠ニ其験《そのしるし》ニヤアリケン、四ノ宮位ニ即《つか》セ給フ。

[一五]義仲ハ高倉宮ノ御子即位《そくゐの》事、内々[一六]泰経卿ニ申《まうす》旨有ケレバ、[一七]同《おなじき》十四日ニ、[一八]俊暁僧正ヲ以テ義仲ニ御尋アリ。[一九]勅答ニハ、「国主ノ御事、為二[二〇]辺鄙之民一不レ能レ申二是非一。但[二一]故高倉宮、為レ奉レ慰二法皇之叡慮一、被レ失二御命一キ。御至孝之趣、天下其隠ナシ。争不レ被二思召一哉。就レ中、以二[二二]彼親王宣一、源氏等挙二義兵一、已[20]成二[二三]大事一畢。而今受禅沙汰之時、此宮ノ御事、偏ニ[21]被レ奉二[二四]奇置一。不レ及二[22][二五]議中一之条、尤不便ノ御事也。主上已[23]ニ為二賊徒一被二取籠一給ヘリ。彼御弟何ゾ強ニ可レ被レ奉二尊崇一哉。此等ノ子細更ニ非二義

○参照。
一一　承久の乱で、皇統は後高倉院(守貞親王)の皇子後堀河帝の筋に移り、後嵯峨帝の代から後鳥羽帝の筋に復する。
一二　治承三年薨。後に左大臣従一位を追贈。後白河院の近臣。その子孫に注目すべし。↓補注三四
一三　殖子。安貞二年崩。母は藤原休子。典侍として高倉帝に侍す。建久元年院号宣下、七条院。
一四　治承三年に後高倉院(守貞親王)、治承四年に後鳥羽帝(尊成親王)降誕。
一五　守貞親王は平知盛が養育し、知盛の妻で八条准后(平時子)の女房であった治部卿局と平頼盛の妻の宰相局が乳母となる。尊成親王は平時忠、平時子の異父弟の能円の妻の範子が乳母となる。
一六　時子。文治元年薨。平時信の娘で平清盛の妻。建礼門院、宗盛、知盛、重衡の母。承安元年に二位、治承四年に准后。両親王の養育には清盛夫妻の意向が働いたと思われる。
一七　正治元年没。藤原顕憲の子。平時忠、時子の異父弟。治承三年に法勝寺執行。その妻は藤原範季の姪の範子。範子は能円の都落の後、源通親に嫁す。↓補注三五
一八　能円の妻の平範子。
一九　塵芥に「妖」を「セウト」。女性から見て兄または弟。両人の関係は補注三五の系図。
二〇　建保元年薨。寿永二年八月紀伊守再任。後に後鳥羽院の寵臣。守成(順徳帝)の東宮亮。極官は権中納言。↓補注三六
二一　時子が光明心院を営んでいた西八条の邸か。
二二　能円からの書状。
二三　尊成親王の乳母である妹の範子への言葉。
二四　西国へ落ちていかれたなら、四宮様が天皇となり貴女が世にはなやぐといったことになるでしょうか、いや、なりません。

仲之所存一。以二軍士等之申状一言上スル計也」ト申ケレバ、人々、「義仲申状、非レ無二其謂一」トゾ申合レケル。

[一六]昔、文徳天皇ノ御子ニ、[一七]維高親王、[一八]維仁親王トテ、御兄弟二人御座《おはし》ケリ。[一九]維仁ハ第二ノ王子、維高ハ第一ノ王子也。互《たがひ》ニ御位ヲ懸《おんこころにかけ》二御意一サセ給ヘリ。天皇モ分《わくる》御方ナク難《すてがたき》レ棄御事共ニテ、叡慮思召《おぼしめし》煩ハセ給ヘレ共、御嫡子ナレバ維高親王トゾ、内々ハ被《おぼしめされ》二思召一ケル。第一王子維高親王ト申《まうす》ハ、御母ハ[二〇]従四位下左兵衛佐名虎ガ女、従四位上紀静子ト申。第二王子維仁親王ト申《まうす》ハ、御母ハ[二一]太政大臣良房忠仁公御女、[二二]藤原明子、後ニハ[二三]染殿后ト申《まうす》、是《これ》也。一宮ノ御事ヲバ、外祖紀名虎、取立《とりたて》奉ラントテ、「帝運ノ可《しかるべき》レ然ニテ、第一王子ニ出来御坐《いできおはしま》セリ。御恙《つつが》ナシ。サレバ御位ハ此公《このきみ》ニコソ」ト、頻《しきり》ニ内奏申《まうし》ケリ。二宮ノ御事ヲバ、外祖ニテ忠仁公奉二取立《とりたてたてまつらん》一トテ、「二宮ハ[二四]落胤腹《らくいんばら》、名虎ガ御女也。次第ハ[二五]是《これ》執柄家ノ御女、[二六]后立《きさきだちの》王子也。子細ニヤ及バセ給ベキ」ト、平《ひら》ニ被《ないさうせられ》二内奏一ケリ。此《この》事誠ニ難題ニテ、公卿僉議《せんぎ》アリ。「就《しょうぶについて》二勝負一御位ヲ可レ被《まゐらせらるべし》レ進」トテ、初《はじめ》ニハ八幡ニ臨時ノ祭ヲ居《すゑ》テ、十番ノ競馬アリ。四番ハ一宮ニ付《つき》、六番ハ二宮ニ付《つく》。此上ハ維仁親王、

一一　邸は今の下京区の紅葉町辺りか。↓補注三七
一二　未勘。
維高維仁位論
一三　田井は田の意。鳥羽田は現在の上鳥羽から下鳥羽あたりの田。歌枕でもある。
一四　右京西南部の田園地帯。
一五　義仲による北陸宮推挙のことは補注三〇、三八参照。
一六　高階氏。建仁元年薨。寿永二年二月に従三位。大蔵卿。「法皇第一之近臣」（玉葉・元暦元年七月二五日）と評される。義経や頼朝も彼を後白河院への伝奏として利用している。
一七　玉葉によれば、この日の夜、後白河院の使者として泰経が兼実を訪れ、兼実の意見を徴している。↓補注三八
一八　文治二年入滅。六九歳。神祇伯源顕仲の子。寿永元年七月二七日任僧正。義仲の側に立って活動、法住寺合戦の後、義仲の推挙で天台座主。↓補注三九
一九　義仲から後白河院への返答。補注三〇、三八の玉葉参照。
二〇　玉葉・寿永二年八月一四日の記事の義仲の重ねての申し入れの中には「源氏等雖不及執申」とある。補注三八参照。
二一　補注三〇、三八に同趣旨のことが見られる。
二二　本書巻一三・高倉宮廻宣。治承四年四月九日付の令旨。吾妻鏡の同年四月二七日の条にも所載。　二三　平家を都から追却したこと。
二四　「棄」とあるべし。
二五　「申」ないし「定」とあるべし。
二六　惟喬親王と惟仁親王（清和天皇）の立太子の際の争い。摂関の嚆矢とされる忠仁公良房が北家藤原氏繁栄の基礎を築いたことを語る説話の

御位ニツキ給フベカリケルヲ、[一]天皇猶《なほ》、御心不レ飽《あかず》思召《おぼしめし》ケレバ、後ニハ、「大内ニシテ[二]相撲《すまひ》ノ被レ行《おこなはれ》二節会一テ、重《かさね》テ勝負有二叡覧《えいらんありて》一、可レ有《あるべし》二御譲一」ト[三]儀奏有ケレバ、維高《これたかの》御方ニハ、即《すなはち》外祖左兵衛佐名虎参《まゐり》ケリ。恩愛ノ道コソ哀《あはれ》ナレ。[四]今年三十四、太高《ふとくたかく》七尺計《ばかり》ノ男、六十人ガカアリト聞ユ。維仁ノ御方ニハ、[五]能雄少将トテ細小《ほそくちひさき》男、行年廿一。ナベテノ力人ト聞ユレ共、名虎ニハ可二敵対《てきたいすべき》一モノニ非ズ。去共《されども》、「果報冥加《みやうが》ハ、二宮ノ奉レ任《まかせたてまつる》二御運一」トテ、不敵ニ申請《まうしうけ》テゾ参《まゐり》ケル。旁《かたがた》有二御祈師《おんいのりのし》一。一宮ノ御方ニハ、東寺ノ柿本ノ[六]真済僧正也。徳行高顕《たかくあらはれ》テ、修験誉広《しゆげんのほまれひろく》、天皇御帰依ノ僧也ケレバ、名虎是《これ》ヲ奉二語付《かたらひつけたてまつり》一ケリ。二宮《にのみやの》御方ニハ、[七]延暦寺恵亮和尚也。行業《ぎやうごふ》年ヲ重《かさね》テ薫修日新《くんじふひにあらた》也。忠仁公ト深ク師壇ノ契《ちぎり》ヲ結《むすび》給ケルニ依《よつ》テ、被二付奉《つけたてまつられ》一ケリ。恵亮ハ[八]西塔宝幢院ニ壇ヲ構《かまへ》テ、[九]大威徳ノ法ヲ修《しゆせ》ラレケリ。真済ハ東寺ニ壇ヲ立テ、[一〇]降三世《がうざんぜ》ノ法ヲ行《おこなひ》給ケリ。

昔、[一一]金剛薩埵《さつた》、[一二]南天《なんてんの》鉄塔ヲ開《ひらき》テ、[一三]大日如来ニ奉レ値《あひたてまつり》、[一四]秘密瑜伽《ゆが》ノ教法ヲ伝受シ給シヨリ以来《このかた》、仏法東漸シテ、[一五]真言上乗《じやうじよう》、日域《じちゐき》ニ弘通《ぐつう》セリ。[一六]弘法大師ハ[一七]龍樹菩薩ノ後身、[一八]鷲峯《じゆぶ》説法ノ聴衆《ちやうじゆ》也。昔、[一九]威光菩

一であり、天台宗側が法験において真言宗にまさることを語る説話でもある。本書では後者が強調される。↓補注四〇

一七　寛平九年薨。母は紀名虎の娘静子。比叡山麓小野に隠棲、業平の訪問譚が有名。

一八　元慶四年崩。清和天皇。母は藤原良房の娘明子。外祖父良房が摂政の嚆矢。

一九　大鏡裏書は立太子争いの別の話を示して面白い。そこでは惟喬は一宮、惟仁は四宮でこの時、生後九箇月。↓補注四一

二〇　承和一四年卒。中納言梶長の長男。正四位下。右兵衛督。静子は従四位上。古今作者。文徳帝更衣（尊卑分脈）

二一　貞観一四年薨。冬嗣の二男。昭宣公基経はその猶子。摂関家・北家藤原氏繁栄の基礎を築く。興福寺南円堂を建立、北家の隆盛を導いたとされる。蛇足ながら、南円堂は北家藤原氏の信仰の拠点となり、春日社寺参詣曼荼羅の絵には興福寺の場所には南円堂だけを描いたり、南円堂の本尊の不空羂索観音と四天王だけを描いたりするものがある。

二二　正泰二（三）年崩。文徳帝女御。紀僧正真済の霊との交会の説話は有名（真言伝巻四・拾遺往生伝下巻の「相応和尚伝」など）。

二三　場所としての染殿は拾芥抄中巻「諸名所部」に正親町北京極西二町、忠仁公家、清和院同所とある。いまの上京区京都御苑。

二四　紀静子は更衣。　二五　「弟」とあるべし。

二六　母の藤原明子は女御。のちに中宮。

一　別の裏話である補注四一の大鏡裏書の記事でも文徳は惟喬立太子を望んでいたかに記す。

二　朝廷の年中行事としての相撲（すまい）の節会は七月に催される。

薩トシテハ、日宮《にちぐう》ニ居シテ、修羅ノ軍《いくさ》ヲ禦《ふせ》ギ、今、[二〇]遍照《へんぜう》金剛トシテハ、日本ニ住シテ[二一]金輪聖王《こんりんじやうわう》ノ福ヲ増《ます》。[二二]大日如来ヨリ第八代、[二三]恵果和尚ノ瀉瓶《しやびやうの》嫡弟也。[二四]慈覚大師ハ観音大士ノ垂迹《すいしやく》、一乗弘通《ぐつう》ノ薩埵《さつた》也。[二五]清涼山ニ詣《けい》シテハ、親《まのあたり》生身《しやうじん》ノ文殊ヲ拝《をがみ》、[二六]帰朝ノ海上《かいしやう》ニシテハ、弥陀《みだ》如来、波ノ上ニ化現《けげん》シテ、[二七]引声《いんじやう》ヲ伝ヘ給ヘリ。[二八]善無畏《ぜんむゐ》、不空ヨリ五代入室ノ孫弟也。而《しかる》ヲ[二九]恵亮ハ慈覚ノ弟子、真済ハ弘法ノ弟子也。[三〇]東寺ハ長安城ノ南ノ端、[三一]山門ハ雒陽《らくよう》城ノ艮《うしとら》ノ峰、共ニ鎮護国家ノ道場也。同《おなじく》[三二]大権《だいごん》垂迹ノ法弟也。[三三]降三世《がうざんぜ》ハ東方薬師ノ[三四]教令輪身《けうりやうりんじん》、四面八臂《び》ノ形也。悪魔ヲ三世《さんぜ》ニ降《くだ》シテ、永ク三毒ノ根ヲ断《たち》、[三五]帰敬者《ききやうの》ハ官難ヲ払《はらふ》利生アリ。[三六]大威徳ハ西方弥陀《みだ》ノ教令輪身、六面六臂ノ姿也。[三七]威勢ヲ一天ニ振《ふるひ》テ、必《かならず》行者ノ望《のぞみ》ヲ成《なす》。仰《あふぎ》信ズル輩《ともがら》ハ、天子ニ上ル効験《かうげん》アリ。共ニ五大明王ノ随一、又東西守護ノ忿怒《ふんぬ》也。利益《りやく》区《まちまち》ニ施シ、威験各《おのおの》新《あらた》ナル上、[三八]東寺天台秘密ノ上乗《じやうじよう》タリ。[三九]入室瀉瓶《しやびやう》牛《ご》角《かく》ノ験者《げんざ》ナレバ、恵亮精誠《せいぜい》ヲ尽《つく》シ、真済肝膽《かんたん》ヲ砕《くだき》タリ。懸《かかり》ケレバ、「此《この》条トミニ事行難《ゆきがた》クヤアランズラン」ト云《いふ》者モアリ。又、「明王ニハ勝劣ナケレ共、行者ノ至心懇念ニコソヨラメ」ト云者モアリ。又、「恵

三　「議奏(ギノソウ、常ニハギソウト云)(中略)政事評議奏之則曰議奏」(禁中方名目抄校注上巻)

四　惟仁立太子は嘉祥三(八五〇)年一一月二五日。紀名虎はその三年前の承和一四(八四七)年に没している。

五　応天門の変(立太子争いと応天門の変との関連は補注四一の大鏡裏書)の大納言伴善男を思わせる。

六　貞観二年寂。紀氏。空海の弟子。神護寺第二世。怨霊となり染殿后に祟った説話は有名。扶桑略記にはその亭子院での祟りと浄蔵貴所の験力譚が載る。南都本、長門本にも怨霊譚が載る。

七　貞観元年寂。西塔院主。二中歴、釈家官班記に仁寿四年に安恵(第四代座主)とともに伝灯大法師位に。両人は三部大法阿闍梨位の初め。

八　十六院の一。西塔の中心堂宇の釈迦堂の北東にある。最澄創建の相輪樘の傍らに惟仁親王の御願寺として恵亮が創建。↓補注四二

九　五大明王で西方に配される。髑髏を瓔珞とし水牛に騎る六面六臂六足の姿。

一〇　五大明王で東方に配される。足下に大自在天とその妃烏摩を踏む。

一一　金剛手菩薩などとも。大日如来の悟りの内証を人間に伝えた付法の真言八祖第二祖。以下は密教の人間界への相伝を言う鉄塔説だが真言宗・天台宗の所説の訛伝である。↓補注四三

一二　南天竺にあり。その中で龍樹(龍猛)が金剛薩埵に真言を付法されたとする。補注四三参照。

一三　大毘盧遮那如来とも。密教で最高至上の絶対的存在。大日経と金剛頂経の教主。付法の真言八祖の初祖。

一四　相応と訳される。止観、調息などにより正理と一体となる法。

一五　大日如来の教法。乗は悟りに向かう乗り物。

亮、真済、行徳ニ甲乙アラジ。サラバ終《つひ》ニハ、力ノ強弱ニコソヨルベケレ」ト云《いふ》者モアリ。又、「天運ハ凡夫《ぼんぶ》ノ測《はかる》ベキ事ニ非ズ。只《ただ》帝徳ノ可レ然《しかるべき》ニコソ」ト、上下ノ口々其《その》説サマ〴〵也。

既其日時《すでにそのじつじ》ニ成《なり》ケレバ、名虎ト能雄ト出合《いであひ》タリ。殆《ほとんど》[一]金剛力士ノ如シ。堂《たう》上《しやう》階下、目ヲ澄《すまし》テ是《これ》ヲ見《みる》。門外門内、足ヲ爪立《つまたて》テ是ヲ望《のぞむ》。[二]源深《ふかう》シテハ不二流尽一《ながれつきず》、根全《まつたう》シテハ枝不レ枯《かれざる》習《ならひ》也。以二祈誓効験一《きせいのかうげんをもつて》行徳ノ浅深ヲ可レ知《しるべき》事ナレバ、東寺天台、両門ノ貴僧高僧、恵亮、真済帰依ノ若男若女、各《おのおの》手ヲ把《にぎり》、心ヲ迷ハセリ。[三]法ニ偏執ハナケレ共、互《たがひ》ニ勝負ノ方人《かたうど》タリ。能雄、名虎、寄合《よりあひ》テ[四]手合《あはせ》スルヲ見《みる》ニ、名虎、元来大力ナレバ、[五]腕ノ力筋太《ふとく》、股《もも》ノ村肉籠《むらじしこめ》タリ。[六]支《えだ》ノ成付《なりつき》、骨ノ連様《つづきやう》、肩ノ渡広《わたりひろく》、足ノ[七]跋扈《ふみはだかり》、[八]外見ニ可二迷惑一之《すべき》処ニ、能雄ガウデクビ取《とつ》テ引《ひき》寄《よせ》、高ク指上《さしあげ》テ、曳声《えい》ヲ出《いだ》シテ抛《なげ》タリケルニ、上下見物之男女老少、アハヤ二宮ノ御方打負《うちまけ》、[九]手ニ入《いら》ヌト思《おもふ》程ニ、一丈余リ被レ抛《なげられ》テ、乍レ危《あぶなながら》ツクトシテコソ立《たち》タリケレ。見《みる》人、「戯呼《ああ》々々」ト感嘆セリ。又寄合《よせあはせ》テ互ニ曳声《えい》出シテ、時移ルマデカラカウタリ。名虎ハ松ノ立《たて》ルガ如クシテ、跋扈《ふみはだかり》テ動《うごか》ザリケルヲ、能雄ハ藤ノ纏《まとふ》ガ如クシテ、身ニ縷《より》付ツヽ、

一六　唐の恵果の弟子。平安の初め日本で真言宗を開創。伝持、付法の真言八祖の第八祖。
一七　龍猛とも。仏滅後、六〇〇〜七〇〇年(八〇〇年とも)ごろ南天竺の婆羅門族に生まれる。伝持の真言八祖の初祖。天台宗で重んじる大智度論の著者。天台宗で龍樹、真言宗で龍猛と称する。後身説→補注四四
一八　マガダ国の首都、王舎城の東北の山。釈迦が法華経や無量寿経を説いた所とされる。
一九　摩利支天のこと。大日如来の化身とする。この説は真言付法纂要抄に乗る。→補注四五
二〇　空海の灌頂号。
二一　転輪聖王の一。天皇に準える。「我等専奉祈金輪聖王天長地久」(延慶本第三末の山門返牒)
二二　付法の真言八祖の第八祖のこと。伝法の真言八祖は龍猛を初祖とする。→補注四六
二三　唐、青龍寺の僧。真言八祖の第七祖。
二四　貞観六年寂。諱円仁。天台宗山門派の祖。入唐巡礼求法行記が人口に膾炙。密教的な護国道場たる法華総持院を完成。在唐中、金胎両部の法を受け、帰朝後、台密を隆盛に導く。
二五　五台山。中国山西省の五台県にあり。文殊の霊地として有名。叡山文殊楼院の縁起に関わる。→補注四七
二六　叡山常行三昧堂をはじめ真如堂その他の寺社での不断念仏の縁起に関わる。→補注四八
二七　曲節をつけた唱えかたや誦しかた。
二八　善無畏、不空は伝法の真言八祖の第五祖と第四祖。慈覚の金胎両部の師は全雅、元政、義真、法全で、ともに第七祖恵果の孫弟子にあたる。
二九　慈覚大師から止観業、遮那業ともに相承。
三〇　羅城門の東にある。教王護国寺。
三一　王都の鬼門の固めの位置にある。霊鷲山の王舎城に対する方位に同じ。

小頸《くび》小脇ヲ掻詰《かいつめ》テ、一〇内搦《うちがらみ》外搦《とがらみ》大渡《わたし》懸《かけ》小渡《わたし》懸《かけ》、弓手《ゆんで》ニ廻《まはり》、妻手《めて》ニ廻《まは》シテ、逆手《さかて》ニ入《いり》、様々ニコソ揉《もみ》タリケレ。一一「是《これ》ヤ此《この》、品治北男、丹治是平、佐伯希雄、紀勝岡、近江薑《はじかみ》、伊賀枯丸ト聞ヱシ一二貢御白丁《くごのはくちやう》モ、是ニハ争《いかで》カ可レ勝《まさるべき》」トゾ、見《みる》人興ヲ増《まし》タリケル。勝負ハ未《いまだ》ナシ。元来力勝《まさり》也、名虎勝《かち》ヌト見エケレバ、一宮ノ御方ヨリハ、東寺へ使ヲ被レ立《たてられ》ケリ。忠仁公ヨリハ、「二宮ノ御方既ニ危《あやふ》ク侍《はべり》」ト、使者ヲ山門へ被レ立《たてらるる》事、追継《おつつぎおつつぎ》々々ニ櫛《くしの》歯ノ如シ。和尚《くわしやう》、「コハ心苦《ぐるし》キ事哉《かな》。此《この》時不覚ヲ一三我《わが》山ニ残サン事、口惜《くちをし》カルベシ。二宮ニ一四即《つき》給ハズハ、命生《いき》テモ何カハセン」トテ、熾盛《しじやう》ノ念力ヲ抽《ぬきん》デツヽ、爐壇《ろだん》ニ立《たて》タル一五剣ヲ抜《ぬき》、26健把《つよくにぎつ》テ、自頭《みづからかうべ》ヲ突破《つきやぶり》、脳《なづき》ヲ摧《くだ》キ芥子《けし》ニ入《いれ》、香ノ煙《けぶり》ニ燃《たき》具シテ、「帰命頂礼大聖《きみやうちやうらいだいしやう》大威徳明王、願《ねがはく》ハ能雄ニ力ヲ付《つけ》給ヒ、勝《かつ》事ヲ即時ニ令レ得《えしめ》給ヘ」ト、黒煙《けぶり》ヲ立《たて》テ、汗ヲ流シテ、揉《もみ》ニ〳〵《もみ》テゾ祈《いのり》給フ。一六生仏モトヨリ隔《へだて》ナシ。一七信力、本尊ニ通《つうじ》、本尊、行者ニ加シケレバ、大威徳ノ乗《のり》給ヘル水牛、爐壇《ろだん》ヲ廻《めぐ》ル事三度、声ヲ揚《あげ》テゾ吠《ほえ》タリケル。其《その》声大内ニヒヾキケレバ、能雄ニ力ゾ付《つき》ニケル。名虎其《その》声ヲ聞《きき》ケルヨリ、身ノ力落《おち》テ、心惘然《ばうぜんとし》テ覚ヱケル処ヲ、能雄、名虎ヲ脇ニ引夾《ひつはさみ》、一八南庭ヲ

二二　恵亮と真済は。大権垂迹は円仁と空海。

二三　五大明王の一。五壇法で東方浄瑠璃世界の教主である薬師如来の教令輪身。

二四　諸仏が頑迷な衆生の教化のため方便として現わした忿怒の相。三輪身の一。他は自性輪身、正法輪身。　二五　この説未勘。

二六　五大明王の一。五壇法で西方極楽浄土の教主である阿弥陀如来の教令輪身。

二七　巻一・清盛行大威徳法にも説く。

二八　東密と台密における優れた修法である。

二九　慈覚の直弟子、空海の直弟子という点で互角の行者なので。

一　武装忿怒形の執金剛神と筋肉隆々の裸体の忿怒形の仁王の二者あり。ここは後者。

二　「根露(あらはならば)条(えだ)枯。源乾(かはかば)流竭(つく)」(摩訶止観四上)を反対にした諺。

三　二人の修法にはどちらにということもないが、相撲の勝負には敵味方に分かれてしまう。

四　相撲の場面で有名なものには俣野五郎景久と河津三郎祐通の相撲を描く曾我物語巻一や幸若舞曲の夜討曾我がある。古今著聞集巻一〇・相撲強力にも説話が集められている。

五　以下の文章は新猿楽記を利用。↓補注四九

「力筋」「村肉」は「歳十六ノ時ヨリ好相撲取ケルガ(中略)腕ノ力筋太シテ股ノ村肉厚ケレバ」(太平記巻二二・畑六郎左衛門事)

六　「支　エダ」(名義抄)。手足のこと。

七　「跋扈　フムハタカル」(黒川本色葉字類抄)

八　姿に圧倒され肝をつぶす意。

九　太子の位が。

一〇　妙本寺本曾我物語巻一、異制庭訓往来に相撲の取手が列挙。渡懸は古今相撲大全に「のこ

三廻《まはり》シテ、其後《その》、「曳《えい》」ト云《いう》テ抛《なげ》タレバ、名虎、大地ニ被二打付一《うちつけられ》テ、血ヲ吐《はき》テ不二起上一《おきあがらず》。蔵人等走寄《はしりより》、大内ヨリ舁出《かきいだ》シテ、家ニ返シ遣《つかはし》タリケレバ、三日有《あり》テ死《しに》ニケリ。恵亮脳《なづき》ヲ摧《くだき》シカバ、能雄ニ力ハ付《つき》ニケリ。名虎、相撲《すまひ》ニ負《まけ》シカバ、維仁位ニ即《つき》給フ。清和帝ト申《まうす》ハ、彼《かの》親王ノ御事也。維高親王ハ御位叶《かな》ハザリケレバ、小野里[一]ニ引籠《ひきこもり》給ケリ。小野親王トハ是《これ》也。又ハ持明院[二]トモ申《まうし》ケリ。山陰中納言[三]、昔ノ好《よしみ》ヲ思出《おもひいで》テ、時々事問《とひ》給ケリ。天子ノ御位ハ人力ノ及《およぶ》所ニ非ズ。天照太神ノ御計《はからひ》ト申ナガラ、恵亮ノ効験《かうげん》、山門ノ面目《めんぼく》ニテ、御嫡子ヲ越《こえ》テ、次弟御位ニ即《つき》給ヘリ。其《それ》ヨリシテ山門ノ訴状ニハ、今ノ代迄《まで》[四]モ、「恵亮砕レ脳《なづきをくだき》、尊意剣レ振《けんをふるう》[五]」トハ書《かく》トカヤ。懸《かかる》タメシモアリ。

昔、天竺摩訶陀《まがだ》[六]国ニ、頻頭沙羅《びんづしやら》[七]王ト云《いふ》国王御座《おはし》ケリ。是ハ阿闍世《あじやせ》[八]王ノ孫也キ。彼《かの》[九]王ニアマタノ太子御座《おはします》。其中ニ大郎[27]ヲ須子摩[一〇]ト云《いひ》、二郎ヲ阿須迦[一一]ト云《いふ》。二郎ハ形皃《ぎやうめう》醜悪ニシテ鮫膚《さめはだ》也。心操不敵ニシテ、狼藉《らうぜき》ニ御座《おはし》ケレバ、父ノ大王大《おほき》ニ悪《にく》ンデ、御位マデノ事思寄《より》給ハズ。太郎ハ形皃端厳《ぎやうめうたんごん》ニシテ、御心、人間ノ類《たぐひ》トモ覚ヘザリケレバ、大王、不レ斜《なのめならず》寵愛シ給テ、御位ヲ譲《ゆづり》給ハント覚シケリ。爰《ここ》ニ頻頭沙羅《びんづしやら》王、

らぬ手」とある。本書巻二一・小坪合戦にも。
一一　新猿楽記に同じ。紀勝岡の名は古今著聞集巻一〇・相撲強力にも見える。
一二　相撲節会のために諸国から貢人として差し出された白丁(平民)身分の相撲取り。
一三　比叡山の呼称。　一四　「位」が脱落か。
一五　曾我物語巻一では独鈷をもってとする。
一六　衆生と仏。両者は本来同一なのだが、その相によって仮りに名が区別されるに過ぎない。生仏仮名(けみょう)の説。
一七　大威徳明王の加被、加護(加)が恵亮の信力(持)に応えた。修法による真言の加持が効力を発揮したのである。
一八　相撲節会の場合は紫宸殿の南庭で催されるが、この場合も場所を同じにしている。

一　伊勢物語流布本の八三段は小野隠棲の惟喬皇子を業平が訪問したことを記して有名。小野については、たとえば細川幽斎の伊勢物語闕疑抄巻四に「小野は小原なり。(中略)小原のおくの小野」と説く。惟喬親王墓と伝える五輪塔が大原の小野山の山麓にある。

阿育王即位

二　未詳。鴨川上流の山間の村、雲ヶ畑も小野と呼ばれる地でそこにも惟喬親王の遺跡があり、伝承も多く残される。その地の真言系の修験の寺に志明院がある。関係あるか。
三　伊勢物語八三段ならば業平。山陰中納言とする本書の説話も強ち荒唐無稽とも言えない。↓補注五〇
四　たとえば本書巻二四所収の山門都返奏状に「所謂恵亮摧脳、尊意振剣、凡捨身事君、無如我山」などとある。
五　平将門調伏の説話をふまえる。深賢抄の僧

綱補任抄出、観智院本三宝絵付載の僧妙達蘇生記、玉葉・治承四年一二月四日の記事、保元物語中巻など。尊意は天慶三年三月二四日、将門戦死の一〇日後入滅。一三代天台座主。なお本書第四冊の一三六頁の注一九参照。

六　古代インド十六大国の一。

七　孔雀(マウルヤ)王朝(前三二一—一八五)の祖である旃陀掘多(チャンドラグプタ)の子、同王朝第二世。阿育王の父。

八　シスナーガ王朝(前六〇〇—三六〇)の第六世。父頻婆裟羅王と母韋提希夫人への不孝の話が観無量寿経に見える。はじめ仏敵、後に釈迦に帰依、竹林精舎の東に仏舎利塔を建立。頻頭沙羅王の祖父とするは誤り。大唐西域記でも同様の誤りがあり、阿育王を阿闍世王の父の頻婆裟羅王の曾孫とする。

九　阿育王伝、阿育王経に原話。法苑珠林、榻鴫暁筆巻四、また本書巻二二・大太郎烏帽子にも。

一〇　頻頭沙羅王に一〇一子あり、その長子。

一一　孔雀王朝第三世。阿育王。無憂王と訳す。大唐西域記巻八・摩訶陀国上にその事跡、逸話が載る。

一二　呾叉始羅(タクシヤシラー)国とも。北印度にあり。大唐西域記巻三にその条あり。阿育王の子の拘拏羅(クナラ)太子の伝説の地として有名。

一三　訛伝。派遣されたのは阿須迦。

一四　臨終の意。

一五　本書巻二二・大太郎烏帽子に同じ記事あり。この説話が巻二二におけると同じく、この箇所に力点を置いてここに引かれていることは、その結びによって明らかである。

一六　城護の謀計は榻鴫暁筆巻四の説話にも。

一七　攻城軍に対する門前での城護のあしらいは本書巻四・山門御輿振における源頼政のそれに

病ノ床《ゆか》ニ臥《ふし》給タリケル折節、[28][二二]徳刃尸羅《とくしやしら》国ノ凶賊、王命ニ随《したが》ハズト聞エケレバ、[29][二三]大郎太子須子摩ヲ大将軍トシテ、官兵《くわんびやう》ヲ相副《あひそへ》テ、彼《かの》国ヘ指遣《さしつかは》ス。大王、[一四]病及二獲麟一《くわくりんにおよび》給テ、未《いまだ》嫡子須子摩帰上《かへりのぼり》給ハズ。去共《されども》、年比《としごろ》ノ任《まかせ》二本意一、位ヲ譲ラントシ給ケルニ、[一五]帝釈、空ヨリ天《あま》降《くだり》給テ、十善ノ宝冠ヲ、次郎阿須迦太子ニ授著《さづけきせ》給ケリ。父ノ頻頭沙羅《びんづしやら》王是《これ》ヲ見テ、大悪心ヲ起《おこ》シ、血ヲ吐《はき》テ失《うせ》給ニケリ。[一六]城護《じやうご》大臣ト云《いふ》一ノ大臣ト阿須迦太子ト同心シテ、位ニ即《つき》給フ。須子摩、凶賊ヲ平《たひら》ゲ、国ヨリ還上《かへりのぼり》給テ此《この》事ヲ聞《きき》、兵《つはもの》ヲ集《あつめ》テ阿須迦王ヲ誅セントシ給ケリ。城護大臣、又官兵《くわんびやう》ヲ集テ大内ノ門々ヲ固《かため》テ、禦《ふせぎ》戦ハント構《かまへ》タリ。須子摩、先陣ニ進《すすみ》テ、城護《じやうご》大臣ノ固タル門前ニ押寄《おしよせ》タリ。大臣畏《かしこまつ》テ申《まうし》テ云《いはく》、「[一七]臣ハ是、国ノ輔佐《ふさ》、依二王命一《わうめいによるが》故ニ守レ門《かどをまもるばかり》計也。君又、即レ位《くらゐにつき》給ハヾ、臣又、可レ随二其命一《そのめいにしたがふべし》。必《かならず》シモ臣ガ非二結構一《けつこうにあらず》。阿須迦王之固《かため》給ヘル正門ニ向《むかつ》テ、決二雌雄一《けつし》給《たまふ》ベシ。臣ガ門ヲ破《やぶり》給ハン事、マサニ御本意ニアラジ」ト申ケレバ、「イフ処《ところもつとも》尤道理也」トテ、正門ニ向《むかひ》給フ。城護大臣、又敵ヲ亡《ほろぼ》サント、謀《はかりこと》ヲゾ廻《めぐらし》タル。木ヲ以テ阿須迦王ノ像ヲ造リ、大象ニノセ奉《たてまつつ》テ、門前ニ進《すすみ》

一脈通じるところがある。

一　天地人はふつう三元、その働きは三才、その徳は三徳と呼ばれる。

二　玉葉などに同じ。↓補注五一。時間的には新主擁立の最初の記事、六一頁注三二の時期まで遡る。

三　玉葉などにもその旨記される。延慶本に交名あり。時忠の子二人とは時実と時宗。ただし延慶本第六末・平家一類百八十余人解官セラル丶事の八月六日の解官の交名の中に、時忠の名は見えないが、時実と時宗の名は掲げられている。時忠の子としては、いまひとり時家の存在が知られているが、当時、鎌倉で源頼朝に近仕。時忠は三種神器返還の交渉相手として解官をいったんは免れた。時忠は八月一六日に解官(公卿補任)。補注五一参照。

四　延慶本、長門本も同じ。諸記録は不明。

五　後白河院は七月二七日に叡山を下山、蓮華王院に着御。五二頁注三。

六　法住寺(蓮華王院つまり三十三間堂を含む広い境内を持つ)内の殿舎で、院御所の中心。法住寺殿の呼称は多く南殿を指す。

七　久安三年〜嘉禄元年。藤原氏北家公季流。寿永二年四月五日大納言。極官は左大臣。

義仲行家受領

八　五三頁注二六。

九・中途半端かつ不自然なかたちであったらしく、九条兼実などは、除目は行われず、勧賞のみ行われたとする認識を記す。↓補注五二

一〇　補注五二の百錬抄。

一一　百錬抄などに見える。↓補注五三

一二　吾妻鏡には一〇日とする。↓補注五四

一三　遠江守とあるべし。

出《いで》テ、前後ニ兵《つはもの》ヲ集メ、陣ノ前ニ広ク深キ火ノ坑《あな》ヲ用意シテ、煙《けぶり》ヲ徐《よそ》ヘ立《たて》テ、坑ノ上ニ沙《いさご》ヲ蒔《まき》、平々タル庭上《ていしやう》ニシツラヒテ、官兵《くわんびやう》サト引退《ひきしりぞか》バ、須子摩勝《かつ》ニ乗《のつ》テ、馳競《はせきほ》ハン時、火坑《ひのあな》ニ落《おと》シ入《いれ》テ焼亡《やきほろぼ》サント支度シタリ。須子摩、争《いかで》カ可レ知《しるべき》ナレバ、数万《すまん》ノ軍ヲ召具《めしぐ》シテ、正門ニ向《むかひ》、時《とき》ヲ造《つくつ》テ阿須迦ヲ責ム。阿須迦、象ノ口ヲ引返シ、官兵《くわんびやう》ヲ相《あひ》具シテ、門ノ内ヘゾ引退ク。須子摩乗レ勝《かつにのり》攻入処《せめいる》ニ、数万ノ軍ト相共《あひとも》ニ、火坑ニ馳入テ、一時《いちじ》ガ程ニ焼死《やけしに》ニケリ。無慙《むざん》ト云《いふ》モ疎《おろか》也。阿須迦王、終《つひ》ニ四海ヲ治《をさめ》給フ。阿育《あいく》大王ト申《まうす》ハ、彼《かの》太子ノ事トカヤ。サレバ王位ハ輒《たやす》ク不レ可レ及二人臣之計《はからひに》一。[一]天地人ノ三門ニ通ジ、可レ依《よるべき》二神明仏陀之御恵《おんめぐみに》一事ト覚《おぼえ》タリ。天竺ノ阿育ハ、帝釈、冠ヲ授給《さづけたまひ》、我《わが》朝ノ清和ハ、恵亮、砕レ脳《なづきをくだき》給ケリ。彼ハ天神ノ助成《じよじやう》、是ハ仏法ノ効験《かうげん》也。

[二]同《おなじき》六日、平家ノ一類、[三]公卿、殿上人、衛府、諸司百八十人、被レ止二官職一。平大納言時忠卿父子三人ハ、此《この》中ニ漏《もれ》タリ。十善帝王、三種宝物、可《べき》レ奉二返入《かへしいれ》一由、彼《かの》人ノ許ヘ仰遣《おほせつかは》サレケルニ依《よつて》也。

[四]八月十日、法皇、[五]蓮華王院ノ御所ヨリ、[六]南殿《みなみどの》ヘ移ラセ給フ。其《その》後、三[七]条大納言実房、[八]左大弁宰相経房参《まゐり》給テ、[九]被レ行《おこなはれ》二除目一ケリ。[一〇]木曾冠者義

仲、左馬頭ニナリテ越後国ヲ給《たまは》ル。十郎蔵人行家、備後守ニナル。各《おのおの》国ヲ嫌ヒ申セバ、[一一]十六日ノ除目ニ、義仲ハ伊予ヲ給《たまは》リ、行家ハ備前守ニ移ル。[一二]安田三郎義定、[一三]近江守ニナル。其《その》外源氏十人、軍功賞トテ、[一四]勒負《ゆげひ》尉、兵衛尉ニ成《なり》テ、[一五]使ノ宣ヲ蒙《かうぶる》者モ有《あり》ケリ。此《この》十余日ガ先マデハ、源氏追討ノ宣旨ヲ被レ下《くだされ》テ、平家コソ加様《かやう》ニ勧賞《けんじやう》ニモ預《あづかり》シニ、今ハ平家誅戮《ちゆうりく》ノ為ニトテ、源氏誇《てうおんにほこり》二朝恩一ケリ。[一六]「好生《このめばもうをしやうじ》二毛羽一、悪成《にくめばさうをなす》レ瘡。朝承《あしたにおんをうけ》レ恩、暮《ゆふべに》賜《しをたまふ》レ死」ト云《いふ》本文アリ。誠ニ定《さだめ》ナキ世ノ習トハ云《いひ》ナガラ、引替《ひきかへ》タル哀《あはれ》サニ、心アル人々ハ思連《おもひつらね》テ、袂《たもと》ヲゾ絞《しぼり》ケル。[一七]院ノ殿上ニテ除目行ハルヽ事、先例ナシ。今度始《はじめ》トゾ聞エシ。珍シカリケル事也。

[一八]八月十七日ニ、平家ハ[一九]筑前国御笠郡太宰府ニ著《つき》給ヘリ。[二〇]菊地次郎高直、[二一]完戸諸卿種直、[二二]臼杵、戸槻《へつぎ》、松浦《まつら》党ヲ始《はじめ》トシテ、奉レ守二護主上一《しゆしやうをしゆごしたてまつり》、如《かたの》レ形《ごとく》被レ造二皇居一タリ。彼《かの》大内ハ山中《やまの》也ケレバ、[二三]木丸殿《きのまろ》共云《いひ》ツベシ。人々ノ家々ハ、野中田中也ケレバ、草深《ふかう》シテ露繁シ。麻ノサ衣《ごろも》ウタネ共、[二四]十《と》市《をち》ノ里トモ云ツベシ。稲葉ヲ渡ル風ノ音、[二五]一人丸寝《まろね》ノ床《とこ》ノ上、片敷袖《かたしくそで》ゾシホレケル。サテコソ平家ノ人々ハ、大臣殿《おほいどの》ヲ奉《はじめたてまつり》レ始、[二六]安楽寺ニ詣給《まうでたまひ》、詩ヲ作《つくり》、歌ヲ読《よみ》ナドシテ手向《たむけ》給ケル中ニ、[二七]皇后宮亮経正、角《かく》ゾ詠ジ給ケル。

一四 「勒」は「靫」とあるべし。衛門府の別称。尉は三等官。
一五 「しのせん」。検非違使に任命することを伝える検非違使宣旨。
一六 白氏文集の新楽府「太行路」からの二句。前の句は玉函秘抄にもある。↓補注五五
一七 補注五二、五三の百錬抄、玉葉の本文が示唆する、天皇不在の、従って天皇勅裁のない除目であったことを批判したものか。
一八 延慶本、長門本、覚一本も同日。補注五一の玉葉によると八月初旬には平家は備前国児島を拠点に勢力挽回を図っていたらしい。
一九 現在は筑紫郡。明治二九年に那珂、席田、御笠の三郡を合せて筑紫郡。
二〇 文治元年一一月没(本書巻四六・高直被斬、延慶本、長本門も同じ)。藤原隆家の裔という菊池氏。肥後国菊池郡の豪族。↓補注五六
二一 岩戸少卿(いはどのせうきやう)とあるべし。原田次郎種直とも。後漢獻帝の裔孫を称する阿智使主を祖とする大蔵氏。筑前の豪族、代々大宰府の大監クラスの在庁官人。

平家著二太宰府一

二二 以下でもこの三者は並記されて登場する。やがて臼杵と戸次は緒方惟義に与して反平家勢力となる。臼杵と戸次は緒方の同族。松浦党は肥前国松浦郡を中心に蟠居する海の豪族。壇ノ浦合戦では平家の水軍の一方の大将をつとめる。
二三 斉明天皇が新羅侵攻の折、筑前朝倉に造営した黒木の仮御所を念頭に置く。木の丸殿は和歌に多く詠まれる。
二四 大和国の歌枕。遠路に掛ける。「ふけにけり山の端近く月さえて十市の里に衣うつ声」(新古今和歌集・秋歌下・四八五・式子内親王)
二五 訪れぬ恋人を待つ風情。「さむしろに衣か

[一]住《すみ》ナレシフルノ都ノ恋シサニ神モ昔ヲワスレ給ハジ
[二]北野天神ハ依二[三]時平大臣之讒訴一、[四]延喜五年正月廿五日ニ、安楽寺ニ遷《うつ》サレ給フ。住ナレシ故郷ノ恋《こひし》サニ、常ハ都ノ空ヲゾ御覧ジケル。比《ころ》ハ二月ノ事ナルニ、日影長閑《のどか》ニ照《てら》シツヽ、東風《こち》ノ吹《ふき》ケルニ、思召出《おぼしめしいづ》ル御事多カリケル中ニ、
[五]コチ吹《ふか》バニホヒヲコセヨ梅ノ花アルジナシトテ春ヲ忘《わする》ナ
ト詠ジケレバ、天神御所、高辻東洞院、[六]紅梅殿ノ梅ノ枝割折《さけをれ》テ、雲井遥《はるか》ニ飛行《とびゆき》テ、安楽寺ヘゾ参《まゐり》ケル。桜モ御所ニ在《あり》ケルガ、御歌ナカリケレバ、梅桜トテ同《おなじ》ク籬《まがきの》内ニソダチ、同《おなじ》御所ニ枝ヲカハシテ有《あり》ツルニ、如何《いか》ナレバ梅ハ御言《ことば》ニ懸《かか》リ、我ハヨソニ思召《おぼしめさ》ルラン、ト奉レ怨《うらみたてまつつ》テ、一夜ガ中ニ枯《かれ》ニケリ。サレバ源順[七]ガ、
[八]梅ハトビ桜ハ枯ヌ菅原ヤフカクゾ憑《たのむ》神ノ誓ヲ
懸《かか》ル[九]現人神《あらひと》ナレ共、帰京ヲ赦《ゆるさ》レ給ハズ。終《つひ》ニ其《そこ》ニテ隠《かくれ》サセ給ヒケル御歎《なげき》、我《わが》身ニツマレテ、経正モ思《おもひ》ツヾケ給ケリ。誠ニ神モ哀《あはれ》ト覚シケン、中ニモ貴キ事アリケリ。人々詩作《つくり》、歌ヨミナドシテ、社頭ノ地形庭上《ちぎやうていしやう》ノ古木、立寄々々《たちよりたちより》シ給ケルニ、「サテモ昔、紅梅殿ヨリ飛参《まゐり》ケル梅ハ、イヅレナル

たしきこよひもや我をまつらむうぢのはしひめ」(古今和歌集巻一四・恋歌四・六八九・よみ人しらず)。

北野天神飛梅

三六 大宰府天満宮に接して造営された菅原道真の廟所。

三七 寿永三年、一ノ谷合戦で戦没。経盛の嫡男。歌人。仁和寺御室の覚性、守覚に伺候の好士。経正集あり。二八頁の注四。

一 玉葉和歌集巻八・旅歌に所収。神は菅原道真の霊。→補注五七　都を恋しく思う心は同じでしょう。神さまも自らの昔を思い出して私たちをお助け下さい、の意。

二 北野天満宮の祭神であり、大宰府天満宮の祭神でもある。延慶本第四・安楽寺由来事付霊験無双事は長くかつ豊かな内容の本文となっている。

三 貞観一三年〜延喜九年。藤原基経の嫡男。菅原道真左遷は彼の策謀によるとされる。

四 昌泰四年(延喜元年)正月二五日とあるべし。

五 飛梅伝説のもととなる和歌。第五句目「春な忘れそ」とも。配流決定後の都での詠歌とするのが正伝で、本書の内容は異伝とすべきもの。→補注五八

六 庭の紅梅が有名で後人が紅梅殿と命名(弘安本北野天神縁起)。西洞院が正しい。拾芥抄中末「諸名所部」、同書付載の「東京図」に載る。

七 延喜一一年〜永観元年。平安中期の歌人で漢学者。

八 北野天満宮、大宰府天満宮の追松伝説のもととなる和歌。第四、五句目に異同あり。補注五八参照。源順作とする根拠は未詳。

九 菅丞相はあら人神になったとされる。「おもひきやなき名たつ身はうかりきとあら人神と

ラン」ト、口々ニ云《いひ》テ見廻《まはり》給ケルニ、何《いづれの》国ヨリ共ナク、一〇十二、三計《ばかり》ノ童子化現《けげん》シテ、或《ある》古木ノ梅ノ本ニテ、

一一是《これ》ヤ此《この》コチ吹《ふく》風ニサソハレテアルジ尋《たづね》シ梅ノタチエハ

ト打詠《うちながめ》テ失《うせ》ニケリ。北野天神ノ御影向《やうがう》ト覚《おぼえ》テ、各《おのおの》渇仰《かつがう》ノ頭《かうべ》ヲ傾《かたぶ》ケ給ケリ。

一二同《おなじき》十八日、一三左大臣経宗、一四堀河大納言忠親、一五民部卿成範、一六皇后宮権大夫実守、一七前源中納言雅頼、[32]一八梅少路中納言長方、一九源宰相中将通親、二〇右大弁親宗、被二参入一《さんにゆうせられ》テ、即位幷《ならびに》剣鏡璽、宣命、尊号事等、議定《ぎちやう》アリ。

二一頭弁兼光朝臣、二二諸道ノ勘文ヲ下ス。左大臣ニ次第ニ被二伝下一《つたへくだされ》ケリ。

二三神鏡事偏ニ存二二四如在之儀一、還有二其恐一。暫定二其所一、可レ被レ待二帰御一歟。剣璽事、於二本朝一更雖レ無レ例、漢家之跡非レ一。先有二二五践祚一、可レ被レ待二帰来一歟。御剣ハ[33]可レ備二議式一。尤可レ被レ用二他剣一者歟。即位事、八月受禅、九月即位、円融院也。而天下不レ静、事卒爾也。十月例、光仁寛和ナリ。可レ依二二代一者、十一二月ニ可レ被レ行。而今年即位以前、朔旦。嘉承無二出御一。不吉事也。十月旁可レ宜歟。任二治暦之例一、可レ被レ用二官庁紫宸殿一歟。旧主尊号事、若無二尊号一者、天可レ似レ有二二主一。尤可レ有二沙汰一歟。

なりしむかしを」(北野天神縁起　延慶本第四・安楽寺由来事付霊験無双事にも)

一〇　菅原道真は天神縁起や天神本地において、父是善の邸の南邸に五、六歳の童子として化現したとする。童子神のイメージをも持つのである。

一一　平家物語の主要諸本中の独自和歌。

一二　玉葉、百錬抄にも記事あり。↓補注五九

一三　五一頁の注一九。　一四　五三頁注二一。

一五　保延元年～文治三年。後白河院近臣藤原通憲(信西)の子。母は後白河院の乳母紀伊二位朝子。旧名成憲。小督の父。

還俗人即位例

一六　久安三年～文治元年。右大臣藤原公能の息で徳大寺実定の同母弟。高倉帝の代に蔵人頭。

一七　大治三年～建久三年。村上源氏。本書巻一七・源中納言侍夢の登場人物。源頼朝に与する中原親能を匿ったりした(玉葉・治承四年一二月六日)。浅見和彦「源雅頼小伝―ある説話管理者の面影」(『国語と国文学』第五六巻九号)参照。

一八　五三頁注二三。　一九　五三頁注二五。

二〇　天養元年～建久一〇年。日記の家の平氏。平時信の息、時忠の同母弟。弁官、蔵人頭を歴任、極官は権中納言。平家歌人。

二一　五二頁注八。

二二　議事に関して諮問をうけた明法道、陰陽道などの専門家が調査し判断を下した答申が審議に先立って上席の者から順に回覧される。

二三　以下、五件の審議内容が記される。↓補注六〇。解釈もまた補注六〇参照。

二四　ここでは、御正体の神鏡を欠いたまま、かたちだけを模した儀式を行うことか。

二五　この時は譲位されていないので受禅を言わず践祚とのみいう。皇年代略記など参照。践祚は高倉天皇と同じく閑院で行われた。

宣命事、任《まかせ》二外記勘状一、可レ被レ用《もちゐらるべきの》二嘉承例一之由《よし》、一同ニ被二定申一ケリ。

同《おなじき》日、平家没官《もつくわん》[一]ノ所領等、源氏等ニ分《わけ》給フ。惣《そうじて》五百余箇所也。義仲百四十余箇所、行家九十箇所也。行家申《まうし》ケルハ、「所二相　従《あひしたがふところ》一之源氏等、更非《さらにあらず》二通籍《つうせき》之《の》郎従[二]一。只相二従戦場一計《ばかり》也。私ニ支配之条、彼等不レ存《ぞんぜざる》二恩賞之由一歟《か》。尤可レ被二分下《もつともわけくださるべし》一」ト申ケルヲ、義仲ハ、「此《この》事[三]争　悉　被レ知二召《いかでことごとくしろしめさるるや》功之浅深《こうのせんじんを》一。義仲相　計　可二分与《あひはからひわけあたふべし》一」トゾ申ケル。両人ノ申状、何《いづれ》モ非レ無レ謂《いはれなきにあらずと》ゾ聞ヱケル。今日、行家、義仲等、聴二院　昇　殿一《ゐんのしようでんをゆるさる》[34]。本ハ候《こう》二上[四]北面《に》一シケリ。此条驚《おどろく》ベキニ非《あらず》ト云ヘ共、官位捧禄[35]巳如二所存一カ。奢《おごる》心ハ、人トシテ皆存セル事ナレ共、今称二勲功一、日々重畳《てうでう》ス。「尤《もつとも》頼朝之所存ヲ可二思兼一歟《おもひかぬべきか》」トゾ人々被二申合《まうしあはれ》一ケル。

同《おなじき》[五]廿日、法住寺ノ新御所ニテ、高倉院第四王子有二践祚《せんそあり》一。春秋四歳、[六]左大臣召二大内記光輔[七]一、「践祚《せんその》事、太上法皇ノ詔旨《せうし》ヲ可レ載《のすべき》也。先帝不慮ニ脱屣《だつしの》事、又摂政事、同可レ載《おなじくのすべし》」ト仰ス。次第ノ事ハ不レ違《たがはず》二先例一トモ、剣璽ナクシテ践祚事、漢家ニハ雖《ありといへども》[八]レ有二光武跡《くわうぶのあと》一、本朝ニハ更無二先例《さらにせんれいなし》一。此時ニゾ始《はじまり》ケル。内侍所ハ如在《じよざい》ノ礼ヲゾ被レ用《もちゐられ》ケル。「旧主[九]巳[36]被レ奉二尊号一、

一　寿永二年八月一八日。平家没官領の源氏への給与のことは延慶本第四・四宮践祚事付義仲行家ニ勲功ヲ給事には載るが、諸記録に未見。延慶本第五末・公家ヨリ関東へ条々被仰事およぴ長門本巻一七・自公家兵衛佐許被仰事に載せる寿永三年(元暦元年)三月七日付の院宣との関係が説かれている。(上横手雅敬「寿永二年十月宣旨と平家没官領」『日本歴史』二二八号など)

二　名簿を呈出して郎従となったもの、の意か。行家の言い分は、行家軍を構成した源氏の武者は行家と主従の契約を結んではいない。ただ配下として従軍したに過ぎない。それ故に彼等は行家からの恩賞ではなく朝廷からの恩賞を期待している。朝廷が論功行賞を行って彼等に恩賞を与えてほしい、というものである。

三　義仲の言い分は、朝廷で彼等の勲功を評価して論功行賞を行うことは難しい。それは義仲の手で行いたい、というものである。配下の軍勢への支配権を確立し、自らの立場を強化しようとする意図のかいま見える発言である。

四　院の侍で四位、五位に叙されたもの。両人はともに八月一〇日に叙従五位下。それ故院の昇殿をゆるされても不自然ではない。

五　延慶本も同じ。場所は藤原基房邸で、後には後鳥羽院の内裏となる閑院が正しい。

六　玉葉・寿永二年八月二〇日に践祚次第は左大臣藤原経宗が造ったとし、それを載せる同一内容の記事が見える→補注六一。また補注六〇も参照。

七　本名は光能。式家藤原氏。敦光の孫。後白河院の近臣。九条兼実の家司。建久の元号の撰字者。文章博士、大内記、従四位上。

八　八月一八日の議定の折りの源通親の発言。補注六〇参照。光武は建武元年即位、後漢の初

新帝践祚アレ共、西国ニハ又被レ奉レ帯二三種神器一、受二宝祚一給テ、于レ今在位。国似レ有二二主一歟。[一〇]叙位除目已[37]下事、法皇宣ニテ被レ行之上者、強ニ急ギ無二践祚一トモ、可レ有二何苦一。但帝位空例、本朝ニハ[一一]神武天皇七十六年丙子崩、綏清天皇元年庚辰即位、[一二]一年空。懿徳天皇廿[一三]四年甲子崩、孝照天皇元年丙寅即位、一年空。応神天皇二[一四]十一年庚午崩、仁徳天皇元年癸酉即位、二年空。継体天皇二十五年辛亥崩、安閑天皇元年甲寅即位、二年空。而今度ノ詔ニ、『[一五]皇位一日不レ可レ曠』被レ載事、旁不レ得二其心一トゾ、[一六]有職《いうしよく》ノ人々難ジ被レ申《まうされ》ケル。サレバ、「異国ハ不レ知《しらず》。我《わが》朝ニハ[一七]神武天皇ハ、地神第五代ノ御護《まもり》ヲ禀《うけおはしまし》御坐シヨリ以来《このかた》、故高倉院ニ至ラセ給《たまふ》マデ八十代、其《その》間ニ帝王オハシマサデ、或《あるひは》二年、或《あるひは》三年ナド有《あり》ケレ共、二人ノ帝ノ御座事《おはします》未レ聞《いまだきかず》。世ノ末ナレバヤ、京、田舎ニ二人ノ国王出来《いでき》給ヘリ。不思議也」トゾ申《まうし》ケル。

平家ハ、「四宮既ニ御践祚《せんそ》」ト聞《きき》テ、「哀《あはれ》、[一八]三、四宮ヲモ皆取下《とりくだしたてまつる》奉ベカリシ者ヲ」ト被二申合《まうしあはれ》一ケレバ、或《ある》人ノ、「サラマシカバ、[一九]高倉宮ノ御子ヲ、木曾冠者ガ北国ヨリ奉レ具《ぐしたてまつりのぼつ》上タルコソ、位ニハ即《つき》給ハンズレ共」ト云《いひ》ケレバ、[二〇]平大納言時忠、[二一]兵衛佐尹明ナド、「イカヾ出家還俗《げんぞく》ノ人ハ位

祖。同三年に伝国璽を得る。

九　誤りあり。延慶本も同じ。尊号の事は、普通は、譲位後しばらくして、新帝の即位以前に行う。安徳天皇の場合、八月一八日の会議で合意をみていたが(補注六〇参照)、実行されず、文治三年四月二四日(皇年代略記、百錬抄は二三日)に安徳天皇の尊号が奉られた。

一〇　八月一〇日、一六日のこと。補注五二・五三参照。

一一　歴代皇記、皇年代略記、皇代記などに類する年代記を利用すれば、以下の本文は簡単に作り得るし正誤も知り得る。本文には誤りあり。神武崩御と綏靖即位の時期は正しい。以下、誤りのみ注記する。

一二　延慶本も同じ。三年とあるべし。

一三　延慶本も同じ。三十四年とあるべし。

一四　延慶本も同じ。四十一年とあるべし。

一五　宣命に後白河院の詔旨として盛りこまれたはずの文面か。補注六〇、六一参照。

一六　故実に通じた人々。

一七　人皇第一代。地神第五代の彦波瀲武鸕鷀草葺不合尊(ヒコナギサタケウガヤフキアハセズノミコト)と玉依姫の子。

一八　六一頁注三四に、平家は二の宮である守貞親王のみを皇太子候補として西海に伴ったと記す。

一九　六四頁注五。

二〇　一五頁注一八。

二一　生没年未詳。南家藤原氏。東宮学士知通の子。文章生、兵部少輔、出羽守。九条兼実の家司。西国の安徳天皇の御所で蔵人。娘は安徳天皇の掌侍で壇ノ浦で神璽の箱の中を目撃。文治元年五月二〇日官符で出雲国配流。和漢兼作集作者。↓補注六二

二即給《つきたまふ》ベキ」ト宣《のたまひ》ケレバ、又或《ある》人申サレケルハ、「[一]異国ニハ[二]則天皇后ハ、[三]唐《たうの》大宗ニ奉《おくれたてまつり》レ後、尼トナリ[四]感業寺ニ籠《こもり》給タリケルガ、再《ふたたび》[五]高宗ノ后ト成《なり》、[六]世ヲ治《をさめ》給シ程ニ、高宗、崩御ノ後、[七]位ヲ譲《ゆづり》得給テ治二天下一《てんがをおさめ》給ケリ。[八]中宗皇帝ハ[九]入二仏家一《ぶつけにいり》玄奘三蔵ノ弟子ト成《なり》、仏光王ト申《まうし》ケレ共、則天皇后ノ譲《ゆづり》エテ、崩御ノ後、還俗《げんぞく》シテ即レ位《くらゐにつき》給ヘリキ。我《わが》朝ニハ[一〇]天武天皇、[一一]大友皇子ノ難ヲ恐《おそれ》テ、春宮ノ位ヲ退《しりぞき》マシ〳〵テ、[一二]大仏殿ノ南面ニシテ、御出家アリシカ共、終《つひ》ニ大友皇子ヲ討《うつ》テ位ニツキ給キ。[一三]孝謙天皇ハ位ヲサリテ出家シ、御名ヲ法基ト申シヽカ共、[一四]大炊天皇ヲ奉レ流《ながしたてまつり》、又位ニツキ給ヘリ。今度ハ[一五]称徳天皇トゾ申ケル。

サレバ出家ノ人モ、即レ位給《くらゐにつきたまふ》事ナレバ、木曾ガ宮モ難《かた》カルベキニアラズ」ト申テ、咲《わらひ》ナドシケルトカヤ。

一　本書巻二・二代后付則天武后にも見える。神皇正統記・称徳にも。
二　唐の第二代太宗の才人で第三代高宗の皇后。高宗崩じ中宗が立つと、これを廃し弟の睿宗を立て、これも廃して、自ら帝位につき則天武后と称し、国号も大周とした。
三　唐王朝の初祖高祖の第二子。貞観の治を謳われた。帝王学、治道の書として日本でも学ばれた貞観政要は太宗と群臣との間でなされた政治論議を分類編集したもの。
四　長安にあった済度尼寺。旧唐書巻六・本紀第六則天皇后、唐書巻四・本紀第四則天順聖武皇后に見える。
五　唐の第三代天子。太宗の第九子。永徽六(六五五)年皇后王氏を廃して武氏(則天武后)を皇后に。弘道元(六八三)年崩御。
六　顕慶(六五六〜)ごろより政治に容喙、上元二(六七五)年より一種の垂簾聴政。
七　天授元(六九〇)年、国号を周とし、聖神皇帝を号する。
八　高宗の第七子。高宗崩後、帝位に即くが則天武皇に廃せられ、神竜元(七〇五)年、則天武后崩後、再び即位。　九　未勘。
一〇　朱鳥元年崩。舒明天皇の皇子、大海人皇子。壬申の乱に勝利し飛鳥浄御原宮で即位。
一一　弘文天皇元年崩。天智天皇の皇子。弘文天皇。ただし扶桑略記ほかの史書や古い年代記では天皇と認められていない。
一二　延慶本は仏殿。
一三　養老二年〜神護景雲四年。父は聖武天皇、母は藤原不比等の娘光明子。天平宝字二年に大炊天皇に譲位、同六年出家、法名は法基尼。
一四　天平五年〜天平神護元年。淳仁天皇。天武天皇の孫。天平宝字八年退位し親王とされ淡路国配流。淡路廃帝と称される。恵美押勝が威を揮う。
一五　天平宝字八年重祚。この時代は道鏡が太政大臣禅師として威を揮い法王となる。

源平盛衰記　巻第三十三

太神宮勅使
尾形三郎責二平家一
平家太宰府
平氏参二宇佐宮一歌
清経入海
九月十三夜歌読
同著二屋島一
時光辞二神器御使一
頼朝征夷将軍宣
康定関東下向
光隆卿向二木曾許一
木曾院参頑
水島軍
斉明被レ討
木曾備中下向
兼康討二倉光一
同人板蔵城戦
行家依二謀叛一木曾上洛
室山合戦
木曾洛中狼藉

源平盛衰記古巻第三十三

寿[一]永二年九月二日、平家追討ノ御祈ノタメニ、院ヨリ公卿[二]ノ勅使ヲ伊勢太神宮へ立《たて》ラル。参[三]議修範卿ト聞ヱキ。[四]太上天皇ノ太神宮へ公卿ノ勅使ヲ被レ立《たてらるる》事者《は》、[五]朱雀、白河、鳥羽三代ノ蹤跡《しようせき》アリトイへ共、是《これ》皆、出家以[1]前事也キ。太上法皇ノ勅使ノ例、今度始《はじめ》トゾ承ル。平家ハ筑紫ニ皇居如レ形《かたのごとく》被レ造《つくられ》タリケレバ、大臣《おほい》殿ヨリ始テ、人々安堵シ給《たまひ》タリケルニ、豊後国ハ[六]刑部卿三位頼輔ノ知行ニテ、其《その》子[七]頼経、国司代ニテ在国ノ間、三位、追《おつ》テ云下《いひくだし》給ケルハ、「平家悪行年積《つもつ》テ、宿運忽尽《たちまちつき》ヌ。仏神ニモ放《はなた》レ、君ニモ捨《すてら》レヌ。故ニ花洛ヲ出《いで》テ西海ニ漂フ。夫《それ》ニ九国ノ輩《ともがら》、[2]請取依レ翫《うけとりもてなすによつて》、国ニハ正税官物、抑留シ、庄ニハ年貢所当ヲ不レ弁《わきまへず》。其《その》条、既奉レ背《すでにそむきたてまつり》二朝家一、伴二逆悪《げきあくに》一咎《とが》アリ。返々《かへすがへす》不思議ノ所行也。自余ハ不レ知《しらず》、於二当国一ハ穴賢《あなかしこ》、不レ可レ入《いるべからず》二平家一。コレ非二私之計《わたくしのはからひに》一。[3][八]院御定《ごぢやう》也。但《ただし》、不レ限二当国一、九国ノ人民可レ随《にんみんしたがふべくん》二院宣一者《ば》、一味同心ニ可レ追二討平家一。若《もし》、忠アラン者ハ、勧賞《けんじやう》ハ追《おつ》テ可レ有二聖断一」由、子息頼経ノ許へ云下《いひくだし》給タリケレバ、頼経以二此趣《このおもむきを》一、当国住人[九]緒方三郎惟義ヲ召《めし》テ被二下知《げちせられ》一タリ。惟

太神宮勅使

一　百錬抄、濫觴抄、保暦間記にも記す。勅使は八月三〇日に精進屋に入り、九月一日に前斎をして二日に発遣。↓補注一

二　公卿勅使は国家の重大事に際して伊勢に発遣される。

三　康治二年生れ、没年未詳。藤原通憲（信西）と紀伊二位の息。もと脩憲。平治の乱で隠岐配流。後白河院近臣。法住寺合戦の後に出家。

四　太神宮では穢れを忌む故に僧は避けられる。後白河院が出家の身であることが問題とされたのである。↓補注二

尾形三郎責二平家一

五　補注一の濫觴抄にもある。

六　天永三年〜文治二年。大納言藤原忠教の四男。非参議従三位刑部卿。永暦元年から永万二年まで豊後守。その後豊後国の知行国主となり子の頼経が豊後守。治承四年には後白河院の寵臣で孫の宗長を猶子として豊後守。↓補注三　本書巻三四・明雲八条宮人々被討に法住寺合戦の際の醜態が描かれている。鼻豊後の異名あり。蹴鞠の名人で難波、飛鳥井家の祖。

七　建保四年没。従四位下刑部卿。治承四年まで豊後守。この時期は息子の宗長が豊後守。後に源行家、義経同意の廉で文治五年に伊豆国に配流。禁秘抄巻中に召還の赦免状が載る。

八　後白河院。

九　生没年未詳。惟栄、惟能とも。豊後国大野郡緒方郷を本貫とする豪族。本書巻二六・宇佐公通脚力に菊池高直、原田種直、臼杵、戸槻、松浦党とともに謀叛と記す（治承五年二月）。

義蒙《おほせをかうぶり》レ仰、即《すなはち》、当国ハ云《いふ》ニ及バズ、九国二島《きうこくじたう》ノ弓矢取《とる》輩《ともがら》ニ相《あひ》触《ふれけり》[4]。懸《かかり》ケレバ、[一]臼杵、戸槻《へつぎ》、松浦《まつら》党以下、背《そむき》二平家一随《したがふ》二惟義下知《これよしがげぢに》一。[二]原田四郎大夫種直、[三]菊地次郎高直ガ一類計《ばかり》ゾ、猶《なほ》、平家ニ付《つき》給ケル。

抑《そもそも》、[四]彼《かの》惟義ト云《いふ》ハ、大蛇ノ末也ケレバ、身モ健《すくやか》ニ心モ剛《かう》ニシテ、九国ヲモ打随《うちしたが》ヘ、西国ノ大将軍セント思《おもふ》程ノ、オホケナキ者ナリケルニ、一院ノ御定《ごちやう》トテ、国司ヨリ懸《かか》ル蒙《おほせをかうぶり》レ仰ケル上ハ、身ノ面目ト思《おもひ》テ出立《いでたち》ケリ。大蛇ノ末ト云事ハ、昔、[五]日向国塩田ト云所ニ、大々夫ト云《いふ》徳人アリ。一人ノ娘アリ。其《その》名ヲ[六]花御本《はなのおもと》ト云。ミメコツガラ尋常也。国中ニ同《おなじ》程ナル者、婿ニナラント云《いふ》ヲバ、誇レ徳《とくにほこりて》不レ用《もちゐず》。我ヨリ上様ナル人ハ云事ナシ。秘蔵《ひさう》シケリト覚《おぼえ》テ、後園ニ屋ヲ造《つくり》テ、此《この》娘ヲ住《すま》シメケル程ニ、男ト云者ヲバ尊《たつとき》モ卑《いやしき》モ通《かよは》サズ。[七]歳去《としさり》歳来《きた》レ共無二慰方一《なぐさむるかたなく》、春過《すぎ》夏闌《たけ》テモ[八]友ナキ宿ヲ守ル[九]秋夜長シ、[一〇]夜長《ながく》シテ[5]終夜《よもすがら》ヲ明《あか》シ兼《かね》タル暁ニ、[一一]尾上ノ鹿ノ妻呼音痛《よぶこゑいたは》敷《しく》、[一二]壁ニスダク蟋蟀《きりぎりす》[6]、何歎《なげく》ラント最《いと》心細キ折節ニ、イヅクヨリ来《きた》ル共覚ヘズ、[一三]立烏帽子《たてえぼし》ニ水色ノ狩衣《かりぎぬ》著タル男ノ、廿四、五ナルガ、田舎ノ者トモ覚ヘズ、タヲヤカナル皃《かたち》ニテ、花御本ガ傍ニ指寄《さしより》テ、様々物語シテ慰語《なぐさめかたら》ヒケレ共、女靡《なびく》事ナシ。男夜々通《かよひ》ツヽ、細々《こまごま》ト恨口説《うらみくどき》ケレバ、花御本サス

養和元年二月二九日、肥後国菊池高直と平家に背き平家方人の原田種直と合戦（吾妻鏡）。元暦二年の壇ノ浦合戦に先立って源氏味方の姿勢を示し兵船を提供（吾妻鏡）。

一　七三頁注二二。
二　七三頁注二一。
三　七三頁注二〇。
四　以下に緒方三郎惟義の先祖惟基の誕生を語る三輪型の神婚説話が記される。北九州における、この型の古い伝説としては肥前国風土記の褶振峯の伝説が知られている。話型的には昔話の一〇一A蛇聟入・苧環型（『日本昔話大成』）。惟基の母は緒方一族の系図によれば藤原伊周の娘で父は祖母嶽大明神であるとする。緒方一族の家の神話である。→補注四
五　未勘。延慶本は豊後国知田庄。知田庄は豊後国大野郡緒方町知田。血田とも表記。緒方庄知田名の遺称地。
六　豊後国大野郡（現在大分県大野郡、竹田市）にこの伝説が分布、そこでは娘の名を花の本とする（『日本伝説大系』第一三巻の「32穴森大明神」の項）。ただしその伝承は盛衰記を利用した、後世のものかもしれない。系図には左遷された藤原伊周が自らの娘を塩田大太夫に預けた、その女性とする。菊池氏の祖とされる伊周の子の隆家の妹ということになる。藤原長良の娘小松姫とも。補注四参照。
七、九、一〇　和漢朗詠集巻上・蟬196の紀納言、巻下・丞相679の菅三品、巻上・秋夜の白居易の詩句に原拠。
八　「友なき宿」は秋のイメージ。「なぐさむるともなきやどのゆふぐれにあはれをのこせをぎのうは風」（三百六十番歌合　秋四十七番右

ガ[一四]岩木ナラネバ、終《つひ》ニハ靡《なびき》ケリ。其《その》後ハ雨フリ風冷《すさまじ》ケレ共、夜ガレモセズ通《かよひ》ケリ。父母《ぶも》ニツヽミテ深ク是ヲ隠《かくし》ケレ共、月比日比《つきごろひごろ》夜々ノ事ナレバ、付《つき》仕《つかへ》ケル女童《めのわらは》、是ヲ見咎《とが》メテ、父母ニ角《かく》トゾ語《かたり》ケル。急ギ娘ヲ呼《よび》、委《くはし》ク是ヲ問《とひ》ケレ共、恥《はづか》シキ道ナレバ顔打《うち》赤メテ、兎角《とかく》紛ラカシケリ。母サマ〴〵ニヲドシスカシテ問《とひ》ケレバ、親ノ命モ難レ背《そむきがたう》シテ、有《あり》ノ儘《まま》ニゾ語《かたり》ケル。母コノ事ヲ聞《きき》、水色ノ狩衣《かりぎぬ》ニ立烏帽子《たてえぼし》ハ覺《おぼつかな》シ、大宰府ノ近クバ京家ノ人トモ思《おもふ》ベキニ、此《この》辺ニハ有《ある》ベキ事ニ非《あら》ズ、ヨシ〳〵縦上臈《たとひじやうらふ》也トモ、契[一五]《ちぎり》ハ人ニ不レ可レ依《よるべからず》、縦下臈《たとひげらふ》也共、娘ガ見スル面道[一六]《めんだう》也、況《いはんや》狩衣ニ立烏帽子、定《さだめ》テ只《ただ》人ニハアラジ、今ハ婿トモ用《もちゆ》ベシ、如何《いかが》シテ彼《かの》人ノ行《ゆく》エヲ知《しる》ベキト、様々計《はから》ヒケルニ、母ガ云《いはく》、「其《その》人、夕《ゆふべ》ニ来《きたつ》テ暁還《かへる》ナルニ、注《しるし》ヲサシテ其行《そのゆく》ヱヲ尋ヌベシ」トテ、苧玉巻[一七]《をだまき》ト針トヲ与《あたへ》テ、懇《ねんごろ》ニ娘ニ教《をしへ》テ後園ノ家ニ帰ス。其《その》夜又、彼《かの》男来《きた》レリ。暁方ニ帰リケルニ、教《をしへ》ノ如《ごと》ク女、針ヲ小手巻《をだまき》ノ端ニ貫《ぬい》テ、男ノ狩衣ノ頸[一八]《くび》カミニ指《さし》テケリ。夜明《あけ》テ後ニ角《かく》ト告《つげ》タレバ、親ノ塩田大夫、子息、家人四、五十人引《ひき》具シテ、糸ノ注《しる》シヲ尋行《たづねゆく》。誠ニ賤《しづ》ガ苧玉巻、百尋[一九]《ももひろ》千尋《ちひろ》ニ引《ひき》ハエテ、尾越《こえ》谷越《こえ》行く程ニ、日向ト豊後トノ境ナル嫗岳[二〇]《うばがたけ》ト云《いふ》山ニ、大《おほき》ナル窟《いはほ》ノ中ヘゾ引入《ひきいれ》タル。彼《かの》穴ノ口ニテ立聞《たちぎき》ケレバ、大《おほき》ニ痛吟[二一]《いたみによふ》

三八二寂蓮）

一一 妻呼ぶ鹿は秋のイメージ。

一二 礼記・月令篇では季夏に「温風始至、蟋蟀居壁」とある。源氏物語・夕顔に「壁の中の蟋蟀だに」とある場面は中秋の時期。

一三 貴人のイメージ。同話型の絵巻「化物草子」（ボストン美術館蔵）の第六段では異類は狩衣・揉烏帽子に弓矢を持って登場。正体は案山子。水色の観念・象徴的意味は猶考えるべし。

一四 岩や木と違って感情を持つ身だから。

一五 契りは貴賤とは無関係に、前世からの因縁で既に決まっていることだ、の意。

一六 面倒に同じ。厄介事。ほかならぬ愛娘がひきおこした厄介事だ。なんとかせねばならぬ、の意。

一七 績いだ麻糸をまいた巻子（へそ）。苧環また糸玉から伸ばした糸は怪婚譚では正体露見の、怪物退治譚では迷宮のモチーフを形成する。前者は注四、一三に示したもの以外に、袋草子、今物語所載の赤染衛門の姉妹の話、海道記所載の江の島神社の祭神の話、塵袋所載の伊福部の丘の雷神の話など。針は一〇一B蛇聟入・水乞型で蛇を殺す呪物として登場。お伽草子の一寸法師でも大事な要素。

一八 狩衣の領（えり）で首の周囲の部分。

一九 「はへ」は延え、這わせるの意。山と谷を越えて糸を這わせる情景は日本書紀・神代記の神謡「み谷　二渡らす　阿治志貴高日子根の神ぞ」に見る蛇神（雷神）のイメージに通じる。その神謡の解釈は古橋信孝「神謡（神語り）と神話」（『神話・物語の文芸史』）参照。

二〇 日向国臼杵郡高千穂と豊後国大野郡緒方にまたがる高峰。嫗嶽神社が祀られる。波木合（はきあい）村所在の地底洞穴の穴森神社とともに神婚伝説の地である。
三「吟　ニヨフ」（色葉字類抄）。うめく。

一　異類、冥界の存在に対する鉄の呪力。
二「見る」は能動、「見ゆ」は受動。私が貴女を見、また貴女に見られたい、ということで、お会いしたい、の意。

三　首をもたげた時の高さ。
四　丸く見開いて赤みがかった色をしていることの形容。
五　龍の頭に近いが、このような蛇の頭の造形は、たとえば道成寺縁起絵の蛇に見える。

音《こゑ》アリ。是ヲ聞《きく》人、身ノ毛竪《よだち》テ畏《おそろ》シ。父ガ教《をしへ》ニ依《より》、娘、穴ノ口ニテ糸ヲ引《ひか》ヘテ云《いひ》ケルハ、「抑《そもそも》、此《この》穴ノ底ニハイカナル者ノ侍《さぶらふ》ゾ。又何事ヲ痛《いたみ》テ吟《によふ》ゾ」ト問ヘバ、穴中[七]ニ答《こたへ》ケルハ、「我ハ汝《なんぢ》、花御本《はなのおもと》ガ許ヘ夜々通《かよひ》ツル者也。可レ然契《しかるべきちぎり》モ縁モ尽《つき》ハテ、此《この》暁、ヲトガヒノ下ニ針[一]ヲ立《たて》ラレタリ。大事ノ疵《きず》ニテ痛吟《いたみによふ》。我《わが》本身ハ大蛇也。有《あり》シ形ナラバ出《いで》テ、見[二]モシ奉レ見度《みえたてまつりたく》コソアレ共、日比《ひごろ》ノ変化《へんげ》スデニ尽ヌ。本ノ皃《かたち》ハ畏恐《おぢおそれ》給フベキナレバ、蚑出《はひいで》テモ不レ奉レ見《みえたてまつらず》。ヨニ遺《なごり》モ惜《をしく》、恋シクコソ覚《おぼゆ》レ。是マデ尋《たづね》来給ヘル事コソ難レ忘《わすれがたし》」ト云ケレバ、女ノ云《いは》ク、「縦《たとひ》イカナル皃《かたち》ニテオハストモ、日比《ひごろ》ノ情争カ《なさけいかで》忘《わする》ベキナレバ、只出《ただいで》給ヘ。最後ノ有様ヲモ見、又見エモシ奉ラン。ツユ畏《おそろ》シト思ハズ」ト云ケレバ、大蛇ハ穴ノ中ヨリ蚑《はひ》出《いで》タリ。長《たけ》ハ不レ知《しらず》、臥長《ふしたけ》[三]ハ五尺計《ばかり》也。眼[四]ハ銅《あかがね》ノ鈴ヲ張《はれ》ルガ如《ごと》ク、口ハ紅ヲ含メルニ似タリ。頭[五]ニ角ヲ戴キ耳ヲ低《たれ》タリ。頭ハ髪生《おひ》ナドシテ獅子ノ頭ニ異ナラズ。サレ共形ニハ不レ似、ヲメ〳〵トシテ涙ヲ浮《うかべ》テ、頭バカリヲ指出《さしいで》タリ。女、衣ヲ脱《ぬい》デ蛇ノ頭ニ打懸《うちかけ》テ、自頤《みづからおとがひ》ノ下ノ針ヲヌク。大蛇悦《よろこび》テ申《まうし》ケルハ、「汝《なんぢ》ガ腹ノ内ニ一人ノ男子ヲ宿セリ。既ニ五月ニ成《なる》。モシ十月ニシテ顕《あらはれ》タラバ、日本国ノ大将ニモ成《なる》ベカリツレ共、五月ニシテ顕レヌ。九国ニハ並《ならぶ》者アルマジ。弓矢ヲ取《とつ》テ人ニ勝《すぐ》レ、計《はかりごと》賢クシテ心剛《かう》ナルベシ。懸《かか》ル恐《おそろ》シキ者ノ種ナレバトテ、穴賢《あなかしこ》、捨給《すてたまふ》ナ。我《わが》子孫ノ末マデモ可二守護一。必《かならず》可二繁昌一」。是ヲ最後ノ言《ことば》ニテ、大蛇、穴ニ引入《ひきいり》テ死《しに》ニケリ。彼《かの》大蛇ト云《いふ》ハ、即《すなはち》[8][六]嫗嶽明神ノ垂跡《すいしやく》也。塩田大夫々妻、眷属《けんぞく》ヲヂ恐《おそれ》テ帰《かへり》ニケリ。日数積《つもり》テ月満《みち》ヌ。花御本《はなのおもと》、男子ヲ生《うむ》。随レ為二成長一《せいちやうするにしたがつて》容顔モユヽシク、心様モ猛《たけ》カリケリ。母方ノ祖父ガ片名ヲ[七]取《とつ》テ、是ヲ、[八]「大太童」ト呼《よぶ》。ハダシニテ野山ヲ走行《はしりゆき》ケレバ、足ニハアカヾリ常ニ分《われ》[9]ケレバ、異名ニハ、[九]「皸《あかゞり》童」トモ云《いひ》ケリ。此童《このわらは》ハ烏帽子《えぼし》キテ、[一〇]「皸《あかゞり》大弥太」ト云《いふ》。[10]太弥大ガ子ニ大弥二[11]、其《その》子ニ大六、其子ニ大七、其子ニ尾形三郎惟義ナレバ、大太ヨリ五代ノ[一一]孫也。心モ猛《たけ》ク畏《おそろ》シキ者ニテゾ在《あり》ケル。此《この》惟義ニハ[一二]兄弟三人有《あり》ケルガ、二郎ハ死ニヌ。[一三]太郎名生、三郎尾形ト云《いふ》。二人ガ中ニ、此《この》三郎ハ、蛇ノ子ノ末ヲ継《つぐ》ベキ験《しるし》ニヤ有《あり》ケン、[一四]後ニ蛇ノ尾ノ形ト身トニ鱗《うろこ》ノ有ケレバ、尾形三郎ト云。サル者ノ末ニテ、被レ仰二含院宣一《おほせふくめらるる》間ニ奥ニ入《いり》テ、数万《すまん》騎ノ兵《つはもの》ヲ引卒《いんぞつ》シ、太宰府へ発向ス。九国輩《きうこくのともがら》多《おほく》相従《あひしたがひ》ケリ。

平家ハ此一両月ハ安堵ノ思《おもひ》有テ、今ハイカヾシテ都へ可二帰入一《かへりいるべき》ナド、ハカリ事ヲ廻《めぐら》シ、寄合《よりあひ》〳〵評定シケル処《ところ》ニ、緒方三郎ガ嫡子ニ[12][一五]小大郎惟

六、八、九、一〇　補注四の家譜参照。十時系図は書写の時代が、はるかに下るもの故、そのままに参考にし難いが、類似の呼称が見える。大太・皸童太、銅大夫など。なお彼の諱は惟基。皸（あかがり）はあかぎれのこと。

七　二字の名乗りの片方の字。

一一　系図によって異同がある。惟基の末子の惟盛―惟衡―惟用（惟茂）―惟栄（惟義）（豊後史蹟考・大神系図、佐伯志）。また惟基の二男の惟季―惟房―惟隆―隆基―惟栄（十時系図）

一二　豊後史蹟考・大神系図では臼杵太郎惟隆、佐賀四田中次郎惟長（早世）、緒方三郎惟栄、佐賀四郎惟時、加来五郎惟興の五人兄弟。佐伯志も長男と次男が逆だが、他は同じ。

一三　未勘。

一四　「後ニ身ニ蛇ノ尾ノ形ト鱗」とあるべし。

一五　豊後史蹟考・大神系図に惟栄に六子あり。長男が緒方小太郎惟久。戸継氏の祖の惟家の父。

久、次男ニ野[一]尻二郎惟村トテ兄弟アリ。二郎惟村ヲ使者トシテ、平家ノ方ヘ申《まうし》ケルハ、「年来御恩ヲモ蒙《かうぶり》テ、深《ふかく》相伝ノ君ト憑《たのみまゐらせ》進テ候。其《その》上十善帝王ニテ渡ラセ給ヘバ、二心ナク奉公仕《つかま》ツレ共、平家都ヲ出《いで》テ西海ニ落下《おちくだり》御坐《おはしまし》、朝敵ト成《なつ》テ人民《にんみん》ヲ悩《なやま》ス。速《すみやか》ニ九国ノ中ヲ可レ奉レ出《いだしたてまつるべき》之由、一院ノ院宣トテ国司ヨリ被二仰下《おほせくださるる》一之間、[二]王士ニ身ヲ入《いれ》テ難レ背二詔命一《ぜうめいそむきがたく》候。疾々《とくとく》九国ノ境ヲ出《いで》サセ給ベキニテ候」ト申タリ。平大納言時忠卿ハ、[三]ヒボク丶リノ直垂《ひたたれ》ニ[13][四]糸蘭ノ誇著テ、野尻次郎ニ宣《のたまひ》ケルハ、[五]「ヤヲレ惟村ヨ。我《わが》君ハ天[六]孫四十九世ノ正統、人王八十一代ノ御門、[14]大上法皇ノ御孫、[七]高倉院后腹第一皇子ニテ渡ラセ給ヘバ、伊勢大神宮入《いり》替ラセ給テ、[八]御裳濯河《みもすそがはの》流忝《ながれかたじけなき》上ニ、神代ヨリ伝《つたはり》タル[九]神璽、宝剣、内侍所モ帯シテ御座《おはします》。正八幡宮モ定《さだめ》テ守《まもり》奉ラン。九国ノ人民《にんみん》争《いかで》輙《たやす》ク可レ奉レ傾《かたぶけたてまつるべき》。[一〇]又当家ハ是《これ》[一一]平将軍貞盛ガ、[一二]相馬小次郎将門ヲ追討シテ、東八箇国ヲ平《たひら》ゲシヨリ以来《このかた》、故入道太政大臣ノ[一三]右衛門督信頼ヲ誅戮《ちゆうりく》シテ、奉レ鎮《しづめたてまつり》二朝家一シニ至ルマデ、代々[一四]国家ノ固メ也。而《しかるに》頼朝、義仲等、東国北国ノ凶徒ヲ相語《あひかたらひ》テ、『我打勝《うちかち》タラバ国ヲトラセン、庄ヲ知《しら》セン』ト云《いふ》ニスカサレテ、[一五]打籠《こめ》ノ[15]嗚呼者《をこの》共ガ、誠顔ニ与力同心シテ、向二官《くわんびやうにむかひ》兵一軍《いくさ》スルヲ見学《みまねび》テ、九国ノ輩《ともがら》

一　同系図に野尻次郎惟村。後に義経に同心して周防国に配流とある。
二　院政期から顕著になる王士意識。「卒土者皆皇民也。普天者悉王士也。糸綸之旨、誰不随順」（延慶本第二末に載せる頼朝追討の宣旨）
三　紐纈垂直か。ヒボ（ヲ）ククリは絞り染の一種か（武家名目抄巻四、武器考証巻五）。公家風ではなく武家風の装いをしていた、とするのだろう。
四　未詳。延慶本は蘭の袴、覚一本などは糸葛の袴。後者ならば葛布で仕立てた小袴。
五　「や」に対称の代名詞「をれ」がついた、目下の者への嵩にかかった呼びかけ。以下、時忠の高飛車な口吻を記す。
六　桓武帝のこと。但し桓武帝は淡路廃帝を第四七代として第五〇代とするのが普通（愚管抄、神皇正統記も）。桓武帝を第五〇代として安徳帝は第八一代。延慶本や覚一本も第四九代とする。　七　建礼門院。
八　伊勢内宮の神苑を流れる川。皇統をいう。
九　三種の神器を帯する正式の天皇。
一〇　宗盛を統領として西海に逃れた平家。
一一　西海の平家と北条氏の祖とされる。
一二　平将門の乱。本書巻二三・貞盛将門合戦付勧賞。
一三　天承元年～平治元年。正三位権中納言、右衛門督。後白河院近臣。藤原通憲（信西）と隙あり、平治の乱の張本人。
一四　平時忠の家を日記の家の平家というのに対して世の固めの家と称される（今鏡・二葉の松）。
一五　狭い世界しか知らない、もの知らずの。

奉レ背レ君条、返々《かへすがへす》不思議也。奇怪也。就レ中《なかんづく》、鎮西ノ者共ハ[一六]内種《ないじゅ》ニ被二召仕《めしつかはれ》一、殊ニ非《あらず》レ蒙二重恩一乎《や》。夫《それ》ニ其好《そのよしみ》ヲ忘レ、忽《たちまち》ニ[一七]鼻豊後メガ随二下知一《げぢにしたがひ》、当家ヲ傾《かたぶけん》トノ企《くはだて》、甚以不レ可レ然《はなはだもつてしかるべからず》。[一八]後漢光武皇帝ハ被レ襲《おそはれ》二[一九]王莽一、[二〇]漁陽ニ落《おち》給タリシカ共、帝位ニツキ、我《わが》朝ノ[二一]天武天皇ハ大友王子ニ恐《おそれ》テ、吉野ノ奥ニ入《いり》給タリシカ共、治二天下一給キ。況《いはんや》三種《さんじゅ》ノ神器《しんぎ》ヲ御身ニ随《したが》ヘ給ヘリ。我君終《つひに》都ヘ帰入《かへりいら》セ給ハヌ事、ヨモ渡ラセ給ハジ。サレバ能々相計《よくよくあひはからひ》テ、御力ヲ付進《つけまゐら》スベシ。後悔争《いかで》カ兼《かね》テ可レ不レ顧哉」ト宣フ。

野尻二郎立《たち》帰テ、此《この》由具《つぶさ》ニ云《いひ》ケレバ、父惟義、「[二二]今ハ今、昔ハ昔。速《すみやか》ニ平家ヲ可レ奉二追出《おひいだし》一。院宣国宣ヲ被レ下《くださるる》之上ハ、子細ニヤ及《およぶ》ベキナレ共、サスガ日来《ひごろ》ノ好《よしみ》ヲ奉レ思《おもひたてまつるに》コソ、先《まづ》使ヲバ進《まゐらせ》タルニ、左様《さやう》ニ宣《のたまふ》ナラバ、不レ廻《めぐらさず》二時刻一可レ奉二追出《ついしゆつし》一」トテ、惟義ハ三万余騎ノ大勢ヲ卒シテ、[二三]博多津ヨリ押寄《おしよせ》テ、時ヲドヽ、造《つくり》タリケレバ、平家ノ方ニハ[二四]肥後守貞能ヲ大将軍ニテ、菊地、原田ガ一党ヲ被二指向一《さしむけられ》テ防戦《ふせぎたたかひ》ケレ共、大勢攻懸《せめかかり》ケレバ、取《とる》物モ取敢《とりあへ》ズ、太宰府ヲコソ落給ヘ。主上《しゆしやう》ハ16[二五]舁輿丁《かよちやう》ナケレバ、[二六]玉ノ御輿《みこし》ニモ不レ奉《たてまつらず》。御伴ノ公卿、殿上人ハ[二七]奴袴《ぬばかま》ノ傍《そば》ヲ取《とり》、女房、北方ハ[二八]裳唐衣《もからきぬ》ヲ泥《でい》ニ引《ひく》。イツ習《ならひ》タルニハアラネ共、畏《おそろし》サノ余《あまり》ニ悲《かなしき》事モ覚《おぼえ》ズ、カチハ

一六　内竪とあるべし。宮中の召使い。嵩にかかった、惟村たちを見下した口吻。

一七　鼻が大きかったことから付けられた藤原頼輔のあだ名。八一頁注六。

一八　本書巻一七・光武天武即位にも光武帝と天武帝が並び言及される類似の記事あり。光武帝の記事には問題がある。↓補注五

一九　「王郎」とあるべし。巻一七・光武天武即位にも「王莽」とする。

二〇　「下曲陽」また「曲陽」とあるべし。河北省にある県。本書巻一七・光武天武即位には「曲陽」。

二一　本書巻一・五節始、巻一三・高倉宮籠三井寺、巻一四・三井寺僉議、巻三二・還俗人即位例などにも。

二二　本書巻二〇・石橋合戦で大庭景親も同じ科白を吐いている。重代ないし旧来の恩顧関係を破る忘恩の常套表現。

二三　平安末、仁平元年の頃、すでに一六〇〇軒の人家を持ち宋人も居住する日本有数の港湾都市であった（石清水文書・宮寺縁事抄）。この表現からは、豊後国を発向した緒方勢はいずこの地からか海路をとり、博多港に上陸して、そこから大宰府に来襲したというふうに読める。ところで、すぐ後の本文には平家は箱崎の港に向って落ちたとする。箱崎港は博多港の東北数粁の距離にある、同じく博多港に面した地であ

平家太宰府

る。平家は敢えて来襲する緒方の大軍に近い方向にむかって逃走したことになる。ちなみに延慶本は「博多津ヨリ」ではなく「博多へ」とする。

二四　三七頁注一一。

二五　貴人の輿かきを職とするもの。

二六　天皇の輿。鸞輿。

ダシニテ我先ニ〳〵ト、箱崎[一]ノ津ニ逃《にげ》給ケルゾ無慙《むざん》ナル。折節フル雨[二]ハ車軸ヲ下《くだし》、吹《ふく》風ハ砂《いさご》ヲ上《あげ》、落《おつ》ル涙雨ニ諍《あらそひ》テ何《いつ》レトモ不二見分《みえわかず》一。鳥[三]ニ不レ有《あらざれ》バ天ヲモ難レ翔《かけりがたく》、龍ニ不レ有《あらざれ》バ雲ヘモ難レ上《のぼりがたし》。新羅[四]、百済ヘモ渡ラバヤトハ被レ思《おもはれ》ケレ共、波風荒《あらう》シテ夫《それ》モ心ニ任セネバ、各《おのおの》袂《たもと》ヲ絞《しぼり》ケリ。箱崎津モ難二始終叶《かなひ》一ケレバ、是《これ》ヨリ又、兵藤[五]次秀遠ニ具セラレテ、筑前国山鹿城[六]ヘゾ入ラセ給フ。菊地二郎高直ヲバ、「大津山[七]ノ関アケテ進《まゐらせ》ヨ」トテ、先立《さきだち》テ通シタリケレ共、此《この》事終《つひ》ニハカ〴〵シカラジト思《おもひ》テ、高直心替《がはり》シテケリ。原田大夫種直モ、山鹿城ヘ入《いら》セ給ニケレバ、秀遠ガ下知ニ相《あひ》従ハン事、子孫ニ伝《つたへ》テ心ウシト思《おもひ》、則《すなはち》ソレモ心替シテケリ。山鹿ノ城ニモ未《いまだ》御安堵ナカリケル処《ところ》ニ、「惟義十万余騎ニテ推寄《おしよす》」ト聞ヱケレバ、又トル物モ取敢《とりあへ》ズ、山鹿城ヲモ落《おち》サセ給テ、タカセ舟ニ乗移《のりうつり》、豊前国柳[九]ト云《いふ》所ヘ渡《わたり》入ラセ給ケリ。沢辺ノ虫ノ声弱《よはり》、礒打《いそうつ》浪ニ袖ヲ濡《ぬら》ス。柳ト云所ニ著《つか》セ給タリケルニ、楊[一〇]梅桃李ヲ引植《ひきうゑ》テ、九重ノ都ニ少シ似タリケレバ、薩摩守[一一]忠度ノカク、

　　都[一二]ナル九重ノウチ恋シクハ柳ノ御所ヲ立ヨリテ見ヨ

主上《しゆしやう》[一三]、女院ヲ始《はじめ》進《まゐらせ》テ、内府以下ノ人々、豊前国宇佐[一四]ノ宮ヘ有二参詣一。社頭ハ皇居トナリ、廊ハ月卿雲客ノ居所トナル。五位、六位ノ官人等、大

二七　さしぬきのはかま。絹狩袴。
二六　宮中奉仕の女房装束。裳は裾をひく。襪(靴足袋)をはく。

一　現福岡市。博多湾のいまひとつの要津。
二　強い風雨の常套表現。「風吹雨降事車軸ノ如ク」(太平記巻七・船上合戦事)「折節風ハゲシクテ沙ヲ天ニアグ。龍ニアラネバ雲ヘモ上ラズ、鳥ニアラザレバ天ニモ翔ガタシ」(本書巻四八・女院六道廻物語)
三　逃れる方途のないことを言う常套表現。「羽なければ空をも飛ぶべからず。龍ならばや雲にも乗らむ」(方丈記)
四　海彼への渡海をいう常套表現。新羅、高麗百済、鶏旦(契丹)を列挙すること多し。朝鮮半島への逃避は必ずしも虚誕の空想とばかりは言えない。↓補注六
五　生没年未詳。九州北西部の海路と陸路の要衝の地たる筑前国遠賀郡山鹿郷(現在の芦屋町大字山鹿あたり)を本居とする豪族。山峨、山鹿、山賀を姓とする。菊池氏の支流。刀伊の入寇以来、兵頭(兵藤)を号す。壇ノ浦合戦には平家の水軍の一方の大将をつとめる。
六　いまの芦屋町に城址がある。遠賀川の川口の小高い丘の上にある。
七　熊本県玉名郡南関町にあった。肥後国と筑後国との国境にあった。松風の関とも。

平氏参二宇佐宮一歌

八　ただし、菊池高直も原田種直も一ノ谷合戦では平家方に参陣し、壇ノ浦合戦に至るまで平家の下知を受けている。ここでは平家方に与力する豪族間の主導権上また従来の対立が一時の離反を生んだことを言うのだろう。
九　豊前国宇佐郡(いま大分県宇佐市)の宇佐八

幡宮に近い柳浦と同国企救郡、いま福岡県北九州市の門司港の柳浦の二箇所ある。本書では七日間滞在し、そのあいだに宇佐社に七日参詣したとあるから前者ということになる。↓補注七
一〇　春に咲く種々の花の木をいう常套文句。
一一　代表的な平家歌人。一ノ谷合戦で陣没。
一二　延慶本など第五句「春ヨリテ見ヨ」
一三　安徳帝、建礼門院、平宗盛。
一四　平清盛の大宰大貳時代から宇佐宮の大宮司公通との関係ができていた。↓補注八。覚一本などは公通の邸が行在所となったとする。
一五　柳浦を港津に持つ宇佐八幡社では、榊だけでなく柳の枝にも御幣をつけていたのか、または、柳のしだれた枝が無数に御幣を垂らしているように見えるというのか。
一六　筑紫と掛ける。
一七　浮船の縁語。漕がれと焦がれを掛ける。
一八　伊勢物語第九段が原拠。貴種流離のイメージ。
一九　物品による供物が財施、仏教的行事つまり法事を捧げものとするのが法施。
二〇　「ひかせて」といった表現あるべし。
二一　宇佐八幡神は夥しい託宣で有名。
二二　「つくし」と「うさ」は縁語。それぞれ尽くしと筑紫、憂さと宇佐を掛ける。（一族のこれからについて）思案に余り（私・宗盛は）心を尽くして筑紫におわす神様に祈ったけれど、つらいことには宇佐の神様は何も仰言ってくれないのだなあ、の意。
二三　八幡愚童訓甲本と覚一本は第四・五句「なにいのるらん心つくしに」。同じくうさとは言っても、世のつらさの憂さには住む神もおられず、救済も期待できないのに、この筑紫の地で心を尽くしていったい何を祈っているのか、の

鳥居ニ候ヒ、庭上《ていしやう》ニハ九国ノ輩《ともがら》、弓箭、甲冑ヲ帯シテ並《なみ》居タリ。フリニシ緋《あけの》玉垣、歳《とし》経ニケリト苔ムシテ、イツモ緑[一五]ノ柳葉ニ、木綿四手《ゆふしで》懸《かけ》テ隙《ひま》ゾナキ。御祈誓ノ趣《おもむき》ハ、主上《しゆしやう》旧都ノ還幸也。都ハ既《すでに》山河《せんが》遥ニ隔テ、雲ノ徐《よそ》ニ成《なり》ヌ。何事ニ付《つけ》テモ、[一六]心ツクシノ旅ノ空、身ヲ浮舟ノ住居シテ、[一七]コガレテ物ヲゾ覚シケル。昔、[一八]在原業平ガ隅田河原ノ辺ニテ、都鳥ニ事問《とひ》、涙ヲ流《ながし》ケンモ又角《かく》ヤト覚《おぼえ》テ哀《あはれ》也。七箇日ノ御参籠トテ、大臣殿《おほい》、[一九]財施法施ヲ手向《たむけ》奉《たてまつり》、神宝[17]神馬[二〇]角《かく》テ七箇日ヲ送《おくり》給ヘドモ、[二一]是非《ぜひの》夢想ナンドモナカリケレバ、第七日ノ夜半計《ばかり》ニ思《おもひ》ツヾケ給ヒケリ。

[二二]思カネ心ツクシニ祈レドモウサニハ物モイハレザリケリ

神殿大《おほき》ニ鳴動シテ良《やや》久シク、ユヽシキ御声ニテ、

[二三]世中ノウサニハ神モナキ物ヲ心ツクシニナニ祈《いのる》ラン

大臣殿是《これ》ヲ聞召《きこしめし》テ、都ヲ出《いで》シ上、栄花身ニ極《きはま》リ、運命憑《たのみ》ナシトハ思シカ共、主上《しゆしやう》角《かく》テ渡ラセ給フ上、三種《さんじゆ》ノ神器《しんぎ》随《したがへ》二御身一御座《おはしま》セバ、サリ共今一度、旧都ノ還御ナカランヤ、ト思召《おぼしめし》ケルニ、此《この》御託宣聞召テハ、御心細ク思給《おもひたまひ》、涙グミ給テカク、

[二四]サリ共ト思フ心モ虫ノ音モヨハリハテヌル秋ノ暮カナ

是ヲ聞《きき》ケル人々、誠ニト覚《おぼえ》テ、皆袖《そで》ヲゾ絞《しぼり》ケル。

[一]小松殿ノ三男[二]左中将清経ハ、都ヲ落《おち》給ケル時、「女房ヲモ西国ヘ奉二相具一《あひぐしたてまつらん》」ト宣《のたまひ》ケレバ、年来深契《としごろふかくちぎり》ヲ結《むすび》、二心ナク憑々《たのみたのま》レタル御中ニテ、女房ハサモト出立《いでたち》給ケルヲ、[三]父母大《おほき》ニ嗔《いかり》ツヽ、免《ゆる》シ給ハザリケレバ不レ及レ力。悲《かなしき》中ヲ別《わかれ》テ独《ひとり》都ヲ落給ケルガ、道ヨリ鬢《びん》ノ髪ヲ切《きり》テ、形見ニ返シ遣《つかは》シテ、「常ハ音信《おとづれ》申サン。便《たより》ノ時ハ又、承ル事モ候ヘヨ」ナド云送《いひおくり》ナガラ、[四]三年ガ程有《ある》カ無《なき》カ言伝《ことづて》モナカリケレバ、女房恨《うらみ》給テ、『何《いづれの》国マデモ相具セン』ト云《いひ》シカバ、我モサコソ思《おもひ》シニ、今ハ心替《かはり》ノアレバコソ、三年ヲ経《ふる》共、云《いふ》事ハナカルラメ。サテハ形見モ由ナシ」トテ返下《かへしくだし》給ケルガ、左中将ノ柳浦ニ御座《おはしまし》ケル処《ところ》ヘ著《つき》タリ。一首ノ歌ヲ副《そへ》ラレタリ。

[五]見《みる》カラニ心ツクシノカミナレバウサニゾ返ス本《もと》ノ社《やしろ》ニ

左中将是《これ》ヲ見給テハ、サコソ悲《かなし》ク覚シケメ。柳御所ニハサテモト思召《おぼしめし》テ、七箇日渡ラセ給ケル程ニ、又惟義寄《よす》ルナド聞《きこえ》ケレバ、此ヲ出給《いでたまふ》ニ、蜑《あま》小舟ニ取乗《とりのり》、風ニ任セ波ニ随《したがひ》テ漂《ただよひ》シ程ニ、左中将清経ハ船ノ屋形《やかたの》上ニ昇《のぼり》ツヽ、東西南北見渡《わたし》テ、「アハレハカナキ世中ヨ。イツマデ有《ある》ベキ所トテ、角憂目《かくうき》ヲ見《みる》ラン。都ヲバ源氏ニ落《おと》サレヌ。鎮西ヲバ惟義ニ被二追出一《おひいだされ》

意。次の和歌を伴うこの話題は八幡愚童訓甲本にも見える。↓補注九

清経入海

二四　藤原俊成の詠歌。千載和歌集巻五秋歌下・三三六に「保延のころほひ身をうらむる百首歌よみ侍りけるにむしのうたとてよみ侍りける」、長秋詠藻上・一五三に「虫」また歌仙落書・二二に「しづみ侍りけるころ」として載る。延慶本、長門本では大宰府落の後、山鹿をも追われて柳の浦に着いた時、虫の音を聞いての宗盛の述懐とする。それでも何とかなるだろうと空しく頼み続けてきた私の心も、ほそぼそと鳴き続けてきた虫の音も、すっかり弱ってしまった、いまは秋も終りなのだなあ、の意。

一　平重盛。治承三年薨。六波羅の東南の小松谷に邸があった。重盛薨後、小松家は一門内での立場が弱くかつ不安定になっていた。

二　二三頁注八。以下の話題は世阿弥作の修羅能・清経に脚色されている。清経入水のことは建礼門院右京大夫集にも見える。↓補注一〇

三　出発の準備をする。

四　実際には平家の都落から月日さえ余り経っていない。逢えないことへの久しい思いを三年待つ恋（三角洋一「みとせの懸想―とはずがたり覚書―」『高知大学学術研究報告』第二六巻昭和52）の常套的な発想にのせて表現したもの。

五　延慶本、南都本は初句「みるたびに」。見ると、心を砕くことになるあなたの髪なので、そのつらさ憂さのゆえにお返しします、筑紫におられるあなたの許に。うさの神はつくしの神なのですから、の意。九州の武者の在京中の愛人が帰郷して久しい男のもとに形見の髪にこの

ヌ。イヅクヘ行《ゆか》バ遁《のがる》ベキ身ニアラズ。囲中ノ鹿ノ如《ごと》ク、網ニ懸《かか》レル魚ノ様ニ、心苦《ぐるし》ク物思《おもふ》コソ悲ケレ」トテ、月陰《くもり》ナク晴《はれ》タル夜、閑《しづか》ニ念仏申《まうし》ツヽ、波ノ底ニコソ沈ミケル。[六]是《これ》ゾ平家ノ憂《うき》事ノ初《はじめ》ナル。

九月十三夜ニ成《なり》ヌ。今夜ハ[七]名ヲ得タル月也。秋モ末ニ成行《ゆけ》バ、[八]稲葉ヲ照ス電《いなづま》ノ、有《ある》カ無《なき》カモ定《さだめ》ナク、[九]荻《をぎ》ノ上風身ニシミテ、[一〇]萩《はぎ》ノ下露袖《そで》濡ス。[一一]蜑《あま》ノ篷屋《とまや》ニ立《たつ》煙、雲井ニ昇ル面影、[一二]芦間《あしま》ヲ分《わけ》テ漕《こぐ》舟ノ、波路遥《はるか》ニ幽《かすか》也。[一三]十市《とをち》ノ里ニ擣砧《うつきぬた》、旅寝ノ夢ヲ覚《さま》シケリ。ヨハリ行《ゆく》虫ノ音、吹《ふき》シホル風ノ音、何事ニ付《つけ》テモ、[一四]藻ニスム虫ノ風情シテ、我カラ音ヲゾナカレケル。深行《ふけゆく》秋ノ哀《あはれ》サハ、何国《いづく》モト云《いひ》ナガラ、旅ノ空コソ悲《かなし》ケレ。[18]冷行《さえゆく》月ニアクガレテ、各《おのおの》心ヲ澄《すま》シツヽ、歌ヲヨミ連歌セラレケルニモ、都ノ恋シサアナガチ也。[一五]会紙ヲ勧メケルニ、「[一六]寄レ月恋《つきによするこひ》」ト云《いふ》題ニテ薩摩守忠度、

[一七]月ヲミシコゾノコヨヒノ友ノミヤ都ニ我ヲ思出《おもひいづ》ラン

[一八]修理大夫経盛、

[一九]恋シトヨ去年《こぞ》ノ今宵ノ終夜《よもすがら》月ミル友ノ思出《おもひで》ラレテ

[二〇]平大納言時忠、

[二一]君スメバ爰《ここ》モ雲井ノ月ナレド猶《なほ》恋シキハ都也ケリ

和歌をつけて送り返し、男の妻がそれを見て感動したという説話がある。多々羅氏の話とするのが月庵酔醒記所収のもので、豊前国うだの佐伯氏の話とするのがお伽草子・さいきである。↓補注一一。同様の掛け詞を利用する和歌には、たとえば「日にそへてうさのみまさる世の中に心づくしの身をいかにせむ」（落窪物語）などがある。

九月十三夜歌読

六 「平家〜の始め」とする箇所は、平家悪逆の始とする巻二・基盛打殿下御随身の箇所とこの二箇所。「憂きこと」とは都落後の平家公達の死に限ってのもの言い。
七 後の名月と呼ばれる。
八 連歌の付合いでは初秋のもの（連珠合璧集）　九 初秋の歌語。
一〇 初秋の歌語。　二 秋の歌語。　三 歌語。
一三 七三頁の注二四。
一四 歌語。「あまのかる藻にすむ虫の我からとねをこそなかめ世をば恨まじ」（古今和歌集巻一五・恋歌五・八〇七　典侍藤原直子朝臣）による。「われから」は海藻に付着する虫と自分のせいで、の意を掛ける。「虫の」までが「われから」を導く序詞。
一五 懐紙。和歌や連歌を書きつける料紙。
一六 延慶本、覚一本は題を記さない。
一七 諸本にあり。上の句は、この後の名月を昨年いっしょに賞でた友だけは、の意。
一八 二八頁の注三。
一九 第四句は「月見し友」とあるべし。覚一本は「ちぎりし人」。歌意は略す。
二〇 一五頁注一八。
二一 延慶本同じ。覚一本なし。行在所ゆえここ柳の御所も雲の上で、さえぎるもののない後の

[一]左馬頭行盛、

[二]名ニシヲフ秋ノ半《なかば》モ過《すぎ》ヌベシイツヨリ露ノ霜ニ替《かは》ラン

[三]大臣《おほい》殿、

[四]打解《うちとけ》テネラレザリケリ梶枕《かぢまくら》今夜ノ月ノ行《ゆく》エ清《すむ》マデ

各《おのおの》加様《かやう》ニ思《おもひ》ツヾケ給《たまひ》テモ、互《たがひ》ニ御目ヲ見合《あはせ》テ、直衣《なほし》ノ袖《そで》ヲゾ被レ絞《しぼられ》ケル。

長門ハ[五]新中納言ノ国、目代ハ[六]紀民部太輔光季也ケリ。当国ノ檜物《ひもの》船トテ、マサノ木積《つみ》タル舟百三十余艘《さう》、点定《てんぢやう》シテ奉《たてまつる》。此《これ》ニ乗移《のりうつり》テ四国ノ地ヘ着《つき》給フ。「爰《ここ》ハヨキ城郭也」ト申《まうし》ケレバ、讃岐ノ[七]八島ニ下居《おりゐ》給《たまひ》、城構《かまへ》シテ御座《おはし》ケリ。哀哉《あはれなるかな》、昔ハ九重ノ内ニシテ、[八]金谷《きんこく》ノ春ノ花ヲ翫《もてあそび》給シニ、今ハ八島ノ礒《いそ》ニシテ、寿永ノ秋ノ月ヲ詠給《ながめたまふ》コトヲ。奇《あやし》ノ賤《しづ》ノフシドヲ、皇[19]后ト定《さだむ》ベキナラネバ、[九]蜑苫屋《あまのとまや》ニ日ヲ晩《くら》シ、船ヲゾ御所ト定《さだめ》給フ。[一〇]荻《をぎ》ノ葉《は》向《むけ》ノ夕嵐、[一一]独丸寝《ひとりまろね》ノ床ノ上、[一二]片敷袖《かたしくそで》ハ塩ニヌレ、明《あか》シ暮《くら》サセ給ケリ。浪[一三]枕楫枕《かぢまくら》、想像《おもひやら》レテ哀《あはれ》也。[一四]礒《いそ》辺ノツヽジハ、[一五]紅ノ露ヨリ折《をる》カト疑ハレ、五月ノ蓬《とま》ノシヅクハ、[一六]古里ノ軒ノ玉水カト奇給《あやしみたまふ》。[一七]藻塩ニ浸《ぬら》[20]ス旅衣、深思《ふかくおもひ》ニ沈《しづみ》ケリ。[一八]芦葉《あしの》ニ置《おく》露ノ身ノ、脆《もろき》命モ消《きえ》ヌベシ。洲崎ニ騒グ千鳥ノ声、[一九]暁恨《うらみ》ヲ添《そふる》カナ。[二〇]傍井《そばゐ》ニカヽル梶《かぢ》ノ音、夜半ニ心ヲ摧《くだき》ケリ。カヽル住居《すまゐ》ハ、上下イ[二一]

名月は美しいけれど、やはり恋しいのは捨ててきた都と都の月だなあ、の意。

一　四七頁注一四。

二　延慶本同じ。覚一本なし。第二句と第三句は八月十五夜の詠のようでもある。「あけば又秋のなかばもすぎぬべしかたぶく月のをしきのみかは」（新勅撰和歌集巻四・秋歌上・二六一　定家）。名前どおりの美しい秋もなかば過ぎてしまう。いつから秋の露が冬の訪れを告げる霜にかわるのだろうか。　三　内大臣平宗盛。

同著二屋島一

四　延慶本は第四・五句「今宵ゾ月ノ行ヘミムトテ」。覚一本なし。流離の身を託するこの舟の上でも、名月のこよひは明けはてるまで、ゆっくりと寝ることなどできないなあ、の意。

五　平知盛。長門の知行国主であったとする点については未詳。玉葉には始め落ち着く先を長門国に求めたが駄目で四国に向かったとし、吉記抄出には九州脱出を一〇月二〇日のこととする。↓補注一二。また補注二五の吾妻鏡にも一〇月に鎮西を出たとする。

六　諸本異同あり。そのいずれの名前も未勘。四位五位の実務官人層で平家に親近し、受領となりかつ民部大輔であった紀氏としては久家、久季、久光の父子がいる。

七　いまの高松市の北東に位置する台状の岬。

八　石季倫の故事に原拠。「金谷酔花之地　花毎春匂而主不帰」（和漢朗詠集巻下・懐旧　菅三品）。　九　歌語。　一〇　初秋の歌語。

一一　恋の歌語。　一二　恋の歌語。

一三　ともに羈旅の歌語。

一四　以下の本文は六代勝事記によるか。六〇―六一頁の本文に類似。↓巻三二の補注二四。

ツカハ習《ならふ》ベキナラネバ、男モ女モ只《ただ》涙ニノミ咽《むせび》テ、乾《かはか》ヌ袖《そで》ヲゾ絞リケル。
[二二]菊地大夫胤益、阿波国ヨリ材木トラセ、屋島浦ニ漕《こぎ》渡シテ、如レ形《かたのごとく》内裏ヲ立《たて》テ、奉レ入二主上一。其《その》外、大臣、公卿ノ家々モ少々被レ造《つくられ》ケリ。
[二三]阿波民部成能、一千余騎ニテ馳《はせ》参ル。夜昼君ヲ奉二守護一。其上、使者ヲ四国ニ分散シテ相触《あひふれ》ケルハ、「[二四]一人《いちじん》、西海ニ臨幸アリ。三種《さんじゅ》ノ神器《しんぎ》、上下官人不レ奉レ離二玉体一。今ハ此《ここ》コソ都ナレ。各《おのおの》急ギ参賀シテ、勅命ヲ承《うけたまはる》ベシ。若《もし》忠アラン輩《ともがら》、豈《あに》賞ナカランヤ」ト披露スレバ、四国ノ兵《つはもの》、皆成能ガ下知ニ靡《なび》キケレバ、物憑《たのも》シゲニ[21]振舞翫《ふるまひもてなし》奉ル。大臣《おほい》殿、「神妙《しんべう》也。何事モ成能ガ計《はからひ》」トテ、[二五]阿波守ニ被レ成《なされ》テ、御気色ユヽシク見エケリ。[二六]肥後守貞能ハ、「九国ヲ従ヘン」トテ下《くだり》タリケレ共、被二追出一《おひいだされ》テ面目ナシ。[二七]菊地二郎高直、任二肥前守一、[二八]原田四郎種直、筑前守ニ成《なされ》タリケレ共、[二九]惟義ニ被二追出一《おひいだされ》、国務ニモ不レ及《およばざり》ケル上、心替《がはり》シタリケレバ、平家心弱ク思ハレケルニ、成能、加様《かやう》ニ甲斐々々シク申《まうし》行ヒケルニ依《よつ》テ、暫《しばら》ク安堵セラレケリ。
法皇ハ、三種ノ神器都ヲ出《いで》サセ給テ、[三〇]外都ニ御座《おはしまし》テ月日ノ重《かさな》ル事ヲ、不レ斜《なのめならず》御歎アリ。追討使ヲ下サントスレバ、[三一]異国ノ宝トモ成《なり》、又海底ニモヤ沈《しづみ》給ハンズラン、ト兼《かね》テ歎《なげきおぼしめす》思召。世末ニ成《なる》ト云《いひ》ナガラ、マノアタリ

一五　平家の人々の悲しみの涙、紅涙。六代勝事記は「咲く」。
一六　「ふる里」は「しづく」の縁語の降ると故郷の掛詞。六代勝事記はさらに「ふる里」の縁語として、軒しのぶと忍ぶを掛ける「しのぶ」の語を下に続ける。
一七　「藻塩」「浸す」「深」「沈」を縁語的に連ねる。
一八　「葉」「露」「命」「消」を縁語的に連ねる。
一九　「暁トアラバ　鳥　ね覚　別　衣々」(連珠合璧集)
二〇　すぐそばに聞える櫓櫂の音は波のみかむしろ人の心をくだくものだ、の意。
二一　いつまでも慣れることができないので。
二二　未勘。他本は内裏建設を重能の沙汰とする。
二三　生没年未詳。重能とも。田口氏。紀氏とも(阿波志)。阿波国桜間郷を拠点とした豪族。平清盛の命で兵庫経島を築き、源氏蜂起後は伊予の河野氏と対立、平家を援助。壇ノ浦で背信、源氏方につく。戦後、鎌倉に送られ焼殺されたとする(延慶本第六末・阿波民部并中納言忠快之事)。彼の阿波国に建立した浄土堂が罪根消滅のため後に重源によって東大寺の鐘堂の岡に移築されたという。↓補注一三
二四　安徳天皇。
二五　実否また時期不明。ただしこの時期の平家側の除目のことは巻三二の補注五一の玉葉・寿永二年八月一二日の記事参照。

時光辞二神器御使一

二六　三七頁注一一。玉葉には治承五年八月の時点で平家が九州に落ちる可能性を考えていて、それに関わって貞能の九州下向が行われるとの噂のあったこと、都落の後の九州平定の合戦で活躍したこと、九州敗退の折りに出家したらし

懸《かか》ル不思議ノ有《ある》コソ御心ウケレ。御禊《ごけい》一、大嘗会《だいじやうえ》二モ既ニ近付《ちかづく》。イカヾシテ都ヘ返入《かへしいれ》奉ラント、種々ノ御祈アリ。又公卿僉議《せんぎ》シテ、「三先《まづ》御使ヲ被レ下《くだされ》テ、四時忠卿ニ可レ被二仰含一《おほせふくめらるべし》」ト各《おのおの》計申《はからひまうし》ケリ。「誰カ可レ勤《つとむべき》二御使一」ト評定有《あり》ケルニ、「五修理大夫時光ト云《いふ》人ハ、平大納言ノ北方、先帝ノ御乳人《めのと》帥佐《そちのすけ》六ノ22七妹ニテオハシケレバ、時忠ニハ子舅《こじうと》也。サレバ此《この》人ヲ被レ下《くだされ》テ、平大納言ニ可二歎仰一《なげきおほすべき》也」ト諸卿被レ申《まうされ》ケルニ依《よつ》テ、時光ヲ御前ニ被レ召《めされ》テ、「三《さん》種神器《じゆのしんぎ》、外土《ぐわいと》ノ境ニ御座《おはしまし》テ、徒《いたづら》ニ月日ヲ経給《たまふ》事、御歎不レ浅《なげきあさからず》。我《わが》朝ノ御大事、専《もつぱら》此事ニアリ。汝《なんぢ》ハ時忠ニ相親《あひしたし》ミタレバ、西海ニ罷下《まかりくだつ》テ、都ヘ可レ奉二返入一之由、彼《かの》卿ニ仰含《おほせふくめ》ヨ」ト勅定アリ。時光畏《かしこまつ》テ、院宣ノ御返事申テ云《いはく》、「誠ニ朝家《てうか》ノ御大事、何事カ過レ之《これにすぎ》侍《はべる》ベキ。勅定ノ上ハ子細ヲ申《まうす》ニ及バズ。但《ただし》、今度西海ヘ下向仕《つかまつり》ナバ、再帰上《ふたたびかへりのぼつ》テ君ヲ見進《まゐら》セン事カタシ。其《その》故ハ、時忠、都ヲ落下《おちくだり》シ時、西国ヘ可二相伴一《あひともなふべき》由、懇語《ねんごろにかたらひ》申侍《はべり》シヲ、時光、八御幸ナラセ給ハヾ、子細ニヤ及《およぶ》ベキ、サラズハ不二思寄一《おもひよらず》ト心中ニ存ゼシニ、君ノ御幸モ候ハザリシカバ、留《とどまり》リ候ヌ。其後モ度々九怨口説《うらみくどき》テ、可二罷下一《まかりくだるべき》之由、申上《まうし》セ候シカ共、縦《たとひ》一〇万人ノ肩ヲ越《こえ》テ、一一三公ノ位ニ至《いたる》トテモ、争《いかで》君ヲ離進《はなれまゐらせ》テ、外土《ぐわいと》ノ旅ニサス

いことなどが記される。↓補注一四
二七　七三頁注二〇。肥後守とあるべし。延慶本は肥後守。京都でも治承五年八月の頃に肥後守補任のことが取り沙汰されたことがある。巻三二の補注五六の玉葉・治承五年八月四日の記事参照。　二八　七三頁注二一。
二九　八一頁注九。
三〇　外土とあるべし。延慶本は「外土」。後の本文に「外土」。都を遠く離れた土地。
三一　平家の海彼への逃亡を想定。補注六参照。

一　大嘗会に先立って天皇が賀茂川でみそぎをする儀式。原則として一〇月下旬（延喜式）。
二　天皇が即位後はじめて行う新嘗会。八月以後即位の場合は明年に行う（延喜式）。後鳥羽院の即位は元暦元年七月。故に寿永二年度は新嘗会なのだが、それも中止となる。
三　法住寺合戦直前の玉葉・寿永二年一一月一四日の記事は関係あるか。↓補注一五
四　以前にも彼のもとに使者が派遣されている（巻三二の補注五一参照）
五　生没年未詳。藤原顕時の息、本名盛隆。安徳天皇の東宮時代の権大進。正四位下、修理大夫。補注二五の修理権大夫は時光のことだろう。平家物語の伝承作者との近い縁戚。その系図↓補注一六。この話題は諸記録に未見。
六　生没年未詳。領子。建春門院の女房・民部卿、建礼門院女房・洞院局、言仁親王（安徳）の乳母・帥、典侍となり帥典侍。平時忠の後妻。系譜は補注一六参照。
七　「妖（せうと）」とあるべし。
八　後白河院が平家とともに西国にお出でになるのならば、あれこれ思い煩うこともない。
九　西国の平氏と在京の平家関係者との間には

ラフベキ、不二思寄《おもひよらざる》一事哉《かな》ト存《ぞんじ》テ、返答ニモ及バズ罷過《まかりすぎ》候。抑《そもそも》、時光下向　仕《つかまつり》テ、三種《さんじゆ》ノ神器《しんぎ》、事ユヘナク帰《かへり》上ラセ給フベクハ、縦《たとひ》身ハ徒《いたづら》ニ成《なる》トモ、勅定ニ随《したがひ》テ風雲ニ鞭《むち》ヲ打《うち》、夜ヲ日ニ継《つい》デ可二馳下《はせくだるべく》一コソ候ニ、神器ノ返入《かへりいら》セ給ハン事モ有難《ありがた》ク、時光、安穏ニ上洛《しやうらく》セン事モ又難《かた》シ」ト被レ申《まうされ》タリケレバ、「申処《まうすところ》モ誠ニ不便《ふびん》也」トテ下サレズ。

[一二]兵衛佐頼朝上洛《しやうらく》不レ輙《たやすからず》トテ、鎌倉ニ居ナガラ[一三]征夷大将軍ノ宣旨ヲ被レ下《くださる》。其《その》状ニ云《いはく》、

[一四]左弁官下　[一五]五畿内　東海　東山　北陸　山陰

山陽　南海　西海　巳上諸国[23]

[一六]早頼朝々臣可レ令レ為二征夷大将軍一事

使[一七]　[一八]左史生中原康定

右史生中原景家

右　[一九]左大臣藤原朝臣兼実宣、奉レ勅、[二〇]従四位下行前右兵衛権佐源頼朝々臣可レ令レ為二征夷大将軍一者、宜レ令二承知一依レ宣行レ之

寿永二年八月日　[二一]左大史小槻宿禰奉

[二二]左大弁藤原朝臣　在判

連絡が保たれていた。

一〇　多くの上級者を越階して、の意。

一一　太政大臣、左大臣、右大臣、後世は太政大臣の代りに内大臣（禁中方名目抄など）。

一二　久安三年～正治元年。源義朝の三男。鎌倉幕府の創始者。寿永二年八月の源義仲、行家叙任の時は沙汰なし。上洛を条件と考えられた故か。↓補注一七。同年一〇月に右兵衛権佐に還任。入洛した建久元年一〇月に権大納言兼右大将。建久三年に征夷大将軍。

頼朝征夷将軍宣

一三　諸記録に未見。保暦間記に載るが平家物語に拠るか。吾妻鏡は寿永二年記を欠く。玉葉の記事は征夷大将軍と無関係。頼朝を征夷大将軍にとの議論がなされた最初の時期は義仲追討後の寿永三年三月であったらしい。↓補注一八。本書に言う征夷大将軍は従来の東夷征討の将軍という一時的な権限ではなく、全国支配の公的機関としての武家政権の長としての官職か。

一四　弁官下文（官宣旨とも）。弁官下文など公文書らしきものをなまの形で鏤める叙述の姿勢の最も顕著な伝本は延慶本で、盛衰記はそれに次ぐ。但しこれは偽文書。

一五　以下は官符の充所。全国にあてられている。

一六　官宣旨では「応……」とするのが普通。

一七　官宣旨に使者をこのように書くのは異例。

一八　延慶本も同じ。康定（泰定とも）はこの時期、院の使いとして二度、鎌倉に下向。吾妻鏡によると建久三年七月に征夷大将軍の除書を齎した使者は中原景良と康定。↓補注一八・一九

一九　久安五年～建永二年。この時右大臣。左大臣を経ず、摂政、太政大臣、関白を歴任。建久七年の政変で失脚。慈円の同母兄。玉葉の記主。「右大臣」とあるべし。

トゾ被㆓書下《かきくだされ》㆒ケル。

[一]左史生康定、此《この》院宣ヲ賜《たまはつ》テ、[二]九月四日関東ニ下著、兵衛佐ニ奉㆓院宣㆒、対面シテ勅定之趣《おもむき》ヲ申含《まうしふくめ》、頼朝ノ返事承《うけたまはつ》テ、同《おなじき》二十五日ニ康定上洛《しやうらく》ス。院御所法住寺殿ニ参ズ。御坪ニ被㆓召居《めしすゑられ》㆒テ、鎌倉ノ有様、兵衛佐ノ問答ヲ委《くはし》ク被㆓聞召《きこしめさる》㆒。公卿、殿上人参《まゐり》集リ、簾中、御簾《ぎよれん》ヲツイハリ、庭上鳴《ていしやうなり》ヲ止《しづめ》テ是《これ》ヲ聞《きく》。康定畏《かしこまつ》テ、「兵衛佐被㆑申《まうされ》シハ、『頼朝勅勘ヲ蒙《かうぶる》トイヘ共、既ニ朝敵ヲ退ケ、武勇《ぶよう》ノ名誉依㆑継㆓先祖《せんぞをつぐによつて》㆒、忝《かたじけなく》征夷将軍ノ宣旨ヲ下賜《くだしたまは》ル。[三]都ニ不㆓罷上《まかりのぼらず》㆒、私宅ニ乍《ゐなが》㆑居宣旨ヲ奉㆓請取《うけとりたてまつる》㆒事、天命有㆓其恐《そのおそれあり》㆒。若宮社ニテ可㆑奉㆓請取《うけとりたてまつるべし》㆒』ト被㆑申《まうさるる》之間、康定、八幡若宮へ参向ス。[四]彼《かの》若宮ハ[五]鶴岡ト申《まうす》所ニ、八幡大菩薩ヲ奉㆓移祝《うつしいはひたてまつる》㆒。地形《ちぎやう》如㆓石清水㆒也。四面ノ[六]廻廊アリ。[七]造道《つくりみち》十余町ヲ見下《おろし》テ、内外ニ[八]鳥居ヲ立《たて》タリ。南ハ海上《かいしやう》漫々ト見渡シテ、眺望コトニ勝《すぐれ》タリ。サテ、宣旨ヲバ誰シテカ可㆑奉㆓請取㆒ト評定アリ。[九]三浦介義澄ト被㆑定《さだめらる》。彼《かの》義澄ハ、東八箇国第一ノ弓取ニ、[一〇]三浦平太郎高継ガ末葉ナル上、父[一一]三浦大介義明ガ、君ノ御為ニ兵衛佐謀叛ヲ発《おこ》シ初《はじめ》ケル時、衣笠城ニテ敵ヲ禦《ふせぎ》、命ヲ捨《すて》タルニ依《よつ》テ、父ガ黄泉《くわうせん》ノ闇ヲ照サンガ為ト承《うけたまはり》キ。義澄、宣旨請取《うけとり》奉ラントテ、八

二〇　寿永二年一〇月九日まで無位。その日、本位に復し従五位下で右兵衛権佐。同三年三月二七日に正四位下。「行」とは官位が相当せず、位階が高く官職が低いことを示す。兵衛佐は従五位相当。

康定関東下向

二一　小槻隆職。建久九年没。左大史政重の子。壬生官務家（左大史を世襲）の基礎をきずいたすぐれた官人。後白河院などの信任が厚かった。

二二　吉田経房。五三頁注二六。「在判」はその位置に経房の花押が書かれていたことを記す。

一　生没年、系譜未詳。中原氏。泰定とも。史生、庁官と記される。外記庁の官人であったらしい。高倉院厳島御幸（覚一本巻四）に登場。補注一八、一九に後白河院と頼朝との間の往反で活躍したことが見える。

二　西海の平家中心の時間を寿永二年一〇月下旬の頃まで一括した後に、京都中心の時間に戻っている。

三　紫宸殿において節刀を賜わる儀式を経る必要があり、在鎌倉のままは異例。補注一七参照。実際の建久三年の征夷大将軍任命の時、頼朝は鎌倉に居ながらこれを受けた。

四　鶴岡八幡新若宮。源頼義が石清水八幡を勧請して草創した由比若宮を頼朝が治承四年一〇月に鶴岡に遷座。養和元年八月に社殿改築。

五　現在の鎌倉市雪ノ下。

六　寿永三年正月一日以前に若宮廻廊は造営されていた（吾妻鏡同日）

七　北条政子の安産祈願のため社頭から由比が浜に至る道の曲横を直して参詣道（若宮大通）が作られた（吾妻鏡・寿永元年三月一五日）。

八　治承四年一二月一六日創建（吾妻鏡）。

九 大治二年〜正治二年。坂東平氏。相模国の三浦を本拠とする大豪族。以下の記事は吾妻鏡とほぼ同じ。補注一九参照。

一〇 為継とあるべし。源義家に属し後三年の役で武名をあげる。高継は足利尊氏時代の人。

一一 本書巻二二・衣笠合戦参照。

一二 能員とあるべし。延慶本は「能員」。藤四郎は能員の通称。建仁三年没。頼朝の乳母比企尼の甥で猶子。源頼家の後見として北条氏と対立、後に謀殺される。吾妻鏡・建久二年正月二日、三浦義澄沙汰による御椀飯の儀に能員は義澄ら三浦の一門として参加している。婚姻関係は確かめ得ないが、家子であったことは確かである。

一三 宗実とも。生没年未詳。和田義盛の弟、義澄の甥。

一四 籐製で蓋あり宣旨等を収める。貞丈雑記に「纍箱」。

一五 地名に介をつけた呼称は国衙で在庁官人の職を得ている者に見られる（峰岸純夫「治承・寿永内乱期の東国における在庁官人の「介」」〈『中世東国史の研究』〉）。その地位は相模介に相当との認識があった（石井進『鎌倉武士の実像』の七三頁）。旅宿問答には三浦介は相模守、千葉介は下総守などとある。しかし朝廷の除目によるものではないので憚って三浦介を名乗らなかったのだろう。

一六 親能。承元二年没。明法博士中原広季の養子で関東に下り、頼朝の近習者。源雅頼の門人。豊前豊後の大友氏の祖能直の養父。

一七 建久四年没。伊豆国狩野の豪族。建久三年七月に征夷大将軍の除書を齎した院使への引出物の馬を引く役を勤めている。補注一九参照。富士の狩り場で曾我兄弟に討たれる。

幡宮へ参向ス。郎等十人、家子《いへの》二人ヲ相具《あひ》ス。郎等十人ヲバ大名一人ヅヽ承《うけたまはつ》テ出立《いだしたて》タリ。家子二人ガ内一人ハ[一二]比企藤四郎能定、一人ハ[一三]和田三郎宗真、家子郎等都合十二人、彼モ此《これ》モ共ニ直甲《ひたかぶと》ニテ、今日ヲ晴ト、上下心モ及バズ出立《いでたち》タリ。義澄ハ赤威鎧《あかをどしのよろひ》ニ甲《かぶと》ヲバ着ズ。右膝ヲ突《つき》、左膝ヲ立《たて》テ、[一四]累葛箱《らんばこ》ニ奉レ入処《いれたてまつるところ》ノ宣旨袋ヲ、請取《うけとり》奉ラント左右《さう》ノ手サヽグル時、康定兼《かね》テ三浦介トハ承《うけたまはつ》テ侍《はべれ》ドモ、『抑《そもそも》、御使ハ誰人ニテ御座《おは》スルゾ』ト尋《たづね》候シカバ、『[一五]三浦介』トハ不二名乗一《なのらず》シテ、『三浦荒次郎義澄』ト名乗儘《なのるまま》ニ、宣旨奉二請取一。良久《ややひさしう》アテ、覧箱《らんばこ》ノ蓋《ふた》ニ沙金《しやきん》十両入《いれ》テ返ス。拝殿ニ紫縁《むらさきべり》ノ畳[24]ニ怗敷《しき》テ康定ヲ居《すゑ》、高杯《たかつき》ニ肴《さかな》二種シテ酒ヲ勧ム。[一六]斉院次官親義、陪膳《はいぜん》仕《つかまつ》テ肴ニ馬ヲ引《ひく》。大宮ノ侍ノ一臈《いちらふ》[一七]工藤左衛門尉祐経、一人シテ是ヲ引《ひく》。其《その》日ハ兵衛佐ノ館ヘハ向《むか》ハズ。五間ノ萱屋《かやの》ヲ理《しつらひ》[25]テ、[一八]垸飯《わうばん》ユタカニ、[一九]厚絹二両、小袖十重《かさね》、長櫃《ながびつ》ニ入《いれ》テ傍《かたはら》ニ置《おく》。其外宿所ヘ十三疋《びき》ノ馬ヲ送ル。其中ニ二疋《ひき》ハ鞍《くら》ヲ置《おき》、十一疋《ひき》ハ裸馬也。彼《かの》馬共ハ八箇国ノ大名ニ選宛《えらびあて》ラレタリト、内々承《うけたまはり》シニ合《あはせ》テ、実ニ有難逸物《ありがたきいちもつ》共也キ。又上品《じやうぼん》ノ絹百疋《びき》、白布百端、紺藍摺《こんあゐずり》各《おのおの》百端積メリ。明《あく》ル日、兵衛佐ヨリ康定ヲ請ズ。請《こぶ》ニ随《したがつ》テ行向《ゆきむかふ》。兵衛佐ノ館ヲ見候シカバ、[二〇]外侍《とさぶらひ》内侍共ニ十六間、外侍ニハ諸国ノ大名膝ヲ組《くみ》テ並《なみ》居タリ。内侍ニハ[一]一姓ノ源氏共並居テ、末座《ばつざ》ニ古老《こらうの》郎等共ヲ居《すゑ》タリ。少引却《すこしひきのけ》テ[二]紫縁《むらさきべり》ノ畳ヲ敷《しき》、康定ヲ居《すう》[26]。良久《ややひさしう》シテ兵衛佐ノ命ニ随《したがつ》テ罷向《まかりむかふ》。簾《すだれ》ヲ揚《あげ》テ寝殿ニ[三]高麗縁《かうらいべり》ノタヽミ一帖《でふ》シキテ、兵衛佐被レ座《ざせられ》タリ。[27][四]軒《ひさし》ニ紫縁ノ畳一帖敷テ、康定ヲ居《すう》[28]。兵衛佐ハ[五]布衣《ほい》ニ[六]葛袴《くづばかま》ヲ著セリ。指出《さしいで》タルヲ見候シカバ、[29]少《ちひさ》ク御座《おは》セシ時ニハ似給ハズ、顔大《おほき》ニシテ長《たけ》ヒキク、容皃《ようぼう》花美ニシテ景体《けいたい》優美也。言語分明《げんぎよふんみやう》ニシテ、子細ヲ一時宣《のべ》タリ。『平家ハ頼朝ガ威ニ恐《おそれ》テ、京都ニ不二安堵一。西海へ落下《おちくだり》ヌル其《その》跡ニハ、何《いか》ナル尼公《あまぎみ》也共、ナドカ打入《うちいら》ザルベキ。其《それ》ニ義仲、行家等ガ[30]巳ガ高名顔ニ預二[七]恩賞一、剰《あまつさへ》両人共ニ国ヲ[31]簡申《きらひまうし》ケル条、返々《かへすがへす》奇怪也。但《ただし》、義仲僻事仕《ひがことつかまつ》ラバ、[32]仰《おほせて》二行家一被レ討《うたる》ベシ。行家ヒガ事仕ラバ、[33]仰《おほせて》二義仲一可レ被レ討《うたるべし》。当時モ頼朝ガ書状表書《うはがき》ニハ、[八]木曾冠者、十郎蔵人ト書《かき》タルニモ、返事ハシテコソ侍レ』[九]。折節、[一〇]聞書到来、[一一]能々《よくよく》不二心得《こころえず》一気《げ》ニ申テ、又、[一二]『[一三]秀衡陸奥守ニナサレ、[一四]資職ヲ越後守ニナサレ、[一五]忠義ヲ常陸守ニナサルヽ間、頼朝ガ命ニ不レ随《したがはず》。本意ナキ事ニ侍リ。早《はやく》彼輩《かの》ヲ可レ誅《うつべき》由、院宣ヲ[一六]被レ下《くだされん》』トコソ被レ申《まうされ》侍《はべり》シカバ、其後色代《しきだい》仕《つかまつつ》テ、『康定コトサラニ[一七]名簿《みやうぶ》ヲシテ可レ進《まゐらすべけ》レドモ、今度ハ宣旨ノ御使トシテ、私

一八　食事を設けての饗応。
一九　建久三年七月の時の引出物は補注一九参照。
二〇　武士の邸宅の主殿の東西の廊に設けられた武士の詰所が内侍。主殿から離れた位置に設けられた武士の詰所が外侍、遠侍とも。

一　清和源氏。格別の存在であった。巻三五以降の軍勢の交名参照。
二　朝廷では原則的に四、五位の人に用いる。
三　綾で白地黒紋織の縁。大紋は親王・大臣、小文は大臣以下公卿が用いる（禁中方名目抄）。院使と自らの格式をそのように整えたとするのである。　四　庇の間のことか。
五　狩衣に同じ。布衣をカリギヌとも訓ずる。烏帽子、指貫とともに着る。
六　未詳。延慶本は葛袴。丈が踵より少し余る長さで広さは丈のほぼ半分の袴。
七　七二頁注一〇と七六頁の注一。
八　義仲と行家の通称として知られていた。吉記・寿永二年七月二八日条に「木曾冠者義仲年三〇、余……十郎蔵人年四〇余……」。六位で無官の者を冠者と呼ぶ。家来、弱輩者の意をも含意。
九　延慶本は「侍れ」に相当する語の下に「ナド被申候シ程ニ」として、「折節聞書……」とする。
一〇　除目の聞書。建久三年七月に頼朝の任征夷大将軍の決定がなされた折り、除目の聞書が鎌倉に到来した（補注一九）のと同様、この時にも除目の聞書が送付されてきたとするのである。ただし以下の内容は不審。↓補注二〇
一一　延慶本は「兵衛佐是ヲ見テ、ヨニ心ヘズゲニ思テ」とある。
一二　頼朝の征夷大将軍補任に加えて以下の三人

ナラズ候ヘバ、追《おつ》テ申《まうす》ベシ。舎弟ニテ侍《はべる》[一八]史大夫重良モ同心ニ申《まうし》シカバ、定《さだめ》テ左様《さやう》ニゾ侍ランズラン』ト色代《しきたい》仕《つかまつり》シカバ、『当時、頼朝ガ身トシテ、争《いかで》カ名簿《みやうぶ》ヲバ給《たまは》ルベキ。サナシトテモ、努々《ゆめゆめ》疎《おろそか》ノ儀アルベカラズ』トユヽシゲニコソ被二返答一《へんたふせられ》候シカ。ヤガテ可二罷上一《まかりのぼるべき》由、相存《あひぞんじ》候シニ、『今日バカリハ可レ有二逗留一』ト被レ留《とどめられ》候シ間、其《その》日ハ宿所ヘ罷帰《まかりかへる》。ヤガテ追様《おつさま》ハ、荷懸駄《にかけだ》三十疋送《ひきおくり》賜《たまはり》テ候キ。翌日又、兵衛佐ノ館《たち》ヘ向《むかひ》テ酒ヲ勧《すすめ》テ、金鐔太刀《つばのたち》ニ、目九指《[一九]ここのつさし》タル征矢《そや》一腰《ひとこし》取副《とりそへ》テ引《ひく》。其上、京上《のぼり》ノ雑事《ざふじ》[二〇]トテ、鎌倉ヨリ宿々ニ五石々々糠《ぬか》、藁《わら》ニ至《いたる》マデ、鏡[二一]ノ宿マデ送積《おくりつみ》テ侍《はべり》ツル間、サノミハイカヾセント存《ぞんじ》テ、人ニタビ宿ニトラセ、施行《せぎやう》[二二]ニ引《ひき》ナンドシテ、上洛仕《しやうらくつかまつ》テ候」ト奏申《そうしまうす》。聞《きく》人ゴトニ、兵衛佐ノ作法、如レ見《みるがごとく》ニゾ被レ思《おもはれ》ケル。法皇委《くはし》ク被二聞召一《きこしめされ》、「今度儲《まうけ》タル物、ヨシ〳〵康定ガ徳ニセヨ」トゾ仰《おほせ》ケル。

院宣請文[二三]ニハ「去八月七日院宣、今月二日[二四]到来。被二仰下一之旨、跪以所レ請如レ件。抑、就二院宣之旨趣一、倩思二姦臣[二五]之滅亡一、是偏明神之冥罰也。更ニ非二頼朝之功力一。勧賞[二六]之間ノ事、只叡念之趣可レ足」トゾ載タリケル。礼紙ニハ、「神社[二七]仏寺、近年以来、仏餉[二八]燈油如レ闕。寺社領等如レ本可レ被

の補任の記載があったとするのか、不審。
一三　文治三年没。奥州の大豪族で頼朝には危険な存在であった。平家滅亡後、義経をかくまう。陸奥守補任の時期は補注二〇参照。
一四　助茂、助職とも。建仁元年没。城四郎。城太郎助永の弟。越後の豪族。北陸での平家方の中心勢力。のち頼朝に降り梶原景時の預りとなり文治五年の頼朝の奥州攻めに参軍。のち謀叛、誅戮さる。越後守補任の時期は補注二〇参照。
一五　延慶本も同じ。長門本は「隆義が常陸介」、覚一本は「佐竹四郎高義が常陸介」とするが、そちらの方がよい。↓補注二一。忠義は佐竹昌義の子で治承四年一一月の源頼朝の佐竹攻めの時、大矢橋の合戦で討死したらしい。佐竹系図では「治承四年一〇月一日於常州見誅」「治承年中矢橋合戦討死」とする。
一六　「可被下」とあるべし。
一七　従属の意を表わすため自分の名乗を書いて奉るのである。二字を奉るともいう。
一八　未詳。史大夫は従五位下で大史（太政官で文書を取り扱う実務官僚）を務めるもの。
一九　①「目九さしたる鏑矢」と②「九さしたる征矢一腰」が混合している。①は九箇所に穴をあけた鏑矢。通常、目は三ないし八。②は九本の征矢をさした箙ひとつ。通常、一腰に九本、一八本または二四本。延慶本には「目」なし。
二〇　雑多な費用。「ヌギヲロシノ唐絹ノ侍ケルヲ妹共ノ手ヨリエテ、此ヲ雑事トシテ又参ケレバ」（長谷寺蔵長谷寺霊験記下巻・第二八話）
二一　いまの滋賀県蒲生郡竜王町鏡。
二二　僧侶や乞食に布施として与えること。
二三　文書の受け取り状。
二四　四日とあるべし。さきに九月四日とある。延慶本は「四日」。
二五　平家のこと。

レ返二付本所一歟。王侯卿相以下領、平氏輩多ク押領《あふりやう》ト云云。早ク被レ下二[一]聖日之恩詔一可レ被レ払二愁霧之鬱念一歟。平家之党類[二]等、縦雖レ有二科怠一、若悔レ過帰レ徳、忽不レ可レ被レ行二斬刑一」トゾ申《まうし》ケル。[三]

[四]同《おなじき》十五日、[五]備前守行家申ケルハ、「[六]教盛卿幷《ならびに》[七]成良等以二軍船五百艘一浮二海上《かいしやうに》一国々ノ船ヲ討取《うつとり》、其《その》[八]威勢甚《はなはだ》強《つよく》シテ、[九]舎弟ノ男、為二賊徒一軍《いくさを》敗ラレテ、備前国ヲ被二打取一畢《うつとられをはんぬ》。急罷向《いそぎまかりむかつ》テ可二討伐一《たうばつすべし》」ト申ケレ共、義仲不レ免《ゆるさざり》ケレバ、[一〇]院ヨリ可レ被二下遣一《くだしつかはさるべき》ノ由、義仲ニ仰《おほせ》ケレバ、勅答ニハ、「行家ハ雖レ為二勇士一《ようじたりといへども》無二冥加一《なくして》、[34]毎度被レ敗レ軍。今度ノ追討使尤《もつとも》可レ有レ儀カ」ト申ケレバ、義仲可二罷向一《まかりむかふべき》ノ由、被二仰下一《おほせくだされ》ケリ。木曾冠者義仲ハ、皃形《かほかたち》ハ清気《きよげ》ニテ美男也ケレ共、[一一]堅固ノ田舎人ニテ、浅猿《あさまし》ク頑《かたくな》何ニ、ヲカシカリケリ。信濃国木曾ト云《いふ》山里ニ、二歳ヨリシテ二十余年ガ間、隠《かくれ》居タリケレバ、人ニ馴《なる》ル事ハナシ。始《はじめ》テ都ノ人ニナレソメンニ、ナジカハ誠ニヨカルベキ。カタクナヽルコソ理《ことわり》ナレ。

[一二]猫間中納言光隆卿、[一三]宣フベキ事アテ、木曾ガ許ヘオハシテ、[一四]先雑色《まづざふしき》シテ角《かく》ト云入《いひいれ》ラレタリ。木曾ガ郎等ニ[一五]根井ト云者聞継《ききつぎ》テ、主ニ語《かたり》ケレバ、木曾不二意得一《こころえず》シテ、ナマリ音《ごゑ》ニテ、「何、猫ノ[一六]キタ」。猫トハ何ゾ。鼠トル猫

二六　征夷将軍補任のことと源義仲、行家の叙任のことを指すのだろう。
二七　補注一八の玉葉・寿永二年一〇月四日に記す源頼朝からの折紙に載せる三ケ条に同じ。
二八　仏に供える米飯。

光隆卿向二木曾許一

一　「日」「払」「霧」は縁語的な文飾。
二　味方となった者たち。
三　延慶本はこの次に盛衰記第一九・義朝首出獄事に相当する出来事を記す。
四　注一〇との関係では寿永二年九月一五日、九六頁三行の九月二五日より後とすれば十月一五日。　五　七三頁注一一。
六　三五頁注九。教盛は五六歳。瀬戸内海の制圧に教盛とその子の通盛、教経が活躍したことは二一七―二一九頁にも見える。
七　九三頁注二三。
八　玉葉によれば八月一五日に備前小島に、九月五日に九州に内裏を立て、四国、淡路、安芸、周防、長門など瀬戸内海で平家が勢力を扶植しつつあったらしい。
九　未詳。二一七頁注三〇、三一の淡路冠者、掃部冠者は清和源氏系図では行家の弟、義久、義次の通称となっている。関わりあるか。
一〇　寿永二年九月一九日のこと。↓補注二二
一一　父義賢が悪源太義平に討たれた時、二歳の義仲が斎藤別当実盛のはからいで信州木曾の仲三兼遠のもとに送られ、そこで二〇余年を送ったことが、巻二六・木曾謀叛に見える。蛇足ながら、義平と義賢の合戦は多武峯の源瑜が草子に作り舞々大夫がそれを舞ったと旅宿問答に記す。
一二　大治二年～建仁元年。前権中納言。邸が猫

間と呼ばれる壬生にあった。藤原清隆の子。深賢の伯父。絵所預隆能の弟。歌人家隆の父。この時期、越後の知行国主。子の雅隆は城助職解官後に越後守に還補。法住寺合戦後の義仲の要請による解官の折り、北陸道の国司の多くが解任されたが、彼等父子は解官を免れている。

一三 北陸道を押領している源義仲（玉葉・寿永二年九月三日に「四方皆塞。（中略）北陸山陰両道義仲押領」とある）に対して越後の知行国主たる光隆が何らかの折衝をするための訪問か（浅香年木『治承・寿永の内乱論序説』の三二五頁。）。

一四 雑役をつとめる従者。上つかたの内実をかいま見て噂を立てる張本となる可能性の高い階層。源頼朝などは初期に雑色を使者に立てることが多かった。

一五 信濃出身の武者だろう。覚一本では源義仲の旗上げ当初から従った根井小弥太の名をあげている。とすれば木曾四天王のひとりの行親。元暦元年没。信州の滋野氏。

一六 「あづまうどの声こそきたにきこゆなれ永成法師」「みちのくによりこしにやあるらむ 慶範法師」（俊頼髄脳・三七三）

一七 貴人の敬称。源義仲を指す。

一八 東西の通りの七条大路と南北の通りの壬生大路およびその西の坊城小路の交差する所。

一九 人に呼びかける言葉。

二〇 何にてもあれの訛言。

二一 「食 ハム。クフ。ケ」（名義抄）

二二 本来は、新鮮な魚介類を指す。

二三 干したものでない、という意味で用いた。

二四 食用の美味なキノコだが、類似のキノコで毒性のあるワタリのようなものもあり、平茸で中毒したといった話もあって、不安を感じるキ歟《か》。旅ナレバ、トラスベキ鼠モナシ。猫ハ何ノ料ニ、義仲ガ許ヘハ来《きた》ルベキ。但シ人ヲ猫ト云《いふ》事モヤ有《ある》」ト云《いひ》ケレバ、根井モゲニ不二意得《こころえず》一ト思《おもひ》テ、立帰《たちかへつ》テ雑色《ざふしき》ニ問《とふ》様ハ、『抑《そもそも》猫殿トハ鼠取《とる》猫カ。人ヲ猫殿ト申《まうす》カ』ト、一七御料ニ、『不二意得一』ト嗔《いかり》給《たまふ》也」トイヘバ、雑色《ざふしき》、アナ頑《かたくな》ヤ、ヲシヘン、ト思《おもひ》テ、「一八七条坊城壬生辺ヲバ北猫間、南猫間ト申。是《これ》ハ北猫間ニ御座《おはしま》ス程ニ、在所ニ付テ猫間殿ト申也。タトヘバ、信濃国木曾ト云所ニオハスレバ、木曾殿ト申《まうす》様ニ、是モ猫間ニ御座《おはすれ》バ、猫間殿ト申也」ト細々《さいさい》ニ教《をしへ》ケレバ、根井意得《こころえ》テ此《この》様ヲ申。木曾モ其《その》時意得《こころえ》テ、奉レ入見参《いれたてまつりげんざん》シケリ。暫《しばら》ク物語シ給テ、木曾、根井ヲ招《まねき》テ、「一九ヤ給ヘ。二〇ナンデマレ饗《あへ》シ申セ」ト云。中納言、浅猿《あさまし》ト思テ、「只今《ただ》、不レ可レ有《あるべからずと》」宣《のたまひ》ケレ共、「イカヾ二一食時《けどき》ニオハシタルニ、物メサデハ有ベキ。食《くふ》ベキ折ニ不レ食《くはざれ》バ、糧《かて》ナキ者ト成《なる》也。トク急ゲ〳〵」ト云。何モ生キ物ヲバ二二無塩《ぶえん》ト云《いふ》ゾト心ヱテ、「二三無塩ノ二四平茸《ひらたけ》モ二五アリツナ。帰《かへり》給ハヌサキニ、早メヨ〳〵」ト云ケレバ、中納言ハ、懸《かかる》由ナキ所ヘ来《きたつ》テ、恥ガマシヤ、今更帰ランモサスガ也、ト思テ、宣ベキ事モ、ハカ〴〵シク不レ被レ仰《おほせられず》。興醒《さめ》テ、堅唾《かたつ》ヲ呑《のみ》テ御座《おはし》ケルニ、二八イツシカ、田舎二六合子《がふし》ノ大《おほき》ニ、二七尻《しり》高ク底深《ふかき》ニ、生塗《ぬり》ナルガ所々剥《はげ》タルニ、毛立《けだち》シタル飯ノ、黒ク籾交《もみまじり》ナリケルヲ堆盛上《うづたかくもりあげ》テ、御菜三種ニ平茸《ひらたけ》ノ汁一ツ、折敷《をしき》ニ居《すゑ》テ、根井、持来《もてきたつ》テ中納言ノ前ニサシ居《すゑ》タリ。大方トカク云計《いふはかり》ナシ。木曾ガ前ニモ同《おなじ》ク備《そなへ》タリ。木曾ハ箸トリ食《くひ》ケレ共、中納言ハ青興《あをく》醒《さめ》テメサズ。木曾是《これ》ヲ見テ、「イカニ猫殿ハ[一]不レ饗《あへせぬ》ゾ。合子《がふし》ヲ簡給《きらひたまふ》歟《か》[36]。アレハ義仲ガ随分ノ[二]精進合子。[三]アダニモ人ニタバズ。無塩《ぶえん》ノ平茸ハ京都ニハ、[四]キト無《なき》物也。猫殿、[五]只掻《ただかい》給ヘ〳〵」ト勧《すすめ》タリ。イトヾ穢《きたな》ク思《おもひ》給ケレ共、物モ覚エヌ田舎人、不レ食《くはず》シテアシキ事モゾ在《ある》、ト被レ思《おもはれ》ケレバ、メス体《てい》ニ翫《もてなし》テ、[六]中底ニ突散《つきちら》シ給ヘリ。木曾ハ[七]散飯《さんば》ノ外ニハ何モ残サズ食《くひ》畢《をはんぬ》。「戯呼《ああ》、猫殿ハ小食《せうじき》ニテオハシケリ。去《さる》ニテモ、適《たまたま》オハシタルニ、今少シ掻給ヘカシ〳〵」ト申《まうす》。其《その》後、根井、猫間殿ノ[八]下《おろし》ヲ取《とつ》テ、中納言ノ雑色《ざふしき》ニ給《たまふ》。雑色[37][九]因幡志《いなばのさくわん》、腹ヲ立《たて》テ、「我《わが》君、昔ヨリ懸《かか》ル浅猿《あさまし》キ物進《まゐら》ズ」トテ、廐《むまや》ノ角《すみ》ヘ合子ナガラ抛捨《なげすて》タリ。木曾ガ舎人《とねり》、是《これ》ヲ見テ、「穴浅増《あなあさまし》ヤ。京ノ者ハ、ナドヤ上臈《じやうらふ》モ下臈《げらふ》モ物ハ覚エヌ。アレハ殿ノ大事ノ合子精進ヲヤ」トテ取《とつ》テケリ。

是ノミナラズ、ヲカシキ事共多カリケル中ニ、木曾、「我、官ヲ成《なし》タリ。サノミ非レ可レ有二引籠一《ひきこもりあるべきにあらず》。出仕セン」トテ、[一〇]直垂《ひたたれ》ヲ脱置《ぬぎおき》テ、[一一]狩衣《かりぎぬ》ニ[一二]立烏帽子《たてえぼし》

ノコであったらしい。「平茸はよき武者にこそにたりけれ恐ろしながらさすが見まほし」（藤原伊通の詠歌　古今著聞集巻一八・観知僧都九条相国に贈るとて詠歌のこと）

三五　ありつるなの訛言。

三六　蓋つきの椀。ひきれ、とも言う。七十一番職人歌合の十七番左に、ひきれ売りが糸尻の高い因幡合子を売る図あり。また貞丈雑記巻七・膳部之部参照。　三七　糸尻のこと。

二八　脱穀がきっちりされていないのだろう。

一　召し上がる、の意で用いている。

二　仏事に使う蓋つきの椀。

三　むやみに。　四　きっと、の意。

五　掻きこんで食べる。品のよい食べかたではない。　六　椀の中のほうに。

七　鬼子母神ほかの鬼神、餓鬼に供するために一部、取り残した食膳の飯。

八　従者に与えるために貴人、主人が食べ残した食物。　九　延慶本にも見える。一〇一頁注二六の因幡合子と響きあうか。

一〇　烏帽子に直垂は官位の無いものの常服（貞丈雑記）。武士の日常着。

一一　「大納言迄着用するなり」「凡狩衣ハ五位已上織物ヲ用ユ」（装束集成巻七）

木曾院参頏

一二　「立烏帽子ハ堂上同ク着シ、地下ハ不着用候」（装束集成巻六）

キテ、初《はじめ》テ車ニノリ院御所ヘ参ル。不二乗習《のりならはざる》一車、不二着知《きしらざる》一装束ナレバ、立烏帽子《たてえぼし》ノサキヨリ、指貫《さしぬき》ノスソマデ[一三]頑《かたくななる》事云計《いふはかり》ナシ。牛飼ハ、平家[一四]内大臣ノ童《わらは》[一五]ヲ取《とつ》テ仕《つかひ》ケレバ、高名ノ遣《やり》手也。主ノ敵ゾカシ、ト目サマシク心ウク思《おもひ》ケル。木曾、車ニユガミ乗《のり》タル有様、ヲカシナドハ云計《はかり》ナシ。左右ノ物見[一六]ヲ開《ひらき》、前後ノ簾《すだれ》ヲ揚《あげ》タリ。牛小童《こわらは》ガ、「角《かく》ハセヌ事ニテ候」ト云《いひ》ケレバ、「ヤヲレ、牛童《わらは》ヨ。タマ〳〵車ニ乗《のり》タル時、人ヲモ見タリ、人ニモ見ユル[一七]ゾカシ。イカヾ無念ニ、車ノ内ナレバトテ、引籠《ひきこもり》テ有《ある》ベキ。且《かつう》ハ是《これ》程窄《せばき》所ニ詰居《つめゐる》事モ忌々《いまいま》シ」ナド云テ、オカシカリケリ。馬ニ打乗《うちのり》、冑《よろひ》著タルニハ少《すこし》モ似ズ、ユヽシク危《あやふ》ゲニゾ見ヱケル。牛童、車ヲ門外ニ遣出《やりいだし》テ、後《しりへ》デ一楉《ずはえ》[一八]アテタレバ、飼立《かひたて》タル強牛ノ逸物《いちもつ》也、何ノ滞《とどこほり》カ有ベキナレバ、如レ飛走《とぶがごとく》ル。木曾、車ノ内ニ却様《のけざま》ニマロブ。牛ヲ留《とど》メン為ニ、「ヤヲレ[一九]、童々」ト叫《さけび》ケレバ、「留《とめ》ヨ」ト云《いふ》トハ心得タリケレ共、イトヾ鞭《むち》ヲ当ツ。牛ハマリアガテ[二〇]躍ル。起《おき》アガラン〳〵トスレ共、ナジカハ起《おき》ラルベキ。不二著習《きならはぬ》一装束也。起《おく》ル暇ハナシ。蝶ノ羽ヲヒロゲタルガ如《ごとく》ニ、左右ノ袖ヲヒロゲ、足ヲ捧《ささげ》テ、「ヤヲレ〳〵」トヲメキケレ共、不二虚聞《そらきかず》一シテ、六、七町コソアガヽ[二一]セタレ。郎等共ガ馳付《はせつい》テ、「イカニ、『暫《しば》シ留《とどめ》

一三　腰の結びかた、上結（くくり）、下結の結びかたなど、上手く出来ていなかったのだろう。

一四　平宗盛が使っていた牛飼童、弥次郎丸。壇ノ浦合戦後、大路渡しをされた宗盛の車を遣ったのは、その弟の小三郎丸（本書巻四四・戒賢論師悪病）。両名の名前は延慶本も同じ。

一五　童子（卑賤な召使い）の身分のもので、少年とは異なる。烏帽子を着ず、垂髪で狩衣を着、鞭を持つ。王、若、丸などをつけた童名を名とする。

一六　牛車の屋形の左右にある小窓。引き戸がついている。

一七　下二段活用の動詞「見ゆ」。見られる、の意。

一八　ひとムチ。

一九　ヤとオレの複合語。オレは二人称の卑称。おいこら、の意。

二〇　鞠のように高く跳ねあがって。

二一　「踠、馬奔走貌、阿加久（あかく）」（新撰字鏡）とも。

『ヤ[一]ヨ』ト仰《おほせ》ノ有《ある》ニ、角《かく》ハ仕《つかまつ》ルゾ」ト云《いひ》ケレバ、牛童《わらは》陳《ちんじ》申《まうし》ケルハ、『ヤレ[二]小《こ》デイ〳〵』ト候ヘバ、初《はじめ》テ御車ニ召《めし》テ、面白《おもしろし》ト思《おぼし》召テ、『車ヲ遣々《やれやれ》』ト仰《おほせ》アルト心エテ仕《つかまつ》テ侍リ。其《その》上此《この》牛ハ[三]鼻ツヨク候」ト申テ、車ヲ留《とどめ》テ後、木曾、起《おき》居タリケレ共、六、七町ハアガヽセヌ、キナラハヌ狩衣《かりぎぬ》ノ[四]頸《くび》ニテ、喉《のど》ヲバツヨク詰《つめ》タリ。遍身ニ汗タリ、赤面シテ[五]ヌケ〳〵トアリ。牛飼、今ハ中直《なほり》セント思《おもひ》テ、「ソレニ候《さうらふ》御[六]手形ニ取付《とりつか》セ給ヘ」ト教《をしへ》ケレバ、イヅクヲ手形トモ不レ知《しらぬ》ゲニ見ヱケル時ニ、「其ニ候《さうらふ》方立《はうだて》ノ穴ニ取付セ給ヘ」ト云《いふ》時、初テ取付テ、「アハレ支度ヤ。是《これ》ハ和牛《わうし》小《こ》デイガ支度カ。又主ノ殿ノ構《かまへ》カ」トゾ問《とひ》タリケル。院御所ニテ車[七]懸《かけ》ハヅシテ、ヲリントシケルガ、後《うしろ》ヨリ下《おり》ケルヲ、雑色《ざふしき》、「車ニハ、後ヨリ乗《のり》テ、前ヨリオルヽ事ニテ候」ト申セバ、「[八]イカヾ車ナランカラニ、忌々敷《いまいましく》スドヲリヲバスベキ。京ノ人ハ[九]物ニオボエズト覚《おぼゆ》ル」トテ、終《つひ》ニ後ヨリ下テケリ。[一〇]院御所ヘ指入《さしいり》ケレバ、折節、[一一]候相《こうしあひ》タリケル公卿、殿上人、女房、女童部《めのわらはべ》ニ至《いたる》迄、「スハヤ、木曾ガ参《まゐる》ナルハ。死生不レ知《しらず》ノ、ヲソロシ者ニテ有《ある》ナルゾ」トテ、[一二]局《つぼね》々ニ逃入《にげいり》、忍隠《しのびかくれ》テ、戸ヲ細目ニ開《あけ》、御簾《みす》ノ間ヨリノゾキケリ。木曾、庭上《ていしやう》ヲネリ廻《まはり》、カナタコナタヲ立渡《たちわたつ》テ、「穴《あな》面白ノ大戸[一三]

一　呼びかけの「やれ」を「遣れ（どんどん行かせよ）」と命令されたと思ったと、うそぶくのである。
二　奈良時代、諸国に配置された衛士を指す健児（こんでい）から転じた言葉。侍と小者（こもの）の間の位置にあった奉公人、中間。筆の御霊後編巻一〇参照。都では死語か。
三　制禦しにくいことを言うのだろう。
四　首の周囲をめぐらす領（えり）である頸紙が、あおのけになった喉にあたるのである。
五　力が抜けたようになって。
六　牛車の屋形の前方にある榜立（ほうだて）という板の中央にある山形の刳り目。
七　牛を屋形からはずして、牛を屋形に取りつける棒である軾（ながえ）を榻（しじ）と呼ばれる台の上に載せるのである。
八　いくら牛車だからといっても通りぬけは失礼だ。　九　配慮が足らず失礼だ、の意。
一〇　法住寺殿。
一一　院の御所で出逢うことになった、の意。
一二　小部屋や衝立障子などで仕切った居所。
一三　表口の大戸、裏口の小さな戸、建物内部の仕切りの戸。単純な田舎屋の作りに合わせてこのように言ったのである。
一四　下のほうにも内側にも、の意か。
一五　からかみ。中国製の紙に模して作った紙。装飾用に座敷の壁、襖、障子などの一面に貼るのにも用いられた（貞丈雑記巻一四）。
一六　貼る、の意。
一七　出来事の展開の上では九二頁八行に続き、編年的には一〇〇頁注一〇に続く。
一八　補注二二にあるように義仲は九月二〇日に京都を発し播磨に向う。平家追討に消極的で一〇月九日頃でも播州を経廻。平家の動勢のみならず頼朝の動きをも警戒してのことであることが玉葉の記事から分る。↓補注二三。玉葉の同月一七日にはその頃、義仲の手勢が備前で合戦したことを記す。↓補注二四。一代要記には同月一二日に備中で瀬尾と合戦し瀬尾を討ち取ったことを記す。

水島軍

一九　延慶本も同じ。覚一本巻八・水島合戦は「うつての大将には矢田判官代義清、侍大将には信濃国住人海野の弥平四郎行広」とする。それが正しいか。

二〇　寿永二年没。足利氏の祖義康の子。丹波国矢田荘（現在の亀岡市）に住し矢田判官代と号す。本書巻三〇・平（源カ）家自宇治勢多上洛に丹波路より上洛とある。水島合戦で討死。

二一　海野とあるべし。後に海野とある。延慶本は海野。信濃の豪族、滋野氏。保元の乱に源義朝に与した幸親の子。また清水冠者義高に従って鎌倉に行き、義高没落後に頼朝に仕えた幸氏の父。幸氏は妙本寺本曾我物語に登場。

二二　現在の岡山県倉敷市の水島灘に面する地。「水島ノ途は児島の藤戸、淡路の由良門等の同一地形に徴して柏島と乙島との中間の水道即ち今の玉島港湾なるか」（『倉敷市史』）

二三　吾妻鏡・元暦二年二月二〇日の記事、百錬抄・寿永二年閏一〇月一日、一代要記なども同日。↓補注二五。山陽道に沿って展開する戦いは妹尾最期、水島合戦、室山合戦の順序で行われたもので、平家物語諸本は順序を違えている。一〇八頁注四、一一六頁注一。

二四　源氏の拠る島。いまの倉敷市の高梁川河口右岸の乙島に比定される。周囲が干拓される以前は島であった。数百米の海を距てて平家の拠る柏島の東に隣接する。ただし本文はその島を

ヤ、セドヤ。中戸ニモ絵書《かき》タリ。[一四]下、内ニモ[一五]唐紙[一六]押《おし》タリ」トゾ嘆《ほめ》タリケル。殿上、階下男女畏《おそろ》シサニ、ヱ咲《わら》ハデ、忍音《しのびごゑ》ニ咲壺《ゑつぼ》ニ入《いり》テゾ咲《わらひ》ケル。大方振舞《ふるまひ》トフルマフ事、云《いふ》ト云言《こと》ハ、京中上下ノ物咲《わらひ》也。

[一七]平家ハ讃岐国屋島ニ在《あり》ナガラ、山陽《せんやう》道ヲ打靡《うちなびか》シテ、都ヘ責《せめ》上ルベシト聞エケレバ、[一八]木曾左馬頭義仲、是ヲ聞《きき》テ、[一九]信濃国住人[二〇]矢田判官代義清、[二一]宇野平四郎行広ヲ指遣《さしつかは》ス。山陽道ノ者共、多ク源氏ニ相従《あひしたがひ》ケリ。平家ハ三百余艘ノ兵船ヲ[38]調《そろへ》テ、屋島ノ礒《いそ》ニ漕出《こぎいで》タリ。源氏ハ備中国[二二]水島ガ途《と》ニ陣ヲ取《とつ》テ、千余艘ノ兵船ヲ構ヘタリ。源平互《たがひ》ニ海ヲ隔テヽ支《ささへ》タリ。

[二三]寿永二年[39]潤十月一日、水島ニテ、源氏ト平家ト合戦ヲ企《くはた》ツ。源氏等計《はからひ》ケルハ、「[二四]此《この》島ノ南ノ地ヨリ[二五]島ノ北ノ際マデ、三町ニハ過《すぐ》ベカラズ。島ノ東《ひんがし》ノ海上《かいしやう》ヨリ寄《よせ》テ、島ノ北ニ[二六]船ヲ陸《くが》マデ組合《くみあはせ》テ、軍兵《ぐんびやう》ヒマヲ諍《あらそひ》テ攻寄《せめよれ》バ、先陣ニスヽマン者、敵ノ為ニ打《うつ》トラルト云《いふ》共幾《いくばく》ナラジ。後ヨリ次第ニツヾキテ、島ノ上ヘ攻上《のぼり》テ、城ニ火ヲ懸《かくれ》バ、敵ハ舟ヘノミコソ競《きほひ》ノランズラメ。打《うち》物ニ堪《たへ》タラン輩《ともがら》、続《つづい》テ乗移《のりうつり》テ打《うつ》トレ。島ヲ責落《せめおと》シナバ、船ノヨル所ナクシテハ、争《いかで》カ海上《かいしやう》ニ日ヲ重ヌベキ。浪ニ引《ひか》レ、風ニ随《したがひ》テ漂ハンヲ、浦々渚々ニ追詰々々《おつつめおつつめ》討《うつ》トラン」ト定《さだめ》テケリ。平氏ハ又、「[二七]舟ヲバ

島ノ西南ニ付《つけ》テ、城ノ東北[一]ノ木戸口ヲ開《あけ》テ、名ヲエタラン人々、進出《すすみいで》テ敵ヲ指《さし》招カバ、舟ヲ並《ならべ》テ責寄《せめよす》ベシ。偽《いつはり》テ引退《ひきしりぞか》バ、島ノ上ヘ襲来《おそひきた》ラン歟《か》。其《その》時、船ヲ島ノ東北ヘ指廻《さしまは》シテ、三方ヨリ矢前調《やさきそろへ》テ可二射取《いとるべし》一。敵不レ堪《たへず》シテ引退バ、船ヲ指並テ乗移《のりうつり》、分捕セン」トゾ謀《はかり》ケル。源氏ノ追手《おふて》ノ大将軍ハ、宇野弥平四郎行広、搦手《からめで》ノ大将軍ハ足利矢田判官代義清也。五千余人ノ兵《つはもの》共、百余艘ノ兵船《ひやうせん》纜《のともづな》解《とい》テ押出《おしいだ》シ、夜ノ曙《あけぼの》ニ漕寄《こぎよせ》テ、時ノ声ヲ発ス。平家、待儲《まちまうけ》タル事ナレバ、声ヲ合《あはせ》テ戦フ。両方ノ軍兵《ぐんびやう》一万余人ナレバ、時ノ声海上《かいしやう》ニヒヾキ渡《わたつ》テ、ヨセタル浪ノ音モ、声ヲ合《あは》スル歟《か》トゾ覚《おぼえ》ケル。平家ハ本[二]三位中将重衡、越前[三]三位通盛卿ヲ大将軍トシテ、七千余人二百艘ノ兵船ニ乗《のつ》テ、島ノ西南ヨリ東《ひんがし》北ヘ、二手ニ指廻《まは》ス。源氏ノ兵船、兼《かね》テハカリタル事ナレバ、南ノ地ヨリ島ノ北ノ際マデ指並テ、当国ノ住人ヲ前《さき》ニ立《たて》テ、二千余人甲《かぶと》ヲ傾《かたぶけ》、胄《よろひ》ノ袖ヲ振合《ふりあはせ》テ、一面ニ立並テ責寄《せめよす》。平家ハ見レ是《これをみ》テ、城ノ東北ノ木戸口ヲ開ク。[四]能登守教経ハ、紺ニ白キ糸ニテ、群《むら》千鳥ヲ縫《ぬう》タル直垂《ひたたれ》ニ、紅威《をどしの》胄ニ長覆輪太刀《ながぶくりんのたち》ヲハケリ。[五]越中次郎兵衛盛嗣ハ、[六]滋目結《しげめゆひ》ノ直垂ニ、[七]耳坐滋《はたすそご》ノ胄ヲキタリ。[八]上総五郎兵衛忠清ハ、[九]縫ズリノ直垂ニ[一〇]赤威肩白《かたじろ》ノ鎧《よろひ》ヲ著タリ。[一一]飛騨三郎兵衛景家ハ、

柏島の東北に位置するかに記している。

二五　平家の拠る島で柏島。平家の城があったとされるところに柏島神社を祀る。

二六　船を並べて船橋を作り、その上を渡ろうと考えた。柏島の東海岸には船で北海岸には船橋を渡ってと二正面の作戦をたてたとする。

二七　島の反対側に隠して伏勢としたのである。

一　源氏の陣の正面ということになる。

二　三五頁の注一一。建礼門院右京大夫集や平家公達草子においてかいま見られる、闊達な人柄で女性達の間で人気を博する公達の面影とは別に武将としても活動。近い時期では一一月九日に三〇〇余騎で備前国の検非違所の別当惟資の率いる国武者の軍勢を敗ったことが伝わっている（吉記・寿永二年一一月二八日）。

三　三五頁の注一二。都落以前は平家に属していた佐々木成綱の子の俊綱に一ノ谷で討たれる。佐々木成綱の家はその功によって本領を安堵されることになる。

四　三五頁注一六、一〇〇頁注六。

五　一八頁の注二。

六　絞り染めで目結いの形 ◉ をいっぱいに染めた鎧直垂。

七　両方の端を次第に色濃くした威（おどし）。甲組類鑑に色見本がある。

八　文治元年没。藤原氏を称す。豊前権介、上総介。富士川合戦での落首は有名。平家都落直後に出家。その後も源氏との戦いを続け壇ノ浦合戦の二ケ月後に志摩国で捕えられ六条河原で梟首された。

九　縫い物と摺り絵とを交えたものか（武家名目抄第四・衣服部八下）。

一〇　本書巻二〇・石橋合戦で佐奈田与一義忠の

褐《かちんの》直垂ニ[一二]大衿耳袖《おほくびはたそで》ヲ、赤地ノ錦《にしき》ヲタチ入《いれ》タルニ、黒糸威鎧《をどしのよろひ》ヲ着セリ。直垂ノ色、イヅレモ取々ニ、ハナヤカニ見エタリ。此《この》外、村田兵[一四]衛盛房、源[41][一五]八馬允米田ヲ始《はじめ》トシテ、名ヲ得タル勇士《ようじ》三十余人、打出《うちいで》テ敵ヲ招ケバ、矢田判官代義清、[一六]仁科次郎盛宗、[一七]高梨六郎高直、海野平四郎幸広ヲ始トシテ、三百余人、木戸口ヘ責寄《せめよせ》テ戦《たたかふ》。平氏偽《いつはり》テ引退《ひきしりぞく》。源氏勝《かつ》ニ乗《のつ》テ責カヽル。爰《ここ》ニ島ノ両方ノ船、南ノ沖西ノ島サキヨリ指寄《さしよせ》テ、敵ノ船ヲ打鎰《うちかぎ》ニテ掻寄《かきよせ》、クミ合《あはせ》テ乗移《のりうつり》、精兵《せいびやう》ヲソロヘテ、城中幷《ならびに》ニ両方ノ船ヨリ散々ニ射《いる》。源氏ノ舟不レ堪引退《こらへずひきしりぞく》。西風ハゲシク吹《ふき》テ、船共ユラレテ打合《あひ》ケレバ、東国北国ノ輩《ともがら》、舟軍《ふないくさ》ハ習ハヌ事ナレバ、舟ニ不二立得一《たちえず》シテ、船底ヘノミ重入《かさなりいる》。平家ノ輩ハ、船軍《ふないくさ》自在ヲエタリケレバ、乱入《みだれいり》テ散々ニ切《きる》。面《おもて》ヲ向《むかふ》ル者ハスクナシ。船耳《ふなばた》ニ近付《ちかづく》者ヲバ、取《とつ》テ海ニ入《いれ》、底ニアル者ヲバ、冑《よろひ》ノ袖《そで》ヲフマヘテ頸《くび》ヲ掻《かき》、城ノ内ヨリハ、勝鼓《かちつづみ》ヲ打《うつ》テ詈《ののし》ル。懸《かかる》程ニ天俄《にはか》ニ曇《くもつ》テ、日ノ光モ見エズ。暗《やみ》[42]ノ夜ノ如クニ成《なり》タレバ、源氏ノ軍兵《ぐんびやう》共、[一八]日蝕トハ不レ知《しらず》、イトヾ東西ヲ失《うしなひ》テ舟ヲ退《しりぞけ》テ、イヅチ共ナク風ニ随《したがひ》テ遁行《のがれゆく》。平氏ノ兵《つはもの》共ハ、兼《かね》[一九]テ知《しり》ニケレバ、イヨ〳〵時ヲ造リ重《かさね》テ攻戦《せめたたかふ》。[43]八田判官代義清ハ、船ニユラレテ立《たち》得ザリケレバ、

着用の鎧も同じ。階段状の模様で、境目の右が赤糸、左が白糸で威してある鎧。甲組類鑑に色見本がある。

一一 三四頁注五。上総介忠清と併称。

一二 別布で作る前襟（おくみ）と端袖（奥袖の先につけたす袖）。

一三 鎧の鉄板と鉄板を繋ぐおどし毛。

一四 未勘。　一五 未勘。「米田」は「番」か。

一六 六一頁注二八に仁科次郎盛家の名が見える。「家」を「宗」としたか。またはその一族か。

一七 信濃国上高井郡高梨を本貫とする豪族。高梨系図に見えず、高梨系図には高信と忠直の名が載る。「高信　高梨次郎。寿永二年閏一〇月一日、備中国水島軍、能登守教経射殺之」「忠直　高梨六郎兵衛尉。元暦元年正月二〇日、木曽義仲於近江討死時、於六条河原討死」とある。六郎高直は延慶本では法住寺合戦に参戦。六郎忠直と兵衛忠直は延慶本と本書（一八八頁）に六条河原の合戦で敗死。

一八 この日は日蝕。陰陽寮の勘文では午前八時ごろから一二時ごろまでと予測していたが、実際には一二時ごろから午後四時ごろまでの間であった。「一日。壬戌。天晴。此日、日蝕也。所載勘文、辰刻虧初、午刻復末云云。而午刻虧初、申刻復末」（玉葉・寿永二年閏一〇月）。

一九 平家は都落の際、当然、陰陽寮の人々を伴っていたはずで、天文を司る官人をも同行させていたと思われる。

舟耳《ふなばた》ニ尻《しり》ヲ懸《かけ》テ甲《かぶと》ヲ脱捨《ぬぎすて》、太刀《たち》ヲ抜《ぬき》テ戦《たたかふ》。越中次郎兵衛盛嗣ハ是《これ》ヲ見テ、甲ヲ傾《かたぶけ》テ打《うつ》テ懸《かかる》ヲ、義清立上《たちあがつ》テ甲ノ鉢ヲウツ。強ク被レ打《うたれ》テ甲脱《ぬげ》テ落《おち》ニケリ。盛嗣、目クレテ、太刀ノ打《うち》所ハ覚《おぼえ》ザリケレ共、打違ヘタリケルニ、義清ガ右ノ顔ヲ、スヂカヘニ押付《おしつけ》[一]ノ板ニ切付《きりつけ》タリケレバ、ウツブシニ伏《ふし》ケルヲ、引仰《ひきあふのけ》テ頸《くび》ヲ掻《かき》テケリ。海野四郎幸広ハ、村田兵衛盛房ト舟耳《ふなばた》ニテ取組《とりくみ》テ、海ヘ入《いり》ケルヲ、飛騨三郎右兵衛景家ハ、勇士《ようじ》ノ者也ケレバ、盛房ガ総角《あげまき》[二]ヲ取《とつ》テ引《ひつ》返シテ、懐合《いだきあひ》タリケルヲ、両人ナガラ船ヘ抛入《なげいれ》テケリ。幸広、刀ヲ抜《ぬい》テ、盛房ガ起《おき》アガラントスルヲ踏《ふま》ヘテ、冑ノ草摺《くさずり》ヲ引上《ひきあげ》テサス。景家、是ヲ見テ、幸広ガ甲ヲ引《ひき》アホノケテ、首ヲ掻《かい》テケリ。能登守教経、精兵《せいびやう》ノ手聞《てきき》也ケレバ、一トシテ空矢《あだや》ナシ。高梨次郎高信[三]ヲ始《はじめ》トシテ、十三人被二射取《いとられ》一ケリ。源氏ノ軍敗《いくさやぶれ》ニケレバ、打残サレタル者共、ハシブネニ乗移《のりうつり》、飛下々々《とびおりとびおり》落行《おちゆき》ケルヲ、平家ハ舟ノ中ニ、兼《かね》テ鞍置《くらおき》馬ヲ用意シテ、舟共ノ纜切放《ともづなきりはなち》、渚ニ漕寄《こぎよせ》、船腹ヲ乗傾《かたぶけ》テ、馬共ヲロシ、ヒタトノリ、能登守、一陣ニ進《すすみ》テ責蒐《せめかけ》ケレバ、討《うた》ルヽ者ハ多ク、助カル者ハ少ナシ。或《あるひは》備前国ヘ落《おつる》モアリ、或《あるひ》ハ都ヘ上《のぼる》モアリ。海ヘ入テ死《しぬる》者ハ、其《その》数ヲ不レ知《しらず》。舟ニテ被二討捕《うつとらるる》一源氏ニハ、矢田、高梨、海野ヲ始《はじめ》トシテ、

一　大鎧の背面、鎧を胴につる部分にあたる肩上（ワタガミ）と威（オドシ）をしている箇所である立挙（タテアゲ）の第一段との間の箇所の上部を一文字という。その箇所か（鈴木敬三『武装図説』）。新井白石は背面の立挙一の板を押付とする（『本朝軍器考』）。

二　大鎧の背面、立挙の第二段目を逆板（サカイタ）と称し、そこに鐶を打って、輪を左右に作り房を垂らすかたちに結んだ太い紐である総角を垂らす。また鎧の背面を総角とも称する（鈴木敬三『武装図説』）。

三　延慶本第四・水嶋津合戦事には矢田判官代義清、海野平四郎幸広の討死を記す。高梨次郎高信の討死は高梨系図に記す。

四　義仲が備中に赴いて妹尾兼康と合戦したのは一〇五頁注二三に記したように水島合戦に先立つ、一〇月中旬のこと。

五　本書巻二九・妹尾并斉明被虜。

六　寿永二年没。越前斎藤氏の一、河合系斎藤氏。兄の友実が検非違使の判官であったように一族の多くは朝廷に仕官ないし権門の家人。北陸南西部の軍事勢力であった白山宮越前馬場平泉寺の長吏で威儀師。反平家の動きを示したが義仲と平家の合戦のときは義仲に敵対、捕虜となった。

七　六条通りをさらに東進し鴨川に出る、その辺りの河原。処刑が行われ、かつ朝敵の首が検非違使の手に渡される場所であった。

八　寿永二年没。備中国都宇郡（現在岡山市）所在の妹尾荘（平家没官領）・妹尾郷を名字の地とする豪族で平家の家人。荘官でもあったのだろう。難波経遠とともに清盛の股肱の臣。「妹尾」は「妖尾」とするのが本来の表記だろう。延慶本は「妖尾」。一一二頁注九。

千二百人ガ頸切懸《くびきりかけ》タリ。

懸《かかり》ケレバ当国住人等、皆平氏ニ帰伏《きぶく》シテケリ。都ヘ落上《おちのぼり》タリケル者共、木曾ニ、「角《かく》」ト云《いひ》ケレバ、[四]義仲不レ安《やすからず》トテ、夜ヲ日ニ継《つい》デ備中国ヘ馳下《はせくだる》。去《さんぬる》六月、[五]北陸道《ほくろくだう》ノ合戦ニ、虜《いけどり》タリシ[六]平泉寺長吏斉明ヲバ、[七]六条河原ニテ首ヲ切ル。[八]妹尾太郎兼康ハ、木ヲ樵《こり》、草ヲ刈《かる》マデコソナケレ共、二心ナク木曾ニ被レ仕《つかはれ》ケリ。是《これ》ハ、イカニモシテ再《ふたたび》古郷ニ帰《かへり》、今一度《ひとたび》旧主ヲ奉レ見《みたてまつり》、平家ノ御方《みかた》ニ成《なり》テ、合戦ヲ遂《とげ》ントノ謀《はかりこと》ナリ。[九]咲中偸鋭ニ刺レ人刀ートイヘリ。木曾ハ是ヲモ不レ知《しらず》シテ、斉明ト同時ニ切《きる》ベカリケレ共、西国ノ道シルベトテ宥《なだめ》具シ給ケリ。「[一〇]蘇子卿如レ囚《とらはるるがごとく》ニ胡国ー、李少卿似レ帰《かへるににたり》ニ漢朝ー。遠《とほく》[44]著ニ異 国ー《いこくにつくことは》昔人ノ所レ悲《かなしむところ》」トイヘリ。イカヾ有《ある》ベカルラン、窅《おぼつかなし》ト覚《おぼえ》タリ。

[一一]寿永二年潤[45]十月四日、木曾、都ヲ出《いで》テ、[46]幡磨路ニ懸《かかつ》テ今宿ニ著《つく》。[一二]今宿ヨリ妹尾ヲ先達ニテ、備中国ヘ下ル。当国ノ[一三]船坂山ニテ、兼康、木曾ニ云ケルハ、「暇《いとま》ヲ給《たび》テ先立テ罷下《まかりくだり》、相親《あひしたしき》者共ニ、御馬ノ草ヲモ用意セサセ候バヤ。懸乱《かかるみだれ》ノ世ナレバ、俄《にはか》ノ事ハ難治ニモ侍《はべる》ベシ」ト申《まうす》間、「サモ有ベシ」トテ許遣《ゆるしつかは》ス。木曾ハ爰《ここ》ニ、三箇日ノ逗留《とうりゆう》ト云《いふ》。兼康スカシ

斉明被レ討

九 「ゑみのなかに、ひそかにひとをさすかたなをとぐ」「笑中有刀潜殺人」（白氏文集・天可度）。新唐書・姦臣伝一四八上の李義府伝に人々が義府を諷して笑中刀と呼んだとする。白氏新楽府略意は「天可度」の注に李義府伝を用いる。和漢朗詠集四二・述懐にも「笑中偸鋭刺人刀」。

一〇 子卿は蘇武のあざ名。匈奴に捕えられた蘇武が節を守り屈せず一九年の後に漢に帰った故事を踏まえる。漢書巻五四・蘇武伝が原拠。蒙求巻中・蘇武持節、和漢朗詠集注などの訛伝が盛行。少卿は李陵のあざ名。李陵は蘇武と同じ時、匈奴に捕えられていたが、匈奴に服属し、漢に帰らなかった。漢書巻五四・李陵伝が原拠。蒙求巻上・李陵初詩は李陵の悲しみに触れ、帰朝する蘇武との別離の詩の贈答を記す。蘇武と李陵の訛伝は黒田彰『中世説話の文学史的環境』参照。本書巻八・漢朝蘇武は両者の説話。このあたり本文に誤脱がある。↓補注二六

木曾備中下向・兼康討ニ倉光ー

一一 玉葉・寿永二年閏一〇月一四日に義仲の派遣軍が平家に敗れ、義仲自身が播磨から備中に軍勢を進めたとの噂があると記す。

一二 姫路市の西郊（姫路市今宿）、山陰道と山陽道の岐路にあたる宿駅。京都からは丹波路を通るコース。

一三 船坂山は備中また播磨にもあらず備前。今の兵庫県と岡山県の県境に位置し、当時、山陽道が通る。峠越えは大変であったらしく重源・南無阿弥陀仏作善集に「備前国船坂山者自昔相交緑陰往還人或愁悩或失身命」とある。

仰《おほせ》タリト思《おもひ》テ、子息小太郎[一]兼通、郎等宗俊[二]ヲ相《あひ》具シテ下《くだり》ケルガ、加賀国住人倉光[三]三郎兼光ヲ招《まねき》テ、云《いひ》ケルハ、「ヤヽ倉光殿、兼康、御辺ニ奉レ被レ虜《いけどられたてまつり》、難レ遁《のがれがたき》命ヲ生《いき》、剰《あまつさへ》西国ノ[四]尋承《じんじよう》ヲ給《たまはる》。故郷ニ帰《かへつ》テ再《ふたたび》妻子ヲ相見ン事モ、御恩トノミ奉レ思《おもひたてまつる》。モシ人手ニ懸《かかり》タラバ、争《いかで》カ命モ生《いき》、古郷ヘモ帰《かへる》ベキ。サテモ兼康虜《いけどり》給タル勧賞《けんじやう》ニ、備中ノ妹尾[五]ハ吉《よき》所ニテ侍リ、勲功ノ賞ニ申賜《まうしたまはつ》テ、下給ヘカシ。同《おなじく》ハ打《うち》ツレ奉ラン」ト云《いふ》。倉光三郎、誠ニト思テ、木曾ニ所望シケレバ、則《すなはち》、[六]下文賜《くだしぶみをたぶ》。倉光、悦《よろこび》テ妹尾ニ打具シテ下ル。兼康、道スガラ思ケルハ、妹尾マデ行《ゆき》ヌルモノナラバ、新司[七]トテ、庄内[八]一ハナ心ニテモテナシ、思著《つく》者有《あり》テ勢付《つき》ナバ、イカニモ難レ叶《かなひがたし》ト思テ、備前国和気[九]ノ渡《わたり》ヨリ東《ひんがし》ニ、藤野寺[一〇]ト云《いふ》古キ御堂ニ下居《おり》テ、兼康申《まうし》ケルハ、「ヤヽ倉光殿、妹尾ハ今ハ程近シ。ヤガテ打具シ奉ルベケレ共、世間ノ忽々《そうそう》ニ、所モ合期[一一]《がふご》セン事難《かた》シ。兼康、先立《さきだち》テ所ノ様ヲモ見廻《まはり》、又親シキ者共ニモ相触《ふれ》テ、『カヽル人コソ下向シ給ヘ』トテ、御饗《あへ》ヲモ用意セサセン」ト云ケレバ、倉光ハ、「何様《いかさま》ニモ、ヨキ様ニ相計《はからひ》給ヘ」トテ爰《ここ》ニ留《とどま》ル。兼康ハスカシ負《おほせ》テ、先立テ草壁[一二]ト云所ニ馳付《はせつき》テ、使ヲ方々ヘ遣《つかは》シテ、親《したしき》者四、五人招寄《まねきよせ》テ、夜討セントゾ出立《いでたち》

一　延慶本も同じ。覚一本などは嫡子の小太郎宗康とし、同道に至る事情を詳しく記す。
二　延慶本も同じ。覚一本などはその名前を記さない。
三　延慶本は「倉光五郎」。同第三末・志雄合戦事で兼康を虜としたのは倉光六郎成澄。覚一本は倉光三郎成氏。同巻七・倶梨迦羅落で兼康を虜にしたのは兄の次郎成澄。成氏は兄から兼康を預っていたとする。本書巻二九・妹尾并斉明被虜で兼康を虜にしたのは倉光三郎成澄。成澄は加賀斎藤氏の一流、林氏。林新介成家の子。倉光六郎（尊卑分脈）。
四　尋所（じんじょ）とも。案内役。
五　妹尾郷、妹尾荘。備中国都宇郡。現在岡山市内。平家没官領として頼朝が拝領したが文治元年四月二九日に崇徳院法華経経堂領として寄進（吾妻鏡）。
六　地頭職に関する下文を発給する法的権利を得る文治元年一一月以前の日付を持つ頼朝発給の郡司職任命の下文あるいは元暦元年の範頼発給の郡司職任命の下文が残っている（黒川高明『源頼朝文書の研究』）。義仲も自らにその権限ありと認めて妹尾荘の何らかの職に任命する下文を発給したとするのである。
七　新補の下司などの荘司。
八　ほんのいっときのうわき心で、の意。「はな心」は、移りやすい心、うわき。
九　備前国和気郡和気村、現在の岡山県和気郡和気町和気。当時の山陽道の吉井川の渡河地。
一〇　現在の和気町の藤野にある実成寺が藤野寺の跡とされる（赤羽学「岡山と平家物語」①『内海春秋』昭和五七年一一、三月合併号）。
一一　思いどおりになること。
一二　現在の岡山市草ケ部のあたりか。当時は草

壁郷。

ケル。倉光、争《いかで》カ角《かく》ト知《しる》ベキナレバ、今ヤ〳〵ト待《まつ》所ニ、夜半計《ばかり》ニ兼康ハ、十余騎ノ勢ニテ藤野寺ニ押寄《おしよせ》テ、倉光三郎ヲ夜討ニシテコソ帰《かへり》ニケル。此《この》倉光ト云《いふ》ハ、随分健《すくよかたち》立テ、度々ノ軍《いくさ》ニモ不覚セズ、北国ノ合戦ニ、妹尾ヲモ虜《いけどり》タリシ者ガ、兼康ニスカサレテ、討《うた》レヌルコソ無慙《むざん》ナレ。人ノ申《まうし》ケルハ、「何事モ、運ノ尽《つく》ルハ力ナキ事ナレ共、倉光ハ、[一三]北国ノ住人ナガラ[一四]案内者立《たち》テ、此彼《ここかしこ》アナグリ行《ゆき》、昔ヨリ[一五]馬ノ鼻モムカヌ白山権現ノ御領、末寺末社ノ庄園ヲ没倒《もつたう》シ、神事仏事ノ供米《くまい》ヲ押領《あふりやう》シ、剰《あまつさへ》又、[一六]平泉寺ノ長吏[一七]斉明威儀師ガ被レ宥《なだめられ》シヲモ、種々ニ讒訴《ざんそ》シテ、六条河原ニテ刎レ首《かうべをはね》ナドシタリシカバ、神ノ咎《とが》メ人ノ怨《うらみ》ノ報《むくい》ニコソ、角《かく》ヲメ〳〵トハ討《うた》レタルラメ」トゾ申ケル。妹尾太郎兼康ハ、倉光ヲ夜討ニシテ後ニ、人ヲ四方ニハシラカシ、「兼康コソ、北国ノ軍《いくさ》ニ被レ虜《いけどられ》タリツルガ、平家ノ御行末ノ恋シサニ、兎角《とかく》操《あやつり》テ、再《ふたたび》故郷ニマヌカレ帰ケレ。木曾ハ既ニ、舟坂山ニ着《つき》給ヘリ。平家ヘ参ラント思ハン者ノ、我ニ志アラン人ハ、兼康ニ付《つい》テ、木曾ヲ一矢射ヨヤ」ト触《ふれ》タリケリ。妹尾ニモ不レ限《かぎらず》、其《その》辺近《ちかき》者共[一八]ハカ〴〵シキハ、兼《かね》テ[一九]屋島ヘ参《まゐり》ヌ。馬鞍《くら》モ持《もた》ズ、具足モタラハヌ輩《ともがら》ガ是《これ》ヲ聞《きき》テ、[二〇]柿ノ袴《はかま》ニ[二一]責《せめ》47紉結《むすび》[二二]、布ノ小袖《こそで》ニ[二三]束折《あづまをり》シタリ。剥《はげ》タル弓矢ニ、[二四]精《さび》タル太刀《たち》刀モチナドシテ、

一三　加賀には白山宮加賀馬場があり、白山信仰のおひざ元であり、加賀斎藤氏たる林氏も関わりが深かったはずである。成澄の孫の承成は白山本宮長吏となっている（尊卑分脈）。
一四　義仲が北陸を攻め上った時、その先導役となって、の意。
一五　立ち入ることを憚る、の意。
一六　白山宮越前馬場所在の神宮寺。長吏はそこを総管する職。
一七　斎明は越前斎藤氏の一流の河合氏であり倉光は加賀斎藤氏の一流の林氏でそれぞれ越前馬場と加賀馬場に拠って白山支配を争うといった背景があったのかもしれない。
一八　勢力のある者たち。
一九　平家の軍勢に加わるためである。
二〇　柿渋を引いた布の袴。身分の低いものが着用。　二一　袴の裾を括る紐。
二二　絹に対して布という。麻、苧（からむし）、葛（くず）などの繊維で織った織物。
二三　あづまばしより、あづまからげとも。裾をからげ腰にはさむこと。「賤の男があづまからげの麻衣ふたまた河はさぞ渡るらん」（新撰和歌六帖第五帖・一七四九・あさごろも）
二四　「鐵精カネノサヒ」（名義抄）とある。

馬ニ乗《のる》者ハ少《すくな》ク、多《おほく》ハ歩跣《かちはだし》ニテ、此彼《ここかしこ》ヨリ二人三人ト走集《はしりあつまり》タリ。其《その》勢三百人バカリ在《あり》ケレ共、ソモ物ニ叶《かなふ》ベキハ僅《わづか》ニ十、二十人ニハ過《すぎ》ザリケリ。此《この》勢ヲ相具《あひ》シテ、兼康ハ西河[一]、裳佐ノ渡《わたり》ヲ打渡《うちわたり》、福輪寺[二]阡《なはて》ヲ堀切《ほりきつ》テ、[48]管《ひし》植《うゑ》逆木《さかもぎ》引《ひき》ナドシテ、馬モ人モ通《かよひ》ガタク構《かまへ》タリ。彼阡《かのなはて》ト云《いふ》ハ、遠サ二十余町、北ハ峨々《がが》タル山、人跡絶《たえ》タルガ如シ。南ハ渺々《べうべう》タル沼田、遥《はるか》ニ南海ニ連《つづき》タリ。西ニハ岩井[三]ト云所アリ。是《これ》ヲバ打過《うちすぎ》テ、当国ノ一宮[四]ヲモ過《すぎ》、[五]佐々迫《ささのせまり》ニ懸《かかる》。コノ佐々迫《ささのせまり》ト云所ハ、東西ハ高キ山、谷ニ一《ひとつ》ノ細道アリ。左右ノ山ノ上ニ、弩《いしゆみ》多ク張立《はりたて》タリ。後ニハ津高郷[六]トテ、谷口ハ沼也ケレバ、究竟《くつきやう》ノ城[七]也。敵何万騎向《むかう》タリ共、輙《たやす》ク攻落難《せめおとしがた》キ所也。此ニハ兵《つはもの》共ヲ指置《さしおき》テ、我《わが》身ハ唐河[八]ノ宿、板蔵城[九]ニ引籠《ひつこもつ》テ、今ヤ〳〵ト木曾ヲ待《まつ》。

倉光三郎ノ下人、夜討ニ討漏《うちもら》サレタリケルガ、船坂山ニ走帰《かへり》、木曾ニ角《かく》ト告《つげ》ケレバ、木曾驚騒《おどろきさわい》デ、「夜討ノ勢ハ、イクラ程カ有《あり》ツル」ト問《とふ》。「[49]闇《くらさ》ハ暗シ、夜目ニテ一定《いちぢやう》ノ数ハ不レ知《しらず》。二、三十人ニモヤト見エ侍《はべり》キ。妹尾ガ所為ト覚ユル事ハ、『我身ハ先立《さきだち》テ、馬ノ草藁《わら》用意シテ、使ヲ進《まゐら》セン程ハ、暫《しばら》ク此《ここ》ニ相待《まち》給ヘ』トテ、古御堂ニヲロシ奉レ置《おきたてまつり》、夜ニ入《いる》マデ使モナシ。待《まて》ドモ〳〵人モ見エズ。結句ハ、[50]カクナリ給ヌ。此定《このぢやう》ナラバ、一《いち》

一　岡山市牟佐を流れる旭川か。当時、山陽道は牟佐のあたりで旭川を渡っていた。「裳佐の渡」は牟佐にあったか（『岡山県の地名』）。
二　延慶本は福龍寺ナワテとする。岡山市の旧津島村のうちとされる。牟佐から山沿いに西南、岡山大学付近か（赤羽学「岡山と平家物語」①⑭『内海春秋』昭和五七年二、三月合併号、昭和五八年六月号）、御野郷の半田山の南麓（岡山大学の北西）を通りその東にある国府市場を東西に横切る中世の山陽道で、旧条理に沿って走っていたか。福輪寺は半田山南麓か。（土井基司「半田山城測量後記」（『岡山大学構内遺跡調査研究年報』7　平成二年一一月）。
三　いま石井廃寺跡あり。延慶本に岩井の別所。
四　現在の岡山市一宮。備前一宮の吉備津宮の所在地。山陽道が通る。寄り道になるが、参拝のために向かったのであろう。
五　津高郷と御野郡の境をなす笹ケ瀬川に両郡の山が迫り、笹が生い茂っていたことに由来する命名で、兼康が構えた砦は西坂の地、今の真備高校裏の鳥山であるという（『岡山県の地名』、赤羽前掲誌）。

同人板蔵城戦

六　和名抄にも見える郷名。笹ケ瀬川の上流域と下流域の西岸部を指す。
七　「城　ジヤウ　要害也」（黒本本節用集）
八　一宮の集落の北、岡山市の西辛川の地。山陽道が通り宿が発達。山陽道は笹ケ瀬川―富原―辛川―板倉のコースを取る（『岡山県の地名』）。
九　岡山市吉備津。山陽道の要衝、宿場が発達。板倉郷あり。現地では兼康を板倉郷の豪族であるとし、同地域の一二郷に用水を供給する十二郷用水路の改修者として称えている（赤羽学

定《ちやう》君ヲモ伺《うかがひ》進《まゐら》セント覚《おぼえ》候。其《その》上、妹尾ハ国人也。[一〇]勢モ付増《つきまさば》、ユヽシキ大事也。急ギ兼康ヲ討《うた》セ給ベクヤ候覧《らん》」ト申《まうす》。「兼康ガ所為《しわざ》勿論也。去《され》バ急《いそげ》」トテ、木曽、三百余騎ニテ今宿ヲ立《たち》、夜ヲ日ニ継《つい》デ馳下《はせくだり》給ケル程ニ、其暁ニ三石[一一]ニ著《つき》、明《あくる》日、藤野寺ニ著《つく》。倉光、爰《ここ》ニシテ討《うた》レニケリト、哀《あはれ》ニ思ヒ、爰ヲモ打過《うちすぎ》、和気ノ渡《わたり》ヲ打渡シ、可真《かまの》[一二]郷ヘ打入《いつ》テ、福輪寺阡《なはて》ヲ見レバ、堀々切《きつ》テ逆木引《さかもぎひき》、タヤスク爰《ここ》ヲ難《とほりがたし》レ通。イカヾシテ閑道[一三]ヲ知ラントテ、其辺ヲ打廻《めぐり》テ、里人ヲ尋《たづね》ケルニ、可真郷ノ住人ニ、惣官《そうくわん》頼隆ト云《いふ》者ヲ、尋出《いだ》シテ云《いひ》ケルハ、「妹尾太郎兼康ヲ、西国ノ為ニ尋承《じんじようとなし》[一四]、死罪ヲ宥《なだめ》テ、古里ニ返遣《かへしつかは》ス処《ところ》ニ、還《かへつ》テ義仲ニ存二腹黒一《はらぐろをぞんず》[一五]。彼ヲ責《せめ》ントスルニ、[一六]キト道ヲ得ズ。通リ道アリナンヤ」ト宣ヘバ、「候《さうらひ》ナン」トテ、即《すなはち》頼隆、山[一七]シルベシテ、先陣ニ進ミ、北路[一八]ニ懸《かか》リ、鳥岳[一九]ト云所ヲ廻《まはつ》テ、佐々[二〇]ノ井ヨリ時《とき》ヲドヽ造懸《つくりかけ》テ、佐々ガ迫《せまり》ヲ責タリケリ。妹尾ハ、兼テ木曽ハ今宿ニ三日ノ逗留《とうりゆう》ナレバ、縦《たとひ》、此《この》事漏聞《もれきき》テ寄《よす》トモ、福輪寺畔《なはて》キト寄《よせ》ガタシ、サレバ只《ただ》今ノ事ニテハ、ヨモアラジ、ト打延《うちのび》テ思《おもひ》ケルニ、時《とき》ヲ造懸テ寄タレバ、駈《かり》[二一]武者共ハ、一矢射《いる》ニ及バズ、皆散々ニ落行《おちゆき》ケリ。自《みづから》先立《さきだつ》者ハ助《たすか》リケレドモ、返合《かへしあは》[二二]スル者ノタスカルハナシ。深田[二三]ニ追入《おひいれ》〳〵、切《きり》殺シ

「岡山と平家物語」⑦⑧⑨昭和五七年一〇月号・一一月号・一二月号）。
一〇　その土地の中規模の土豪。
一一　山陽道の宿駅。船坂峠を西南に越えた位置にある。現在、備前市三石。
一二　和名抄の磐梨郡珂磨郷の郷名を継ぐ地。現在、赤磐郡熊山町に可真上、可真下の地がある。そこから福輪寺の辺は見えるかどうか。
一三　未詳。「惣官」は令制の駅長か。当時、この地に珂磨駅が機能していたと考えられる。駅の所在地は現在の熊山町松木のあたりか（『岡山県の地名』）。
一四　尋所（じんじょ）とも。案内役。
一五　悪い企み。『鎌倉幕府裁許状集』上・関東裁許状篇の一〇六号文書に「有内外致腹黒者」、そのほか同下・六波羅裁許状篇の第九号文書、『大日本古文書　高野山文書之二』の三一三号文書、同四の三七〇号文書、同六四の一三三七号文書など、文書の用語として用いられている（青山幹哉氏の御教示による）。
一六　確かにしかもす早く、の意。
一七　山道の案内。
一八　半田山、烏山などの東西に走る小高い連山の北側の道。連山の南の麓を福輪寺縄手が走る。
一九　烏山。半田山の西南に連なる小高い山。
二〇　笹ケ瀬のどこかか。烏山の北の山すそから西の山すそにまわった辺か。
二一　在々所々から駆り集められ、統一のとれていない軍勢。
二二　追撃する軍勢に反撃する武者。
二三　泥の深い田。

射殺ス。佐々迫《ささのせまり》ヲ責落《せめおと》シテ、唐皮宿、板蔵ノ城ニ押寄《おしよせ》テ、時ヲ造ル。妹尾、思儲《おもひまうけ》タル事ナレバ、矢タバネ解《とい》テ散々ニ射ル。木曾ハ、「妹尾ニガスナ。兼康アマスナ。責《せめ》ヨ〳〵」ト下知シケレバ、郎等共、入替《いれかへ》〳〵射合《いあひ》タリ。妹尾、矢種尽《つき》ケレバ、主従三人[一]山ニ籠《こもり》、ソレヨリ相構《あひかまへ》テ、屋島へ参ラント趣《おもむき》ケル程ニ、[二]子息小太郎兼通ハ、肥太《こえふとり》タル男ニテ、歩《かち》ニ[三]不二合期一《がふごせざり》ケレバ、足ヲ痛《いたみ》テ山中ニ留《とま》ル。兼康ハ思切《おもひきり》、小太郎ヲ捨《すて》テ落行《おちゆき》ケレ共、恩愛ノ道ノ悲《かなし》サハ、行《ゆけ》ドモ〳〵不レ歩《あゆまれず》。小太郎又、父ノ兼康ヲ呼《よび》ケレバ、兼康帰《かへつ》テ、「イカニ」ト問《とふ》。「サセル要事ハ侍ラズ。爰《ここ》ヲ最後ト存ズレバ、今一度見奉《たてまつら》ントテ」ト答《こたへ》、涙ヲ流《ながし》ケレバ、兼康モ袖ヲ絞《しぼり》ケリ。[四]一年《ひととせ》、新大納言成親、丹波少将成経ニ情ナクアタリ奉《たてまつり》タリシニ、親子ノ中ノ悲サハ、今コソ思知《しら》レケレ。敵近攻寄《ちかくせめよせ》ケレバ、兼康又、思[五]切《きり》深ク山へ落入《いり》ケルガ、[六]眼《まなこ》ニ霧[52]雨《ふり》テ進《すすま》レズ。郎等宗俊ヲ呼《よび》テ、「兼康ハ、数千《すせん》人ノ敵ニ向《むかつ》テ戦《たたかふ》ニモ、四方晴《はれ》テ見ユレ共、小太郎ヲ捨テ落行《ゆけ》バ、涙ニクレテ道見ヱズ。[七]兼《かね》テハ、相構《あひかまへ》テ屋島ニ参《まゐり》テ、今一度[八]君ヲモ見奉リ、木曾ニ仕《つかへ》シ事ヲモ申《まうさ》バヤ、ト思ツレ共、今ハ恩愛ノ中ノ悲《かなし》ケレバ、[53]小大郎ト一所ニテ、討死セント思《おもふ》ハ、イカヾ有《ある》ベキ」ト云《いふ》。宗俊、「尤《もつとも》サコソ侍《はべる》ベケレ。

一　延慶本は「ミドリ山」、覚一本は「みどろ山」とする。緑山は岡山県総社市上林の一大古墳群を形成する三須丘陵最西端に位置し、緑山古墳群をなす山。南北に稜線の走る、標高四〇米ほどの丘（『岡山県の地名』）。赤羽学「岡山と平家物語」⑧⑮（『内海春秋』昭和五七年一一月号・昭和五八年七月号）にもその位置の詳細を記す。総社市上林の山本神社、金竜寺の南の小高い丘。

二　以下、平家物語を構成するテーマのひとつである恩愛のテーマ。巻二二・衣笠合戦における三浦義明・義澄父子の恩愛譚を裏返しにしたような内容である。巻六・七における藤原成親・成経父子の恩愛との響き合いについては、直後に触れられる通りである。

三　思うようにならない。

四　巻七・日本国広狭を踏まえての物言い。

五　兼通を同道することを断念して。

六　霧がかかったように眼の前が暗くなって。

七　以前には。

八　平宗盛を指す。

弓矢ノ家ニ生《むまれ》ヌレバ、人ゴトニ、無《なき》跡マデモ名ヲ惜《をし》ム習也。明日ハ人ノ申サン様ハ、『兼康殿コソ、イツマデ命ヲイキントテ、山中ニ子ヲ捨《すて》、落行《おちゆき》ヌレ』トイハレン事モ、口惜《くちをしき》御事ナルベシ。主ヲ見奉ラント覚スモ[九]、子ノ末ノ代ヲ思召《おぼしめす》故也。[54]小大郎殿、亡《ほろびたまひ》給ナンニハ、何事モ何カハシ給《たまふ》ベキ。只返《ただかへしあはせ》合テ、三人同心ニ一軍《いくさ》シテ、死出ノ山ヲモ離《はなれ》ズ、御伴仕《つかまつ》ラン」ト云《いひ》ケレバ、兼康、「然《しかる》ベシ」トテ、道ヨリ帰《かへり》、足病《やみ》居タル[55]小大郎ガ許ニユキ、前ニハ柴垣《しばがき》ヲ掻《かき》、後ニハ大木ヲ木楯《こだて》ニシテ、敵ヲ待処《まっところ》ニ、木曾左馬頭、三百余騎ニテ、跡《あと》見[一〇]ニ付《つけ》テ尋《たづね》ケルニ、兼康、爰《ここ》ニ在《あり》トテ、幾程助《たすか》ルベキ事ナラネド、[56]小大郎ヲ後ニ立《たて》テ、我《わが》身ハ矢面《やおもて》ニ指顕《さしあらはれ》テ、指詰々々《さしつめさしつめ》散々ニ射ル。[57]十三騎ニ手負セテ、馬九疋《ひき》射殺シ、矢種モ又尽《つき》ケレバ、「今ハ角《かく》」トテ腹[一一]ヲ掻切《かききつ》テ失ニケリ。小太郎兼通モ、引取々々《ひっとりひっとり》射ケルガ、父ガ自害ヲ見テ、同《おなじ》枕《まくら》ニ腹切《きつ》テ臥《ふし》ニケリ。郎等宗俊モ、[58][一二]手ノ定戦《ぢやうたたかひ》テ、柴垣《しばがき》ニ上《のぼっ》テ、「剛者《かうの》ノ、死ヌル見ヨヤ」トテ、太刀《たち》ノ切鋒《きっさき》口ニ含ミ、逆《さかさま》ニ落《おち》、貫《つらぬか》リテゾ死《しに》ニケル。木曾ハ、妹尾父子ガ頸《くび》ヲ切《きり》、備中国鷺森[一三]ニ懸《かけ》テ引退《ひきしりぞ》ク。万寿《ますの》庄[一四]ニ陣ヲ取《とり》、後陣ノ勢ヲ待儲《まちまうけ》テ、是《これ》ヨリ平家ヲ為二追討《ついたうのため》一、屋島ノ発向ヲゾ議定《ぎぢやう》シケル。

行家依二謀叛一木曾上洛

木曾、西国下向之時、乳母子《めのとご》ノ樋口[一五]次郎兼光ヲバ、「京ノ守護ニ候へ」

九　主君に仕えるのも、一門一家のために主恩を得るためである、と説く。

一〇　跡目とあるべし。延慶本は「跡ヲ目ニ付テ」とする。

一一　岡山市吉備津の吉備津神社北西に位置する吉野口遺跡のなかに妹尾兼康の菩提寺とされる道勝寺が明治まであった。その地の鯉山小学校の敷地内に妹尾兼康の供養碑と伝える宝篋印塔がある。その地から平安末、鎌倉初のものと推定される多数の坏と皿そして斬首されたらしい頭蓋骨がひとつ発掘された。坏と皿はそこで饗宴が行われたこと、頭蓋骨はそれと関係があることが推定される。合戦のあとに件の首級の鎮魂のための饗宴がそこで行われた、発掘物はそのことを示している可能性がある。その首級は兼康のものかもしれない。(岡山市教育委員会『吉野口遺跡—岡山市立鯉山小学校給食棟建築事業に伴う発掘調査報告—』平成九年三月)

一二　手の利くかぎり、の意か。

一三　岡山県総社市上林所在。注一の緑山の北に隣接。緑山は倉敷の万寿庄への通路（赤羽学「岡山と平家物語」⑧⑨⑮『内海春秋』昭和五七年一一月号・一二月号、昭和五八年七月号）。

一四　備中国都宇郡にあり、現在の倉敷市の北部一帯に庄域を持っていた。本庄、東庄、西庄に分れ、京都新熊野社領。鷺の森、緑山から備中国分寺を経てさらに南下すると万寿庄。

一五　寿永三年没。義仲の養育者、中三権守兼遠の子。信濃国西筑摩郡ないし上伊那郡の樋口を名字の地とする。高梨忠直、根井行親、今井兼平とともに四天王、その随一とされる(巻三五・兼光被誅)。

トテ、留置《とどめおき》タリケルガ、十一[一]月二日早馬ヲ立《たて》テ、「[二]十郎蔵人殿コソ、鼬《いたち》[三]ノナキ間ノ貂《てん》誇リトカヤノ様ニ、院ノキリ人[四]シテ、院宣ヲ給《たまは》リ、木曾殿ヲ誅《ちゆうしたてまつる》奉ベキ、其聞《そのきこえ》候ヘ」ト申《まうし》下シタリケレバ、木曾大《おほき》ニ驚《おどろき》テ、平家ヲバ打捨《うちすて》テ、夜ヲ日ニ継《つい》デ馳《はせ》上ル。

[五]十郎蔵人是《これ》ヲ聞《きき》テ、千騎ノ勢ニテ指違《さしちがへ》テ、丹波路[六]ヨリ播磨国[59]ヘ下ル。平家ハ折節、播磨[60]ノ室[七]ニ着《つき》給タリケルガ、此事《この》ヲ聞テ、門脇新中納言父子[八]、本[九]三位中将重衡、一万余騎ニテ室山坂[一〇]ニ陣ヲ取《とつ》テ、十郎蔵人ヲ相待《あひまち》ケリ。討手ヲ五《いつつ》ニ分《わけ》タリ。一陣、飛騨三郎[一一]左衛門尉景経五百余騎、二陣、越中次[一二]郎兵衛盛嗣五百余騎、三陣、上総[一三]五郎兵衛忠清五百余騎、四陣、伊賀[一四]平内左衛門尉家長五百余騎、五陣、門脇[一五]中納言八千余騎ニテ引《ひか》ヘタリ。十郎蔵人、是ヲバ不レ知《しらず》、室山ヲ打《うつ》程ニ、飛騨[61]三郎左衛尉、進出《すすみいで》テ散々ニ戦《たたかふ》。暫《しばしたたかひ》戦テ、景経、弓手《ゆんで》ノ小黒[一六]ノ中ヘ引《ひき》退ク。源氏爰《ここ》ヲ蒐通《かけとほり》テ、二陣ニ付《つく》。越中次郎兵衛、道ヲ切《きつ》テ防《ふせぎ》ケレ共、戦《たたかひかね》兼テ、盛嗣妻手《めて》ノ林ヘ引籠《ひつこも》ル。源氏此ヲ打破《やぶつ》テ、三陣ニ付《つく》。上総五郎兵衛、出塞《いでふさがつ》テ戦ケレ共、忠清負《まけ》色ニ成《なり》テ、北ノ麓《ふもと》ヘ被二追下一《おつくださる》。源氏爰《ここ》ヲ破《やぶつ》テ、四陣ニ付《つく》。伊賀平内左衛門尉、待受《うけ》テ戦ケルガ、家長モ不レ叶《かなはず》シテ、南ノ谷ヘ追落《おひおと》サル。源氏、四陣ヲ

一　一〇五頁注二三に注したように平家物語諸本は山陽道での三つの合戦を実際とは異った順序で描いている。実際には一〇月中旬に妹尾との合戦、閏一〇月一日に水島合戦、そしてこの時期、義仲は在京中。この日は玉葉によれば義仲は後白河院のもとに参上している。

二　源行家。義仲と行家との疎隔、対立は閏一〇月一九日には決定的となっていたのだろう。玉葉・寿永二年閏一〇月二〇日の記事。↓補注二七

室山合戦

三　自分より強くすぐれたもののいない間だけいばる小人を言う諺。

四　側近として力を奮う臣下。

五　玉葉、吉記、百錬抄ほかによると行家は寿永二年一一月八日に平氏追討のために京都を発向。↓補注二八

六　義仲が淀川沿いに北上して京都の南から入京するとすれば、京都の西の丹波口から出京して丹波路をとる行家は義仲をかわすことができるのである。一〇九頁注一二今宿も参照。後に一ノ谷の平家攻撃に向う源義経がとったのも丹波路（巻三六・源氏勢汰）

七　播磨国揖保郡室津、現在の兵庫県揖保郡御津町。瀬戸内海航路の要港。

八　平教盛と通盛。一〇〇頁注六、一〇六頁注三。

九　一〇六頁注二。

一〇　室津の背後の山。室山合戦は寿永二年一一月二八、二九日。↓補注二九。それを一一月初旬のことであるかのように書いて、一一月一九日の法住寺合戦より前に置く。山陽道の一連の合戦を一括して叙述するわけである。

一一　生没年未詳。飛騨守景家の子。平宗盛の乳母子。平家物語では壇ノ浦合戦で宗盛を捕えた

破《やぶつ》テ、五陣ニ付《つく》。門脇中納言、八千余騎ニテ引《ひか》ヘ給ヘリ。大勢、支塞《ささへふさがつ》[62]テ戦《たたかひ》ケル中ニ、中納言ノ侍ニ、紀七[一七]、紀八、紀九郎トテ、兄弟三人アリケルガ、劣ラヌ剛《かうの》者、精兵《せいびやう》ノ手キヽ也ケルガ、死生不レ知《しらず》ニ進出《すすみいで》テ、矢ジリヲソロヘテ、指詰引取《さしつめひつとり》散々ニ射ケレバ、面《おもて》ヲ向《むかふ》ベキ様ナクシテ、十郎蔵人、取返《とりかへし》テ落《おち》ケレバ、五陣ノ大勢、時ヲ造懸《つくりかけ》テ責付《せめつけ》タリ。是《これ》ヲ聞《きき》テ四陣、三陣、二陣、一陣、道ヲ塞ギ、時ヲ合《あはせ》テ待処《まつところ》ニ、源氏、四陣ヲ破ラントス。是モ、矢尻ヲ調《そろへ》テ射ケレバ、十郎蔵人ハ、敵ニハカラレニケリト心得テ、其《その》時ハ射《いる》ニモ及バズ、切《きる》ニモ不レ能《あたはず》、シコロヲ傾《かたぶけ》、冑《よろひ》ノ袖ヲ真甲《まつかふ》ニアテヽ、弓ヲ脇《わき》ニ挟《さしはさみ》、太刀《たち》[一八]ヲ肩ニ懸テ、「通レ、者共ヨ、若党」トテ、四陣ヲ走《はしら》セ抜《ぬい》テ、見タリケレバ、千騎ノ勢、三百騎ハ討《うた》レテ七百騎ニナル。此《この》勢ニテ三陣ニツク。是モ散々ニ戦《たたかひ》ケレ共、思切《おもひきり》テ打破《うちやぶつ》テ通《とほり》ニケリ。三百騎討《うた》レテ、四百騎ニナル。此勢ニテ二陣ニツク。是ヲ打破《やぶつ》テ、出《いで》テ見レバ、百余騎ニ成《なる》。此勢ニテ一陣ニ付《つい》テ、今ヲ限《かぎり》ト、死生不レ知《しらず》ニ戦テ、係散《かけちら》シテ出《いで》タレバ、僅《わづか》ニ七、八十騎ニハ過《すぎ》ザリケリ。能登守教経、伊賀平内左衛門家長、田[一九]太左衛門生職、駿[二〇]河兵衛光成、飛騨三郎左衛門景経ヲ始《はじめ》トシテ、五百余騎、南山ノ麓《ふもと》ヨリ、馬ノ鼻ヲ並《ならべ》テ、北ヘ向《むい》テ蒐《かく》。陣ノ内ヨリ豊[二一]後右

伊勢三郎義盛を襲うが堀弥太郎親弘に討ち取られたとする（本書では巻四三・二位禅尼入海）。但し吾妻鏡・文治元年四月一一日の壇ノ浦合戦の合戦注文の生虜の中に飛騨左衛門尉経景の名が見える。同一人物とすれば壇ノ浦合戦を生きのびたことになる。

一二　一〇六頁の注五。　一三　一〇六頁の注八。

一四　文治元年没。尊卑分脈には見えないが、本書巻一・五節夜闇打では平家貞の子とする。本書巻四三・二位禅尼入海では知盛の乳母子として壇ノ浦合戦で知盛とともに自害したとする。

一五　平教盛。延慶本は「新中納言」。覚一本は「新中納言知盛卿」。

一六　延慶本は「コグレ」。とすれば小暮で、木かげの暗がり。

一七　冨倉徳次郎『平家物語全注釈』（中）は底本が第五陣を新中納言知盛卿とすることから、「大宰府都落」に知盛知行国である目代紀刑部大夫通資が味方についたことが見えたが、あるいはその一族か」とする。

一八　伝足利尊氏騎馬像は抜き身の太刀を肩にかつぐ。逸翁美術館蔵大江山絵詞では戦闘前の体勢で抜き身の太刀を肩にかつぐ。十訓抄巻六・二四話に難波経遠が雷鳴のとき抜き身の太刀を肩にかついだが落雷にあったと記す。戦闘に入る直前にとる体勢らしい。

一九　未勘。延慶本、覚一本になし。田口氏。阿波民部重能は田口氏。

二〇・二一　未勘。延慶本覚一本になし。

衛門頼弘、越中次郎兵衛盛嗣、上総五郎兵衛忠清、[一]矢野右馬允家村、同《おなじき》[二]七郎兵衛高村ヲ始《はじめ》トシテ、三百余騎、東《ひんがし》へ向《むかつ》テ、源氏ヲ中ニ挟《さしはさん》デ蒐《かく》。源氏平家、両陣乱合《みだれあひ》テ、或《あるひはゆんで》弓手ニ懸並《かけならべ》テ討捕《うつとる》モアリ、或《あるひはめて》妻手ニ相合《あひあはせ》テ討落《うちおとす》モアリ。四方ニ馳《はせ》乱レテ懸合懸組《かけあひかけくみ》、馬足音、[63]矢叫《やたけび》ノ声、山ヲ響《ひびか》シ地ヲ響ス。源氏モ平氏モ、何隙《いづれひま》アリ共《とも》見ヱザリケリ。爰《ここ》ニ、美作国住人[三]恵比入道守信、[64]幡磨国住人[四]佐用党利季、兼知ヲ始トシテ、七百余騎、西ノ山ノハナヨリ、時ヲ造《つくつ》テ懸《かかり》ケレバ、源氏三方ヨリ被㆓推囲《おしかこまれ》㆒テ、軍《いくさ》忽《たちまち》ニ破レテ、東ヲ指《さし》テ落行《おちゆき》ケリ。平家勝《かつ》ニ乗《のり》、敵ヲ懸背《そむき》テ、[五]ヲモノ射ニゾ射取《いとり》ケル。備前守行家ハ、赤地錦《あかぢのにしき》ノ直垂《ひたたれ》ニ、黒糸威《をどし》ノ冑《よろひ》ヲ著テ、黒馬[六]サビ鴾毛《つきげ》ノ馬ニ乗《のり》、[七]山田次郎重弘、[八]三遠雁《みつとほかり》ノ直垂ニ、紫威ノ冑キテ、黒馬ニゾ乗タリケル。三十余騎ヲ相具《あひ》シテ、東ノ原ヲ北へ向《むい》テ引《ひき》退ク。景経、忠清、盛嗣、家村等鞭《むち》ヲ打《うち》、轡《くつばみ》ヲ並《ならべ》テ追攻《おひせめ》ケレバ、伊賀国住人[九]ツゲノ十郎有重、美濃国住人[一〇]ヲリノ六郎重行ヲ始《はじめ》トシテ、十一騎ヲリ塞《ふさがつ》テ戦フ。有重ハ盛嗣ニ馳合《あはせ》テ、押《おし》ナラベテ組ケレバ、盛嗣立上《たちあが》リテ、左ノ手ニテ、有重ガ甲《かぶと》ヲ引落《おと》シ、髻《もとどり》ヲ取《とり》、鞍《くら》ノ前輪ニ引付《ひきつけ》テ、頸《くび》ヲ掻《かき》、太刀《たち》ノキサキニ貫《つらぬい》テ、馬ヲ引《ひか》ヘテ歩マセ行《ゆく》。誠ニユヽシクゾ見エケル。重行

一　未勘。延慶本、覚一本になし。
二　未勘。延慶本、覚一本になし。
三　未勘。延慶本、覚一本になし。一ノ谷合戦の平家方の交名に見える（二一六頁の注七、延慶本にも）。江見氏は美作国英田郡作東町江見の豪族。美作菅家党の一。本書（二三一頁注一二）と延慶本に三草山合戦の平家方の将として太郎清平の名が見える。覚一本と吾妻鏡・元暦元年二月五日では次郎盛方とする。東作志・江見庄土居村福ノ城に一族の系譜が載り、盛方が特筆され、母を丹後侍従平忠房の娘とし、伊勢海老の家紋の由来譚が記される（『姓氏家系大辞典』）。
四　未勘。佐用党は播磨国佐用郡の豪族。佐用庄は平家没官領。佐用郡西端の上月町は美作国英田郡作東町に隣接。太平記で赤松氏とともに活動。
五　追物射。騎馬で追いつめ振り向く姿勢で矢を射かけること。
六　宿鴾毛。赤褐色を帯びた鴾毛。鴾毛は赤くて白みを帯びる。
七　生没年未詳。尊卑分脈には六郎。源満仲の弟の満政の子孫。美濃尾張に勢力を持つ源氏。巻一三・高倉宮廻宣には美濃尾張の源氏として彼とその一族の名が列挙される。
八　人の字を逆さにした列で飛ぶ雁を図案化した模様で、それを三列、織物にしてある鎧直垂か。
九　未勘。延慶本、覚一本になし。平宗清の子孫を称する柘植党が伊賀国阿拝郡柘植に。
一〇　「をりと」とあるべし。未勘。美濃国多芸郡折戸邑を苗字の地とする豪族か。

ハ景家ニ組《くま》レテ、首トラレニケリ。此間《この》ニ行家、重弘ハ遁《のがれ》得テ、和泉国[一一]ヘゾ越《こえ》ニケル。ツゲノ十郎有重、ヲリトノ六郎重行ヲ始《はじめ》トシテ、百八十人頸《くび》切懸《きりかけ》タリ。カヽリケレバ、備前、幡磨[65]両国ノ勇士《ようじ》等、皆平家ニ随付《したがひつき》ニケリ。

源氏、世ヲ取《とり》タリトテモ、其《その》ユカリナカラン者ハ、指《させ》ル何ノ悦《よろこび》カ有《ある》ベキナレ共、人ノ心ノウタテサハ、平家ノ方ノ、弱《よはき》ト聞《きけ》バ悦《よろこび》、源氏ノ軍《いくさ》ノ勝《かつ》ト云《いふ》ヲバ、興ニ入《いり》テヨロコビ合《あひ》ケリ。サハアレ共《ども》、平家、西国ヘ落下《おちくだり》給テ後ハ、世ノ騒《さわぎ》ニ引《ひか》レテ、資[66]雑財具東西ニ運《はこび》隠シ、京白河ニモテ吟《によひ》ケレバ、引失者《ひきうしなふ》モ多《おほく》、深井ノ中ニ入《いれ》、穴ヲ堀《ほり》テ、埋《うづみ》ナドセシカバ、打《うち》破朽損《やぶれくちそん》ジテ失《うしなひ》シバカリ也。サスガ残《のこる》物モ有《あり》シゾカシ。木曾[一二]、五万余騎ヲ引卒《いんぞつ》シテ、上洛《しやうらく》シテ、武[一三]士京中ニ充満《みちみち》テ、家々ニ乱入《みだれいり》、門ニハ白旗ヲ打上《あげ》テ、家主ヲ追出《おひいだ》シ、財宝ヲ追捕《ついふく》ス。只《ただ》今食ハントテ、箸《はし》ヲ立《たつ》ルヲモ奪《うばひ》取ケレバ、口ヲ空《むなしう》シテ、命生《いく》ベキ様ナシ。道ヲ通《とほる》者モ、衣装ヲ剥《はが》レ、手ニ持《もち》、肩ニ荷《にな》ヘル物ヲモ、抑ヘ取ケレバ、ヤス心ナシ。浅猿《あさまし》ナドハ云《いふ》計《はかり》ナシ。可レ然《しかるべき》大臣、公卿ノ御所ナドコソ、サスガ憚《はばかり》テ、狼藉《らうぜき》ヲバセザリケレ、「平家ノ代ニハ、六波羅ノ一家ト云《いひ》シカバ、只《ただ》恐レヲナスバカリニテ有《あり》シニ、加様《かやう》ニ目ヲ見合《あはせ》テ、食物《じきもつ》[67]ヲ箸[一四]、奪取《とる》事ヤハ有シ。心憂《うき》事

木曾洛中狼籍

一一　延慶本は摂津を経て和泉国へ落ちたとし、覚一本は播磨国高砂から乗船、和泉へ上陸、河内に入ったとする。和泉河内は行家有縁の地だったらしい。平氏追討の発向以前に行家が河内にいたことが玉葉・寿永二年閏一〇月二七日の記事に見え（巻三四の補注四五）、また一五五頁注一四の石河城参照。巻三四・義仲将軍宣では石川城から敗走のことが見える。また平家滅亡後の文治二年五月に行家が捕縛されるのは和泉においてである（吾妻鏡・同月一五日条、延慶本第六末・十郎蔵人行家被搦事付人々被解官事）。

一二　巻二九・倶梨伽羅山、巻三五・粟津合戦などにも上洛の木曾勢を五万余騎とする。

一三　平家都落直後の京中における極度の治安の乱れ、義仲の軍勢の乱暴狼藉は、吉記、玉葉、貴嶺問答、醍醐寺雑事記ほかに記録されている。↓補注三〇

一四　上の語を強調する助詞の「ばし」を「箸」と表記したか。または「食物著物ヲ」とすべきところを誤ったか。

也」ト、老《おい》タルモ若《わかき》モ歎《なげき》ケリ。加賀国住人井上次郎師方[一]ガ、申《まうし》行《おこなふ》ニ依《よつ》テ、木曾、懸《かか》ル悪事ヲスルトゾ聞エシ。只人民《ただにんみん》ノ煩《わづらひ》ノミニ非《あらず》、賀茂、八幡、稲荷、祇園ヨリ始《はじめ》テ、神社仏閣、権門勢家ノ御領ヲモ嫌ハズ、青田ヲ刈取《かりとつ》テ秣《まぐさ》ニ飼《かひ》、堂塔、卒塔婆《そとば》ナドヲ破取《やぶりとつ》テ、薪トシケリ。狼藉不レ斜《なのめならず》、殆《ほとほと》人倫ノ所為トモ不レ覚《おぼえず》。遥《はるか》ニ替劣《かへおとり》シタル源氏也、トゾ沙汰シケル。何者ガ所為ニテカ有《あり》ケン、院御所法住寺殿ノ四足《よつあし》[二]ノ門ニ、札ニ書《かき》テ立《たて》タリケリ。

[三]アカサイテシロタナゴヒニ取替《とり》テ頭《かしら》ニシマク小入道哉《かな》

「サシモ乱《みだれ》ノ世ノ中ニ、ヨク[四]アトナキ者モ有ケリ」トゾ申《まうし》ケル。

一　生没年未詳。加賀国の北部、加賀郡（のち河北郡）井家庄の在地領主。同地からは津幡氏（一八七頁注五）も義仲勢に参加。師方に対する作者のこうした言及について浅香年木氏は、読み本系作者の親白山宮の姿勢、白山加賀馬場と対立する加賀在地領主層への反発を見ている（『治承・寿永の内乱論序説』）。

二　八脚門に次いで重要な門の造り。

三　延慶本には「其比、奈良法師、法皇ヲ歌ニヨミマヒラセテゾワラヒケル」として、この一首を掲げる。ただし、「白サヒテ赤タナゴヒニ取替テカシラニ巻ケル小入道カナ」とある。盛衰記の歌意は、赤いてぬぐいを裂き捨て、それに替えて白いてぬぐいを鉢巻きにする、そんな小入道がいるんだなァ、の意。延慶本の歌意は、白い布きれを裂いて鉢巻きに作り赤いてぬぐいに取り替えて頭に巻いている、そんな小入道がいるんだなァ、の意。「小入道」は後白河院をさす。清盛を清盛入道と呼ぶのを念頭において対比的に小入道というか。

四　いたずら者。巻二・清水寺縁起、巻二四・両院主上還御事に、あとなし者のしわざとして落書、落首が記される。

源平盛衰記　巻第三十四

木曾可㆓追討㆒由同人怠状挙㆓山門㆒
法住寺城郭合戦明雲八条宮人々被㆑討
信西相㆓明雲㆒言四十九人止㆓官職㆒
公朝時成関東下向範頼義経上洛
頼朝遣㆓山門牒状㆒木曾内裏守護
光武誅㆓王莽㆒義仲将軍宣
東国兵馬汰佐々木賜㆓生唼㆒
象王太子象

源平盛衰記榎巻第三十四

法皇ハ、世上ノ狼藉《らうぜき》、人民《にんみん》ノ侘傺《たさい》[一]、歎《なげき》思召《おぼしめし》テ、[二]壱岐判官知康ヲ以テ、木曾ガ許《もと》ヘ被二仰下《おほせくだされ》一ケルハ、「武士洛中ニ充満《みちみち》テ、資財ヲ追補《ついふく》ノ間、人民歎《なげき》々《なげき》テ不二安堵《あんどせざる》一由、其聞《そのきこえ》アリ。速《すみやか》ニ狼藉ヲ可レ鎮《しづむべき》ナリ」ト。知康、木曾ガ許ニ行向《ゆきむかひ》テ、院宣ノ趣申含《まうしふくめ》ケリ。木曾、御返事ヲバ申サズ。サシモノ院宣ノ御使ニ、[三]小袴《こばかま》ニ[四]懸直垂《かけひたたれ》、[五]烏帽子《えぼし》ニ手綱ウタセテ、[六]鬢《びん》モカヽズシテ申ケルコトハ、「ヤ、殿、和主《わぬし》ヲ鼓判官ト京中ノ童部《わらはべ》マデモ申《まうす》ハ、人ニ被レ打《うたれたまひ》給タルカ。又、ハラレ給ケルカ」ト問《とひ》ケレバ、判官苦笑《にがわらひ》テゾ帰《かへり》ケル。此《この》知康ハ、究竟《くつきやう》ノ[七]シテテイノ上手ニテ、鼓判官ト異名ニ呼《よび》ケルヲ、木曾聞《きき》テ、角《かく》申ケルトカヤ。遠国ノ夷《えびす》トイヘ共《ども》、情《なさけ》ヲシリ礼儀ヲバ弁《わきまふ》ルゾカシ。木曾ハ、[八]堅固ノ田舎人ノ山賤《やまがつ》ニテ、院宣ヲモ事トモセズ、散々ニ振舞《ふるまひ》ケレバ、平家ニハ事ノ外ニ替劣《かへおとり》シテ思召ケル。後ニハ[九]山々寺々ニ乱入《みだれいり》テ、堂舎ヲ壊《こぼち》、仏像ヲ破焼《わりたき》ケレバ、兎角云《とかくいふ》ニ及バズ。神社ニモ憚《はばか》ラズ、権門ニモ恐レズ、狼藉イトヾ不レ留《とどまらざり》ケレバ、義仲ヲ追討シテ、都ノ狼藉ヲ可レ被レ鎮《しづめらるべき》由、知康申行《まうしおこなひ》ケリ。[一〇]然《しかる》ベキ御気色ナリケレバ、人ニ

木曾可二追討一由

一　侘も傺も立つ、動かないかたちを言う。失意のあまり立ちつくす。

二　生没年未詳。壱岐守平知親の子。五位検非違使。後白河院第一の近習者（玉葉・治承五年正月七日）。後白河院の今様の弟子（梁塵秘抄口伝集）で、芸能によって取り入った人物。後白河院北面歴名にも載る。

三　くるぶしのあたりで裾を絞るくくり緒のついた指貫の袴で細いものを言う（貞丈雑記）。

四　直垂の裾を袴に入れず、はおったまま着て。

五　巻二〇・佐殿大場勢汰で頼朝の使を迎えた山内兄弟の非礼な態度をいうところにも見える表現。烏帽子の懸緒がゆるみ烏帽子の動く状態をいうか（貞丈雑記）。

六　髪を梳かずほつれた鬢のままで。

七　鼓。「巫鼓シテテイ」（色葉字類抄）

八　かたくなで、どうしようもない、の意。

九　一一九頁注一三。

一〇　後白河院は知康の進言と同じく義仲追討のお気持をもっておられたので。

モ不レ被二仰合一《おほせあはされず》シテ、ヒシ〳〵[一]ト事定《さだま》リヌ。法皇ハ、天台座主明雲僧正[二]、寺ノ長吏八条宮[三]ヲ、法住寺[四]ノ御所ニ招請《せうじやう》シ御坐《おはしま》シテ、「延暦、園城ノ悪僧等ヲ、可二召進一《めししんずべき》由仰《おほせ》ケリ。公卿、殿上人モ御催《もよほし》アリ。又諸寺[五]、諸山ノ執行《しゆぎやう》、別当ニ仰テ、兵ヲ被レ召《めされ》ケレバ、日比《ひごろ》、木曾ニ深ク契《ちぎり》タリケル[六]源氏共ニモ、思《おもひ》々ニ参籠《まゐりこも》ル。山門ノ大衆《だいしゆ》、法皇ノ勅定《ちよくぢやう》トテ、座主僧正ヨリ被二催促一《さいそくせられ》[七]ケレバ、山上坂本[八]ノ騒動不レ斜《なのめならず》。

木曾ハ、北国所々ノ合戦ニ打勝《うちかつ》テ、都ヘ上ラントセシ時、越前[九]国府ヨリ牒状《てふじやう》ヲアゲ、衆徒《しゆと》ヲ語《かたらひ》テコソ天台山ニ上リ、平家ヲ責落《せめおとし》タリシカバ、[一〇]イツマデ憑《たの》マント思《おもひ》ケルニ、惣《そう》ジテハ洛中貴賤ノ歎《なげき》、別而《べつして》ハ山門庄園ノ煩《わづらひ》ナル間ニ、大衆《だいしゆ》、院宣ニ随《したがひたてまつつ》奉テ、木曾ヲ可レ討《うつべし》ト聞エケレバ、義仲、怠状《たいじやう》[一一]ヲ以テ山門ニ上リ、其《その》状ニ云《いはく》、

山上貴所　義仲[一二]謹解

叡山大衆、忝振二上神輿於山上一、猥構二城郭一、於二東西一、更不レ開二修学之窓一、偏専二兵杖之営一。尋二其根源一者、義仲住二梟悪心一、可レ追二補山上坂本一之由、有二風聞一云云。此条極僻事也。且満山三宝護法聖衆、可下令レ垂二知見一給上。自下企二参洛一之日上、宜仰[一三]二医王山王之加護一、顕憑二三塔三千

一　しっかりと。すっかり。
二　永久三年～寿永二年。村上源氏。大納言源顕通の子。後白河院と清盛の対立のなかで後白河院によって安元三年（治承元年）座主（五五代）の座を追われたが、治承三年に五七代座主に還任。この時は現職の天台座主。本書巻五・座主流罪～山門落書に明雲をめぐる治承元年の出来事が詳述される。
三　円恵。寿永二年没。後白河院第五皇子。園城寺長吏次第には園城寺の三六代長吏とするが、僧官補任（続群書類従本）の園城寺長吏次第には見えない。愚管抄も長吏としない。補注一四の醍醐寺雑事記は長吏と記す。玉葉・寿永二年一一月一八日の記事によるとこの時期、兄の仁和寺御室の守覚としばしば院中に伺候していた。愚管抄には尊星王法を行ったとある。↓補注一

同人怠状挙二山門一

四　三十三間堂の一帯。その南殿が法住寺殿。
五　守覚法親王、明雲ほかの高位の僧が軍勢を指図して辻々を固めたと吉記などにある。↓補注二
六　平家都落の際入京したいわゆる相伴源氏で反義仲派となった軍事貴族や在京武者。↓補注三。延慶本は「摂津、川内源氏、近江、美濃ノ狩武者、北陸道ノ兵共」として、義仲麾下の北陸勢の中にも離反者が生じていたとする。天台座主明雲の催促による可能性を浅香年木氏は説く（前掲書）。
七　軍勢として参陣することの催促。
八　日吉神社の鎮座する東坂本。
九　巻三〇・木曾山門牒状。その折りは天台座主明雲あてではなく、堂衆勢力を基盤として反平家活動の中心であった恵光房珍慶あて。巻三一の補注三参照。

之与力一。今何始可レ[一四]致二忽緒一哉。雖レ有二帰依之志一、全無二違背之思一者也。
但於二京中一、搦二捕山僧一之由、有二其聞一云々。此条深恐怖。[一五]号二山僧一好二
狼藉一之輩在レ之。仍為レ糺二真偽一、[一六]粗尋承間、自然狼藉出来歟。更[一七]不レ満二
避儀一。総如二山上風聞一者、義仲卒二軍兵一、可レ令二登山一云云。如二洛中浮
説一者、衆徒企二蜂起一、可レ被二下洛一。是偏[一八]天魔之所為歟。不レ可レ及二自他
信用一。且以二此旨一、可下令レ披二露山上一給上之状、如レ件。

十一月十三日　伊予守源義仲上

進上　[一九]天台座主御房

トゾ書《かき》タリケル。

山門ノ衆徒《しゆと》コレニモ不レ鎮《しづまらず》、イヨ〱蜂起《ほうき》ノ由聞ヱケリ。

若《わかき》殿上人、[二〇]諸大夫、[二一]北面ノ者共ナドハ、興アル事ニ思《おもひ》テ、「ハヤ軍《いくさ》ノ出来《いでこよ》カシ」ト申《まうし》アヘリ。少シモ物ニ心得タル人々ハ、「コハ浅増《あさましき》事哉《かな》」トテ歎《なげき》給ヘリ。院御所法住寺殿ヲ[二二]城郭ニ構《かまへ》テ、官兵《くわんびやう》参集《まゐりあつま》ル。山門、園城ノ大衆《だいしゆ》、上下北面ノ輩《ともがら》ノ外ハ、物ノ用ニ立《たつ》ベキ兵《つはもの》アリ共覚《ともおぼえ》ズ。[二三]堀河商人《あきびと》、[二四]向飛礫《むかひつぶて》ノ印地冠者原《いんぢくわんじやばら》、乞食《こつじき》法師、加様《かやう》ノ者共ヲ被レ召《めされ》タレバ、合戦ノ様モ争《いかで》カ可レ習《ならふべき》。風吹《ふか》バマロビ倒レヌベキ者共也。危《あやふく》ゾ見ヱケル。

一〇　いつまでも頼みに出来ると思っていたのだが。平家都落の後、反平家で結束していた堂衆勢力は目標を失って相対的に弱体化しており、また義仲に失望していたのかもしれない。義仲があてにできる勢力ではなくなっていたか。親平家であり後白河院と対立していた座主明雲は平家都落後、反義仲の姿勢をもっていて、後白河院のために積極的に働いていた。義仲の期待は元来、空しいものであった。

一一　謝罪文。この時はすでに執筆役の覚明は義仲のもとにいなかったか。義仲が屋島の宗盛あてに内書を送るところでも作文者の名前が示されない。延慶本では「世ニモナキ人ノ手、能書ヤアル」と義仲が訊ね、東山のある僧が筆をとったとする（第四・木曾八島へ内書ヲ送ルコト）。行家が離反した折り、覚明も義仲のもとを去ったか。ただし覚一本では法住寺合戦後、義仲に関白談義をする。本書、延慶本は今井兼平がそれを行っている。

一二　下位の者が上位の者に送る解状のかたち。

法住寺城郭合戦

一三　「宜」は「冥」とあるべし。神仏。根本中堂の本尊の薬師如来と日吉社の神。

一四　なおざりに対応し対処する。

一五　京中の治安の乱れに乗じて比叡山の僧であると偽って物品を強奪する者がいたのだろう。

一六　罪のない比叡山の僧徒を訊問して、あるいは乱暴を加えたのかもしれない。

一七　十分にそうした事態を避けるてだてを取ることができなかった。

一八　社会に混乱を惹起して人々を困らせようとする天魔のしわざか。混乱を招く理性を欠いた行動を天魔のあやつりと見る表現は当時、普通のものであった。補注二の吉記にも見える。

一九　明雲あて。注九参照。

二〇「殿上人、諸大夫」「諸大夫、雑色、牛飼童」などと、まとめ呼ばれる階層。権門の家司で四位、五位に至るが地下人。本書では源仲国（巻二五・小督局）や物かはの蔵人（藤原経尹。巻一七・優蔵人。徳大寺家の諸大夫のこの家筋は後に物皮氏を姓とする）などがその階層。

二一　後白河院北面歴名が残る。

二二　補注二の吉記、愚管抄参照。

二三　堀川通には堀川を利用する物資輸送の便によって材木商をはじめ商人が多く居住していた。

二四　石合戦をする程度の京の無頼の若者ども。「入取り強盗し境の牓示論じ、廿騎卅騎引き分けく〳〵、爰かしこにてそら印地し、礫うつたらんには似まじいぞ」（幸若・高館）　岡見正雄「白河印地と兵法」（『国語国文』第二七巻一一号）、中沢厚『つぶて』参照。

一　敵味方を識別するための標。源平合戦の時代は袖に付けるのが武者の習慣。付ける位置についての議論が吾妻鏡に。→補注四

二　軽忽に同じ。軽々しいこと。

三　その様子は合戦の真似ごとで、後の風流の行装を思わせる。一二八頁注一四。「をのれらが有様は、稲荷祭りか祇園会か。加茂の祭りの物まねか。具足に風邪をひかせんとや。おそろしうもなひぞとて」（幸若・くらま出）。

四　鎧に付属した小具足。大鎧の右脇のひきあわせの隙間を塞ぐために着ける。

五　いわゆる軍奉行（武家名目抄・職名部二四上）の真似をした。

六　武士の守護神たる摩利支天ではなく、諸仏菩薩および天台（明雲、八条宮ほかが参陣）、真言（守覚法親王ほかが参陣）の諸大師の絵像

御方《みかた》ノ[一]笠注《かさじるし》ニハ、青松葉ヲ甲《かぶと》ノ鉢ニサシ、冑《よろひ》ノ袖《そで》ニ付《つけ》ナドシテ、ユヽシク[二]軽骨《きやうこつ》也。壱岐判官知康ハ、御方《みかた》ノ大将軍ニテ、[三]赤地ノ錦《にしき》ノ鎧直垂《よろひひたたれ》ニ、[四]脇楯《わいだて》バカリニ、廿四指《さし》タル征矢負《そやおひ》、門外ニ床子《しやうじ》ニ尻懸《しりかけ》テ、[五]軍《いくさ》ノ事行ジ、[六]万《よろづ》ノ仏像、幷《ならび》ニ大師ノ御影ヲ集《あつめ》テ、御所ノ四方ノ築地《ついぢ》ノ腹ニ[2]繙《ひろげ》懸《かけ》タリ。征矢《そや》一筋抜出《ぬきいだ》シテ、サラリ〳〵ト爪遣《つまやり》テ、「哀《あはれ》、只《ただ》今此《この》矢ニテ、白癡《しれもの》ガ頸《くびの》骨ヲ射貫《ぬか》バヤ」トゾ勇《いさみ》ケル。凡《おほよそ》、事ニ於《おい》テ、[3]嗚呼《をこ》ガマシキ事云《いふ》ハカリナシ。「[七]天子ノ賢《かしこき》御眼《まなこ》ヲ以テ、加様《かやう》ノ者被㆓召仕《めしつかはれ》㆒天下《てんが》ノ大事ニ及《およぶ》事ヨ」ト申《まうす》人モ多シ。

昔、[4][八]周武王、[5]殷紂ヲ誅《ちゆう》セントセシニ、冬ノ天ナリケレバ、[6]雲冱《さえ》、雪降《ふる》事、丈ニ余レリ。武王、危《あやふく》見ヘケルニ、五ノ車、二ノ馬ニ乗ル人、門外ニ来《きたつ》テ[7]皇《みかど》ヲ助《たすけ》テ云《いはく》、「誅㆑紂《ちうをちゆうするに》、努《ゆめゆめ》怠《おこたる》事ナカレ」ト云《いひ》テ去《さり》ヌ。武王怪《あやしみ》テ、人ヲシテ是ヲ見ルニ、深雪ノ中ニ車馬ノ跡是《これ》ナシ。「図知《はかりしりぬ》、海神、天ノ使トシテ来《きた》レルナルベシ」ト云テ、終《つひ》ニ紂ヲ誅スル事ヲエタリ。

漢[九]高祖ハ、韓信ガ軍《いくさ》ニ囲《かこま》レテ、危《あやふく》アリケルニ、天、俄《にはか》ニ霧ヲ降《ふら》シテ闇ヲ成ス。高祖、希有ニシテ遁《のがるる》事ヲ得タリ。皆是《これ》人ノ為ニ恵《めぐみ》ヲ

成シ、天ノ加護ヲ蒙《かうぶ》ルユヘ也。木曾、人倫ノ為ニ煩《わづらひ》ヲ致シ、仏神ニ於《おい》テ、憚《はばかり》ヲ恐《おそれ》ザリケレバ、其咎難レ遁《そのとがのがれがたう》シテ、法皇ノ御イキドヲリモ、イヨ〳〵フカク、知康ガ讒奏《ざんそう》モ、日ニ随《したがひ》テ軽カラズ。

木曾ハ、蒙二勅勘一《ちよつかんをかうぶる》由聞《きき》テ、申《まうし》ケルハ、「平家非巡《ひじゆん》[一〇]ノ官ニ昇《のぼり》、君ヲモナミシ奉リ、臣ヲモ流シ失フ。天下《てんが》騒動シテ人民安事《にんみんやすき》ナシ。而《しかる》ヲ義仲上洛《しやうらく》シテ後、逆臣《げきしん》ヲ攻落《せめおとし》テ、君ノ御世ニナシ奉ル。是希代《これきたい》ノ奉公ニアラズヤ。ソレニ何ノ過怠《くわたい》アリテカ可レ被レ誅《ちゆうせらるべき》。但《ただし》、東西道塞《ふさがつ》テ、京都へ物上ラネバ、餓疲テ死ヌベシ。命ヲ生テ、君ヲ守護シ奉ラン為ニ、兵粮米《ひやうらうまい》ノ料ニ、徳人《とくにん》[一一]共ガ持余《もちあまり》タル米《よね》共ヲ、少々トランニ、何ノ苦《くるしみ》カ有《ある》ベキ。武士ト云《いふ》ハ、コトニ馬ヲ労《いたはり》テ、敵ヲモ責《せめ》、城ヲモ落《おと》ス。馬弱《よわう》シテハ高名ナシ。サレバ其食《そのは》[一二]ミ物ノ料ニ、青田青麦ヲ刈ランニ、僻事《ひがこと》ナラズ。院、宮々原《ばら》ノ御所へモ参ラズ、公卿、殿上人ノ家ニモ入《いら》ズ。兵粮米トテハ、支度シ給ハズ。五万余騎ノ勢ニテハアリ。兵《つはもの》共ガ我《わが》命ヲ全《まつたう》シテ、君ノ御大事ニアイ進《まゐら》セントテ、片辺《かたほとり》ニ付《つき》、少々入取《いりどり》[一三]センモ悪《にく》カラズ。上下異《ことなり》トイヘ共、物クハデハハタラカレズ。馬牛強《つよし》トイヘ共、ハミ物ナケレバ道ユカズ。サレバ、御制止モ折ニ依《よる》ベシ。院、アナガチニ不レ可二咎給一《とがめたまふべからず》。タヾ

を塀一面にかけて、後白河院の側に仏法の加護のあることを示し、義仲勢に法住寺攻撃が王法のみならず仏法を傷つけるものであることを見せつけ、畏怖させようとしたというのだろう。

七　後白河院批判。玉葉・寿永二年一一月一九日にも「義仲者是天之誡二不徳之君一使也」とある。

八　宋代に既に武王伐紂平話など芸能化されていた武王伐紂の故事のひと齣。太公金匱に原拠。芸文類聚巻二・天部下・雪や太平御覧巻一二・天部・雪また事類賦巻三・武王之五車両騎にも載るが、原典の「車騎無跡」のモチーフを欠く。本書は百詠和歌第一・天象部・雪に近いが、直接には六代勝事記に拠るか。↓補注五

九　漢楚故事のひと齣。ただし韓信は張良、蕭何とともに漢高祖の三桀。ここは匈奴とあるべし。匈奴とする話が漢書曰として太平御覧巻一五・天部・霧また事類賦巻三・憂漢高祖之被囲に載る。本書は百詠和歌第一・霧に近いが、直接には六代勝事記によるか。そこでも韓信とする。↓補注六

一〇　非順に同じ。順当でない、の意。巻二九・三箇馬場願書には白山の越前、加賀、美濃の馬場に奉った願書に「平家忽昇不当之高位、飽誇非順之栄爵、忝蔑如十善万乗之聖主」とある。

一一　得人とも。裕福な人。

一二　動物の食べもの。飼い葉。

一三　一一九頁注一三。

シ推《すい》スルニ、是ハ鼓メガ讒奏《ざんそう》トオボユ。其《その》鼓ニ於《おい》テハ、押寄《おしよせ》テ打破《うちやぶつ》テ捨《すつ》ベキ物ヲ」トテ、[一]齗《はぎしみ》ヲシテ、「急ゲ殿原々々」ト下知《げぢ》シツヽ、鎧《よろひ》小具足取出《とりいだ》シテ、ヒシメキケレバ、今井[二]、樋口[三]、諫申《いさめまうし》ケルハ、「[四]十善ノ君ニ向奉《むかひたてまつつ》テ、弓ヲ引《ひき》、矢ヲ放《はなち》給ハン事、神明豈《あに》ユルシ給ハンヤ。只《ただ》、幾度モ誤《あやまり》ナキ由ヲ申サセ給《たまひ》テ、[五]頸《くび》ヲ延《のべ》テ参《まゐり》給ヘ。縦《たとひ》、知康ニ御宿意アラバ、本意ヲ遂《とげ》給ハン事、イト易《やすき》事也。私ノ意趣ヲ以テ、院御所ヲ責《せめ》ラレン事、ヨク〳〵御計《はから》ヒ有《ある》ベシ」ト教訓シケレ共、木曽ハ、[六]張魂《はりたましひ》ノ男《をのこ》ニテ、云《いひ》タチヌル事ヲヒルガヘラヌ者也。「我、年来多《としごろおほく》ノ軍《いくさ》ヲシテ、信濃国[七]ヲヘアヒノ軍《いくさ》ヨリ始《はじめ》テ、[八]横田河原、[九]砺波山、[一〇]安高、[一一]篠原、西国ニハ、備前国福[一二]輪寺畷《なはて》ニ至《いたる》マデ、一度モ敵ニ後ヲ見セズ。十善帝王ニテ御座《おはす》トモ、甲《かぶと》ヲヌギ、弓ヲハヅシテ、ヲメ〳〵ト降人《かうにん》ニハ参《まゐる》マジ。左右《さう》ナク参テ、鼓メニ頸打《うち》キラレナバ、悔《くゆ》トモ益アルマジ。義仲ニ於テハ、是《これ》ゾ最後ノ軍《いくさ》ナル。ヨシ〳〵殿原、直人《ただびと》ヲ敵ニセンヨリハ、国王ヲ敵ニ取進《とりまゐら》セタランコソ、弓矢取《とる》身ノ面目ヨ」トテ、更ニ不レ用《もちゐざり》ケリ。

　知康ハ、[一三]軍《いくさ》ノ行事承《うけたまはつ》テ、甲《かぶと》ヲバキズ、鎧計《ばかり》ヲ著テ、[一四]四天王ノ皃《かたち》ヲ絵ニ書《かき》テ、冑《よろひ》[一五]ニヲシ、[一六]左ノ手ニハ突レ鉾《ほこをつき》、右ノ手ニ金剛鈴《こんがうれい》ヲ振《ふつ》テ、法

一　はぎしりする。

二　今井四郎中原兼平。寿永三年没。享年は諸本によって三二歳、三三歳、三四歳と諸説。中三権守兼遠の子で、樋口次郎兼光の弟。義仲の乳母子。義仲の子の清水冠者義基（重、高）は兼平の妹の腹とする（巻二八・頼朝義仲中悪）。樋口、楯、根井とともに木曽四天王。平家物語諸本によると分別のある人物であったらしい。巻三五・粟津合戦でその最期が語られる。

三　一一五頁注一五。

四　天皇のこと。ここでは後白河院を指す。

五　降参の体。「是等ハ首ヲ延テ降人ニ参ル」（延慶本第六本・平家男女多被生虜事）。

六　勝気で強情なこと。

七　延慶本、覚一本は小見（麻績）、会田とする。義仲の信濃の拠点であった小県郡依田（いま上田市）の西に会田御厨、会田の北に麻績。義仲挙兵直後の合戦らしいが未勘。

八　本書巻二七・信濃横田原軍。

九　本書巻二九・砺波山合戦。

一〇　本書巻二九・平家落上所々軍。

一一　本書巻三〇・平氏侍共亡。

一二　本書巻三三・同人（兼康）板蔵城戦。

一三　軍奉行のこと。

一四　四方を守護する護法神。忿怒を示す武装天部形を原則とする。持国天（東方）、増長天(西方)、広目天(南方)、多聞天(北方)。一二六頁の注三に記したように風流の行装を思わせる。

一五　貼る。

一六　天部ないし明王部の諸尊の持ち物を持って、自らを護法神に准えたのだろう。

一七　本書巻二・額打論でも謡われる。梁塵秘抄巻二・四〇四「滝は多かれど、嬉しやとぞ思ふ、鳴る滝の水、日は照るとも絶えで、とうたへ、

住寺殿ノ四面ノ築垣《ついがき》ノ上ヲ、東西南北渡行《わたりありき》テ、時々ハ、「ウレシヤ水」[一七]トハヤシ、舞《まひ》ナドシケレバ、見人《みる》、「知康ニハ別ノ風情ナシ。ヨク天狗《てんぐ》ノ付《つき》タルニコソ」ト申《まうし》ケリ。木曾ガ軍《いくさ》ノ吉例[一八]ニハ、陣ヲ七手[一九]ニ分《わか》チツヽ、末ハ一手、二手ニモ行合《ゆきあひ》ケリ。一手ハ、今井四郎兼平、三百余騎ニテ御所[二〇]ノ東《ひんがし》、瓦坂《かはら》[二一]ノ方ヘ搦手《からめで》ニマハル。一手ハ、信濃国住人楯六郎親忠[二二]ヲ大将軍ニテ、八条ガ末ノ西表ノ門ヘ向《むか》フ。一手ハ西河原[二三]ニ陣取《ぢんをとり》、一手ハ木曾義仲、四百余騎ニテ七条ガ末[二四]、北門ノ内、大和大路[二五]西門ヘゾ追手ニトテ向《むかひ》ケル。折節、勢モナカリケレバ、都合千余騎[二六]ニハ過《すぎ》ザリケリ。

十一月十九日辰《たつの》[二七]時ニ、矢合《やあはせ》ト聞《きこえ》ケレバ、大将軍知康、騒《さわぎののしり》ケル程ニ、西北両門ヨリ押寄《おしよせ》テ、ドヽ時《とき》ヲ造ル。今井四郎兼平、東《ひんがし》ノ門ヨリ攻《せめ》ヨセテ、同《おなじく》時ヲ合《あはせ》タリ。城中ニモ形《かた》ノゴトクノ時ヲ合《あは》ス。軍兵《ぐんびやう》、門前近ク責《せめ》寄《よせ》テ見レバ、諸ノ仏像ヲ築地《ついぢ》ノ腹ニ掛並《かけならべ》タリ。乞食《こつじき》法師ガ勧進所[二八]カトゾ笑《わらひ》ケル。知康、築地《ついぢ》ノ上ニテ、「イカニヲノレラハ、夷《えびす》ノ身トシテ、忝《かたじけなく》モ十善ノ君ニ向《むか》ヒ進《まゐら》セテ、弓ヒカントハ仕《つかまつ》ルゾ。宣旨ヲダニモ読《よみ》カクレバ、王事[二九]靡《もろいことなう》レ盬シテ、枯《かれ》[三〇]タル草木猶華《なほはな》サキミナル。末代ト云《いへ》ドモ、皇法豈《あに》ムナシカランヤ。サレバ、汝《なんぢ》等ガ放タン矢ハ、還《かへつ》[8]テ巳ガ身ニ立《たつ》ベシ。

やれことつとう」。「うれしや水之曲はやして」（明月記・天福元年二月二〇日）。馬場光子「神歌の系譜──「足柄」考」（『梁塵』一号）

一八　縁起をかつぐのである。旗の名前（畠山の旗。本書巻二三・畠山推参）や馬の名前（義経の馬。延慶本第六本・八嶋ニ押寄合戦スル事）など。

一九　「吉例に任て初は七手に分て」（巻二九・倶梨伽羅山）、安宅の合戦も七手。

二〇　年中行事絵巻一・朝覲行幸に法住寺殿の絵あり。法住寺の発掘調査は行われているが、遺構の全体は未確認（『史料　京都の歴史』2・考古）。責め口は位置の特定ができないが『史料　京都の歴史』10・東山区の付録地図を参考にできる。

二一　位置に諸説。山城名勝誌に「瓦坂　在柳原庄東、従醍醐勧修寺へ有道」として醍醐道の口にあてる。醍醐道は中昔京師地図に「山科へ出ル　醍醐道」とし、三十三間堂の南から東に延びる道となっている。今熊野宝蔵あたり、また更に東の今熊野南日吉町あたりとも。

二二　元暦元年没。信州滋野氏。根井小弥太行親の子。行親は中三権守兼遠の頼みで義仲の後楯として旗上げを助けた（本書巻二六・兼遠起請）。今井、樋口、父の根井とともに木曾四天王。義経勢との鴨河原の合戦で討死。

二三　建仁寺門前の西河原町また法住寺の西の鴨川の川原も位置が不適当。他の責め口との関係からは法住寺の南であるべきで、西瓦町と見るのが適当。同じ音ゆえの誤記か。

二四　法皇御所の法住寺南殿は七条末に北接。

二五　法住寺の西側の南北の通り。

二六　補注二の愚管抄参照。

二七　玉葉は未刻のこととする。申刻に後白河院

是ヨリ放タン矢ハ、[一]征矢《そやの》トガリ矢ヲヌイテ射《いる》トモ、巳[9]等ガ鎧《よろひ》ヲトヲサン事、紙ヲ貫《つらぬく》[二]ヨリモアダナルベシ。アナ無慙《むざん》ヤ。阿弥陀仏〱」ト云《いひ》ケレバ、木曾、大《おほき》ニ笑《わらひ》テ、「サナイハセソ。アノヤツ射殺セ。其奴《そのやつ》ニガスナ」トテ、散々ニ射ケレバ、知康ハ築地《ついぢ》ノ上ヨリ引入《ひきいり》ヌ。木曾、「時刻ナ廻《めぐら》シソ。火責《ぜめ》ニセヨ」ト下知シケレバ、ヤガテ御所ノ北ノ在家ニ火ヲ懸《かけ》タリ。[三]参籠《まゐりこもり》冬ノ空ノ習ニテ、北風ハゲシク吹《ふき》ケレバ、猛火《みやうくわ》御所ニゾ懸《かかり》ケル。参籠タリケル公卿、殿上人、僧俗ノ官兵《くわんびやう》ドモ、肝《きも》魂モ身ニ副《そは》ズ、足萎《なへ》手振《ふるひ》ケレバ、ウデスクミテ弓モ引《ひか》レズ。指ハタラカデ、太刀《たち》モヌカレズ。タマ〱長刀《なぎなた》ヲトル者ハ、逆《さかさま》ニ突《つき》テ足ヲ貫《つらぬい》テ倒死《たふれしし》、爰《ここ》ニマロビ、彼《かしこ》ニ臥《ふし》テ、被ニ踏殺《ふみころされ》一蹴《け》殺サル。西ニハ大手責懸《かく》ル。北ニハ猛火《みやうくわ》燃来《もえきた》ル。東《ひんがし》ニハ搦手待請《からめでまちうけ》タリ。哀哉《あはれなるかな》、[四]黒白二《ふたつ》ノ鼠《ねずみ》、木ノ根ヲ嚼《かむ》ガゴトク也。遁《のがれ》テ行《ゆく》ベキ方ゾナキ。去《さり》トテハ、南面ノ門ヲ開《ひらき》テ、我先々《われさきにわれさき》ニト迷出《まよひいで》、八条ガ末へ、西面ノ門ヲバ、山法師ノ固《かため》タリケレ共、楯六郎親忠ニ被レ破《やぶられ》ケレバ、蜘《くも》ノ子ヲチラスガ如《ごと》ク落失《おちうせ》ヌ。金剛鈴《こんがうれい》ノ知康モ、人ヨリ先ニ落ケルガ、余《あまり》ニ周章《あわて》テ、金剛鈴ヲ[五]捨思《すつるおもひ》モナクシテ、手ニ持《もち》ナガラ、カラリ〱ト鳴《ならし》ケルヲ、兵《つはもの》共ガ、「アノ鈴《れい》持タル男コソ、事起《おこ》シヨ。逃《のが》スナ、射ヨ、キ

方は敗戦とする。→補注七

二八　たとえば遊行上人縁起絵巻三には四条橋のたもとで人形を使って釈迦の涅槃のさまを見せる乞食聖の勧進所の絵がある。

二九　詩経に原拠。世俗諺文、玉函秘抄、澄憲作文集第一・国王などにも。

三〇　「万の仏の願よりも千手の誓ひぞ頼もしき枯れたる草木も忽ちに花咲き実生ると説いたまふ」(梁塵秘抄巻二、巻一〇)、古今著聞集巻六ほかにも見える今様の一節。

一　ここでは矢の種類としての尖矢ではなく矢の根（鏃）の種類のこと。貞丈雑記巻一〇・弓矢之部に図が載る。

二　脆くて簡単だ、の意。

三　その交名は補注七の吉記参照。

四　月の鼠の譬喩。象に追われた人が木の根につかまって井戸に隠れるが、そこには毒蛇がいた。そして彼の縋り付く木の根は黒白二匹の鼠が齧ろうとしている、という賓頭盧説法経の話に拠る。黒白の鼠は黒月と白月を指し、人の生命が時間によって食まれてゆくことを示し、月の鼠のたとえは生命のはかなさを示すたとえに用いられることが多い。ここでは原拠の話の状況がそのままに準えられて、どちらにも逃れることが出来ずに、ただ死を待つだけ、という状況の喩として引かれている。小峯和明「月のねずみ考」(『説話の声　中世世界の語り・うた・笑い』)に詳論あり。

五　捨てることも忘れて、の意。

レ」ト云ケレバ、敵ノ方ヘ後様《うしろざま》ニ抛遣《なげやり》テ、イヅチヘカ落《おち》ケン、不レ見《みえざり》ケリ。

七条ガ末ヲバ、摂津国源氏[六]多田蔵人、[七]豊島冠者、[八]大田太郎等、固《かため》タリケレ共、大将軍ノ知康、落《おち》ニケレバ、是モ兎角免出《とかくのがれいで》テ、七条ヲ西ヘ落行《ゆき》ケリ。[九]兼《かね》テ其《その》辺ノ在地人ニ触《ふれ》ケル事ハ、「落武者ノトヲランヲ、一人モ漏《もら》サズ打《うち》殺セ。是ハ院宣ゾ」ト云《いひ》タリケレバ、七条ノ大路ノ北南ノ家々ノ上ニ、楯突櫓掻《たてつきやぐらかい》テ、落武者ヲバ、木曾ガ方ノ者ゾト心得テ、散々ニ射《いる》。弓矢ナキ者ハ、[一〇]襲《おそひ》ノ石、木ヲ以テ打ケレバ、「イカニ是《これ》ハ御方《みかた》ノ兵《つはもの》ゾ、誤《あやまち》スナ」ト云ケレ共、ヒタ打《うち》ニ打ケレバ、多ク打殺《ころさ》レケリ。[一一]摂津国源氏等、郎等アマタ射殺サレ、打殺サレテ、我《わが》身ハ家ノ檐《のき》ニ立寄《たちより》テ、物具脱捨《ぬぎすて》テ、ハウ〳〵落テゾ罷《まかり》ケル。

[一二]天台座主明雲大僧正ハ、馬ニメサントシ給ケルヲ、楯六郎親忠、[一三]能引《よっぴい》テ放《はなっ》矢ニ、御腰ノ骨ヲ射サセテ、直逆《まっさかさま》ニ落給ヒ、立《たち》モアガリ給ハザリケルヲ、親忠ガ郎等、落重《かさなっ》テ御頸《くび》ヲトル。[一四]寺ノ長吏八条宮モ、[一五]根井小弥太ガ放《はなっ》矢ニ、左ノ御耳ノ根ヲ、[一六]横首《よこくび》木ニ射サセテ倒《たふれ》給フ。是ヲモ落重テ、御首ヲ取《とる》。哀《あはれ》ト云《いふ》モ疎《おろか》也。[一七]御室《おむろ》モ、此《この》有様ヲ御覧ジテ、「如何《いかが》スベキ」ト仰《おほせ》アリケルニ、「只《ただ》御出《いで》候ヘ」ト勧申《すすめまうし》ケレバ、御車ニ召《めし》テ出《いで》サセ給フ。

六　生没年未詳。清和源氏、源頼光の子頼国の子孫。頼光の父満仲が摂津国北部の多田（兵庫県川西市）に居住して後、多田を苗字とする。玉葉、吉記、吾妻鏡などに多田蔵人大夫行綱。ただし内の蔵人ではない。鹿谷事件（巻五・行綱中言）以後、叛服常ならぬ人物として平家物語に登場。

七　未勘。摂津国北部の豊島を苗字の地とする頼光流の清和源氏。九条院蔵人、建礼門院判官代の信弘は豊島蔵人、その子の朝弘も豊島蔵人。

八　未勘。摂津国太田郡（いまの大阪府茨木市）を苗字の地とする頼光流の清和源氏。仲綱の子の広綱が太田氏の祖。

九　後白河院がたが勝利を確信していて、合戦の前に、の意。

一〇　屋根の板のおさえに使っている石や木。

一一　巻四六・義経始終有様にも摂津源氏として三人の名が見える。都落する義経を攻めるのだが、簡単に蹴散らされたとする。

明雲八条宮人々被レ討

一二　「明雲ハ山ニテ座主アラソイテ（仁安二年のこと）快修トタヽカイシテ、雪ノ上ニ五仏院ヨリ西塔マデ四十八人コロサセタリシ人ナリ。スベテ積悪多カル人ナリ」「今日（法住寺合戦）ハ又コノ武者シテ候コト、コハイカニ」「景勝光院ノ方ヲカタメタリケル山ノ座主」「座主ノ兵士」（愚管抄巻五）、また補注二の吉記、愚管抄からも明雲が以前にも叡山で合戦を指導し、この度も木曾との合戦に積極的に参加していたことが分る。それ故に敵として狙われていたのだろう。

一三　玉葉では切り殺されたとするが、愚管抄には射殺とする。↓補注八

一四　円恵法親王。吉記・寿永二年一一月二二日

木曾是《これ》ヲ見テ、能引《よくひき》堅メテ、既ニ射奉ラントシケルヲ、今井四郎兼平、何トテ知進《しりまゐら》セタリケルヤラン、「アレハ御室《おむろ》ノ召《めさ》レタル御車也。誤《あやまち》シ給フナ」トイヘバ、木曾、弓ヲ緩《ゆるめ》テ、「御室トハイカナル人ゾ」ト問《とふ》。兼平、「僧ノ中ノ王ニテ、貴キ人ニテワタラセ給フ」ト答《こたふ》。木曾、「サテハ仏ヤ。仏ハ何ノ料ニ、軍《いくさ》ノ城[一]ニハ籠《こもり》給ヒケルゾ」トハ云《いひ》ナガラ、「穴貴々々《あなたふとあなたふと》」ト申《まうし》テ、楯六郎ヲ付《つけ》テ、戦場ヲ送出《おくりいだ》シ奉ル。アブナカリケル御事也。

法皇ハ、御所ニ火懸《かかり》ケレバ、御輿ニ召《めし》テ、南面[二]ノ門ヨリ御出《いで》アリ。武士、責懸《せめかかつ》テ御輿《こし》ニ矢ヲ進《まゐら》セケレバ、御力者《りきしや》共ハ、サスガ命ノ惜《をし》ケレバ、跛々逃失《はふはふのがれうせ》ヌ。公卿、殿上人モ被二立阻一《たてへだてられ》テ、散々ニ成《なり》ケルヲ、此彼《ここかしこ》ニ打伏《うちふせ》ラレテ、赤裸ニ剥《はぎ》取ラレ、御伴ニ可レ参《まゐるべき》様モナシ。豊後少将宗長[三]ト云《いふ》人、木《もく》蘭地《らんち》ノ直垂《ひたたれ》、小袴《こばかま》ニクヽリアゲテ、只《ただ》一人御伴ニ候ケリ。少シ強力《がうりき》ノ人ニテ、御輿《こし》ニ離《はなれまゐら》進セズ。武士ナヲ弓ヲ引《ひき》、矢ヲ放《はなち》ケレバ、宗長、高声《かうしやう》ニ、「是《これ》ハ法皇ノ御渡《わたり》ナリ。誤仕《あやまちつかまつる》ナ」ト詈《ののしり》ケレバ、楯六郎親忠ガ弟ニ、八島四郎行綱[四]ト云者、馬ヨリ飛下《とびおり》テ、御車[五]ニ移載進《うつしのせまゐ》ラセテ、五条[六]内裏へ渡シ入進《いれまゐ》ラセケリ。ヤガテ守護シ奉ル。宗長[七]計《ばかり》ゾ御伴ニハ候ケル。御幸ノアリ様、推量《おしはか》ルベシ。

また補注八の玉葉に華山寺（元慶寺）で落命とする。愚管抄の記す脱出時の様子。↓補注九

一五　行親。元暦元年没。信州滋野氏。楯六郎親忠の父。中三権守兼遠の頼みで義仲の後楯として旗上げを助けた（巻二六・兼遠起請）。今井、樋口、楯とともに木曾四天王。義経勢との鴨六条河原の合戦で討死。その首が義仲、今井兼平、高梨忠直とともに六条河原に懸けられたとする（延慶本第五本・師家摂政ヲ被止給事）。

一六　首枷をつけたように首の根もとを真横に射抜かれて。

一七　守覚法親王。後白河院の皇子。法住寺殿に院参していたことは補注二の吉記参照。愚管抄では一番に逃げたとする。↓補注一〇

一　補注二の愚管抄に「法住寺殿院御所ヲ城ニシマハシテ」とある。

二　補注七の百錬抄に北門から出御とする。本書のなかでは南面に整合性がある。

三　嘉禄元年没。八一頁注六の豊後国の知行国主藤原頼輔の孫で猶子。頼経の子。寿永二年四月に右少将。当時は左少将。玉葉・寿永二年四月一〇日に「近日寵臣」とある。蹴鞠の名手。往生人。

四　未勘。滋野氏系図（続群書類従本）に載せない。

五　補注七の百錬抄に最初、新日吉（今熊野瓦坂にあったか。一代要記に太政入道松殿基房の新日吉妙音堂）を目指したが、行く先を変更、車に乗り換えて五条東洞院の摂政（近衛基通）邸に入ったとする。吉記は輿で東へ向かったが追いついた義仲の指示で行先を変更、車に乗り換え摂政五条亭に入り、その後、一二月一〇日に六条西洞院の業忠邸に移ったとする。

[八]主上《しゆしやう》ノ御沙汰、シ参ラスル人モナシ。[九]御所ハ猛《みやう》火《くわ》ト燃《もえ》上ル。庭上《ていしやう》ハ兵《つはもの》乱《みだれ》入《いり》タリ。如何《いかが》スベキ様モナカリケルニ、[一〇]七条侍従信清、[一一]紀伊守範光、只《ただ》二人付《つき》進《まゐら》セテ汀《みぎは》ニゾ有《あり》ケル。御船ニ乗セ奉リ、[一二]池ノ中ヘサシ出《いだ》ス。懸《かかり》ケレバ、御船ヘ矢ノ参ル事、フル雨ノ如《ごと》シ。信清、声ヲ高《たかう》シテ、「是《これ》ハ[一三]内ノ渡ラセ給《たまふ》ナリ。イカニ角《かく》、狼藉《らうぜき》ヲバ仕《つかまつ》ルゾ」ト宣ヒケレバ、木曾ハ、国王ヲ内ト申《まうし》進《まゐら》スル事ヲバ不レ知《しらざり》ケル間、内トハ[11]巳等ガ妻ヲ云《いふ》ゾト心得テ、「内トハ妻ガ事ニヤ。[一四]女トテモ所ヲヤ置《おく》ベキ。只《ただ》皆射殺《いころせ》」ト下知シケレバ、イトヾ矢ヲゾ進《まゐら》セケル。信清、心得テ、船底ニ主上ヲ懐《いだき》進《まゐら》セテ、高声《かうしやう》ニ、「御船ニハ国王ノ渡ラセ給フゾヤ」ト叫《さけび》ケルニコソ、武士モ鎮《しづまり》タリケレ。去共《されども》猶《なほ》、船ノ中ニカヽヘ進《まゐら》セテ、夜ニ入テ[一五]坊城殿ヘ渡《わたし》入《いれ》進《まゐら》セツヽ、其《それ》ヨリ[一六]閑院殿ヘ行幸ナル。儀式作法ハ、中々不レ及レ申《まうすにおよばず》ゾアリケル。[一七]河内守光助、弟ニ源蔵人仲兼ハ、南門ヲ禦《ふせぎ》ケルヲ、[一八]錦織冠《くわん》者《じや》義広ガ落《おつる》トテ、「主上モ法皇モ皆、コノ御所ヲ出《いで》サセ給テ、他所ヘ御幸成《なり》ヌ。今ハ何ヲカ守護シ給《たまふ》ベキ」ト云。「サテハ、誠ニモ誰ヲカ守《まもり》参《まゐら》スベキ」トテ、河内守ハ、東《ひんがし》ノ山ニ引籠《ひきこもり》、山階《やましな》ヘ出《いで》テ、[一九]醍醐路ニ懸《かかつ》テ落《おち》ニケリ。源蔵人ハ、[二〇]法性寺ニ出《いで》テ、南ヲ指《さし》テ落行《ゆき》ケリ。

六　五条東洞院の安徳帝の旧内裏。今上後鳥羽院の内裏は二条西洞院の閑院。但し実際は摂政基通邸に入った。この時、基通は宇治さらに奈良に逃避していて不在。→補注一一。補注一二の玉葉にあるように、そこに松殿基房が参上して、摂政交替その他の取りきめが行われたか。
七　補注七の吉記には修理大夫藤原親信卿以下殿上人四、五人が御供していたとする。
八　後鳥羽天皇。
九　前日一八日に法住寺殿に行幸されていたことが玉葉、吉記、百錬抄の同日の記事にある。補注七の玉葉は大貳藤原実清が守護したという伝聞を記す。
一〇　建保四年没。修理大夫正三位藤原信隆の嫡男。後鳥羽院生母殖子（七条院）の弟。当時、侍従。父信隆の邸は巻三二の補注三七に示す七条坊門邸。
一一　建保元年没。刑部卿従三位藤原範兼の子で順徳院母后脩明門院範子（重子）の父範季の猶子。当時、紀伊守。後鳥羽院践祚に功のあった人物。六三頁注二一。
一二　法住寺の庭の池の汀。法然上人絵伝巻一〇に法住寺の庭の池の絵がある。
一三　天皇。妻室をも内という。
一四　女だといっても容赦はしない。
一五　御母儀殖子の七条坊門邸（巻三二の補注三七）。百錬抄・寿永二年一一月一九日の条。
一六　百錬抄の同二〇日の条。
一七　未詳。延慶本は「河内守光資が弟、源蔵人仲兼」とする。尊卑分脈の宇多源氏に「光遠 後白河院判官代 伊豆河内守 ─仲兼 宣陽門院蔵人、河内加賀 以下四ヶ国吏（司カ）」の名が見える。本書巻一三・法皇自鳥羽殿還御に源蔵人仲兼のちに近江守。

爰《ここ》ニ、仲兼ガ郎等ニ河内国住人草香党[一]ニ、加賀房ト云《いふ》法師武者アリ。黒糸威《をどし》ノ鎧《よろひ》ニ、葦毛ノ馬ニ乗《のつ》タリケリ。主ノ馬ニ押並《おしならべ》テ申《まうし》ケルハ、「此馬ノ、余《あまり》ニ沛艾《はいがい》[二]ニシテ、乗《のり》タマルベシトモ覚《おぼえ》ズ。御馬ニ召替《めしかへ》サセ給ヒナンヤ」ト歎キ云《いひ》ケレバ、「サモセヨ」トテ、蔵人ノ乗タリケル栗毛《くりげ》ノ馬ノ、下尾《したを》[三]白カリケルニ乗替《のりかへ》テ、主従八騎ニテ落《おつる》程ニ、敵三十余騎ニテ、瓦《かはら》坂[四]ニ十文字ニ行合《ゆきあひ》テ、「アマスマジ」トテ散々ニ射《いる》。仲兼ハ、加賀坊ガ乗替タル荒馬ノ、口強《つよき》ニ乗《のり》、鞭《むち》ヲ打《うつ》テ、主従三騎ハ、敵ノ中ヲ蒐破《かけやぶつ》テ通《とほり》ニケリ。可レ然《しかるべき》事ト云ナガラ、加賀坊ハ敵ニ禦留《ふせぎとどめ》ラレテ、同僚共ニ五騎ノ者共討《うた》レニケリ。我《わが》馬ニダニ乗タリセバ、今度ノ命ハ生《いき》ナマシ。仲兼ハ、馬ヲ早メテ打《うつ》程ニ、木幡[五]ニテ、時ノ摂政[六]近衛殿ノ御車ニ追付《おつつき》進《まゐら》セタリ。摂政殿ハ、「アレハ仲兼歟《か》。御伴ニ人ノナキニ、御身近ク候ヘ」ト仰《おほせ》アリ。宇治殿[七]ヘ送《おくり》入レ進《まゐら》セテ、河内国ヘ下《くだり》ケリ。仲兼ガ家子《いへのこ》[12]ニ、信濃二郎頼直[八]ト云者ハ、大勢ニ被二押阻一《おしへだてられ》テ、打《うち》具セザリケレバ、蔵人ガ跡目ヲ尋《たづね》テ、南ヲ指《さし》テ行《ゆく》程ニ、栗毛《くりげ》ノ馬ノ下尾白キガ、所々ニ血付《つき》ナドシテ、道ノ側《かたはら》ニイナヽキ居タリ。頼直、是《これ》ヲ見テ、加賀坊ニ乗替タルヲバ、争《いかで》カ知《しる》ベキナレバ、「アナ心憂《こころう》。蔵人殿ハ、ハヤ討レ給《たまひ》ニケリ。一所ニテ、イカニモナラバヤ

八　生没年未詳。義光流清和源氏。近江源氏で義仲入京の際の相伴源氏。山本兵衛尉義経の子。吾妻鏡・寿永三年正月二〇日に義仲追討の源義経勢と義仲との洛中の合戦で行方不明とし、そこでは錦織判官と呼ばれる。寿永二年一二月二二日に右衛門権少尉となり検非違使となっていた。五二頁注二。

九　一八五頁の二〜五行に宇治から京に入る四つのルート。そのどれかの逆方向を辿ろうとしたか。

一〇　藤原氏の氏寺。北界は法性寺大路一の橋(今の泉涌寺五葉ノ辻町)、南界は稲荷山、西界は鴨川、東界は東山の広大な寺域を持つ。法住寺南門から法性寺北辺までは南に数百米か。

一　日下、草刈とも。延慶本は「草苅ノ加賀房源秀」とする。河内国河内郡の北端に日下郷があった(いまの東大阪市)。

二　悍馬でかんが強くおどりあがること。

三　たてがみと尾の白い馬。たとえば承久の乱の宇治川合戦での佐々木信綱の乗馬も下尾白。

四　一二九頁注二一。法住寺の南から東へ向けて山科へ出る醍醐街道の口にあたる。

五　京都から伏見を経て宇治に至り、さらに奈良に向う道筋に位置する。いまの宇治市の木幡一帯。一三三頁注一九。

六　基通。天福元年没。近衛基実の息。清盛の娘寛(完)子の婿。治承四年から摂政。この時、二四歳。補注八の玉葉によると後白河院の寵愛を受けていた。一三二頁注六、補注七、一一によると合戦前に宇治・奈良方面に脱出していた。

七　源融の別荘であった宇治院がのちに藤原道長の手に渡り頼通のころから宇治殿と呼ばれてそこに平等院が造営される。

トコソ思《おもひ》シニ」トテ、舎人《とねり》男ヲ相尋《あひたづね》テ、「イカニ、此《この》馬ハ何レノ勢ノ中ヨリ走出《はしりいで》タルゾ。主ノ敵ナレバ、同《おなじく》ハ其《その》勢ニ蒐合《かけあひ》テ命ヲ捨《すて》ン」トイフ。舎人モ、乗替《のりかへ》タルヲバ不レ知《しらず》。馬ノ出所《いでどころ》ヲバ見タリケレバ、シカ〳〵ノ勢ト教フ。頼直唯《ただ》一人、三十余騎ノ勢ニ返合《かへしあはせ》テ、「是ハ源蔵人仲兼ノ家ノ子ニ、信濃次郎頼直ト云《いふ》者也。主ヲ討《うた》レテ、命ヲ可レ惜《をしむべき》ニアラズ」ト云《いひ》テ、散々ニ戦《たたかひ》ケルガ、敵四騎討捕《うちとつ》テ、我《わが》身モ敵ニ討《うた》レニケリ。

[13][九]幡磨中将雅賢ハ、指《させ》ル[一〇]武勇《ぶよう》ノ家ニアラズ。天性[一一]不用《ぶよう》ノ人ニテ、面白《おもしろき》事ニ被レ思《おもはれ》ケレバ、[一二]兵杖《ひやうぢやう》ヲ帯シテ参籠《まゐりこも》リ給ヘリ。[一三]滋目結《しげめゆひ》ノ直垂《ひたたれ》ニ、黒糸威《をどし》ノ腹巻ヲゾ被レ著《きられ》タリケル。殿上ノ[一四]四面ノ[一五]下侍ヲ出《いで》テ、西ノ妻戸ヲ押《おし》破《やぶり》テ被レ出《いでられたり》ケルヲ、楯六郎、頸骨《くびの》ヲ志《こころざし》テ、能引堅《よつぴきかため》テ兵《ひやう》ト放ツ。[一六]折烏帽子ノ上ヲ射貫《いぬ》キ、其《その》矢、妻戸ニ[一七]篦中《のなか》射籠《こめ》タリ。其時イト騒《さわが》ズ俄《もてなし》テ、「我ハ、[14]幡磨中将ト云者ゾ。誤《あやまち》スナ」ト宣ヘバ、楯六郎、馬ヨリ飛下《とびおり》テ、生捕ニシテ宿所ニ誡置《いましめおく》。[一八]越前守信行ハ、[一九]布衣《ほい》ニク[二〇]ヽリヲロシテ、オハシケルガ、共ニ具シタリケル侍モ雑色モ、落失《おちうせ》テ一人モナシ。二方ヨリハ武士責来《せめきたり》、御所々々ハ猛火燃《みやうくわもえ》覆ヘリ。大方スベキ様《やう》モナカリケレバ、大垣ノ有《あり》ケルヲ、コエン〳〵トセラレケルヲ、主[二一]ハ誰ニテカ有ケン、後ヨリ前

八 未勘。延慶本は信乃二郎頼成。
九 建久三年没。源資賢の孫。父の早世で資賢の猶子。参議。当時、播磨守で右中将。後白河院の近臣。管絃と郢曲に堪能。法住寺合戦に参加、兄弟（叔父）の資時とともに生捕りにされたことは玉葉にも見える。↓補注一二
一〇 むしろ音楽の家。郢曲相承次第参照。父の大納言資賢は後白河院の音曲の師匠。兄弟（叔父）の資時が郢曲の長を相承している。
一一 同音の「武用」のあて字。本書は他の箇所でもこの字を用いている。
一二 兵仗。武装して法住寺の軍勢に加わった。
一三 一〇六頁注六。
一四 延慶本は「西面」とある。
一五 院の殿上における侍臣の詰所。
一六 立烏帽子のいただきを折って被るかたち。折ったところを裏から竹針をさして留める。それを平礼（ひれ）烏帽子ともいう。近衛の中少将も晴れの日には平礼烏帽子。資賢の家は後部を据えた形に作って被るのが流儀であった。「資賢卿家、烏帽子後ヲスヘタリ」（餝抄中巻）
一七 矢の竹の部分。深々とささった。
一八 寿永二年没。六三頁注一三の藤原信隆の弟。正四位下。宮内卿。越前守。法住寺合戦の時に落命したことは百錬抄に見える。補注七参照。
一九 野外用の衣類である狩衣。布（絹以外の織物）で製するので布衣という。
二〇 指貫の裾に付けてある括り紐を絞らずに。
二一 射た人物。

へ射トヲシテ、空様《そらざま》[一]ニ倒《たふれ》テ、焼《やけ》給ケルコソ無慙《むざん》ナレ。主水正《もんどのかみ》[二]近業ハ、清[三]大外記頼業真人ガ子也。薄青ノ狩衣《かりぎぬ》ニクヽリ[四]上《あげ》、葦毛《あしげ》ノ馬ニ乗《のつ》テ、七条河原ヲ西ヘ馳《はせ》ケルヲ、今井四郎[五]馳並《ならべ》テ、妻手《めて》ノ脇《わき》ヲ射タリケレバ、馬ヨリ逆《さかさま》ニ落《おち》ニケリ。狩衣《かりぎぬ》ノ下ニ腹巻[六]ヲゾ着タリケル。「コハ思懸《おもひかけ》ザルフルマヒ哉《かな》。[七]明経道ノ博士也。兵具ヲ帯スル事、然《しかる》ベカラズ。[八]『餝兵者不祥之器』トイヘリ。[九]『老子経』ヲバ見ザリケルヤラン」ト、人々傾《かたぶ》キ申《まうし》ケリ。

[一〇]刑部卿三位頼輔ハ、迷出《まよひいで》テ、七条河原ヲ逃《にげ》給ヒケルヲ、何者ニテカ有《あり》ケン、歩立《かちだち》ナル男ノ、太刀《たち》ヲ抜《ぬい》テ、アマスマジトテ追懸《おつかけ》ケレバ、逃《にげ》バ中々悪《あし》カリナント思テ、「戯呼《ああ》、誰人ニテ御座《おはします》ゾ。誤《あやまち》シ給《たまふ》ナ。是ハ刑部卿三位頼輔ト申《まうす》者ニテ侍《はべる》ゾ。弓矢ヲ取《とつ》テ、武士ニ手向《てむかひ》スル者ニアラズ。只《ただ》、君ノ御伴ニ参ルバカリ也」ト閑々《しづしづ》ト云《いひ》タリケレバ、太刀ヲバ鞘《さや》ニ納《をさめ》テ、表下剥取《うへしたはぎとり》テ、命バカリハ助《たすか》リ給ヌ。烏帽子[一一]サヘ落失《おちうせ》ニケレバ、スベキ方ナクシテ、左手ヲ以テ前ヲ拘《かか》ヘ、右手ヲ以テ本鳥《もとどり》ヲトラヘ、裸ニテ、野中ノ卒都婆《そとば》[一二]ノ様ニテ立《たち》給ヘリ。サシモ浅増《あさまし》キ最中ニ、人々皆腸《はらわた》ヲ絶《たつ》。十一月十九日、如法《によほふ》[一三]、朝ノ事ナレバ、サコソ河風サムカリケメ。此《この》三位ノ兄公《あにぎみ》ニ、[一四]越前法橋章救ト云《いふ》人アリ。彼《かの》法橋ノ中間[一五]法師、軍《いくさ》ハイカヾ成《なり》ヌラン

一　あおむけに。
二　清原親業。寿永二年没。頼業の子。主水正。法住寺合戦で落命したことは補注八の玉葉、補注七の百錬抄そして玉葉・寿永二年一一月二四日の記事→補注一三
三　文治五年没。清原祐隆の子。正五位下、直講、大外記。明経道の大家。実務上の手腕と学識が高く評価された。「国之大器、道之棟領」(玉葉・安元三年五月一二日)。兼実の恩顧を得、常に訪問。兼実の子たちの家庭教師（玉葉・寿永二年一一月一四日)。
四　指貫の裾につけてある括りの紐を絞った状態をいう。前頁の注二〇と対比。検非違使の場合だが非常時の御所伺候には括りを上げ、平常時には上げない。上げると不吉であるとされた。吾妻鏡・文永三年三月二九日の条参照。
五　兼平。
六　胴を守る簡便な鎧。
七　経書の専門家。清原氏は中原氏と並ぶ明経道の家。
八　「ショクヘイハフシヤウノキ」老子・偃武三一の「夫佳兵不祥之器」が原拠。明文抄巻五にも「兵者不祥之器、非君子之器、不得已而用也」とある。餝兵は飾りたてた武器。佳兵は鋭利な武器。武器は不吉な道具である、の意。
九　中国の道家書。明経道は儒学いってんばりで老子を読んでいないのだな、の意。
一〇　八一頁注六。
一一　烏帽子掛けの緒をあごのところに結び、また小結（こゆい）と呼ばれる緒で烏帽子をもとどりに結びつけるので、ふつうでは烏帽子は落ちない。俗人で烏帽子を被っていないのは童子などの身分のものに限られる。それ故、無帽の頭は不面目なものに見られるのである。小結、

トテ、立出《たちいで》テ見廻《まはり》ケル程ニ、河原中[16]ニ裸ニテ立《たち》タル者アリ。何者ゾト思《おもひ》、立寄《より》テ見タレバ、三位ニテゾ御座《おはし》シケル。穴《あな》、浅増《あさまし》トハ思《おもひ》ナガラモ、スベキ様ナケレバ、我《わが》著タリケル薄墨染ノ衣ノ、脛《はぎ》[一六]高ナルヲ、脱《ぬぎ》テ打懸《うちかけ》タリ。三位、是《これ》ヲ空《うつほ》[一七]ニ著テ、頬冠《ほほかぶり》シ給タリケレバ、衣短《きぬみじか》フシテ腰マハリヲ過《すぎ》ズ。墨ノ衣ノ中ヨリ、顔バカリ指出《さしいで》テ脛《はぎ》アラハ也。中々、直《ひた》裸也ツルヨリ、ヲカシカリケレバ、上下万人ドヨミ[一八]也。中間法師ニ相《あひ》具シテ、兄公《あにぎみ》ノ法橋ノ宿所、六条油[17]少路へ御座《おは》シケリ。従者《ずさ》ノ法師モ、小袖一《こそでひとつ》ニ白衣《びやくえ》[一九]ナリ。主ノ三位モ、衣計《ばかり》ニ、ホウカブリシテ空《うつほ》也。人、目ヲ立《たて》、指ヲサシテ笑《わらひ》ケレバ、中間法師モ、ヨシナキ[二〇]御伴哉《かな》、早《はや》イソギ行《ゆき》給ヘカシ、ト思ケルニ、三位ハイソガレズ、閑々《しづしづ》ト歩《あゆみ》テ、「此《この》[18]少路ハイ[二二]ドコト云《いふ》ゾ。アノ大道ハナニト云《いふ》ゾ。此平門《ひらかど》[二一]ハ誰《た》ガ許《もと》ゾ。アノ棟門《むなかど》[二三]ハ何者ガ家ゾ」ナド問《とひ》給ケレバ、中間法師、「アマリニサムク侍リ。人目モ見苦《ぐるし》キニ、急ギ御宿所へ入《いら》セ給へ」ト申セバ、三位ハ、「寒シトハナニゾ。何事カ見苦シキ。加様《かやう》ノ乱《みだれ》タル世ニ、作法アルマジ。ヨキ次《ついで》ニ、京中修行セン」ト宣《のたまひ》テ、少シ巧《たくみ》ニ造《つくり》タル家門、若《もし》ハ前栽造《せんざいつくり》ナドシタル所へハ立入《たちいり》給テ、枯《かれ》タル薄《すすき》、衰《おとろへたる》菊ヲ詠《ながめ》タリ。家ノ造様、讃毀《ほめそし》リ給ヘバ、アマリニ不《あらざる》レ有々様《ありさま》也。

烏帽子掛けの図は貞丈雑記巻三・烏帽子之部参照。
一二 立ち竦む、また、立ったまま動かないことの形容。「清水の大門にやけそとばの如く立ちずくみにして」(お伽草子・物くさ太郎)
一三 文字通り、の意。本書は辰の刻(午前八時ごろ)合戦開始とする。一二九頁注二七。
一四 未勘。尊卑分脈に不載。
一五 召使い階級で法体をしている。
一六 脛の上までしかない短いのを、の意。高野聖などの服装に近い。
一七 延慶本に「ウツヲニ」とある。頭からすっぽり被るように。無帽を隠すためである。
一八 大騒ぎで大笑いだ。
一九 墨染の衣を着ていない下着姿。
二〇 有難くないお供だなあ。
二一 いづこ(何処)。
二二 屋根の上を平に作った門。「いたくむげならぬ家の(下略)ひら門に車よせなどさるほどにしたるが」(閑居友巻下・第五話)
二三 樓門に対して、樓がなく屋根の棟のように上部を作った門をいう。家屋雑考巻三に図がある。

乱《みだれ》タル折節ナレバ、家ゴトニ、「何者ゾ。[一]無レ骨《こつなし》。罷出《まかりいで》ヨ」ト嗔《いかり》ケレバ、三位ハ、「イヤ〳〵[二]事カケジ。是ハ刑部卿三位頼輔ト云《いふ》者ノ、世ニハ隠《かくれ》ナシ。[三]知ラネバ咎《とがめ》モ道理ナレ共、[四]ヨシ〳〵苦《くるし》カラジ」トゾ宣《のたまひ》ケルニコソ、中間法師ハ、イトヾ悲《かなし》ク思《おもひ》ケレ。実《まこと》ニ此《この》人一人ニ不レ限《かぎらず》、ヲカシク浅猿《あさまし》キ事多カリケリ。寒キ比《ころ》ナリ。衣一《ひとつ》モ着タル者ヲバ剥取《はぎとり》、裸ニナシタレバ、男モ女モ見苦《ぐるし》ク、心憂《うき》事ノミ有《あり》。名ヲモ惜《をし》ミ、恥ヲモ知《しり》タル者ハ、皆討《うた》レヌ。サナキハ加様《かやう》ニノミ有テ、遁出《のがれいで》ケリ。

[五]京検非違使ニ、[六]源判官光長、今ハ伯耆守ニ成《なり》タリケリ、其《その》子ノ[七]判官光恒、父子散々ニ戦《たたかひ》テ、討《うた》レニケリ。[八]近江前司為清モ討レヌ。其外、甲斐《かひ》ナキ命イキタル人々ハ、公卿モ殿上人モ、都ノ外ニ逃《にげ》隠レテ、世ノシヅマルヲゾ相待《あひまち》ケル。

[九]法住寺殿ハ、サシモ執《しつ》シ思召《おぼしめし》、被レ造《つくりみがかれ》タリケレ共、一時ガ程ニ焼亡《ぜうまう》ス。人々ノ家々モ、門ヲ並《ならべ》、軒ヲ礙《きしり》タリケレ共、一宇モ残ラズ焼《やけ》ニケリ。

[一〇]廿日卯時ニ、木曾、[一一]六条河原ニ出《いで》テ、昨日十九日ニ所レ切頸《きるところのくび》共、竹結《ゆひ》渡シテ懸並《かけならべ》ツヽ、千余騎ノ兵《つはもの》、馬ノ鼻ヲ東《ひんがし》ヘ立《たて》、悦《よろこび》ノ[一二]時トテ三箇度作リ叫《さけび》ケリ。洛中白河ヒヾキ渡リケレバ、又イカナル事ノ出来《いでき》ヌルゾヤト

一　無作法だ。
二　厄介はかけない。
三　私が何者か知らなかったので、咎めたのももっともだが。
四　よいよい、恐縮するには及ばぬ、及ばぬ。
五　この時代、地方の国にも検非違所（けびいどころ）が設置され検非違使が任命されていたので、それに対してこのように記したのだろう。
六　六一頁注二八。寿永二年八月一六日と二五日に義仲勢と相伴源氏に対する勧賞を含む除目が行われた。八月二五日に伯耆守基輔が安芸守に移って伯耆守があいたので、光長は二六日に伯耆守に任じられたのだろう。彼と息子の光経の奮戦のことは補注七の吉記にも記す。
七　光経。寿永二年没。検非違使。左衛門尉。吾妻鏡・文永三年三月二九日の記事に法住寺合戦で戦死としている。
八　寿永二年没か。高階家行の子。近衛天皇の蔵人、後白河院判官代。治承三年一一月の清盛による政変の際の人事で実務能力を買われ主殿頭ついで近江守に。平家政権の一端を荷い、かつ後白河院の院司としても活躍したらしい。
九　山槐記・永暦二年四月一三日に「今日院有御移徙于法住寺殿。彼是日、件殿四郭被籠一〇余町。其内堂舎大小八〇余宇被壊棄。衆人有怨々。」とある。一〇余町の土地を境域にとりこみ、その中の住宅、堂舎を取り壊して法住寺を作ったのである。南殿、西殿、清浄光院さらに蓮華王院（三十三間堂）などの堂舎が建てられた。
一〇　百錬抄は同日。吉記は二一日。↓補注一四
一一　補注一四の吉記、百錬抄では五条河原。
一二　ときの声を三度あげたことは補注一四の百錬抄にも見える。

テ、京中ノ貴賤騒《さわぎ》アヘリ。懸並《かけならべ》タル頸《くび》[一三]三百四十、是《これ》ヲ見テ泣叫《なきさけぶ》者多カリケリ。定《さだめ》テ、父母《ぶも》妻子ナドニテコソアリケメ。

越前守信行朝臣、[一四]近江前司為清、主水正《もんどのかみ》[19]近業ナドノ首モ、此《この》中ニアリ。寺ノ長吏八条宮ノ三綱《さんがう》ニ、[一五]大進法橋行清ト云《いふ》者、宮モ討《うた》レサセ給ヌト聞《きき》テ、濃《こき》墨染ノ衣ニ、[一六]ツボミ笠《がさ》キテ、六条河原ヘ行《ゆき》、頸共見巡《めぐり》ケルニ、[一七]天台座主明雲僧正ノ御首、八条宮ノ御頸、一所ニゾ懸タリケル。行清法橋、目クレ心迷《まよひ》シテ、衣ノ袖《そで》ヲ顔ニアテ、忍《しのび》ノ涙ニ咽《むせび》ケリ。サコソ悲《かなし》カリケメト、被二推量一《おしはかられ》テ哀《あはれ》也。御頸ニトリモ付《つか》バヤ、ト思フ程也ケレ共、サスガ人目モヲソロシク、泣々《なくなく》宿所ニ帰《かへり》ヌ。夜深《ふけ》、人定《しづまつ》テ後、又六条河原ニ行テ、二《ふたつ》ノ御首ヲ盗取《ぬすみとつ》テ東《ひんがし》山ニ行《ゆき》、年比知《としごろしり》タル[一八]墓ノ僧ニ、誂《あつらへ》テ焼《やか》セツヽ、高野山ニ登リ[一九]奥院ニ納《をさめ》奉リ、五輪卒都婆《そとば》ヲ彫立《きざみたて》テ、我《わが》身モ高野山ニ登リ、奥院ニ閉籠《とぢこもり》、二人ノ御得脱ヲゾ祈《いのり》ケル。亡魂イカニウレシトオボシケン。此《この》二僧ト申シ奉ルハ、[二〇]一寺一山ノ和尚《くわしやう》トシテ、[二一]真言、天台ノ奥《あう》賾《さく》ヲ極メ、仏法王法ノ導師トシテ、[二二]天長地久ノ御願ヲ祈御座《いのりおはしまし》キ。悲哉《かなしきかな》、[二三]邪見ノ毒箭《どくのや》、忍辱《にんにく》ノ衣ヲ破《やぶる》事ヲ。哀哉《あはれなるかな》、[二四]放逸ノ利剣、慈悲ノ粧《よそほひ》ヲ侵《をかす》事ヲ。[二五]遠ク天竺《てんぢく》ヲ考《かんがふ》ルニ、[二六]龍樹菩薩ハ弘経[20]大士《だいし》也、引正太子ニ被レ失《うしなはる》。[二七]伽《か》

一三　補注一四の吉記、百錬抄の示す数字の約三倍。

一四　さきに為清の戦死が記され整合性はあるが、補注七の百錬抄には近江守重章の戦死の記載あり、為清の名はない。実否は不明。　一五　未勘

一六　市女笠に似て、それより深くかつすぼまったかたちで、顔を隠すのに便宜な笠。

一七　補注一四の吉記と百錬抄の記事から推測するとこの二人の首は河原に懸けられてはいない。愚管抄によると、明雲の首は西洞院川に捨てられ、明雲の弟子顕真がそれを探し出し持ち帰ったという。↓補注一五

一八　のちの毛坊主。

一九　平安末には既に納骨の地となっていた。

二〇　三井寺と延暦寺。

二一　天台の遮那業と止観業。

二二　天皇と皇后の安寧。

二三　高僧の戦場での死を比喩的に表現。忍辱の衣は僧衣のこと。

二四　注二三に同じ。慈悲の粧は法体のこと。

二五　以下、守屋と聖徳太子の因縁までは宝物集の怨憎会苦を利用しているか。↓補注一六

二六　大唐西域記巻一〇・憍薩羅国が原拠。龍樹は中観派の祖、天台で重んじる大智度論の著者。真言では八祖の首位。王位を早くに得んとする引正王の太子に謀られて自らの首を与える。

二七　経律異相巻一五、諸経要集巻一四、十誦律巻一七などが原拠。伽留陀夷は仏弟子、六群比丘の一人。前生で羊を殺した報いで舎衛国の商人のために殺される。

留《る》陀《だ》夷《い》ハ、證果《せうくわ》ノ尊者也、舎衛商人《しやえのあきびと》ニ被レ殺《ころさる》。神通《じんづう》第一ノ[一]目連、[21]執杖《ちやう》外道《げだう》ニ被レ亡《ほろぼさる》。[二]満足十号ノ釈尊、[三]提婆達多ニ打《うた》レ給ケリ。近ク我《わが》朝ヲ聞《きけ》バ、[四]修敏僧都ハ秘密上乗ノ行者ナリ。シカレ共《ども》、弘法大師ニ調伏セラレ、[五]守屋大臣ハ、朝家三公ノ重臣タリシカ共、太子聖霊ニ誅《ちゆう》罰セラレ給キ。此等《これら》皆、[六]宿罪怨憎《をんぞう》ノ報《むくい》トハ云《いひ》ナガラ、[七]二宗ノ法燈忽《たちまち》ニ消《きえ》、両寺ノ智水、速《すみやか》ニ乾キヌルコソ悲《かなし》ケレト、上下涙ヲナガシケリ。

[八]後白川院[九]御登山ノ時、[一〇]少納言入道信西、御伴ニ候ケリ。[一一]前唐院ノ重宝、衆徒《しゆと》存知ナカリケレ共、信西才覚吐《はき》ナドシタリケリ。其次《そのついで》ニ、[一二]明雲僧正、「我ニイカナル相カ有《ある》」ト御尋《たづね》アリ。信西、「[一三]三千ノ貫首《くわんじゆ》、一天ノ明匠ニ御座《おはしま》ス上ハ、子細不レ及レ申《まうすにおよばず》」ト答フ。重《かさね》タル仰《おほせ》ニ、「[一四]我ニ兵杖《ひやうぢやう》ノ相アリヤ」ト尋給ケレバ、「世俗ノ家ヲ出《いで》テ、[一五]慈悲ノ室ニ入御座《いりおはしまし》ヌ。災夭《さいえう》何ノ恐《おそれ》カ有《ある》ベキナレ共、兵杖《ひやうぢやう》ノ相アリヤノ御詞《ことば》、怪《あやし》ク侍《はべり》テ、是即《これすなはち》、兵死ノ御相ナラン」ト申《まうし》タリケルガ、ハタシテ角成《かくなり》給ヒケルコソ哀《あはれ》ナレ。[一六]或《ある》陰陽師ノ申ケルハ、「[一七]一山ノ貫長、[一八]顕密ノ法燈ニ御座《おはしま》ス上ハ、僧家ノ棟梁《とうりやう》イミジケレ共、御名コソ誤付《あやまりつか》セ給ヒタリケレ。月日ノ文字ヲ並《ならべ》テ、下ニ雲ヲ覆ヘリ。月日ハ明《あきらか》ニ照《てらす》ベキヲ、雲ニサヘラル丶難アリ。カ丶

一　増一阿含経巻一八・一九、毘奈耶雑事巻一八などが原拠。「執杖」は「竹杖」とあるべし。「竹枝」とする伝本あり。九冊本宝物集は「竹枝」とする。
二　仏としての十種の称号を完備する。
三　大智度論巻三、大唐西域記巻六などが原拠。法華経直談抄巻七本など。
四　守円、守敏、修円、修敏とも表記。宝物集には修敏と宗円の二通り。興福寺伝法院本願。大威徳明王の化身。この因縁は弘法大師行状集記、同御伝、今昔物語集巻一四第四〇話、太平記巻三に載る。後二者がより近い。↓補注一七
五　聖徳太子伝一六歳の条の有名な説話。

信西相二明雲一言

六　この世での怨僧会苦の体験は前世の罪業の報いであるということ。
七　天台と真言。天台宗と真言宗ではなく天台宗の止観業（顕教）と遮那業（密教）。
八　古事談第一、沙石集巻二、雑談集巻八、平治物語（金刀比羅本巻上）に載る。後白河院ではなく鳥羽法皇の御幸の折りのこと。↓補注一八
九　比叡山御幸。
一〇　平治元年没。南家藤原氏。実兼の子。俗名通憲。学者にして政治家。後白河院の乳母紀伊二位の夫。子孫に俊秀多く平家物語の作者に擬せられる者もいる。
一一　根本中堂の西、大講堂の北にある。円珍が円仁顕彰のために建立（天台座主記）。円仁請来の密教文献を所蔵。前唐院見在書目録が伝存。
一二　徒然草第一四六段にも載る。↓補注一九
一三　比叡山の三千人の衆徒の長、つまり座主。ただし信西在世中に明雲は座主になっていない。
一四　不安を根拠にもつ科白である。一三一頁注一二。

レバ、コノ災ニモアヒ給フニヤ。」

或《ある》人ノ云《いひ》ケルハ、「延暦寺[一九]止観院ノ中堂ト云《いふ》傍ニ、前唐院ノ宝蔵ニ、[二〇]天台ノ一《いちの》箱トテ、白布ニテ裹《つつみ》タル方《はう》一尺計《ばかり》ノ櫃《ひつ》アリ。其《その》中ニ、[二一]黄紙ニ書《かき》タル文一巻アリ。其文ニ、座主ノ次第ヲ注《しるし》タリ。一生不犯《ふぼん》ノ座主、[二二]拝堂ノ日、宣旨ヲ申《まうし》テ彼《かの》箱ヲ開《あけ》テ、[二三]其注文ヲ見《みる》ニ、我《わが》名字ノ所マデ是《これ》ヲ見テ、奥ヲバ見ズシテ、本ノ如ク端ヘ巻返《まきかへし》テ、被ニ納置《をさめおかるる》一習ト承ル。先《さきの》座主モ、[二四]仁安二年二月十五日ニ、当職ニ被レ補《ふせられ》給フ。生年五十三トカヤ。明雲ト云《いふ》御名字ヲ披《ひら》キ見給テ、衣ノ袖《そで》ニ涙ヲ裹《つつみ》テ、出堂ト承《うけたまはる》。根本大師、[二五]兼《かね》テ注《しる》シ置《おき》給ヘル名字ナリ。凡夫ノ是非スベキ事ニアラズ、只《ただ》、宿罪コソ悲《かなし》ケレ」。サレバ[二六]一代ノ釈迦ハ、頭痛背痛ヲ遁《のがれ》給ハズ。五百ノ尺子《しやくし》ハ、[二七]瑠《る》璃《り》王ノ害ヲ不レ免《のがれざり》ケリ。

故少納言入道信西ノ末ノ子ニ、宰相[二八]修憲ト云《いふ》人ハ、此《この》世ノ有様、合戦ノ次第、心ウク覚《おぼえ》ケル上、木曾、法皇ヲモ五条ノ内裏ニ押籠《おしこめまゐ》ラセ、兵《つはもの》稠《きびし》ク守リ進ラスト聞《きき》給ケレバ、イカヾシテ、[二九]今一度君ヲモ可レ奉レ見《みたてまつるべき》、ト思《おもひ》ケルアマリニ、俗ヲバヨモ入《いれ》ジ、出家シタラバ免《ゆる》サンズラン、トテ、俄《にはか》ニ本鳥《もとどり》ヲ切《きり》入道シ、墨染ノ袈裟《けさ》衣著テ、[三〇]五条内裏ヘ参《まゐつ》テ、守門ノ者ニ歎《なげき》

一五　慈悲を第一義とする僧の在りかたのたとえ。
一六　覚一本では巻二・座主流に記し、当時有名な安倍泰親としている。金沢文庫保管「(法花)文句私物」巻七(永仁四年成立)に明雲の名を唐人が判じたこと戦場での逝去のことが記される(牧野和夫『実践国文学』第四一号)
一七　比叡山全体を統べるもの。本書巻五・澄憲賜血脈でもこの語が使われている。
一八　天台宗の二業である顕教・止観業と密教・遮那業の法脈を伝えるもの。
一九　一乗止観院。東塔地区の中心であり延暦寺の総本堂である根本中堂。最澄によって建立された比叡山で最初の堂宇(叡岳要記)。
二〇　未勘。
二一　きはだで染めた紙。経文などの料紙にする。
二二　新補の座主が根本中堂を拝する拝堂ののち前唐院の経蔵を開き宝物の唐櫃を拝する儀式があった。天台座主根本中堂御拝前唐院御作法一巻などが残る。一の箱の中を見るのは内陣の御作法のひとつか。
二三　未来に至る座主の名前を順に記した巻き物。
二四　明雲は仁安二年二月一五日(五三歳)、治山三年、治承三年一一月一六日(六五歳)、治山四年、の二度、座主になっている。
二五　延暦寺開祖伝教大師最澄による未来記。
二六　興起行経巻上、毘奈耶雑事などに見える。釈迦の九悩の一に関わる因縁。↓補注二〇
二七　舎衛国の王。吠瑠璃(べいるり)太子とも。父の波斯匿を殺し王位を奪う。迦毘羅衛城の釈迦族を亡ぼす。経律異相巻七などに原拠があり、今昔物語集巻二第二八話、太平記巻三五ほかにも。
二八　唐治二年生れ。没年未詳。信西の末子。母は紀伊二位。のち脩範と改める。正三位、参議。

仰《おほせ》ラレケレバ、僧ナレバ苦《くるし》カラジトテ入奉《いれ》ル。御前ニ参《まゐり》タリケレバ、「アレハ如何《いかに》」ト御尋《たづね》アリ。「シカ〴〵」ト答《こたへ》申ス。マメヤカノ志哉《かな》ト、感ジ思召《おぼしめし》テ、嬉《うれしき》ニモ御涙、ツラキニモ御涙、御身ヲハナレテ不レ尽《つきざり》ケリ。宰相入道モ、涙ニ咽《むせび》給ヘリ。ヤヽ有《あり》テ法皇、「今度ノ軍《いくさ》ニ、僧俗多ク亡《ほろび》ヌト聞召《きこし》ツレバ、誰々モ覚《おぼつかな》ク思召ツルニ、汝《なんぢ》、別ノ事ナカリケル嬉《うれし》サヨ。サテモ又、討《うた》レケル輩《ともがら》、慥《たしか》ニ誰々ナルラン」トテ、御涙ヲ流サセ給フ。宰相入道モ、袖《そで》ヲ絞《しぼり》テ、「明雲僧正、八条宮、信行、為清、近業等モ、討レケリ。[一]能盛、[二]親盛、痛手負《おう》テ、万死一生ト承《うけたまはる》。討レ給フ人々ノ首ハ、六条河原ニ竿《さを》ヲ渡シ、懸並《かけならべ》タリトコソ承《うけたまはり》候ヘ」ト奏シケレバ、法皇、「アナ無慙《むざん》ノ事共哉《かな》。マノアタリ、カヽル憂目《うき》ヲ見《みる》ベシトハ不二思召一《おぼしめさず》。中ニモ明雲僧正ハ、非業ノ死ニスベキ者ニハ非ズ。[三]朕イカニモ成《なる》ベカリケルニ、ハヤ、替《かはり》ニケリ」トテ、又、龍顔《りようがん》ヨリ御涙ヲ流シ御座《おはしま》シケルコソ悲《かなし》ケレ。木曾ハ、法住寺殿ノ軍《いくさ》ニ打勝《うちかつ》テ、万事思《おもふ》サマナレバ、[四]今井、樋口巳下《いげ》[22]ノ兵《つはもの》共召集《あつめ》テ、「ヤヽ殿原、今ハ義仲、ナニヽ成《なる》トモ我《わが》心也。国王ニナラントモ、院ニナラン共、心ナルベシ。公卿、殿上人ニナラント思ハン人々ハ、所望スベシ。乞《こふ》ニヨリナスベシ」ナド、云《いひ》ケルコソ浅猿《あさまし》ケレ。先《まづ》、我《わが》身

後白河院に近侍。醍醐寺で出家、兄弟の勝賢に師事。この一族は醍醐寺と関係が深い。この時に脩範が出家したことは吉記と百錬抄に見える。↓補注二一

二九　治承三年一一月の清盛のクーデターによる後白河院の鳥羽幽閉の折りにも、兄の静憲達と困難を排して参上（百錬抄・治承三年一一月二〇日。ただし本書では静憲のみ参上）。

三〇　一三二頁注六。

一　生没年未詳。藤原成景（西景　巻四・涌泉寺喧嘩）の甥。滝口、下北面、検非違使、出雲守、周防守。清盛の治承三年一一月のクーデターの時に解官。後白河院の近習者で双六の相手をしたり（玉葉・仁安二年六月二六日）忍びの御振舞いの際に近侍している（玉葉・元暦元年六月一七日）。後白河院の御葬送の時は御棺を御車に舁き入れる役を勤める（玉葉・建久三年三月一五日）。補注二八の解官の交名に見えない点から、この時すでに致仕していたと思われる。

二　生没年未詳。長良流藤原氏。大和守親康の子。北面下臈、大和守。後白河院の近習者。補注二八の解官の交名にその名が見られる。後白河院の御葬送の時、炬火の役を勤めている（玉葉・建久三年三月一五日）。

三　愚管抄によると後白河院の皇子八条宮円恵法親王は大事の際、父の命に替わらんと祈ったとある（補注一参照）。

四　今井四郎兼平。樋口次郎兼光。

五　安徳帝は六歳、後鳥羽帝は四歳なので天皇は幼児がなるものと勘違いしたのである。

六　後白河院は出家していて法名行真、当時は五七歳。

ノナラン様ヲ思煩《おもひわづらひ》タリ。[五]「国王ニナラントスレバ、少《をさな》キ童《わらは》也。若ク成《なる》事叶《かなふ》マジ。[六]院ニナラントスレバ、老法師也。今更《いまさらに》入道スベキニモ非ズ。[七]摂政コソ、年ノ程モ、事ノ様モ、成《なり》ヌベキ者ヨ。今ハ摂政殿トイへ、殿原」ト云《いふ》。[八]今井四郎、ヨニ悪《あし》ク思《おもひ》テ、「摂政殿ト申進《まうしまゐら》スルハ、[九]大織冠ノ御末、彼《かの》藤原氏ノ人コソスル事ニテ候へ。[一〇]二条殿、九条殿、近衛殿ナド申《まうす》ハ、彼藤原氏ノ御子孫也。殿ハ、源氏ノ[一一]最中《もなか》ニ御座《おはします》。タヤスクモ左様《さやう》ノ事宣《のたまひ》テ、[一二]春日大明神ノ罰蒙《ばちかうぶり》給フナ」ト云。サテハ何ニカ成ベキト、暫《しばら》ク案ジテ、「ヨキ事アリ。[一三]院ノ御廐《うまや》ノ別当ニ成テ、思《おもふ》サマニ馬取リノランモ所得也」トテ、押《おし》テ別当ニ成テケリ。

[一四]二十一日ニ摂政ヲ奉《とどめたてまつる》レ止。基通ノ御事也。近衛殿ト申《まうす》。其代《そのかはり》ニ、松殿基房御子ニ、権大納言師家ノ、[一五]十三ニ成給ケルヲ、内大臣ニ奉《なしたてまつり》レ成、ヤガテ摂政ノ詔書《ぜうしよ》ヲ被《くだされ》レ下ケリ。折節、大臣ノ闕《けつ》ナカリケレバ、後徳大寺ノ左大将[一六]実定ノ、内大臣ニテオハシケルヲ、暫《しばら》ク[一七]借《かり》テ成《なし》給フ。時人[23]、「昔コソ、[一八]カルノ大臣ハ有《あり》シニ、今モ、[一九]カルノ大臣オハシケリ」トゾ笑《わらひ》ケル。加様《かやう》ノ事ハ、大宮大相国[二〇]伊通コソ宣《のたまひ》シニ、其《その》人オハセネ共、又申《まうす》人モ有ケリ。木曾、近衛殿ヲ奉《とどめたてまつつ》レ止テ、師家ヲナシ奉《たてまつり》ケル事ハ、松殿、

七　摂政基通は二四歳。義仲は三〇歳。
八　今井四郎兼平は田舎武者であるにもかかわらず義仲と違い公家についての知識を持っていたかに記される。一三二頁一—四行でも同じ。
九　藤原鎌足。大化改新を成功させ藤原の姓を賜わる。藤原氏の祖。
一〇　当時、松殿（基房、師家）、九条殿（兼実）、近衛殿（基通）は摂関たり得た。五摂家のひとつ鷹司家は基通の孫兼平から、二条家と一条家はそれぞれ兼実の曾孫の良実と実経から始まる。いずれも鎌倉中期のことである。
一一　中心の存在。
一二　皇位と摂関の位は天照大神と天児屋命（春日大明神）の幽契によりそれぞれの子孫が即くことが定められているとする思想による。
一三　一五二頁注一〇に一二月一三日のこと。院の御厩の別当の役は莫大な得分があったと推定される。五味文彦「日宋貿易の社会構造」（『今井林太郎先生喜寿記念論文集』）小馬鹿にした書き振りだが、武士には権威ある地位であった。
一四　諸記録に見える。↓補注二二。義仲と結んで政界の中枢に帰り咲いた松殿基房が機に乗じてとった措置。↓補注二三
一五　補注二二の百錬抄は一一歳、公卿補任また補注二四の愚管抄は一二歳とする。
一六　建久二年没。左大将の地位に関する巻三・実定厳島詣、同人成大将、風雅の話題の巻一七・実定上洛、待宵小侍従の主人公。
一七　前任者からの借用という非常措置。当時、批判を招いた。↓補注二四
一八　遣唐使として渡唐の後、燈台鬼として唐土に留められていたという大臣の名前。延慶本第一末・迦留大臣之事、宝物集巻一。↓補注二五
一九　この異名は補注二四の愚管抄にも見える。

最愛ノ御女、ミメ形イト厳《いつくし》ク御座《おはし》ケルヲ、女御、后《きさき》ニモト御労有《いたはりあり》ケルニ、美人ノ由伝聞《つたへきき》テ、木曾、推《おし》テ[一]御婿ニ成《なり》タリケル故ニ、御兄公《あにぎみ》トテ、角計《かくはから》ヒナシ進《まゐら》セケルトゾ聞エシ。浅増《あさまし》キ事共也。

[二]二十八日ニ、[三]三条中納言朝方卿以下、文官武官諸国ノ受領、都合[四]四十九人官職ヲ止ム。其《その》内ニ公卿[五]五人トゾ聞ヱシ。僧ニハ[六]権少僧都範玄、[七]法勝寺執行《しゆぎやう》安能モ、所帯ヲ被二没官一《もつくわんせられ》キ。「[八]平家ハ四十二人ヲ解官《げくわん》シタリシニ、木曾ハ四十九人ノ官職ヲ止ム。平家ノ悪行ニハ超過セリ」トゾ、ツブヤキケル。

東国北国ノ乱逆《らんげき》ニヨテ、東八箇国ノ正税官物《くわんもつ》、此《この》三箇年進送《しんそう》ナシ。平家、都ヲ落《おち》ヌト聞給テ、鎌倉ヨリ、千人ノ兵士《ひやうじ》ヲサシテ、[九]済進《さいしん》セラレケルニ、舎弟ニ蒲[一〇]御曹子範頼、[一一]九郎御曹子義経、上洛《しやうらく》ト聞ユ。[一二]京ヨリハ、北面ニ候ケル[一三]橘内判官公朝、[一四]藤左衛門尉時成二人、木曾ガ狼藉《らうぜき》、法住寺ノ合戦、御所ノ回禄《くわいろく》申サンタメニ、夜ヲ日ニ継《つい》デ下向ス。範頼、義経兄弟共ニ、[一五]熱田大郡司ノ許《もと》ニ御座《おはしま》スト聞テ、橘内判官、推参シテ此《この》由ヲ申《まうす》。九郎御曹子宣《のたまひ》ケルハ、「年貢運上《うんじやう》ノ為ニ、鎌倉殿ノ使節トシテ、範頼、義経、上洛ノ処《ところ》ニ、木曾ガ狼藉《らうぜき》、御所ノ焼失、浮説ニ依《よつ》テ承《うけたまはり》侍リ。又、関東ヨ

二〇　永万元年没。太政大臣。大槐秘抄の作者。今鏡・藤波の下、平治物語巻上、愚管抄巻五などに利口に長けていたことを記す。↓補注二六

四十九人止二官職一

一　後に義経軍との六条河原の合戦に打って出る前に別れを惜しんだことが巻三五・木曾惜貴女遺に記される。一七歳とある。延慶本第五本・兵衛佐ノ軍兵等付宇治勢田事にも名残りを惜しんだことが記される。尊卑分脈にこの女性は不載。義仲と公家の女性との逸話が天理本女訓抄巻上に見える。↓補注二七

二　後白河院の近臣・近習者達が解官または出仕を止められた。諸記録に見える。↓補注二八

三　建仁元年没。葉室流の藤原氏。三事兼帯の権中納言朝隆の子。権大納言。鳥羽院の判官代、二条帝の蔵人、六条帝の蔵人頭また右大弁を経る。この時期、院司として活動（玉葉・寿永二年二月二一日）。

公朝時成関東下向

四　補注二八の吉記や玉葉によると、その数ないし近い数の人々への処分があったらしい。

五　藤原朝方、同基家、同実清、高階泰経、平親宗の五人。

六　正治元年寂。大原三寂の寂念・藤原為業の子。似絵の隆信は従兄弟。建久六年から興福寺別当、中山僧正と号す。この時は権別当。

七　文治二年寂。菅原在長の子。僧都。院政と密接に繋がる法勝寺の執行。この時の失脚の後、大宰府天満宮別当として西下。そこでは平家のための祈祷をしたらしい（吾妻鏡・文治二年四月三日、六月一五日）。後白河院の意志が背後にあったのかもしれない。

八　治承三年一一月の清盛によるクーデターの

リ大勢攻上《せめのぼる》ト聞《きき》テ、木曾、今井四郎兼平ニ仰《おほせ》テ、[一六]鈴鹿、[一七]不破、二《ふたつ》ノ関ヲ固《かたむ》ト聞《きこゆ》ル間、兵衛佐ニ申合《まうしあは》セズシテ、木曾ガ郎等ト軍《いくさ》スベキニ非《あらず》。仍《よつて》、閭巷《りよかう》ノ説ニ付《つい》テ、[一八]飛脚ヲ鎌倉へ立候《たてさうらひ》ヌ。其《その》返事ニ随《したが》ハン為ニ、暫《しば》シ爰《ここ》ニ逗留《とうりう》ス。サレバ別ノ使有《ある》ベカラズ。御辺《ごへん》、馳下《はせくだつ》テ巨細《こさい》ヲ可レ被レ申《まうさるべし》」ト宣《のたまひ》ケレバ、橘内判官、熱田ヨリ[一九]鎌倉へ下向ス。俄《にはか》ノ事成《なり》ケル上、法住寺ノ軍《いくさ》ニ、下人共モ逃失《にげうせ》テナカリケレバ、子息ニ[二〇]橘内所公茂トテ、十五歳ニ成ケル小冠者《こくわんじや》ヲ具足シテ、関東ニ下着ス。兵衛佐殿、見参《げんざん》シテ、木曾ガ狼藉《らうぜき》、法住寺殿焼亡《ぜうまう》、委《くはし》ク是《これ》ヲ申《まうす》。兵衛佐殿、大《おほき》ニ驚《おどろき》申サレケルハ、「木曾奇怪ナラバ、蒙二勅定一《ちよくぢやうをかうぶり》誅《ちゆう》スベシ。知康ガ申状ニ依《よつ》テ、合戦ノ御結構、勿体《もつたい》ナク覚《おぼゆ》。知康不二執申一《とりまうさず》ハ、御所ノ焼失アルベカラズ。[二一]懸《かか》ル輩《ともがら》ヲ、仙洞ニ被二召仕一《めしつかはれば》者、向後《きやうこう》モ僻事出来《ひがことしゆつたい》スベシ。壱岐判官ガ所行、返々《かへすがへす》不思議ニ候。木曾義仲ハ重代ノ武者、[二二]当家ノ弓トリ也。[二三]北面ノ輩《ともがら》、サスガ不レ可レ及二敵対一歟《てきたいにおよぶべからざるか》。依二一旦我執一《いつたんのがしふによつて》、及二仙洞回禄一《せんとうのくわいろくにおよぶ》之条、驚《おどろき》承ル処《ところ》也。所詮義仲ニ於《おい》テハ、追討時刻ヲ不レ可レ廻《めぐらすべからず》」ト。壱岐判官ハ、是《これ》ヲバ角《かく》トモ不レ知《しらず》シテ、兵衛佐殿ニ、法住寺ノ合戦ノ事申サンタメニ、[二四]鎌倉へ下向《げかう》。佐殿ハ是ヲ聞《きき》給テ、侍共ニ、「知康ガ云《いひ》イレン事、不レ可二執次一《とりつぐべからず》」ト誡《いましめ》

折りのこと。巻一二・大臣以下流罪。

九　滞納していた貢納を済ますために送ること。頼朝は十月宣旨によって東海東山などの諸国の荘園の検断権を得たが、それに関連しての措置か。

一〇　建久四年没。源義朝の子。養和元年閏二月二三日、頼朝のもとへ参陣（吾妻鏡）、以後、頼朝の先鋒の大将軍となって活動。

一一　文治五年没。源義朝の子。治承四年一〇月二一日、頼朝のもとへ参陣（吾妻鏡）、以後、頼朝の先鋒の大将軍となって活動。済進の目的かどうかは不明だが、義経の上洛の噂は閏一〇月ごろから記録がある。↓補注二九

一二　公朝といま一人の北面下﨟の下向と伊勢での義経との対面のことが補注二九の④にある。

一三　正治元年没。大江氏、ただし世系未詳。延慶本は「宮内判官」。後白河院の近臣。北面下﨟、左兵衛尉、検非違使。巻一八・仙洞管絃で文覚に退出を説得、巻一九・義朝首出獄で源義朝と鎌田正清の首を鎌倉の頼朝に届ける院使（吾妻鏡・文治元年八月三〇日）。後白河院と鎌倉の頼朝の間を往反、その間に頼朝の家人となる。

一四　生没年と世系未詳。後白河院の近臣。この時期は左兵衛尉（補注二八の交名）。

一五　延慶本「大宮司」。頼朝の母は熱田大宮司季範の娘。ただ補注二九の④では伊勢で対面とする。

一六　伊勢と近江の国境、鈴鹿峠に置かれた関。海道（東海道）を押さえる要衝。

一七　今の関ケ原町に関跡あり。東山道を押さえる要衝。

一八　補注二九の④に伊勢から差遣とする。

一九　兼実は鎌倉城と記す。補注二九の②参照。

仰《おほせ》ラレケレバ、知康、近習ノ侍ト覚シキ者ゴトニ、ウデクビ把《とつ》テ、「ヤ丶申《まうし》候ハン〳〵」ト、彼此《かしこここ》ニ云《いひ》ケレ共、誰モ聞入《ききいる》ル者ナシ。日数モ積《つもり》ケレバ、侍《さぶらひ》[一]ニ[二]推参シテ候ケリ。兵衛佐ハ、簾中《れんちゆう》ヨリ見出《いだ》シテオハシケルガ、子息ノ[三]左衛門督頼家ノ、イマダ少《をさな》ク、十万殿ト申ケル時、招寄《まねきよせ》給テ、「アノ知康ハ、[四]九重第一ノ手鼓ト、[五]一二《ひふ》トノ上手トキク。是《これ》ニテ鼓ト一二《ひふ》ト有《ある》ベシトイヘ」トテ、手鼓ニ[六]砂金十二両、取副《とりそへ》テ奉リ給タレバ、十万殿、是ヲ持《もち》テ、簾中《れんちゆう》ヨリ出《いで》テ、知康ニタビテ、「一二《ひふ》ト鼓ト有ベシ」ト勧メ給ケレバ、知康、畏《かしこまつ》テ、賜《たまはつ》テ、先《まづ》、鼓ヲ取《とつ》テ、始《はじめ》ニハ居ナガラ打《うち》ケルガ、後ニハ跪《ひざまづ》キ、直垂《ひたたれ》ヲ肩脱《ぬぎ》テ、サマ〴〵打《うつ》テ、[七]結句《けつく》ハ座ヲ起《たつ》テ、[八]十六間ノ侍《さぶらひ》ヲ打廻《うちめぐり》テ、柱ノ本ゴトニ、無尽ノ手ヲ踊《おどり》シ躍《ころび》シタリ。宛転《ゑんてん》タリ。腰ヲ廻《まは》シ、肩ヲ廻《まは》シテ打タリケレバ、女房[九]男房《なんぼう》心ヲ澄《すま》シ、落涙スル者モ多カリケリ。其《その》後又、十二両ノ金ヲ取《とつ》テ云《いはく》、「砂金ハ我《わが》朝ノ重宝也。輙争《たやすくいかで》カ玉ニ取《とる》ベキ」ト申《まうし》テ、懐中スル儘《まま》ニ、庭上《ていしやう》ニ走下《はしりくだつ》テ、同《おなじ》程ナル石ヲ四《よつつ》トリ持《もち》テ、目ヨリ下ニテ片手ヲ以テ、数百千ノ一二《ひふ》ヲ突《つき》、左右ノ手ニテ数百、万ヲツキ、様々乱舞シテ、ヲウ〳〵音《こゑ》ヲ挙《あげ》テ、ヨク一時突《つき》タリケレバ、其座ニ有《あり》ケル大名小名、興ニ入《いり》テエツボノ会也ケリ。兵衛佐モ見給テ、「誠

二〇　延慶本「公内所」。伝未勘。
二一　義仲滅亡後、知康は左衛門尉に再任されていたが、頼朝は文治元年一二月六日付の解官の奏請のなかで彼の左衛門尉解任を要請している。義経に接近していたことによるか。↓補注三〇
二二　源氏の武者。
二三　後白河院の下北面に候する武者。京また畿内近国の武者。この比較は面白いが延慶本、覚一本また長門本にもない。
二四　実否は未勘。義経滅亡後、陳謝弁解のために鎌倉に下向したことは補注三〇参照。

一　武士の詰所。
二　頼朝の御所に引見の約束を取りつけぬままに強引に参上した。
三　元久元年没。このとき数えで二歳。鎌倉幕府第二代将軍。ずっと後に知康が鎌倉の将軍頼家のもとで幇間的な振舞いをしてその愛顧を得たこと、北条政子がそのことで頼家に諫言したことが吾妻鏡に見える。↓補注三一
四　天皇の御所。
五　石などを三つ四つ持って手玉にとる遊び。
六　お手玉ほどの大きさの包み幾つかにして出したのだろう。
七　最後には。
八　柱間が十六ある遠侍（とおさぶらい・武士の詰所）。
九　男房は蔵人のこと。ここは女房とあるのに調子を合わせて男房と続けたか（安斎随筆巻二・女房男房）。

ニ鼓トヒフトハ、名ヲ得タル者、ト云《いふ》ニ合《あはせ》テ、其《その》シルシアリケリ」トテ、感ジ入《いり》給ヘリ。「鼓判官ト呼《よば》レケルモ理《ことわり》也。ナド、ヒフ判官トハイハザリケルヤラン」トマデ宣《のたまひ》ケリ。其後始《はじめ》テ被二見参一《げんざんせられ》タリ。知康ハ可レ然《しかるべき》事ニ思《おもひ》テ、合戦ノ次第ヲ語《かたり》申《まうし》ケレ共、佐殿、兼《かね》テ聞《きき》給タリケレバ、此《この》段ニハ、其《その》気色不レ可レ然《しかるべからず》シテ、是非ノ返事ナケレバ、知康、見参《げんざん》ハシ奉《たてまつり》タレ共、[10]竿《さを》ヲ吞《のみ》スクミテゾ在《あり》ケル。サレ共、人ハ能[11]ノ有《ある》ベキ事也。知康ヲバ、サシモ憤《いきどほり》深ク思ハレテ、勘当ノ身也ケルニ、鼓ト一《ひ》二《ふ》ト二《ふたつ》ノ能ニ依《よつ》テ、兵衛佐、見参シ給ケルゾ、ヤサシク有難《ありがた》キ。知康ハ、サテモ有ベキナラネバ、上洛《しやうらく》セントテ、[12]稲村マデ出《いで》タリケルガ、能々案《よくよくあんじ》テ、都ヘ上《のぼり》タリトテモ、[13]今ハ君ニ召《めし》仕《つか》ヘ奉ラン事アリ難《がたし》トテ、道ヨリ引《ひつ》返シ、忍《しのび》テ鎌倉ニ居タリケルトカヤ。

兵衛佐頼朝ハ、木曾ガ狼藉《らうぜき》奇怪也、早可二追討一《はやくついたうすべし》トテ、蒲御曹子範頼、九郎御曹子義経、両人ヲ大将軍トシテ、数万《すまん》騎ノ軍兵《ぐんびやう》ヲ被二指副一《さしそへらる》。範頼、義経上洛、ト披露ス。兵衛佐、牒状《てふじやう》ヲ山門ニ送ラレテ、木曾ヲ可二追討一《ついたうすべき》之由、旨趣《しいしゆ》ヲ被レ載《のせられ》タリ。其《その》状ニ云《いはく》、

牒[14]　延暦寺衙

欲レ被下且告二[15]七社神明一、且祈二[16]三塔仏法一追中討謀叛賊徒義仲幷与

一〇　陣弁を続けることができなくなったことの形容。

一一　たとえば十訓抄の教訓の柱のひとつは「第十可庶幾才能芸業事」である。

一二　鎌倉の西の境界。海沿いに鎌倉街道が通る。

一三　法住寺合戦の時は義仲の意志で解任されているが（補注二八）、義仲滅亡後、恐らくは後白河院によって還任されている。義経に同意のものとして頼朝の憤りを買った文治の折は後白河院にも見放された（補注三〇の③④）。

範頼義経上洛

一四　所管、被官関係のない官司または官司に準ずる役所の間で取り交わす牒状の書き出し。「衙」は役所の意。

一五　比叡一山の地主神で天台宗の護法神を祀る日吉山王社。上中下の各七社から成る。

頼朝遣二山門牒状一

一六　延暦寺を構成する東塔、西塔、横河。

力輩上状

牒、遠尋二往昔一、近思二今来一、天地開闢以降、[一]世途之間、依二仏神之鎮護一、
天子治レ政。依二天子之敬礼一、仏神増レ光。云二仏神一、云二天子一、互奉レ守之
故也。于レ茲[二]云二源氏一、云二平氏一、以二両家之奉公一者、為レ鎮二海内之夷敵一、
為レ討二国士之姦士一也。而、当家[三]親父之時、依二[四]不慮之勧誘一、蒙二叛逆之
勅罪一。其刻、[五]頼朝被レ宥二幼稚一、預二于配流一。然而、[六]平氏独二歩洛陽之楼一、
恣究二爵官之位一、家之繁昌、身之富貴、誇二両箇之朝恩一。執二一天之権威一、
[七]忽蔑二如法皇一、剰奉レ誅二[八]親王一。因レ茲、[九]頼朝為レ君為レ世、為レ追二討凶徒一、
仰二年来之郎従一、起二東国之武士一。去[一〇]治承以後、忝蒙二勅命一、欲レ励二勲功一
之間、先以二[一一]山道北陸之余勢一、令レ襲二雲霞群集之逆党一之処、[一二]平氏早退散、
落二向西海浪一。爰義仲等、称二朝敵追討一而、先申二[一三]賜勧賞一、次押二[一四]領所帯一。
無レ程、逐二平氏之跡一、専二逆意之企一。去[一五]十一月十九日、奉レ襲二[一六]一院一、焼二
[一七]払仙洞一、追二討重臣一、剥二奪衣装一。就レ中、[一八]当山座主、[一九]幷御弟子宮、令レ入
二其烈一[26]云云。叛逆之甚、古今無二比類一者也。仍、催二上東国之兵一、可レ追二
討彼逆徒一也。獲二其首一、雖レ無レ疑、且祈二誓仏神之冥助一、且為レ乞二衆徒
之与力一、殊欲レ被二引卒一矣。仍牒送如レ件　以牒

一　当時、喧伝された王法仏法相依の思想に由縁する言葉。
二　巻二・清盛息女にも見える源平観。
三　義朝が平治の乱で誅せられたことをいう。
四　藤原信頼による誘い。
五　清盛の継母の池禅尼の命ごいで伊豆配流。
六　巻一・平家一門繁昌、巻二・清盛息女に総括的に記されている。「樓」は「棲（すみか）」とあるべし。
七　治承三年一一月の清盛のクーデターによる後白河院幽閉をはじめとする諸事件。
八　治承四年五月の後白河院皇子以仁王の弑殺。
九　頼朝は以仁王の令旨を受けて石橋山に挙兵（吾妻鏡）。平家物語では更に後白河院の院宣をも得たとする。
一〇　治承四年八月の石橋山挙兵。のちに吾妻鏡はそれを天下草創の戦いと位置づける。
一一　義仲の進撃を頼朝の命によるとする。
一二　寿永二年七月の平家の都落。
一三　寿永二年八月の除目。七二—七三頁。
一四　平家没官領に関する措置（七六頁）。一〇月宣旨に関わる。頼朝はその宣旨による義仲の所得を押領とした。巻三三の補注一八参照。
一五　法住寺合戦。
一六　後白河院。この時点で上皇は一人なので一院とするのは不適当。法皇とあるべし。
一七　上皇の御所。仙人の住処にたとえる。
一八　明雲。
一九　後白河院の皇子、八条宮円恵法親王。

寿永二年十二月廿一日　[二〇]前右兵衛権佐源朝臣

トゾ被レ書《かかれ》タリケル。[二一]三塔会合僉議《せんぎ》シテ、兵衛佐ニ与《くみ》ス。

平家ハ、[二二]室山、水島、二箇度ノ合戦ニ打勝《うちかつ》テ、木曾追討ノ為ニ、西国ヨリ責《せめ》上ルト聞《きこえ》ケリ。左馬頭義仲ハ、東西ニ詰立《つめたて》ラレテ、如何《いかが》セント案ジケルガ、兵衛佐ニ始終、中ヨカルマジ。[二三]今ハ平家ト一《ひとつ》ニ成《なり》テ、兵衛佐ヲセメント思《おもふ》子細ヲ、讃岐ノ[二四]屋島ヘ申《まうし》タリケレバ、[二五]大臣《おほい》殿ハ大《おほき》ニ悦《よろこび》給ヒケリ。祈々《いのるいのり》ノ甲斐アリテ、帝運ノカサネテヒラケ、再ビ故郷ニ御幸アラン事、目出《めでた》ケレバ、申処《まうすところ》本意ニ思召《おぼしめし》、「[二六]御迎《むかへ》ニ可レ参《まゐるべし》」ト宣《のたまひ》ケルヲ、[二七]新中納言ノ被二計申一《はからひまうされ》ケルハ、「都ニ帰《かへり》上ラン事ハ、実ニ嬉《うれし》ケレ共、木曾ガ為ニ花洛ヲ被二攻落一《せめおとされ》、今又、義仲ト一ニナラン事、不レ可レ然《しかるべからず》。頼朝ガ存ジ思ハン処《ところ》、ハヅカシカルベシ。弓矢取《とる》身ハ、後ノ代マデモ名コソ惜《をし》ケレ。『[二八]十善ノ君、角《かく》テ御渡《わたり》アレバ、[27]冑ヲ脱《ぬぎ》、弓ヲ平《ひら》メテ降人ニ参リ、帝王ヲ守護シ奉ルベシ』ト、仰《おほせ》アルベシトコソ存ズレ」ト宣ケレバ、「最《もつとも》、此《この》儀然《しかる》ベシ」トテ、其定《そのぢやう》ニ返事セラレケリ。木曾、是《これ》ヲ聞《きき》テ、「降人トハ何事ゾ。武士ノ身ト生《むまれ》テ、手ヲ合《あはせ》、膝《ひざ》ヲカヾメテ敵ニ向《むか》ハン事、身ノ恥、家ノ疵《きず》ナリ。昔ヨリ、源平力ヲ並《ならべ》テ、士卒勢ヲ諍《あらそ》フ。今更平家ニ降ヲ不レ可レ乞《こふべからず》。

二〇　頼朝は寿永二年一〇月九日に本官（右兵衛権佐）に復しているので「前」は不適当。
二一　三塔会合僉議の様子は天狗草子・延暦寺巻に絵がある。本書では巻四・豪雲僉議、巻五・山門奏状など。東塔の大講堂の前で行われる。同意の意志表示は「尤（もっとも）」と声をあげる。
二二　それぞれ一〇五頁と一一六頁。
二三　寿永二年一二月に入って、義仲の平家との和親の風説がたびたび取り沙汰されるようになったことが玉葉と吉記から分る。↓補注三二
二四　玉葉・寿永二年閏一〇月一三日、同一一月四日の記事は平家が本拠を阿波民部大夫重能が勢力を張る讃岐においたことを伝えている。↓補注三三。本書では九二頁六行から。
二五　平宗盛。
二六　義仲が安徳帝の京都還幸のお迎えに来るように、の意。
二七　平知盛。
二八　天皇を意味する。

頼朝返リキカン事モ、後代ノ人ノ口モ、面目ナシ」トテ、[一]不レ降《かうせざり》ケリ。

木曾、都ヘ打入《うちいり》テ後ハ、[二]在々所々ヲ追補《ついふく》シテ、貴賤上下安堵セズ。神領寺領ヲ押領《あふりやう》シテ、国衙《こくが》庄園[三]牢籠《ろうろう》セリ。ハテハ[四]法住寺ノ御所ヲ焼亡《やきほろぼし》テ、[五]法皇ヲ押籠《おしこめ》奉リ、[六]高僧[七]侍臣ヲ討害《うちころ》[28]シ、[八]公卿、殿上人ヲ誡置《いましめおき》、[九]四十九人ノ官職ヲ止《とど》メナンド、平家伝聞《つたへきき》テ、寄合々々《よりあひよりあひ》口々ニ被レ申《まうされ》ケルハ、「君モ臣モ山門モ南都モ、此《この》一門ヲ背《そむい》テ、源氏ノ世ニナシタレドモ、人ノ歎《なげき》ハイヤマシ〳〵ナリ」ト、嬉《うれ》シキ事ニオボシテ、興ニ入テゾ笑ヒイサミ給ヘル。

権亮三位中将[一〇]維盛ハ、月日ノ過行儘《すぎゆくまま》ニハ、明《あけて》モ晩《くれて》モ、古郷ノミ恋《こひし》クオボシケレバ、[一一]カリソメナル人ヲモ語《かたら》ヒ給ハズ。[一二]与三兵衛重景、[一三]石童丸ナド、御傍《そば》近ク臥《ふせ》テ、「サテモ此[一四]人々ハ、イカナル有様ニテ、イカニシテカ御座《おはします》ラン。誰カハ、『哀《あは》レ、糸惜《いとほし》』共云《いふ》ラン。[一五]我身《わが》ノ置《おき》所ダニアラジニ、少者《をさなき》共ヲサヘ引具《ひきぐし》テ、イカ計《ばかり》ノ事思《おもふ》ラン。振捨《ふりすて》テ出《いで》シ心ヅヨサモ去《さる》事ニテ、『急ギ迎ヘトラン』ト、スカシ置シ事モ、程フレバ、イカニ恨メシク思フラン」ナンド宣《のたまひ》ツヾケテ、御涙セキアヘズ流シ給ケルゾ糸惜《いとほし》キ。北方ハ、此《この》有様伝聞《つたへ》給テ、「只《ただ》、イカナラン人ヲモ語ヒ給《たまひ》、旅ノ心ヲモナグサメ給ヘカシ。サリトテモ、愚《おろか》ナルベキカハ、心苦《ぐるし》クコソ」トテ、常

一　義仲と平家の和平が成立しなかったことは補注三二参照。
二　一一九頁注一三。
三　困窮すること。
四　寿永二年一一月一九日の法住寺合戦。
五　合戦当日の一九日から一二月一〇日に六条西洞院の業忠の邸に移される頃まで五条東洞院の摂政基通邸に幽閉。一三二頁注六、一五二頁注六。
六　明雲と円恵法親王。
七　一三五頁と一三六頁に越前守信行と主水正近業、一三八頁に近江前司為清の落命が記される。補注七の百錬抄には越前守信行、主水正近業、近江守重章の落命が記される。
八　一三五頁に播磨中将雅賢が生け捕りにされたことを記す。補注一二の王葉に雅賢と右馬頭源資時の捕縛監禁のことを記す。
九　一四四頁注四。
一〇　一八頁注一〇。
一一　そのとき限りの愛人。
一二　寿永三年没。系譜未詳。平治の乱で主の重盛の身代りとなって討たれた景康の子。重盛の手もとで育てられ維盛の元服の時にともに元服、重盛の一字を取って重景と命名。維盛と深い主従の関係を結ぶ。高野山で維盛とともに出家、那智での維盛入水の時も従ったという（平治物語、平家物語）。
一三　寿永三年没。出自不詳。八歳の時から維盛に召し使われていた童。高野山で維盛とともに出家、那智入水の折りにも従ったという（平家物語）。呼称、素姓にヒジリ的な性格が推測される。筑士鈴寛「かるかや考」（『中世芸文の研究』）参照。
一四　北の方と子供たち。
一五　北の方は。
一六　一三二頁注六。

ハ引《ひき》カヅキ臥《ふし》給フ。尽《つき》セヌ物トテハ、是《これ》モ御涙バカリナリ。

木曾ハ、[一六]五条内裏ニ候テ、稠《きびし》ク法皇ヲ守護シ奉ル間、上下恐《おそれ》ヲ成《なし》テ、参《まゐり》寄《よる》人ナシ。合戦ノ時ノ虜《いけどり》ノ人々モ、誡置《いましめおき》タリケレバ、只《ただ》今イカナル目ニカアハント、肝《きも》魂ヲ消ス。此《この》木曾、押《おし》テ松殿ノ御[一七]婿ニ成《なり》タリケレバ、松殿イミジトハオボシメサヾリケレ共、法皇ノ御事、御イタハシク思召《おぼしめし》、内々義仲ヲ被《め》レ召《され》テ、「角《かく》ハ有《ある》マジキ事ゾ。人臣トシテ、朝家《てうか》ヲ我《わが》意ニシ、悪事ヲ以テ、政道ヲ[一八]アザムキ奉ル事、昔ヨリ今ニ至《いたる》マデナキ事也。適《たまたま》、[一九]野心ヲ挟《さしはさ》ム輩《ともがら》、忽《たちまち》ニ亡《ほろび》ズト云《いふ》事ナシ。但《ただし》、平家ノ[二〇]故清盛入道ハ、[二一]深ク仏法ヲ敬ヒ、[二二]神明ニ帰シ、希代《きたい》ノ[二三]大善根共、アマタ修シタリシカバコソ、[二四]一天四海ヲ掌《たなごころ》ニ把《にぎつ》テ、[二五]二十余年マデモ持《たもち》タリシカ。大果報ノ者也キ。上古《しやうこ》ニモ類《たぐひ》少ク、末代ニモタメシ有難《ありがた》シ。其猶《それなほ》、法皇ヲ悩《なやま》シ奉《たてまつり》、公家ヲ蔑《ないがしろ》ニセシカバ、天ノ責《せめ》ヲ蒙《かうぶり》テ、速《すみやか》ニ亡《ほろび》ニキ。子孫ニ至《いたる》マデ、都ニ跡ヲ留《とどめ》ズ、西海ノ浪ニ漂フ。滅亡[二六]今明《こんみやう》ニアリ。畏《おそれ》テモ恐《おそる》ベシ。国王ト申《まうす》ハ、未《いまだ》存知ナシヤ。忝《かたじけな》ク[二七]天神七代、地神五代ノ御末ヲ継ギ御座《おはしまし》テ、[二八]百王《はくわう》今ニ盛《さかり》也。[二九]天照太神、正八幡宮以下、六十余州ノ大小神祇、日夜ニ是ヲ守護シ奉リ、諸寺諸山ノ顕密ノ僧侶、朝夕ニ専《もつぱら》祈念シ奉ル。[三〇]貞任、[三一]宗任

一七　一四四頁注一。　一八　裏切る、の意。

木曾内裏守護・光武誅二王莽一

一九　謀叛の心。「以諸神諸社牛王宝印之裏、全不挿野心之旨、奉請驚日本国中大小神祇冥道、雖書進数通起請文、猶以無御有免」（吾妻鏡・文治元年五月二四日。義経の書状）

二〇　平清盛。治承五年閏二月四日薨。巻二六・平家可亡夢。

二一　天台座主慈恵僧正の生まれ替わりという（巻二六・慈心坊得閻魔請）。

二二　厳島神社を修造、深く崇敬する。

二三　福原の経島築造（巻二六・入道非直人）や承安二年三月一五日の福原での千僧供養など。

二四　天子の在りかたを言う表現。「四天安危居掌内」（白氏文集巻四・新楽府・百錬鏡）。

二五　平家の栄華を平家物語では二〇余年とする。「二〇余年ノ栄耀ニホコルトイヘ共」（巻一二・静憲鳥羽殿参）「平家世ヲ我マヽニシテ二〇余年ニナリヌ」（延慶本第二本・静憲法印法皇ノ御許ニ詣事）。後世も恐らくそれを受けて「然るに平家世を取つて二〇余年」（謡曲・敦盛）「二〇余年の春の花、秋の紅葉と栄えしに」（現在巴）などとする。

二六　今日か明日かという間近か。

二七　人皇第一代の神武天皇は天神七代、地神五代の末の鸕鷀草葺不合尊と海神の娘の玉依姫との間に誕生したとされる。

二八　愚管抄などの歴史叙述をも支配していた中世の終末論的王法観と結びつく言葉。ここでは連綿と続いてきた王法ほどの意。

二九　春日大明神を挙げない点に注意。

三〇　康平五年没。陸奥の豪族の安倍頼時の子。前九年の乱を起こし源頼義と戦い敗れた。

三一　生没年未詳。貞任の弟。前九年の乱で源頼

ガ、遥《はるか》ニ奥州ニシテ朝威ヲ背《そむき》シ、[一]法性房ノ祈誓ニ依《よっ》テ、終《つひ》ニ降伏《かうぶく》セラレ、[二]北野天神ノ、火雷火神ト顕《あらはれおはしまし》御座テ、恨《うらみ》ヲ成《なし》給シモ、全ク[三]金体《こんたい》ニハ近付《ちかづき》給ハザリキ。皆是《これ》、神明ノ擁護《おうご》、仏法ノ効験《かうげん》也。サレバ君ヲ背《そむき》奉リ、叡慮《えいりよ》ヲ動《うごか》シ奉ル悪行ヲノミ振舞《ふるまひ》テハ、終《つひ》ニヨカルベシ共《とも》覚ヱズ。急ギ宥《なだ》メ進《まゐら》スベキ也」ナド、片山里ノ荒武士ノ、[四]耳近《みみぢか》ニ聞知様《ききしる》ニ、カキクドキ、コマ〴〵ト被㆑仰《おほせられ》タリケレバ、木曾モ、サスガ[五]木石ナラネバ、理《ことわり》ト思《おもひ》テ、誡《いましめおき》置タル人々ヲモユルシ、騒《さわが》シキ事ヲモ止《やめ》テケリ。

[六]十二月十日、法皇ハ五条内裏ヨリ、[七]大膳大夫業忠ガ六条西洞院ノ家ニ御幸ナル。軈《やがてその》其日ヨリ、歳末ノ御[八]懺法被㆓始行㆒《せんぼふはじめおこなはれ》ケリ。松殿ノ御教訓ノ末ニヤト覚《おぼえ》タリ。

[九]十三日ニ、木曾除目行《おこなひ》テ、思様《おもふさま》ニ官共成《なし》ケリ。我《わが》身ハ、左馬頭兼伊予守ナリシ上ニ、[一〇]院ノ御廏《うまや》ノ別当ニ成《なり》テ、[一一]丹波国五箇庄知行シ、畿内近国ノ庄園、院宮々原ノ御領、神田仏田ヲイハズ、思《おもふ》サマニ管領シテ、憚《はばかり》ナク振舞ケリ。

昔、[一二]王莽《わうまう》ト云《いひ》シ者、臣下ノ身トシテ漢《かんの》平帝ヲ討チ、位ヲ奪ヒ十八年ヲ持《たもち》ケリ。四海ヲ我儘《わがまま》ニ行《おこなひ》テ、人ノ歎《なげき》ヲ知《しら》ザリケレバ、人民《にんみん》多ク憂ヘケ

義と戦い、兄貞任の死後、その軍門に降った。

一　法性房尊意。七〇頁注五。平将門を調伏した人物。ここは誤り。

二　菅原道真の御霊。天神縁起諸本ほかにその祟りのことが記される。天神御霊を調伏したのは法性房尊意。

三　天皇の体。ここでは醍醐天皇と宇多上皇。法性房尊意の法験によるとされる。

四　理解しやすい言いかたで。

五　人間としての感情を持っている。「人非木石皆有情」（白氏文集・新楽府・李夫人）が原拠。

六　吉記・寿永二年一二月一〇日の記事にも載る。→補注三四。一五〇頁注五。

七　建暦二年没。大膳大夫平信業の子。父とともに院の近臣。当時、左馬権頭。五四頁注一五に木曾義仲は信業の六条西洞院の邸を宿所としたとする、その邸か。院の幽閉はこのとき解かれたのか。

八　滅罪生善の後生菩提を祈る法華懺法。禁中の御懺法は後白河院の御宇から仁寿殿で行われた（応永一三年禁裏御懺法講記）。七日間で行う。この時は寿永二年一二月一七日が結願で、布施は義仲が用意した（吉記）。→補注三五

九　一二月一〇日に臨時除目があり、義仲が左馬頭を罷めたことは玉葉、吉記に記すが、一三日の除目は未詳。

一〇　一四三頁注一三。院の御厩別当は参議クラスの者が任じられている。たとえば、黒帥季仲は新宰相中将の時、白河院の御厩別当になった（中右記・永長元年一月二三日）。

一一　京都府船井郡日吉町。平家没官領で、その本所・領家は源頼政、平宗盛、木曾義仲、後白

リ。[一三]高祖九代ノ孫、字《あざな》文叔ト云《いふ》人、王莽《わうまう》ヲ亡《ほろぼ》シテ終《つひ》ニ位ニ昇《のぼり》ニケリ。後漢ノ光武皇帝トハ此《この》事也。

[一四]木曾冠者《くわんじや》、位ヲ取《とる》マデコソナケレ共、平家、都ヲ落《おち》テ後、天下《てんが》ヲ我意《わがこころ》ニスル事、彼《かの》王莽ニ異ナラズ。只《ただ》今亡《ほろび》ナント、危ブミナガラ、[一五]今年モ既ニ暮《くれ》ニケリ。東《ひんがし》ハ[一六]近江、西ハ[一七]摂津国、東西ノ乱逆《らんげき》、道塞《ふさがつ》テ、[一八]公《きみ》ノ御調《みつぎ》モ奉ラズ。年貢所当モ上ラザリケレバ、京中ノ貴賤上下、[一九]小魚ノ泡ニイキツクガ如《ごと》ク、旱上《ほしあげ》ラレテ、今日歟《か》明日歟《か》ノ命也、トゾ歎悲《なげきかなしみ》ケル。

[二〇]寿永三年四月十六日、改元アツテ云二元暦《げんりやくといふ》一。

[二一]元暦元年正月一日、院ハ去年ノ十二月十日、五条内裏ヨリ、六条西洞院ノ業忠ガ家ニ御座有《ござあり》ケレ共、彼《かの》家、[29]板葺ノ門、[二二]三間《げん》ノ寝殿、階隠《はしがくし》ナカリケレバ、礼儀行ハレ難《がたう》シテ、[二三]拝礼《らい》モ被レ止《とどめられ》ケリ。又、[二四]小朝拝モナシ。[二五]節会《せちゑ》計《ばかり》ゾ被レ行《おこなはれ》ケル。院ノ拝礼ナケレバ、[二六]殿下《てんが》ノ拝礼モ不レ被レ行《おこなはれず》。

平家ハ、[二七]讃岐国屋島ノ礒《いそ》ニ春ヲ迎《むかへ》テ、年ノ始《はじめ》也ケレ共、元日元三ノ儀式、事宜《よろし》カラズ。主上《しゆしやう》、御座《おはし》ケレ共、[二八]四方拝モナシ。朝拝モナシ。小朝拝モナシ。節会《せちゑ》モ不レ被レ行《おこなはれず》。[二九]氷《ひ》ノ様《ためし》モ参ラズ。[三〇]鮭《はらか》モ不レ奏《そうせず》。世ハ乱《みだれ》タリシカドモ、都ニテハ角《かく》ハナカリシ物ヲ、ト哀《あはれ》也。[三一]青陽ノ春モ来シカバ、

河院と推移。
一二　漢書巻九九・王莽伝上が原拠。巻一・平家繁昌、同孝平帝廻謀伺位に反逆者としての清盛、平家を王莽にたとえる。王位簒奪の期間は唐鏡第四に一五年、愚管抄巻一に一四年、明文抄巻一に一六年。
一三　後漢書巻一上・光武帝の冒頭が原拠。唐鏡ほか。八七頁注一八。
一四　九八頁注八。木曾とも義仲ともしないでシニカルなニュアンスを含意。
一五　寿永二（一一八三）年。
一六　範頼、義経軍が迫っている。
一七　平家軍が迫っている。
一八　国衙領からの正税官物、庄園からの年貢。

義仲将軍宣

一九　困窮する人を車のわだちに溜った水のなかで喘ぐ鮒にたとえる轍鮒の急の喩（荘子巻九・外物篇）が有名。涸轍鮒魚とも。
二〇　後鳥羽帝の践祚二年目。代初による改元。但し改元は践祚の年にはしない。翌年に行う（玉葉・治承四年一二月四日の記事）。禁秘抄巻中・改元には代初の改元は即位の年の翌年とする。後鳥羽院は寿永二年に践祚したが、即位は翌三年の七月なので即位の年の改元となり禁秘抄の説には抵触する。式部大輔俊経卿、右大弁兼光卿、文章博士光範、同業実が元号を勘進、光範の案が採用。源通親が難点を指摘したが、暦の字が延暦天暦永暦に通じ最吉であるとする藤原経房の意見が通って元暦が採択された。
→補注三六
二一　史書は改元の年は正月一日から新年号を用いて書く。それに従った書きかた。
二二　柱間が三つの母屋で拝礼のための設いのできる階隠がない。階隠は寝殿の中央にあり階段

花ノ朝月ノ夜、詩歌、管絃、鞠《まり》、小弓、扇合《あふぎあはせ》、絵合《ゑあはせ》、サマ〲ノ御遊覚召出《おぼしめしいで》テ、男女サシツドヒテハ、只《ただ》、泣《なく》ヨリ外ノ事ゾナキ。同《おなじき》[一]六日、義仲、正五位下ニ叙ス。[二]官位既ニ頼朝ニスヽム。是《これ》、凶害ノ源、招乱ノハシニヤト、後《のち》ヲソロシ。

[三]同九日、平氏《へいじ》、和親ノ由ヲ申請《まうしうく》。依レ之《これによつて》、仙洞ヨリ所存ヲ可レ申《まうすべき》之由、義仲ガ許《もと》へ被二仰遣一《おほせつかはされ》ケリ。此《この》事、義仲、許容セザリケルニヤ。

[四]十日、木曾、平氏為二追討一《ついたうのために》西国へ下ラントテ、門出《いで》スト聞エシ程ニ、東国ヨリ蒲御曹子、九郎御曹子、両人ヲ大将軍トシテ、数万《すまん》騎ノ軍兵《ぐんびやう》ヲ指上《さしのぼす》ト、兼《かね》テハ聞《きき》シカ共、サシモヤト思《おもひ》ケルニ、[五]範頼、義経等、既《すでに》美濃国ニ付《つき》、著到《ちやくたう》勢ゾロヘシテ、[六]不破関ニテ二手ニ分《わけ》テ、[七]宇治、勢多ヨリ可二攻入一《せめいるべし》ト聞ヱケレバ、[八]義仲、西国ノ止二発向一《はつかうをとどむ》。又平家、四国西国ノ軍兵ヲ卒シテ、[九]福原マデ責上《せめのぼつ》テ、既ニ都へ打《うち》入ラントスル由、聞ヱケレバ、木曾、安堵ノ思《おもひ》ゾナカリケル。

[一〇]同十一日、左馬頭義仲、可レ為二征夷将軍一《せいいしやうぐんたるべき》之由、被二宣下一《せんげせらる》。是ハ、木曾ヒタスラ荒夷《あらえびす》ニテ、礼義ヲ乱リ、法度ヲ失《うしなひ》テ、心ノ儘《まま》ニ振舞《ふるまひ》ケレバ、必《かならず》洛中ニシテ僻事《ひがこと》出来《いでき》ナン。サレバ、東国ノ武士、替《かはり》入ランマデノ御

を昇り簀子を経て廂に入る所。大臣家の寝殿にはある。↓補注三七

三三　院拝礼。元旦の年中行事。

三四　小朝拝がなかった。元旦の年中行事。清涼殿の東庭で行う。天皇出御の後、皇太子が孫庇で拝舞、親王以下六位以上が東庭に列立して拝舞する。代始にあたって日次が悪かったためとする。補注三七参照。

三五　治承五年正月の折りに似る。節会は節日に紫宸殿で行う公宴。元旦にも行う。

三六　元旦には院、宮家のほか摂関の家でも行う。

三七　一四九頁注二四。

三八　元旦に天皇が清涼殿の東庭で行う行事。属星を拝み属星咒を唱えた後、天地、四方、山陵を拝する。

三九　節会の時、氷室の氷の様子を宮内省の官人が奏する儀式。

四〇　節会の時、大宰府から腹赤という魚が献上されたことを奏する儀式。腹赤には諸説あり。

四一　春の異称。初春をいう場合が多い。

一　この日の叙位で新摂政師家は正二位、義仲は従四位下ないし正五位下となる。↓補注三八

二　頼朝は寿永二年一〇月九日に本位に復していてこの時は従五位下。

三　義仲自身、頼朝派遣軍と平家軍の東西からの進撃と後白河院の政略に対する不安にさらされた状況に的確に対処する能力を持たず右往左往していたようで、彼の動きについての情報もさまざまなものが乱れ飛んでいたと思われる。玉葉は平家と義仲の和親がなったとする噂を記す。↓補注三九

四　玉葉には後白河院を奉じての北陸下向の噂を記す。↓補注四〇

計《はからひ》也ケリ。是《これ》ヲバ、木曾争《いかで》カ知《しる》ベキナレバ、只今亡《ほろび》ンズル義仲ガ、大《おほき》ニ畏《かしこまり》リ喜ビケルコソ哀《あはれ》ナレ。

同《おなじき》十七日、[一一]備前守行家、河内国ニ住シテ、有二叛心《ほんしんある》一之由、聞《きこ》エケレバ、[一二]木曾、彼ヲ追討ノ為ニ、[一三]樋口兼光ヲ指遣《さしつかは》ス。其《その》勢五百余騎也。同十九日ニ、[一四]石河ノ城ニ寄《よせ》テ合戦ス。[一五]蔵人判官家光、為二兼光《かねみつがために》一被二討捕《うつとられ》一ニケリ。行家、軍敗《いくさやぶれ》テ逃落《のがれおち》テ、高野ニゾ籠《こもり》ケル。虜《いけどり》三十人、切懸《きりかく》ル頸《くび》七十人トゾ聞エシ。

折節《をりふし》関東ニ、[一六]ハト披露シケルハ、院ハ去年十一月一日、西国へ御門出《かどいで》ト聞《きこ》エケリ。是ハ、木曾義仲、都ニテ狼藉不レ斜《なのめならず》、人民牢籠《にんみんらうろう》シテ、貴賤安《やすき》事ナシ。平家ハ官位高ク、[一七]太政大臣、[一八]左右ノ大将ニアガリ、兼官兼職シテ、卿上雲客《けいしやううんかく》ニ列《つらな》リキ。只《ただ》、奢《おご》レルバカリニコソ有《あり》シカ共、サスガ君臣上下ノ誼《ことわり》ヲ箴《ただ》シ、礼節仁儀ノ法ヲ篤《あつ》クセリキ。[一九]無下《むげ》ニ替《かへ》劣リシタル源氏也ケリ。[二〇]旧臣ユカシトテ、思召立《おぼしめしたつ》トゾ聞エケル。兵衛佐、大《おほき》ニ驚《おどろき》給ヘリ。木曾ト平家ト一《ひとつ》ニナリ、九国、四国、南海、西海、与力同心セバ、天下《てんが》ヲシヅメン事、タヤスカルベカラズ。マヅ義仲ヲ追討シテ、[二一]逆鱗《げきりん》ヲヤスメ奉リ、其後、平家ヲ亡《ほろぼ》スベシトテ、[二二]六万余騎ヲ指《さし》上ス。鎌倉殿ノ侍所《さぶらひどころ》[二三]

五 玉葉、百錬抄にも同様の情報を記す。↓補注四一

六 不破関は一四五頁注一七。ただし一六九頁一行目に尾張国熱田社で大手と搦手に分けたとする。

七 義経が宇治から範頼が瀬田から。

八 玉葉には北陸への下向を中止したと補注三九の②③に記す。

九 補注四一の百錬抄にも平家の福原進出を記す。福原は現在の神戸市内。

一〇 百錬抄は一一日、吾妻鏡は一〇日。↓補注四二

一一 一一九頁一行に室山合戦で敗れた行家は和泉方面に向かったとある。彼が河内国に拠を構えていたことは一一九頁注一一。

一二 玉葉にも記事あり。↓補注四三

東国兵馬汰

一三 一一五頁注一五。吾妻鏡に記事あり。↓補注四四

一四 河内国石川郡は源義基、義兼父子および義基の弟の義資の本拠。義基は義家の孫で行家とは従兄弟。治承四年冬、平家の河内攻めで敗死。同五年二月九日、首が大路を渡される。その時、生虜の義資は左獄に下される（吾妻鏡同日の条、巻二六・義基法師首渡）。義資は元暦元年六月四日に関東で頼朝に臣従。義兼は後白河院の北面の武士。近習者か。平家の河内攻めで生虜となるが赦免されたらしい。壇ノ浦合戦後の内侍所、神璽の都入りに供奉し（延慶本第六本・内侍所神璽官庁入御事）、後白河院の大原御幸の際の御供を勤める（巻四八・法皇大原へ入御）。寿永二年閏一〇月二七日には恐らくは後白河院の命令で平家追討進発の催促のため河内にいた行家のもとに下っている。↓補注四五。行家は

ニテ評定《ひやうじやう》アリ。「合戦ノ習、敵ニ向《むか》ヒ城ヲ落《おと》スハ、案ノ内ナリ。大河ヲ前ニアテ、兵《つはもの》ヲ落サン事、ユヽシキ大事也。都ニ近キ近江国ニハ、[一]勢多ノ橋、其流《そのながれ》ノ末ニ、山城国ニハ[二]宇治ノ橋、二《ふたつ》ノ難所アリ。定《さだめ》テ橋ハ引《ひき》ヌラン。河ハ底深《ふかう》シテ流《ながれ》荒シ。ナベテノ馬ノ、渡スベキ河ニ非ズ。其上、川中ニ乱杭《らんぐひ》、逆木打《さかもぎうち》、水ノ底ニ大綱張流《はりながし》カケヌラン。ヨキ馬共ヲ支度シテ、宇治、勢多ヲ渡シテ、高名アルベシ」、トゾ被レ議《ぎせられ》ケル。懸《かかり》ケレバ、大名小名、[三]党モ高家モ、面々ニ其《その》用意アリ。上総国住人介八郎広経[四]ハ、[五]礒《いそ》ト云《いふ》馬ヲ引《ひか》セテ参《まゐり》タリ。下総国住人千葉介経胤[六]ハ、薄桜ト云馬ヲ引ク。武蔵国住人平山武者所季重[七]ハ、目糟《めかすげの》馬トテ引ク。[31]同国渋谷庄司重国[八]ハ、子師丸トテ引《ひき》タリ。畠山庄司次郎重忠[九]ハ、秩父鹿毛《かげ》、大黒、人妻、高山葦毛《あしげ》トテ引タリ。相模国ノ住人三浦和田小太郎義盛[一〇]ハ、鴨《かも》ノ上毛、白浪トテ引タリ。伊豆国住人北条四郎時政[一一]ハ、荒礒《あらいそ》トテ引タリ。熊谷二郎直実[一二]ハ、権太栗《くり》毛トテ引タリ。大将軍九郎御曹子ハ、薄墨、青海波トテ被レ引《ひかれ》タリ。同《おなじく》蒲御曹子ハ、一霞《かすみ》、月輪《つきの》トテ被レ引《ひかれ》タリ。此等《これら》ハ皆、[一三]曲進退《きよくしんだい》ノ逸物《いちもつ》、[一四]六《りく》鈴沛艾《りようはいがい》ノ駿馬《しゆんめ》、強キ事ハ、師子、象ノ如《ごと》ク、早キ事ハ、吹《ふく》風ノ如シ。サレバ、「越後、越中ノ境ナル、姫[一五]、早川ト、利根河ト、駿河国ニハ富士川

石川郡の義資、義兼有縁の場所にいたのかもしれない。

一五　行家の子。蔵人。検非違使。左衛門尉（尊卑分脈）

一六　ぱっと、とつぜん、の意。

一七　清盛の極官は太政大臣。

一八　治承元年に重盛が左大将、宗盛が右大将（巻三・重盛宗盛左右大将）

一九　巻四一・義経拝賀御禊供奉で、義経の容貌と所作を見た廷臣たちの感想とも響き合って面白い。↓補注四六

二〇　後白河院の西国遷幸の企てが義仲の政略ではなく後白河院の気持から出たものである、とする。

二一　後白河院の怒り。

二二　上洛の派遣軍を吾妻鏡・元暦元年正月二〇日、玉葉・同一六日に数万と記す。

二三　その名称は吾妻鏡の治承四年一一月一七日の記事にすでに見える。

一　琵琶湖に流れこむ瀬田川の川口近くにかかる有名な長橋。

二　瀬田川の途中から分れて巨椋池（鳥羽の南。今はない）に流れこむ宇治川にかかる有名な橋。

三　党は武蔵七党などの武士団。関幸彦『武士団研究の歩みⅡ』に諸説。高家は名門の武門。巻三七・源平侍合戦に高家に秩父、足利、三浦、鎌倉、武田、党は吉田、小沢、横山、児玉、猪俣、野与、山口の名が列挙。

四　坂東平氏。千葉氏の同族。房総一帯の大勢力。寿永二年一二月に源家への謀叛の疑いで謀殺された。この時は故人。　五　礒以下は馬揃。

六　建仁元年没。坂東平氏。下総国千葉庄に拠る大豪族。源平闘諍録の成立は千葉氏との関係

ト、[一六]天中、大井川ナンド云《いふ》大河ヲ渡セシ馬共也。マシテ宇治、勢多ヲ思フニ、物ノ数ニヤ」トゾ、各《おのおの》イサミ申《まうし》ケル。此《この》中ニ、[一七]佐々木、[一八]梶原、馬ニ事ヲゾ闕《かき》タリケル折節、秘蔵《ひさうの》御馬三疋《びき》也。生唼《いけずき》、磨墨《するすみ》、若白毛トゾ申ケル。陸奥国[一九]三戸立《だち》ノ馬、[二〇]秀衡ガ子ニ、[二一]元能冠者《くわんじや》ガ進《まゐらせ》タル也。太逞《ふとくたくましき》ガ、[二二]尾髪アクマデ足《たり》タリ。此《この》馬、鼻強《こはう》シテ、人ヲ釣《つり》ケレバ、異名ニハ[二三]町君ト被㆑付《つけられ》タリ。生唼トハ黒栗毛ノ馬、高サ八[二四]寸、太逞《ふとくたくましき》ガ、尾ノ前チト白カリケリ。当時五歳、猶《なほ》モ[二五]イデクベキ馬也。是モ陸奥国[二六]七戸立《だち》ノ馬、[二七]鹿《しし》笛《ぶえ》ヲ金焼《かなやき》ニアテタレバ、少《すこし》モ紛《まぎる》ベクモナシ。馬ヲモ人ヲモ食《くひ》ケレバ、生唼ト名《なづけ》タリ。梶原源太景季、佐殿ノ御前ニ参《まゐり》テ、「君モ御存知アル御事ニ候ヘ共、弓矢取《とる》身ノ敵ニ向《むか》フ習ハ、能《よき》馬ニ過《すぎ》タル事ナシ。[32]健《つよき》馬ニ乗《のり》ヌレバ、大河ヲモ渡シ、[33]厳石ヲモ落《おと》シ、蒐《かく》モ引《ひく》モ、タヤスカルベシ。力ハ、[二八]樊会《はんくわい》、[二九]張良ガ如《ごと》クツヨク、心ハ、[三〇]将門、[三一]純友ガ如クニ猛《たけ》ケレ共、乗《のり》タル馬弱ケレバ、自然ノ犬死ヲモシ、永キ恥ヲモ見《みる》事ニ侍リ。サレバ、生唼ヲ下シ預《あづかつ》テ、今度宇治川ノ先陣ツトメテ、木曾殿ヲ傾《かたぶ》ケ奉リ候《さうらは》バヤ」ト、傍若無人ニ、憚《はばかる》所ナク申タリ。佐殿、ヤヽ案ジ給ケルハ、我、[三二]土肥ノ杉山ニ、七人隠レ居タリシニ、梶原ニ被㆑助《たすけられ》テ、今世ニ出《いづ》ル事モ、難㆑忘《わすれがたき》恩

が推測される。
一七　生没年未詳。武蔵七党の西党。南多摩郡平山に居住。一ノ谷での一二の懸が有名。
佐々木賜㆓生唼㆒
一八　生没年未詳。坂東平氏。武蔵国の秩父氏の一族。相模国中央部の渋谷荘の荘司。平家に仕えた一族で重衡を主人としてその片名を貰い重国と名乗った（巻三八・重衡京入定長問答）。
一九　元久二年没。平家に仕えた畠山庄司重能の子。富士川合戦の時に頼朝の隅田川の陣に推参（巻二三・畠山推参）、幕下に入り活躍。その大力は有名。後、北条時政の陰謀で誅殺。その次第はお伽草子「畠山」「いしもち」。兵範記紙背消息にいう「畠山物語四巻」もそれか。
二〇　建保元年没。坂東平氏。頼朝挙兵の時、畠山と戦って衣笠城で討死した義明の嫡孫。頼朝に重用され侍所別当となる。重忠と義盛は常に席次の筆頭に位置するとの印象があった（真名本曾我物語、幸若諸作品）。
二一　建保三年没。平貞盛流の桓武平氏。頼朝の義父でその幕府創設に重要な役割を果す。
二二　承元二年没。武蔵国大里郡熊谷郷が本貫の地。のち法然の弟子。法名蓮生。
二三　前後左右への動きが自在の。「早走ノ曲進退ノ逸物ヲ」（巻二三・真盛京上）
二四　「六鈴」は「六龍」のあて字。天子の車を引く六馬。「沛艾」は勢いの強い悍馬。
二五　糸魚川の西で海に注ぐ姫川とその西を流れる早川の二川を合わせ呼んでいる。
二六　天中（天龍）川と大井川の二川を合わせ呼んでいる。
二七　高綱。建保二年没。宇多源氏。近江の豪族。義清を除き兄弟は頼朝挙兵初から参陣。
二八　景季。正治二年没。坂東平氏。石橋山で頼

ナリ。賜《たまは》バヤ、ト思召《おぼしめし》ケルガ、又案ジテ、蒲冠者モ、人シテコソ所望申《まうし》ツレ、景季ガ推参ノ所望[一]、頗《すこぶる》狼藉《らうぜき》也、又、コレ程ノ大事ニ、馬ニ事闕《かき》タリト申《まうす》ヲ、タバデモイカヾ有《ある》ベキト、左右《とかう》[二]ヲ案ジテ宣《のたまひ》ケルハ、「景季、慥《たしか》ニ承レ。此《この》馬ヲバ、大名小名、八箇国[三]ノ者共、内外[四]ニツケテ所望アリキ。就レ中《なかんづく》、大将軍ニ指遣《さしつかは》ス蒲冠者、『マヒラ[五]ニ罷預《まかりあづか》ラン』ト云《いひ》キ。然而《しかうして》、源平ノ合戦、未二落居一《いまだらつきよせず》。木曾追討ノ為ニ、東国ノ軍兵《ぐんびやう》、大旨《おほむね》上洛《しやうらく》ス。知《しら》[六]ヌ、平家ト木曾ト一《ひとつ》ニ成《なり》テ、大《おほき》ナル騒《さわぎ》ト成ナバ、頼朝モ打上《うち》ラン時ハ、馬ナクテモイカヾハセン。其《その》時ノ料ニト思《おもひ》テ、誰々ニモ不レ給《たまはざり》キ。是ハ生唼《いけずき》ニモ相劣《あひ》ラズ」トテ、磨墨《するすみ》ヲタビニケリ。景季ハ、生唼ヲコソ給《たまは》ラネ共、磨墨、誠ニ逸物《いちもつ》也ケレバ、咲《ゑみ》ヲ含ミ、畏《かしこまり》テ罷《まかり》出ヅ。黒漆《こくしつ》ノ鞍《くら》ヲ置《おき》、舎人《とねり》アマタ付《つけ》テ、気色《きしよく》[七]シテコソ引《ひか》セタレ。

明日《あくる》[八]ノ辰ノ始《はじめ》ニ、近江国住人佐々木四郎高綱、佐殿ノ館《たち》ニ早参《そうさん》[九]シテ、所存アル体《てい》ト覚《おぼえ》タリ。兵衛佐、宣ケルハ、「イカヾ、御辺ハ此間ハ、近江ニ在国ト聞《きけ》バ、志アラバ軍兵上洛《しやうらく》ニ付《つい》テ、京ヘゾ上《のぼり》給ハンズラン、ト相《あひ》存《ぞんじ》ツルニ、イツ下向ゾ」ト問給《とひたまふ》。高綱、申ケルハ、「其《その》事ニ侍リ。去年十月ノ比《ころ》ヨリ、江州[一〇]佐々木庄ニ居住ノ処《ところ》ニ、カヽル騒動ト承レバ、誠ニ近キ

朝に敵対したが脱出の機会を与えた平三景時の子。巻二一・梶原助佐殿。

一九、二六　陸奥国閉伊郡三戸、七戸（青森県三戸、七戸）産育の馬。「立」は育ち、の意。

二〇　文治三年没。奥州藤原氏。鎮守府将軍。陸奥守。この当時、頼朝にとって背後の脅威。

二一　高衡。生没年未詳。秀衡四男、本吉冠者。文治五年の頼朝の泰衡攻めの時、降人となり相模国配流。

二二　馬の尻尾と立て髪がふさふさしている。

二三　往来で客を物色する（釣る）街娼。

二四　馬のたけ（肩から前足の蹄先まで）は四尺を定尺として余りのたけをいう。

二五　まだまだ成長する馬である。

二七　鹿笛（安斎随筆巻三〇に図あり。鹿狩の時に吹く笛）の形の焼印。

二八　漢の武将。高祖の功臣。鴻門の会での活躍や病中の高祖への諫言はよく知られる。漢楚故事の主要登場人物。

二九　漢の武将。高祖の功臣。兵法家。鴻門の会での活躍は有名。漢楚故事の主要登場人物。幸若舞曲、謡曲の作品に張良。

三〇　天慶三年没。鎮守府将軍平良将の子。下総国に王城を定め新皇を自称し誅せられた。純友と並び国家への反逆者の筆頭にあげられる。

三一　天慶四年没。大宰大弐藤原良範の子。瀬戸内海で猛威を奮い反逆者として誅せられた。

三二　治承四年八月の石橋山合戦のときのこと。巻二一・兵衛佐殿隠臥木。

一　目上の相手の許可を得ないでの強引な訪問。

二　あれかこれかどちらにすべきか。

三　東八箇国。関東の八箇国

四　出入り（雅言集覧の「内外」の項）。

ニ付《つい》テ、京ヘコソ打上《うち》ルベキニ、軍《いくさ》ノ習、命ヲ君ニ奉《たてまつっ》テ、戦場ニ罷出《まかりいづ》ル事ナレバ、再《ふたたび》[一一]帰参スベシト存《ぞんず》ベキニ非ズ。今一度、見参《げんざん》ニモ入《いり》、御暇《いとま》ヲモ申サン為、又、『イヅクノ討手ニ向《むか》ヘ』共《とも》、慥《たしか》ノ仰《おほせ》ヲモ蒙《かうぶ》ラン料ニ、正月五日ノ卯時ニ、佐[一二]々木ノ館ヲ打出《いで》テ、三箇日ノ程ニ鎌倉ニ下著シ侍リ。且《かつう》ハ、下向セズシテ、自[一三]由ノ京上《のぼり》モ其恐《そのおそれ》アリト存《ぞんじ》、旁《かたがた》ノ所存ニヨリテ、罷《まかり》下レリ。志ハ加様《かやう》ニハコビ奉《たてまつり》タレ共、一[一四]疋持《ぴきもち》侍リツル馬ハ、馳《はせ》損ジヌ。親シキ者ト云《いひ》、知音《ちいん》ト申《まうす》人々、面々ニ打立《うったつ》間、誰ニ馬一疋ヲモ尋乞《たづねこふ》ベシ、トモ覚《おぼえ》ネバ、如何仕《いかがつかまつ》リ侍ルベキ、ト心労シテ、大名小名既ニ上リヌレ共、今マデハ角《かく》テ候《さうらふ》也」ト申《まうす》。兵衛佐殿ハ聞敢《ききあへ》ズ、「下[一五]向、今ニ始《はじめ》ザル志、神妙々々《しんべうしんべう》。抑《そもそも》、木曾、朝威ヲ軽クシ奉ルニ依《よっ》テ、追討ノ為ニ軍兵《ぐんびやう》ヲ指《さし》上ス。宇治、勢多ノ橋、定《さだめ》テ引《ひき》テ侍[一六]ラン。宇治川ノ先陣、被レ渡《わたされ》ナンヤ」ト有《あり》ケレバ、高綱申《まうし》ケルハ、「近江生立《そだち》ノ者ニテ候ヘバ、間近キ宇治川、深サ浅サ、淵《ふち》瀬マデモ、委《くはし》ク存知仕《つかまつっ》テ候。彼《かの》手ニ向《むかひ》候ハヾ、宇治川ノ先陣ハ高綱」ト申ス。佐殿ハ、「去《さんぬる》[一七]治承四年八月下旬ノ比《ころ》、石橋ノ合戦ニ、大場三郎ニ被二追落一《おひおとされ》遁難《のがれがた》カリシニ、殿原兄弟、返合《かへしあはせ》テ禦《ふせぎ》矢射テ、頼朝ガ命ヲ被レ助《たすけられ》キ。其《その》時ハ、日本半分トコソ思《おもひ》シカドモ、世、未二落居一《いまだらつきよせず》。

五　ひらに、の意。「ま」は接頭語。
六　あとの「イカヾハセン」に続くべきを、倒置した言いかた。
七　得意げに見せびらかすように格好をつけて。
八　鎌倉の動きは日時を遡って一括して叙述される。ただし動きは時間の経過を示すのみで日を明示して示すことはしない。
九　行事や政務の開始前に出向くこと。朝廷の場合、たとえば太政官庁には早参床子などが用意されていた（吉口伝・正安元年一二月七日記云の記事ほか）。
一〇　近江国蒲生郡日野町あたり。吾妻鏡・治承四年八月九日の記事に同庄は佐々木氏相伝の地であったが、平治の乱以後、佐々木秀義父子はその地を退転したとする。巻三〇・平家延暦寺願書（延慶本第三末にも所載）に寿永二年七月付けで宗盛が同庄を延暦寺の千僧供領として寄進する旨を付帯した平家一門の願書が載る。平家都落の後、義仲在京のなかで出された十月宣旨とそれに対する頼朝の反発といった状況をうけて、いちはやく佐々木氏が本貫の地たる同庄の回復の活動を行っていたとしてもおかしくはない。頼朝の要請による守護地頭設置直前の時期の吾妻鏡・文治元年一〇月一一日の記事に高綱の長兄で総領の定綱を同庄の総管領と記す。同建久二年四月五日の記事には定綱の居館が同庄の内にあったことが見える。
一一　戦場から無事に頼朝のもとに。
一二　巻一九・佐々木取馬下向にも高綱が頼朝の天下草創の合戦である石橋合戦に参加するため京都から近江に出、そこで馬を奪って鎌倉に急行したことが語られる。その話と響き合う。ただし、そこでは日数は記さない。
一三　法令、慣習、先例にもとる行為を批難する

指《さし》タル事ナシ。相構《あひかまへ》テ、今度宇治川ノ先陣ツトメテ、高名シ給へ。必《かならず》、可二相計《あひはからふべき》一也。頼朝ガ随分、秘蔵《ひさう》ノ生唼《いけずき》、御辺ニ奉《あづけたてまつる》レ預」ト、直《ぢき》ニ蒙《おほせをかうぶり》レ仰、高綱ハ、今生《こんじやう》ノ大御恩、一希代《きたい》ノ面目、家門ノ二勝事《しようし》、何事カ可レ如《これにしくべきや》レ之、ト思《おもひ》ケレバ、畏《かしこまりいり》入テ、馬ヲ給《たまはつ》テイデントスル処《ところ》ニ、佐殿、宣《のたまふ》[34]、「此《この》馬、所望ノ仁《じん》アマタ有《あり》ツル中ニ、舎弟蒲御曹子モ申《まうし》キ。コトニ梶原源太、直参シテ三直平《まひら》ニ申ツレ共、『若《もし》ノ事アラバ、乗《のり》テイデンズレバ』トテ、タバザリキ。其《その》旨ヲ被レ存《ぞんぜられ》ヨ」ト仰《おほせ》ケレバ、高綱、聊《いささか》モ四ソヾロカズ、座席ニナヲリテ畏《かしこま》リ、「宇治川ノ先陣、勿論ニ候。高綱、若《もし》、軍《いくさ》以前ニ死《しに》ヌト聞《きこ》シメサバ、先陣ハ早《はや》、人ニ被レ渡《わたされ》ケリト可レ被二思召《おぼしめさるべし》一。軍場《いくさば》ニテ存命ト聞《きこし》召《めさ》バ、宇治川ノ先陣、高綱渡シケリト思召《おぼし》レヨ。モシ、他人ニ先ヲ蒐《かけ》ラレテ、本意ヲ遂《とげ》ズハ、五敵ハ嫌《きらふ》マジ、河耳《ばた》ニテモ川中ニテモ、引組《ひつくみ》テ落《おち》、勝負ヲ決スベシ」ト申定《まうしさだめ》テ出《いで》ニケリ。六由井ノ浜ニ打《うち》出テ聞《きき》ケレバ、「大勢ハ大底《およそ》[35]、昨日夜部《よべ》ニ鎌倉ヲ出タリ」ト云《いふ》。サテハ、七駿河国浮島原ノ辺ニテハ、追付《おひつき》ナント思《おもひ》テ、十七騎ニテ打《うつ》テ、「殿原々々」トテ、八稲村、腰越、片瀬川、砥上原、八松原、馳過《はせすぎ》テ、相模河ヲ打渡リ、大礒《いそ》小礒《いそ》、逆和《さかは》宿、湯本、足柄、越過《こえすぎ》テ、引懸々々《ひつかけひつかけ》打《うつ》程ニ、其《その》日ハ二日路ヲ一日路ニ、九着河《きせがは》宿ニツキ

語。ここでは、自分勝手の判断で、の意。
一四　所領の回復がなされず貧しかったのだろう。平治の乱以後、この時期に至る佐々木氏が源家への忠誠によって所領を追われ牢籠の身であったことが、後世までも伝承されていたのだろう。→補注四七　一五　注一二参照。
一六　男性の会話中に、しかも「候」より敬意の度の少ない丁寧語として使われる点に留意。
一七　巻二〇・高綱賜姓名に見える。

一　めったにない。　二　名誉となる出来事。
三　ひたすら。「真」は接頭語。
四　動じないで、の意。「漫」の字をあてる。
五　相手の氏素姓や身分は気にかけません、の意。
六　鎌倉の相模湾に面した海岸。そこから稲村、腰越、大磯、小磯と海岸沿いに京に通じる鎌倉海道が走る。由比ヶ浜へは鶴岡八幡宮からまっすぐにつながる若宮大通が寿永元年三月に完成していた（吾妻鏡・同月一五日）。
七　静岡県東部、愛鷹山南方の浮島沼付近。
八　稲村は鎌倉の西端、腰越は鎌倉の西の境界のすぐ外。片瀬川は江の島の対岸で相模湾に注ぐ。左岸に鎌倉への出入口にあたる片瀬駅（宿）がある。砥上原は藤沢市の鵠沼あたり、覚一本巻一〇・海道下に「（鎌倉に向って）足柄の山をもうちこえて、こゆるぎの森、まりこ河、小磯、大磯の浦々、やつまと、とがみが原、御輿が崎をもうちすぎて」とある。八松原は藤沢市辻堂のあたり、相模川は相模国第一の大河で平塚市、茅ケ崎市で馬入川として相模湾に注ぐ。頼朝がその橋供養に臨席した帰途の落馬が原因で死去したとされることは有名。大磯は大磯町大磯、小磯は大磯町東小磯と西小磯のあた

り。逆和宿は酒匂宿で酒匂川（丸子川）の河口付近の東岸、小田原市酒匂。湯本は箱根町湯本。中世の箱根越、箱根権現参詣道であった湯坂路の起点。足柄は南足柄市。足柄山を越える足柄道が走る。酒匂以後の道筋に誤りあり。↓補注四八

九　黄瀬川宿。駿河国駿東郡清水村。沼津市東部。黄瀬川の東岸。

一〇　騎馬の者たちが密集体制で流れに抵抗して渡河する方法。↓補注四九

一一　生没年未詳。坂東平氏。頼朝挙兵の時から参陣。石橋合戦敗北後の頼朝の逃避行における最大の功労者。頼朝の信頼が厚かった。平家物語でも情味あり思慮ある人物とされる。

一二　手だれの武者が弓に矢をつがえるより早い。

ニケリ。尋《たづぬ》レバ、案ニ違《たが》ハズ、「大勢、駿河国浮島原ニ引《ひかへ》タリ」ト云《いふ》。正月十日余《あまり》ノ事ナレバ、富士ノスソノ、雪汁《ゆきしる》ニ、富士ノ川水マサリツヽ、東西ノ岸ヲ浸《ひたし》タレバ、タヤスク渡スベキ様《やう》ナシ。九郎御曹子、兵《つはもの》共ニ、「此《この》川ノ水、増《まさ》リタリ。イカヾスベキ」ト宣ヘバ、口々ニ申《まうす》様ハ、「宇治、勢多ヲ渡サン故実ノ為ニモ、先《まづ》、此《この》河ヲコソ渡《わたし》テ可レ見《みるべき》ナレ。サレバ、一〇馬筏《いかだ》ヲ組《くみ》テ、渡シ候ハヾヤ」ト申《まうす》。蒲御曹子、宣《のたまひ》ケルハ、「『軍《いくさ》ノ談義ヲ一一土肥次郎ニ申合《まうしあはす》ベシ』トコソ、佐殿ハ仰有《おほせあり》シカバ、彼ヲメセ」トテ被レ召《めされ》タリ。「イカニ土肥殿、コノ河ノ水、出《いで》タルヲバ、何トカスベキ。『宇治、勢多ノナラシニ、馬筏《いかだ》ヲ組テ渡《わたし》テ、心見バヤ』ト申《まうす》者多シ。被《あひ》二相計《はかられ》一ヨ」ト仰《おほせ》ケレバ、実平、畏《かしこまつ》テ申ケルハ、「敵ヲダニ、目ニ懸《かけ》タラバ、馬筏ニテモ急《いそぎ》渡スベシ。此川ハ、渚近《ちかう》シテ水早《みづのはやき》事、一二征矢《そや》ヲツグヨリモ猶《なほ》早シ。一引《ひき》モ被二引落《ひきおとされ》一ナバ、馬モ人モ不レ可レ助《たすかるべからず》。佐殿モ、『木曾定《さだめ》テ、宇治、勢多ノ橋ハ引《ひい》タルラン。其《その》川ヲ可レ渡《わたすべし》』トコソ、御評定《ひやうちやう》ハ有《あり》シカ。富士川ノ深キ流《ながれ》ニ、馬ヲモ人ヲモ失《うしなひ》テハ、何ノ詮《せん》カハ在《ある》ベキ。敵ニ逢《あひ》テコソ命ヲバ捨《すて》メ。徒《いたづら》ニ、水ニ流《ながれ》テ身ヲ失《うしなふ》ベキニアラズ。此《これ》ハ雪汁《ゆきしる》ノ水ナレバ、急《きつ》トヘル事不レ可レ有《あるべからず》。明日、水ニ心得タラン者ヲ以テ、瀬踏《せぶみ》セ

サセテ、閑《しづか》ニ可レ渡《わたすべき》也」ト申セバ、「此《この》義、可レ然《しかるべし》」トテ、大勢雲霞《うんか》ノ如《ごと》クニ、其《その》辺ニ下居《おり》タリ。梶原源太ハ、磨墨《するすみ》ニ増《まさ》ル馬モヤ有《ある》ラント思《おもひ》テ、大名ノ中ヲ廻《まはり》テ、馬共ヲ見《みる》ニ、九郎御曹子ノ青海波、[一]七寸《ななき》、蒲御曹子ノ月ノ輪、七寸二分、和田小太郎ノ白波、七寸五分、畠山ノ秩父鹿毛《かげ》、七寸八分。此等《これら》ヲ始《はじめ》トシテ、大名小名、五十疋《ぴき》、卌匹、五疋《ひき》、十疋引《ひか》セタリ。サレ共、磨墨《するすみ》ニ倍《まさ》[36]ル馬ナシ。源太、大《おほき》ニ悦《よろこび》、一重アガリタル所ニ居テ、引廻々々《ひきまはしひきまはし》愛シ居タリ。余《あまり》ノ嬉《うれ》シサニ、人ガ嘆《ほめ》[37]ヨカシ、引出物セント思《おもふ》処《ところ》ニ、[二]村山党ノ大将ニ、[三]金子十郎家忠、折節爰《ここ》ヲ通リケリ。招寄《まねきよせ》テ、「イカニ金子殿、コノ馬、[四]何法《なんばふ》ノ馬ニテ候ゾ。御覧ゼヨ」ト云《いふ》。金子ハ、元ヨリ[五]勇ミ狂ジタル男《をのこ》也。打《うち》見テ[六]誑《あざ》レ笑《わらひ》、「コレハ佐殿ノ磨墨《するすみ》ニヤ。御辺ノ親父《しんぶ》、梶原殿、[七]御内《みうち》ニハ一《いちの》人ニテ御座《おはします》。サレバ御辺、此《この》御馬賜リ給ニケリ。此《これ》程ノ馬ヲバ、能《よし》トモ悪《あし》トモ、中々、詞《ことば》ヲ加《くはふ》ル事、沙汰ノ外ニ侍リ。只時《ただ》[38]ノ[八]鉛《きら》、徐《よそ》ノ人目コソ、浦山敷候《うらやましく》ヘ」ト、嘆《ほめ》[39]タリケレバ、源太、大《おほき》ニ悦テ、[九]小桜ヲ黄ニ返シタル鎧《よろひ》ニ、太刀《たち》一振《ふり》、取副《とりそへ》テ引ク。源太ハ、舎人《とねり》三人付《つけ》テ、「摩《なで》ヨ、ハタケヨ、飼労《かひいたは》レ」トテ、他事ナク是《これ》ヲ愛シケリ。佐々木四郎高綱ハ、生唼《いけずき》[一〇]ニ黄覆輪ノ鞍置《くらおき》、白キ[一一]轡《くつわ》、[一二]二引両《ふたつびきりやう》ノ手綱結《むすび》テ、舎人六人付テ、

一 「壒嚢抄云、馬ヲ一寸二寸ト云ハ何ト定ル事ゾ。凡ソ馬尺ト云ハ、四尺ヲ定メ其上ヲ一寸二寸三寸四寸五寸六寸七寸八寸ト云。八寸ニ余ルヲハ長（たけ）ニ余ルト云。長ニ余ル大馬モ多キニヤ。生食ハ五尺二寸アリケル也。四尺ニ不足ヲハ駒ト云。是曲尺ノ尺也。四尺ヲ一尺トスルニハ非ス。四ノ音ヲ忌ム故ニ都テ尺ト云也。毛詩ノ注ニハ六尺以上ヲ曰馬、又五尺以上ヲ曰駒云云。是ハ周ノ尺ナルヘシ。周ノ一尺ハ曲尺八寸二分トヤラン云ハ、毛詩ノ六尺ハ日本ノ八寸ノ馬ニ当ル歟。五尺以上ヲ曰駒ハ、此方ノ尺ニ足ルマテヲ駒ト云也。（後略）」（武家名目抄第八・輿馬部付録一）「馬のたけは四尺を定尺とす。四尺に一寸あまるを一寸と云、二寸あまれば二寸と云。以下是に准じ知べし。四寸より七寸迄は寸の字をすんとはいはず。よきいつきむきなきといふ也。寸の字をきともよむ也。扨、八寸九寸をば八すん九寸と云也。八寸にあまるをば長に剰ると云也。三尺九寸あるをば、かへり一寸と云也。馬のたけをさす物を尺さしと云也。尺杖とはいはぬ也。弓握記に見たり」（貞丈雑記巻一三・馬部）

二 武蔵国入間郡を中心に勢力を持つ党。武蔵七党のひとつ。金子氏は村山頼任の子の家範が金子を本拠としてその姓を名乗る。

三 建保元年没か。村山家範の子。保元物語、平治物語に活躍が記され、一ノ谷、屋島、壇ノ浦合戦で勇戦。頼朝頼家実朝三代に仕える。

四 どれくらいの。どれほどの価値の。

五 勇み肌で調子のはずれたところのある男である。

六 狂ったように高笑いして。

七 佐殿の幕下では第一の人でいらっしゃる。

八 「鉛 キララカ」（音訓篇立・天中）。花や

浮島原ヲ西ヘ向《むかひ》テゾ引《ひか》セタル。原中[一三]ノ宿ヲスギ、平々タル春野ナレバ、生《いけ》喫《ずき》、不レ斜《なのめならず》勇ミ、身振《ぶるひ》シテ、三声四声鳴《なき》タリ。鐘ヲツクガ如《ごと》ク也ケレバ、遥《はるか》ニ二里ヲ隔《へだて》タル田子浦[一四]ヘゾ響《ひびき》タル。畠山、是《これ》ヲ聞《きき》テ、「コハイカニ。生喫ガ鳴音《なくこゑ》ノスルハ。誰人ノ給《たまはつ》テ、将《ゐ》テ来《きたれ》ルヤラン」ト云《いふ》。半沢六郎[一五]、申《まうし》ケルハ、「是程ノ大勢ノ中ニ、数千疋逸物《すせんびきいちもつ》共多ク侍リ。何《いづれ》ノ馬ニテカ侍《はべる》ラン。[一六]大様《おほやう》ノ御事ト覚《おぼえ》候。其《その》上生喫ハ、蒲殿、梶原ナドノ被レ申《まうされ》ケレ共、御免《ごめん》ナシト承ル。サテハ誰人カ給《たまはる》ベキ」トイヘバ、人々、ゲニモト思《おもひ》テ、アザ笑《わらひ》テゾ有《あり》ケル。畠山重忠ハ、「一度モ聞《きき》損ズマジ。人ニタビ、タバズハ不レ知《しらず》。一定《いちぢやう》生喫ガ音《こゑ》也。只《ただ》今思合《あは》セヨ」ト云《いひ》モハテネバ、生喫ハ東《ひんがしの》方ヨリ、舎人《とねり》六人ヒキモタメズ、白泡カマセテ出《いで》来タリ。サテコソ畠山ヲバ、「神《しん》[一七]ニ通ジタルヤラン」トモ、人申ケレバ、源太ハ、磨墨《するすみ》ホメ愛シテ居タル所ヲ、舎人共、生喫引《ひき》テゾ通《とほり》ケル、ユヽシク見エツル。磨墨モ、勝《まさ》ル生喫ニ逢《あひ》タレバ、無下《むげ》[一八]ニウテヽゾ見ヱタリケル。源太是《これ》ヲ見テ、蒲御曹子ノ賜《たまはる》歟《か》、九郎御曹子ノ給《たまはる》歟《か》、ヨキ次《ついで》トテ、院ヘ進《まゐら》セラルヽカト思テ、郎等ヲ以テ、「其《その》御馬ハ、何《いづ》方ヘ参リ、如何《いか》ナル人ノ馬ゾ」ト問《とは》ス。舎人、「是ハ、佐々木殿ノ御馬」ト申《まうす》。「佐々木殿トハ誰《た》ソ。三郎[一九]殿歟、四郎[二〇]

ぎ。

九　白地に藍の、または藍地に白の小桜紋を組み出したものを小桜威といい、それを黄色に染めた色合のものを言う。黄地に藍色の小桜紋また藍地に黄色の小桜紋。甲組類鑑に色見本が載り、武家名目抄第七・甲冑部一四などに事例が載る。

一〇　金覆輪に同じ。縁の部分を金または金色の金具で覆った鞍。

一一　銀などの白く磨いた轡。漆塗の轡に対して白という（武器考証巻五）。

一二　紋の二引両ではなく、筋を二つずつ寄せて染めたものをいう（武器考証巻五）。

一三　浮島原の中央部。いまの静岡県駿東郡原町。

一四　駿河国庵原郡蒲原町、吹上浜付近。

一五　成清。本田次郎近常とともに重忠の身近に仕えた郎従。曾我物語に二人が重忠に近仕したこと、曾我兄弟に芳情を示したことが記される。吾妻鏡・元久二年六月二二日に北条氏の陰謀で重忠が討たれた時、ともに自殺したことを記す。「はたけ山」にその最期が語られる。

一六　大まかな当て推量。

一七　神通力を備えている。重忠は幸若・景清、お伽草子・はたけ山で「二相神通の人」とされる。二相をさとるとは外面を見て同時に見えぬところをも知ることを言う。

一八　圧倒され見劣りがして。

一九　盛綱。仁平元年生れ。没年未詳。佐々木源三秀義の三男。配流中の頼朝に既に仕えていた。巻四一・盛綱渡海小島合戦、いわゆる藤戸合戦での活躍は有名。人々はそれを高綱の宇治川先陣に比肩するとしたと本書は記す。吾妻鏡はそれに先立つ元暦元年一二月二日に乗馬の無いことを訴えた盛綱に頼朝が馬を賜ったことを記す。

その馬に乗って盛綱が勲功を立てたということで、高綱の場合に似る。
三〇　高綱。

一　自分（景季）に対する覚えの程度。
二　無常また有為転変の比喩。諷誦、願文、表白などの用語。
三　前々からの遺恨によるものではない、当日、突如なった敵。
四　巻二〇・高綱賜姓名に「疲タル兵ノ再ビ戦フヲバ一人当千トイヘリ。何況乎、佐々木（高綱）疲テ七箇度ノ戦ヲヤ」とある。一人当千は南本涅槃経に「人王有大力士。其力当千。更無有能降伏之者。故称此士一人当千」とある。
五　本書では景季は武者の真骨頂たる勇猛心と独立心を発揮する姿に描かれるばかりだが、延慶本ではこの場面で嫌われ者としての景季の姿が描かれる。
六　腰刀。さやまき、さすがとも言う（貞丈雑記巻一二・刀剣部）。「九寸許ナル腰刀ノツカニ」（武家名目抄巻七所引貞永式目追加）
七　高綱の行く手を塞いだ。

殿カ」ト問《とふ》。「四郎殿ノ御馬」ト答《こたふ》。[40]源大、此《この》事ヲキヽ、口惜《くちをしき》事ニコソ、景季、再三所望申《まうし》ツルニ、御免《ゆるし》ナキ馬ヲ、高綱ニタビケル事ノ遺恨サヨ、佐々木ニタブ程ナラバ、先ノ所望ニ付《つい》テ、景季ニ給《たまふ》ベシ、景季ニ給ハヌ程ナラバ、後ノ所望也、高綱ニ給ベカラズ、大将軍タル人ノ、源平ノ大事ヲ前ニ拘《かか》ヘテ、悪《あしく》モ偏頗《へんぱ》シ給ヘリ、是《これ》程ノ[一]御気色ニテハ、イカデモ有《あり》ナン、千世ヲ栄《さかゆ》ベキ世中ニ非ズ、思ヘバ、[二]電光朝露《てうろ》ノ如《ごと》ク也、イツ死ナンモ同《おなじ》事、日比《ひごろ》ハ佐々木ニ宿意ナシ、[三]時ニ取《とつ》テ日ノ敵也、高綱サル剛者《かうの》ナレバ、無二左右《さうなく》一ヨモセラレジ、互《たがひ》ニ引組《ひつくん》デ落重《おちかさな》リ、腰ノ刀ニテ指《さし》違ヘ、恥アル侍二人失《うせ》、鎌倉殿ニ大損トラセ奉ラン、高綱、景季、二人ハ[四]一人当千《たうぜん》ノ兵《つはもの》ヲヤ、ト思《おもひ》テ相待処《あひまつところ》ニ、佐々木、争《いかで》カ角《かく》トハ知《しる》ベキナレバ、十七騎ニテ、サシクツロゲテ歩《あゆま》セ来《きた》ル。[五]源太ハ最後ト思ツヽ、磨墨《するすみ》ニ乗《のり》、太刀《たち》モ持《もた》ズ、[六]刀バカリゾ指タリケル。遥《はるか》ニ佐々木ニ目ヲ懸《かけ》テ、真横ニ歩[七]セ塞《ふさぐ》。高綱是ヲ見テ、郎等共ニ申《まうし》ケルハ、「爰《ここ》ニ引《ひか》エタルハ、梶原源大[41]ト覚《おぼえ》タリ。アノ景気ヲ見ルニ、馬ノ立様《たてやう》、人ヲ待様《まつやう》、直事《ただこと》トハ覚《おぼえ》ズ。生唼《いけずき》ユヘニ、一定《いちぢやう》高綱ニ組マント思《おもふ》意趣アルラン。鎌倉殿ノ、『意《こころ》セヨ』トハ此《この》事ニコソ。組《くん》デ落《おつ》ルモノナラバ、指違《ちがへ》テゾ死ナンズラン。但《ただし》、梶原、佐々木、公《きみ》ノ馬ヲ論ジテ、命ヲステン事、人目実事面目《じつじ》ナシ。[八]陳ジテミン[九]ニ、不レ叶《かなはず》シテ、梶原、我ニ組《くむ》ナラバ、心アレ」[一〇]トサヽヤキテ、打通《うち》ラントスル処《ところ》ニ、源太、打並《うちならべ》テ云《いひ》ケルハ、「イカニ佐々木殿。遥《はるか》[一一]ニ不レ奉二見参一《げんざんしたてまつらず》アノ御馬ハ、上ヨリ給《たまはり》テカ」ト云懸《かけ》テ押《おし》並ブ。高綱、ニコト打咲《わらつ》テ申《まうす》様、「実《まこと》ニ久《ひさし》ク不レ奉二見参一《げんざんしたてまつらず》。去年十月ノ比《ころ》ヨリ、近江ニ侍リツルガ、近キニ付《つけ》テ、京ヘ打《うつ》ベカリツレ共、暇《いとま》申サデハ其恐《そのおそれ》アリ。又、何方《いづ》ヘ向《むか》ヘ、トノ仰《おほせ》ヲ蒙《かうぶ》ラント存《ぞんじ》テ、三日ニ鎌倉ヘ馳《はせ》下ラント打《うつ》ホドニ、只《ただ》一疋持《ぴきもつ》タリツル馬ハ、疲レ損ジヌ。サテハ乗替《のりかへ》ナシ。イカヾスベキト思煩《おもひわづらひ》、御厩《うまや》ノ馬一疋、申預《まうしあづか》[一二]ラバヤト存《ぞんじ》テ、内々伺《うかがひ》キケバ、磨墨《するすみ》ハ御辺ノ賜《たまは》ラセ給ヒケリ。生唼《いけずき》ハ、御辺モ蒲殿モ、再三御所望有《あり》ケレ共、御許《ゆるし》ナシト承ル。[一三]サテ、高綱ナドカ給《たまは》ラン。事難レ叶《かなひがたし》。中々申サンモ尾籠《びろう》也、ト存テ、心労[一四]セシ程ニ、由井浜ノ勢ゾロヘニモハヅレヌ。サテ又、馬ナシトテ留《とどまる》ベキ事ニモ[一五][42]《とも》非ズ。イカヾセント案ズル程ニ、抑《そもそも》、是《これ》ハ君ノ御大事也。後ノ御勘当ハ、左右《かく》モアレ、盗《ぬすみ》テ乗ラント思テ、御廏《うまや》ノ小平[一六][43]ニ心ヲ入《いれ》、盗出《いだし》テ夜ニマギレ、酒匂《さかは》ノ宿マデ遣《つかはし》テ、此暁《このひか》引セタリ。只《ただ》今ニヤ御使[一七]走《はしり》テ、『不思議也』ト云《いふ》御気色ニヤ預《あづか》ラント、閑心《しづごころ》[一八]ナシ。若《もし》、御勘当モアラン時ハ、可レ然《しかるべき》[一九]

八 人の見る目にもまた実際面でも。文書、書状などに用いられる「外聞実儀」の語意に近い。
九 陣弁してみて、の意。
一〇 対処できるよう用意しておけ。
一一 長くお会いしていませんね。

一二 お願いして頂戴しよう。

一三 そんな状況では。
一四 あれこれ心を砕いているうちに。

一五 どうなるか、それはそれでよい。
一六 延慶本は「小平次」。
一七 生唼失踪を注進する使いが頼朝のもとに走って。
一八 不安で心落ちつかない。
一九 取りなしをするために佐殿にお目にかからせて下さい、の意。

様《やう》ニ見参《げんざん》ニ入《いれ》給ヘ」トゾ陳ジタル。源太、誠ト心得テ、「ゲニ〳〵、佐々木殿、輒《たやす》クモ盗出《ぬすみいだ》シ給ヘリ。此定《このぢやう》ナラバ、景季モ盗《ぬすむ》ベカリケリ。正直ニテハ、能《よき》馬ハマフクマジカリケリ」ト、[一]狂言シテ、打連《うちつれ》テコソ上《のぼ》リケレ。

[二]タトヘバ、中天竺ニ象王太子[44]ト云《いひ》シ人、百ノ象ヲ飼《かひ》給ケルガ、異国ノ軍《いくさ》ノ起リケルニ、彼ヲセメントテ、九十九疋《ひき》ヲ官兵《くわんびやう》ニ分《わか》チ給《たまふ》。今一疋《ぴき》ヲバ、秘蔵《ひさう》シテ置《おか》レタリケルヲ、八[45]封ト云召人《いふめしうど》ノ有《あり》ケルガ、此《この》有様ヲ見テ、我身《わがみ》ハトテモ可レ被レ切《きらるべき》者也、サレバ太子ノ秘蔵《ひさう》ノ象ニ乗《のり》、敵ノ陣ニ入リ戦ハンニ、死《しに》タラバ後世ノ物語、敵ヲ亡シタラバ、君ノ為ニ忠臣タルベシ、後日ニ陳《ちんじ》申サント思《おもひ》テ、窃《ひそか》ニ盗出《いだ》シ、朝敵ヲ亡《ほろぼし》テ、還《かへつ》テ勧賞《けんじやう》ヲ蒙《かうぶ》ル事アリトイヘリ。高綱ガ陳答ハ、彼《かの》タメシニコソ似タリケレ。

一　戯れ言を言って。
二　**象王太子象**　この説話未勘。

源平盛衰記　巻第三十五

義経範頼京入
高綱渡二宇治河一
木曾惜二貴女遺一
義経院参
東使戦二木曾一
巴関東下向
粟津合戦
木曾頸被レ渡
兼光被レ誅
沛公入二咸陽宮一

源平盛衰記伝巻第三十五

大手[一]、搦手《からめで》、尾張国熱田社ヨリ相分《あひわかつ》テ、宇治、勢多へ向《むかひ》ケリ。大手ノ大将軍ハ、蒲冠者《くわんじや》範頼、相従輩《したがふともがら》[二]ニハ、

武田太郎信義　加々見次郎遠光
一条次郎忠頼　小笠原次郎長清
伊沢五郎信光　板垣三郎兼信

侍ニハ

[三]逸見冠者義清　[四]稲毛三郎重成
[五]榛谷四郎重朝　[六]森五郎行重
[七]千葉介経胤　[八]子息小太郎胤正
[九]相馬次郎成胤　[一〇]国府五郎胤家
[一一]金子十郎家忠　[一二]同与一近範
[一三]源八広綱　[一四]渡柳弥五郎清忠
[一五]多々良五郎義春　[一六]同六郎光義
[一七]別府太郎義行　[一八]長井[1]大郎義兼

義経範頼京入

一　一五四頁注六では美濃国不破関で二手に分れたとする。
二　交名のなかで「侍」と区別して記される。すべて清和源氏。甲斐源氏で巻一三の源氏揃にその名が見える。系譜。↓補注一
三　世代および交名上の位置から見て誤りがあるか。補注一参照。
四、五、六　武蔵の坂東平氏。秩父氏。三人ともに小山田別当有重の子。畠山重忠の従兄弟。
七、八、九　上総・下総の板東平氏。千葉氏。常胤の子が胤将、その子が成胤。いずれも千葉介。但し相馬次郎は師常の通称。
一〇　常胤の子の相馬次郎師常の孫に矢木胤家がいるが、世代が合わない。常胤の子の国分五郎胤通の誤りか。神代本千葉系図を参照。
一一、一二　武蔵七党のひとつ村山党。秩父氏に属す。村山家範の子、家忠、近範兄弟の活躍は巻二二・衣笠合戦に既に見える。
一三　世系未詳。源頼政の孫に後に駿河守になる広綱がいる。また一ノ谷合戦では義経勢の交名に見える。本書巻四六・土佐房上洛や幸若・堀川夜討、高館、含状などに義経の手郎等のような身分で登場。二人の人物の混淆か。
一四　世系未詳。武蔵国埼玉郡渡柳（いま行田市渡柳）の武士。一ノ谷合戦では義経勢の交名に。
一五、一六、一八、次頁の一、二　相模国の坂東平氏。三浦氏。筑井は津久井とも。↓補注二
一七　成田氏の一流。武蔵国の豪族。別府氏の祖の行隆の子。一ノ谷の一二之懸に登場する成田五郎助忠の従兄弟。吾妻鏡にも見える。

[一]筒井四郎義行　[二]葦名[2]大郎清高
野与　山口　山名　里見　大田　高山　仁科　広瀬
家《いへの》子郎等打《うち》具シテ、三万余騎、海道ヲ上リニ、宿々山河《せんが》打過《すぎ》テ、近江国
勢多長橋ニ著《つき》ニケリ。
搦手《からめで》ノ大将軍ハ、九郎冠者《くわんじや》義経、相従《あひしたがふ》輩《ともがら》[三]ニハ、
[四]安田三郎義定　[五]大内[3]大郎維義
[六]田代冠者信綱　侍ニハ　[七]佐々木四郎高綱
[八]畠山次郎重忠　[九]河越[4]大郎重頼
[一〇]子息小太郎重房　[一一]師岡兵衛重経
[一二]梶原平三景時　[一三]子息源太景季
[一四]同平次景高　[一五]同三郎景家
[一六]曾我太郎祐信　[一七]土屋三郎宗遠
[一八]土肥次郎実平　[一九]嫡子[5]弥大郎遠平
[二〇]佐原十郎義連　[二一]和田[6]小大郎義盛
[二二]勅使河原権三郎有直　[二三]庄三郎忠家
[二四]勝大八郎行平　[二五]猪俣金平六範綱

三　その構成がおおむね清和源氏とそれに準じる輩、侍そして手郎等の順に記載される点、そして家ごとにまとめて記載される点に留意すべし。
四、五　甲斐国と信濃国の清和源氏。ともに文治元年八月一六日の源氏受領六人のうち。
六　清和源氏ではないが「侍」とは別格に扱われる。その出自の伝えは巻三六・義経向三草山に見える。また一八〇頁注一一。
七　近江の宇多源氏。宇治川渡河の先登。
八、九、一〇、一一　武蔵国の坂東平氏。秩父氏。
→補注三
一二、一三、一四、一五　相模国の坂東平氏。鎌倉党の梶原氏。系譜に景家は未勘。→補注四
一六　相模の坂東平氏。曾我兄弟の母の再婚相手。
一七、一八、一九　相模の坂東平氏。中村氏。実平と宗遠は兄弟。遠平は実平の子。
二〇、二一　相模の坂東平氏。三浦氏。義連は義明の子、義盛は義明の長男義宗の子。
二二、二三、二四、二五、二六　武蔵七党。順に丹党、児玉党、児玉党、猪俣党、猪俣党。
二七、二八　父子。藤原時長・利仁の後裔を称す。実基は一条能保の室、源頼朝の妹の養い親。基清の子は基綱。
二九　中条家本桓武平氏系図に多気・吉田氏の同族の鹿島氏が見える。坂東平氏の常陸大掾系図に鹿島氏。吉田盛幹の弟成幹を祖とするとある。但し維明の名はない。鹿島六郎は頼幹、吾妻鏡にも見える。
三〇　文治五年没。義経記に常陸国鹿島の行方の出生で義経の郎等となり活躍、奥州衣川で弁慶らとともに討死したとする。本書が彼を義経の郎等に入れない点に留意。彼は神代本千葉氏系図に下総の千葉氏の常幹の子とする。下総国

二六岡部六弥大忠澄[7]　二七後藤兵衛真基
二八新兵衛尉基清　二九鹿島六郎維明
三〇片岡大郎経春[8]　三一弟八郎為春
御曹司《おんざうしの》三二手郎等《てらうどう》ニ　三三奥州佐藤三郎継信
三四弟四郎忠信　三五伊勢三郎義盛
三六江田源三　三七熊井大郎[9]
三八大内大郎[10]　三九長野三郎
四〇武蔵坊弁慶ヲ始《はじめ》トシテ、家《いへの》子郎等相《あひ》具シテ、二万五千余騎、伊勢路ヲ廻《めぐつ》テ攻上《せめのぼる》ト聞《きこえ》ケリ。大手搦手《からめで》、都合シテ六万余騎ノ兵《つはもの》也。

去《さる》程ニ木曾義仲ハ、折節、勢コソナカリケレ、四一樋口次郎兼光ハ、十郎蔵人行家ヲ攻ントテ、河内国ヘ越《こえ》ヌ。今井四郎兼平、四二方等三郎先生義弘、五百余騎ニテ、勢多ノ手ニ指《さし》遣ス。根井大弥大行親[11]、楯六郎親忠、四三進六郎親直、仁科、高梨、三百余騎ニテ、宇治ノ手ニ指遣ス。

木曾ハ力者二十人汰《そろへ》[12]テ、関東ノ兵、強[13]ヲバ、四四院ヲ取進《とりまゐらせ》テ、西国ヘ御幸成進《なしまゐら》セントシ支度シテ、上野国住人、四五那和[14]大郎弘澄ヲ相具シテ、院御所ヲ奉二守護《しゅごしたてまつる》一。其《その》勢僅《わづか》ニ百騎計《ばかり》ニハ不レ過《すぎざり》ケリ。

三崎庄を領しており常陸の佐竹太郎昌義の女婿でもあった。
三一　未詳。吾妻鏡文治元年一一月三日の義経都落の記事に片岡八郎弘綱（経）とある。
三二　家の利害を離れ個人的関係で結ばれた家来。郎等、郎等職、党類、伴類との相違が要考察。義経の手郎等は義経記、幸若・義経もので活躍する登場人物。
三三　文治元年の屋島合戦で戦死。藤原秀郷の一流で奥州岩代の信夫庄の庄司佐藤元治の子。
三四　義経の都落に従い文治二年に討死という。嗣信の弟。
三五、三六、三七　世系未詳。伝説的要素の多い人物。
三八、三九　誤りあるか。大内太郎は前出の維義、長野三郎は畠山重忠の弟の重清にあたり、この位置にあるのはおかしい。
四〇　熊野別当湛増ないし弁心の子とするが未詳。伝説的要素の多い人物。
四一　一一五頁注一五。
四二　以下のどちらかの可能性があるか。玉葉に宇治に派遣されたとし、吾妻鏡にも見える義仲の叔父の志田三郎先生義広（憲）、吾妻鏡に義仲最後の合戦で逐電したとある近江源氏の錦織判官義広。↓補注五、六および巻三四の補注三八。
四三　未勘。信濃国の豪族。諏訪氏の一流か。
四四　平家との共同作戦を企図してのこと。ただし巻三四の補注三九③④、補注四〇には北陸へとの噂があったとする。
四五　未勘。藤原秀郷流藤原姓足利氏。上野国那波郡那波庄（いま伊勢崎市）の豪族。以仁王の乱の時の宇治川合戦で足利又太郎忠綱に従って渡河した那波太郎がいる。

九郎義経ハ、[一]伊勢国ヨリ伊賀路ニ懸《かかつ》テ、責上《せめのぼり》ケルガ、音ニ聞《きこゆ》ル[二]鈴鹿山ノ麓《ふもと》、関ヲ通《とほる》ニモ、去年ノ白雪村消《きえ》テ、谷ノ氷モ猶《なほ》残レリ。

[三]見儘《みるまま》ニ跡絶《たえ》ヌレバ鈴鹿山雪コソ関ノトザシ成《なり》ケレ

ト詠《ながめ》ケルヲ、思《おもひ》ツヾケテ、[四]八十瀬《やそせ》ノ白波分過《わけすぎ》ツヽ、[五]加太《かぶと》山ニゾ懸《かかり》ケル。此《この》山ノ為レ体《ていたらく》、峰高《たかう》シテ峙《そばたち》上ル。[15]巌嶮《けはしう》シテ、身ヲ側《そばたて》テ伝《つたひ》、谷深《ふかう》シテ漲落《みなぎりおつる》水、早ケレバ、足ヲ危《あやふく》シテ渡ル。河ヲ渡《わたつ》テハ山路ニ上リ、山ヲ越《こえ》テハ河瀬ニ浸ル。興ヲ催ス所モアリ。心ヲ摧《くだ》ク砌《みぎり》モアリ。角《かく》テ山路ヲ出《いで》ヌレバ、[16][六]殖柘里、[七]クラブ山、[八]風ノ森ヲモ打過《うちすぎ》テ、当国ノ一宮、[九]南宮大菩薩ノ御前ヲバ、心計《ばかり》ニ再拝シテ、暫《しばら》ク[一〇]新居川原ニ磐《ひかへ》タリ。西ニ平岡アリ。九郎義経、里人ヲ招《まねい》テ、「是ヨリ宇治ヘ向《むか》ハンニハ、何地《いづち》カ道ハ能《よき》」ト問《とひ》給ヘバ、「西ニ見《みえ》候[一一]平岡ヲバ、[一二]アヲタ山ト申《まうす》。其《それ》ヨリ前ニ、[一三]頸《くび》落滝ト云《いふ》所ヲ通《とほる》ニハ近《ちかう》候」ト申《まうす》。「其《その》外、又道ハナキカ」ト問給ヘバ、「是《これ》ヨリ[一四]長田里、[一五]花苑ト云所ヲ廻《めぐつ》テ、[一六]射手大明神ノ御前ヲ、[一七]笠置ニ懸テモ道ハ能《よく》候」ト申《まうす》。「射《い》手《と》大明神トハ、何《いか》ナル神ニテ御座《おはします》ゾ」ト問給ヘバ、「其マデノ事ハ争知《いかでしり》候ベキ。『イト』ヽハ、『射手』ト書《かき》テ候ナレ共、申易《まうしやすき》ニ付《つい》テ、『イト』ヽ申候トゾ承《うけたまはる》」ト云《いひ》ケレバ、九郎義経ハ戦場ニ向《むかふ》ニ、アヲタ山、

一　おおむね現在の関西本線の奈良線に沿った道筋。その一帯は平家の勢力下にあった。以下、一七三頁五行まで本書の独自本文。
二　三重県鈴鹿郡関町。古代駅制の鈴鹿駅。鈴鹿関があった。東は北に向かう後の東海道、南に伊勢別街道、西は北に向かう鈴鹿越をして近江に向かう後の東海道、南に奈良に向かう大和街道が分岐。
三　千載和歌集の四六七番、内大臣藤原良通。初句は「ふるままに」。見るまに雪が通い路を閉ざしてゆくところをみると、ここ鈴鹿山は関守ではなくて雪が固めているのだな。
四　加太川・鈴鹿川の多くの瀬。良経の和歌を引くか。「すずか河やそせしらなみわけすぎて神ぢの山のはるを見しかな」（新勅撰和歌集・神祇・五五五・後京極摂政太政大臣）。
五　三重県鈴鹿郡関町加太。東西に走る大和街道が加太越をするところ。
六　柘殖の誤植。つげのさと。三重県阿山郡伊賀町のあたり。後には平宗清の裔という柘植氏が蟠踞。
七　古くは蔵部。現在は倉部。阿山郡伊賀町柘植の地名。
八　倉部川の中流東側に風森社があった。同社は明治四〇年に現在の都美恵神社に合祀。
九　伊賀国一宮の敢国神社。現在、三重県上野市一之宮。その東、南宮山の麓に鎮座。平安末期には諏訪信仰と結びつく。
一〇　にいのべがわら。上野市東高倉にあったらしい新家（にいみ）駅のあたり。
一一　小山。
一二　上野市岩倉。桓武の皇女伊登内親王が青田山の薬草で平癒したとする伝説がある。
一三　上野市西高倉。高倉神社の山手、廃補陀落

首落ノ道、禁忌也。射手明神可レ然《しかるべし》トテ、長田里、花苑ヲ廻《めぐ》リ、射手大明神ノ御前ニテ下馬シ給ヒ、所願成就ト祈請シテ、当来導師[一八]ノ弥勒菩薩《みろくぼさつ》ノ笠[一九]置寺、今日甄原《みかのはら》[二〇]、和泉河[二一]、川風寒ク打過《うちすぎ》テ、柞森《ははそのもり》[二二]ヲ弓手《ゆんで》ニナシ、高倉宮ノ討《うた》レサセ給シ光明山[二三]ノ鳥居ノ前ヲ、妻手《めて》ニ見テ、山城国宇治郡平等院[二四]ノ北ノ辺、富家《ふけ》[二五]ノ渡リヘ著《つき》給フ。

[二六]元暦元年正月廿日、大手、搦手《からめで》、宇治、勢多ニ着《つく》。九郎義経、河端ニ推《おし》寄《よせ》見給ヘバ、橋板[二七]ヲ壊取《こぼちとつ》テ、向《むかひ》ノ岸ニ垣楯《かいだて》ニ掻《かき》、櫓《やぐら》ニ構《かまへ》タリ。水ハ長[17]《ふか》サ増《まし》テ、底不レ見《みえず》。其《その》上乱株《らんぐひ》、逆木《さかもぎ》、隙《ひま》ナク打《うつ》テ、大綱小綱引張《ひきはつ》テ、流懸《ながしかけ》タレバ、鴦鴨《おしかも》ナドノ水鳥モ、輙《たやすく》クヾリ通《とほる》ベシ共見《みえ》ザリケリ。河ノ耳《はた》、分内《ぶんない》狭クシテ、打臨《のぞみ》タル者四、五千騎ニハ不レ過《すぎず》。二万余騎ハ寄付《よりつく》ベキ所ナクシテ、只徒《ただいたづら》ニ後陣ニ引《ひか》ヘタリ。河ノ様ヲモ見ズ、橋ヲ引《ひき》タルモ、知ラヌ者ノミ多ケレバ、渡《わたす》ベキ評定《ひやうぢやう》ニモ不レ及《およばざり》ケリ。御曹子ハ、雑色《ざふしき》、歩走《かちはしり》ノ者共ヲ集《あつめ》テ、家々ノ資材雑具《ざふぐ》、一々ニ取出《とりいだ》サセテ、河端ノ在家ヲ悉《ことごと》ク焼《やき》払《はらひ》、大勢ヲ一所ニ集《あつむ》ベシ、ト下知シ給《たまふ》。此《この》由、走散《ちつ》テ訇《ののしり》ケレ共、兼《かね》テ山林ニ逃隠《にげかくれ》タリケレバ、家々ニハ人モナシ。此《この》上ハ、手々《てんで》ニ続松《たいまつ》ヲ指上《さしあげ》テ、宇治ノ在家ヲ焼払《はらひ》、行歩《ぎやうぶ》ニ叶《かな》ハヌ老者《らうしや》、少《をさな》キ者共、サリ共《とも》、忍《しのび》居タリ

寺の近くの滝。補陀落の滝とも。
一四　上野市。平家没官領の長田庄があった。
一五　上野市長田寺垣内。現射手神社の北。若宮大明神と称されたという。
一六　上野市長田。平垣内の現在地より西一〇数町のところにあった。射手山の南麓。
一七　京都府相楽郡笠置町。大和国に隣接。
一八　釈迦如来滅後、五六億七千万年後に成道、龍華樹の下で説法する。いまは兜率の内院に。
一九　京都府相楽郡笠置町大字笠置。巨大な弥勒の磨崖仏が有名。
二〇　相楽郡加茂町の木津川の南北の平野部を中心にした一帯。「みかのはらわきてながるるいづみ河いつみきとてかこひしかるらむ」（新古今和歌集・恋歌一・九九六・中納言兼輔）百人一首などにも入る名歌。「いつ見き」に対して「今日見かの原」と洒落る。注二一の和歌。
二一　木津川の古名。「都いでて今日みかの原いづみ河かは風さむし衣かせ山」（古今和歌集・羈旅・四〇八・よみ人しらず）。
二二　相楽郡精華町大字祝園（ほうその）。祝園神社が鎮座する。歌枕。
二三　相楽郡山城町大字綺田（かばた）光明山。治承四年五月この辺りで高倉宮以仁王が落命。
二四　京都府宇治市宇治蓮華。宇治橋上流左岸。
二五　宇治市五ケ庄上村付近の宇治川河畔に藤原忠実の別業冨家殿があったとされる。そのあたりの渡しか。
二六　吾妻鏡（巻三四の補注三八）、玉葉、百錬抄も同日の条。↓補注六・七
二七　巻一五・宇治合戦と同じく宇治川をはさんでの合戦。承久の乱の折りにもあり。

ケレ共、猛火《みやうくわ》ニ焼死《やけしす》[18]。適《たまたま》遁出《のがれいで》タレドモ、馬、人ニ踏《ふみ》殺サル。マシテ牛馬ノ類《たぐひ》ハ、助《たすか》ル者モナケレバ、其員《そのかず》ヲ不レ知《しらず》[19]焼死《しに》ケリ。風[一]吹《ふけ》バ木安カラズ、トハ加様《かやう》ノ事ナルベシ。広々ト焼払《やきはらひ》タリケレバ、二万五千余騎、貽《のこ》ル者モナク河耳《かははた》ニ打臨《うちのぞみ》タリ。御曹子、河ノ辺近ク、高櫓《やぐら》ヲ造ラセテ此《この》上ニ登《のぼつ》テ、四方ヲ下知シ給ケリ。矢立《やたて》ノ硯《すずり》ヲ取寄《とりよせ》テ、「[二]宇治川ノ先陣ト剛者《かうの》トヲ、次第明々ニ注《しるし》テ、鎌倉殿へ見参《げんざん》[三]ニ入《いる》ベシ」ト被レ役《おほせられ》[20]ケレバ、軍兵《ぐんびやう》各《おのおの》勇《いさみ》ヲ成《なし》テ、抽レ忠《ちゆうをぬきんで》トゾ色メキケル。御曹子ハ櫓《やぐら》ノ上ニテ、様々ノ事下知シ給ケレ共、大勢思々《おもひおもひ》ニ[四]ドヾメキケレバ、打紛《うちまぎれ》テ聞《きこえ》ザリケレバ、平等院ノ御堂ヨリ太鼓ヲ取寄《とりよせ》、櫓《やぐら》ノ下ニテ打ケレバ、大勢静《しづま》リテ、何事ヤラント鳴《なり》ヲ閑《しづ》メテ、軍将ニ目ヲ懸《かく》ル時、大音揚《あげ》テ下知シ給ケルハ、「二万五千余騎ノ勢ノ中ニ、海ノ辺、川端ニ栖《すみ》テ、水練ノ輩《ともがら》多カルラン。郎等、家子《いへの》、舎人《とねり》、雑色《ざふしき》マデモ、懸《かかる》時コソ群ニ抜《ぬけ》タル高名ヲモスレ。我ト思ハン者ドモハ、物具ヌギ置《おき》テ、瀬踏《せぶみ》シテ川ノ案内ヲ試《こころみ》ルベシ。向《むかひ》ノ岸ヲ見《みる》ニ、矢筈《やはず》ヲ取《とり》タル者四、五百騎ト見《みえ》タリ。瀬踏スル者アラバ、定《さだめ》テ引取々々《ひつとりひつとり》射《いん》ズラン。[五]剛《かう》ノ座ニ付《つか》ント思ハン人々ハ、馬ヲモ捨《すて》テ、橋桁《げた》ヲ渡《わたし》、向《むかひ》ノ岸ノ軍兵ヲ追払《おつぱらひ》テ、水練ノ輩《ともがら》ヲ、思様《おもふさま》ニ振舞《ふるまは》セヨ」ト被二下知一《げちせられ》ケレバ、

一　巻一六・三位入道歌等や金刀比羅本平治物語巻上にも見える諺。

二　合戦注文のための記録の作成を命じたのである（拙稿「戦場の働きの価値化―合戦の日記、聞書き、家伝そして文学―」（『国語と国文学』平成五年一二月号）参照）。手書（執筆・右筆）がその役にあたる。義経には少内記中原信康が手書をつとめていたことが知られるが、後のことか。この合戦の報告は吾妻鏡では二七日に鎌倉に届いたことになっている。ただし義経の報告は整ったものではなく、主に口頭でなされたらしい。梶原景時は交名注文をもたらしている。→補注七

三　お目にかかる。

四　そうぞうしく騒ぐ。

五　源義家が将士の志気を鼓舞するために剛の座と臆の座を作り、剛勇に見えるものを剛の座に臆病に見えるものを臆の座に、日ごとに振り分けて座せしめたことに始まる（奥州後三年記巻上）。

六　生没年未詳。武蔵七党の西党。武者所は院の警固にあたり滝口を詰め所とした武士。本書の前の交名にはない。延慶本には義経勢の交名に載る。一ノ谷合戦では熊谷と一二之懸。

七　六位で任官していない者を冠者という。弱年の者をも冠者という。季重は文治元年四月に頼朝の内挙を経ず右衛門尉（六位相当）に任官し頼朝の不興をかっている。「小冠者」とある場合は弱年の者、若者の意。「樫尾未一六歳ニナル小冠者也」（古活字本承久記巻下）。

是《これ》ヲ聞《きき》、平山、馬ヨリ飛下《とびおり》、橋桁《げた》ノ上ニ走登《はしりのぼり》、弓杖《ゆんづえ》ヲ衝《つき》、扇ハラ〳〵ト仕《つかひ》テ申《まうし》ケルハ、「二万五千余騎ノ其《その》中ニ、橋桁《げた》ノ先陣渡《わたす》ハ、武蔵国住人、[六]平山武者所季重ト云《いふ》[七]小冠者《こくわんじや》也」トゾ名乗《なのり》ケル。「抑《そもそも》、当河ノ有様、深淵潭々《しんえんたんたん》トシテ、巨海《こかい》ノ浪《なみ》ニ浮《うか》メルガ如《ごとし》。下流淼々《[八]べうべう》トシテ、滝水ノ漲落《みなぎりおつる》ニ臨《のぞめ》ルニ似タリ。[九]虹《にじ》ノ橋桁《げた》危《あやふく》シテ、雁歯《がんし》ノ構奇《かまへあや》シケレバ、渡《わたし》エン事難《かた》ケレ共、軍将ノ下知ヲ背《そむく》ハ、命ヲ惜《をしむ》ニ似タリ。身ヲバ宇治川ノ底ニ沈《しづむ》トモ、名ヲバ後代ノ末ニ流サン」トテ、平山、是ヲ渡処《わたすところ》ニ、[一〇]佐々木太郎定綱、[一一]渋谷右馬允重助、[一二]熊谷次郎直実、子息[一三]小次郎直家、巳上五人ゾ[21]続《つづき》渡シケル。矢比《ごろ》モ近成《ちかくなり》ケレバ、向《むかひ》ノ岸ノ軍兵《ぐんびやう》、弓ヲ強ク引《ひか》ンガ為ニ、態《わざ》ト甲《かぶと》ヲ脱《ぬい》デ、思々《おもひおもひ》ニ引取々々《ひっとりひっとり》放チケル矢、雨ノ足ノ如《ごとく》ニ飛来《とびきたり》ケレ共、甲冑《かっちう》ヲユリ合《あは》セ〳〵、[一四]矢間《やま》ヲ[一五]タバヒテ振舞ヘバ、鎧《よろひ》ハ重代ノ重宝也、裏カク矢コソ無《なか》リケレ。

熊谷、橋桁ヲ渡ラントテ、子息ノ小次郎ヲ招《まねい》テ云《いひ》ケルハ、「汝《なんぢ》ハ今年十六歳。心ハ猛《たけ》ク思フ共、[一六]サネハ未堅《いまだかた》マラジ。直実ダニモ、平《たひらか》ニ渡付《わたりつく》事難《かた》カルベシ。汝《なんぢ》ハ大勢ノ川ヲ渡サン時、[一七]総《そう》ヲカニシテ渡《わたす》ベシ」ト聞[22]エケレバ、小次郎、打咲《うちわらひ》テ、「秋ノ菓《このみ》ニコソ、核《さね》ノ固《かたま》ル固マラヌト申《まうす》事ハ侍レ、十歳巳[23]後ノ者、実《さね》ノ固マラヌ事ヤ有《ある》ベキ。若《もし》又堅《かたま》ラザランニ付《つけ》テ

八　水などの限りなくひろいさま。
九　虹梁とも。虹のように彎曲した橋また梁（うつばり）。雁歯は階段や橋で横に敷いている桟。雁木。↓補注八
一〇　元久二年没。源三秀義の長男。早くから頼朝に近仕。頼朝旗上げの堤権守信遠攻めの時から参戦、発した矢が「是源家征平氏最前一箭也」（吾妻鏡治承四年八月一七日）とされる。本書も延慶本も交名に載せない。
一一　坂東平氏、武蔵、相模の秩父氏。庄司重国の子。定綱の父秀義は重国の婿で庇護を受ける（巻三四の補注四七参照）。本書の前の交名にない。延慶本の義経勢の交名には載る。吾妻鏡では親平家の立場、平家都落ののち義仲に従い、義仲滅亡まで京都滞在、義経勢にのみ従軍などと記す。↓補注九
一二　承元二年没。武蔵の坂東平氏。石橋山合戦では頼朝に敵対。一ノ谷合戦で平山季重と一二之懸。敦盛を討つ。のち出家、法然の弟子。法名は蓮生。本書の前の交名にない。延慶本の義経勢の交名には載る。
一三　承久三年没。直実の子。一ノ谷合戦では父とともに一二之懸。本書の前の交名にない。延慶本の義経勢の交名には載る。
一四　矢のたつすきま。
一五　「惜タバフ」（名義抄）。大切に守る。
一六　骨格、筋肉などを言うか。
一七　全員。集団。

モ、父ヲバ争《いかで》カ奉レ離《はなれたてまつる》ベキ。恐《おそら》クハ、父コソ常ハ風気《ふうき》トテ、『目ノマフ、膝《ひざ》ノ振《ふるふ》』トハ仰《おほせ》ラレ候ヘ。此《この》大河ニ向《むかつ》テ、細桁《げた》ヲ渡《わたり》給ハン事、危《あやふ》ク覚《おぼえ》侍リ。目舞《まひ》、足振《ふるひ》給ハヾ、直家ヲ憑《たのみ》給ヘ。渡《わたし》申サン」ト云《いひ》ケレバ、父是《これ》ヲ聞《きき》テ、「サラバツヾケ小次郎」トテ、親子連《つづい》テゾ渡シケル。[一]誠ノ瀬ニハ、[二]子ニ過《すぎ》タル宝ナシ。死出《しでの》山、三途《さんづの》河ノ旅ノ道モ、親子ゾ互《たがひ》ニ助《たすけ》ケル。五人ノ兵《つはもの》、サスガ目舞《まひ》、足振《ふるひ》テ、水ハ逆《さかさま》ニ流《ながる》ルカトゾ覚《おぼえ》ケル。各《おのおの》弓ヲバ手ニ懸《かけ》テ、蚑々《はふはふ》渡ル有様、誠ニ[三]余《あまり》ノ命トゾ見エシ。熊谷ハ、我《わが》身ノ事ハ去《さる》事ニテ、子息ノ事ノ心苦シサニ、「連《つづ》クカ小次郎、誤《あやまち》スナ〳〵」ト呼《よばはり》ケレバ、直家ハ、「心ユルシ給テ、落入《おちいり》給ナ〳〵」トゾ教《をしへ》ケル。父子ノ情《なさけ》ノ哀《あはれ》サニ、[四]熊谷ハ是ヨリシテ、発心ノ思《おもひ》ハ有《あり》ケルトカヤ。

直実、大音揚《あげ》テ云ケルハ、「抑《そもそも》、此《この》河固《かため》タル倫《ともがら》ハ、木曾殿ノ[五]樹根ノ郎等ニハ、ヨモアラジ。一旦付従《つきしたがひ》タル人共ニコソ有《ある》ラメ。命ハ惜《をし》キ習也。無レ詮《せんなき》合戦ニ与力シテ、大事ノ命失フナ。落《おち》バ助《たすけ》ン」ト云儘《いふまま》ニ、引取々々《ひっとりひっとり》放箭《はなつや》ニ、木曾殿ノ郎等ニ、[六]藤太左衛門尉兼助ト云《いふ》者、逆《さかさま》ニ被二射落一《いおとされ》ケリ。是ヲ始《はじめ》トシテ、水練ノ者アラバ、防箭《ふせぎや》イントテ、五人進寄《すすみよっ》テ散々ニ射ケレバ、多《おほく》ノ郎等、手負討《おひうた》レケリ。其《その》間ニ、佐々木ガ郎等ニ、常陸

一　ほんとうに大事な場面では、の意。
二　本書また平家物語に通底する恩愛の主題。
三　命からがら、の意。
四　延慶本第五本・兵衛佐ノ軍兵等付宇治勢田事も同じ。延慶本第五本・敦盛被討給事付敦盛頸八島へ送事でも「是ヨリシテゾ熊谷ハ発心ノ心ヲバオコシケル」とする。本書巻三八・経俊敦盛経正師盛已下頸共懸一ノ谷では「弥発心ノ思出来ツヽ」とする。恩愛を強調することから熊谷発心の最初をここに求め、敦盛のところでは「いよいよ」として、テキスト内部での整合性がはかられている。
五　根のような、ということで、はえぬきの、の意か。または「入魂」で、親しい間柄か。
六　未勘。延慶本にも見える。
高綱渡二宇治河一
七　未勘。一七一頁注二九の鹿島六郎維明の同族か。常陸の鹿島社に関係ある氏族。常陸大掾系図にも中条家本桓武平氏系図にも常陸の鹿島氏が見える。
八　ふんどし、股引どちらに当たるかは存疑。筆の御霊巻九に肌袴、肌の帯、たふさぎ、ふどし、した帯などについて記す。
九　元久二年没。武蔵国の坂東平氏。秩父氏。巻二一・小坪合戦、巻二二・衣笠合戦で頼朝側の三浦氏と戦うが、巻二三・畠山推参で頼朝の陣に加わる。本書・延慶本の義経勢の交名に載

国住人鹿島与一[七]トテ、無双《ぶさう》ノ水練アリ。鎧《よろひ》脱置《ぬぎおき》、褌[24][八]ヲカキ、腰ニハ鎌《かま》ヲ指《さし》、手ニハ熊手《くまで》ヲ以テ、河ノ底ニ入《いり》、良久《ややひさしく》沈ミクヾリテ、乱株逆木《らんぐひさかもぎ》引落《ひきおと》シ、大綱小綱切棄《きりすて》ケリ。実ノ器量ト見《みえ》タリケリ。去共《されども》、未《いまだ》河ヲ渡ス者ハナシ。イカヾ有《ある》ベキ、ト評定《ひやうぢやう》様々也ケルニ、畠山[九]庄司次郎重忠、進出《すすみいで》テ申《まうし》ケルハ、「事新シ。此《この》川ハ近江ノ湖ノ末、今始《はじめ》テ出来《いで》タル河ニアラズ。春立《たつ》日影ノ習ニテ、細谷川ノ氷解《とけ》、比良[一〇]ノ高峰ノ雪消《きえ》テ、水ノカサハ増共《ませども》、水ノ減《へる》事有ベカラズ。足利[一一]又太郎忠綱モ、高倉宮[一二]ノ御謀叛《むほん》ノ御時ハ、渡セバコソ渡《わたし》ケメ。鎌倉殿ノ御前ニテ、サシモ評定《ひやうぢやう》ノ有《あり》シハ是《これ》ゾカシ。始《はじめ》テ驚《おどろく》ベキ事ニ非ズ。兼《かね》テノ馬用意、其《その》事也。重忠、渡シテ見参《げんざん》ニ入レン」ト云処《いふところ》ニ、平等院[一三]ノ小島崎ヨリ、武者二騎蒐出《かけいで》タリ。梶原源太ト佐々木四郎ト也。景季ガ装束ニハ、木蘭地[一四]《もくらんぢ》ノ直垂《ひたたれ》ニ、黒革威《をどし》ノ鎧《よろひ》ニ、三牧甲《かぶと》ノ緒ヲシメテ、滋藤《しげどう》ノ弓ノ中ヲ取《とり》、二十四指《さい》タル小中黒[一五]ノ矢負《おひ》、練鐔[一六]《ねりつば》ノ太刀《たち》佩《はい》テ、鎌倉殿ヨリ給《たまはり》タル磨墨《するすみ》ト云《いふ》名馬ニ、黒漆《こくしつ》ノ鞍置《くらおい》テ騎《のり》[25]タリ。高綱ハ褐衣[一七]《かちん》ノ直垂《ひたたれ》ニ、小桜[一八]ヲ黄ニ返《かへし》タル鎧《よろひ》ニ、鍬形打《くわがたうつ》タル甲《かぶと》ニ、笛藤[一九]《ふえどう》ノ弓ノ真中取《とり》、二十四指《さい》タル石打[二〇]《いしうち》ノ征矢《そや》、頭高[二一]《かしらだか》ニ負《おひ》、嗔物造[二二]《いかものつくり》ノ太刀《たち》帯《はき》テ、是モ鎌倉殿ヨリ給《たまはり》タル生唼《いけずき》ニ、黄伏輪[二三]《きぶくりん》ノ鞍《くら》置テゾ騎《のつ》タリケル。誰カ先陣

る。
一〇 琵琶湖西岸、湖に面して聳える高山。
一一 下野国足利庄を本拠とする藤原秀郷流の足利氏。巻一五・宇治合戦での馬筏による渡河をいう。
一二 後白河院の皇子。その最期が巻一五・宮中流矢に記される。治承四年五月のこと。
一三 平等院のある宇治川西岸の橘小島が崎。対岸に恵心院のあるあたりという。
一四 赤く黄色を帯びた色に染めた鎧直垂。
一五 鷲の矢羽の一種。上下が白く中央に黒い斑のあるもの。大中黒、小中黒がある。
一六 練皮で作った鐔。牛皮で作る。その製法は安斎随筆巻一六・練鐔に詳しい。
一七 黒い色に染めた鎧直垂。
一八 一六二頁注九参照。その箇所で、景季が磨墨を賞めた金子十郎家忠に与えた鎧も小桜を黄に返したる鎧。
一九 黒漆地の上に赤く塗った籐を巻いた重籐づくりの弓。巻四二・与一射扇で与一の兄の十郎為隆の持ったのも笛籐の塗籠の弓。
二〇 もっとも矢飛びのよい戦闘用の矢。鷲や鷹の石打の羽を用いる。平家都落の後参院した木曾義仲も石打の矢を負っていた（吉記・寿永二年七月二八日）。
二一 箙高に同じ。矢箙を高く身体に平行して矢を負う、戦闘に適した負いかた。
二二 いかめしげなこしらえの太刀。
二三 金覆輪に同じ。金または金色の金属で縁取りの覆いをした鞍。

一　ざあっと音を立てて。
二　定木のようにまっすぐに。強い流れや危険な河底をものともしない生唼の強さを示す。
三　相模国足柄上郡松田郷の中山村か。中山村は足柄の山中の山あいを抜けきってあと一里ほどで酒勾宿に着くといったあたり。
四　清経。武蔵の足立氏。藤九郎盛長、左衛門尉遠元などと同族か。雑色として頼朝に近仕し信任を得ていた。機密の使者として京都往還。鎌倉で静御前に宿を提供、また頼朝の命によって彼女の生んだ義経の子を由比の浜に捨てたのも清経。頼朝の雑色は面白い研究課題となっている。
五　進上された合戦注文に。一七四注二参照。
六　党は相模の鎌倉党（梶原）や武蔵の武蔵七党（庄、榛谷、糟谷）を指すのだろうが、大族だが坂東平氏の秩父（畠山）や三浦は党か高家かどちらに入るのか。一九四頁注六に三浦党とある。足利が清和源氏の足利氏とすれば高家なのだろうが、前の交名にその名は見えない。
七　弘方。児玉党。はじめ阿佐美（浅見）氏を

ト見処《みるところ》ニ、源[26]大、颯《さつ》ト打入《うちいれ》テ、遥《はるか》ニ先立《さきだち》ケリ。高綱云《いひ》ケルハ、「イカニ源[27]大殿。御辺ト高綱ト、外人《ぐわいじん》ニナケレバ角申《かくまうす》。殿ノ馬ノ腹帯《はるび》ハ、以《もつての》外ニ窕《くつろぎ》[28]テ見《みゆる》物哉《かな》。此《この》川ハ大事ノ渡《わたり》也。川中ニテ鞍踏返《くらふみかへら》カシテ、敵ニ笑《わらは》レ給《たまふ》ナ」ト云ケレバ、左《さ》モ有《ある》ラント思《おもひ》テ、馬ヲ留《とどめ》、鐙踏張立挙《あぶみふんばりたちあがり》、弓ノ弦ヲ口ニ噉《くはへ》、腹帯《はるび》ヲ解《とい》テ、引詰々々《ひきつめひきつめ》シメケル間ニ、高綱サト打渡シテ、二段計《ばかり》先立タリ。源[29]大、タバカラレケリト不レ安《やすからず》思テ、是モ打浸シテ渡シケルガ、馬ノ足、綱ニ懸《かかり》テ、思様《おもふさま》ニモ不レ被レ渡《わたされず》。高綱ハ、究竟《くつきやう》ノ逸物《いちもつ》ニ乗《のつ》タレバ、宇治河ハヤシトイヘ共ハ、淵《ふち》瀬ヲ不レ云《いはず》、ザ一ヾメカシテ金《かね》二ニ渡シ、向《むかひ》ノ岸近成《ちかくなつ》テ、高綱ガ馬、綱ニ懸テ、足ヲサト歩除《あゆませのけ》ケレバ、自レ元期《もとよりご》スル事ナレバ、大[30]刀ヲ抜《ぬき》、大綱小綱三筋サト切《きり》流シ、向《むかひ》ノ岸ヘ打上リ、鐙《あぶみ》踏張《ふんばり》、弓杖衝《ゆんづゑつき》、「佐々木四郎高綱、宇治川ノ先陣渡《わたし》タリヤ」ト名乗《なのり》モ果《はて》ヌニ、梶原源[31]大モ流渡《ながれわたり》ニ上リニケリ。源[32]大、佐々木、鎌倉ヘ早馬ヲ立《たて》、何モ劣《おとら》ジ負《まけ》ジト馳《はせ》テ行《ゆく》。源[33]大ガ早馬ハ先立タリケルガ、イカヾシタリケン、足柄ノ中山[三]ニテ、高綱ガ早馬先立ヌ。三日ト申《まうす》ニ馳付《はせつい》テ、「高綱、宇治川ノ先陣」ト申《まうし》タリ。同時ニ梶原ガ使、又来《きたつ》テ、「景季先陣」ト申ケリ。右兵衛佐殿ハ、[四]安立新三郎清恒ヲ召《めし》テ、「佐々木、梶原、生《いき》タリヤ」ト問《とひ》給ヘバ、

「共ニ候」ト申《まうす》。其後《その》ハ尋《たづね》給《たまふ》事ナシ。後日ノ注進ニ、[五]「宇治川ノ先陣ハ高綱」ト、被《しるさ》レ注《れ》タリケルヲ見給テコソ、「言《ことば》ト心ト相違ナシ」トハ宣《のたまひ》ケレ。

佐々木、梶原、一陣二陣ニ渡《わたす》ヲ見テ、秩父、足利、三浦、鎌倉、[六]党モ高家《かうけ》モ、我モ〳〵ト打浸《うちひたし》々々《うちひたし》渡シケリ。[七]庄五郎広賢、[八]糟谷藤太、[九]榛谷、此等ハ馬ヨリ下《おり》、弓杖《ゆんづゑ》ヲ銜《つき》、橋桁《げた》ヲ渡《わたら》ントシケリ。武蔵国住人、男衾郡[一〇]畠山庄司重能ガ子息重忠ハ、青地錦《にしき》ノ直垂《ひたたれ》ニ、赤威《をどし》ノ鎧《よろひ》著テ、[一一]鬼栗毛ト云《いふ》馬ニ、[一二]巴摺《ともゑすり》タル貝鞍置《くらおき》、[一三]糸総《いとふさ》ノ鞦《しりがいかけ》懸テ乗《のつ》タリケルガ、手勢五百余騎、サトト河ニゾ打入《いれ》タル。此《この》河ヨソニ聞《きき》シニハ、不レ員《かずならず》思《おもひ》シニ、水面沓《はるか》ニシテ、上ハ白浪流《ながれ》早ク、底ハ深《ふかう》シテ水漲《みなぎり》下レリ。瀬臥《せぶみ》ノ石モ高《たかう》シテ、馬ノ足立《たつ》ベキ様ナシ。軍兵《ぐんびやう》等皆危《あやふ》ク思ケルニ、畠山ハ、「渡セ殿原々々。佐々木、梶原モ鬼神ニ非《あらず》。渡セバコソ一陣二陣ニ渡《わたす》ラメ。[一四]馬ノ足ノ立《たた》ン程ハ、手綱ヲスクヘ。馬ノ足ハヅマバ、手綱ヲクレテ游《およが》セヨ。水シトマバ、[一五]サウヅニ乗《のり》サガリ、[一六]鞍《くら》坪ヲ去《さつ》テ水ヲトヲセ。強キ馬ヲバ上手《うはて》ニ立《たて》テ、厲流《はげしきながれ》[34]ヲ防《ふせが》セヨ。弱《よわき》馬ヲバ、下手《したて》ニ立《たて》テ、[一七]ヌルミニ付《つい》テ渡《わたす》ベシ。河中ニシテ弓引《ひか》ザレ。[一八]射向《いむけ》ノ袖《そで》ヲ真顔《まつかう》ニ当《あて》テ、鎧《よろひ》[35]ヲ常ニ[一九]ユリ合《あは》セヨ。[二〇]弓ニ弓ヲ取違《とりちがへ》テ、前ナル馬ノ尻輪《しり》、サウヅニ、後ノ馬ノ頭ヲ持《もつ》テ、息ヲ継《つが》セヨ。息ハヅメバ馬

称する。庄太夫家弘の子。忠家の弟。忠家は前の義経勢の交名に載るが弘方はない。延慶本の交名にも載らない。

八　有季。藤原元方の裔という。盛久の子。相模国糟屋庄の荘司として勢力を振るった一族。本書の前の交名にない。延慶本は義経勢の交名に載る。

九　武蔵の坂東平氏。秩父氏。小山田別当有重の子、稲毛三郎重成の弟、畠山庄司次郎重忠の従兄弟にあたる重朝が榛谷を称する。ただし重朝は本書の前の交名では範頼勢。二〇一頁注一七の範頼勢の粟津浜での合戦に登場する。延慶本も同じ。中条家本桓武平氏系図では重朝の子に榛谷太郎重季、同二郎秀重、同三郎実重の名が載る。世代的に見て重朝の子の参戦は考えにくい。

一〇　武蔵の坂東平氏。秩父氏。小山田有重の兄。

一一　さきの馬揃の折りの重忠の馬とは異なる。

一二　貝殻を漆で塗りこんで巴の形を磨き出した鞍。

一三　束ねた糸の先をばらばらに房にしたもの。

一四　巻一五・宇治合戦で宇治川を馬筏を組んで渡河するに際して足利又太郎忠綱が発した言葉に近い。すぐ後の馬筏を組んで渡したときの義経の言葉もほぼ同じ。

一五　馬の尻のほうの、背の部分の高くなっているところ。三頭、草頭と書く。

一六　腰を浮かせて鞍から離れて。

一七　ゆるやかな流れのところ。

一八　左の肩につけている鎧の袖を顔の正面にかざして敵の矢を防ぎ。

一九　体をゆすって鎧の札と札の間に隙間をつくらないようにせよ。

二〇　弓と弓が交叉するぐらいに接近して。

ノ弱ルニ、透《すき》[一]ヲアラセデ、押並《おしならべ》〳〵テ、馬ニモ人ニモ力ヲ副《そへ》ヨ。金《かね》[二]ニ渡シテ誤《あやまち》スナ。水[三]ノ尾ニ付《つい》テ、渡《わたせ》ヤ〳〵」ト下知シタリ。是《これ》ニ続キテ、党モ高家《かうけ》モ力ヲ得テ、打漬々々《うちひたしうちひたし》渡《わたし》ケリ。爰《ここ》ニ木曾ガ方ヨリ、「信濃国住人、[四]根井大弥太行親」ト名乗《なのつ》テ、褐直垂《かちんのひたたれ》ニ小桜威《をどし》ノ腹巻ニ、洗革《あらひがは》[五]ノ大鎧重《よろひかさね》テ、[六]三尺六寸ノ大大刀[36]ニ、二十四指《さい》タル黒羽ノ征矢負《そやおひ》テ、[七]白星ノ五枚甲《かぶと》ヲ[八]居頸《ゐくび》ニ著《き》、塗籠藤《ぬりごめ》ノ弓真中取《まなかとり》、黒糟毛《かす》[九]ノ馬ノ太逞《ふとくたくましき》ニ、金覆輪ノ鞍置《くらおい》テ乗《のつ》タリケルガ、垣楯《かいだて》ノ面ヘ進出《すすみいで》、弓杖衝《ゆんづゑつき》敵ノ陣ヲ見渡シ、軍掟《いくさおきて》[一〇]スル事柄ヲ見《みる》ニ、容儀人ニ勝《すぐれ》タリ、蒲御曹司歟《か》、九郎御曹司歟、田代殿歟[一一]、此等ノ大将軍ニテゾ御座《おはす》ラン、行親ガ今日ノ得分《とくぶん》、ト思《おもひ》テ、十四束[一二]ヲ取番《とつてつがひ》、引堅《ひきかため》テ兵《ひやう》ド放ツ。畠山ガ乗《のつ》タリケル鬼栗毛ガ吹荒《ふきあらし》[一三]ヲゾ、射通シケル。行親、一ノ矢射損ジテ、御方《みかた》ノ運ハ早尽《はやつき》ニケリ、大将軍タル者ガ、一ノ矢ヲ放《はなつ》ハ、弓箭《きゆうせん》ノ運ノ尽《つく》ル処《ところ》也、一ノ箭射損《やいそんじ》テ、二ノ箭射《いる》事ナシ、敵ニ鎧[一四]ノ毛見知《みしら》レヌ先ニ、トテ、掻楯《かいだて》ノ内ヘ引退《ひきしりぞく》。畠山ガ鬼栗毛モ、天馬《てんめ》ノ駒《こま》トハヤリシカ共、手負ヌレバ、疵《きず》ヲ痛《いたみ》テ弱《よわり》ケレバ、重忠、馬ヨリ下《おり》、前足[一五]二《ふたつ》取《とつ》テ、妻手《めて》ノ肩ニ引懸《ひつかけ》テ、水ノ底ヲクヾリタリケル。徐目《よそめ》ニハ、ハヤ、畠山流《ながれ》ヌト見《みえ》ケルニ、只《ただ》一度弓杖衝《つき》、浮上《うきあがつ》テ息ヲチト継《つぎ》、猶《なほ》水ノ底ヲクヾリテ、

一　隙間をあけないで。
二　まっすぐ渡そうとして激流におし流されるな。
三　水の流れに沿うかたちで渡せ。
四　一三一頁注一五は小弥太。一七一頁一二行は大弥太。
五　洗革威の大鎧。薄紅色に染めたなめし革である洗革でおどした大鎧。
六　太刀は二尺から三尺の間の長さが普通（貞丈雑記巻一二・刀剣）。
七　銀ないし銀で包んだ鋲を表面に打ってある甲。
八　猪首。首が隠れるように被って。
九　白毛に黒毛ないし赤毛がまじって全体に黒みを帯びて見える毛色の馬。
一〇　軍勢を指揮する畠山重忠の様子。
一一　一七〇頁注六。義経、範頼に並ぶ貴種として扱われている点に注意。延慶本、覚一本にこの場面はない。
一二　一束はひと握り、指を四本、横に並べた長さ。基本は一二束（貞丈雑記巻一〇・弓矢）。
一三　馬の鼻ないし鼻の穴。
一四　毛付けされることを恐れたのである。拙稿「戦場の働きの価値化―合戦の日記、聞書き、家伝そして文学―」（『国語と国文学』平成五年一二月号）。
一五　重忠は巻三七・馬因縁でも三日月という乗馬を背負って鵯越の崖を下ったとする。

向《むかひ》ノ岸へ渡《わたり》ケルニ、草摺《くさずり》[37]重ク覚《おぼえ》テ、見レバ黒革威《をどし》ノ鎧《よろひ》着タル武者、「然《しかる》ベクハ助《たすけ》給へ」ト云《いひ》ケレバ、「何者ゾ。名乗《なのれ》。向《むかひ》ノ岸へ抛《なぐ》ベシ」ト云ケレバ、「其《それ》ヲ好《このむ》者也。奉レ被レ投《なげられたてまつつて》、名乗《なのら》ン」ト申《まうす》。「サラバ」トテ、冑総角《よろひのあげまき》[一六]摑《つかん》デ、提持《さげもつ》テ行《ゆく》。又、赤威《をどし》ノ冑《よろひ》著テ、黒馬ト、劣《おとら》ジ負《まけ》ジト流行《ながれゆく》者アリ。「穴無慙《あなむざん》、何者ゾ。是《これ》ニ取付《とりつけ》」トテ、弓ノハズヲ指出《さしいで》タリ。「[一七]塩冶小三郎維広」ト名乗《なのつ》テ、弓ニ取付《つく》。弓ヲ引寄《ひきよせ》、「其《その》馬ノ[一八]鞦《しりがい》、シヲデノ間ニ取付《とりつけ》」ト教《をしへ》ケレバ、維広シリガイニ取付《つき》ツヽ、浅所《あさき》ニ上《のぼり》ニケリ。其《その》後、河耳《ばた》一段計《ばかり》ニ近付《ちかづき》テ、「汝《なんぢ》何者ゾ。好《このめ》バ抛《なぐる》ゾ。誤《あやまち》スナ」ト、件《くだん》ノ提持《ひつさげもつ》テ行《ゆき》ツル大ノ男ヲ、ユラリトナグ。被二投上一《なげあげられ》テ、弓杖《ゆんづゑ》ニスガリ立直《たちなほつ》テ、「只《ただ》今、歩《かち》ニテ宇治川渡《わたし》タル先陣ハ、武蔵国住人大串[一九]次郎」ト名乗《なのり》ケリ。敵モ御方《みかた》モドヽ笑フ。悪《あし》ク云ヌトヤ思《おもひ》ケン、「[二〇]一陣畠山、二陣大串」トゾ云直シタル。畠山、向《むかひ》ノ岸ニ打昇《うちのぼつ》テ、「何《いか》ニ、和君《わぎみ》ハ重忠ニ助《たすけ》ラレテ、重忠ヲ蔑如《ないがしろ》ニシテ、一陣トハ名乗《なのる》」ト云ケレバ、大串申《まうし》ケルハ、「殿ニ奉レ被レ助《たすけられたてまつり》、争《いかで》カ其《その》恩ヲ忘《わするる》ベキ。余《あまり》ニ音《こゑ》モシ侍ラネバ、[二一]ヲメテ見《みえ》候ラントテ名乗タリ」ト陳ズレバ、「[二二]弓取《とり》ノ法也、神妙《しんべう》也」トゾ感ジケル。サテ塩冶ニ、「イカニ」ト問エバ、「[二三]八箇国ノ倫《ともがら》、誰カ殿ノ家人ナラヌ人侍ル。サレ共、今命ヲ助ラ

一六　鎧の背の逆板に付けたあげまき結びの飾り紐。

一七　武蔵七党の児玉党。児玉庄太夫家弘の弟の家遠が児玉郡塩谷に住し塩谷を称す。家遠の子。あとの大串などとともに武蔵七党の武者は秩父氏の畠山庄司の重忠の下知に従って参戦していたのだろう。本書、延慶本のさきの交名にないが、一ノ谷攻めの交名には本書、延慶本、吾妻鏡・元暦元年二月五日の範頼勢の交名に載る。

一八　馬の尾の下から鞍の後輪（しずわ）の鞖（しおで）。しりがいをとめるための紐）に繋げる紐。

一九　武蔵七党の横山党。由木保経の子隆保が比企郡大串に住んで大串を称す。その子の重保（重親）か。延慶本は彦次郎季次とするが不審。重親は後の頼朝の奥州征討の時、重忠勢に従軍。本田近常や榛沢成清は重忠の郎従だが、重親は門客と記される（吾妻鏡・文治五年八月一一日）。重親も季次も本書、延慶本の件の交名にない。

二〇　合戦注文に載せられ、論功行賞の対象となるので、先登の渡河は大事な振舞い。さっきはそれでつい名乗ってしまったのである。この時点では大串は畠山の門客ではなかったはずである。

二一　名乗りをして皆に認めてもらおうと思って。

二二　功名を第一と考えることは、武者の正当なやりかたである。

二三　秩父氏の嫡流の勢力の大きさを言う。

レ奉《たてまつり》ヌレバ、向後《きやうこう》深ク奉レ憑《たのみたてまつり》候」ト申《まうす》。「神妙《しんべう》也」トテ、「馬ハ流レヌ、是《これ》ニ乗《のつ》テ京入《いり》シ給ヘ」トテ、[一]小鴇毛《こつきげ》トテ秘蔵《ひさう》ノ馬ヲ与ヘタリケリ。塩冶ハ、「今日流《ながれ》タルガ高名ニテ、還《かへつて》、馬マサリ」トゾ申《まうし》ケル。佐々木、梶原、一陣二陣ト申共《まうせども》、畠山、馬人三人、水ノ底ニテ助《たすけ》ケルコソ由々シケレ。去《され》バ[二]重忠、蒙二[三]御勘当一タリケルニ、大串、陣ノ前ヘハ寄《よせ》タレ共、弓ヲ平《ひら》メテ帰《かへり》ケリ。宇治川ノ恩ヲ報ズ、トゾ見《みえ》タリケル。畠山ハ、二人ノ武者ヲ助テ後、馬ニ打乗《うちのつ》テ、向《むかひ》ノ岸ニツト揚《あが》ル。敵ハ矢サキヲ汰《そろへ》テ、散々ニ射ケレ共、重忠、錣《しころ》ヲ傾《かたぶけ》テ攻寄《せめよす》ル処《ところ》ニ、「木曾ガ従第《いとこ》[38]ニ、信濃国住人[四]長瀬判官代義員」ト名乗《なのつ》テ蒐出《かけいで》タリ。赤地錦《にしきのひたたれ》直垂ニ、黒糸威《をどし》ノ鎧《よろひ》ノ、鍬形《くはがた》ノ甲《かぶと》ニ、[39]白驄馬《あしげ》ニ白伏輪《ふくりん》ノ鞍置《くらおい》テゾ乗《のつ》タリケル。金造《こがねつくり》ノ太刀《たち》ヲ抜《ぬい》テ向《むかひ》ケルニ、畠山ハ、是ゾ宇治路ノ大将ナルラント見テ、秩父ガカウ[五]平《ひら》ト云《いふ》ハ、[六]平《ひ》ラ四寸長サ三尺九寸ノ太刀也、抜儲《ぬきまうけ》テ歩《あゆま》セ寄レバ、義員イカヾ思《おもひ》ケン、引退《ひきしりぞい》テ垣楯《かいだて》ノ中ニ入《いり》ニケリ。返合《かへしあは》セ〱戦《たたかは》ントハシケレ共、畠山ニヤ恐《おそれ》ケン、カウ平《ひら》ニヤ臆《おく》シケン、引退《しりぞき》々々、都ニ向テ落行《おちゆき》ケリ。中ニモ根井大弥太行親ハ、[七]思坂ノ七、八度マデ返合《あはせ》テ戦《たたかひ》ケルガ、暫《しば》シ息ヲ継《つが》ントテ、思坂ノ辺ニ引《ひか》ヘタリケルニ、武蔵国住人[八]河口源三ト云《いふ》者ト、駿河国住人[九]船越小次

一　鴾毛は赤味を帯びた葦毛色の馬をいう。
二　元久二年六月二二日のこと。北条時政によって子の重保とともに討たれた。吾妻鏡にも現存の「いしもち」「はたけ山」にもこのことはない。兵範記紙背消息にいう四巻の畠山物語には載っていたのかもしれない。
三　頼朝の勘当のつもりで書いているのか。頼朝はその六年前の正治元年に逝去。
四　信濃国小県郡長瀬の豪族。清和源氏。諸本に長瀬判官代重綱、承久記に長瀬判官代の名が見える。
五　巻三五・義経院参にも重忠の佩刀としてこの名が見える。義経記巻一〇・伊豆二郎が流されし事にも重忠の佩刀として重代のかうひら（香衡）の名が見える。高衡とも書く。高衡とは刃の片側が平棟で片側のみに鎬（しのぎ）のある太刀を言う（安斎随筆巻三〇）。
六　「はたひら」とあるべきか。はたひらは側平で刀身のたけではなくて幅をいう（武家名目抄第七・刀剣部一七）。
七　未勘。
八　未勘。
九　未勘。船越氏は南家乙麿流工藤氏の一流。

郎ト云者ト二人、先陣ニ進《すすみ》タリケルガ、「落武者ノ身トシテ、敵ニ後《うしろ》ヲ見セジ〳〵ト、返合々々《かへしあはせかへしあはせ》戦《たたかひ》ケルコソ由々シケレ。今日ノ大将軍ト見エタリ。イザヤ組《くま》ン」トテ、二騎喚《をめい》テ懸《かく》。行親ハ矢種ハ射尽《つくし》ツ、一〇太刀打《たちうち》ニハ、一人ニコソアヒシラハメ、其間《その》ニ一人無二覚束《おぼつかなし》一二人ヲ一度ニ捕《とら》ント思《おもひ》テ、左右ノ脇《わき》一一ハダケテ待懸《まちかけ》タリ。船越、河口、弓手《ゆんで》ニ廻《まは》リ妻手《めて》ニ廻《まはり》、左右ノ脇ヨリツトヨリ、「エタリヤ」トテ、ムズトイダク。行親ハ二人ヲ脇ニ挟《はさみ》テ、強クシメタレバ、一二草葉ノ如《ごとく》シテ、チトモ働カズ。先《まづ》、妻手ノ脇ニ取付《とりつき》タル、船越ガ鎧《よろひ》ノ一三上帯《うはおび》ヲ取《とつ》テ、ムズト引上《ひきあげ》、妻手ノ一四深田ヘ向《むかつ》テ投《なげ》タレバ、鎧ハ重シ、田ハ深シ。起《おき》ン〳〵トシケレ共、不レ叶《かなはず》シテ死《しに》ニケリ。其後、弓手ノ脇ナル河口ヲ、前後ノ上帯取《とつ》テ、曳々《えいえい》ト引《ひき》ケレ共、船越ガ様《やう》ニセラレジトテ、鐙《あぶみ》ヲ馬ノ腹ニ踏廻《ふみまは》シ、強ク乗《のり》テ上《あが》ラザリケレバ、40大弥大、弓手ノ肘《ひぢ》ヲ馬ノ下腹ヘ指《さし》ヤリテ、馬ト主トヲ中《ちう》ニ上《あげ》、弓手ノ深田ヘ、「曳《ゑい》」ト云《いう》テ投タレバ、河口、泥《でい》ノ中ニテ、馬ニ敷《しか》レテ死《しに》ニケリ。馬モ深田ニ打《うち》コマレテ、主ト共ニゾ失《うせ》ニケル。東国ノ兵《つはもの》、是《これ》ヲ見テ、舌振《ふり》シテ不レ進《すすまざり》ケレバ、大弥太ハ、「イカニ殿原、続《つづき》給ハヌゾ。去《さら》バ都ニ上《のぼり》、木曾殿ト一所ニテ待《まち》奉ラン」ト詈《ののしり》懸《かけ》テ、41一五木播庄ヘ入《いる》トハ見エケレ共、自害ヤシケン、落《おち》モヤシツラン、其一六

一〇 太刀打ちでは敵が一人の時は相手ができるが、二人の時はもう一人の動きが気にかかる。
一一 開け、ひろげる、の意。
一二 草の葉のようにくたくたとなり力が抜けて、の意。
一三 鎧の腰のあたりに締める白布の帯。
一四 泥深い田。
一五 現在の宇治市の北部、宇治川東岸北部。一帯は北家藤原氏の陵墓が散在し、木幡三昧堂浄妙寺があった。北東に向かえば近江逢坂山へ、北西に向かえば稲荷山を越えて京へ出ることができる。木幡里は歌枕。
一六 戦場から姿を消した、というのである。一八七頁注六に楯六郎親忠等とともに六条河原で義仲勢に行き逢い合流したとある。

後ハ向後《ゆくへ》ヲ不レ知《しらざり》ケリ。

[一]九郎義経宣《のたまひ》ケルハ、「今度大将軍トシテ、郎等[二]ニ先陣ヲ被レ渡《わたされ》テ、二陣ニ続《つづか》ン事、不レ可レ然《しかるべからず》」トテ、橋ヨリ引下《ひきさがつ》テ、橘[三]《たちばな》ノ小島ニ馬ヲ引《ひか》ヘ、「爰《ここ》ハ水ハ早ケレ共、遠浅也。渡セ〳〵」ト下知シ給ヘバ、我モ〳〵ト進《すすみ》ケリ。「是《これ》ハ大事ノ河、加様《かやう》ノ河ヲ渡《わたす》ニハ、馬筏[四]《うまいかだ》ヲ組《くみ》、健[42][五]《つよき》馬ヲバ上手《うはて》ニ立《たて》、弱馬《よわき》ヲバ下手《したて》ニ立《たて》ヨ。馬ノ足ノ届《とどか》ン迄《まで》ハ、手綱ヲクレテ游《およが》セヨ。馬足《むまの》ハヅマバ、弓手《ゆんで》ノ手綱ヲ指甘[43]《さしくつろ》ゲテ、妻手《めて》ノ手綱ヲチト縮《しじ》メヨ。四居[六]《よつゐ》ニノリコボレテ游セヨ。手綱強引《つよくひい》テ、馬ニ引《ひか》レテ誤《あやまち》スナ。尾口[七]《をぐち》沈マバ前輪ニスガレ。馬ニ石突[八]《いしづき》セサスナ。常ニ内鐙[九]《あぶみ》ヲ合《あはせ》ヨ。我ラ渡《わたす》ト見《みる》ナラバ、敵ハ定《さだめ》テ矢衾《やぶすま》ヲ作[一〇]《つくり》テ射《いん》ズラン。敵ハ射《いる》トモ射返スナ。相引《あひびき》シテ䩜《しころ》射ラルナ。痛ク俛《うつぶき》テ、手変《てへん》射ラルナ。射向《いむけ》ノ袖《そで》ヲ指《さし》カザセヨ。物具ニ透間《すきま》アラスナ。水強《つよう》シテ、サガラン武者ヲバ、弓ノ弭《はず》ヲ指出《さしいだ》シテ、取付《とりつい》テ游セヨ。金《かね》ニ渡シテ誤《あやまち》スナ。馬ノ頭ヲ水面《みづの》ニ引立《ひつたて》テ、童[一一]《わらは》スガリニ、弓ノ本筈[一二]《もとはず》ヲ打懸《うちかけ》テ、曳音《えいごゑ》ヲ出《いだ》シテ、馬ニ力ヲ副《そへ》ヨ。渡《わたせ》、者共、々々々[44]」ト下知シツヽ、真前懸《まさきかけ》テ渡シケリ。二万余騎ノ大勢、一度ニ颯《さつ》ト打入《いれ》テ渡シケレバ、漏《もるる》水コソ無《なか》リケレ。前後ノハヅレノ水ニコソ、何《いづれ》モタマラズ流《ながれ》ケ

一　延慶本では馬筏を組んでの渡河を誰の下知によるともしていない。本書では、前の交名に義経の手郎等を加えることなどとともに、義経の活躍を際立たせようとする作為が働いているように思われる。
二　前の交名に「侍」と記す人々を、このように呼んだか。この言葉には広狭両義があったらしい。「郎等職」に補され、強い主従関係にある郎等もあった。「爰ニ忠盛朝臣ノ郎等ニ進三郎大夫季房子、左兵衛尉平家貞ト云者アリ。本ハ忠盛ノ父正盛ノ一門タリシガ、正盛ノ時、始テ郎等職ト成タリシ、木工右馬允平貞光ガ孫也」（巻一・五節夜闇討）。ほぼ同じ本文は延慶本にもある。つまり郎等職という一定の権利と義務を負った職分としての郎等の存在が推測される。ここでは下知を受ける侍身分の者の意で、広義の郎等ということになる。佐々木、梶原、畠山などを広狭両義あって曖昧な郎等という言葉で捉える義経の認識の危うさが、ここでは暗示されているのかもしれない。
三　一七七頁注一三。
四　治承四年五月の以仁王事件の際の宇治川合戦でも実行された。その折りのことは山槐記・治承四年五月二六日、愚管抄にも記される。西行の聞書集に記されるのはこの度のことである可能性が高い。巻三四の補注四九参照。この度の馬筏での渡河は義経勢の富士川渡河の折りにその案が出たとされている（巻三四・佐々木賜生唼）。
五　治承四年五月の宇治川合戦の際、馬筏での渡河を下知した足利又太郎忠綱の言葉に近い。
六　馬のしりがいの組み違いのところ。
七　尾のつけねのあたり。
八　河なかの石に蹄をあてて傷を負わせるな。

レ。大勢、河ヲ渡シヌレバ、千騎、二千騎、五千、六千、二百騎、三百騎、七百八百、思々《おもひおもひ》心々ニ、或《あるい》ハ[一三]木幡大道、醍醐路ニ懸《かかっ》テ、阿弥陀峰ノ東《ひんがし》ノ麓《ふもと》ヨリ攻入《せめいる》モアリ。或《あるいは》[一四]小野庄、勧修寺ヲ通《とほっ》テ、七条ヨリ入《いる》者モアリ。或《あるいは》[一五]櫃《ひっ》川ヲ打渡《うちわたり》、木幡山、深草里ヨリ入《いる》モアリ。或《あるいは》[一六]伏見、尾山、月見岡ヲ打越《こえ》テ、法性寺一、二ノ橋ヨリ入《いる》モアリ。道ハ互《たがひ》ニ替《かは》レ共、同《おなじ》都へ乱入《みだれいる》。行親、親忠等、「宇治橋ヲ引《ひい》テ防戦《ふせぎたたかふ》トイヘ共、義経、河ヲ渡シテ合戦ス。行親等ガ軍《いくさ》、忽《たちまち》ニ敗《やぶれ》テ、四方ニ馳散《はせちる》」由、使ヲ木曾ガ許《もと》へ立《たて》タレバ、義仲大《おほき》ニ驚《おどろき》テ、先《まづ》使者ヲ、[一七]院御所へ奉《たてまつっ》テ申《まうし》ケルハ、「東国ノ凶徒、[45]已《すでに》宇治川ヲ渡シテ都へ攻入《せめいる》。急ギ醍醐寺ノ辺へ御幸有《ある》ベキ」ト申タリケレバ、「更ニ此《この》御所ヲバ、不レ可レ有二御出一《ぎよしゆつあるべからず》」ト[46]被二役遣一《おほせつかはされ》ケリ。爰《ここ》ニ義仲、赤地錦《にしき》ノ鎧直垂《よろひひたたれ》ニ、紅ノ衣ヲ重《かさね》テ、[一八]石打《うち》ノ胡簶《やなぐひ》ニ紫威《をどし》ノ鎧ヲ著テ、随兵《ずいひやう》六十余騎ヲ卒シテ、院御所ニ馳《はせ》参ジ、剣ヲ抜懸《ぬきかけ》、目ヲ嗔《いから》カシテ、[一九]砌下《ぜいか》ニ立《たつ》テ御輿《こし》ヲ寄《よせ》テ、可レ有二臨幸一《りんかうあるべき》由ヲ申《まうす》。上下色ヲ失《うしなひ》、貴賤魂ヲ消ス。公卿ニハ[二〇]花山院大納言兼雅、[二一]民部卿成範、[二二]修理大夫親信、[二三]宰相中将定能、殿上人ニハ[二四]実教、[二五]成経、[二六]家俊、[二七]宗長、祇候《しこう》シタリケルガ、各《おのおの》皆藁沓《わらぐつ》ヲ着シテ、御伴ニ参ゼントテ、庭上《ていしやう》ニ被二下立一《おりたたれ》タリケレバ、人々

九 両膝で馬腹をしめつけるようにしろ。

一〇 頂辺。兜の鉢の中央部。孔がある。

一一 子供の遊び。前の子の帯に手をかけて前後に列をなしてする遊び。

一二 射るとき下になるほうの弓の先端。

一三 木幡から東北方向の日野、醍醐寺に入り途中から東山伝いに阿弥陀峰の東麓に出て鳥辺野を通過して京の八条へ向かう道（水原一『新定源平盛衰記』の注）。

一四 醍醐寺から注一三の道に平行して小栗栖、小野庄、勧修寺を経て滑石越から都の七条へ向かう道筋。あるいは阿弥陀峰の北、苦集滅路（くずめじ）を経るか（水原注）。

一五 山科から出て宇治川に合流する櫃川を越え木幡の西北方向の深草を経て大和街道から京に入る道筋（水原注）。

一六 深草の西の伏見から北上し賀茂川東、九条末の法性寺大路から京に入る道筋。月見岡は伏見の名所。一、二の橋は法性寺南の賀茂川支流にかけた小橋（水原注）。

一七 大膳大夫業忠の邸を御所としていた。一五二頁注七。

一八 石打の征矢を盛った胡簶の意か。石打は一七七頁注二〇。

一九 寝殿にのぼる階段のもと、石を畳み敷いた場所。

二〇 正治二年没。藤原氏北家師実流。母は藤原家成の女、室は平清盛の女。左大臣従一位に至る。この時権大納言。

二一 文治三年没。藤原通憲（信西入道）の子。母は紀伊二位朝子。小督の父。成憲あらため成範。この時、前中納言、民部卿。

二二 建久一一年没。藤原信隆の弟。院司。中納言。この時、参議で修理大夫。

三三　承元三年没。藤原道綱流。高倉天皇の蔵人頭。権大納言。この時、参議で左中将。
三四　嘉禄三年没。徳大寺公親の猶子。藤原家成の実子。中納言。この時、正四位下右中将。文治二年から後鳥羽天皇の蔵人頭。
三五　建仁二年没。藤原成親の子。鹿谷事件に縁座し解官配流。赦免の後、右少将に還任、蔵人頭を経て参議に至る。この時、正四位下右中将。
三六　承元三年出家。村上源氏の俊光の子。参議宮内卿。この時、従四位下。
三七　一三二頁注三。

木曾惜二貴女遺一

一　一三二頁注六。
二　一四四頁注一。
三　延慶本は「木曾ガ仕ケル今参、越後中太家光」とする。本書一九二頁注五に越後中次家光とある。系譜未勘。木曾麾下で越後勢は彼等のみ（浅香年木『治承・寿永内乱論序説』の四三、三〇八頁）。
四　帳や几帳など布を引いて内外の仕切りとするもの。
五　加賀国加賀郡井家庄（今の河北郡津幡町付

涙ニ咽《むせび》テ、東西ヲ失《うしなひ》給ヘリ。叡慮《えいりよ》、タヾ可レ奉二推量《おしはかりたてまつるべし》一。義仲ガ郎等一人馳来《はせきたつ》テ、「敵已《すで》[47]ニ木幡、伏見マデ責来《せめきた》レリ」ト申《まうし》ケレバ、義仲ハ、抛《なげうつて》二臨幸事一、門下ニシテ騎馬シテ罷出《まかりいで》ヌ。法皇ハ内々、諸寺諸社ヘ御祈ヲ懸《かけ》サセ給ケル上、御所中ノ女房男房《なんぼう》、立《たて》ヌ願モ無《なか》リケル験《しるし》ニヤ、無二事故《ことゆゑなく》一罷《まかり》出タレバ、手ヲ合《あはせ》テ悦《よろこび》アヘリ。其《その》後ハ、「門ヲサセ」トテ、サヽレニケリ。

木曾ハ、院御所ヲバ出《いで》タレ共、軍場《いくさば》ニハ不レ出《いでざり》ケリ。[一]五条内裏ニ帰《かへつ》テ、[二]貴女ノ遺《なごり》ヲ惜《をしみ》ツヽ、時移《うつる》マデ籠《こもり》居タリ。彼《かの》貴女ト申《まうす》ハ、松殿殿下《てんが》基房公ノ御娘、十七ニゾナラセ給ケル。無レ類《たぐひなき》美人ニテ御座《おはし》ケレバ、女御后《きさき》ニモト、労《いたはり》カシヅキ進《まゐらせ》ケルヲ、木曾、聞及《ききおよびたてまつつ》奉テ、押《おし》テ奉二掠取《かすめとりたてまつる》一。御心憂《うく》ハ思召《おぼしめし》ケレ共、[48]混《ひたす》ラ荒夷《えびす》ニテ、法皇ヲモ押籠《こめまゐら》進セ、[49]傍著無人ニ振舞《ふるまひ》ケレバ、不レ及二御力《おんちからおよばざる》一事也ケリ。賤《しづ》ガ編戸《あみど》ノ女ニモ、馴《なれ》ナバ情《なさけ》ハ深《ふかう》シテ、別路ハ猶悲《なほかなし》キニ、マダ見モ馴《なれ》ヌ御有様、サコソ名残ハ惜《をし》カリケメ。斯《かかる》所ニ、[三][50]越後中大能景、馳来《はせきたつ》テ、「敵ハ既ニ都ニ乱《みだれ》入レリ。イカニ閑《しづか》ニ打解《うちとけ》給ヒ、角《かく》ハ」ト云《いひ》ケレ共、[四]引《ひき》物ノ中ニ籠《こもり》居テ、尚《なほ》モ遺《なごり》ヲ惜《をしみ》ケリ。能景、「弓矢取《とる》身ノ、心ヲ移スマジキハ女也。只《ただ》今、恥見給ハン事ノ口惜《くちをし》サヨ」トテ、今年卅六ニ成《なり》ケルガ、縁ヨリ飛下《とびおり》、腹掻《かききつ》切テ失《うせ》ニケリ。加賀国住人[五]津波田三郎モ、此《この》由云《いひ》ケレ共、出《いで》ザリケレバ、「御運ハハヤ尽給《つきたまひ》ニケリ」トテ、引《ひき》物ノ前ニテ、此《これ》モ腹切《きつ》テ臥《ふし》ニケレバ、「津波田ガ自害ハ、義仲ヲ進《すすむ》ルニコソ」トテ、百余騎ノ勢ヲ卒シテ、五条ヲ東《ひんがし》へ、[51]油少路ヲスヂカヘニ、六条川原へ出タレバ、[六]根井行親、楯六郎親忠等、二百余騎ニテ木曾ニ行逢《ゆきあひ》、主従勢三百余騎、轡《くつばみ》ヲ並《ならべ》テ見渡セバ、七条八条ノ川原、[七]法性寺、[八]柳原ニ、白旗天ニヒラメキテ、東国ノ武士、隙《ひま》ヲ諍《あらそひ》テ馳来《はせきた》ル。義仲申《まうし》ケルハ、「合戦、今日ヲ限《かぎり》トス。身ヲモ顧ミ、命ヲモ惜《をし》マン人々ハ、此ニテ落《おつ》ベシ。臨二戦場一《せんぢやうにのぞんで》逃走《にげはしり》テ、東国ノ倫《ともがら》ニ笑《わらは》レン事、当時ノ[52][九]欺《あざむき》ノミニ非ズ。永代《えいたい》ニ恥ヲ貽《のこ》サン事、口惜《くちをし》カルベシ」ト云ケレバ、行親、々忠等ヲ始《はじめ》トシテ申ケルハ、「人生《いき》テ誰カハ死ヲ遁《のがれ》ン。老《おい》テ死《しする》ハ兵《つはもの》ノ恨《うらみ》也。其《その》恩ヲ食《くらひ》テ、其《その》死ヲ去《さら》ザルハ、又兵ノ法也トイヘリ。更ニ退《しりぞく》者有《ある》ベカラズ」ト云処《いふところ》ニ、畠山次郎重忠、五百余騎ニテ進来《すすみきた》ル。義仲、馬ノ頭ヲ[一〇]八文字ニ立寄《たてよせ》テ、声ヲ揚《あげ》、鞭《むち》ヲ打《うつ》テ懸入《かけいれ》バ、重忠ガ郎等、中ヲ開《あけ》テ入組々々《いりくみいりくみ》、[一一]妻手《めて》ニ違ヒ弓手《ゆんで》ニ合《あひ》、又弓手ニ違《ちがひ》、妻手ニ相闘《あひたたかひ》テ、義仲、[一二]裏へ通レバ、[一三]二河左衛門尉頼致ヲ始トシテ、三十六騎被二討捕一《うつとられ》ヌ。[一四]河越小太郎茂房、三百余騎ニテ進《すすみ》タリ。義仲、馬ノ頭ヲ、[一五]雁ノ行《つら》ヲ乱サ

近）を本領とする都幡（津波田）氏。建久元年五月一三日の源頼朝御教書（鎌倉遺文四四七号）には都幡小三郎隆家の名が見える。井家庄の住人は他に一二〇頁注一に木曾に悪行を使嗾した人物として井上師方が載る。

六　行親は一八〇頁注四、親忠は一二九頁注二二。

七　現在の東福寺、泉涌寺のあたり。八条河原の南東。

八　鴨河の東岸、七条河原から八条河原にかけてのあたり。

九　軽蔑、あざけり。

一〇　上から見ると八の字に見える体制に密集して。

一一　右側の敵はやり過ごし左側の敵とは戦って。

一二　敵の集団の後方。

一三　清和源氏の京武者か。尊卑分派・清和源氏系図に仲光の子に二河冠者信親としその弟に右衛門尉頼致とある。二〇三頁注九に二河次郎頼重。

一四　重房。武蔵の坂東平氏。秩父氏。入間郡河越が苗字の地。重頼の子。義経の妻の兄弟。前の義経勢の交名、吾妻鏡・元暦元年正月二〇日の交名にも載る。

一五　雁行のように斜めに続くかたち。

ズ立下《たてくだ》シ蒐入《かけいり》、茂房ガ兵《つはもの》、外ヲ囲ミ内ヲ裹《つつみ》テ折塞《をりふさがつ》テ戦《たたかふ》。義仲、ウラへ蒐《かけ》通レバ、楯六郎親忠ヲ始《はじめ》トシテ、十六騎ハ討《うた》レニケリ。[一]佐々木四郎高綱、二百余騎ニテ引《ひか》ヘタリ。義仲、馬ノ足ヲ一面ニ立直《たてなほし》テ、敵ヲ弓手《ゆんで》[二]ニ懸背《かけそむけ》テ、[三]前輪ニ係リ、甲《かぶと》ヲヒラメテ馬ヲ馳並《はせならべ》、裏へヌクレバ、[四]高梨兵衛忠直ヲ始トシテ、十八騎討レニケリ。梶原平三景時、三百余騎ニテ引《ひか》ヘタリ。義仲、[五]馬ノ足ヲ一所ニ立重《かさね》テ、敵ヲ先ニ蒐《かけ》余シテ、裏へ蒐《かけ》通レバ、[六]淡路冠者《くわんじや》宗弘ヲ始トシテ、十五騎被二討捕一《うつとられ》ケリ。[七]渋谷庄司重国、二百余騎ニテ引《ひか》ヘタリ。義仲、馬ノ足ヲ立乱《みだし》テ、思々《おもひおもひ》ニ蒐入《かけいり》ケレバ、重国ガ随兵《ずいひやう》共、押囲《おしかこみ》テ隙《ひま》ヲ諍《あらそひ》、詰寄《つめよせ》テ折懸々々責戦《をりかけをりかけせめたたかふ》。義仲裏へ通レバ、根井行親ヲ始トシテ、二十三騎ハ討レニケリ。爰《ここ》ニ源九郎義経、是ヲ見テ、三百余騎馬ノ足ヲ詰並《つめならべ》、重入《かさなりいり》ケレバ、敵、両方《りやうばう》へ相分《あひわかれ》ケルヲ、四方へ蒐《かけ》散駆立《ちらしかりたて》テ、矢前《やさき》ヲ調《そろへ》[53]テ射取《いとり》ケレバ、義仲ガ軍《いくさ》、忽《たちまち》ニ敗レテ、[八]六条ヨリ西ヲ指《さし》テ馳走《はせはしる》。義仲、忽《たちまち》、威《をどし》[九]二三軍之士一、雖レ敗《やぶるといへども》二方囲之陣一[一〇]、義経、又廻《めぐらし》二必勝之術一、退《しりぞけ》二強大之兵一ケリ。義仲、[一一]左右眉《さうのまゆ》ノ上ヲ共ニ[一二]鉢付《はちつけ》ノ板ニ被二射付一《いつけられ》テ、[一三]矢二筋折懸《をりかけ》テ、院御所へ帰参シケルニ、少将成経、門ヲ閉《とぢ》テ鏁《じやう》ヲ指《さし》タリケレバ、再三扣押処《たたきおすところ》ニ、源九郎義経、梶原平三景時、

一　一七〇頁注七。
二　敵を左側において正面衝突を避けて横をすりぬけたことを言うか。
三　前傾姿勢をとり姿勢を低くして、の意か。
四　一〇七頁注一七。
五　足踏みするだけで前進せず、敵に先に突撃させて肩すかしを食わせるかたちで、の意か。
六　二一七頁注三〇、一〇〇頁注九の源為義の四男の頼賢の子である淡路冠者とは別人であり、その一門でもない。下野国の藤原秀郷流の結城氏の支流である長沼氏の一門か。小山朝政、結城朝光の兄弟の宗政から長沼氏を称す。その一流は通称に淡路を冠し、名乗りに宗の字を含む。なお延慶本のこの時の交名では小山朝政が範頼勢に加わっている。冠者は六位で無官の者。あるいは弱年者。
七　武蔵の坂東平氏、秩父氏。河崎基家の孫で相模国中央部の渋谷荘の荘司となり渋谷を称する。石橋山の合戦では大庭方で参戦。流浪中の佐々木秀義等を庇護、縁戚。本書の前の交名、延慶本の交名にも載らないが、吾妻鏡・元暦元年正月二〇日の交名には載る。
八　一八五頁注一七。六条西洞院の後白河院の御所へ向かったのである。
九　大国の軍隊。平家の軍勢をさす。平家の軍勢をうち破り。
一〇　延慶本は「方」を「万」とする。幾重もの陣。義仲入京までの平家の軍勢の抵抗。
一一　二一〇頁注一七の記事から額の眉であることがわかる。烏帽子の眉（前方中央部に高い尖りをもって押し出した部分）ではない。
一二　兜の鉢に付けて左右と後の三面を防護する𩊱（しころ）の最上段つまり一の板。順次に二の板、三の板、四の板と呼び最下段が菱縫板

(ひしぬいのいた)。つまり横ざまに額すれすれの所で内兜（うちかぶと）を射られたのである。

一三　篦（の。矢の竹の部分）のところで折れた矢が二本刺さったままで。

義経院参

一四　六条西洞院の院の御所は業忠の邸。一五二頁注七。

一五　死ぬか生きるかの瀬戸際。

一六　毛詩巻一・関睢の巻頭に「不知手之舞、足之踏之」とあるのが原拠。明文抄巻五の文事部にも「毛詩序」として見える。

一七　「入る」は、すっかりその状態になること。

一八　つい笑ってしまう、の意。腰を損じて非常に不快な状態であるはずなのに、嬉しくてつい顔がほころんでしまう、複雑な心理を表現している。

一九　大門よりうち中門までは内と外の中間地帯。中門を入ると内。

二〇　車寄せ。中門の外にある。

二一　連子（れんじ）窓。格子窓の一種。

二二　六一頁注二六に見える院司の定長の誤りか。但し定長の出羽守任官は不明。

二三　直垂、狩衣、水干などの上に着るのを上腹巻、下に着るのを下腹巻。ここは下腹巻。腹巻は簡便な鎧。「家貞ハ布衣（狩衣のこと）下ニ萌黄ノ腹巻、衛府ノ太刀佩」（巻一・五節夜闇討）。

二四　後白河院がお知りになりたいこと。

二五　すそを紅色に染めた萌黄色の唐綾（綾を浮織にしたもの）を細かく畳んで芯に麻を入れて威した鎧。軍用器第三に「耳裳濃」を「耳坐滋」に同じとして「はたすそご」と訓む。

渋谷庄司重国、佐々木四郎高綱等十一騎、鞭《むち》ヲ打《うち》、轡《くつばみ》ヲ并《ならべ》、矢前《やさき》ヲ汰《そろへ》テ放射《はなち》ケレバ、義仲不レ堪《たへず》シテ落《おち》テ行《ゆく》。義経ノ郎等共、北《にぐる》ヲ追《おう》テ攻行《せめゆき》ケリ。

[一四]大膳大夫業忠、築地《ついぢ》ニ登《のぼつ》テ世間ノ作法ヲ見ケレバ、武士六騎、門外ニ馳《はせ》参ゼリ。木曾ガ帰参《かへりまゐる》ニコソ、今度ゾ、君モ臣モ[一五]有無《ありなし》ノ境、トワナヽキ見《みる》程ニ、義仲ニ非《あらず》シテ東国ノ武士也。門外ニ馬ニ乗《のり》ナガラ、築地《ついぢ》ヲ見上《あげ》テ高声《かうしやう》ニ、「鎌倉兵衛佐頼朝ノ使、舎弟九郎冠者義経、宇治路ヲ破《やぶつ》テ馳《はせ》参ゼリ。御奏聞アレヤ」ト申《まうす》。業忠、嬉《うれし》サノ余《あまり》ニ、[一六]手ノ舞《まひ》、足ノ踏《ふみ》所ヲ忘《わすれ》テ、急ギ下《おり》ケル程ニ、悪《あし》ク飛《とび》テ腰ヲ損ジテ、[一七]ニガミ入《いり》タリケル顔ノ気色、イト[一八]咲《をか》シクゾ見《みえ》ケル。蚑々《はふはふ》御前へ参《まゐつ》テ、義経ガ申状、具《つぶさ》ニ奏聞申《まうし》ケレバ、法皇ヲ始進《はじめまゐら》セテ、人々大《おほき》ニ悦《よろこび》、門ヲ開《ひらか》レタリ。義経已下[54]ノ兵《つはもの》六騎、門外ニシテ下馬ス。御気色ニ依《よつ》テ、[一九]中門ノ外、[二〇]御車宿ノ前ニ立《たち》並《ならび》タリ。法皇ハ、中門ノ[二一]羅門ヨリ有二叡覧一、[二二]出羽守貞長ヲ以テ、六人ガ年齢、交名《けうみやう》、住国ヲ被二聞召《きこしめさる》一。貞長ハ、狩衣《かりぎぬ》ノ下ニ、紺糸威《をどし》ノ[二三]腹巻ヲ着シ、[55]立帽子《たてえぼし》ニ、嗔物作《いかものつくり》ノ太刀《たち》、脇《わき》ニ夾《はさみ》テ出《いで》ケルガ、太刀ヲバ御所ノ簀《す》ニ立《たて》テ、[二四]御気色ノ次第ヲ相《あひ》尋ヌ。

赤地錦直垂《にしきのひたたれ》ニ、萌黄《もえぎ》ノ唐綾《からあや》ヲ畳《たたみ》テ、[二五]坐紅《すそくれなゐ》ニ威《をどし》タル鎧著テ、鍬形《くはがた》ノ甲《かぶと》、下人ニ持《もた》セテ後《うしろ》ニアリ、金作《こがねつくり》ノ太刀帯《たちはき》タルハ、「鎌倉兵衛佐頼朝舎弟、九郎義経、[一]生年廿五歳、今度ノ大将軍」ト名乗《なのる》ニ合《あはせ》テ、鎧《よろひ》ノ袖《そで》ニ、[二]「南無宗廟八幡大菩薩《ぼさつ》」ト書付《かきつけ》ケリ。寔《まこと》ニ軍将ノ[三]笠璽《かさじるし》ト見《みえ》タリ。薄紅ノ紙ヲ切《きつ》テ、弓ノ[四]鳥打《とりうち》ノ程ニ、左巻《まき》ニゾ巻タリケル。[五]青地ノ錦《にしき》ノ直垂《ひたたれ》ニ、赤威《をどしの》鎧ヲ著、備前造《つくり》ノ、カウ平《ひら》ノ大太刀帯《はき》タルハ、「武蔵国住人、秩父《ちちぶの》末流畠山庄司重能ガ一男、次郎重忠、生年廿一」ト名乗《なのる》。[六]菊閉《とぢの》直垂ニ、緋威《ひをどしの》鎧ハ、「相模国住人、渋谷三郎重国ガ一男、[七]右馬允重助、生年四十一」ト名ノル。[八]蝶《てふの》丸ノ直垂ニ紫下濃《すそご》ノ小冑《こよろひ》ハ、「同国《おなじきくにの》住人、[九]河越太郎重頼」ト名乗《なのる》。「子息[一〇]小太郎茂房、生年十六歳」ト云《いふ》。[一一]大文ヲ三宛書《みつづつかき》タル直垂ニ、黒糸威冑《をどしのよろひ》ハ、「同国《おなじきくにの》住人、梶原平三景時[56]子息、[一二]源大景季、生年廿三」ト名乗《なのる》。[一三]三目結《みつめゆひ》ノ直垂ニ、[一四]小桜ヲ黄ニ返《かへし》タル冑ノ、裾金物《すそかなもの》ノ殊ニキラメキテ見《みえ》ケルハ、「近江国住人、佐々木源三秀義ガ四男ニ、[一五]四郎高綱、生年廿五、今度宇治川ノ先陣」ト名乗《なのり》ケリ。大将軍義経ハ、熊皮ノ[一六]頬貫《つらぬき》ヲ履《はく》。自余ハ牛皮ヲ履《はく》。貞長、一々ニ此《この》由ヲ奏ス。法皇、聞召《きこしめし》御覧ジテハ、「誠《まことに》、頬《つら》魂、事柄、ユヽシキ[一七]壮士也」トゾ仰《おほせ》ケル。重《かさね》テ上洛《しやうらく》ノ子細ヲ被二尋下《たづねくださる》一。義経畏《かしこまり》テ申《まうし》ケルハ、「木曾義仲上洛ノ後、狼藉《らうぜき》重畳之間、[一八]為二追討《ついたうのため》一、

一　平治元年（一一五九）生まれ、ことし元暦元年（一一八四）ゆえに二六歳。
二　義経たち源氏は八幡大菩薩を氏神とする。
三　一二六頁注一。
四　弓の湾曲部の中央より少し上のあたり。
五　重忠の装束は一七九頁六―七行。「こう平の大太刀」は一八二頁注五。年令は正しい。
六　縫い合わせ目に菊のかたちの飾りを綴じつけた鎧直垂。
七　武蔵の坂東平氏。秩父氏。重国の子、渋谷五郎。本書の前の交名にない。延慶本は義経勢の交名に載る。一七五頁注一一。
八　蝶をまるく図案化した模様。
九　武蔵の坂東平氏。秩父氏。妻は頼家の乳母、娘は義経の妻。のちに頼朝と義経の対立の際、誅せらる。本書の前の義経勢の交名に載る。
一〇　一八七頁注一四。
一一　三重襷の重文の菱。公家方では夏の直衣や半臂の模様という（禁中方名目鈔下巻）。
一二　一五七頁注一八。年令は正しい。宇治川渡河の時の装束と異なる。一七七頁終六―四行
一三　括り染めの一種。目結を三つずつ寄せくくって染める。
一四　一七七頁注一八。
一五　宇治川渡河の時の装束と小異あり。一七七頁終四―二行
一六　浅い沓（くつ）。
一七　中国の史書や中国、日本の詠史詩などの用語を念頭に置くか。「壮士辞燕　西入虎狼之国」（新撰朗詠集・雑・将軍　荊軻のことを詠じている）。
一八　「頼朝大ニ驚キ、追討ノ為」とあるべきか。一五五頁終四行からに照応する。

頼朝大《おほき》ニ驚キ、範頼、義経両人ヲ指上《さしのぼせ》候。郎[一九]等六十人、其《その》数六万余騎、二手ニ分《わかつ》テ、宇治、勢多ヨリ上洛《しやうらく》ス。義経[二〇]ハ、宇治路ヲ敗《やぶつ》テ罷《まかり》上ル。範頼ハ勢多ヨリ入洛《じゆらく》、未二見来《いまだみえきたらず》一候。木曾ハ、河原マデ打出《うちいで》タリツルヲ、郎等共ニ、『留《とどめ》ヨ』ト、加二下知《げぢをくはへ》一候畢《さうらひをはんぬ》。今ハ定《さだめ》テ打捕《うつとり》ヌラン。義経ハ仙洞ノ御事窅存《おぼつかなくぞんじ》テ、先《まづ》参上」之由、最事《いと》モナゲニ申《まうし》タリ。重《かさね》テ院宣ニハ、「義仲ガ余党ナド帰参シテ、狼藉《らうぜき》モヤ仕ル。今夜ハ御所ニ候テ、守護仕《つかまつる》ベシ」ト。義経、随二勅定《ちよくぢやうにしたがひ》一候ケリ。懸《かかり》シカバ、諸[二一]衛官人、諸国ノ宰史《さいり》[57]、兵杖《ひやうぢやう》ヲ帯シテ、其夜ハ法皇ヲ守護シ奉ル。サテコソ、君ヲ始進《はじめまゐらせ》テ、女房モ男房《なんばう》モ、安堵《あんど》ノ思《おもひ》ハ出来《いでき》ケレ。

木曾ハ、六条河原ノ軍《いくさ》ニ負《まけ》テ、院御所ニ参《まゐり》、法[二二]皇ヲ取進《とりまゐらせ》テ、西国へ御幸成進《なしまゐら》セン、ト思ケレ共、門ヲ閉《とぢ》ラレタリケル上、義経ガ兵《つはもの》共ニ被二責立《せめたてられ》一テ、又河[二三]原ニ出《いで》テ三条ヲ指《さし》テ落行《おちゆき》ケリ。其勢七、八十騎ニハ過《すぎ》ズ。義経ノ軍兵《ぐんびやう》ハ、党[二四]モ高家《かうけ》モ雲霞《うんか》ノ如《ごとく》シテ、我先々々ト隙《ひま》ヲ有《あら》セズ進《すすみ》ケリ。義仲モ今日ヲ限《かぎり》ト思ケレバ、命ヲ不レ惜《をしまず》散々ニ戦《たたかふ》。武蔵国住人塩谷[二五]太郎兄弟三騎、四条河原ノ東《ひんがし》ノ端《はた》ニ引《ひか》ヘタリケルガ、兄ノ太郎、弟ノ三[二六]郎ニ云様《いふやう》ハ、「御辺ハ、『栗[二七]子山ニテ能敵《よきてき》ニ組《くみ》テ、物具脱取《はぎとつ》[58]テ高名セン』ト云《いひ》

一九 一六九―一七一頁の交名の「侍」がそれに当たるか。概数を言う。軍勢は一五五頁注二二、一七一頁九行に六万余騎とする。
二〇 義経勢が先に京入りし院の御所にかけつけた。補注六に「東軍一番手、九郎軍兵加千波羅平三云云。其後多以群参院御所辺云云」とある。
二一 いつもは京官である衛府の官人が院の御所内の警固に任じていたのだろう。このたびは彼等に加えて東軍の士もその任にあたった、の意。「宰史」は「宰吏」とあるべし。「諸国の宰吏」は諸国の国司のことで、ここでは東軍の士を国司の配下にあるものと見なして、このように表現している。公家側の制度の内側で捉える。
二二 一七一頁注四四に照応する。

東使戦二木曾一

二三 賀茂川の河原に沿って北に向かい、そこから東進、粟田口を経て大津に出、瀬田に派遣した人々と合流しようと図ったのである。
二四 一七九頁注六。
二五 武蔵七党の児玉党。平五大夫家遠より塩谷を称す。その子、塩谷太郎経遠、五郎維(是)弘、六郎民部大夫盛(家)経の三兄弟か。維弘は一八一頁注一七。
二六 吾妻鏡また武蔵七党系図では三郎は五郎維弘の子の惟守。太郎経遠の甥にあたる。
二七 山城国久世郡栗隈にある。宇治の西南。「本奈良路、自宇治一坂南有坂路、曰栗子山越」(山城名勝志)。

シハ、忘《わすれ》タリヤ」トハゲマセバ、三郎、「争《いかで》カ忘《わする》ベキ」トテ、馬ヲ川ニ打入《うちいれ》テ、西ヘ向《むかつ》テ渡処《わたすところ》ニ、木曾方ヨリ、信濃国住人長瀬判官代[一]ト云《いふ》者、黒糸威鎧《をどしのよろひ》ニ、芦毛《あしげ》ノ馬ニ乗《のつ》テ、河ノ西ノ端《はた》ヨリ打入《うちいれ》テ、東《ひんがし》ヘ向《むかつ》テ渡《わたし》タリ。長瀬、塩谷、東西ヨリ河中ニ歩《あゆま》セ寄《よせ》、馬ト馬トヲ打並《ならべ》テ組《くん》デ、[二]ダンブト落《おち》ニケリ。手ニ手ヲ取組《とりくみ》、腹ニ腹ヲ合《あはせ》テ、上ニ成《なり》下ニ成《なり》、浮《うき》ヌ沈《しづみ》ヌ、俵ノコロブ様ニ、四、五段計流《ばかりながれ》タリ。敵モ御方《みかた》モ目ヲ澄《すま》シテ是《これ》ヲ見《みる》。深《ふかき》所ニ流入《ながれいり》テ、水ノ底ニテ組合《くみあひ》タリ。良暫《ややしばらく》不レ見《みえざり》ケルニ、水、紅ニ流ケレバ、誰討《うた》レヌラント思処《おもふところ》ニ、塩谷ハ、左ノ手ニ敵ノ首ヲ捧《ささげ》、右ノ手ニハ敵ノ物具剥取《はぎとつ》テ、口ニ刀ヲクハヘツヽ、東《ひんがし》ノ陸《くが》ヘザト上リ、「武蔵国住人塩谷三郎某、長瀬判官代ガ首、捕《とり》タリヤ」ト名乗《なのる》。ユヽシクゾ聞エシ。

義仲ハ、上野国住人[三]那和大郎[59]弘澄、[四]多胡次郎家包《いへかぬ》、[五]越後中次家光等ヲ引《ひき》具シテ落《おち》ケルガ、家光ハ、遂《つひ》ニ遁《のがる》マジキ物ユヘニ、人手ニカヽランヨリハトテ、馬ヨリ飛下《とびおり》、腹搔切《かききつ》テ、三条河原ニ伏《ふし》ニケリ。軍兵《ぐんびやう》、追懸々々《おつかけおつかけ》戦《たたかひ》ケレバ、八十余騎トハ見《みえ》シカド、五十余騎ニ成ニケリ。

武蔵国住人[六]勅使河原権三郎有直ハ、[七]木蘭地《もくらんぢ》ノ直垂《ひたたれ》ニ、黒糸威ノ冑《よろひ》ニ、[八]白星《しらぼし》ノ甲《かぶと》、廿四指《さい》タル黒[九]布露《ほろ》ノ矢、黒漆《こくしつ》ノ弓ニ、[一〇]黄駱馬《きかはらげの》ニ黒漆ノ鞍置《くらおい》テ

一　一八二頁注四。

二　擬声語。愚管抄に擬声語・擬態語について価値付けを行う。「ハタト、ムズト、キト、キト、シヤクト、キヨトナド云事ノミ（愚管抄に）ヲホクカキテ侍ル事ハ、和語ノ本体ニテハ、コレガ侍ベキト、ヲボユルナリ。訓ノヨミナレド、心ヲサシツメテ、字尺ニアラハシタル事ハ、猶、心ノヒロカヌナリ。（中略）日本国ノコトバノ本体ナルベケレ」（愚管抄巻七）。

三　一七一頁注四五。

四　藤原秀郷の後裔の足利成行の子重俊が上野国勢多郡赤城山南麓の大胡で大胡氏。大胡氏は平治の乱で義朝に従う。重俊は吾妻鏡の建久元年一一月、建久六年三月の源頼朝入洛の随兵中に見える。巻一五・宇治合戦で足利又太郎忠綱の下知に従った一門として応護（大胡）と那波太郎の名が見える。

五　延慶本第五本・兵衛佐ノ軍兵等付宇治勢田事には「木曾ガ仕ケル今参、越後中太家光」とある。一八六頁注三。

六　武蔵七党の丹党。児玉郡勅使河原を苗字の地とする。勅使河原氏の祖直時の孫。本書の前の義経勢の交名に載る。

七　赤くて黄色を帯びた染め色。

八　銀ないし銀で包んだ鋲を表面に打ってある甲。

九　鷲のほろ羽（翼の下にある）の黒いものを矢羽根に用いている矢。

一〇「駱」は「かわらげ」と訓じ、たてがみの

ゾ、乗《のつ》タリケル。同[一一]四郎有則ハ、ヒラクヽ[一二]リノ直垂《ひたたれ》ニ赤威《をどし》ノ鎧《よろひ》、同色《おなじ》ノ[60]兜《かぶと》ニ、十八指《さい》タル鵄《とび》ノ石打《いしうち》[一三]、頭高《かしらだか》ニ負《おひ》、三所藤《みところどう》[一四]ノ弓ノ中取《とつ》テ、黒駮馬《くろぶちの》ニ金覆輪ノ鞍置《くらおい》テ、乗《のつ》タリケリ。兄弟二騎、三百余騎ニテ追懸《おつかけ》、申《まうし》ケルハ、「北陸道《ほくろくだう》ノ大将軍、朝日将軍ト呼《よば》レ給シ人ノ、正《まさ》ナクモ、後《うしろ》ヲバ見セ給《たまふ》モノ哉《かな》。源氏ノ名折《なをれ》トハ不㆓思召《おぼしめさず》㆒ヤ。無跡《なき》マデモ名コソ惜《をし》ケレ。返合《かへしあはせ》給ヘヤ〳〵」トテ、二重三重ニ打並《うちならべ》テ、「武蔵国住人、勅使河原権三郎有直、生年三十一、同《おなじく》四郎有則、二十八」ト名乗懸《なのりかけ》テ、轡《くつばみ》ヲ並《ならべ》テ喚《をめい》テ蒐《かく》。木曾十余騎、馬ノ鼻ヲ引《ひつ》返シ、杉[一五]ノサキニ、サト立《たて》テ、宣《のたまひ》ケルハ、「有直、慥《たしか》ニ承レ。義仲ニハアハヌ敵ト思ヘ共、弓矢取《とる》身ハ、大将軍ノ詞《ことば》ハ一モ得《うる》コソ嬉《うれし》ケレ。現[一六]世ノ名聞《みやうもん》、後生ノ訴《うつたへ》ニモセヨ」トテ、弓ヲバ脇《わき》ニハサミ、[61]大刀ノ切鋒打《きつさきうち》[一七]ツルベテ、「勅使河原、余スナ」トテ、蛛手《くも》[一八]十文字、竪様《たてざま》横様切廻《きりまはり》ケレバ、三百余騎ノ大勢モ、五十余騎ニ被㆓懸立《かけたてられ》㆒テ、馬[一九]ノ足、立《たつ》ル隙《ひま》コソ無《なか》リケレ。只《ただ》[二〇]小勢ニ付《つい》テ、五廻《まはり》六廻《まはり》ガ程廻《まはり》ケルガ、有直、弓手《ゆんで》ノ肘《ひぢうち》被㆓打落《おとされ》㆒テ、神[二一]楽岡ヲ指《さし》テ引《ひき》退ク。五十余騎ノ勢モ被㆓打取《うつとられ》㆒テ、二十五騎ニゾ成《なり》ニケル。木曾、危《あやふく》見ヘケルヲ、根[二二]井小弥太、左[二三]近五郎、岡[二四]津平六兵衛、城[二五]小弥太郎兄弟二人、佐[二六]竹ノ者共、防矢《ふせぎ》射テコソ遁《のが》レケ

黒い馬のこと。黄色味を帯びたかわら毛の馬。
一一 有直の弟。有直は吾妻鏡に現われるが、有則は見えない。本書の前の交名、延慶本の交名にもないが、一ノ谷合戦では本書、延慶本ともに範頼勢の交名に載る。
一二 布を糸で括って染め残しを模様に作る括染(くくりぞめ)の一種か。未勘。
一三 一七七頁注二〇。
一四 弓幹の何箇所かに籐を三段ずつ寄せて巻いた弓。
一五 杉なり(の備え)のことか。先頭が尖り後方が左右に広がる陣型。
一六 この世での名声とあの世で閻魔に申し立てる功績。
一七 「つるぶ」は並べる、連ねる、の意。
一八 太刀の刀法。「太刀をぬいてたゝかふに、かたきは大勢なり。くもで、かくなは、十文字、とんぼうかへり、水車、八方すかさず、きつたりけり」(覚一本巻四・橋合戦)。
一九 馬の体勢を立てなおす余裕もなかった。
二〇 義仲勢が小勢なので、中に取りこめてその周りを。
二一 吉田山とも呼ばれる。標高百米ほどの丘。三条河原からは東北の方向。
二二 行親か。とすれば六条河原ですでに討死している(一八八頁九行)。行親は小弥太とも大弥太とも記されている。
二三 未勘。
二四 未勘。
二五 城氏は越後の豪族。九八頁注一四に助職任官。
二六 佐竹氏は常陸の清和源氏。この時期、頼朝と敵対、頼朝には脅威となる勢力。九八頁注一五に忠義。

レ。又、秩父、[一]師岡打囲《うちかこみ》テ、散々ニ攻《せめ》ケレバ、木曾方ニモ、[二]根井次郎行直、[三]進六郎親直等、思切《おもひきつ》テ大勢ノ中ヘ打入《いり》テ、命ヲ不レ惜《をしまず》、我一人ト戦《たたかひ》タリ。小勢懸《かく》レバ大勢サト引退《ひきしりぞき》、大勢懸《かく》レバ小勢サト引退《しりぞき》、寄《よせ》ツ返《かへし》ツセシ有様ハ、辻風ノ塵ヲ巻《まく》ニゾ似タリケル。其《その》手ヲモ打破《やぶり》テ落行《おちゆけ》バ、[四]横山党ニ[五]奥次、弥次ト、[六]三浦党ニ[七]佐原十郎、[八]三浦二郎、三百余騎ニテ、漏《もら》スナトテコソ攻戦《たたかひ》ケレ。二十五騎ト見《みえ》シカ共、僅《わづか》ニ十二騎ニ成《なる》。

[九]畠山ハ九郎義経ト院御所ニ候ケルガ、木曾、漏《もれ》ヤシヌラン覚束《おぼつか》ナシトテ、三条河原ノ西ノ端《はた》マデ打出《いで》タリ。義仲ハ、[一〇]三条白河ヲ東《ひんがし》ヘ向《むかつ》テ引《ひき》ケルヲ、重忠ハ、[一一]本田、半沢、左右ニ立《たて》、歩出《あゆませいだ》シ、「東《ひんがし》ヘ向《むかつ》テ落給《たまふ》ハ、大将ト見《みる》ハ僻事《ひがこと》カ。武蔵国住人秩父ノ流《ながれ》、畠山庄司次郎重忠也。返合《かへしあはせ》給ヘヤ〳〵」ト云《いひ》ケレバ、木曾、馬ノ鼻ヲ引《ひつ》返シ、「[一二]誰人ニ合《あひ》テ軍《いくさ》センヨリ、一《いち》ノ矢ヲモ畠山ヲコソ射メ。[一三]恥シキ敵ゾ、思切《おもひきれ》」ト下知シテ、河ヲ阻《へだて》テ射合《いあひ》タリ。サスガ敵ハ大勢也、木曾ハ僅《わづか》ニ十三騎。畠山ガ郎等ノ放《はなつ》矢ハ、雨ノ降《ふる》ガ如《ごとく》ニ飛《とび》ケレバ、僅《わづか》小勢堪兼《たへかね》テ、[一四]三条小河ヘ引退《しりぞく》。重忠、勝ニ乗《のつ》テ責懸《せめかけ》ケレバ、木曾モ引返《かへし》々々、弓箭《や》ニ成《なり》、打《うち》物ニ成《なり》、追《おう》ツ返《かへし》ツ返ツ追ツ、半時《はんじ》計《ばかり》戦ケル。其《その》中ニ木曾方ヨリ、萌黄《もえぎ》糸威《をどし》ノ鎧《よろひ》ニ、射残シタ

一　本書の前の義経勢の交名に載る兵衛重経か。河越重頼の弟。吾妻鏡にも登場。
二　未勘。続群書類従所収の滋野氏系図には載せない。
三　一七一頁注四三。
四　武蔵七党のひとつ。
五　未勘。
六　相模の豪族。坂東平氏。一七九頁注六。
七　義連。義明の子。三浦系図に身長七尺五寸。のち和泉国、紀伊国守護、陸奥国会津を領す。
八　未詳。

巴関東下向

九　重忠。
一〇　白河は吉田山の北東から鹿ケ谷を南流し、三条末の北を西に流れ鴨川に合流。
一一　重忠の郎等。本田次郎近常と丹党の榛沢六郎成清。曾我物語に彼等が畠山に近仕していたこと、曾我兄弟に芳情を示したことが記される。元久二年六月二二日に北条氏の陰謀で重忠が誅された時、ともに自殺。半沢は一六三頁注一五。
一二　他の誰と戦うよりまず、最初の矢も畠山重忠に向かってはなつことこそ本望だ、の意。
一三　こちらが気おくれする程の立派な敵だ。
一四　白河沿いに三条より南に梅本町に至る一帯。小河はかつて白河の一支流であった。

リケル鷹羽《たかのはの》[62]征矢《そや》負《おひ》テ、滋藤《しげどうの》弓真中取《とり》、芦毛《あしげの》馬ノ太逞《ふとくたくましき》ニ、小《ちひさ》[一五]キ巴摺《ともゑすり》タル鞍置《くらおい》テ、乗《のつ》タリケル武者、一陣ニ進《すすみ》テ戦《たたかひ》ケルガ、射《いる》モ強切《つよくきる》モ強《つよく》、馳《はせ》合々責《あひはせあひせめ》ケルニ、指《さし》モ名高《なだかき》畠山、河原ヘサト引《ひき》テ出《いで》、畠山、半沢六郎ヲ招《まねい》テ、「イカニ成清、重忠十七ノ年、小坪[一六]ノ軍《いくさ》ニ会初《あひそめ》テ、度々ノ戦ニ合《あひ》タレ共、是《これ》程軍立《いくさだち》ノケハシキ事ニ不レ合《あはず》。木曾ノ内ニハ今井[一七]、樋口、楯、根井、此等《これら》コソ四天王ト聞《きく》ニ、是ハ今井、樋口ニモナシ。サテ何《いか》ナル者ヤラン」ト問《とひ》ケレバ、成清、「アレハ木曾ノ御乳母《めのと》ニ、中[一八]三権頭ガ女、巴《ともゑ》[一九]ト云《いふ》女也。ツヨ弓ノ手ダリ、荒馬乗《のり》ノ上手、乳母子ナガラ妾《おもひものに》[63]シテ、内ニハ童《わらは》[二〇]ヲ仕《つか》フ様《やう》ニモテナシ、軍《いくさ》ニハ一方ノ大将軍シテ、更ニ不覚ノ名ヲ不レ取《とらず》。今井、樋口ト兄弟ニテ、怖《おそろ》シキ者ニテ候」ト申《まうす》。畠山、「サテハイカヾ有《ある》ベキ。女ニ追立《おひたて》ラレタルモ、云《いひ》カヒナシ。又責寄《せめよせ》テ、女ト軍セン程ニ、不覚シテハ永代《えいたい》ノ疵《きず》、多《おほき》者共ノ中ニ、巴女ニ合《あひ》ケルコソ不祥ナレ。但《ただし》、木曾ノ妾《おもひもの》[64]トイヘバ懐《なつかし》[二一]キゾ。重忠、今日ノ得[二二]分ニ、巴ニ組ンデ虜《いけどり》ニセン。返セ者共《ものども》」トテ取《とつ》テ返シ、木曾ヲ中ニ取籠《とりこめ》テ散々ニ蒐《かく》。畠山ハ巴ニ目ヲゾ懸《かけ》タリケル。進《すすみ》退キ、廻合《まはりあは》ン〳〵ト廻ケレバ、木曾、巴ヲ組《くま》セジト蒐《かけ》阻々《へだてかけへだて》テ、二廻《まはり》三廻《まはり》ガ程廻ケル処《ところ》ニ、畠山、巴強《あなが》チニ近ク廻合《あひ》、是ハ得[二三]

一五　巴のかたちの螺鈿を施した鞍。
一六　頼朝の旗上げの際、頼朝に味方する三浦一族の和田義盛たちと鎌倉郡と三浦郡との境、小坪を舞台に展開した合戦。治承四年八月のこと。巻二一・小坪合戦。
一七　今井四郎兼平、樋口次郎兼光、楯六郎親忠、根井小弥太行親。
一八　兼遠。木曾中原氏。義仲の養育者。今井兼平、樋口兼光の父。義仲の母は夫の義賢が悪源太義平に討たれた時、信濃に逃れ、義仲を兼遠に託したとされる。巻二六・木曾謀叛。
一九　実際の素姓は不明。源平闘諍録に義仲に「美女」として召使われた挿頭という女性を母であるとする。巴についても覚一本などは義仲の「便女」とする。「美女」「便女」は「非上」「未女」などとも書き、ビジョ、ビンジョ、ヒジョウなどと訓む。武家名目抄第二・職部に「美女」の例を掲げ、「按ずるに、美女といへるは、後の世にいふ女六尺のことなり。形容のそろひて見にくからぬを撰ばるゝ故に、美女といふ称もいできしなるべし」とする。女六尺は、貴人に仕えて女乗物を奥から玄関までの間をかついだ女中。
二〇　身のまわりの世話をする童子。
二一　心が引かれるぞ。
二二　分取りにするために。
二三　好機到来と思って。

タル便宜ト思《おもひ》、馬ヲ早メテ馳寄《はせよせ》テ、巴《ともゑ》女ガ弓手《ゆんで》ノ鎧《よろひ》ノ袖《そで》ニ取付《とりつき》タリ。巴叶《かな》ハジトヤ思ケン、乗《のり》タル馬ハ春風トテ、信濃第一ノツヨ馬也、一鞭《むち》アテヽ[一]アヲリタレバ、冑《よろひ》ノ袖《そで》フツト引切《ひっきっ》テ、二段計《ばかり》ゾ[二]延《のび》ニケル。畠山、是《これ》ハ女ニハ非ズ、鬼神ノ振舞《ふるまひ》ニコソ、加様《かやう》ノ者ニ、箭《や》一ツヲモ射籠《こま》レテ、永代《えいたい》ノ恥ヲ不レ可レ残《のこすべからず》、引《ひく》ニ過《すぎ》タル事ナシトテ、河原ヲ西へ引《ひき》退キ、院御所へゾ帰参《かへりまゐり》ケル。

木曾ハ此彼《ここかしこ》ヲ打破《うちやぶっ》テ、東《ひんがし》ヲ指《さし》テ落行《おちゆき》ケリ。[三]龍華越《ごえ》ニ北国《ほっこく》へ伝《つたふ》トモ聞《きこえ》ケリ。[四]長坂ニカヽリ、[65][五]幡磨へ共云《いひ》ケリ。其《その》口様々也ケレ共、[六]大津へ向《むかっ》テ被《う》レ打《たれ》ケルガ、[七]四宮河原ニテ見給ヘバ、僅《わづか》ニ七騎ニ残《のこり》タリ。巴ハ七騎ノ内ニアリ。生年廿八、身ノ盛《さかり》ナル女也。去剛《さるかうの》者也ケレバ、北国《ほっこく》度々ノ合戦ニモ、手ヲモ負《おは》ズ、百余騎ガ中ニモ、七騎ニ成《なる》マデ付《つき》タリケリ。四宮河原、[八]神無社、[九]関清水、[一〇]関明神打過《すぎ》テ、[一一]関寺ノ前ヲ[一二]粟津へ向《むい》テゾ進《すすみ》ケル。巴ハ都ヲ出《いで》ケル時ハ、[一三]紺村紅《こんむらくれなゐ》ニ千鳥ノ冑直垂《よろひひたたれ》ヲ着タリケルガ、[一四]関寺合戦ニハ、[一五]紫隔子《かうし》ヲ織付《おりつけ》タル直垂《ひたたれ》ニ、[一六]菊閉滋《きくとぢしげ》クシテ、萌黄《もえぎ》糸威《をどし》ノ[一七]腹巻ニ袖《そで》付《つけ》テ、五枚甲《かぶと》ノ緒ヲシメ、[一八]三尺五寸ノ太刀《たち》ニ、二十四指《さい》タル[一九]真羽《まば》ノ矢ノ、射残《のこし》タルヲ負《おひ》、重藤《しげどう》ノ弓ニ[二〇]セキ弦カケ、連銭葦毛《れんぜんあしげ》ノ馬ニ、金覆輪ノ鞍置《くらおい》テゾ

一　走らせるために、あぶみで馬の腹を蹴る。
二　逃げのびた。
三　京都から大原、小出石（こでし）を経て北に向かう若狭街道の、山城と近江との国境のあたり。峠を越えた途中(今の大津市付近)の集落で南東の近江国竜華（今の大津市）に向かう道と若狭に向かう道とに分かれる。
四　長坂越。鷹ケ峰から杉坂に至る約四キロの山道。丹波に通じる。
五　丹波路から南下して播磨に向かう。
六　瀬田に派遣していた今井兼平の軍勢に合流しようとしたのだろう。
七　京都から東へ向かう三条街道（東海道）が四ノ宮川を渡るあたり。交通の要衝。平安末には市も開かれていた。宿（しく）河原とも呼び、後世、全国から琵琶法師が集まって石を積んで亡魂を供養する積塔会を行う場所でもあった。
八　諸羽神社の御旅所で、現在の京都市山科区小山神無森町にあった。三条街道（東海道）と大津街道の合する地点。
九　現在、大津市逢坂の関清水大明神蟬丸神社の境内にあるが、平安期の位置は不明。無名抄に記述あり。歌枕。
一〇　逢坂峠の登り口（大津側）に関蝉丸神社上社（旧称関大明神蟬丸宮）と関蟬丸神社下社（旧称関清水大明神蟬丸宮）とがある。前者が手向神であるという（近江国輿地志略巻七）。
一一　現在の大津市逢坂にあった。梁塵秘抄には近江の名所とする。歌枕。
一二　いまの大津市膳所（ぜぜ）粟津。歌枕。
一三　紺色に紅色の斑の濃淡をつけた地に千鳥の模様を染めつけた鎧直垂。
一四　瀬田を攻める大手の範頼勢と戦っている。
一五　紫の格子縞を織りだした鎧直垂。

乗《のつ》タリケル。七騎ガ先陣ニ進《すすみ》テ打《うち》ケルガ、何トカ思《おもひ》ケン、甲《かぶと》ヲ脱《ぬぎ》、長《たけ》ニ余ル黒髪ヲ、後ヘサト打越《こし》テ、額ニ天冠[二一]ヲ当《あて》テ、白打出《うちで》[二二]ノ笠《かさ》ヲキテ、眉目《みめ》モ形モ優《いう》也ケリ。歳ハ廿八トカヤ。爰《ここ》ニ、「遠江国住人、内田三郎家吉[二三]」ト名乗《なのつ》テ、三十五騎ノ勢ニテ、巴女《ともゑ》ニ行逢《ゆきあひ》タリ。内田敵ヲ見テ、「天晴《あつぱれ》、武者ノ形気哉《けいきかな》[二四]。但《ただし》、女カ童《わらは》カ　覚《おぼつかなし》」トゾ問《とひ》ケル。郎等、能《よく》々見テ、「女也」ト答《こたふ》。内田聞敢《ききあへ》ズ、去《さる》事アルラン、木曾殿ニハ葵《あふひ》[二五]、巴トテ二人ノ女将軍アリ、葵ハ去年ノ春、礪並《となみ》山ノ合戦ニ討《うた》レヌ、巴ハ未在《いまだあり》トキク、是《これ》ハ強弓精兵《せいびやう》、アキマ[二六]ヲ数《かぞふ》ル上手、岩ヲ畳《たたみ》、金《かね》ヲ延《のべ》タル城[二七]也共、巴ガ向《むかふ》ニハ不レ落《おちず》ト云《いふ》コトナシ、去癖者《さるくせもの》[二八]ト聞召《きこしめし》テ、鎌倉殿、彼《かの》女アヒ構《かまへ》テ虜《いけどり》ニシテ進《まゐらす》ベキ由、仰《おほせ》ヲ蒙《かうぶり》タリ、巴ハ荒馬乗《のり》ノ大力、尋常《よのつね》ノ者ニ非ズト聞《きく》、イカヾスベキ、ト思煩《おもひわづらひ》ケルガ、郎等共ニ云様《いふやう》ハ、「女、雖レ強《つよしといへども》、百人ガ力ニヨモ過《すぎ》ジ。家吉ハ六十人ガ力アリ。殿原三十余人。既《すでに》百人ニアマレリ。殿原、左右ヨリ寄《よせ》テ、左右ノ手ヲ引張《ひつ》レ。家吉、中ヨリ寄《よせ》テ、ナドカ巴ヲ取《とら》ザラン」ト云ケルガ、内田又、思《おもひ》返ス様、マテ〳〵暫《しば》シ、槿花《きんくわ》[二九]ノ朝《あした》ニ咲《さき》テ、夕ニ萎《しぼむ》ダニモ、巳《おの》ガ盛《さかり》ハ有《ある》物ヲ、八十九十ニテ死ナン命モ、二十三十ニテ亡《ほろび》ン命モ同《おなじ》事、女程ノ者ニ組《くまん》トテ、兎角《とかく》計《はからひ》ヲ出《いだ》シケルヨト、殊ニ

一六　縫い目のところに綻びを防ぐ菊綴をたくさんとじつけている。
一七　上腹巻である。鎧のかわりに着ているので、防御用の簡便な袖をつけている。
一八　太刀は二尺から三尺の長さが普通（貞丈雑記巻一二・刀剣）。
一九　真鳥（まとり）羽の略。真鳥は鷲のこと。
二〇　漆を塗り糸で巻いて堅固に作った軍陣用の弓づる（貞丈雑記巻一〇・弓矢）。
二一　舞楽の迦陵頻の天女や童舞の童、あるいは騎射の行事の童などが冠のかわりにつける美麗な額あて。
二二　正面を反らせた笠に銀箔を貼ったもの。
二三　遠江国城飼郡内田庄の豪族で南家藤原氏流である工藤氏の族か。遠江国榛原郡相良庄の南家藤原氏流の相良氏にも内田を名乗る者がいる（相良系図）。承久記に遠江住人の内田氏が登場する。
二四　様子。雰囲気。
二五　覚一本は「巴、山吹とて二人の便女」とする。巴が寿永二年五月の礪波山合戦で一手の大将をつとめたことは巻二九・倶梨伽羅山、礪波山合戦に記す。
二六　矢を射立てることの可能な武装のすきまを狙うこと、の意。
二七　京を城、鎌倉を鎌倉城と呼ぶ用法があるが、ここは城砦の意。
二八　すぐれた能力をそなえたもの。
二九　栄華のはかないことを喩える槿花一日の栄による。「槿花一日自為栄」（白氏文集巻一五・放言五首）が原拠。和漢朗詠集四三・槿にも。

後陣ニ引《ひか》ヘタル、甲斐《かひ》ノ一[一]条ノ思ハン事コソ恥シケレ。「殿原一人モ綺《いろふ》ベカラズ。家吉一人打向《うちむかつ》テ、巴《ともゑ》女ガ頸《くび》トラン」ト云《いひ》ケレバ、三十余騎ノ郎等ハ、日本第一ニ聞《きこえ》タル怖《おそろしき》者ニ、組《くむ》マジキ事ヲ悦《よろこび》テ、[二]「尤《もつとも》々」ト云ケレバ、内田只《ただ》一人、駒《こま》ヲ早メテ進処《すすむところ》ニ、巴是《これ》ヲ見テ、先《まづ》敵ヲ讃《ほめ》タリケリ。「天晴《あつぱれ》、武者ノ皃《かたちかな》哉。東国ニハ小[三]山、宇都宮カ、千葉、足利歟《か》。三浦、鎌倉カ、脊《おぼつか》ナ。誰人ゾ。角問《かくとふ》ハ、木曾殿ノ乳母子《めのと》ニ、中三権頭兼遠ガ女ニ、巴ト云《いふ》女也。主ノ遺《なごり》ノ惜《をし》ケレバ、向後《ゆくへ》ヲ見ントテ御伴ニ侍《さぶらふ》」ト云。「鎌倉殿ノ仰《おほせ》ヲ蒙《かうぶり》、[四]勢多ノ手ノ先陣ニ進《すすめ》ルハ、遠江国住人内田三郎家吉」ト名乗《なのつ》テ進《すすみ》ケリ。巴ハ、一陣ニ進《すすむ》ハ[五]剛《かうの》者、大将軍ニ非ズ共、[六]物具《もののぐのけ》毛ノ面白《おもしろき》ニ押並《おしならべ》テ組《くみ》、シヤ首ネヂ切《きつ》テ、軍《いくさ》神ニ祭《まつら》ント、[七]思《おもひ》ケルコソ遅カリケレ、手綱カイクリ歩《あゆま》セ出《いだ》ス。去共《されども》、内田ガ弓ヲ引《ひか》ザレバ、女モ矢ヲバ不レ射《いざり》ケリ。互《たがひ》ニ情《なさけ》ヲ立《たて》タレバ、内田太刀《たち》ヲ抜《ぬか》ザレバ、女モ太刀ニ手ヲ懸《かけ》ズ。主ハ急《いそぎ》タリ、馬ハ早リタリ。巴、内田、馬ノ頭ヲ押並《おしならべ》、鐙《あぶみ》ト〱蹴合《けあは》スルカトスル程ニ、寄合《よりあひ》互ニ音《こゑ》ヲ揚《あげ》、鎧《よろひ》ノ袖《そで》ヲ引違《ひつたがへ》、「エタリヤヲウ」、トゾ組タリケル。聞《きこゆ》ル[八]沛艾《はいがい》ノ名馬ナレ共、大力ガ組合《あひ》タレバ、二疋《ひき》ノ馬ハ、中ニ留《とどまつ》テ働《はたらか》ズ。内田、勝負ヲ人ニ見セント思ケルニヤ、弓箭《や》ヲ後ヘ指廻《さしまは》シ、女ガ黒髪三帀《めぐり》ニカラマ

一　本書の前の瀬田攻めの範頼勢の交名のなかに一条忠頼の名が見える。忠頼は甲斐の清和源氏、武田信義の子。叔父の安田義定は富士川合戦後、遠江国の預かりとなり、のち遠江守。
二　同意を示す言葉。比叡山の大衆の僉議での同意を示す言葉としても知られる。
三　小山、宇都宮は下野、千葉は上総・下総、源姓の足利は下野、藤原姓の足利は上野、三浦、鎌倉は相模の名族。
四　蒲冠者範頼勢。前の交名に家吉はない。
五　剛勇の士である。
六　華麗な威（おどし）と裾金物の鎧を着ていたのだろう。毛付けされるのを恐れずに目立つ装いをしているのである。
七　思うか思わないかのうちに、ただちに、の意。
八　性質が荒く制御しにくい悍馬。

へテ、腰刀ヲ抜出《ぬきいだ》シ、中《ちう》ニテ首ヲカヽントス。女是《これ》ヲ見テ、「汝《なんぢ》ハ内田三郎左衛門トコソ名乗《なのつ》ツレ。正《まさ》ナキ今ノ振舞哉《ふるまひかな》。内田ニハアラズ、其《その》手ノ郎等カ」ト問《とひ》ケレバ、内田、「我《わが》身コソ大将ヨ。郎等ニハ非ズ。67行跡何《ふるまひいか》ニ」ト申《まうせ》バ、女答《こたへ》テ云《いはく》、「女ニ組《くむ》程ノ男ガ、九中《ちう》ニテ刀ヲ抜《ぬき》、目ニ見スル様《やう》ヤハ有《ある》ベキ。軍《いくさ》ハ敵ニ依《よつ》テ振舞《ふるまふ》ベシ。一〇故実モ知《しら》ヌ内田哉《かな》」トテ拳《こぶし》ヲ握リ、刀ヲ持《もち》タル一一臂《ひぢ》ノカヽリヲ、シタヽカニ打《うつ》。余リニ強ク被レ打《うたれ》テ、把《にぎれ》ル刀ヲ被二打落一《うちおとさる》。一二「ヤヲレ家吉ヨ、日本一ト聞エタル、木曾ノ山里ニ住《すみ》タル者也。我ヲ軍《いくさ》ノ師ト憑《たの》メ」トテ、弓手《ゆんで》ノ肘《ひぢ》ヲ指出《さしいだ》シ、一三甲真顔《かぶとのまつかう》、一四取詰《とりつめ》テ、鞍《くら》ノ前輪ニ攻付《せめつけ》ツヽ、内甲《かぶと》ニ手ヲ入《いれ》テ、七寸五分ノ腰刀ヲ抜出《ぬきいだ》シ、引《ひき》アヲノケテ首ヲ掻《かく》。刀モ究竟《くつきやう》ノ刀也、水ヲ掻《かく》ヨリモ尚《なほ》安シ。馬ニ乗《のり》直リ、一一五障泥《あふり》アヲリタレバ、身質《むくろ》ハ下ヘゾ落《おち》ニケル。首ヲ持《もち》テ木曾殿ニ見セ奉レバ、「穴無慙《あなむざん》ヤ。是ハ一六八箇国ニ聞《きこえ》シ男、一七美男ノ剛者《かうの》ニテ在《あり》ツル者ヲ。被レ討《うたれ》ケルコソ無慙《むざん》ナレ。是モ運尽《つき》ヌレバ、汝《なんぢ》ニ討《うた》レヌ。義仲モ運尽タレバ、何者ノ手ニ懸《かかり》、アヘナク犬死《いぬじに》センズラン。日来《ひごろ》ハ何共《なにとも》思ハヌ一八薄金《うすがね》ガ、肩ヲ引《ひい》テ思《おもふ》也。我討《うた》レテ後ニ、『木曾コソ幾程命ヲ生《いき》ントテ、最後ニ女ニ先陣懸《かけ》サセタリ』ト、イハン事コソ辱《はづか》シケレ。汝《なんぢ》ニハ暇《いとま》ヲ給《たぶ》。疾々《とくとく》落下《くだれ》」トゾ

九　まだ敵を組み敷いてもいない、組み合いの最中に、の意。
一〇　作法。礼儀にかなうやりかた。
一一　肘の関節。
一二　やいやい。目下の者に呼びかける言葉。「や」に「おれ」（対称の代名詞、おまえ）が接合した言葉。
一三　兜の鉢の前面。
一四　強く摑んで動きを封じて。
一五　障泥は泥のはねが衣服を汚すのを防ぐために下鞍に垂らす大型の皮革。馬を速く走らせるために鐙で障泥を蹴ることを障泥を打つという。
一六　坂東八箇国。
一七　あるいは「男美男（をとこびなん）」か不審。
一八　保元物語に六条判官為義の鎧を薄金と呼び緋威の鎧という。太平記に新田義貞の鎧を薄金と呼び、梅松論に薄金を新田義貞の重代の鎧とし、赤威であるとする。異制庭訓往来の源家相伝の鎧の列挙の中にも薄金がある。

宣《のたまひ》ケル。巴申《ともゑまうし》ケルハ、「我幼少ノ時ヨリ、君ノ御内ニ召仕《めしつかは》レ進《まゐらせ》テ、野ノ末山ノ奥マデモ、一ツ道ニト思切侍《おもひきりはべり》。今懸《かか》ル仰《おほせ》ヲ承ルコソ、心ウケレ。君ノ、イカニモ成《なり》給ハン処《ところ》ニテ、首ヲ一所ニ並ベン」ト掻詢云《かきくどきいひ》ケレバ、木曾、「誠《まことに》サコソハ思《おもふ》ラメ共《ども》、我、去年ノ春、信濃国ヲ出《いで》シ時、妻子ヲ捨置《すておき》、又再《ふたたび》不レ見《みず》シテ、永キ別《わかれ》ノ道ニ入《いら》ン事コソ悲《かなし》ケレ。去《され》バ無《なか》ラン跡マデモ、[一]此《この》事ヲ知《しら》セテ、後《のち》ノ世ヲ弔《とぶらはれ》バヤト思ヘバ、最後ノ伴ヨリモ可レ然《しかるべし》ト存《ぞんずる》也。疾々忍落《とくとくしのびおち》テ信濃ヘ下《くだり》、此有様ヲ人々ニ語レ。敵モ手[二]繁《しげく》見ユ。早々《はやはや》」ト宣ケレバ、巴、遺《なごり》ハ様々惜《をし》ケレ共、随《したがひ》二主命一、落《おつる》涙ヲ拭《のごひ》ツヽ、上ノ山ヘゾ忍ケル。粟津ノ軍《いくさ》、終《をはりて》後、物具脱捨《ぬぎすて》、小袖《こそで》装束シテ信濃ヘ下リ、女房公達ニ角《かく》ト語リ、互《たがひ》ニ袖《そで》ヲゾ絞《しぼり》ケル。世静《しづまつ》テ、[三]右大将家ヨリ被レ召《めされ》ケレバ、巴則《すなはち》鎌倉ヘ参ル。主ノ敵ナレバ、心ニ遺恨アリケレ共、大将殿モ、「女ナレ共無双《ぶさう》ノ剛者《かうの》、打解《うちとく》マジキ」トテ、[四]森五郎ニ被レ預《あづけらる》。[五]和田小太郎是ヲ見テ、事ノ[六]景気モ尋常《よのつね》也、心ノ剛《かう》モ無双《ぶさう》也、アノ様ノ種ヲ継《つが》セバヤ、トゾ思ケル。明日頸切《くびきる》ベシ、ト沙汰有《さたあり》ケルニ、和田義盛、「申預《まうしあづか》ラン」ト申ケルヲ、「女ナレバトテ、心ユルシ有《ある》マジ。正《まさ》シキ主、親ガ敵也。去《さる》剛ノ者ナレバ、隙《ひま》モアラバ、伺思《うかがひおもふ》心有ラン。叶《かなふ》マジ」ト被レ仰《おほせられ》ケルヲ、「[七]三

一　最期の様子を妻子や故郷の人々に報じ、また後世を弔ってほしい。
二　間断なく攻めてくる。
三　鎌倉の源頼朝。頼朝は建久元年一一月に任右大将。但しすぐに辞任。
四　武蔵の坂東平氏、秩父氏の小山田別当有重の子の行重は小山田五郎、また森五郎とも。彼のことか。本書の前の範頼勢の交名に載る。
五　義盛。建保元年没。相模の坂東平氏。三浦氏。鎌倉幕府では侍所別当。実朝の時、和田合戦で北条氏によって一族とともに滅ぼされる。幸若舞曲などでは畠山重忠とともに頼朝の重臣として併称される。
六　様子。
七　義盛の祖父。治承四年八月の衣笠合戦でのこと。巻二二・衣笠合戦。頼朝は義明の忠義の死に恩義を強く感じていた。たとえば征夷大将軍の除書の受取りの晴れの役も義明の功を賞して義澄に与えている（巻三三の補注一九参照）。
八　妻妾として連れそっても。
九　巴の身がらを請い受けた。
一〇　和田系図に義盛の三男で「天下無双大力。父滅亡時（建保元年の和田合戦）、乗舟渡房州、遂越高麗国云云。時三十五（イ本八）歳」とあ

る。芸能の世界で人気を博した英雄。吾妻鏡・建保元年五月三日の和田合戦の記事に三八歳とする。その年令からすると巴の子とする説は成立しない。

一一　建保元年五月二日、三日。北条氏によって義盛とともに和田一門が滅された。

一二　吾妻鏡・建保元年五月三日の記事には五百余騎を率いて安房国に渡り行方をくらませたとする。

一三　越中国の西端、礪波平野の礪波郡石黒三郷を本領とする豪族。本書の義仲の北陸での合戦に石黒氏の参戦のことが記され、巻二八・源氏落燧城、巻二九・倶梨迦羅山には石黒太郎光弘の名が見える。越中石黒系図でも石黒太郎光弘が木曾義仲に従って参戦とする。

一四　未勘。陸前国宮城郡に赤瀬郷がある。

一五　「義遠」は義宗とあるべし。義盛の父。

一六　元久二年没。武蔵の坂東平氏。秩父氏。小山田別当有重の子。畠山重忠の従兄弟で重忠とともに北条時政に討たれた。妻は北条時政の娘。本書の前の範頼勢の交名に載る。延慶本の交名でも同じ。

粟津合戦

一七　元久二年没。重成の弟。兄と同じく討たれた。本書の前の範頼勢の交名に載る。延慶本の交名でも同じ。

一八　瀬田川の徒渉地点。瀬田川の下流大津市の田上の黒津から石山南郷に渡る浅瀬。ここの網代で取る氷魚を朝廷に献じたので貢御の瀬という。

一九　膳所と石山寺とをつなぐ道か。

二〇　国昌寺。大津市石山に所在した寺。

二一　一七一頁注四二。

浦大介義明ガ、君ノ為ニ命ヲ棄《すて》、子孫眷属《けんぞく》ニ心ナク、[八]君ヲ守護シ奉《たてまつっ》テ、年来《としごろ》奉公シ奉ル。争思召忘給《いかでおぼしめしわすれたまふ》ベキ。義盛、相具《あひ》シテ候共、僻事《ひがこと》更ニ在《ある》マジキ」ト、様々申立《まうしたて》テ預《あづかり》[九]ニケリ。即《すなはち》、妻ト憑《たのみ》テ、男子ヲ生《うむ》。[一〇]朝比奈三郎義秀トハ是《これ》也ケリ。母ガ力ヲ継《つぎ》タリケルニヤ、剛《かう》モ力モ幷《ならび》ナシトゾ聞エケル。[一一]和田合戦ノ時、朝比奈討《うた》[一二]レテ後、[68]巴《ともゑ》ハ泣々《なく》越中ニ越《こえ》、[一三]石黒ハ親シカリケレバ、此《ここ》ニシテ出家シテ、巴尼トテ、仏ニ奉㆓花香《けかうたてまつり》㆒、主、親、朝比奈ガ後世弔《とぶらひ》ケルガ、九十一マデ持《たもつ》テ、臨終目出《めでたう》シテ終《をはり》ニケルトゾ。

或《ある》説ニハ、[一四]赤瀬ノ地頭許《ぢとうのもと》[69]ニ仕《つかふ》ルトイヘリ。

高望王ヨリ九代孫、三浦大介義明、[一五]杉本太郎義遠、和田小太郎義盛、

朝比奈三郎義秀也。

範頼ハ、勢多ノ手ニ向《むかひ》給タリケレ共、橋ハ引《ひか》レヌ、底ハ深シ、渡《わたす》ベキ様ナケレバ、[一六]稲毛三郎重成、[一七]榛谷四郎重朝ヲ先トシテ、[一八]田上ノ貢御《ぐごの》瀬ヲ渡シツヽ、[一九]石山通ニ攻上《せめのぼる》。今井四郎兼平、五百余騎ニテ、[二〇]国分寺ノ毘沙門《びしやもん》堂ニ、陣ヲ取《とり》タリケルガ、出合防戦《いであひふせぎたたかひ》ケリ。[二一]方等三郎先生義弘、爰《ここ》ニシテ討《うた》レヌ。三万余騎ノ兵《つはもの》、雲霞《うんか》ノ如《ごと》クニ重《かさな》リケレバ、何《いか》ニモ難《ふせぎがたかり》㆑防ケル上ニ、宇治ノ手巳《すで》[70]ニ敗《やぶれ》テ、軍兵《ぐんびやう》、都ヘ乱入《みだれいる》ト聞エケレバ、兼平、心弱覚《よわくおぼえ》テ、木曾殿

ハ北国ヘゾ趣キ給《たまふ》ラン、ト思ケレバ、湖ノ西ノ渚《なぎさ》ヲ、三百余騎ニテ北ヘ向《むい》テ歩行《あゆませゆく》。義仲ハ関山関寺打過《うちすぎ》テ、南ヲ指《さし》テ行《ゆく》程ニ、粟津浜ニテ行会《ゆきあひ》ヌ。木曾云《いひ》ケルハ、「都ニテイカニモ成《なる》ベカリツルニ、今一度互《たがひ》ニ相見《あひみん》トテ、多《おほく》ノ敵ニ後ヲ見セ、是マデ来《きた》レリ」ト語《かたつ》テ、涙グミケリ。今井モ、「勢多ニテ、イカニモ成《なる》ベウ候ツレ共、御向後《ゆくへ》ノ奮《おぼつかなくはべり》侍テ、是マデ遁《のがれまゐり》参タリ」ト。義仲、兼平、馬ヲ打並《うちならべ》テ宣《のたまひ》ケルハ、「[一]河原ノ合戦ニ、高梨、仁科、根井モ討《うた》レヌ。身モ[71]巳《すで》ニ疵《きず》ヲ蒙《かうぶり》テ、心疲《つかれ》力尽《つき》テ、進退《しんだいあゆみ》歩ヲ失《うしなひ》、為《てきのためにえられん》レ敵被レ得コト、名将ノ恥也。軍《いくさやぶれ》敗テ自害スルハ、猛将之法也」ト申《まうし》ケレバ、兼平申ケルハ、「勇士《ようじ》ハ不《くらはざるも》レ食不レ飢、被《きずをかうぶるも》レ疵不レ屈。軍将ハ遁レ難《かちをもとめ》求レ勝、[二]去レ死決《はぢをけつす》レ辱。就《なかんづく》レ中、平氏西海ニ在《いま》ス。軍将[三]北州ニ入給《いりたまは》バ、天下《てんが》三《みつつ》ニ分《わかつ》テ、海内乱発セン歟《か》。先《まづ》、急《いそぎ》テ[四]越前国府マデ遁《のがれ》給ヘ。兼平、爰《ここ》ニテ敵ヲ可二相禦《あひふせぐべし》一ト云テ挙《はたをあぐ》レ旗。義仲ガ随兵《ずいひやう》共、多《おほく》ハ北国ノ輩《ともがら》ナレバ、北ヲ指《さし》テ落《おち》ケルガ、[五]旗《はた》ノ足ヲ見テ五十騎、三十騎、此彼《ここかしこ》ヨリ馳集《はせあつま》ル。勢多ヨリ落来《おちきたる》者、二十騎三十騎集《あつまりくははり》加ケレバ、四、五百騎ニ及《およぶ》。兼平力ヲ得、左右ヲ顧《かへりみ》テ云《いはく》、「各《おのおの》、恩ヲ報ジテ命ヲ棄《すつる》事、有二此時《このときにあり》一。禦《ふせぎ》矢射テ奉《のばしたてまつらん》レ延」ト申ケレバ、五百余騎ノ輩《ともがら》、心ヲ一《ひとつ》ニシテ、[六]西ノ山ヲ後ニ当《あて》テ、

一　一八七―一八九頁の六条河原の合戦。高梨兵衛忠直と根井大弥太行親の討死は記されるが、仁科次郎盛家の討死は見えない。
二　生きのびて雪辱をはたす。
三　義仲が北陸に入れば、天下三分の形勢となって。中国古代に魏、呉、蜀が天下を争った三国時代のようになるだろうと言うのである。
四　現在の福井県武生市の市街地付近。
五　巻いていたのを解いたので垂れて広がった、その状態をいうか。
六　粟津は西が山、東が浜辺の地勢である。
七　建保三年没。千葉常胤の子。下総国千葉庄武石郷、陸奥国亘理郡に常胤の譲りを受けた領地を持つ。本書の前の交名、延慶本の交名にもない。一ノ谷の合戦では本書も延慶本も範頼勢の交名に載せる。
八　武蔵七党の猪俣党。猪俣党の総領家猪俣の家督を父資綱から継ぐ。一ノ谷合戦で越中前司盛俊を討ちとる。本書の前の交名では義経勢、延慶本では範頼勢。一ノ谷合戦の交名では本書も延慶本も義経勢。
九　未勘。一八七頁注一三に三河左衛門尉頼致の名が見える。
一〇　元暦元年没。甲斐の清和源氏。補注一の系図と表参照。頼朝にとって甲斐源氏は厄介な存在であったと思われる。忠頼は驕慢の科で元暦元年六月一六日、頼朝の面前で誅される。
一一　一条次郎忠頼の弟。補注一の系図と表参照。巻四一・親能搦義広では元暦元年六月八日に備前で平氏の船一六艘を討ちとる勲功をたてたこ

東《ひんがし》ノ浜ヲ前ニ得テ、馬足ヲ軽《か》ルメ、矢筈《はず》ヲ取《とり》ケル程ニ、[七]武石三郎胤盛、[八]猪俣金平六範綱等ヲ始《はじめ》トシテ、七百余騎攻来《せめきたつ》テ、時音《ときのこゑ》ヲ発ス。兼平巳下《いげ》[72]ノ軍士、又声ヲ合《あは》ス。木曾宣《のたまひ》ケルハ、「此等ハ源氏ノ郎等共、我ト思ハン若者共、蒐出《かけいで》テ追散《おつちら》セ」ト下知シ給ケレバ、[九]三河次郎頼重ト云《いふ》者、三十余騎ニテ、鞭《むち》ヲ打《うつ》テ敵ノ中ヘハリ[73]入《いり》テ、両方《りやうばう》互《たがひ》ニ乱合《みだれあひ》テ相戦《あひたたかふ》。範綱巳下《いげ》[74]ノ輩《ともがら》、小勢ヲ押裹《おしつつみ》、中ニ取籠《とりこめ》テケレバ、頼重ヲ始《はじめ》トシテ不レ漏《もらさず》、皆討捕《うつとら》レニケリ。其《その》後、甲斐源氏ニ、[一〇]一条次郎忠頼、[一一]板垣三郎兼信、七千余騎ニテ先陣ニ進ミ、粟津浜ニ打出《うちいで》タリ。木曾ハ赤地錦《にしき》ノ鎧直垂《よろひひたたれ》ニ、薄金《うすがね》ト云《いふ》冑《よろひ》著テ、射残《いのこし》タル[一二]護田鳥尾《うすべふ》ノ矢負《おう》テ、歩バセ出《いだ》シテ名乗《なのり》ケルハ、「清和帝ニ十代後胤、[一三]六条判官為義ニハ孫、[一四]帯刀先生《たてはきのせんじやう》義賢次男、木曾左馬頭兼伊予守、今ハ朝日将軍源義仲、[一五]生年卅七、甲斐ノ一条ト見《みる》ハ僻事《ひがこと》カ。雑人ノ手ニカケンヨリ、組《くめ》ヤクメ」トテ、轡《くつばみ》ヲ並《ならべ》テ跟蹐《ためらひ》タリ。一条次郎忠頼モ、「同《おなじ》流《ながれ》ノ源ニ、[一六]伊予守頼義ノ三男、[一七]新羅三郎義光ガ孫、[一八]武田太郎信義ガ嫡子、一条次郎忠頼、同三郎兼信、兄弟二人」ト名乗《なのつ》テ進出《すすみいで》ツヽ、木曾ト一条ト、[一九]魚鱗鶴翼《ぎよりんかくよく》ノ戦《たたかひ》ヲゾ並《ならべ》タル。一条忠頼ハ鶴翼《かくよく》ノ戦トテ、鶴ノ羽ヲヒロゲタルガ如《ごと》クニ、勢ヲアバラニ立成《たてなし》テ、小勢ヲ中ニ取籠《とりこめ》ントゾ構《かまへ》タル。木曾

とが記される。

一二　尾白鷲の尾羽。薄い黒色の斑点がある。鷲の本黒（もとぐろ）に似ていて、色が薄いのでこの名がある。

一三　保元元年没。八幡太郎義家の子（実は義家の子の義親の子で、義親没後に義家の猶子となるか。尊卑分脈）。六条判官と号す。その子、義朝の子が頼朝、同義賢の子が義仲。保元の乱の時、崇徳院に味方、斬罪に処せられる。

一四　久寿二年没。為義の子。帯刀先生。久寿二年八月に頼朝の兄の悪源太義平に武蔵国の大倉館で討たれる。その次第と義仲の成長は巻二六・木曾謀叛に記される（但し大倉館を相模国とする）。

一五　吾妻鏡・元暦元年正月二〇日の義仲の卒伝では三一歳。本書では巻二六・木曾謀叛で父義賢の討たれた久寿二年（一一五五）に二歳とするから、元暦元年は三〇歳となる。

一六　義仲の先祖の義家と忠頼・兼信の先祖の義光はともに頼義の子。頼義は承保二年没。

一七　義光以降の系譜は以下の通り。義光—義清—清光—信義—忠頼・兼信。信義は義光の曾孫にあたる。

一八　文治二年没。忠頼誅殺後、頼朝と確執あるままでの逝去、五九歳（吾妻鏡・同年三月九日）。母は手輿の遊女。逸見太郎光長との双生子。

一九　巻二九・平家落上所々軍では畠山重能が鶴翼の陣形で、樋口兼光は魚鱗の陣形で対戦したとある。「畠山ハ軍構ゾシタリケル。鶴翼ノ軍トテ鶴ノ羽ヲヒロゲタルガ如クニ、勢ヲアバラニ立広テ、小勢ヲ中ニ取籠ル支度也。樋口ハ魚鱗ノ戦トテ、先細ニ中太ニ、魚ノ鱗ヲ並タル様ニ、馬ノ鼻ヲ立並ブ」。中国の布陣の法。

義仲ハ魚鱗《ぎよりん》ノ戦トテ、魚ノ鱗《うろこ》ヲ幷《ならべ》タルガ如《ごとく》、サキハ細ク中フクラニコソ立《たて》タリケレ。一条、板垣ハ甲斐源氏、木曾義仲ハ信濃源氏也。共ニ清和苗裔《べうえい》、

同《おなじく》[一]多田ノ後胤《こういん》也。一門弓箭《きゆうせん》ヲ合《あは》セ、同姓《どうしやう》勝負ヲ決セントス。義仲魚鱗《ぎよりん》ノ構《かまへ》ニテ、五百余騎轡《くつばみ》幷《ならべ》テ、サト蒐入《かけいり》タレバ、忠頼鶴翼《かくよく》ノ支度ニテ、大勢ノ中ニ小勢ヲクルリト巻《まき》、馳合《はせあはせ》、馳却《かへり》戦《たたかひ》タリ。義仲ハ、「今ヲ限《かぎり》ノ軍《いくさ》也。イツマデ命ヲ惜《をしむ》ベキ。一条次郎能敵《よき》ゾ、アマスナ者共」トテ、蒐破《かけやぶっ》テハ出《いで》、喚《をめい》テハ入《いり》、五、六度マデ戦テ、クト抜《ぬけ》テ出《いで》タレバ、二百余騎ハ討《うた》レニケリ。次ニ同《おなじく》甲斐源氏ニ、武田太郎信義、[二]加々見次郎遠光、兄弟二人大将軍ニテ、二千余騎、木曾ヲ中ニ取籠《とりこめ》テ散々ニ戦《たたかひ》、カケ入カケ出《いで》テ、四廻《めぐり》五廻《めぐり》戦テ、先へ抜テ見レバ、八十余騎ハ討レケリ。次同国《つぎにおなじきくにの》源氏ニ、[三]逸見四郎有義、[四]伊沢五郎信光兄弟二人、従弟ニ[五]小笠原小次郎長清、三人大将軍ニテ三千余騎、木曾ヲ中ニ取籠《とりこめ》テ戦《たたかふ》。追入《おひいれ》追出《いだ》シ、一時《とき》戦テ懸抜《かけぬき》テ見《みれ》バ、五十余騎ハ討レニケリ。次ニ武蔵国住人稲毛三郎重成、榛谷四郎重朝、兄弟二人大将トシテ二千余騎、木曾ヲ中ニ取籠テ、「アマスナ」トテ散々ニ戦《たたかひ》、[六]蛛手《くも》十文字ニカケ破《やぶっ》テ、[七]クト抜テ見タレバ、五十余騎ハ討レニケリ。

次ニ下総国住人[八]千葉介経胤、大将軍ニテ三千余騎、木曾ヲ中ニ取籠テ、

一　満仲。長徳三年没。六孫王経基の子。清和源氏の基礎を作った人物。摂津多田に住す。説話、芸能たとえば幸若舞曲「満仲」などの主人公としてしばしば登場。

二　寛喜二年没。信義の弟。補注一の系図と表参照。文治元年八月の源氏六人受領のうちの一人。信濃守。小笠原氏の祖。頼朝の範頼あての書状に、遠光は大事に扱えとある。↓補注一〇

三　信義の子。忠頼、兼信の弟。補注一の系図と表参照。子の有信は吉田を称す。逸見は信義の双生子の兄光長の子孫の苗字。左兵衛尉。正治二年正月二八日に梶原景時、景季らの謀叛に同意、逐電、行方不明（吾妻鏡）。

四　法名光連。有義の弟。補注一の系図と表参照。頼朝に石和庄を贈られ石和（いさわ）五郎と称した（尊卑分脈）。承久の乱後、安芸守護。頼朝の範頼あての書状に信光を大事に扱えとある。補注一〇参照。

五　仁治三年没。加賀美次郎遠光の次男。母は和田義盛の娘。弓術に巧み。承久の乱の折りは伊沢信光と東山道の大将軍。（続群書類従本小笠原系図）。補注一の系図と表参照。

六 一九三頁注一八。
七 一九二頁注二。
八 建仁元年没。下総の坂東平氏の中心人物。頼朝の挙兵に際し、まず糾合すべき人物の一人として北条時政が掲げた人物（巻一九・兵衛佐催家人事）。本書の前の範頼勢の交名に載る。
九 金刺光盛。諏訪神社下社の祝部金刺氏。巻三〇・真盛被討で斎藤別当実盛を討った。御伽草子・唐糸草子で主人公唐糸の父とされる。
一〇 平家物語諸本に手塚太郎の父とも又父の兄弟とも。
一一 一九二頁注四。
「遁《のが》スナ、者共」トテ、透間《すきま》ナクコソ戦《たたかひ》タレ。思切《おもひきり》タル木曾ナレバ、命モ不レ惜振舞《をしまずふるまひ》ケリ。散々ニカケ破《やぶつ》テ、後ヘ通《とほつ》テ見タレバ、七十余騎ハ被レ討《うたれ》テ、僅《わづか》ニ二十余騎ニゾ成《なり》ニケル。

次ニ大将軍蒲冠者範頼、七千余騎ニテ木曾ヲ中ニ取籠《とりこめ》テ、マシグラニコソ戦《たたかう》タレ。木曾ハ此《この》大勢ニテ、追《おう》ツ返《かへし》ツ〳〵、粟津原ヨリ打出《うちいでの》浜迄《まで》、引退々々《ひきしりぞきひきしりぞき》コソ75堪《こらへ》タレ。二十余騎トハ見エシカド、落《おち》ヌ討《うた》レヌスル程ニ、主従五騎ニ成《なり》タリケルガ、信濃国住人手塚太郎[九]、討レケレバ、手塚別当[一〇]モ落ニケリ。「上野国住人、多胡次郎家包[一一]」ト名乗《なのつ》テ打出《いで》ケレバ、大勢ノ中ヲ打廻《めぐり》、「我ト思ハン人々ハ、家包討捕《うつとつ》テ、預二勲功賞《くんこうのしやうにあづかれ》一ヤ」ト云《いひ》テ、散々ニ切廻《きりまはり》ケリ。鎌倉殿、兵《つはもの》共ニ相触《あひふれ》テ、「多胡次郎家包、木曾ニ付《つい》テ在《ある》也。相構《あひかまへ》テ虜《いけどり》テ進《まゐら》セヨ」ト被二仰含《おほせふくめられ》一タリケレバ、家包ハ大狂廻《おほきにくるひまはり》、切廻ケレ共、軍兵《ぐんびやう》ハ疵《きず》ヲ付《つけ》ジト射モセズ、切《きり》モセズ、手ヲヒロゲテ取《とら》ントシケルコソ、ユヽシキ大事也ケレ。兵ノ中ニ、「家包、甲《かぶと》ヲ脱《ぬぎ》太刀《たち》ヲ納《をさめ》テ、降人ニ参レ、助ケン。木曾殿モ今ハ主従三騎也。和君《わぎみ》一人、命ヲ棄《すて》タリ共、木曾殿、軍《いくさ》ニ勝《かち》給フベシヤ。唯《ただ》降人ニ参《まゐれ》。無レ由々々《よしなしよしなし》」ト云ケレバ、家包申《まうし》ケルハ、「弓矢取《とる》身ハ、主ハ二人不レ持《もたず》。軍ノ習、討死ハ期《ご》スル処也。惜《いのちをしみ》レ命降人ニ成《なり》テ、角云《かくいふ》人々ニ、面ヲ合《あは》スベシヤ。正《まさ》ナシ〳〵。教訓モ事ニヨルベシ。其《それ》ヨリモ、只寄合《ただよせあはせ》、組デ討取《うつとり》給ヘヤ、殿原」トテ、斬廻《きりまは》リケレドモ、大勢[一]䩴《しころ》ヲ傾《かたぶ》ケテ押寄《おしよせ》、終《つひ》ニ生捕《いけどり》ニケリ。[二]去年六月ニ、木曾北陸道《ほくろくだう》ヲ上《のぼり》シニハ、五万余騎ト聞《きこえ》シニ、今、四宮河原ヲ落《おち》ケルニハ、只《ただ》[三]七騎ニハ不《すぎざり》レ過ケリ。粟津ノ軍《いくさ》ノ終《をはり》ニハ、心ハ猛《たけ》ク思ヘ共、運ノ極メノ悲《かなし》サハ、主従二騎ニ成《なり》ニケリ。増《まし》テ[四]中有ノ旅ノ空、独《ひとり》行《ゆく》ナル道ナレバ、想像《おもひやる》コソ哀《あはれ》ナレ。木曾殿、鐙踏張《あぶみふんばり》、弓杖衝《ゆんづゑつき》テ、今井ニ宣《のたまひ》ケルハ、「日来《ひごろ》ハ何ト思ハヌ[五]薄金《うすがね》ガ、ナドヤラン、重ク覚《おぼゆ》ル也」ト宣ヘバ、兼平、「何条《なんでふ》、去《さる》事侍《はべる》ベキ。日来《ひごろ》ニ[六]金《かね》モマサラズ、別ニ重物《おもき》ヲモ付《つけ》ズ。[七]御年三十七、御身盛《さかり》也。御方ニ勢ノナケレバ、臆《おく》シ給《たまふ》ニヤ。兼平一人ヲバ、余ノ者千騎、万騎トモ思召《おぼしめし》候ベシ。終《つひ》ニ可《しぬべき》レ死物故《ゆゑ》ニ、[八]ワルビレ見エ給フナ。アノ向《むかひ》ノ岡ニ見《みゆ》ル、一村《ひとむら》ノ松ノ下ニ立寄《たちより》給テ、心閑《しづか》ニ念仏申《まうし》テ御自害候ヘ。其《その》程ハ防矢《ふせぎや》仕《つかまつ》テ、ヤガテ御伴申《まうす》ベシ。アノ松ノ下ヘハ、廻《まは》ラバ三町、[九]直《すぐ》ニハ一町ニハ、ヨモ過侍《すぎ》ラジ。急《いそぎ》給ヘ」ト、泣《なく》々涙ヲ押《おさ》ヘ、詢《くどき》ケレバ、木曾ハ遺《なごり》ヲ惜《をしみ》ツヽ、「都ニテ、イカニモ成《なる》ベカリツレ共、此マデ落《おち》キツルハ、汝《なんぢ》ト一所ニテ死《しな》ント也。何迄《いつまで》モ、同《おなじ》

一　内甲を射させないための少しうつむいた姿勢を言うのだろうが、ほとんど決まり文句のように使われて、激しく攻めたてる様子を示す。
二　巻二九・三箇馬場願書に越中の国府での着到付けで五万余騎、同平家落上所々軍に寿永二年六月一日、安宅渡に進発した軍勢を五万余騎そして巻三二・義仲行家京入には両人の勢力を六万騎と記す。
三　陸奥話記に伊予守頼義の七騎落。頼朝の七騎落も有名。常套表現。
四　説経などでの常套表現。摩訶止観七上や往生要集大文一の五などに「冥々独行」などとある。→補注一一
五　一九九頁注一八。
六　鎧の金属の目方が増えたわけでもない。
七　二〇三頁注一五。
八　気おくれの様子を見られないようになさい。
九　まっすぐに行けば。

枕《まくら》ニ討死セント思《おもふ》也」ト宣ヘバ、今井、「イカニ角《かく》ハ宣《のたまふ》ゾ。君自害シ給ハヾ、兼平則《すなはち》討死也。是《これ》ヲコソ、一所ニテ死ヌルトハ申セ。兵《つはもの》ノ剛《かう》ナルト申《まうす》ハ、最後ノ死ヲ申也。サスガ[一〇]大将軍ノ宣旨ヲ蒙《かうぶる》程ノ人、雑人ノ中ニ被二打伏《うちふせられ》一テ、首ヲトラレン事、心ウカルベシ。疾々落《とくとくおち》給テ、御自害アルベシ」ト勧《すすめ》ケレバ、木曾誠ニト思《おもひ》、向《むかひ》ノ岡[76]松ヲ指《さし》テ馳行《はせゆき》ケリ。今井ハ木曾ヲ先ニ立《たて》テ、引《ひっ》返シ〳〵、命モ惜《をしま》ズ戦《たたかひ》ケリ。木曾ハ今井ヲ振捨《ふりすて》テ、[一一]畷《なはて》ニ任《まかせ》テ歩《あゆま》セ行《ゆく》。比《ころ》ハ[一二]元暦元年正月廿日ノ事ナレバ、峰ノ白雪深《ふかく》シテ、谷ノ氷モ不レ解《とけざり》ケリ。向《むかひの》岡へ[一三]筋違《すぢかひ》ニト志《こころざし》、[一四]ツラヽムスベル田ヲ横《よこさま》ニ打《うっ》程ニ、[一五]深田ニ馬ヲ馳入《はせいれ》テ、打共《うてども》〳〵不レ行《ゆかざり》ケリ。馬モ弱リ、主モ疲《つかれ》タリケレバ、兎角《とかく》スレ共甲斐ゾナキ。木曾ハ、今井ヤツヾクト思ツヽ、後へ見《み》返《かへり》タリケルヲ、相模国住人[一六]石田小太郎為久ガ、能引《よっぴい》テ放ツ矢ニ、内甲《かぶと》ヲ射サセテ、間額《まっかう》ヲ馬ノ頭ニ当《あて》テ、俛《うつぶ》シニ伏《ふし》ニケリ。為久ガ郎等二人、馬ヨリ飛下《とびおり》、深田ニ入《いり》テ木曾ヲ引落《ひきおと》シ、ヤガテ首ヲゾ取《とっ》テケル。今井是ヲ見テ、今ゾ最後ノ命ナル、急《いそぎ》御伴ニ参ラントテ、進出《すすみいで》テ申《まうし》ケルハ、「日比《ひごろ》ハ音ニモ聞《きき》ケン、今ハ目ニモ見ヨ。信濃国住人[一七]中三権頭兼遠ガ四男、朝日将軍ノ御乳母《めのと》子、今井四郎兼平也。鎌倉殿マデモ知召《しろしめし》タル兼平ゾ。首取《とっ》テ見参《げんざん》

一〇　一五四頁注一〇。

一一　田の間の道。

一二　巻三四の補注三八の吾妻鏡、本巻の補注六の玉葉、百錬抄のいずれもこの日に義仲が討死したことを記す。

一三　縄手道を離れて　はすかいに田を横切ろうとした。

一四　氷の張った。

一五　どろ深い田。

一六　相模の坂東平氏。三浦氏。三浦介義明の弟の芦名為清の孫。三浦系図では石田次郎。巻三四の補注三八の吾妻鏡・元暦元年正月二〇日の記事にもこの事は記されるが、石田次郎とする。延慶本は本書と同じ。三浦氏は二手に分かれ範頼勢と義経勢の両方に属していて、為久はどちらの交名にも見えないが、状況的に見て範頼勢に属したと見てよいだろう。愚管抄は義経の郎等の伊勢三郎が義仲を追撃して義経勢が義仲を討ち取ったとする。↓補注一二

一七　一九五頁注一八。

ニ入《いれ》ヨヤ」トテ、数《す》百騎ノ中ニ蒐入《かけいり》テ、散々ニ戦《たたかひ》ケレ共、大力《だいぢから》ノ剛《かう》ノ者也ケレバ、寄《よつ》テ組《くむ》者ハナシ。唯《ただ》、開《ひらい》テ遠矢ニノミゾ射ケル。去共《されども》、冑《よろひ》ヨケレバ[一]裡《うら》カヽズ、[二]アキマヲ射ネバ手モ不ㇾ負《おはず》。兼平ハ、箙《えびら》ニ貽《のこ》ル八筋ノ矢ニテ、八騎射落《いおと》シケル。太刀《たち》ヲ抜《ぬい》テ申《まうし》ケルハ、「日本一ノ剛《かうの》者ノ、主ノ御伴ニ自害スル。見習《みならへ》ヤ、東八箇国ノ殿原」トテ、太刀ノ切鋒《きつさき》ロニクハヘ、馬ヨリ逆《さかさま》ニ落《おち》、貫《つらぬかれ》テゾ死《しに》ニケル。兼平自害シテ後ハ、粟津ノ軍《いくさ》モ無《なか》リケリ。

[三]樋口次郎兼光ハ、十郎蔵人行家ヲ追討ノタメニ、五百余騎ニテ河内国ヘ下《くだり》タリケルガ、[四]行家ヲバ討漏《うちもら》シテ、兼光、女共虜《いけどり》ニシテ京ヘ上《のぼり》ケル程ニ、[五]淀ノ大渡《おほわたり》ニテ、木曾殿巳《すで》ニ討《うた》レ給ヌト聞《きき》テ、虜ヲバ追放《おひはなち》テ、兵《つはもの》共ニ云《いひ》ケルハ、「木曾殿、早《はや》討レ給ニケリ。御内ニハ、今井、樋口トテ、一、二ノ者也。遂ニ遁《のがる》ベキ身ニ非ズ。我《わが》身ハ京ニ上テ、可㆓討死《うちじにすべき》㆒也。命モ惜《をしく》、故郷モ恋シカラン人々ハ、是《これ》ヨリ落《おつ》ベシ」ト云ケレバ、五百余騎ノ兵共、木曾殿サヤウニ討レ給ケル上ハ、為ㇾ誰《たがため》ニカ命ヲモ捨《すつ》ベキトテ、思《おもひ》々ニ落失《おちうせ》テ、僅《わづか》五十余騎ニテ上ケルガ、[六]鳥羽殿ノ[七]秋ノ山ノ程ニテ見ケレバ、三十騎ニハ不ㇾ過《すぎざり》ケリ。[八]造道《つくりみち》、[九]四塚、[一〇]東寺ノ門ヘ歩《あゆま》セ行《ゆく》。樋口次郎、京ヘ入《いる》ト聞エケレバ、九郎義経ノ郎等共、七条ヲ西ヘ朱雀大宮ヲ下《くだり》ニ、造

一　矢が鎧の裏にまで通って身体に傷をつけない。
二　鎧の札と札とのすきま。
三　一五五頁注一三。巻三四の補注四四参照。
四　一五五頁六行に高野山に逃亡したと記す。
五　京都府の南西端。八幡町と大山崎町との間。木津川と淀川の合流するあたり。
六　現在の京都市南区から伏見区にかけての鳥羽の地に白河院が造営した離宮。鳥羽の造路と水運の便によって京都との往来に便利でかつ水郷地帯で狩猟や遊楽に適した地であった。
七　鳥羽殿の敷地内の築山。鳥羽山とも呼ばれた。
八　平安京の羅城門から鳥羽まで一直線に南下する道。羅城門から北に向かえば朱雀大路。
九　羅城門のあたり、造路を通って京中に出入りするあたり。
一〇　正式には教王護国寺。嵯峨天皇によって空海に勅賜された真言宗の大寺。羅城門を入り九条大路を東に行くと壬生大路と大宮大路の間に東寺がある。
一一　諏訪神社上社の祝部の一族。巻二七・信濃横田原軍の木曾義仲勢に「諏訪上宮ニハ諏訪次

道へ馳向《はせむかふ》。信濃国住人、[一一]茅野太郎光弘ト云《いふ》者ハ、樋口次郎兼光ガ甥也。木曾殿為二誅討一《ちゆうたうのため》東国ヨリ討手上《のぼる》ト聞《きき》テ、[一二]山道《せんだう》ヨリ只《ただ》一騎上《のぼり》ケルガ、今日都ニ著《つい》テ聞《きけ》バ、木曾殿ハ[78]巳《すで》ニ討《うた》レヌ、樋口、今日京ニ入《いる》ト聞テ、急《いそぎ》四塚辺ヘ馳向《はせむかつ》テ、兼光ガ勢ニ打《うち》具シテ戦《たたかひ》ケリ。[一三]何《いつ》マデ助《たすか》ルベキニハナケレ共、親《したし》キ中コソ哀《あはれ》ナレ。光弘、矢サキニ塞《ふさがつ》テ散々ニ戦処《たたかふところ》ニ、「筑前国住人、[一四]原十郎高綱」ト名乗《なのつ》テ蒐出《かけいで》タリ。光弘申《まうし》ケルハ、「何ノ十郎ニテモアレ、敵ヲバ嫌《きらふ》マジ」トテ、間近キ程ニ攻寄《せめよせ》テ、太刀ヲ抜《ぬい》テ戦《たたかひ》ケルガ、茅野大郎[79]ガ手ニ懸《かか》リ、原十郎討レニケリ。同《おなじき》国[一五]上宮《かみのみや》ノ[一六]茅野大夫光家、其《その》弟ニ[一七]茅野七郎光重モ、兄弟鼻ヲ並《ならべ》テ戦ケルガ、敵四人切《きり》殺シテ、我《わが》身モ討死シテゾ失《うせ》ニケル。[一八]児玉党、[一九]団扇《うちは》ノ旗指《さし》テ、百余騎ノ勢ニテ出来《いできた》レリ。樋口ヲ中ニ巻籠《まきこめ》テ、軍《いくさ》ヲバセズ、申《まうし》ケルハ、「ヤヽ、樋口殿、軍《いくさ》ヲ止《やめ》給ヘ。和殿《わどの》計《ばかり》ハ助《たすけ》奉ラン。広キ中ニ入テ[二〇]婿ニ成《なる》ハ、加様《かやう》ノ時ノ料也。無レ詮々々《せんなしせんなし》」トテ、心ナラズ取《とり》籠テ、具シテ京ヘ上リ、軍将義経ニ角《かく》ト申ケレバ、[二一]「奏聞シテコソ佐《たすけ》メ」トテ、院御所ニ将《ゐ》テ参《まゐり》、此《この》旨申入《いれ》ケレバ、今日ハ[80]不レ被レ斬《きられず》。[二二]二十二日ニ、新摂政ヲ奉レ止《とどめたてまつつ》テ、元ノ摂政成返《なりかへり》給ヘリ。摂録《せつろく》ノ詔書《ぜうしよ》ヲ被レ下《くだされ》テ、僅《わづか》ニ[二三]六十日。ソモ[二四]春日大明神ノ御計《はからひ》ナレバ、可レ然《しかるべき》事ト云《いひ》ナ

郎、千野太郎、下宮ニハ手塚別当、同太郎」。
一二　東山道のこと。「山道北陸道輩者、経山道可参会于近江美濃等所々之由、被廻御書」（吾妻鏡・文治元年一〇月二九日）。
一三　加勢したからといって、いつまでも助かることの出来るわけでもないのだが。
一四　未勘。
一五　信濃の諏訪の上社。
一六　覚一本巻九・樋口被討罰に注一一の太郎光広の父とする。
一七　未勘。
一八　武蔵七党のひとつ。本書の前の交名の義経勢では庄三郎忠家、小代八郎行平また一八一頁注一七の塩谷小三郎維広は児玉党。庄三郎忠家と弟の庄四郎高家とは戦後の処遇を考え相談のうえ敵味方に分かれて参戦したことが延慶本第五本・樋口次郎成降人事に書かれている。
一九　児玉党の旗が団扇であったのは有名。武器考証巻五に「貞丈云、此ノ団扇ノ旗ト云ハ、旗ノ紋ニ団扇ヲ画タルニハアラズ。土佐将監光信ガ画キシ一谷合戦ノ絵巻物ニ、丸キ団扇ノ柄ニ緒ヲ付テ、竿ノ頭ニ結ビ付タル体ニ画タリ。布帛ノ旗ニハアラズ」とする。たとえば「こあつもり」の絵巻などの児玉党の団扇の旗の絵も然り。
二〇　延慶本、源平闘諍録にもあり。吾妻鏡には親昵の仲とある。↓補注一三
二一　義経の助命奏上のことは補注一三参照。
二二　この日摂政師家を罷免、前摂政基通を還任させた。↓補注一四
二三　師家が摂政になったのは寿永二年一一月二一日。摂政停止のこの日まで六〇日の間の摂政。
木曾頸被レ渡
二四　皇位と摂籙位は天照大神と天児屋命（春日大明神）の約諾による。

ガラ、見果《みはて》ヌ夢トゾ思召《おぼしめし》ケル。去共《されども》人ノ申《まうし》ケルハ、「昔、[一]一条院御宇《ぎよう》ニ、右大臣道[二]兼ト申《まうし》シハ、[81]大政大臣兼[三]家公次男也。号[82]二東三条[四]殿一也。正暦六年四月廿七日ニ、関白ノ[83][五]詔事ヲ下給《くだしたまは》ラセ給テ、御拝賀ノ後、只《ただ》[六]七日前後、十二日ゾ御座《おはしまし》ケル。是《これ》ヲ粟田関白《くわんばく》ト申キ。懸様《かかるためし》モ有《あり》シゾカシ。是ハ六十日ガ間ニ、[七]除目モ二箇度行《おこなひ》給《たまひ》シカバ、思出《おもひ》マシマサヌニハ非ズ。一日トテモ、[84]摂録《せつろく》ヲ黷《けが》シ給《たまふ》コソ目出《めでた》ケレ」。[八]二十六日ニ、伊予守義仲ガ首、大路ヲ被レ渡《わたさる》。法皇ハ、御車ヲ[九]六条東洞院ニ立《たて》テ、被二御覧一《ごらんぜらる》。九郎義経、[一〇]六条河原ニテ、検非違使ノ手ニ渡ス。検非違使、是ヲ請取《うけとつ》テ、東洞院ヲ北ヘ渡シテ、[一一]左ノ獄門ノ[一二]樗《あふちの》木ニ懸《かけ》ラル。其《その》首四ツ、伊予守義仲《よしなかの》郎等ニ、信濃国住人[一三]高梨六郎忠直、[一四]根井四郎行親、[一五]今井四郎兼平也。是三人ハ四天王ニ員《かぞ》ヘラレテ、一、二ノ者也ケレバ、義仲ト同《おなじ》ク懸ラレタリ。何者ガ所為ニカ、獄門ノ木ノ下ニ、札ヲ書《かい》テ立《たて》タリケルハ、

　[一六]信濃ナル木曾ノ御料ニ汁懸《かけ》テ只一《ひと》口ニ九郎義経

伊予守ノ頸《くび》、剣ニ貫《つらぬき》テ赤絹ヲ切《きつ》テ、賊首源義仲ト銘ヲ書《かき》テ髻《もとどり》ニ付《つく》。義仲、[一七]左右ノ眉《まゆ》ノ上ニ被レ疵《きずをかうぶり》タレバ、[一八]粉米ヲゾ塗《ぬり》タリケル。次ニ降人[一九]中原兼光、[二〇]葛紺《くずこんの》水干、葛袴《くずばかま》ノ練色衣《ねりいろのきぬ》ニ、[85][二一]引立《ひつたて》烏帽子ヲ著ス。徒跣《かちはだし》ニテ渡《わたし》ケ

一　藤原道兼の策略で退位させられたとされる花山天皇の譲りを受け践祚。

二　長徳元年五月八日に病没。兼家の第三子。道長の兄。一条天皇の女御尊子の父。

三　正暦元年没。師輔の子で父とともに九条流繁栄の基礎を作る。藤原道長の父。藤原道綱の母の夫。

四　日本紀略、百錬抄、公卿補任は同日。栄花物語、大鏡は五月二日。五月二日は拝賀の日。

五　「詔書」とあるべきか。

六　前掲の諸書その他に道兼が七日関白と称されたとする。五月二日から七日目の八日に薨じ関白の任に当たったのが七日間と数えられたからである。

七　寿永二年一二月一〇日に臨時除目、一二月二一日に秋除目。吉記、玉葉など参照。

八　百錬抄、吾妻鏡、皇帝紀抄ほかも同日。
↓補注一五

九　後白河院は六条西洞院の大膳大夫業忠の邸を御所としていた（一五二頁注七）。六条ないし七条河原で検非違使が首を受け取り、東洞院大路を渡して左獄に向かうという道筋からすると、院が車を立てたとする場所は邸から近いところにあたる。延慶本第六本・平氏生虜共入洛事でも、壇ノ浦の生虜の大路渡しを同所に車を立てて院が見物している。

一〇　補注一五の百錬抄も同じ。吾妻鏡は七条河原とする。

一一　拾芥抄巻中・諸司ノ厨町に「左獄　近衛南、西洞院西」と記す。

一二　「苦棟《アフチ》《クレン》　樗《同》《チヨ》」（易林本節用集）。

一三、一四、一五　補注一五の吾妻鏡。

一六　四部合戦状本は同じ。延慶本、長門本は

リ。法皇、御車ノ前ニシテ、被二召留《めしとどめられ》一テ御覧アリ。上下市ヲ成《なし》テ見物ス。兼光、死ヲ遁《のが》レテ降人ト成《なり》、大路ヲ被レ渡《わたされ》面ヲ曝《さら》ス。其《その》心、勇士《ようじ》ニハアラザリケリ。皆人、恥シメアヘリケリ。度々ノ合戦ニ功有《あり》シカバ、其名ヲ得タル兵《つはもの》也シニ、今、人ノ嘲《あざけり》ヲ招《まねき》ケルモ、可レ然《しかるべき》運ノ極《きはめ》ト覚《おぼえ》タリ。

樋口次郎兼光ハ、児玉党ガ依《なげきまうすによつて》二嘆申一、義経被二奏聞一ケレバ、宥《なだめ》二死罪一ヲ、大路ヲ渡シ、被二禁獄一タリケルヲ、[二二]院御所法住寺殿ノ軍《いくさ》ノ時、然《しかる》ベキ上臈《じやうらふ》女房達ナドヲ捕《とらへ》テ、衣装ヲ剥取《はぎとり》裸ニ成《なし》テ、五、六日奉二取籠《とりこめたてまつり》一、恥ヲ奉レ見《みせたてまつり》タリケル故ニ、彼《かの》女房達、口惜《くちをしき》事ニ思召《おぼしめし》テ、カタヘノ女房達ヲ相語《あひかたらひ》、「兼光男[二三]ヲ生置《いけおか》セ給ハヾ、尼ニナラン。御所ヲ出《いで》ン。淀河、桂河ニ身ヲ投《なげ》ン」ナド、様々ニ訴《うつたへ》申サセ給ケレバ、法皇モ力及バセ給ハズ、有二公卿僉議一。女房ノ訴詔《そしよう》モ難二黙止《もだしがたし》一、兼光ハ木曾殿ガ四天王ノ随一、死罪ヲ被レ宥《なだめらるる》事、有二[二四]虎養恐《こやうのおそれ》一ト、殊ニ有二沙汰一テ、[二五]明《あくる》二十七日ニ獄舎ヨリ取出《とりいだし》テ、[二六]五条西朱雀ニ引出《ひきいで》テ、被レ斬《きられ》ケリ。伝聞《つたへきく》、[二七]虎狼ノ国衰《おとろへ》テ、諸侯蜂《はち》ノ如《ごと》ク起《おこ》リ、[二八]沛公《はいこう》、先《まづ》[二九]咸陽宮《かんやうきゆう》ニ入《いる》トイヘ共、項羽ガ後ニ来《きた》ラン事ヲ恐《おそれ》テ、[三〇]金銀珠玉ヲモ掠《かす》メズ、軍兵《ぐんびやう》、美人ヲモ不レ犯《をかさず》。徒《いたづら》ニ[三一]函谷関《かんこくくわん》ヲ守《まもり》テ、漸々《やうやう》ニ敵ヲ亡《ほろぼ》シ、遂《つひ》ニ天下《てんが》ヲ治《をさむ》ル事ヲ得タリトイヘリ。漢高祖

「宇治川ヲ水ツケニシテカキワタル木曾ノ御レウハ（を—長門本）九郎判官」「木曾ノ御料」は義仲と義仲の御飯を掛ける。義仲の食事の様は巻三三・光隆卿向木曾許に見る通り噂になっていたのだろう。「九郎判官」は義経と「食らふ」とを掛ける。

一七　一八八頁注一一に左右の眉に矢傷を負ったことが見える。

一八　首化粧を施こしたのである。

兼光被レ誅

一九　樋口（中原）次郎兼光は二〇九頁では七条朱雀のあたりで降人になったかに記されるが、補注一五の皇帝紀抄では鞍馬山で捕らえられたとする。

二〇　紺色に染めた葛布で作った水干。葛布は緯（よこいと）に葛の繊維を用いて織る。

二一　揉烏帽子のてっぺんを引きたてた着用法。

二二　寿永二年一一月一九日のこと。巻三四・法住寺城墎合戦。巻三四の補注七の吉記に「女房等多以裸形」とある。

二三　侮蔑の気持を添加する接尾語的な用法。

二四　後日の患となる敵を許すことになる、の箴言的な喩。史記・項羽本紀で張良、陳平が高祖に「（今、楚を討滅しないのは）此所謂養虎自遺患」と進言する。

二五　吾妻鏡では二月二日。補注一一三参照。

沛公入二咸陽宮一

二六　覚一本巻二・西光被斬では西光もこの場で斬られる。流人を西国へ配流する時の境界は七条朱雀（清獬眼抄）。

二七　秦を指す。史記・項羽本紀に「夫秦王有虎狼之心」。以下、項羽本紀に原拠をもつ漢楚合戦のひと幕。太平記巻二八・漢楚合戦事にも。

二八　漢の高祖。初め項羽に従って秦を討ち、後

ト申《まうす》ハ、彼沛公《かのはいこう》ノ事也キ。義仲モ、先《まづ》都ニ入《いる》ト云《いへ》ドモ、其慎《そのつつし》ミ有《あり》テ、頼朝之下知ヲ守《まもら》マシカバ、彼《かの》沛公ガ謀《はかりこと》ニ同《おなじ》クシテ、世ヲ取《とる》事モ有ナマシ。義仲、早晩《いつしか》奢《おごり》ツヽ、奉レ背二天命一、叛逆《ほんぎやく》ヲ起《おこ》シ、悪事身ニ積《つもり》テ、首ヲ粟津ニ被レ刎《はねられ》テ、恥ヲ獄門ニ被レ曝《さらされ》ケリ。但《ただし》、帝王ニ向《むかつ》テ弓ヲ引《ひく》者、大果報之人ハ六十日ヲ持《たもち》、小果報之人ハ四十日ヲ不レ過《すぎず》トイヘリ。木曾ハ五十余日、除目二箇度、松殿ノ御婿ニナリ、朝日将軍ノ宣旨ヲ被レ下《くだされ》タリ。大果報トモ云《いふ》ベキカ。

に項羽と戦って勝ち漢朝の祖となる。
二九　秦の首都の咸陽にあった王宮。沛公が秦の子嬰を破り秦朝は滅亡。
三〇　沛公の野心を推測した項羽の参謀范増の言葉による。
三一　秦の東の国境にあった要害の関所。秦都咸陽を陥したのち沛公は函谷関を固めて項羽を待った。

源平盛衰記　巻第三十六

一谷城構
能登守所々高名
福原除目
将門称㆓平親王㆒
維盛住吉詣
同明神垂跡
忠度見㆓名所々々㆒
難波浦賤夫婦
維盛北方歎
梶井宮遣㆓全真㆒歌
福原忌日
源氏勢汰
義経向㆓三草山㆒
通盛請㆓小宰相局㆒
清章射㆑鹿
鷲尾一谷案内者
熊谷向㆓大手㆒

源平盛衰記阿巻第三十六

平家ハ、幡磨[1][一]国室山、備中国水島、二箇度ノ合戦ニ討勝《うちかつ》テゾ、[二]会稽ノ恥ヲバ雪《きよ》メケル。懸《かかり》ケレバ、[三]山陽道《せんやうだう》七箇国、南海道六箇国、都合十三箇国住人等、悉《ことごとく》ニ靡《なび》ク。軍兵《ぐんびやう》十万余人ニ及ベリ。木曾討《うた》レヌト聞《きき》ケレバ、平家ノ人々ハ、讃岐国屋島ヲバ漕出《こぎいで》テ、摂津国ト幡磨[2]トノ境、難波潟[四]一谷ニゾ籠《こもり》ケル。去《さんぬ》ル[五]正月ヨリ、此能所《ここよき》也トテ、城郭ヲ構《かまへ》タリ。東《ひんがし》ハ[六]生田森ヲ城戸口トシ、西ハ一谷ヲ城戸口トス。其《その》[七]中三里ハ須磨、板宿、福原、兵庫、明石、高砂、隙《ひま》ナク続キタリ。北ハ山ノ麓、南ハ海ノ汀《みぎは》、人馬ノ隙アリト見エズ。陸《くが》ニハ此彼《ここかしこ》ニ堀ヲホリ、逆茂木《さかもぎ》ヲ引《ひき》、二重三重ニ櫓《やぐら》ヲ掻《かき》、垣楯《かいだて》ヲ構タリ。海上《かいしやう》ニハ、数万艘《すまんざう》ノ舟ヲ浮《うかべ》テ、浦々島々ニ充満《みちみち》タリ。一谷ト云《いふ》所ハ、口ハ狭《せばう》シテ奥広シ。南ハ巨海《こかい》漫々トシテ波繁《しげ》ク、北ハ深山峨々トシテ岸[八]高シ。屏風《びやうぶ》ヲ立《たて》タルガ如《ごとく》ナレバ、馬モ人モ通《かよふ》ベキ様ナシ。誠ニ由々敷《ゆゆしき》城郭也。海ニハ兵船数万艘ヲ浮《うかべ》テ、算《さん》[九]ヲ散セルガ如《ごと》ク、陸《くが》ニハ赤旗立並《たてならべ》テ、不レ知二其数一、春風ニ吹《ふか》レテ翻レ天、猛火《みやうくわ》ノ燃上《もえあがる》ニ似《にた》リ。誠ニ夥《おびたたしとも》共イフ量《はかり》ナシ。縦《たとひ》敵

一谷城構

一 巻三三・水島軍、室山合戦。

二 敗戦の恥辱。呉越合戦の故事による。

三 延慶本、長門本同じ。覚一本は山陽道八ケ国とし、都合十四ケ国とする。山陽道は、播磨、美作、備前、備中、備後、安芸、周防、長門の八箇国。後の交名には八箇国の人々。

四 摂津国武庫郡須磨（現神戸市須磨区）の西部。

五 吾妻鏡、玉葉にも同様の記事。↓補注一

六 摂津国武庫郡生田郷（現神戸市生田区）。福原の東の大手門にあたる。

七 西国一里（一里は三六町、四粁弱）によるか。「遠さは西国一里也」（覚一本巻八・瀬尾最期）。一三一頁注九、二四九頁注二三は一里六町の計算か。須磨、板宿、福原、兵庫は生田森と一ノ谷・塩屋つまり東西の城戸のなかの地名をおおむね西から東に並べたものだが、明石、高砂は一ノ谷より西、城戸の外の土地。歌枕なので付加したか。

八 切り立った地形。崖に同じ。

九 算木。易占で卦を示すのに使う道具。方柱状をしている。

ヨセタリ共、免出《のがれいづ》ベキ様《やう》見エズ。平家年来《としごろ》ノ伺候人、伊賀、伊勢、近国ニ死《しに》残《のこり》タル輩《ともがら》、北陸《ほくろく》、南海ヨリ抜々《ぬけぬけ》ニ来著《きつき》ケレバ、云《いふ》ニ及バズ、山陽《せんやう》、山陰《せんいん》、四国、九国《くこく》ニ宗《むね》ト聞《きこゆ》ル者共、阿波民部大輔成良ガ口状ヲ以テ、安芸守基盛ノ息男、左馬頭行盛、執筆《しゆひつ》トシテ、交名《けうみやう》記シテ被レ催《もよほされ》タリ。先《まづ》、播磨国ニハ、津田四郎高基、美作ニハ、江見入道、豊田権頭、備前ニハ、難波次郎経遠、同三郎経房、備中ニハ、石賀入道、多治部太郎、新見郷司、備後国ニハ、奴賀入道、伯耆国ニハ、小鴨介基康、村尾海六、日野郡司義行、出雲国ニハ、塩冶大夫、多久七郎、朝山紀次、横田兵衛維行、福田押領使《あふりやうし》、安芸国ニハ、源五郎兵衛朝房、周防国ニハ、石国源太維道、野介大郎有朝、周防介高綱、石見国ニハ安主大夫、横川郡司、長門国ニハ、郡東司秀平、郡西大夫良近、厚東入道武道、鎮西ニハ、菊池次郎高直、原田大夫種直、松浦太郎高俊、郡司権頭真平、佐伯三郎維康、坂三郎維良、山鹿兵藤次秀遠、坂井兵衛種遠也。豊後国ニハ、尾形三郎維義一党、伊予国ニハ、河野四郎通信ガ伴類ノ外ハ、弓矢ニ携《たづさはる》宗徒《むねとの》輩、大略参《まゐり》ケレバ、其《その》次々ノ者共モ、必《かならず》志ハナカリケレ共、人並々々出立《いでたち》テ、漏《もるる》者コソ無《なか》リケレ。昔、項羽ガ鴻門ニ向《むかひ》シガ如《ごと》シ。何カハ是《これ》ヲバ攻落《せめおと》サントゾ見エタリケル。

四国九国ノ輩《ともがら》、我モ〳〵ト参ケル中ニ、讃岐国在庁等、平家ヲ背《そむき》テ源氏

一　清盛一門の平氏は伊勢平氏であり、伊賀にも勢力を根づかせていた。北伊勢の関氏・神戸氏は資盛の子孫を称する。巻四一・平田入道謀叛三日平氏に記すのは元暦元年七月に伊賀平氏の平田家継（貞継）等が中心となった伊勢と伊賀の平氏の挙兵。

二　生没年未詳。九三頁注二三。阿波国桜間郷を拠点とした阿波最大の勢力。大宰府落後の平家を屋島に迎え味方するが、壇ノ浦合戦で裏切り平家に敗北をもたらす。平家滅亡後、返り忠の不当人としてあぶり殺しにされたという（延慶本第六末・阿波民部並中納言忠快之事）。彼が阿波に建立中の浄土堂が、後に東大寺に移され、念仏供養が営まれたという。→補注二

三　応保二年没。清盛の次男。越前守が最後の官職。大和守、淡路守、遠江守を歴任。安芸守任官は未詳。巻四三・二位禅尼入海に、宇治川で水練中に藤原頼長の怨霊にとられ溺死と記す。

四　文治元年没。基盛の子。左馬頭、播磨守。歌人。新勅撰和歌集、玉葉和歌集に入集。

五　参陣の催促をした。

六　以下の交名は延慶本にもある。

七　吾妻鏡・元暦元年二月五日に三草山在陣の平家の武将に恵美次郎盛方。江見は美作国英多郡。当時、江見庄は後白河院領。二三一頁注一二。

八　生没年未詳。妹尾兼康とともに清盛の股肱の郎等。三郎経房とともに平治の乱でも活躍。妹尾に近い備中との国境に住む。

九　延慶本は武部太郎。備中に多治部郷、備前に武部郷。備中にも武部郷があるが当らぬ。

一〇　奴賀入道西寂は備後国奴可郡の豪族。巻二六・通信合戦で治承五年二月に、予章記では元暦元年に、河野通信に討たれた。→補注三

能登守所々高名

ニ心ヲ通《かよは》シ、舟三十余艘《さう》ニ、二千余騎乗連《のりつれ》テ、都へ上《のぼり》ケルガ、抑《そもそも》源氏へ参《まゐる》ニ、争《いかで》平家ニ一矢不レ射《いず》シテハ通《とほる》ベキトテ、門脇中納言[二四]教盛ノ、備前国下道[二五]郡ニ、五百余騎ニテ御座《おはし》ケル所へ押寄《おしよせ》テ、時ヲ造懸《つくりかけ》タリ。教盛、事共《とも》シ給ハズ、「昨日マデハ平家ニ奉公シテ、馬ニ草刈《かり》、水汲《くみ》シ奴原《やつばら》也。今当家ヲ背キ、源氏ニ心ヲカハス条《でう》、奇怪也。一々ニ射殺セヤ」トテ、子息ニ越前三位[二六]通盛、能登守[二七]教経、大将軍ニテ、船十余艘ニ乗《のつ》テ、押向《むかひ》テ散々ニ禦《ふせぎ》戦《たたかひ》給ケレバ、在庁等、被二追散《おつちらされ》一テ、ハカぐシキ矢一《ひとつ》モ不レ射、奥懸《おきかけ》[二八]ニ淡路国福良[二九]ト云《いふ》所へツク。

淡路国ニ、淡路冠者[三〇]、掃部《かもんの》[三一]冠者トテ二人アリ。故六条[三二]判官為義ガ孫共也。淡路ノ冠者ハ、為義ガ四男、左衛門[三三]尉頼賢ガ子、掃部冠者ハ、同《おなじき》五男、掃部助《かもんのすけ》[三四]頼仲ガ子也。兵衛佐殿ニハ共ニ従父《いとこ》兄弟也。当国住人等、此《この》[三五]両人ガ下知ニ随《したがひ》ケレバ、讃岐《さぬきの》在国庁モ同《おなじ》ク彼ニ靡付《なびきつき》ニケリ。通盛、教経、是《これ》ヲ聞《きき》、淡路国へ推渡《おしわたり》、一日一夜攻《せめ》戦《たたかひ》ケル程ニ、淡路冠者、掃部冠者、共ニ討《うた》レヌ。大将軍二人討レシカバ、残輩《のこるともがら》此彼《ここかしこ》ニ被二追詰《おつつめられ》一テ、一々ニ被二切殺《きりころされ》一被二射殺《いころさる》一。能登守ハ百三十二人ガ首ヲ取《とつ》テ、姓名《しやうみやう》書副《かきそへ》、福原へ進《まゐら》スル。門脇中納言ハ、下道郡ヨリ福原へ帰《かへり》給フ。

伊予国住人、河野四郎通信ヲ責《せめん》トテ、通盛、教経、二手ニ分《わかつ》テ、四国へ渡ル。越前三位ハ阿波国北郡花苑[三六]ニ着給《つきたまふ》。能登守ハ、讃岐国屋島御崎[三七]ニゾ著給《つきたまふ》。河野

二一　玉葉・寿永三年二月二日に平家の側にあったことが見えている。↓補注四
二二　延慶本は富田押領使。
二三　延慶本は富田介高綱。
二四　延慶本は原宗入道武通。石橋合戦で頼朝に敵対、のちに幕下となった原宗氏が知られるが、相模国の住人。
二五　八二頁注三。　二六　八二頁注二。
二七　延慶本は重俊。平治物語で信頼の首を切るのは重俊。延慶本、覚一本で西光を糾問するのは重俊。盛衰記では高俊。肥前国の豪族。
二八　八八頁注五。
二九　延慶本は板屋兵衛種遠。
三〇　八一頁注九。
三一　貞応二年没。越智氏。伊予国風早郡河野郷を本拠。通清の子。早くから源氏に味方、壇ノ浦合戦では水軍を率いて活躍。源氏参陣の時に着用の直垂は吉例として嫡孫が用いる。蒙古襲来絵詞で曾孫の通有が着用。
三二　中国陝西省にあり、漢高祖と項羽が会見したところ。漢楚合戦。
三三　国府の官人の地位を得ている土地の豪族。
三四　一〇〇頁注六。都落後の海戦で教盛、通盛、教経父子の活躍の記事が目立つ。
三五　備中国の郡、和名抄に「之毛豆美知」の訓み。延慶本は備前国下居郡。備前、備中どちらにも下居郡はない。覚一本は備前国下津井。備前国児島郡に下津井。港があり、寿永二年に都落の平家はそこから乗船し鎮西に向かった（吾妻鏡・寿永三年二月二〇日）。吾妻鏡の同日の記事は「備中国下津井」と誤まる。
三六　一〇六頁注三。　三七　一〇六頁注四。
三八　「奥」は「澳」。船を沖に出して。覚一本は「遠負け」とする。

四郎此《この》事キヽ、安芸国奴田太郎[一]ハ源氏ニ志アリ、一《ひとつ》ニ成《なり》テ軍《いくさ》セント思《おもひ》テ、奴[二]田尻へ渡《わたり》ケルガ、今日ハ備後ノ蓑島[三]ニ懸《かかつ》テ、翌日ハ蓑島ヲ漕出《こぎいで》テ、奴田尻ニ付《つく》。能登守、是《これ》ヲ聞《きき》、奴田城ニ押寄《おしよせ》テ、一日一夜責《せめ》戦フ。奴田太郎ハ矢種射尽《いつくし》テ、叶《かな》ハジトヤ思ケン、鎧《よろひ》ヲ脱《ぬぎ》、弓ヲ外シテ降人ニ参《まゐり》ケリ。河野八郎等皆討《うた》レテ、主従七騎ニ成《なり》、細縄手[四]ヲ浜へ向《むい》テ落《おち》ケルヲ、能登守ノ郎等ニ、平八為員[五]ト云《いふ》者、引詰《ひきつめ》々々《ひきつめ》射ケル矢ニ、六騎被二射落一《いおとされ》テ、二人ハ則《すなはち》死ス。四人ハ半死半生也。河野ハ、口惜《くちをしき》事也、敵一人ニ六騎マデ被二射殺一《いころされ》テ、我一人生《いき》タラバ、何ノ甲斐カハ有《ある》ベキト思切《おもひきり》テ、太刀《たち》ヲ額《ひたひ》ニ当テ、手負《ておひ》ノ上ヲ飛越々々《とびこえとびこえ》打懸《うつかかり》、平八為員ヲ打《うつ》取《とつ》テ落《おち》ケルガ、手負四人ガ中ニ、讃岐七郎為兼[六]ト云《いひ》ケル郎等ハ、命ニ替《かへ》テ不便《ふびん》ノ者ナレバ、引起《ひきおこ》シ肩ニ懸《かけ》テ小舟ニ乗セ、伊予国へゾ渡《わたり》ニケル。能登守ハ、河野ヲバ討漏《うちもらし》タレ共、大将軍奴田太郎[七]ヲ虜《いけどり》テ、福原モ賫《おぼつかなし》トテ帰ラレケリ。

淡路国住人ニ、安摩六郎宗益[八]、源氏ニ志アテ、淡路冠者、掃部冠者《かもんのくわんじや》ニ同意シタリケレ共、両人討レケレバ、宗益、忍《しのび》テ五十余騎ニテ、兵船六、七艘《さう》ニ乗《のつ》テ、都へ上ルト聞《きこえ》ケレバ、能登守百五十騎ニテ、十二艘ニ漕連《つれ》テ追《おひ》ケルガ、西宮ノ沖ニテ追詰《おつつめ》、前《さき》[九]ヲ切《きつ》テ散々ニ射《いる》。安摩六郎、河尻[一〇]へハ不レ入《いらず》シテ、紀伊路ヲサシテ落行《ゆき》ケリ。

二九　淡路国三島郡福良。淡路島の南部の港。
三〇　延慶本は同じ。覚一本は為義の子の淡路冠者義久。清和源氏系図（群書類従本）に為義の子、淡路冠者義久、熊野で被誅とある。実説未詳の人物。
三一　延慶本は同じ。覚一本は為義の子の賀茂冠者義嗣。清和源氏系図（群書類従本）に為義の子、賀茂冠者義次、熊野で被誅とある。実説未詳の人物。
三二　保元元年没。義家の孫。義朝の父。保元の乱で崇徳院、頼長に味方、敗北して斬罪。
三三　保元元年没。為義の子。左衛門尉。父とともに崇徳院に祗候。保元の乱で斬罪。
三四　保元元年没。頼賢の弟。掃部助、左兵衛尉。保元の乱で兄と同所で斬罪。
三五　予章記に治承三年一〇月三日付の頼朝文書を載せるが、そこに「あはぢのかもんのくわんじやには定て物語候つらん」と記す。偽文書だが、瀬戸内海での両人の活動の伝承を反映するか。
三六　現在の徳島市国府町花園。当時の遺跡とされる花園館があった。
三七　現在の香川県高松市。南北約五粁、東西約二粁の溶岩台地で海岸は絶壁をなす。「（牟礼・高松から）塩干潟に付て山のそばに打そうて渡らば」（巻四二・屋島合戦）とあるように屋島は浅海で距てられた島となっていた。

一　安芸国沼田郡沼田庄の豪族。佐伯氏の族。いっぽう平家を領家とする沼田庄の下司職の沼田五郎は平家方に与したらしい。↓補注五
二　沼田庄域を主要流域として瀬戸内海に注ぐ沼田川の河口。
三　備後国沼隈郡。現在の福山市箕島町。芦田川の河口にあたる。

紀伊国住人[11]園部兵衛重茂モ、源氏ニ志有《あり》ケルガ、淡路安摩六郎、能登殿ニ被二追返《おひかへされ》一テ、和泉国[12]吹井谷川ト云《いふ》所ニ著《つき》タリト聞《きき》テ、一《ひとつ》ニ成《なり》テ可二上洛《しやうらくすべし》一ト聞エケレバ、能登守紀伊路へ押渡《おしわたり》、園部館《そのべのたち》へ攻入《せめいり》テ、散々ニ追払《おつぱらひ》、卅六人ガ首ヲ切《きり》、姓名注《しやうみやうしる》シテ福原へ進《まゐら》スル。

伊予国河野四郎、豊後国[13]緒方三郎、[14]海田兵衛宗親、[15]臼杵次郎維高等ガ一ニ成《なつ》テ、備前国[16]今木城ニ籠《こもり》タリト聞《きこえ》ケレバ、能登守ニ千余騎ニテ推寄《おしよせ》テ、一日一夜戦《たたかひ》、今木城ヲ追落《おひおと》ス。緒方ハ豊後へ漕《こぎ》戻ス。河野ハ伊予へ渡《わたり》ニケリ。能登守ハ今木城ヲ追落シテ、福原モ奢《おぼつかなし》トテ帰給《かへりたまふ》。能登殿、所々ノ高名、[17]大臣殿《おほいどの》、大《おほき》ニ被二感仰《かんじおほせられ》一ケリ。誠《まことに》ユヽシクゾ見エシ。平家ハ浦々島々ニテ朝夕ノ[18]軍立《いくさだち》ニ、過行《すぎゆく》月日モ忘《わすれ》テ、憂《うか》リシ春ニモ廻値《めぐりあふ》[6]。世ガ世ニテアラマシカバ、[19]故禅門相国ノ遠忌ヲ迎《むかへ》テ、兼《かね》テ堂塔ヲモ起立《きりふ》シ、仏経ヲモ用意シテ、後世菩提《ぼだい》ヲ弔《とぶら》ハルベケレ共、懸乱《かかるみだれ》ノ世中《よの》ナレバ、ソモ叶《かな》ハズシテ、只《ただ》男女ノ人々指《さし》ツドヒテハ、泣《なき》給ヘル計《ばかり》也。

[20]元暦元年二月四日、平家ハ福原ニテ故入道ノ忌日トテ、仏事如レ形被レ行《かたのごとくおこなはれ》テ、[21]都へ可二帰上《かへりのぼるべき》一之由、聞ヱケレバ、旧里ニ残留《のこりとどまつ》テサビシサヲ嘆《なげき》ケル者共、多ク[22]隠下《かくれくだり》ケレバ、福原ニハイトヾ勢コソ付増《つきまさり》[7]ケル。三種神器《さんじゆのしんぎ》ヲ帯シ

四　細い田圃道。
五　伝未詳。以下の内容、延慶本は同じ。覚一本は内容が異なる。
六　伝未詳。本書や延慶本は、為員に射落とされた通信の郎等の一人とするが、覚一本は、為員の子で通信の郎等を射落としたとする。
七　予章記では負傷した沼田次郎を通信が伊予国まで担いで逃れたとする。補注三参照。
八　和名抄に淡路国三原郡阿万郷を載せる。中世以後、厳島社領の阿万庄また蜑馬庄。この地より起こるか。延慶本は阿万六郎宗益、覚一本は安摩六郎忠景。
九　前進する方向を塞ぐ位置をとって、の意。
一〇　淀川の河口の港。
一一　紀伊国名草郡薗部庄（現在の和歌山市内）の豪族。
一二　和泉国泉南郡。現在の大阪府泉南郡岬町深日（ふけ）。淡輪村の西。吹飯の浜は歌枕。谷川は吹井の西。現在の岬町多奈川谷川。延慶本はフケイ田川、覚一本は吹井。
一三　惟義。惟栄とも称す。二一六頁注二〇。
一四　豊前国宇佐郡垣田郷から起こるか（姓氏家系大辞典）
一五　緒方惟義の兄弟。豊後国海部郡臼杵郷に住んで臼杵を称するとも、また日向国臼杵郡に因んだものとも言う。吾妻鏡では臼杵次郎惟隆と弟の緒方三郎惟栄が壇ノ浦合戦に軍船を率いて源氏軍に加わったことを記す。
一六　備前国邑久郡向山村（現在の邑久町）にあったと推定される。

福原除目

一七　平宗盛。寿永元年に内大臣。
一八　出陣。
一九　平清盛。治承五年閏二月四日薨。

テ、君カクテ渡ラセ給ヘバ、爰《ここ》コソ都ナレトテ、叙位除目僧事[一]ナド被レ行《おこなはれ》ケレバ、僧モ俗モ官ヲ給《たまは》ル。[二]大外記中原師直ガ子、周防介[三]師澄ハ大外記ニ成《なる》。[四]兵部少輔尹明ハ五位蔵人ニ成《なつ》テ、蔵人少輔ト云《いふ》。門脇中納言教盛卿ヲバ、「正二位大納言ニアガリ給ヘ」ト、[五]聞書《ききがき》ヲ送進《おくりまゐらせ》タリケレバ、ヤヽ打《うち》見給テ御返事ニ、

　[六]今日迄《まで》モアレバアルトヤ思《おもふ》ラン夢ノ中《うち》ニモ夢ヲ見哉《みるかな》

ト。誠ニト覚エテ哀《あはれ》ナリ。

　昔、[七]将門ガ東八箇国ヲ打靡《なびか》シタリケルニ、下総国相馬郡ニ都ヲ立《たて》テ、我《わが》身[八]平親王ト被レ祝《いははれ》テ、[九]百官ヲナス。将門ガ舎弟御[一〇]厨三郎平将頼、下野守ニ任ズ。同《おなじき》[一一]大葦原四郎平将平、上野守ニ任ズ。同《おなじく》[一二]平将為、下総守ニ任ズ。同《おなじく》[一三]平将武、伊豆守ニ任ズ。[一四]常羽御廏別当多治経明、常陸介ニ任ズ。[一五]藤原玄茂、上総介ニ任《にんず》。[一六]武蔵権守奥世、安房守ニ任ズ。[一七]文屋好兼、相模介ニ任ズ。諸国ノ受領ヲ[一八]点定《てんぢやう》シ、王城ヲ建《たつ》ベキ記[一九]文ニ云《いはく》、「[二〇]下総国ニ可レ建二立《ていなんにこんり》亭南《ふすべし》一。以二礒橋一為二都山崎《みやこやまざきと》一。以二相馬郡津《さうまのこほりのつを》一京ノ大津トスベシ」ト申《まうし》テ、大臣、納言、参議、文武六弁八史等百官ヲ成《なし》タリケルニ、[二一]暦博士計《ばかり》ゾナカリケル。「是《これ》ハ彼ニ似《にる》ベキニ非ズ。故郷ヲコソ出《いで》サセ給タレ共、故高倉院王子、万乗ノ位ニ備《そなはり》給ヘリ。[二二]内侍所御座《ないしどころおはしま》セバ、叙位除目行ハルヽ事、

三〇　吾妻鏡の同日の記事、保暦間記にも載る。
三一　この時期、平家入洛の噂が都に流れていた。補注一参照。
三二　しのびしのびに福原に向かったので、の意。

一　一般に僧のとり行う説戒や授戒などの仕事を指すが、僧官の補任を言う場合もある。「一僧事連書次第」（釈家官班記・下）ここは後者。
二　建久九年没。明経博士、大外記、摂津守。明法道および明経道を修め、書記を中心にする実務官僚である外記局の役人になることを家職とする中原氏。当時、有名な大外記。大外記師元の甥。師元の子の清貞は平清盛の猶子。

将門称二平親王一

三　続群書類従本中原系図には載る。周防介、少外記、従五位上。
四　南家藤原氏。東宮学士知通の子。父は信西入道（通憲）の従兄弟。大外記師元の娘を妻とする。文章生、出羽守、兵部少輔。九条兼実の家司で清盛、宗盛にも兼参。都落後の時期も含め、平家の動勢を兼実に伝えていたと思われる。壇ノ浦で捕虜となり、出雲国に配流、後に赦免。愚管抄にも名が見え、平治の乱では清盛の命で二条帝の六波羅行幸を助けたこと、彼の娘の内侍が壇ノ浦合戦のとき海上から引き上げられた御璽御筥の内部実見をしたことなどが記される。
五　除目の結果をメモ的に筆録したもの。
六　生きていると思うから生きているとも思える状態で今日まできた。そんなつらい長夜の夢の中でも、いい夢を見るのだなあ、の意。延慶本は同じ。覚一本は「あればあるかのわが身かは」とする。
七　将門の故事は巻二三・駅路鈴、貞盛将門合戦、勧賞にも詳述。将門記が原拠。

非二僻事一《ひがことにあらず》ト申ケリ。大臣《おほい》殿[9]巳下、宗徒《むねと》ノ人々ハ、福原ノ旧都ニ御座《おはしま》シテ、加様《かやう》ニ除目被レ行《おこなはれ》、軍《いくさ》ノ評定《ひやうぢやう》アリ。一門ノ若人、諸国ノ侍共ハ、東西ノ城戸ニ分遣《わけつかは》シタリ。平家ハ西国悉《ことごとく》打靡《うちなびか》シテ、既ニ都ヘ還入給《かへりいりたまふ》ベシト聞《きこえ》ケレバ、余党ノ残留《のこりとどまり》タリケルモ皆、福原ヘ参向《まゐりむか》フ。其《その》外他家ノ人々モ、実《げに》モ都ヘ帰上《かへりのぼつ》テ、再《ふたたび》世ニモヤ御座《おはしま》サンズラントテ、[二三]色代《しきだい》ノ使、等閑《なほざり》ノ消息、各《おのおの》被レ下《くだされ》ケレバ、平家ノ一門モ侍モ、イトヾ力付《つき》テ覚《おぼえ》ケリ。

[二四]権亮三位中将ハ、月日ノ過儘《すぐるまま》ニ、明《あけ》モ暮《くれ》テモ故郷ノミ窨《おぼつかなく》テ、軍《いくさ》ノ事モ心ニ入《いれ》給ハズ。弟ノ新[二五]三位中将ヲ招《まねき》具シ奉《たてまつつ》テ、深ク身ヲ窄《やつ》シ、住[二六]吉社ヘ参《まゐり》給ツヽ、一夜ノ通夜ヲゾ被レ申《まうされ》ケル。祈誓ハ、「今一度都ヘ帰入《かへりいり》、再《ふたたび》妻子令レ見《みせしめ》給ヘ」ト也。

抑《そもそも》此《この》明神ト申《まうす》ハ、元ハ是《これ》[二七]高貴徳王ノ変身トシテ、名ヲ仏教ニ顕《あらは》シ、今ハ即叡哲《すなはちえいてつの》[二八]聖主ノ[二九]周衛《しうゑい》トシテ、化《くわ》[三〇]ヲ神州ニ被《かうぶ》ラシメ給ヘリ。[三一]本地ノ悲願、垂跡ノ化導《けだう》ヲ奉レ仰《あふぎたてまつり》、御祈念アルゾ哀《あはれ》ナル。明《あけ》ヌレバ[三二]住江殿ノ釣殿ニ御座《おはしまし》テ、ツクヾト[三三]嘯《うそぶき》テ、彼《かの》[三四]住吉ノ姫君、誰《たれ》[三五]松風ノ絶《たえ》ズ吹《ふく》ラントテ、琴掻鳴《かきなら》シ給ケルヲ思出《おもひいで》テ、[三六]無常ノ句ヲゾ被レ頌《じゆせられ》ケル。「[三七]山ニ入《いり》、市《いち》ニ交《まじはり》テモ、難レ遁《のがれがたき》ハ無常ノ使、関ヲ固メ兵《つはもの》ヲ集《あつめ》テモ、難レ防《ふせぎがたき》ハ[三八]生死ノ敵。[三九]漢高

八 「新王」または「新皇」が正しい。将門は桓武平氏。
九 朝廷を樹立して官人を任命した。
一〇 将門の次弟。将門記。今昔物語集・巻二五第一話にも。
一一 将門の弟。将門記では帝位につこうとする将門を諫める。将門記には彼への補任のことは記さない。常陸大掾系図には上野介になったとする。上総、常陸、上野の長官は親王がなり太守と称す。介が守に相当する。その介は名目読みで「カミ」と読む。
一二 将門の弟。相馬五郎。将門記。

維盛住吉詣・同明神垂跡

一三 将門の弟。相馬六郎。将門記。
一四 下総国豊田郡栗栖院常羽御廏。延喜式の大結牧に属する官の廏といわれる。いまの結城郡八千代町の栗山か(『将門地誌』)。その管理官。経明は伝未詳。将門記は、「上野守」。
一五 伝未詳。将門記では常陸掾であったのを常陸介に。
一六 興世王。天慶三年没。桓武帝の裔孫か。将門記に武蔵権守、無道を事とし郡司武芝と争った。上総介に補任されたとある。
一七 将門記に文屋好立を安房守に、とする。
一八 官職などを決めること。
一九 将門記も「其記文云」とする。
二〇 以下は、将門記に「王城ヲ下総国ノ亭南ニ建ツベシ。兼ネテ檥(礒)橋ヲ以テ号シテ京ノ山崎トナシ、相馬郡大井津ヲ以テ号シテ京ノ大津ト為サン」とする。
二一 陰陽寮の暦博士。将門記のほか今昔物語集、古事談、将門純友東西軍などの将門説話にも記す。
二二 三種の神器の中心となる神鏡。

祖、三尺ノ剣ヲ提《ひつさげ》シ、獄卒ノ武《たけ》キヲバ征セズ。張良、一巻ノ書ニ携《たづさはり》シ、琰王《ゑんわう》ノ攻《せめ》ニハ靡《なびき》ケリ。[一]名利身ヲ助《たすく》レ共、野原《のばら》ノ末ニ被レ棄《すてられ》テ、雨露骸《かばね》ヲ潤《うるほ》シ、恩愛心ヲ悩《なやま》セ共《ども》、[二]中有ノ旅ニ出《いで》ヌレバ、[三]黒業神《こくごふたまし》ヒニ随《したがふ》」ト、口ニハ誦《じゆ》シ給ヘ共、心ハ都ニ通《かよひ》ケリ。

[四]能因法師ト云《いひ》シハ、中比《なかごろ》ノ数寄者《すきの》也。在俗ノ時ハ永愷《ながやす》ト云ケリ。[五]備前守元愷《もとやすが》子也。伊豆ノ三島社ニテハ、「[六]天降《あまくだり》マス神ナラバ神」ト詠《ながめ》、奥州白川関ニシテハ、「[七]秋風ゾ吹《ふく》白川関」ト読《よみ》テ、関屋ノ柱ニ筆ヲ止《とど》ム。其《その》能因ガ修行ノ時、

[八]心アラン人ニ見セバヤ津国《つのくに》ノ難波渡《わたり》ノ春ノケシキヲ

ト読《よみ》トヾメテ、名ニシ負《おふ》歌枕ナレバ、[10]良詠《ややながめ》シメ帰リ給フ。

[九]薩摩守忠度モ、源氏モ未レ寄《いまだよせざり》ケレバ、能隙《よきひま》ト覚シテ、摂津国名ニシ負《おふ》名所々々ヲ巡《めぐり》見給《たまふ》。[一〇]山ニハ玉坂山、有馬山、待兼山ヲモ見給ケリ。河ニハ玉川、三島、稲河、芥河トカヤ。江ニハ三島江、住江、堀江、玉江、難波江、浦ニハ須磨浦、長井浦、[11]蓋簾浦《ふたみのうら》、野ニハ印南野《いなみの》、昆陽野《こやの》トカヤ。森ニハ生田森、テクラノ森、滝ニハ布引滝、関ニハ須磨関、橋ニハ長柄橋、島ニハ砥島、豊島、田蓑島、里ニハ長井里、玉川里、此《ここ》ニ移リ彼《かしこ》ニ渡テ

二三　よしみを通じる挨拶。
二四　平維盛。
二五　平資盛。養和元年一〇月に権右中将、寿永二年七月三日に従三位。
二六　摂津国の一宮。大阪市住吉区にある。源氏物語・澪標で、光源氏と明石上は住吉社に参詣して、対面はしないが再会し、それが明石上の上京に展開する。それを念頭に置くか。住吉は歌枕の地で、わすれ草が恋の歌の題材としてよく詠まれている。
二七　古今著聞集巻一・神祇に高貴徳王大菩薩とし、四所の明神のうち一の明神の本地とする。
二八　高い知力を持ち、すぐれた治政をする天皇。
二九　「衞」はヱまたはヱイで、まもる、の意。神功皇后の新羅出兵、将門の乱などで大将軍また副将軍として働いたなどとする（古事談、続古事談）。
三〇　人々を化導するために日本の国土に垂迹された、の意。
三一　仏菩薩が修行の時に悟りを開くために立てた衆生救済の願い。

忠度見二名所々々一

三二　住吉神社の社殿。海浜に位置する。
三三　詩歌などを小さな声で吟詠すること。
三四　住吉物語の女主人公。
三五　「たづぬべき人もなぎさのすみの江にたれまつかぜのたえずふくらむ」（略本系藤井氏本・住吉物語24　国歌大観）「松」は「待つ」と懸けている。住吉の海浜の松林は有名。
三六　一種の無常教化。内容は維盛の身の上を反映した内容となっている。
三七　「入山交市」は遁世、「無常」は死の意。
三八　生死を繰り返す輪廻という敵。死の意。
三九　漢の高祖は三尺の剣をもって諸侯を従え天

下を統一したが、地獄の獄卒までを征服することはできなかった。張良は一巻の兵法書によって高祖の参謀として威を振るったが、炎魔王には勝てなかった。和漢朗詠集・帝王の句を利用した句。↓補注六

難波浦賤夫婦

一　名誉と利益。　二　冥途の旅。

三　来世で悪報を受ける原因となる悪い行為。「死去無一来相親、唯有黒業常随逐」（往生要集・大文一）

四　永延二年生。俗名、橘永愷（ながやす）。中古三十六歌仙の一人。偏執的に歌道に拘ったことで有名。能因歌枕がある。

五　橘諸兄の子孫。忠望の子。奇行で知られる多武峯の増賀は又従兄弟。

六　俊秘抄、袋草子、古今著聞集ほか多くの書物に見える、能因の和歌威徳説話。「天の川苗代水にせきくだせあまくだります神ならば神」

七　俊秘抄、袋草子、古今著聞集ほか多くの書物に見える、能因の和歌数寄説話。「都をば霞とともに出でしかど秋風ぞ吹く白川の関」（後拾遺集巻九・羈旅・五一八）。本書巻二〇・八牧夜討、巻三七・白川関付子柴歌にも引用。

八　後拾遺集巻一・春上・四三の名歌。後六六撰・三七、古来風体抄・四〇三、無名抄・五一ほか多くの書物に載る。

九　四三頁注一〇。　一〇　以下、歌枕。歌枕名寄。

一一　葦刈説話。文献では、拾遺集巻九・雑下・五四〇、五四一、拾遺抄巻一〇・雑下・五三〇、五八八、大和物語・一四八段、古今和歌六帖・一八七七、宝物集巻三（第二種七巻本）、神道集巻七・摂州葦苅明神事、巻八・釜神事また謡曲・蘆刈などが有名。話型としては昔話の炭焼

見給《たまふ》中ニモ、難波浦コソ、古《いにしへ》ノ事思出《おもひいで》ツヽ、哀《あはれ》ナレ。[一一]村上天皇御宇、天暦ノ比《ころ》トカヤ。此《この》浦ニ或《ある》人夫婦相住《あひすみ》、指《さし》モノ賤女《しづのめ》也ケレ共、[一二]妻ハ情《なさけ》アル女ニテ、生死ノ無常ヲ恐レ、慈悲心ニ深クシテ、乞食貧《こつじきひん》人《にん》ニ物ヲ施シケレバ、夫ハ邪見放逸ニシテ、更ニ憐《あはれみ》ノ思《おもひ》ナシ。「我《わが》貧ハ汝《なんぢ》ガ宝ヲ費《つひやす》故也」ト、大《おほき》ニ是《これ》ヲ嗔《いかり》ケレ共、女、是ヲ不レ用《もちゐず》シテ、隠《かくれしのび》忍テモ与ヘケレバ、夫、今ハ制スルニ不レ及《およばず》トテ、永ク其《その》妻ヲ去《さり》テケリ。女ハイミジキ心有《あり》ケレバ、蒙二諸天加護《しよてんのかごをかうぶり》一テ、即《すなはち》国主ノ妻室ト成《なり》ヌ。男ハ其後、仏神ニヤ被レ捨《すてられ》タリケン、貧《まづしくなり》成テスベキ方ノ無《なか》リケレバ、日々ニ難波堀江ニ行テ、蘆ヲ刈《かり》テ世過《よをすぎ》[12]ケリ。此《この》女、輿《こし》ニ乗《のり》テ道ヲ過ケル時、元ノ夫ハ蘆ヲ刈テ立《たち》タリ。女、輿ノ中ニテ是ヲ見テ、イト哀《あはれ》ニ無慙《むざん》ニ思《おもひ》、彼《かの》男ヲ召寄《めしよせ》テ、「何《いかに》汝《なんぢ》、我ヲ捨《すて》ヌレ共、角《かく》コソハアレ」ト云《いひ》ケレバ、男、限ナク辱《はづか》シク思テ、

[一三]君ナクテアシカリケリト思《おもふ》ニモイトヾ難波ノ浦ゾ住憂《すみう》キ

女ノ返事ニハ、

[一四]アシカラジトテコソ人ハ別《わかれ》シカ何カ難波ノ浦ハ住《すみ》ウキ

ト読《よみ》タリケレバ、男則消入《すなはちきえいり》ニケルトナン。或説[一五]ニハ、翌日ニ百石ヲ元ノ男ニ贈共《おくるとも》アリ。彼《かの》夫婦ノ住ケル所トテ、里人ノ教《をしへ》ケルヲ見給《たまへ》バ、今ハ

家ノ跡ダニモ見エズ、混《ひたす》ラ野ニコソ成《なり》ニケレ。物思《おもふ》所ナレバ、被二思知一《おもひしられ》テ哀《あはれ》也。浦々島々ノ名所注《しる》シテ、一巻ノ書ニ留給《とどめたまひ》ツヽ、福原ヘコソ帰《かへり》給ヘ。

三位中将維盛ハ、日重《かさなり》年阻《へだて》ヌルニ随《したがひ》テ、故郷ニ留置《とどめおき》シ人々モ、恋シク聞《きか》マホシク思召《おぼしめし》ケルニ、適商人《たまたまあきびと》ノ便《たより》ヲ得テ、北方ヨリ御文アリ。珍《めづらし》トテ披《ひら》キ見給ヘバ、[二]「相構《あひかまへ》テ迎取給《むかへとりたまふ》ベシ。[三]人シレズ歎悲《なげきかなしむ》心ノ中、争《いかで》カ知《しら》セ奉《たてまつる》ベキトマデ、責《せめて》ノ事ニハ覚《おぼえ》テ候、只推量給《ただおしはかりたまふ》ベシ。小者《をさなき》共ノ不レ斜《なのめならず》恋シガリ奉レバ、我《わが》身ノ尽《つき》セヌ思《おもひ》ニ打副《うちそへ》テ、[四]無二為方一《せんかたなく》思ヘバ、ナガラヘ候ベシ共覚《おぼえ》ズ。[五]生《いき》テ物ヲ思《おもふ》モ苦シケレバ、消《きえ》モ入《いり》ナバヤト思ヘドモ、又憂《うき》世ニ立廻《たちめぐ》ラバ、[六]ナドカ今一度、見モシ見エモ奉ル事ナカラント、[七]難面《つれなき》心ニツナガレテ、今マデハ角《かく》テ侍レ共、遂《つひ》ニイカナルベシ共思分《おもひわか》ズ。[八]若昔語《もしむかしがたり》トモ成《なり》ナバ、少《をさな》キ人々ノ、父ニコソ奉レ被レ捨《すてられたてまつ》ラメ、母ニサヘ後《おくれ》テ、[九]憑《たのむ》方ナキ者ト成《なり》テ、奉二誰育一《たれはぐくみたてまつらん》。兼《かね》テ思《おもふ》モ悲《かなし》クコソ侍レ。サテモイカニ只《ただ》一人ハ御座《おはしまし》候ナルゾ。[一〇]心苦《ぐるしく》コソ、イカナラン人ヲモ相語《あひかたらひ》給テ、旅ノ御徒然《つれづれ》ヲモ慰《なぐさみ》給ヘカシ。[一一]契《ちぎり》ハソレニシモ依《よる》ベキカハ」ト、濃《こまやか》ニ書《かき》給タリケレバ、最《いと》悲ク覚テ、伏沈《ふしみしづみ》給ケルゾ哀《あはれ》ニ見ヘ給ケル。是《これ》ヲバ角《かく》トモ知《しり》給ハズ、

三位中将ハ池大納言ノ様ニ、[一二]二心アルニコソトテ、[一三]大臣《おほい》殿モ打解給《とけたまふ》事ナ

長者（日本昔話大成・本格昔話一四九）、産神問答（同一五一）に属する。機能としては和歌説話としてのみならず、蘆刈明神の縁起および竈神の縁起として語られてもいた。ただし本話の直接の典拠は未詳。

一二　天暦という時代設定と夫と妻のこのような性格づけは、注一一の諸例には見えない。

一三　拾遺集、大和物語の和歌に一致。贈答の順序も同じ。あなたがいなくなって葦を刈るような境遇におちぶれたと思うにつけても、二人して貧しかった昔よりいっそう難波の浦に住むのがつらく感じられます、の意。「悪しかり」と「葦刈り」が掛詞。

一四　諸資料と歌句に異同がある。拾遺集は第二、三句「よからむとてぞわかれけん」、拾遺抄は第二、五句「ひとにわかれけめ」「うらにしもすむ」、大和物語は第三、五句「人のわかれけめ」「浦もすみうき」。葦を刈るような悪い境遇になるまいと思って私たちは別れたのですのに。どうして難波の浦は住むのがつらいのでしょう、の意。

一五　未詳。

維盛北方歎

一　維盛の住吉社参拝からここまでは、盛衰記の独自の本文。

二　なんとかして私をあなたのところへ呼び迎えて下さい。

三　人知れず泣き悲しんでおります私の心のうちを、どのようにしてあなたにお伝えしたらよいか、と、切ないまでに思っておりますことを、ひたすらご推察ください。

四　どうしてよいか分かりませんので、生きてゆくことができるとも思われません。

五　つらい生活でも何とか生きてゆけば。

ケレバ、努々《ゆめゆめ》[一四]サハ無《なき》モノヲトテ、イトヾアヂキナシトテ、サラバ迎取《むかへとり》[一五]テ、一所ニテ何《いか》ニモ成《なら》バヤト、常ハ思立《おもひたち》給ケレ共、我身《わが》[一六]コソ角《かく》憂カラメ、人ノ為ニ糸惜《いとほし》ケレバトテ、明《あか》シ晩《くら》シ給ケルゾ、責《せめ》テノ志ノ深サト覚《おぼえ》テ哀《あはれ》ナル。

[一七]二位僧都全真ハ、[一八]梶井宮ノ御同[一九]宿也。僧都西海ノ浪ニ漂《ただよひ》テ、何国《いづれの》ニ落《おち》居《ゐる》トモ不レ聞《きこえざり》ケレバ、宮モ御心苦《ぐるしき》事ニ思召《おぼしめし》、風ノ便《たより》ニハト思出《いで》ケレドモ、空《むなし》ク月日ヲ送ラセ給ケルニ、都近ク福原マデ上《のぼり》タリト、聞召《きこし》ケレバ、[二〇]「旅ノ有様《ありさま》、思召遣《やる》コソイト御心苦《ぐるし》ケレ。都モ未《いまだしづかならず》レ閑。浮世ノ習ト云《いひ》ナガラ、何《い》カナルベシトモ不二思召分《おぼしめしわかず》一。月日ノ重《かさな》ルニ付《つけ》テ、御恋シサ理《ことわり》ニ過《すぎ》テコソ」ナド、濃《こまやか》ニアソバシテ、御書ヲ被レ下《くだされ》ケリ。奥ニ一首ノ歌アリ。

[二一]人シレズソナタヲ忍《しのぶ》心ヲバカタブク月ニタグヘテゾヤル

全真ハ此《この》御書ヲ給《たまはつ》テ、衣ノ袖《そで》ヲゾ被レ絞《しぼられ》ケル。

九郎義経ハ平家追討ノ為ニ、西国ヘ発向スベシト聞《きこえ》ケレバ、義経ヲ院御所[二二]六条殿ヘ召テ、「我朝ニハ、神代ヨリ伝《つたはり》タル[二三]三種《さんじゆ》ノ御宝アリ。則《すなはち》神璽宝剣内侍所是也《ないしどころこれ》。[二四]天津《あまつ》御神ノ国津主《くにつ》ニ伝《つたへ》テ、[二五]百王[13]慎護ノ神宝《じんばう》、万民豊饒《ぶねう》ノ[二六]霊珍《れいちん》也。相構《あひかまへ》テ無二事故《ことゆゑなく》一都ヘ奉二還《かへしいれたてまつれ》入一」トゾ被二[14]役含《おほせふくめられ》一ケル。義経畏《かしこまつ》テ、イト事安ゲニ、「子細ヤ候ベキ」トテ罷立《まかりたち》ケレバ、法皇御嬉気《うれしげ》ニ

六 もう一度お会いすることもあろうかと。「見モシ見エモシ奉ル事」とあるべし。
七 気持ちを押さえた気丈な心によって生命が繋がれて。
八 私が死んでしまったら。九 孤児となって。
一〇 現地妻を見つけよ、というのである。

梶井宮遺二全真一歌

一一 二人の契りは、そんなことで変わるようなものでしょうか。
一二 平頼盛。都落に際して平家一門から離反して都にとどまった。巻三一・頼盛落留。
一三 平宗盛。本宗家の当主で、この時期、平家の総帥的な位置にあった。小松家に対して冷淡であったように描かれる。
一四 平家から離反して頼朝に好誼を結ぼうとするふた心などはもっていないのにと思って。
一五 北の方たちを呼び迎えて。
一六 自分がこのようにつらい目を見るのはいいが、彼女たちがこんな目にあうのはかわいそうだ、と思って。
一七 参議藤原親隆の子。母は平知信の娘とも知信の子の時信の娘とも。時信は平清盛の室の時子の父。清盛の猶子。天台僧で僧都に至る。壇ノ浦で生捕り。安芸に配流。

福原忌日

一八 建久八年寂、二九歳。後白河院皇子の承仁親王。母は江口遊女。明雲の弟子。梶井門跡。建久七年に天台座主、三〇歳未満の座主の初例。白川御房で遷化。この時、一四歳。
一九 同じ僧房に住む。二人は男色の関係にあったのではないか。
二〇 一種の艶書である。
二一 「前僧都全真、西国の方に侍りける時つかはしける　ひとしれずそなたを忍ぶ心をばかた

被二思召《おぼしめされ》一ケリ。

二月三日、源氏ハ一谷へ向《むかふ》ベシトテ勢汰《ぞろへ》アリ。評定《ひやうぢやう》アリケルニ、「明日四日[一]ハ故太政入道ノ忌日ト聞《きこ》ユ。妨《さまたげん》二仏事一コト罪深シ。延引スベシ。五日ハ西[二]塞《ふさがり》、六日ハ悪日[三]也。七日[四]ノ卯刻ノ矢合《あはせ》」ト定《さだめ》テ、東西[五]ノ城戸ヨリ兄弟[六]大将軍トシテ攻《せむ》ベキニゾ有《あり》ケル。

抑《そもそも》源氏ハ、入道ノ忌日ニ芳心、情《なさけ》アリ。忌日[七]ト云《いふ》事ハ、内外[八]《ないげ》ノ典籍《てんじやく》ニ明文《めいもん》アリ。天竺震旦《しんだん》ニモ有二先規《せんぎ》一。梵網経[九]ニハ、「父母《ぶも》兄弟死亡日講二菩薩戒律一」云云。礼記[一〇]ニハ、「忌日ニハ忌レ人《ひとをいむと》」云々。廬山《ろざんの》僧恵ハ鶴ヲ飼《かひ》ケルニ、僧恵死《しし》テ後、彼《かの》鶴年々ノ忌日ニ来《きたつ》テ、羽ヲ垂《たれ》テ終日ニ啼《なき》居タリキ。晋代ニ師曠[一一]ト云《いふ》人ハ、秘蔵《ひさう》シテ一挺《いつちやうの》琴ヲ持《もち》テンゲリ。其《その》主死《しし》テ後、此《この》琴、忘《わすれ》形見ニ留《とどめ》テ、空《むなし》キ壁ニソバタチ、塵積《ちりつもれ》ドモ払《はらふ》人無《なか》リケルニ、師曠ガ年々ノ忌日ニ、不レ弾《ひかざる》ニ自《をのづからなり》鳴テ悲《かなしみ》ノ音《こゑ》ヲ含《ふくみ》ケリ。琴ハ非情也、鶴ハ畜趣也ケレ共、知恩ノ志如レ此《かくのごとし》。況《いはんや》人倫争《いかで》不レ優[一二][一三]。就レ中《なかんづくある》或経[一四]ニハ、「忌日ニハ亡者、必《かならずえんまぐう》焔魔宮ヨリ暇《いとま》ヲ得テ、旧室ニ来《きたつ》テ子孫ノ善悪ヲ見ルニ、善ヲ見テハ悦咲《よろこびゑみ》、悪ヲ見テハ歎泣《なげきなく》」ト云《いふ》文アリ。源氏モ此《この》意ヲ得タリケルニヤ、「情《なさけ》ヲ忌日ニ籠《こめ》ケルモ優《いう》也」ト、讃《ほめ》ヌ人コソナカリケレ。

ぶく月にたぐへてぞやる」（新古今和歌集巻一八・雑歌下・一七八五）　ひそかにあなたに寄せている思いをあなたのおられる西の方に傾いてゆく月に添えてお届けします。

二二　一五二頁注七。

二三　三種神器の無事還都は朝廷の重大関心事であった。九五頁、巻三二の補注五一参照。後鳥羽帝践祚・即位の遂行にも必要で、議論が繰り返されたことが玉葉などにも記される。

二四　天孫降臨の時、天照大神が天津彦彦火瓊瓊杵尊に授けたとする。日本書紀・第一の一書、古事記が原拠。「天津御神」は天照大神、「国津主」は葦原の中国に降臨する天孫・皇孫である瓊瓊杵尊。

二五　巻四四・内侍所効験にも内侍所を百王鎮護の鏡とする。神皇正統記は百王を百代の天皇の意にあらず、数限りない代の天皇とする。

二六　底本「弥」。「弥　音鎮　タカラ」（名義抄）。珍の俗字が弥。

一　二一九頁注二〇。

二　西の方角に天一神（なかがみ）が巡行していて、そちらに向かうと災いがある。

三　運勢の悪い日。

四　吾妻鏡・元暦元年二月五日の記事に、源氏両将摂津国に到着、七日卯時に箭合と定めたとある。

五　二一五頁に生田森を東の、一ノ谷を西の城戸口として平家が城郭を構えたとある。

六　兄の範頼と弟の義経。

七　法事の一種に忌日の法事がある。言泉集・忌日帖など参照。

八　仏典を内典といい、その他を外典という。

九　忌日の法事をするべき根拠として用いられ

一五同《おなじき》七日、法皇、一六八条烏丸御所ニシテ、平氏追討ノ御祈ニ、五尺ノ一七毘沙門《びしやもん》天ノ像ヲ被《つくりはじめらる》二造始一。先《まづ》[17]一八御衣《みそぎ》ノ木ヲ安置ス。二丈五尺也。一九南ヲ以テ為《かみとす》レ上。法二〇印院尊為《たり》二大仏師一。二一権僧正定遍、奉レ加二持御衣木《みそぎを》一、西ニ向《むか》ヘリ。法皇ハ二二鈍《にぶ》色ノ二三裳《も》付衣《つきころも》ヲ召《めさ》レテ、二四砌下《ぜいか》ノ御座《ござ》ニ着御《ちやくぎよ》アリ。高麗縁《べり》ノ畳一[18]帖《でふ》ヲ、地上ニ敷《しき》テ御座《ござ》トス。御仏作始《つくりはじめ》テ後、二五北ニ向《むかつ》テ立《たて》奉《たてまつつ》テ、法皇三度御拝《ぎよはい》アリ。

二六同日卯刻ニハ、源氏巳《すで》[19]ニ発向ス。追手ノ大将軍ニハ、

二七蒲冠者範頼、相従《あひしたがふ》輩《ともがら》ニハ、二八稲毛三郎重成

二九同舎弟榛谷四郎重朝　三〇同森五郎行重兄弟三人

三一長野五郎清重　三二梶原平三景時

三三子息源太景季　三四同平次景高

三五同三郎景家　三六曾我太郎祐信

三七千葉介常胤　三八子息太郎胤将

三九小次郎成胤　四〇相馬次郎師常

四一子息国分五郎胤通　四二同六郎胤頼

四三武石三郎胤盛　四四舎弟大須賀四郎胤信

四五佐貫四郎大夫広綱　四六海老名太郎兄弟四人

る内典の本文のひとつ。言泉集・忌日帖にも載る。↓補注七

源氏勢汰

一〇　同じく「外典本文」のひとつ。礼記にこの本文はない。言泉集・忌日帖に「礼記云、忌日、親亡之日也。謂之忌者、不用挙他事也、如有時日之禁」などと礼記を引く。

一一　師曠の説話とともに忌日の法事で「因縁」として引用された説話だろう。典拠未勘。

一二　晋の楽官。音律に精通し琴の名手として有名。楊鴫暁筆第一八楽器・琴起并曲等にこの説話が断腸曲の由来譚として載るが、原拠未勘。↓補注八

一三　情のある心づかいをしないでよかろうか。

一四　未勘。　一五　未勘。

一六　八条院暲子内親王の御所。後白河院は平業忠邸の六条殿から、正月下旬に八条院御所に移り四月一六日まで御所とした。↓補注九

一七　四天王ないし十二天のうち北方の守護神。武装忿怒のかたちをとる。怨敵調伏のための造像もなされた。養和のころ後白河院の北面に候した院尊は院の命令で源氏調伏のため五丈の毘沙門天の造像に着手した例もある。↓補注一〇

一八　仏像の材料とする木。「ノ」は不要。

一九　南を上手として御衣木を屋内で南北に寝かせて置いたのである。

二〇　建久九年没。平安末、鎌倉前期の代表的な院派の仏師。南都復興の造像に参加。後白河院北面歴名に載る。

二一　文治元年寂。仁和寺尊寿院寛遍の弟子。東寺長者。法勝寺別当。東大寺大仏開眼供養の導師。

二二　濃いねずみ色。

二三　上は袈裟、下は指貫に裳を着けた衣装か

[四七]中条藤次家長　児玉ニハ[四八]庄太郎家長
[四九]同三郎忠家　[五〇]同五郎広賢
[五一]塩谷五郎維広　[五二]小林次郎
[五三]同三郎　[五四]小河五郎
[五五]勅使河原権三郎有直　[五六]秩父武者四郎行綱
[五七]大田兵衛重平　[五八]広瀬大郎実氏[20]
[五九]大田四郎重治　[六〇]安保二郎実能
[六一]中村小三郎時経　[六二]玉井四郎助重
[六三]高山三郎　[六四]八木次郎
[六五]同小二郎　[六六]河原大郎高直[21]
[六七]同次郎盛直　[六八]小代八郎行平
[六九]久下次郎実光　[七〇]小野寺大郎道綱[22]等ヲ先トシテ、五万余騎、[23][七一]幡磨路ニ懸《かかっ》テ、次日《つぎの》ハ摂津国昆陽野ニ陣ヲ取《とる》。入道ノ仏事ノ日ナレバ、馬モ我身《わが》モ休《やすみ》ケリ。
[七二]搦手《からめで》ノ大将軍ハ九郎義経、相従《あひしたが》輩《ふともがら》ニハ、
[七三]安田三郎義定　[七四]一条二郎忠頼

(海人藻芥・威儀師、従儀師)。
二四　大庇の下、雨だれ落ちのところ、建物に登る階段の登り口のあたり。
二五　毘沙門天は北方守護の天。
二六　義経勢の京都出発を「是モ同四日ノ寅卯刻」と後に記すので、四日のこと。
二七　吾妻鏡・元暦元年二月五日のこと。巻三五巻頭の上京の源氏勢および一ノ谷合戦の源氏勢の交名を対比させた、盛衰記、延慶本、吾妻鏡の対照表を載せておく。↓補注一一
二八～三一　武蔵の坂東平氏、秩父氏。清重は重清とあるべし。
三二～三五　相模の坂東平氏、鎌倉党。
三六　相模の坂東平氏。曾我兄弟の義理の父。
三七～四四　上総下総の坂東平氏、千葉氏。小太郎胤正、相馬次郎師常、国分五郎胤通、木内六郎大夫胤頼、武石三郎胤盛、大須賀四郎胤信は常胤の子。成胤は胤正の子。神代本千葉系図参照。
四五　上野の秀郷流藤原氏。平安遺文四一四五に讃岐四郎大夫が近江国蒲生保を押領とする。
四六～六九　武蔵七党の人々か。小林次郎は秩父氏の河越重頼の弟に小林次郎重弘、小河五郎は西党に小川宗弘、高山三郎は中条本桓武平氏系図の秩父一門に高山氏ただしいずれも不詳。八木次郎、小二郎、大田重平、広瀬実氏、大田重治は不明。猪俣党また私市党に太(大)田氏あり。
七〇　禅師太郎とも。下野国の山内首藤氏。父の代に相模国から移住。藤原姓足利氏と姻戚。
七一　摂津を通過する中世山陽道の呼称。昆陽野は現在の伊丹市の中央西寄りの一帯。京と福原を結ぶ交通の要衝。
七二　義経勢の交名の順序は範頼勢のように整っていない。
七三～七六　甲斐の清和源氏。巻一三の源氏揃、巻

七五 逸見冠者義清
七六 武田右兵衛有義
七七 畠山庄司次郎重忠
七八 久下権頭直光
七九 大内冠者維義
八〇 斉院次官親能
八一 山名大郎義範[24]
八二 土肥二郎実平
八三 子息弥太郎遠平
八四 三浦別当義澄
八五 和田小太郎義盛
八六 佐原十郎義連
八七 多々良五郎義春
八八 同次郎光義
八九 糟谷権頭重国
九〇 同藤大有季[25]
九一 河越大郎重頼[26]
九二 同小大郎茂房[27]
九三 後藤兵衛実基
九四 猪俣金平六範綱
九五 平佐古太郎為重
九六 熊谷次郎直実
九七 子息小次郎直家
九八 平山武者所季重
九九 大川戸大郎広行[28]
一〇〇 師岡兵衛重経
一〇一 金子与一近範
一〇二 源八広綱
一〇三 小川小次郎助茂
一〇四 山田大郎重澄[29]
一〇五 原三郎清益
一〇六 片岡大郎経治[30]

三五冒頭の交名に名が見える。義清は光長の誤りか。系譜その他は巻三五の補注一参照。

七七、九一、九二、一〇〇 武蔵の坂東平氏。秩父氏。茂房は一七〇頁の交名では重房。

七六 武蔵七党・私市党。九四 猪俣党。九六、九七 武蔵の坂東平氏。九八 西党。一〇一 村山党。一二一、一二二 猪俣党か。一二三、一二四 猪俣党。一〇三 西党。

七九 清和源氏 文治元年八月一四日の源氏受領六人のうち。八一 清和源氏、上野国。一〇四 清和源氏、美濃尾張、尊卑分脈に葦敷二郎重澄、吾妻鏡に山田太郎重澄。一二四 信濃の清和源氏の平賀氏か。

八〇 斉は斎。中原広季の猶子。頼朝の近習者。源雅頼の門人。豊前豊後の大友氏の祖能直の父。

八三、八五 相模の坂東平氏、中村氏 八四～八六、九五、一〇七、一〇八、一一〇 相模の坂東平氏、三浦氏。筒井義行は津久井義行。一三一 経高（常高）か。相模の坂東平氏、鎌倉党。

八九 渋谷庄司重国と糟谷権守盛久との合成。重国は武蔵秩父氏の流れの渋谷氏で相模国の住人、盛久は冬嗣流藤原氏を称する糟谷氏で相模国の住人。九〇 盛久の子。比企能員の婿。

九三 秀郷流藤原氏。平治の乱で義朝に従う。基清はその猶子。

九九 秀郷流藤原氏。結城氏。下総国。

一〇二 源頼政の子で兄仲綱の猶子の広綱か。幸若の高館、含状などに見える義経の手郎等の源八広綱とは別人か未勘。

一〇五 下総の千葉氏。吾妻鏡に登場。

一〇六 下総の千葉氏。義経の手郎等的存在。巻三五巻頭の交名では経春。

一一八、一一九 駿河の豪族か。

一二〇 藤原氏を称する武蔵の池上氏か。

一二二、一二三 信州の諏訪氏。諏訪大明神絵詞に藤

一〇七 長井小大郎義兼[31]　　一〇八 筒井次郎義行
一〇九 伊勢三郎義盛　　一一〇 葦名大郎清高[32]
一一一 蓮沼大郎忠俊[33]　　一一二 同六郎国長
一一三 岡部六弥太忠澄　　一一四 同三郎忠康
一一五 渡柳弥五郎清忠　　一一六 江田源三
一一七 熊井大郎[34]　　一一八 蒲原大郎正重[35]
一一九 同三郎正成　　一二〇 池上次郎
一二一 香河五郎　　一二二 諏方三郎
一二三 藤沢六郎　　一二四 平賀次景宗[36]
一二五 封戸次郎　　一二六 同六郎正頼
一二七 手郎等《てらうどう》ニハ　　一二八 奥州佐藤三郎兵衛継信
一二九 同四郎兵衛忠信　　一三〇 城三郎
一三一 片岡八郎為春　　一三二 備前四郎
一三三 鈴木三郎重家　　一三四 亀井六郎重清
一三五 武蔵坊弁慶等ヲ始《はじめ》トシテ、一万余騎ニテ、是モ同四日ノ寅卯刻ニ都ヲ出《いで》テ、一丹波路ニ懸《かかつ》テ、二日路ヲ一日ニ打《うつ》テ、幡磨[37]、丹波、摂津国、三箇国ノ境ナ

沢次郎清親の参陣のことが記される。

一〇九、一一六、一一七　この交名では手郎等となっていないが、巻三五巻頭の交名では手郎等。
一一五、一二五、一二六　未勘。
一二七　一七一頁注三二。
一二八～一三五　手郎等。継信、忠信は奥州の秀郷流藤原氏。城三郎は資綱か。平維茂の子孫を称する越後奥山庄の城氏。中条本桓武平氏系図に、城資永の子、助茂の甥に城三郎資綱。為春は下総千葉氏、一〇六の経治（春）の弟。重家、重清は熊野三党の鈴木氏で兄弟。備前四郎は堀川大納言通具の家士の備前守兼房の子、房成とする。

一　京都から山陰道を通って丹波を経、播磨に入る道。大江山・老ノ坂、亀山（亀岡市）、篠山、山口、三草を経る。一一六頁注六。

ル丹波国氷上郡[二]三草山[三]ノ東《ひんがし》ノ山口[四]、小野原ト云《いふ》里ニ、戌刻ニ馳付《はせつい》テ、即爰《すなはちここ》ニ陣ヲ取《とる》。但《ただし》、関東ノ評定《ひやうぢやう》ニハ、[五]梶原平三ハ侍大将軍ニテ、九郎義経ニ付《つき》、土肥次郎ハ侍大将軍ニテ、蒲冠者《くわんじや》ニ相従《あひしたがふ》ベシ、ト被レ定《さだめられ》タリケルニ、実平ハ範頼ヲ捨《すて》テ、九郎義経ニ付《つき》、景時ハ義経ヲ離《はなれ》テ、五百余騎ヲ引分《ひきわけ》テ、蒲冠者ニ属《つき》[38]ニケリ。畠山ハ元ハ九郎義経ニ打《うち》具シテ、[六]宇治川ヲ渡《わたり》タリケルガ、京ニテハ蒲冠者ニ伴《ともなひ》ケリ。今度一谷へ発向ニハ、畠山又、範頼ノ手ヲ引分テ、五百余騎ニテ義経ニ付《つく》。其《その》故ハ、梶原、[七]兵衛佐殿ノ気色《きしよく》誇《ほこり》シテ、諸国ノ侍共ヲ手ニ握《にぎり》、我儘《わがまま》ニト振舞《ふるまひ》ケレバ、景時ニ被二下知一《げぢせられむ》事、[八]目サマシク思《おもひ》ケル上、蒲冠者ノ軍将様《ざま》、九郎御曹司ニハ雲泥ヲ論ジテ、劣《おとり》給ヘリトテ、搦手《からめで》ニゾ付ニケル。九郎義経ハ此等ガ出入《いでいり》ヲ見給テ、梶原ガ義経ヲ悪シトテ出《いで》タレ共、畠山又返入《かへりいり》タレバ、「ヨシ〳〵並《ならぶ》ベキナレバ、猶替勝《なほかへまさり》」トゾ宣《のたまひ》ケル。三草山ハ山内《やまの》[九]三里也。去共《されども》、力ハ争《いかで》カ畠山ニ無レ利《りなし》無レ損《そんなし》、同《おなじく》五百余騎、武モ剛《かう》モ同《おなじ》事也。源氏已《すで》[39]ニ東《ひんがしの》山口ニ陣ヲ取《とる》ト聞エケレバ、平家ハ西ノ山口ヲ固《かたむ》ベシトテ、大将軍ニハ[一〇]新三位中将資盛、左少将有盛、備中守師盛、副将軍ニハ[一一]平内兵衛清家、[一二]江見太郎清平ヲ始《はじめ》トシテ七千余騎、三草山ヲ西ノ山口ニ馳向《はせむかつ》テ陣ヲ取《とる》。

二　氷上郡は丹波国の西端の郡で、南は播磨国多可郡と接する。三草山は播磨国加東郡上三草村（兵庫県加東郡社町）、古代の郡域では賀茂郡穂積郷。賀茂郡は丹波国多紀郡および摂津国有馬郡・美嚢郡と東の境を接する。覚一本は「播磨と丹波のさかひなる三草の山の東の山口に小野原」とする。
三　注二。上三草村は丹波道が通る。三草合戦の戦死者の供養塔と推定される鎌倉前期の中村家五輪塔が残る。
四　上三草村の東。丹波道が通る。三草川の上流の谷間に位置する。吾妻鏡にも三草山の東に陣を布いたとある。ただし三草山を摂津国とする。→補注一二
五　武者たちの所属の変更は補注一一の表参照。
六　巻三五・高綱渡宇治河に、宇治川での重忠の武勇が記されている。
七　頼朝のおぼえのめでたさを誇って。
八　心外に思っていたうえに。
九　補注一二の吾妻鏡に両軍は三草山の東西の麓に三里の行程を隔てて対陣したとする。一里六町（約六五四米）の計算か。「自京陸奥東浜際、行程三千五百八十里。六町為一里定。自京長門浜際、行程一千九百七十余里。同上。」（拾芥抄・本朝国郡部）。拾芥抄では東国里も西国里もともに一里六町。二一五頁注七、二四九頁注二三。
一〇　補注一二の吾妻鏡とほぼ同じ。資盛、有盛、師盛は維盛の弟で小松家の公達。江見太郎清平は延慶本も同じ。吾妻鏡、覚一本は恵美次郎盛方とする。
一一　伊勢平氏。伊賀の服部氏族。補注一二の吾妻鏡にも見える。
一二　二一六頁注七。東作誌・江見庄土居村福ノ

源平互《たがひ》ニ大勢ニテ、三里ノ山ノ中ニ阻《へだて》テ支ヘタリ。

九郎義経、招二土肥次郎一テ、「軍《いくさ》ハ如何有《いかがある》ベキ。夜討《ようち》ニヤスベキ、暁ヤ寄《よす》ベキ」ト問給《とひたまふ》。土肥、未《いまだ》物モ云《いは》ザル前《さき》ニ、伊豆国住人田代[一]冠者《くわんじや》信綱ト云《いふ》者申《まうし》ケルハ、「平家ハヨモ夜討ノ用意ハアラジ。是《これ》程ノ大勢也。定《さだめ》テ夜明《よあけ》ニゾ軍《いくさ》ハアランズルトテ、馬ノ足休メ、物具甘《くつろ》ゲナンドシテ休《やすむ》ラン。去《され》バ夜討ハ能《よく》候ヌト存ズ。敵ハ七千余騎ト聞ユ。御方《みかた》ハ一万余騎、何事カ有《ある》ベキ。夜ノ紛《まぎれ》ニ押寄《おしよせ》、蹴散《けちらし》テ通《とほり》給ヘカシ」ト被レ申《まうされ》ケレバ、土肥ハ、「田代殿ノ御儀、可レ然《しかるべく》候。実平モ角《かく》コソ存《ぞんじ》候ヘ。『[二]先《さきするときはひとをせいす》制レ人。後《のちするときはひとに》為レ人制セラル』トモ云《いひ》、『[三]一陣破《やぶれぬれば》、[四]残党不レ全《まったからず》』トモ申セバ、先《まづ》夜討ニ追落《おひおとし》テ、不レ如レ乗レ勝《かつにのるにしかず》」ト同《どう》ジツヽ、「此上《この》ハイカニ」ト申セバ、「[五]夫《それ》ハ元来義経ガ所存也。サハアレ共、[六]一義二義ヲ出《いだ》シテ、総《そう》ニ味ハヽスルハ故実也。去《され》バ疾々急《とくとくいそぎ》給ヘ」トゾ宣《のたまひ》ケル。彼《かの》[七]田代冠者ト申《まうす》ハ、俗姓《ぞくしやう》ハ後三条院第四[八]皇子御子左皇《みこひだりのわう》有佐五代ノ孫トゾ承ル。父[九]為綱卿、蒙二朝恩一《てうおんをかうぶり》伊豆国司ヲ給《たまは》リ、[一〇]任国ノ神拝《じんばい》ニ下《くだり》給タリケルガ、暫《しばら》ク在国ノ間、[一一]工藤介茂光ガ娘ヲ思《おもひ》テ儲《まうけ》タリシ子也。任限《にんげん》ノ後ハ、為綱ハ上洛《しやうらく》シケレ共、信綱ハ未嬰児《いまだえいじ》ノ事ナレバ、外戚《げしやく》ノ祖父《そぶ》工藤介夫婦、是ヲ憐《あはれみ》テ、伊豆国ニテ養立《やしなひたて》ケル程ニ、

城条に一族の系譜あり、江見次郎の名が見え、平家に従い西海に没す、母は丹後侍従忠房の娘とし、伊勢海老の家紋の由来を記す。

義経向二三草山一

一　巻三五巻頭の交名の義経勢の「相従輩」の中に載る。貴種と認められていたのだろう。義経、信綱、実平の評定は補注一二にも。

二　「吾聞、先則制人、後則為人制」史記・項羽本紀が原拠。管蠡抄、明文抄にも。

三　陣の一方が破られれば、残りの軍勢も陣をもちこたえることはできない。

四　これ以上、議論の必要はない、の意。

五　その意見はもとから自分が考えていたことだ。

六　いくつか意見を出させて、ことがらを皆に玩味させるのが、軍陣での作法である。

七　尊卑分脈の工藤系譜に「茂光—宗茂—信綱田代冠者。母茂光女、茂光息女子、非実子」とする。

八　尊卑分脈の藤原道綱流の系譜に顕綱の子として有佐の名が見え、実は後三条院御子であると注記する。顕綱は後拾遺歌仙とされる歌人、有佐も金葉集に入集する歌人。俊成の外曾父の兄弟ないし俊成の妻の曾祖父にあたる（谷山茂『藤原俊成　人と作品』の「第二章血縁的系譜」）有佐が顕綱の養子になった次第は今鏡に。↓補注一三

九　尊卑分脈では有佐の子孫に為綱の名はないが、孫の為頼が伊豆守従五位下でその子の信広に「母伊豆国住人女」と注記する。

一〇　国司神拝。一宮をはじめ国の主要な神社を巡拝し神宝を奉納する。国司遥任の制が定まって後も、国司自身が下向して自ら神拝すること

生年十一歳ヨリ流人兵衛佐ノ見参《げんざん》ニ入《いり》テ、[一二]内外《うちと》ナキ事ニテ御座《おはし》ケリ。石橋山ノ合戦ニモ、兵衛佐ノ軍《いくさ》破《やぶれ》テ、杉山へ入《いり》給ケルニ、[一三]祖父《そぶ》狩野介ガ首ヲ取《とり》、[一四]伯父甥ツレテ[一五]荻野五郎ヲ射払《いはらひ》、佐殿ノ方へ馳参《はせまゐり》タル剛《かうの》者也。木曾追討之時、軍兵《ぐんびやう》多ク被二指上《さしのぼせられ》一ケルニ、此《この》田代冠者《くわんじや》ヲバ[一六]自然ノ用心ニトテ、鎌倉ニ被レ留《とどめられ》タリケルガ、「木曾ガ合戦ニ、[一七]勢多ノ討手負《まけ》テ無勢《ぶぜい》也。猶軍兵《なほぐんびやう》ヲ被レ副《そへらる》ベシ」ト、関東へ申サレタリケルニヨテ、「九郎、都ニ候ヘバ、何事モ被二[41]役合《おほせあはせられ》一候ベシ」トテ、後馳《おくればせ》ニ[一八]狩野五郎ニ打《うち》具シテ、[一九]五百余騎ニテ上洛《しやうらく》セリ。[二〇]文ハ父方ヲ学《まなび》、武ハ[42][二一]外方《ははかた》ヲ伝《つたへ》ツヽ、兼二帯《けんたいして》公家武家一文武一双ノ達者也ケレバ、角《かく》被二計申《はからひまうされ》一ケリ。九郎義経ハ、「サラバ夜討《ようち》ニセヨ」トテ、一万余騎ニテ三草山ヲ[二二]山越《やまごえ》ニ、西ノ城戸ヘト打給《うちたまふ》。平家ノ方ニハ、先陣コソ自《をのづから》夜討モヤ、ト用心シケレ共、後陣ハ明日ノ軍《いくさ》トテ、甲《かぶと》ヲ脱《ぬぎ》、箙《えびら》ヲ解《とい》テ枕トシテ、打重《かさなり》々々、前後モ知《しら》ズ伏《ふし》タリケリ。源氏ノ兵《つはもの》ハ[二三]幽《かすか》ナル山中ヲ、而《しか》モ無案内《ぶあんない》ニテ、[二四]木ノ本イブセキ闇ノ夜ニ、過《すぐ》ル事コソ難治《なんぢ》ナレ。上下嘆思《なげきおもひ》ケルニ、[二五]軍将真先《まつさき》カケテ打給《たまふ》。大将モサスガ始《はじめ》タル山ナレバ、「武蔵坊〳〵」ト召《めす》。弁慶前ニ進出《すすみいで》タリ。「[二六]例ノ大続明《たいまつ》、用意セバヤ」ト宣フ。軍兵《ぐんびやう》等ハ不レ得二其意《そのこころをえざり》一ケレ共、弁慶ハ、「用意仕《つかまつつ》テ候」トテ、大勢ニ

もあった。
一一　工藤氏。狩野とも。伊豆国の豪族。保元物語に源為朝を討ったことが見える。鎌倉で平重衡の預り役となった宗茂の父。石橋山合戦で頼朝に味方、治承四年八月二四日に自刃。
一二　公私の区別のない親しい奉公をする境遇。
一三　巻二〇・楚効荊保に記される。
一四　茂光の子の狩野五郎親光と信綱。
一五　季重。武蔵の横山党。巻二〇・石橋合戦で頼朝に馬から射落とされたとある。
一六　万が一の時の用心。
一七　範頼の軍勢。
一八　注一四の親光。
一九　巻三五巻頭の義経勢の交名に信綱の名が見える。
二〇　父方は歌人の家筋。注八参照。
二一　外戚。母方の工藤氏。
二二　源氏勢の陣地のある東の山口から三草山を越えて平家の陣地のある西の山口へ向った。
二三　暗い山中。
二四　木の根が気がかりで厄介な。
二五　義経を指す。
二六　いつもの大たいまつ。巻三五・義経範頼京入でも宇治の在家に火をかけている。

先立《さきだつ》テ道ノ辺《あたり》ノ家々ニ、追継々々《おつつぎおつつぎ》火ヲ指《さし》ケリ。火焔天ニ燿《かかやき》テ地ヲ照《てら》シケレバ、山中三里ハ此《この》光ニテ、スルリト越《こえ》ニケリ。誠ニ大続松《たいまつ》トハ、今コソ人々心エケレ。既ニ子丑ノ刻ニモ成《なり》ヌ。[一]如法《にょほふ》夜半ノ事ナレバ、闇《くら》サハクラシ、東西モ不レ見《みえざり》ケルニ、夜討《ようち》ノ声ニ驚《おどろき》テ、[二]平家取《とる》物モ取《とり》アヘズ、甲《かぶと》ヲ著テ鎧《よろひ》ヲバ棄《すて》、矢ヲバ負《おひ》テ弓ヲバ取《とら》ズ。馬一疋《ぴき》ニハ二、三人取付《つい》テ、我《われ》先ニト諍《あらそひ》、弓一挺《ちやう》ニハ四、五人取合《あひ》テ引折《ひきをり》タリ。主ハ従者ヲ知《しら》ズ、親ハ子ヲ省《かへりみ》ズ。適《たまたま》太刀《たち》ヲ抜《ぬき》テ敵ヲ斬《きる》ト思《おもへども》共、目指《さす》トモ知ヌ闇ナレバ、多《おほく》ハ友討《ともうち》ニコソ亡《ほろび》ケレ。大将軍新三位中将資盛ハ、大勢ニ追散《おつちらさ》レテ、一矢ヲ射《いる》マデハ不二思寄一《おもひよらず》。匍々《はうはう》落《おち》テ遁《のがれ》給タリケルガ、面目ナシトテ[三]福原ヘハ入《いり》給ハズ。舟ニ取乗《のり》、[四]讃岐屋島城ヘ渡給《わたりたまふ》。源氏ハ軍《いくさ》ノ手合《てあはせ》ニ、門出能《かどいでよし》トテ勇《いさみ》ケリ。虜《いけどり》共ノ首切《きり》テ、西ノ山口ニ竿結渡《さをゆひわたし》テ、百八十人ヲ懸《かく》。同五日備中守師盛、平内兵衛清家、[五]大臣殿《おほいどの》ヘ参《まゐり》給テ、「御方《みかた》ノ兵《つはもの》共、兼《かね》テ夜討有《ある》ベキ共不レ存之《ぞんぜざる》間、暁マデトテ休伏《やすみふし》タル処《ところ》ニ、源氏等如法《にょほふ》夜半ニ推寄《おしよせ》テ、散々ニ懸廻《かけまは》セバ、不二思寄一《おもひよらず》俄事《にはか》ニテ、我先々々ニト落失《おちうせ》ヌ。[六]山ノ手ユヽシキ大事ノ所ニ候。[七]猶《なほ》モ手ヲ向《むけ》ラルベキニテ候」ト被レ申《まうされ》ケレバ、大臣殿、「浅増《あさまし》キ事ニコソ」トテ、[八]安芸右馬助基康ヲ使ニテ、方々ヘ被レ役《おほせられ》[43]ケレドモ、面々ニ辞退申サル。[九]能

一　まったくの。

二　巻二三・平家逃上、巻二九・礪並山合戦にも類似の文章がある。

三　福原（神戸市）の方向ではなく、西南の方向に向かい、小野（兵庫県小野市）を経て高砂に出、そこから乗船して屋島に向かったのかもしれない。小野市には追撃する源氏勢に関わる伝説と旧蹟が残る。

四　平家が屋島に拠点を設けていたことは九二頁八行、一〇五頁四行などに見える。

五　平家の総帥の宗盛。福原あたりにいたのだろう。

六　三草から小野（現在、小野市）に廻り、ないし直行して美嚢郡内を通過し、藍那（現在、神戸市北区）を経て一ノ谷（現在、神戸市須磨区）に通じる山手の侵入路を扼する陣地か。

七　さらに軍勢を派遣されるべきでございます。

八　二一六頁注一一に小鴨介基康が載るが、別人か。延慶本は安芸ノ馬助能康、覚一本は安芸右馬助能行。

九　平教経。

登殿へ被レ仰《おほせられ》ケルハ、『三草山[44]已《すで》ニ夜討《ようち》ニ被レ破《やぶられ》ヌ』ト申《まうす》。一谷ヲバ[一〇]貞能、[一一]家仲ニ仰付《おほせつけ》ヌレバ、去共《さりとも》ト存ズ。生田ヲバ[一二]新中納言、[一三]本三位中将固《かため》候ヌレバ、心安《やすく》覚ユ。山ノ手ニハ[一四]盛俊ヲ遣《つかは》シヌレ共、大事ノ所ト承レバ、心苦《ぐるし》ク存《ぞんずる》間、[一五]ナヲ手ヲ向《むけ》バヤト思侍《おもひはべる》ニ、兵《つはもの》共ガ、『[一六]大将軍一人モオハシマサデハ悪《あし》カリナン』ト歎申《なげきまうす》ニ付《つい》テ、[一七]人々ニ申セバ、『何《いづ》レノ殿原モ、悪所ナレバ向《むか》ハジ』ト申合《まうしあは》ル。イカヾシ侍《はべる》ベキ。且《かつう》ハ[一八]身々ノ御大事也。被レ向《むかはれ》候テ、兵《つはもの》共ヲモ御下知アレカシ」ト[45]被レ役《おほせられ》タリ。能登守ノ返事ニハ、「軍《いくさ》ハ相構《あひかまへ》テ、我一人ガ大事ト存《ぞんじ》テ振舞《ふるまふ》ダニモ、[一九]時ニ臨《のぞみ》テ悪様《あしざま》ノ事多シ。[二〇]其《それ》ニ[二一]心々ニテ悪《あしき》所ヲバ、『不レ行《ゆかじ》、不レ固《かためじ》』ト嫌《きらひ》、善方《よきかた》ヘハ『向《むか》ハン、守ラン』ト申サレンニハ、遂《つひ》ニヨカルベシ共覚《ともおぼえ》ズ。悪《あしき》所トテ[46]被レ簡《きらはるれ》バ、兵《つはもの》ノ命ヲ惜《をしむ》ニコソ。身ヲ[二二]タバヽンニハ、軍場《いくさば》ヘ向《むかは》ヌニハ不レ如《しかず》。源平東西ニ諍《あらそひ》テ、[二三]命ヲ限《かぎり》ノ軍《いくさ》ナレバ、身命ヲ惜《をしむ》ベカラズ。[二四]死《しぬる》ハイツモ同《おなじ》事也。人々ノ、強シ悪《あし》トテ嫌給《きらひたまふ》所ヲバ、教経ニ預《あづけ》給ヘ。何度モ可レ固《かたむべく》候。御心安思召《やすくおぼしめせ》」トテ、能登殿ハ三草山ヘゾ被レ向《むかはれ》ケル。誠ニ[二五]ユヽシクゾ聞エシ。越中前司盛俊ガ仮屋《かりや》ノ前ニ仮屋打《うつ》テ、敵ヲ今ヤ〳〵トゾ待懸《まちかけ》タル。爾《しかる》程ニ五日モ[47]已ニ暮《くれ》ニケリ。

源氏ノ大手《おほて》ハ[48]昆湯野ニ陣ヲ取《とつ》テ、[二六]遠火ヲ焼《たく》。平家ハ生田森ニ陣ヲ取《とつ》

一〇 九三頁注二六。ここに登場するのは不審。延慶本も同じ。
一一 家長とあるべし。伊賀平内左衛門尉家長。一一六頁注一四。
一二 平知盛。
一三 平重衡。
一四 越中前司盛俊。二四三頁注二八。一一六頁注一二の盛嗣の父。
一五 さらに軍勢を派遣したいと思いますが。
一六 侍大将の身分ではない、平家一門の軍将。
一七 平家一門の人々。
一八 我々皆にとっての。
一九 実際の戦場で、悪い状況になることが多々ある。
二〇 そうであるにもかかわらず。
二一 身勝手な考えで。
二二 惜しむのならば。
二三 命がけの合戦であるので。
二四 武者は「死」を「自然（じねん）のこと」と表現した。
二五 立派に見えた。
二六 軍勢の威勢を示すために遠くからも見えるように焼くかがり火。

通盛請二小宰相局一

テ、[一]向火《むかひび》ヲ合《あは》ス。彼方此方《かなたこなた》ノ篝火《かがりび》ヲ、深行儘《ふけゆくまま》ニ見渡《わたせ》バ、晴《はれ》タル天《そら》ノ星ノ如《ごとく》、沢辺ノ蛍ニ似タリケリ。

越前三位通盛[二]ハ、旅ノ仮屋《かりや》ニテ物具脱置《ぬぎおき》、[三]小宰相局ト申《まうす》女房ヲ、船ヨリ被レ迎《むかへられ》タリ。何《いつ》モ会《あふ》夜ノ度毎《たびごと》ニ、睦言尽《むつごとつき》ヌ中ナレバ、短キ春ノ夜ノウラメシサハ、[四]丑ミツ計《ばかり》ニ成《なり》ニケリ。能登守ハ宵ノ程ハ[五]骨《こつ》ナシト覚シテ、不レ被レ申《まうされざり》ケルガ、既ニ夜半モ過《すぎ》ケレバ、高ラカニ、「[六]此《この》手ヲバ強方《こはき》トテ、人々モ辞シ申サレツレ共、『教経向《むか》ヘ』ト候ヘバ、罷向《まかりむかひ》ヌ。所ノ体《てい》ヲ見《みる》ニ、誠ニコハカルベシ。後《うしろ》ハ山々ナレ共、平地《へいち》ニシテ[七]下透《すき》タレバ、[八]馬ノ馬場ト云《いふ》ベシ。前ハ海ナレ共、遠浅ニテ船付《ふなつき》ワルクシテ、舟ヲ難レ出《いだしがたし》。去《され》バ敵、後ノ山ヨリ跋《ばつ》ト落《おと》サバ、[九]鎧《よろひ》ヲ著タリ共、甲《かぶと》ヲ不レ着《きず》、弓ヲ取《とり》タリトモ、矢ヲハゲンニ暇《いとま》アルマジ。去《され》バコソ[一〇]新三位中将モ、[一一]西ノ山口ヲバ落《おと》サレケメ。帯[49]紐解《ひもとき》広ゲテ、思《おもふ》事ナクオハスル事勿体《もつたい》ナシ。女房ノ悲《かなしき》モ子ノ糸《いと》惜《ほしき》モ、身ノ[一二]豊《ゆたか》ナル時ノ事也。[一三]自然ノ事アラバ、イカヾハシ給ベキ。其上《その》九郎冠者ハ謀賢《はかりことかしこき》者ニテ、今モヤ夜討《ようち》ニ攻来《せめきた》ラン。御心得有《ある》ベシ」ト被レ申《まうされ》ケレバ、[一四]三位、ゲニモト被レ思《おもはれ》ケレバ、[一五]衣々《きぬぎぬ》ニ起別《おきわかれ》テ、舟ヘゾ被二返送一《かへしおくられ》ケル。三位討《うた》レテ後ニコソ、是《これ》ヲ最後ト被レ泣《なかれ》ケレ。

一　遠火に対抗して焼くかがり火。
二　平教盛の嫡男。父教盛、弟の教経、業盛とともに平家一門の中でも武勇の誉れが高かった。
三　蔵人頭で刑部卿の藤原憲方の娘。上西門院統子の女房。通盛の室となったこと、一ノ谷合戦で通盛が討ち死した後、入水して果てたことなどが建礼門院右京大夫集に記される。
四　丑の第三点。今の午前二時から二時半ごろ。
五　こちなしに同じ。無作法、無礼。
六　一ノ谷を防衛するための前線。
七　下の方が見渡せる。
八　乗馬の練習場のように馬を駆りやすい地形だ。
九　応戦のひまを与えないほどの急襲が可能であることを言う。
一〇　平資盛。
一一　三草山の西の麓に張った防禦陣地。
一二　ゆったりしてゆとりのある時。
一三　予期せぬ事、非常事態。
一四　平通盛。
一五　身を離して。
一六　弓に矢をつがえ防戦の手はずを整えて。

六日ノ未[50]朝、上ノ山ヨリ巌崩《いはほくづれ》テ落《おち》、柴ノ梢ユルギケレバ、城ノ中ニハ、「スハヤ敵ノ寄《よする》ハ」トテ、各《おのおの》甲《かぶと》ノ緒ヲシメ、馬ニ騎《のり》、筈《はず》[一六]ヲ取《とつ》テ待処《まつところ》ニ、[一七]雄鹿二《ふたつ》、雌鹿一《ひとつ》ツヾキテ出来《いできた》レリ。能登守ハ、「此《この》鹿ノ下《くだり》様ヲ思《おもふ》ニ、一《いち》定《ちやう》敵ガ寄《よす》ルト覚《おぼえ》タリ。爰《ここ》[一八]ニハマン鹿ダニモ、人ニ恐《おそれ》テ深ク山ニ入《いる》ベシ。深山ノ鹿、争《いかで》カ人近ク下ルベキ。[51][一九]菩薩《ぼさつ》ヲ山ノ鹿ニ喩《たとへ》タリ。『招《まねけ》ドモ不レ来《きたらず》』トイヘリ。敵ノ近付《ちかづき》ケル条《でう》、子細ナシ。我ト思ハン者、アマスナ」ト宣ヘバ、伊予国住人[二〇]高市武者所清章ハ、馬ノ上ニモ歩立《かちだち》ニモ、弓ノ上手ナル上ニ、而《しか》モ猟師也ケルガ、折節、[二一]射付《いつけ》馬ノ早走《はやはしり》ニ乗《のつ》タリケリ。一鞭《むち》アテヽ、[二二]弓手《ゆんで》ニ相付《あひつけ》テ、箙《えびら》ノ上[二三]ザシ抜出《ぬきいだし》テ、雄鹿二《ふたつ》ハ同《おなじ》草ニ射留《とどめ》ツ。雄[52]鹿一《ひとつ》ハ逃《にげ》テケリ。「不レ意《こころならず》狩《かり》シタリ。殿原、[二四]草分《くさわけ》ノカフ、[二五]ソシヾノハヅレ、肝[二六]ノタバネ、舌根《したの》、鹿ノ[二七]実ニハ能処《よきところ》ゾ。鹿食《めせ》、殿原」ト云《いひ》ケレ共、大形《おほかた》ノ[二八]怱々《そうそう》ノ上、軍場《いくさば》ニテ鹿食《くらふ》事憚《はばかり》アリ。其《その》上、[二九]稲村明神トテ程近《ちかく》御座《おはし》ケレバ、松ノ二、三本有《あり》ケル本ニ棄置《すておき》ケリ。其《それ》ヨリシテコソ、ヽコヲバ[三〇]鹿松村トモ名付《なづけ》ケレ。「大将軍ノ仰《おほせ》ナレ共、只《ただ》今ノ矢一《ひとつ》ハ敵十人ハ防《ふせぐ》ベシ。清章ガ鹿射《いる》、由ナシ〳〵」ト口々ニ云ケレバ、高名モ還《かへり》テヲコガマシク見《みえ》ケリ。軍《いくさ》ハ[三一]七日ノ卯刻ニ箭合《やあはせ》ト被レ定《さだめられ》タリケレバ、義経、田代冠者ヲ招《まねい》

清章射レ鹿

一七　延慶本では、位置を異にして、義経が鵯越の坂落としをする前に、試みに落とした二頭の馬に驚いて、坂の途中に臥していた三頭の牡鹿が驚いて坂を下り、それが平家の陣地に走りこみ、武智武者所清章に射取られたと記す。

一八　山地の裾にあたる、このあたりを餌場にしている鹿。

一九　「煩悩は家の犬、打てども去ることなく、菩提は山の鹿（かせぎ）、繫げども留まりがたし」（宝物集・往生の十二門の第一道心）などの仏教的な喩えによる。心は野性の鹿のようなもので、菩提の道に繫ぎとめるのは難しく、すぐに煩悩の山に逃げ帰ってしまう、という意味。

二〇　橘姓を称する新居氏の一族。伊予国越智郡高市郷より起こる。予章記に高市武者所清儀として登場。

二一　犬追物、笠懸、流鏑馬などを射ならわし騎射になれた馬を物射（ものい）馬という（貞丈雑記）が、その類か。

二二　鹿が左側になるように近づいて。

二三　胡籙（やなぐい）や箙（えびら）に盛った矢の上に一筋または二筋差し添えた別の形式の矢。征矢を盛った場合には狩矢。

二四　草をかき分ける胸先の盛り上った部分の肉。

二五　背筋に近い部位。

二六　内蔵の中心の部位。

二七　肉。

二八　慌しい状況。

二九　六甲山地に続く高取山付近の社か（日本歴史地名大系・兵庫県の地名Ⅰの一八六頁上）。

三〇　摂津国八部（やたべ）郡長田村の北西部。現在の神戸市長田区に鹿松町がある。

三一　二二六頁注四。

テ宣様《のたまふやう》、「土肥次郎実平等ヲ具シテ、七千余騎ニテ一谷ノ西ノ城戸口、山ノ手ヲ破《やぶり》給へ。義経ハ音ニ聞ユル[一]鵯越《ひよどりごえ》ヲ落《おと》シ候ベシ」トテ、[二]佐藤三郎継信兄弟、江田源三、熊井太郎、伊勢三郎義盛、熊谷次郎直実、平山武者所季重、片岡八郎為春、佐原十郎義連、後藤兵衛真基、源八広綱、武蔵房弁慶等ヲ始《はじめ》トシテ、手ニ立《たつ》ベキ究竟《くつきやう》ノ兵《つはもの》三千余騎ヲ撰勝《えらびすぐ》リ、一万余騎ガ中ヨリ三千余騎ヲ相具《あひぐ》シテ、三草山ノ奥へ入《いり》、[三]綱下峠打過《うちすぎ》テ、[四]青山ニカヽリ、[五]折部山、[六]鉢伏峰、[七]蟻戸ト云《いふ》所へ向《むかひ》ケリ。軍将ノ其日《そのひの》装束ニハ、青地錦《にしき》ノ直垂《ひたたれ》ニ、黒糸威《をどし》ノ鎧《よろひ》著テ、[八]鹿毛《かげ》ナル馬ノ太ク大《おほき》ナルニ、貝鞍置《かひぐらおき》テ乗《のり》給フ。

[九]一説ニハ、赤地錦ノ直垂ニ黄返《きかへし》ノ鎧キテ、宿鴾《さびつきげ》ノ馬ノ太《ふとく》逞《たくましき》ガ、尾髪《をがみ》足レルニ乗給《たまふ》。名ヲバ[一〇]青海波トテ、東国第一ノ名馬ト云々。

[一一]大夫ト云《いふ》黒馬ニハ白覆輪ノ鞍置《くらおい》テ、[一二]労《いたはり》テ引《ひか》セラル。[一三]此《この》黒ハ、今度ノ上洛《しやうらく》ニ鎌倉殿ヨリ得給ヘリ。本名ヲバ薄墨《うすずみ》トゾ申《まうし》ケル。[一四]彼《かの》山道ハ長山遥《はるか》ニ連《つらなつ》テ、人跡殆《ほとんど》絶《たえ》タリ。鵯越トテユヽシキ嶮難《けんなん》ノ石巌《せきがん》也。自《をのづから》鹿計《ばかり》コソ通《かよひ》ケルニ、軍将前ニ進《すすみ》テ宣《のたまひ》ケルハ、「義経ガ乗《のり》タル[一五]大鹿毛ハ、陸奥国ニテ名ヲエタル気高キ逸物《いちもつ》也。敵ニアハン時ハ、必《かならず》此馬ニ乗《のる》ベシトテ、平泉ヲ立《たち》シ時、秀衡ガ我ニ得サセタリキ。鎌倉殿ノタビタル薄墨ニモ、[一六]底ハマ

一　近世には六甲山地北部地域から直接に灘、兵庫に達する間道として利用されることになる六甲横越道のひとつとなる。藍那村から夢野村に出る。
二　以下の人々は二二八—二三〇頁の義経勢の交名に見える。
三、四、五、六、七　未勘。これらの地名は三草から藍那（今の神戸市北区山田町藍那）に通じる播磨国美嚢郡内の山間の道沿いにあったことになる。
八　鹿の毛色に似て、四肢の下部、たてがみ、尾は黒い。
九　延慶本、長門本に記す義経の装束および馬の毛色と同じ。ただし馬の名は「アマ雲」。宿鴾は赤褐色を帯びた月毛。
一〇　一五六頁の馬揃に義経の引かせた馬を薄墨と青海波の二頭とする。青海波という名の馬は吾妻鏡・建長三年九月二五日に幕府の御廏で急死したと記す秘蔵の馬が知られる。薄墨は巻三七・馬因縁で一ノ谷から敗退する教経の乗馬も同じ名。梶原景季が鎌倉で頼朝から賜った馬を盛衰記など諸本は磨墨とするが、延慶本は薄墨とする。
一一　薄墨に大夫黒という名をあらたに与えたのは義経が元暦元年九月一八日に従五位下に叙されて後のこと（巻四二・継信孝養）。後に、屋島合戦で戦死した佐藤継信と鎌田光政の供養の布施として土地の僧に供される（同）。
一二　乗替の馬として連れているのである。
一三　巻四二・継信孝養には秀衡からの引出物とする。
一四　三草から六甲山地を横断して一ノ谷方面に至る道。
一五　巻四二・継信孝養では大鹿毛でなく薄墨

サリテコソ在《ある》ラメ。去《され》バ宇治川ヲ渡《わたり》シ時モ、此《この》二疋《ひき》ノ馬共ハ、[53]一七鞍取《くらとり》ヨリ上ヲ不レ濡《ぬらさぬ》逸物《いちもつ》也。サテモ我《わが》朝ノ一八名馬ニハ、三日月、和琴、鳥形、花形、浦々、荒礒、望月、宮木、[54]一九大耳子、小耳子、夏引、二〇小花ナンド也。或《あるひは》長《たけ》[55]二一七尺ニアマリ、或《あるひは》[56]八尺ナンド有《あり》ケリト云《いふ》。二二満政ガ赤六、二三貞任ガ大黒ニモ劣《おとる》ベシ共不レ覚《おぼえず》。音ニ聞《きこゆ》ル鵯越《ひよどりごえ》ノ巌石《がんぜき》、此馬ノカケラザルベキ所ニシモアラジ。卯刻ノ矢合《やあはせ》也。急ゲヤ〳〵、夜中《よのうち》ニ」トテ、伏木礒道《やまのかけぢ》ヲモ嫌ハズ、二四木透《こすき》ヲ守《まもつ》テ、引懸々々指窕《ひつかけひつかけさしくつろげ》テ打《うち》給ヘバ、我モ〳〵トツヾキタリ。去共《されども》六日ノ月ハ既入《すでにいり》ヌ。山嶮《けはしう》シテ大木茂《しげり》、岩高《たかう》シテ道幽《かすか》也ケレバ、手縄ヲ引《ひか》ヘテ跟蹡《ためらひ》々々ゾ歩《あゆま》セケル。九郎義経宣《のたまひ》ケルハ、「御方《みかた》ノ勢ノ中ニ、若《もし》此山ノ案内知《しり》タル者ヤアル」ト問給《とひたまふ》。答《こたふる》者ナシ。爰《ここ》ニ武蔵国住人二五別府小太郎忠澄、生年十八ニ成《なり》ケルガ、進出《すすみいで》テ申《まうし》ケルハ、「加様《かやう》ノ事ハ先《まづ》、[57]長達《おとなたち》ノ申《まうす》ベキ事ニ候。末ノ者申入《いるる》事、其恐《そのおそれ》侍レ共、親ニテ候シ入道ノ常ニ教ヘ候シハ、『若《わかき》者ハ聞《きき》モ習ヘ、山越《ごし》ノ狩《かり》ヲモセヨ、敵ヲモ攻《せめ》ヨカシ、山ニ迷《まよひ》タランニハ、老《おい》タル馬ヲ先ニ立《たて》テ行《ゆく》ベシ、其必《それかならず》道ニ出《いづる》ナリ』ト教訓申候キ。今思出《おもひいで》ラレ候。サモヤ有《ある》ベカルラン」ト申ケレバ、御曹司、「戯《げ》[58]於《に》サル事聞《きき》侍リ。二六斉国ノ二七桓公ガ、二八胡竹ノ国ヲ伐《うち》シ時、深雪路ヲ埋《うづみ》テ帰《かへる》事不レ叶《かなはざり》ケルニ、二九管仲ト云《いふ》

（大夫黒）を秀衡の贈り物とする。たとえば旧赤木文庫本義経物語では秀衡が藤の葉、葦毛、皆鵯など三百匹を引出物としたと記す。

一六 そこ力。真の力量。

一七 鞍爪に同じ。前輪と後輪の部分。

一八 江談抄第三・高名馬名、二中歴十三・名物歴に名馬の交名。二中歴に近い。

一九 大甘子、小甘子とあるべし。

二〇 尾花とあるべし。

二一 七寸、八寸とあるべし。馬のたけは四尺が定尺で、四尺に一寸あまるを一寸と言う。肩あたりの高さ。七寸はナナキ、八寸はハッスンと読む。

二二 六孫王源経基の子で満仲の弟。八島大夫、村岡大夫と号す。鎮守府将軍。赤六は江談抄第三・高名馬名に載る。

二三 陸奥の豪族。前九年の役で敗死。大黒は未勘。

二四 木々の透き間をたよりにして。

二五 武蔵七党の横山党。大里（旧幡羅）郡別府の住人。別府氏の祖の別府太郎（愛甲小太郎）義久の孫。別府弥太郎広孝（広基とも）の子。東別府の中廓にある香林寺はその建立とされる。建保元年の和田合戦に義盛に与して殺される。別名が清重。別府小太郎清重の名は覚一本の義経勢の交名には載る。

二六 管仲随馬の故事による。巻一四・三位入道入寺にも言及。韓非子が原拠で、蒙求と蒙求註・管仲随馬、蒙求和歌・同、和漢朗詠集・将軍、同永済注・同、世俗諺文・老馬智その他諸書に見える。↓補注一四

二七 中国の春秋時代の五覇のひとり。

二八 孤竹。殷時代の国の名。今の河北省盧龍県から熱河省朝陽県に至る地域。伯夷・叔齊は孤

者、老馬ヲ雪ニ放《はなち》テ道ヲ得タリ、ト云《いふ》本文ニ叶《かな》ヘリ。返々《かへすがへす》モ神妙《しんべう》々々」トゾ感ジ給ケル。爰《ここ》ニ同国住人平山[一]武者所進出《すすみいで》テ、「季重、此《この》山ノ案内ヨク存知仕《つかまつ》テ候。先陣給ハラン」ト申《まうす》。近打連《ちかくうちつれ》タル[二]土肥、畠山、熊谷等、取々《とりどり》ロ々ニ云《いひ》ケルハ、「武蔵国ノ者ガ、今度始《はじめ》テ西国ノ討手ニ下《くだり》、今度始テ此山ヲ通ル。西国ノ初旅也。[三]摂津国ト幡磨[59]トノ境ナル山ノ案内ヲバ、争知《いかでしる》ベキ。[四]得通ノ聖者《しやうじや》ニ非ズ、[五]飛行《ひぎやう》ノ神仙ニモアラジカシ」ト笑《わらひ》ケレバ、平山云様《いふやう》ハ、[六]「鹿付《しかつき》ノ山ヲバ猟師知《しり》、鳥付《つく》原ヲバ鷹師知《しり》、魚付《うをつき》ノ浦ヲバ網人シリ、智恵アル人ヲバ智者ゾシル。吉野、泊瀬ノ花ノ色、須磨ヤ明石ノ月ノ影ハ、其《その》里人ハ不レ知《しらざれ》ドモ、数奇《すき》タル人コソ知習《しるならひ》ナレ。[七]於二諸事一道ヲバ道ガ知《しる》事ゾカシ。[八]桃李不レ語《ものいはず》下自《をのづから》成レ蹊《みちをなす》。況《いはんや》[九]敵ヲ招《まねく》城ノ内、軍《いくさ》ヲ籠《こめ》タル山中ニハ、剛者《かうの》コソ案内者ヨ」トテ、鞭《むち》ヲ揚《あげ》テ先陣ニ進《すすみ》ケリ。兵《つはもの》共、[一〇]当座ノ会尺《ゑしやく》ノ面白サニ、「平山ガ詞《ことば》、[一一]傍若無人也。誰カ心ニ可レ劣《おとるべき》」トバカリ云捨《すて》テ、各《おのおの》勇進《いさみすすみ》ケリ。

九郎御曹司下知シ給ケルハ、「此山ノ[一二]足立《あしたち》極《きはめ》テ悪シ。[一三]鹿ノ落《おと》シモ有《ある》ラン。[一四]熊押《おし》ナドモ上《あげ》タルラン。悪所ニ懸《かかつ》テ馬ヲモ人ヲモ不レ可レ損《そんずべからず》」トテ、「武蔵坊弁慶」ト召《めす》。「弁慶候」トテ進《すすみ》参ズ。[一五]装束ニハ褐衣《かちん》ノ直垂《ひたたれ》ニ黒革威《をどし》ノ鎧《よろひ》ニ、[一六]同毛甲《おなじけのかぶと》ニ三尺五寸ノ黒漆《こくしつ》ノ太刀《たち》帯《はき》テ、黒羽《くろば》ノ征矢《そや》負《おひ》テ、塗籠《ぬりごめ》ノ弓ニ

竹君の子。
二九 春秋時代、齊の潁上の人。桓公の相として彼を五覇のひとりたらしめた。管子の原作者。

一 季重。二二九頁の交名参照。
二 実平、重忠、直実。二二九頁の交名参照。
三 摂津国有馬郡と八部（やたべ）郡とに、東および南の境を接する播磨国美嚢郡の山中を、播磨国明石郡に境を接する摂津国八部郡藍那に向かっているのである。
四 神通力を持った聖（ひじり）。
五 空を飛ぶ神通力を得た仙人。
六 鹿が多く集まる山。以下、「智者ぞしる」までは諺か。
七 それぞれの世界の何たるかは、その世界に通じている者が一番よく分っている。
八 史記第一〇九・李将軍列伝の賛、漢書第五四・李広蘇建伝の賛などが原拠。管蠡抄第六・帰徳など。徳望のある人は自分から声をかけなくても、自然と人々が慕い集まってくることを言う喩え。ここでは意味をずらせた用法。
九 敵の城内や敵の防禦する山地は剛勇の士こそが先導者なのだ、の意。
一〇 その場の当意即妙のもの言いの面白さに。
一一 他に剛勇の士がないかのような言いかただ。
一二 足場。

鷲尾一谷案内者

一三 鹿を獲るための落とし穴か。
一四 熊を獲る罠の類か。注二六の押上の網罠のことか。
一五 褐衣は黒く見える程に濃い藍色。装束全体を黒一色にしている。金刀比羅本平治物語巻中・六波羅合戦の事の平清盛の装束（古活字本、平治物語絵巻は紺色の直垂）、本書巻一五・宇

治合戦の浄妙明春と同宿二〇人の装束など黒一色である。後者には「事を好みて装束したる」「同宿二十人同じ毛色に真黒にぞいでたちたる」と記す。黒色の象徴的な効果をねらった装束である。
一六 同じく黒く染めたなめし皮で綴った兜。
一七 上等のあめ牛は黄色い飴色だが、ふつうの牛は小型で黒色。まっ黒な牛のようであったと言うのであろう。
一八 まっ黒な焼け野原に下りている黒い鳥。まっ暗な山中にまっ黒な弁慶がいることを言う比喩。
一九 あてがあるわけではございませんが、探してまいりましょう。
二〇 あやしげな萱ぶきの家。
二一 比叡山に年長く住まいする法師。
二二 烏帽子は落ちないように小結（こゆい）の紐で髻に結びつけられるのだが、老齢で頭髪が少ないためにそれができず、不安定なので、くつろぐ時には烏帽子を脱いでいたのだろう。
二三 躵射と書く。一人で獲物を追い射て取る狩。武家名目抄第八・術芸部の躵狩の項に大友興廢記の文章を引用する。
二四 笛で鹿などを誘い寄せて射て取る狩。
二五 落とし穴に落とし括って捕える狩。
二六 山中に網を張って獲物を追い込んで取る狩。
二七 犬を使って行う狩。
二八 母屋のそばに建てた小屋。
二九 柿渋で染めた茶褐色の衣。
三〇 丸木の節の部分を裂けないように樺や葛藤または籐などで巻いた弓。
三一 矢の容器で、矢全体を納めてしまう。黒い漆を塗った大和うつぼと毛皮をかけたうつぼとある。猿の毛皮が多く用いられる。

好長刀取具《このむなぎなたとりぐし》テ、馬ヨリ下《おり》、軍将ノ前ニアリ。元来色黒《くろく》、長高《たけたかき》法師也。身《みの》色ヨリ上ノ装束マデ、牛[一七]驚ク程ニ有《あり》ケレバ、焼[一八]野ノ鴉《からす》ニ似タリケリ。「ヤヽ弁慶、承レ。木陰茂《しげり》テ道見エズ。山ノ案内者尋《たづね》テンヤ」ト宣ヘバ、「取《とり》[一九]定《さだめ》タル事モナキニ、候《さうらひ》ナン」トテ、馬ニ乗《のり》、乾《いぬゐ》ニ向《むかつ》テ十余町歩バセ下《くだり》テ、谷ノ底ヲ伺求《うかがひもとむる》ニ、幽《かすか》ニ火ノ見《みえ》ケルヲ、打寄《うちよせ》テ見《みれ》バ、[二〇]ケシカル萱屋《かやや》アリ。内ニ七十余《あまり》ナル翁《おきな》ト、六十余ナル嫗《うば》ト、腹掻出《かきいだ》シテ火ニアタリ居タリ。弁慶コハヅクロヒシテ、事々敷申《ことごとしくまうし》ケルハ、「鎌倉兵衛佐殿、朝敵追討ノ院宣ヲ給《たまは》リ御座《おはします》ニヨリテ、軍兵《ぐんびやう》ヲ被㆓指上《さしのぼせらるる》㆒間、平家都ヲ落《おち》テ此《この》山ニ籠《こも》ル。則《すなはち》御弟ノ蒲御曹司、大手ニ向《むかひ》給ヌ。九郎御曹司搦手《からめで》トシテ、此《この》上ノ山ニ御座《おはします》。案内者ニ参《まゐれ》トノ御使ニ、武蔵房弁慶トテ古山法師[二一]ノ怖《おそろしき》者ガ来《きた》レリ。疾々《とくとく》可㆑参《まゐるべき》也」ト云《いふ》。老人急起上《いそぎおきあがり》テ、[二二]烏帽子打著《き》テ申ケルハ、「若侍《わかくはべり》シ時ハ、摂津国丹波ノ山々暗キ所ナシ。春夏ハネラヒ射[二三]、秋冬ハ笛待《まち》[二四]、落《おと》[二五]シクヽリ、[二六]押上《おしあげ》、犬山[二七]ナド申テ、昼夜ニ山ニ侍《はべり》シカバ、木根《きのね》岩角知《しら》ヌハナシ。年闌《たけ》身衰《おとろへ》テ、此二十余年ハ不㆓弓引㆒、不㆓行歩叶《ぎやうぶかなはず》㆒候。子息ノ小冠《こくわん》ハ不敵ノ奴、案内ヨク知《しり》テ候ラン。被㆓召具《めしぐせらる》㆒ベシ」トテ、片屋《かたや》[二八]ニ有《あり》ケルヲ呼起《よびおこ》シテ、心ヲ含《ふくめ》テ進《まゐら》セケリ。柿《かき》[二九]ノ衣物《きもの》ニ同《おなじ》色ノ袴《はかま》、節巻《ふしまき》[三〇]ノ弓ニ猿[三一]皮靭《うつぼ》、[三二]鹿矢《ししや》アマタ指《さし》テ、半[三三]

物草《ものくさ》ヲゾハキタリケル。弁慶ニ相具《あひ》シテ参《まゐり》タリ。続松《たいまつ》トボシテ見給ヘバ、頬骨《ほほぼね》アレテ輔車《つらかまち》タカク、マカブラ覆《おほひ》テ勢大《おほき》ナリ。御曹司ハ、「イカニ汝《なんぢ》ガ居所ヲバ何《いづ》クト云《いふ》ゾ。年ハイカニ」ト問《とひ》給ヘバ、「歳《とし》ハ生年十七、居所ハ山ノ鼻ガ指《さし》覆テ、鷲《わし》ノ皃《かほ》ニ似タリトテ、鷲尾ト申付《まうしつけ》テ候」。「サテ汝《なんぢ》ガ親ニハ嫡子カ末子カ」ト、「名乗《なのり》ハイカニ」ト問給ヘバ、「名ハ未《いまだつかず》レ付。親ニハ三郎ニ相当《あたり》候」ト申《まうす》。旁聞召《かたがたきこしめし》テ、「仏ノ正法説《とき》給シ所、鷲ニ似タレバ鷲峰山《じゆぶうせん》ト被レ号《かうせらる》。達多《だつた》ガ邪法ヲ弘《ひろめ》ケル砌《みぎり》ハ、象ノ頭ニ似タリトテ、象頭山《ざうづせん》ト呼《よび》ケリ。震旦《しんだん》ニハ、香炉ニ似タル山トテ香炉山、龍ノ伏《ふせ》ルニ似タリトテ驪龍山《りりようせん》、我《わが》朝ニハ、比叡山ハ長ケレバ長柄山、金岳ハ金ノ多ケレバ金峰山ト名ヲ得タリ。様無《ためしなき》ニシモアラズ。去《され》バ汝ヲバ鷲尾三郎ト云ベシ。名乗ハ我片名《わがかたな》ニ父ガ片名ヲ取《とつ》テ、経春ト付《つく》ベシ。片岡ト同名ナレ共、多キ人ナレバ事カケジ。只《ただ》今烏帽子親ノ引出《ひきで》物」トテ、花橉木《くわりんぼく》ノ管《つか》ニ白金筒ノ金入《いり》タル刀ニ、鹿毛《かげ》ノ馬ニ鞍置《くらおい》テ、赤革威《をどし》ノ甲冑《かつちう》、小具足付《つけ》テ給タリケリ。是《これ》ヨリ思付奉《おもひつきたてまつつ》テ、一谷ノ案内者ヨリ始《はじめ》テ、八島、文司関、判官奥州ヘ落下《おちくだり》給シ時、十二人ノ虚《そら》山伏ノ其《その》一也。老《おい》タル親ヲモ振捨《ふりすて》テ、悲《かなし》キ妻ヲモ別《わかれ》ツヽ、奥州平泉ノ館《たち》ニシテ、最後ノ伴《とも》ヲシタリシモ、情《なさけ》

三二　猟師なので戦闘用の征矢（そや）ではなく狩猟用の矢を入れている。
三三　あしなか。足の裏の半分ほどの短い草履。

一　頬骨から顎骨にかけての輪郭。「輔車ツラカマチ」（名義抄）。
二　眉の濃く長いことをいうか。日葡辞書に「Macaburano（マカブラノ）タカイヒト　眉毛のながい、つまり非常につき出ている人」。
三　体格が大きい。
四　頂上が庇のように突きでて。
五　従兄弟間の順序で数える輩行の三番目でなく、親子の関係で数えて三番目の息子。
六　古代インドのマガダ国の首都である王舎城の東北に聳える山。釈迦が法華経などを説いたところ。絵画には頂上が鷲の頭部に似る形に描かれている。
七　提婆達多。法華経・提婆達多品の主人公。釈迦の従兄弟で仏敵。以下は彼の五逆罪のひとつ釈迦の教団分裂、破和合僧を企てた罪として知られる五百人の新比丘勾引の話の訛伝。↓補注一五
八　伽耶山。マガダ国の伽耶城の郊外、草木の殆ど生えない石山。仏陀成道以前の聖跡。
九　中国江西省九江県にある廬山の一峰。白氏文集巻一六所載の詩、それを踏まえた枕草子の一段、恵遠の廬山記などで有名。峰に雲気のたなびくのが香炉の煙に見たてられる。「東南有香炉山、孤峯秀起、遊気籠其上、則棼氳若烟」（恵遠・廬山記）。
一〇　太平御覧・地部・山にこの名はない。驪は黒い色。驪山からの連想か。陝西省臨潼県の驪山は歴史、文学で有名な山。麓に玄宗帝の華清宮があった。

アル事トゾ聞エシ。或《ある》人ノ云《いひ》ケルハ、「摂津国源氏ニテ、如レ形《かたのごとく》所領ノ有《あり》ケルヲ、二四難波次郎ニ被二押領一《あふりやうせられ》、山林ヲ狩《かり》テ此《ここ》ニ住《すみ》ケル」トゾ云ケル。二五異説ニ云《いはく》、三草山ノ夜討《ようち》ノ時、虜《いけどり》多カリケル中ニ、斬《きる》ベキヲバ被二斬《きりすて》棄《らる》一。可レ被レ宥《なだめらるべき》ヲバ木ノ本ニ結付《ゆひつけ》テ、山ノ案内者ニトテ、兵具《ひやうぐ》ヲバユルサズ、召具《めしぐ》シ給タリケル男ヲ、引出《ひきいだ》シ問《とひ》給ケルハ、「抑《そもそも》和俗《わぞく》ハ平家伺候ノ家人カ、国々ノ駈《かり》武者カ」ト。「是《これ》ハ平家之家人ニモ非ズ、又駈武者ニモ侍《はべら》ズ。63幡磨国二六安田庄下司《げし》、二七多賀菅六久利ト申《まうす》者ニテ候ガ、重代ノ所領ヲ、平家《へいけの》侍二八越中前司盛俊ニ被二押領一《あふりやうせられ》テ、年来《ねんらい》訴申《うつたへまうし》候ヘ共、理訴《りそ》ヲ権威ニ被レ押《おされ》、妻子ヲ養《やしなふ》便《たより》ナケレバ、此《この》山ニ住《すみ》、鹿鳥ヲ捕《とつ》テ世ヲ渡《わたり》侍《はべり》ツル程ニ、懸《かかる》源平ノ御合戦ト承レバ、軍《いくさ》ニ交《まじはつ》テ疵《きず》ヲモ蒙《かうぶ》リ、命ヲモ失《うしなひ》タラバ、子孫ノ安堵《あんど》ニモ成《なり》候ヘカシトテ、二九自然ニ伴《ともなひ》タリ」ト申《まうす》。「偖《さて》ハ汝《なんぢ》ヲ深ク山ノ案内者ニハ憑《たのむ》。所領ノ安堵、子細アラジ」トテ、誡《いましめ》ヲ免《ゆる》シテ、馬鞍兵具《ひやうぐ》タビテ被二召具一《めしぐせられ》タリケリ。三〇問答、鷲尾三郎ガ如《ごと》シ。平家亡《ほろび》テ後、九郎判官加二判形一《はんぎやうくはへ》、安田庄ノ安堵ヲ給《たまふ》ト云云。御曹司ハ、「イカニ鷲尾、山ノ案内ハ」ト問給《たまふ》。「此《この》山ヲバ三一鵯越《ひよどりごえ》トテ、極《きはめ》タル悪所、左右ナク馬人通《かよふ》ベシ共覚《おぼえ》ズ。上七、三二八段ハ屛風《びやうぶ》ヲ立《たて》タル様ニ

一一　長等山、長良山とも。大津市園城寺町の西方の山。平忠度の「ささなみや」の詠歌で有名。比叡山とは別の山。比叡山の呼称としては未勘。
一二　奈良県吉野郡にある。昔は吉野から大峰に至る山の総称でもあった。金の埋蔵が信じられていた。↓補注一六
一三　義経の片方の経の字。
一四　春の字を含む二字の名乗りだろうが不明。覚一本は父の名乗りを武久とし、子の名を義久と名乗らせたとする。
一五　片岡太郎経春。二二九頁注一〇六。
一六　よくある名乗りだから問題はない。
一七　片名を付けた名乗りを与えたのだから義経は加冠の役をしたことになり、烏帽子親ということになる。
一八　武家名目抄、武器考証では管を柄と理解している。花櫚（かりん）の木で作った柄。
一九　白金の筒金とあるべし。筒金は鞘の合わせが割れるのを防ぐためにはめる幅広の鐶。銀製の筒金を鞘にはめた刀。
二〇　甲冑の付属具で、籠手、臑当（すねあて）など。
二一　屋島合戦、門司関での壇ノ浦合戦、義経の奥州落。
二二　義経物語の世界。義経記諸本、幸若・富樫、笈捜など、にせ山伏の人数は異同あり。
二三　義経記諸本の衣河合戦、幸若・含状に平泉の高館で討ち死したことが記される。
二四　二一六頁注八。
二五　延慶本の説に同じ。長門本は賀古菅六久利とする。
二六　播磨国多可郡内の庄園。今の八千代町、中町の一帯。吾妻鏡・文治二年六月九日の条に播磨国守護の梶原景時の代官が押領を企てている。

テ、白砂交《まじり》ノ小石ナレバ、草木不《お》レ生《ひず》、馬ノ足留《とどめ》ガタシ。夫《それ》ヨリ下五、六段ハ、[64]岩碊《がけ》ニテ人ダニモ難レ通《かよひがたし》」ト申ス。「サテ此《この》山ニハ鹿ハ無《なき》カ。彼《かの》悪所ヲバ鹿ハ通ラズヤ」ト問給《とひたまふ》。「鹿コソ多《おほく》候へ。世間寒ク成《なり》候へバ、雪ノ浅リニ飡《はま》ントテ、丹波ノ鹿ガ一谷へ渡《わたり》、日影暖《あたたか》ニ成ヌレバ、草ノ滋《しげき》ニ伏サントテ、一谷ヨリ丹波へ帰《かへり》候也」ト申ス。「サテ其《その》下ニハ、[65]一落堀《おとしほり》、ヒシナド植《うゑ》タリヤ」ト問へバ、「サル事承ラズ。御二景迹《きやうじやく》候ヘカシ。馬モ人モ通《かよふ》ベキ所ナラネバ、争其《いかでその》用意侍《はべる》ベキ」ト答《こたふ》。御曹司ハ、「是《これ》ヲ聞《きき》給へ、殿原。サテハ[66]心案シ。ヤヲレ鷲尾、鹿ニモ足四《よつつ》、馬ニモ足四《よつつ》、三尾髪《をがみ》ノ有《ある》ト無《なき》ト、四爪《つめ》ノ破《わるる》ト円《まろき》ト計《ばか》リ也。西国ノ馬ハ不レ知《しらず》、東国ノ馬ハ鹿ノ通《かよふ》所ハ馬場ゾ。打《うて》ヤ殿原」トテ、五岩ノ鼻、六岸ノ額《ひたひ》、馬ノ足ヲ手綱ニ合《あは》セテ、馳落《はせおと》シ馳上《のぼり》、七尻《しり》輪ニ乗懸《のりかかり》、前輪《まへわ》ニ平《ひら》ミ、引居《ひきすゑ》引詰《つめ》、鞭《むち》ト鐙《あぶみ》ト打合《うちあは》セ打乱シ、[67]豺《やまいぬ》ノ如《ごとく》ニ翔《かけり》、虎ノ如ニ走《はしり》テ、北ノ山ノ下ニゾ至《いたり》ケル。義経、八兵法其《その》術ヲ得テ、軍将其《その》器ニ足レリ。相従《あひしたがふ》者又、九孟賁ノ類《たぐひ》、一〇樊会ノ輩《ともがら》也ケレバ、連《つづい》テ同《おなじく》通リニケル。一一二月上ノ六日ノ事ナレバ、月ハ宵ヨリハヤ入《いり》ヌ。木陰山陰暗《くらう》シテ、夜モ一二五更《ごかう》ニ及《およぴ》ケレ共、鷲尾ニ被レ具《ぐせられ》テ、敵ノ城ノ後ナル鵯越《ひよどりごえ》ヲゾ登《のぼり》ケル。鷲尾、東《ひんがし》ニ指《さし》テ申《まうし》ケルハ、「アレニホノ見エ候ハ、一三河尻、大物浜、一四難波浦、

押領地の多くは平家没官領であった。
二七 未勘。多賀は多可郡の郡名を負う苗字。
二八 二三五頁注一四。平家全盛時に安田庄に平家の支配が及んだのだろう。
二九 成りゆきのまま、平家の軍勢に加わった。
三〇 義経との問答があって案内者となったのは。
三一 二三八頁注一。
三二 一段は六間、約一一米。

一 落とし穴を作って、底に先を尖らせた竹や木を植えたりしているか。
二 推量なさってみて下さい。
三 尻尾とたてがみ。
四 鹿はひずめの先が二つに割れている偶蹄目、馬はひずめの先がまるくひとつに見える奇蹄目の獣である。
五 岩のでっぱったところ。
六 崖のたいらになったところ。
七 鞍の後のほうの鞍骨。後輪とも。
八 義経記巻一・牛若貴船詣の事、平治物語流布本巻三、太平記巻二九・将軍上洛事付阿保秋山河原軍事などに鞍馬での兵法修行のことが見え、謡曲・鞍馬天狗、幸若舞曲・未来記で物語として形成されている。また一条堀河の陰陽師鬼一法眼から兵法書の六韜三略を盗んだとする伝説（義経記巻二・鬼一法眼の事、謡曲・湛海、御伽草子・皆鶴ほか）などもあり、義経の兵法の伝書と称する義経虎巻なども作られている。鞍馬の毘沙門天から義経が相伝したとする日記などもあったらしい（月庵酔醒記巻中に出陣の際の吉方を示す表が載る）。
九 中国の戦国時代の勇士。「孟賁血気之勇」（孟子の朱註）。「勇若孟賁」（蒙求註・曼倩三

[68]昆湯野、[一五]打出浜、西宮、葦屋里ト申《まうす》。南ハ淡路島、西ハ明石浦、汀《みぎは》ニ続《つづき》テ火ノ見《みゆる》ハ、平家ノ陣ノ篝《かがり》火、此《この》下社《こそ》[一六]一谷ヨ、東西ノ城戸ノ上、東《ひんがし》ノ岡ヲバ[一七]平𥈞《ひらはた》トテ、海路遥《はるか》ニ見渡シテ、眺望殊ニ面白ケレバ、[一八]望海楼ヲモ構《かまへ》ヌベシ。西ノ岡ヲバ[一九]高松原トテ、春ノ塩風身ニ[69]入《しみ》テ、秋ノ嵐ノ音冷《すさまじ》キ所也」トゾ申《まうし》タル。軍兵《ぐんびやう》ヲ[二〇]漫々タル海上《かいしやう》ニ見渡シ、渚《なぎさ》々ノ篝《かがり》ノ火、海士《あま》ノ苫《とま》屋《や》ノ[二一]藻塩火ヤト、最《いと》興アリテ思《おもひ》ケルニ、鷲尾カク申ツヾケタレバ、御曹司ハ、武《たけ》キ事ガラモ優ナル詞《ことば》ヲモ感ジ給ツヽ、[二二]皆紅《みなぐれなゐ》ニ日出《いだ》シタル扇ヲ以テ、鷲尾ニタビ、「是《これ》ニテ敵ヲ招キ、高名仕《つかまつ》レ。勲功ハ乞《こふ》ニヨルベシ」トゾ宣《のたまひ》ケル。空モ未《いまだ》ホノ暗カリケレバ、暫爰《しばらくここ》ニテ馬ノ足ヲゾ休《やすめ》ケル。

[二三]異説ニハ、扇ヲ多賀菅六久利ニタビテ、「安田庄ノ下司《げし》、不レ可レ有二子細一」ト宣ヒケリ。

[二四]大手ノ勢ハ、宵ノ程ハ[70]昆湯野ニ陣ヲ取《とり》タリケルガ、[二五]三草山ノ手ニ向《むかひ》タル[二六]越前三位、能登守ノ、陣ノ火ヲ[二七]湊河ヨリ打上《うちあげ》テ、[二八]北ノ岡ニ燃《たき》タリケルヲ、搦手《からめで》[71]已《すでに》[二九]城戸口ニ馳付《はせつき》給ヘリト心得テ、「打《うて》ヤ〱」トテ、我《われ》先〱ト五万余騎、手毎《ごと》ニ松明捧《たいまつささげ》テ急《いそぎ》ケリ。所々ニ火ヲ放《はなち》ケレバ、汀ニツヾキ海上ニ光《ひかり》テ、身ノ毛竪《よだち》テ夥《おびたた》シ。[三〇]七日ノ暁ハ、源氏大手搦手挟《さしはさ》ミテ、東西ノ城戸口マ

冬）
一〇　もと屠殺を業とした人で漢高祖の寵臣。漢楚合戦の故事における主役のひとり。
一一　二月七日卯の時の開戦のために夜間の強行軍を行っている。
一二　寅の刻。午前四時ごろ。開戦の約二時間前。
一三　淀川の分流、神崎川の河口。
一四　神崎川の河口の港湾。
一五　兵庫県芦屋市のうち、宮川河口付近。
一六　西の城戸口の一ノ谷だ。
一七　𥈞は森林を焼き払って作った焼き畑。上が平らで畑地となった小高い丘陵をいう地名か。
一八　海原を見わたす高い建物を構えてもよいところでしょう。
一九　一面の松の林のある小高い丘陵をいう地名か。
二〇　白氏文集・海漫漫の詩語が有名。
二一　塩を作るため藻塩を焼く火。
二二　紅色の地紙に金箔ないし金泥で太陽を描いた扇。
二三　延慶本、長門本に同じ。
二四　東の城戸口の生田森に向かった源範頼勢。
二五　三草山から進撃してくる義経勢を迎撃する山手の陣地。ただし巻三七・平山来同所などの記述では、三草山から一ノ谷までの距離が実際より近いような印象を受ける。
二六　平通盛と平教経。二三六頁と二三五頁。
二七　かつては兵庫津の南の方に注いでいたという（『神戸市史』）
二八　未勘。
二九　西の城戸口である一ノ谷。
三〇　七日の卯刻を矢合と定めていた。二二六頁注四。

デ攻寄《せめよせ》タリ。

六日ノ夜半計《ばかり》ニ、熊谷ハ子息ノ小次郎ヲ近招《ちかくまねき》テ、私語《ささやき》ケルハ、「明日ノ軍《いくさ》ハ礒《がけ》ヲ落《おと》サンズレバ、打《うち》コミノ合戦ニテ、誰先陣ト云《いふ》事アラジ。又馬損ジテモユヽシキ大事。一方ノ一陣ヲ懸《かけ》テ、鎌倉殿ニモ聞奉《きかせたてまつり》、子孫ノタメ名ヲモ挙《あげ》バヤト思《おもふ》也。宇治川ニテモ先陣ヲ志《こころざし》、行桁《ゆきげた》ヲ渡《わたり》シニ、佐々木四郎、生唼《いけずき》ト云《いふ》土龍《どりゆう》ニ乗《のり》テ渡シカバ、直実二陣ニサガリヌ。心憂カリシカ共、身独《ひとり》ガ事ナラネバ、自害スルニ及バズ。又向《むかひ》ノ岸ヨリ、馬ヲ遅ク越《こし》タリシカバ、九郎御曹司ト相共《あひとも》ニ、院御所ヘモ不レ参《まゐらず》。旁《かたがた》本意ヲ失《うしなひ》キ。去《され》バ潜《ひそか》ニ此《この》手ヲバ出《いで》テ、音ニ聞エル幡磨大道ノ渚《なぎさ》ニ下《くだり》テ、一谷ノ木戸口ヘ先陣ニ寄《よせ》バヤト思《おもふ》ハ、イカヾ有《ある》ベキ。矢合《やあはせ》ハ卯刻也。今ハ寅ノ始《はじめ》ニモナルラント覚ユ。サモアラバ急ガン」ト云《いふ》。小次郎ハ、「直家モ存処《ぞんずるところ》ニテ候。平山ガ山ノ案内者ダテヽ、ヒシメキ候ツルモ、音モセズ。ヨニ奇《あや》シク覚《おぼえ》候。其《その》上此殿ハ、郎等ニ先陣懸《かけ》サスル事オハシマサズ。自《みづから》一陣ヲ懸給《たまふ》時ニ、此殿ニツレタラン侍共ノ先陣ツトメテ、高名スル事ハ難レ有《ありがたく》覚候。疾々《とくとく》急《いそぎ》給ヘ」ト勧ム。熊谷ハ、子ナガラモ、アノ年齢ニハシタナク思《おもふ》モノ哉《かな》ト思《おもひ》、「サラバ小次郎、同心ゾ」トテ、搦手《からめで》ヲバ密《ひそか》ニ出《いで》テ、渚《なぎさ》々ノ篝火《かがり》

一　次郎直実、小太郎直家。
二　大勢が一団となり敵陣に突入して戦う合戦。

熊谷向二大手一

三　源頼朝。延慶本には、鎌倉を出立つ時、頼朝が然るべき武者をひとりずつひと間どころに呼び入れて、今後の合戦はお前ひとりを頼りにしている、と督励した。自分（直実）もその時に声をかけられた一人だ。それ故、是非にも先陣をかけたい、と直実が直家に語ったと記す。
四　熊谷父子が宇治川合戦で橋の行桁を渡ったことは一七五―一七六頁。
五　佐々木四郎高綱の先陣は一七七―一七八頁。
六　地上の龍とも言うべき名馬。龍馬。異制庭訓往来には大宰小弐藤原広継の馬の名を土龍とする。広継には五異七能のことが言われるが、五異のひとつに彼が龍馬を持っていたことがあげられる。
七　義経の院参は一九〇頁。
八　あのことでも、このことでも。
九　中世の山陽道。一ノ谷の西から大蔵谷宿（現在の明石市）あたりまでは海陸の迫った隘路であったと言う。延慶本に播磨路へ下りて西の方から一ノ谷に向かうとなっている。覚一本は多井畑（鉄拐山の北、塩屋谷川の上流。播磨路が通っていた）を経て一ノ谷に向かうとしている。↓補注一七
一〇　平山武者所季重が、さっきは自分に案内者がつとまると言い張って、ひと騒ぎしたのに、今はひっそりとしている。
一一　平山季重。
一二　平山季重がみずから抜け駆けを企てているかもしれないので、おいそぎ下さい。
一三　したたかに。
一四　一ノ谷に向かう義経勢を離れて、範頼勢の

ヲ注《しるし》トシテ、大手ヘトテ[一四]下《くだり》ケルガ、内々平山ガ陣ヲ見セケレバ、「人ナシ」ト云《いふ》。「サレバコソ、平山モ大手ヲ志《こころざし》テ、[一五]一陣ヲ蒐《かけん》ト思《おもふ》ニコソ。怱々《いそげいそげ》」トテ、旗指《さし》具シテ親子三騎、坂ヲ下《くだり》ニ歩《あゆま》セタリ。熊谷ハ褐鎧直垂《かちんのよろひひたたれ》ニ、家ノ紋[75]ナレバ、[一六]鳩ニ寓生《やどりき》ヲゾヌフタリケル黒糸威《をどし》ノ鎧《よろひ》ニ、同《おなじ》毛ノ甲《かぶと》、大中《おほなか》黒ノ征矢《そや》ニ、[一七]二所藤《ふたところどう》ノ弓ヲ持《もち》、[一八]紅ノ幌懸《ほろかけ》テ、[一九]権太栗毛《ごんたくりげ》ニ乗《のつ》タリケリ。此《この》馬ハ、熊谷ガ中ニ[76]権大ト云舎人《いふとねり》[二〇]アリ。[二一]李緒ガ流ヲモ習ハズ、[二二]伯楽ガ伝ヲモ不レ聞《きかざり》ケレ共、能《よく》馬ニ心得タル者也ケレバ、召向《めしむかへ》テ、[二三]「当時ニ源平ノ合戦アルベシ。折節然《しかる》ベキ馬ナシ。海ヲモ渡シ、山ヲモ越《こゆ》ベキ馬、尋《たづね》得サセヨ」ト云《いひ》テ、上品《じやうぼん》ノ絹二百疋持《ぴきもた》セテ奥へ下ス。権太、陸奥国[二四]一ノ戸《へ》ニ下《くだつ》テ、牧ノ内走廻《はしりまはつ》テ撰勝《えらびすぐり》テ、[二五]四歳ノ小馬ヲ買《かひ》タリケリ。長《たけ》コソチト卑《ひき》カリケレ共、太逞《ふとくたくましく》[二六]コタヘ馬ノハタバリタル[二七]逸物《いちもつ》也。サテコソ此馬ヲバ、権太栗毛トハ呼《よび》ケレ。

[二八]燕昭王ハ[二九]五百両ノ金《こがね》ニテ、駿馬《しゆんめ》ノ骨ヲ買テコソ、[三〇]駿足、後ニ至《いたり》ケレ。熊谷直実ハ二百疋ノ絹ヲ以テ、栗毛ノ馬ヲ商ヒテ、軍陣ノ先ヲ懸《かけ》ニケリ。

子息小次郎ハ、[三一]練貫《ねりぬき》ニ沢瀉摺《おもだかすり》タル直垂ニ、[三二]フシ縄目ノ鎧キテ、妻黒《つまぐろ》ノ征矢、重藤《しげどう》ノ弓持《もつ》テ、是モ紅ノ幌懸テ、[三三]白浪ト云馬ニ乗《のつ》タリケリ。此馬ハ奥

受け持つ大手の生田森に向かった。補注一七参照

一五　先陣を切ろうと考えているんだろう。

一六　熊谷系図所載の家伝に、石橋山合戦の折りの頼朝臥木隠れの際の出来事（巻二一・梶原助佐殿）を歪曲して、景時と直実の手柄とし、それを熊谷氏の蔦（家伝では寓生）に鳩の紋の由来とする。寓生は宿り木。見聞諸家紋に熊谷氏の寓生鳩の紋の図が載る。

一七　二箇所ずつ間隔を置いて籐を巻いた弓。三所籐は一九三頁注一四。

一八　諸本同じく紅の母衣。熊谷氏は桓武平氏を名乗る。

一九　巻三四・東国兵馬汰にも載る。

二〇　「古、武家にて舎人といひしは廏の者の事也。公家にて舎人と云は大舎人内舎人とて官の名也」（貞丈雑記）

二一　未勘。

二二　姓は孫、名は陽。周代の人。馬の相人として有名。日本で馬の医師を伯楽と呼ぶ。

二三　いますぐにも。

二四　岩手県二戸郡の地名。馬の産地。この地産育の馬は一戸立ちの馬として有名。

二五　小笠原入道宗賢記に馬の歳は一歳から七歳とする（武家名目抄第八）。

二六　耐久力のある馬。

二七　威勢のよい。

二八　中国戦国時代、燕の王。名将楽毅を用い宿敵の斉を討つ。

二九　昭王が郭隗の進言に従って隗を重用することで楽毅を得たことを言う「先ヅ隗ヨリ始メヨ」の故事の中で、郭隗が昭王に語るたとえ話。戦国策巻九・燕策が原拠。十八史略などによって流布。たとえ話の内容を昭王のこととする訛伝は唐鏡巻二や文机談巻五。↓補注一八

州一姉葉ト云《いふ》所ニ、白波ト云《いふ》牧ヨリ出来《いでき》タル上ニ、尾髪《をがみ》飽《あく》マデ白ケレバ、白波ト名《なづけ》ケリ。権太栗毛《ごんたくりげ》ニ上二下論ジタル逸物《いちもつ》也。又西楼ト云秘蔵《ひさう》ノ馬アリ。[77]後戸風ト云舎人《とねり》男ニ引《ひか》セタリ。権太栗毛、イカナル事モアラン時ハトテ、乗替《のりかへ》ノ料ニ引セタリ。白キ馬ノ太逞《ふとくたくましき》ガ、尾髪飽《あく》マデ足レリ。三三戸立《さんのへだち》ノ馬也。余《あまり》ニ秘蔵シテ、四仮居《かりゐ》ノ西ニ廏《むまや》ヲ立《たて》テ、昼ハ人目ヲ憚《はばかり》テ、夜ハ引出《ひきいだ》シ愛シケレバ、馬ノ白《しろき》ヲ月ニ喩《たと》ヘ、西ノ廏ヲ楼ニ喩《たとへ》テ、五西楼トゾ号《なづ》[78]ケタル。熊谷、兼《かね》テ舎人ニ云含《いひふくめ》ケルハ、「乗タル栗毛ハ、終夜《よもすがら》山坂馳《はせ》タル馬ナレバ、明日ノ軍《いくさ》ニハ西楼ニ乗《のる》ベシ。其《その》意ヲ得ベキ也。『狩場《かりば》ニ出《いで》テ鹿ヲ射《いる》ニ、先ナル鹿ヲトヲシヌレバ、射手六手迷《てまよひ》シテ、次々ノ鹿ヤスク通ル。軍《いくさ》ハ重々城ヲ構《かまへ》タレ共、一ノ城戸ヲ破《やぶり》ヌレバ、後陣ノ兵《つはもの》、武《たけ》ク勇《いさむ》ト』七鎌倉殿[79]被《おほせられ》レ役シカバ、千万騎ノ軍《いくさ》モコモレ、我ハ城戸口ヲバ離ルマジキゾ。西楼ヲバ引儲《ひきまうけ》ヨ」トゾ下知シケル。八旗指《さし》ハ秋ノ野摺《すり》タル直垂《ひたたれ》ニ、九洗革《あらひがは》ノ鎧《よろひ》著テ、鹿毛《かげ》ノ馬ニ黒鞍置《くらおい》テ乗《のり》、主従三騎打連《うちつれ》テ、[80]一〇幡磨大道ノ渚《なぎさ》ト志《こころざし》テ下《くだり》ケルニ、一一小峠坂ノ人宿リニ、人アマタ音シケリ。忍聞《しのびきき》ケレバ、一二平山ト一三成田ト也。此等《これら》モ大手ヘ行《ゆく》ニヤト心得テ、一四物具裹《つつ》ミ轡《くつわ》トラヘ、峠ノ下七、八段打下《くだ》シ、深ク忍テ通《とほり》ケリ。其《その》後ハイトヾウ一五シロイブセク覚《おぼえ》

三〇　駿馬。
三一　生糸をたて糸、練糸をよこ糸として織った生地に、おもだかの葉を図案化した模様を摺りこんだ絹布で製した鎧直垂。
三二　伏縄目という染め革でおどした鎧。
三三　太平記巻一〇・稲村崎成干潟事で北条高時が引出物にした名馬の名も白波。

一　宮城県栗原郡金成町姉歯。歌枕・姉歯の松の地。白波の牧は未勘。
二　上下が議論されるほどの。
三　青森県東南部の地名。牧馬で有名。
四　仮住まいの宿所。
五　「西樓月落花間曲　中殿燈残竹裏音」（和漢朗詠集　菅原文時）などを念頭においての命名か。
六　狙いのつけどころに迷って。
七　源頼朝。
八　後三年合戦の絵に旗差の武者が鎧を着て馬に乗る図があるという（貞丈雑記）。前九年合戦絵詞、蒙古襲来絵詞、春日権現験記その他には鎧を着、騎馬の旗差が左手に旗を立てて持つ絵がある。
九　薄紅色に染めた柔らかいなめし皮でおどした鎧。
一〇　二四六頁注九。
一一　未詳。覚一本は多井畑を経てとする。
一二　平山武者所季重。
一三　成田系図に「助忠　五郎　寿永二年義経従軍」とする。吾妻鏡・承久三年六月一八日の宇治川合戦の注文に成田五郎の名がある。成田系図では承久三年の宇治川合戦で助忠の子の道忠が討死している。
一四　音を立てないためである。

テ、[一六]鞭《むち》ニ鐙《あぶみ》ヲ合《あは》セケレバ、[一七]寅ノ終《をはり》ニ一ノ城戸口ヘ馳付《はせつき》タリ。暗サハ暗シ、敵ハ未《いまだ》不㆓出《いで》合㆒《あはず》、御方《みかた》ニツヾク勢ハナシ。只《ただ》三騎ゾ引《ひか》ヘタル。[一八]夜半ノ嵐ニ誘《さそは》レテ、寄来浪《よせくる》ゾ高カリケル。[一九]木綿付《ゆふつけ》鳥ノ音《こゑ》モセズ。明行《あけゆく》鐘ノ響《ひびき》モナシ。[二〇]ヤモメ鳥ノウカレ声、渚《なぎさ》ノ鵆音信《ちどりおとづれ》テ、武《たけ》キ心ノ中マデモ、物哀《あはれ》ニゾ覚《おぼえ》ケル。サテモ城ノ構《かまへ》ゾ夥《おびたたし》シキ。山ノ岸ヨリ海ノ遠浅マデ、大《おほき》ナル岩ヲ取積《とりつみ》テ、岩上ニ大木ヲ切伏《きりふせ》、其《その》上ニ櫓《やぐら》ヲ二重ニカイテ、[二一]挟間《さま》ヲ開《あけ》タリ。上ニハ楯《たて》ヲ並《ならべ》テ、兵《つはもの》共矢タバネ解《とき》、弓張立《はりたて》並《なみ》居タリ。下ニハ岩ノ上ニ逆茂木《さかもぎ》ヲ引懸《ひきかけ》テ、郎等下部《しもべ》マデ、熊手、[二二]薙鎌《なぎがま》持《もち》テ、「ア」ト云《いは》バ、「其《それ》」ト云《いは》バ、ツト可㆓引出㆒《ひきいだすべき》様《さま》也。サト出《いづ》ベキ体《てい》也ケリ。ソノ後ニハ鞍置《くらおき》馬[二三]二、三十里ニ引立《ひつたて》テ、其数ヲ不㆑知《しらず》。南ノ海ノ浅《あさき》所ニハ、[二四]大船ヲ傾《かたぶけ》テ、其《それ》ヲ便《たより》トシテ、櫓《やぐら》ヲ隙《ひま》ナク掻《かき》、深《ふかき》所ニハ儲《まうけ》舟ヲ数万艘《すまんざう》ウカベタリ。蒼天《さうてん》ニ行《つら》ヲ乱セル鴈《かり》ノ如《ごと》クナリ。大形《おほかた》、高《たかき》所ニハ[二五]弩《いしゆみ》ヲ張《はり》、柵《しがらみ》ヲ掻《かき》、旱《ひきき》所ニハ堀ホリ、ヒシヲ植《うゑ》、屋形々々ノ前ニハ、此《ここ》ニモ彼《かしこ》ニモ赤旗立並《ならべ》テ、天ニ燿《かかや》キ地ヲ照《てら》セリ。鬼神ト云共《いふとも》、輙《たやす》ク難㆑落《おとしがたしと》コソ見エタリケレ。

一五　背後が気がかりに思われて。
一六　馬に鞭をあて鐙で腹を蹴って馬を急がせたので。
一七　矢合せの時間である卯の時より前に、生田森の一の城戸口に駆けつけた。補注一七参照。
一八　七五調の美文調で情景を叙情的に謳いあげる。語り物的表現。
一九　鶏。
二〇　夜明がたに鳴く、連れ添う相手もいない烏。「子に臥、寅に起き、金烏東に輝けば、長夜の眠りはや覚め、やもめ鴉のうかれ声、かふとぞ鳴ひて告げわたる」（幸若・伏見常盤）
二一　矢はざま。矢を射るすき間。
二二　鎌に長柄をつけて足などを薙ぎ切る武器。
二三　一里は六町、約六五四米か。二三一頁注九。
二四　大きな船を座礁させて、それを利用してすき間なく櫓を立て。
二五　いしゆみ。おおゆみ。ばねを使って石を発射し遠距離を攻撃する大型の弓。「陣石那坂之上、掘湟懸入逢隈河水於其中、引柵張石弓、相待討手」（吾妻鏡・文治五年八月八日）

文書類の訓読文

（　）内に本文中の頁を示した。

巻三十二

「法皇自二天台山一還御」（五三頁）

五畿七道の諸国、前内大臣宗盛以下の党類を追討すべき事。
件《くだん》の党類忽《たちま》ちに皇化に背き、已《すで》に叛逆を企つ。しかのみならず、累代の重宝を盗み取り、猥《みだ》りに九重の都城を出づ。之を朝章に論ぜば、罪科旁《かたがた》重し。早く件《くだん》の輩を追討せしむべし。

同（五四頁）

勲功の賞尤も行はるべきか。等差の事、頼朝は本謀たり。義仲は戦功と称するか。昔、諸呂を誅して文章を立つるに、陳平、本謀たりと雖も、周勃、戦功有るによつて、周勃の賞、已《すで》に陳平を超ゆ。しかれば義仲の賞、頼朝に勝るべきか。但し、承平に将門を討つに、秀郷は興衆平定の忠有り、貞盛は数度の合戦の功を積む。公卿（家か）、功を論ずるに、秀郷の賞、貞盛に超え畢《をは》んぬ。今、頼朝義兵を挙げ、威勢を振ふ。旁《かたがた》、頼朝の賞、義仲に勝るべきか。除目の事、円融院、大井河御遊の日、時中卿参議に任ぜられ、其の後、陣に於いて除目行はるるか。件《くだん》の例に任せて勧賞を仰せられ、後日に除目を行はるべきか。嘉承の摂政の事、太上天皇の詔なり。彼の例に准《なぞら》へ行はるべし。

「福原管絃講」（六一頁）

寿永二年八月朔日、京中の保々守護の事。義仲注進の交名に任せ、殊に警巡せしめ、炳誡を加ふべきの由、右衛門権佐定長、院宣を奉《うけたまは》り、別当実家卿に仰す。出羽判官光長、右衛門尉有綱頼政卿孫、十郎蔵人行家、高田四郎重家、泉次郎重忠、安田三郎義定、村上太郎信国、葦敷太郎重澄、山本左兵衛尉義恒、甲賀入道成覚、仁科次郎盛家、とぞ聞こえける。

「四宮御位」（六四・六五頁）

勅答には、「国主の御事、辺鄙の民として、是非を申すにあたはず。但し故高倉宮、法皇の叡慮を慰め奉らんがため、御命を失はれにき。御至孝《しいかう》の趣き、天下に其の隠れなし。争《いかで》思召されざらんや。なかんづく、彼の親王の宣を以て、源氏等義兵を挙げ、已《すで》に大事を成し畢《をは》んぬ。しかるに今受禅の沙汰の時、此の宮の御事、偏へに棄《す》て置き奉らる。議中（申か）に及ばざるの条、尤も不便《ふびん》の御事也。主上、已に賊徒のため取籠められ給へり。彼の御弟何ぞ強《あながち》に尊崇し奉らるべきや。此等の子細更に義仲の所存に非ず。軍士等の申状を以て、言上する計りなり」と申しければ、人々、「義仲が申状、其の謂《いはれ》無きに非ず」とぞ申し合はれける。

「還俗人即位例」（七五・七六頁）

神鏡の事、偏へに如在の儀を存ずるに、還つて其の恐れ有り。暫く其の所を定め、帰御を待たるべきか。剣璽の事、本朝に於いて更に例無しと雖も、漢家の跡一つに非ず。先、践祚有りて、帰来を待たるべきか。御剣は議（儀か）式に備ふべし。尤も他剣を用ゐらるべき者か。即位の事、八月受禅、九月即位、円融院なり。しかるに、天下静かならず。事卒爾《そつじ》なり。十月の例、光仁、寛和なり。二代に依るべくんば、十一二月に行はるべし。しかるに今年は即位以前に朔旦《さくたん》。嘉承は出御無し。不吉の事なり。十月 旁《かたがた》宜《よろ》しかるべきか。治暦の例に任せて、官庁、紫宸殿を用ゐらるべきか。旧主尊号の事、若《もし》尊号無くんば、天に二主有るに似たるべし。尤も沙汰有るべきか。

同（七六・七七頁）

「旧主已《すで》に尊号を奉られ、新帝践祚あれ共、西国には又三種神器を帯し奉られ、宝祚を受け給ひて、今に在位。国に二主有るに似たるか。叙位除目已下《いげ》の事、法皇の宣にて行はるるの上は、強《あながち》に急ぎ践祚無くとも、何の苦しみ有るべき。但し帝位空《むな》しき例、本朝には神武天皇は七十六年丙子崩ず、綏清（靖か）天皇は元年庚辰即位、一年空し。懿徳天皇は廿四年甲子崩ず、孝照（昭か）天皇は元年丙寅即位、一年空し。応神天皇は二十一年庚午崩ず、仁徳天皇は元年癸酉即位、二年空し。継体天皇は二十五年辛亥崩ず、安閑天皇は元年甲寅即位、二年空し。しかるに今度の詔に、『皇位一日曠《むな》しくすべからず』と載せらるる事、旁《かたがた》其の心を得ず」とぞ、有職の人々難じ申されける。

「頼朝征夷将軍宣」（九五頁）

左弁官下す　五畿内　東海　東山　北陸　山陰
山陽　南海　西海　已上《いじやうの》諸国

早く頼朝々臣、征夷大将軍たらしむべき事

使　左史生　中原康定
右史生　中原景家

右《（右か）》、左大臣藤原朝臣兼実宣、勅を奉《うけたまは》つて、従四位下行前右兵衛権佐源頼朝々臣、征夷大将軍たらしむべし。てへれば、宣しく承り知らしむべし、　宣に依りて之を行ふ

寿永二年八月日　左大史小槻宿禰　奉《うけたまは》る
左大弁藤原朝臣　在判《ありはん》

「康定関東下向」（九九・一〇〇頁）

院宣の請文《うけぶみ》には、「去んぬる八月七日の院宣、今月二日到来、仰せ下さるるの旨、踞して以て請《う》くる所、件のごとし。抑《そもそも》、院宣の旨趣《しいしゅ》に就《つ》いて、倩《つらつら》姦臣の滅亡を思ふに、是、偏へに明神の冥罰なり。更に頼朝が功力に非ず。勧賞の間の事、只、叡念の趣き足んぬべし」とぞ載せたりける。礼紙には、「神社仏寺、近年以来《よりこのかた》、仏餉燈油闕けたるがごとし。寺社領等、本のごとく、本所に返し付けらるべきか。王侯卿相以下の領、平氏の輩《ともがら》、多く押領と云云。早く聖日の恩詔を下され、愁霧の鬱念を払はるべきか。平家の党類等、縦《たとひ》科怠有りと雖も、若《もし》、過《とが》を悔ひ、徳に帰せば、忽ち斬刑に行はるべからず」とぞ申しける。

巻三十四

「同人怠状挙二山門一」（一二四・一二五頁）

山上の貴所　義仲謹みて解《げ》す

叡山の大衆《だいしゅ》、忝くも神輿《よ》を山上に振り上げ、猥《みだ》りに城郭を構へ、東西において、更に修学の窓を開かず、偏《ひとへ》に兵杖《ひやうぢやう》の営みを専《もつぱ》らにす。其の根源を尋ぬれば、義仲梟悪《けうあく》の心に住し、山上坂本を追捕《ついふく》すべき由、風聞有りと云云《うんぬん》。此の条極めたる僻事《ひがこと》也。しばらく満山の三宝護法の聖衆《しやうじゅ》、知見を垂《た》れしめ給ふべし。参洛を企つるの日自《よ》り、宜《（冥か）》には医王山王の加護を仰ぎ、顕には三塔三千の与力を憑《たの》む。今何ぞ始めて忽緒《こつしよ》を致すべけん哉《や》。

帰依《きえ》の志有りと雖も、全く違背《ゐはい》の思ひ無き者なり。但し京中に於いて、山僧《さんぞう》を搦《から》め捕る由、其の聞え有りと云々《うんぬん》。此の条深く恐怖す。山僧《さんぞう》と号《かう》して狼藉《らうぜき》を好む輩之《ともがらこれ》在り。仍《よ》りて真偽を糺《ただ》さんが為、粗《あらあら》尋ね承る間、自然に狼藉《らうぜき》出で来たる歟《か》。更に避くる儀を満てず。総じて山上の風聞の如《ごと》くんば、義仲軍兵《ぐんびやう》を卒《そつ》して、登山せしむべしと云云《うんぬん》。洛中の浮説の如くんば、衆徒《しゆと》蜂起を企て、下洛せらるべし。是偏《ひとへ》に天魔の所為歟《か》。自他の信用に及ぶべからず。しばらく此の旨を以て、山上に披露せしめ給ふべき状、件《くだん》の如《ごと》し。

十一月十三日

伊予守源義仲　上《たてまつる》

進上　天台座主御房

「頼朝遣㆓山門牒状㆒」（一四七・一四八・一四九頁）

牒《てふ》す　延暦寺の衙《が》

且つうは七社神明に告げ、且つうは三塔の仏法に祈り、謀叛の賊徒義仲 并《ならびに》与力の輩を追討せられんと欲するの状

牒《てふ》す、遠く往昔を尋ね、近く今来《きんらい》を思ふに、天地開闢以降《かいびやくよりこのかた》、世途《せいと》の間、仏神の鎮護に依《よ》り、天子 政《まつりごと》を治む。天子の敬礼《きやうらい》に依り、仏神光を増す。仏神と云ひ、天子と云ひ、互ひに守り奉る故也。茲《ここ》に、源氏と云ひ、平氏《へいじ》と云ひ、両家の奉公を以てするは、海内《かいだい》の夷敵を鎮めんが為、国土の姦士を討たんが為なり。而《しかるに》、当家親父《しんぷ》の時、不慮の勧誘に依り、叛逆《ほんぎやく》の勅罪を蒙《かうぶ》る。其の刻《きざみ》、頼朝幼稚を宥《なだめ》られて、配流に預かる。然而《しかるに》、平氏洛陽の楼(棲か)に独歩して、恣《ほしいまま》に爵官《しやくくわん》の位を究《きは》め、家の繁昌、身の富貴、両箇の朝恩に誇る。一天の権威を執り、忽《たちま》ち法皇を蔑如《べつじよ》し、剰《あまつさへ》親王を誅《ちゆう》し奉る。茲《これ》に因《よ》りて、頼朝、君の為、世の為、凶徒を追討せんが為、年来の郎従に仰せて、東国の武士を起こす。去《さん》ぬる治承以後、忝《かたじけ》なくも勅命を蒙《かうぶ》り、勲功を励まさんと欲するの間、先山道北陸《まつせんだうほくろく》の余勢を以て、雲霞群集《くんじゆ》の逆党《げきたう》を襲はしむる処《ところ》、平氏早く退散し、西海の浪《なみ》に落ち向かふ。爰《ここ》に義仲等、朝敵追討と称して、先に勧賞《けんじやう》を申し賜り、次に所帯を押領《あふりやう》す。程無く、平氏の跡を逐ひ、逆意《ぎやくい》の企《くはだ》てを専《もつぱ》らにす。去《さん》ぬる十一月十九日、一院を襲ひ奉り、仙洞を焼き払ひ、重臣を追討し、衣装を剥《は》ぎ奪ふ。就中《なかんづく》、当山の座主、并《ならびに》御弟子の宮、其の烈(列か)に入れしむと云々《うんぬん》。叛逆《ほんぎやく》の甚だしき、古今比類無き者なり。仍《よつ》て、東国の 兵《つはもの》を催し上せ、彼《か》の逆徒《げきと》

を追討すべきなり。其の首を獲んこと、疑ひ無しと雖《いへど》も、且つうは仏神の冥助《みやうじよ》を祈誓《きせい》し、且つうは衆徒《しゆと》の与力を乞はんが為、殊《こと》に引卒《いんぞつ》せられんと欲す。仍《よつ》て牒送《てふそう》件《くだん》の如し　以て牒す

寿永二年十二月廿一日　前《さきの》右兵衛権佐源朝臣

校　異

㋙＝近衛本　㋝＝静嘉堂本　㋭＝蓬左本

巻三十一（㋝欠）

1　㋙いげ　㋭以下《イゲ》
2　㋙いげ　㋭以下
3　㋙たんごとの　㋭丹波殿《タンバトノ》
4　㋙ろうこのつゆにけうしてかうぬうのせいけい《乳イ》をつたへ　㋭螻蛄《ロウコ》の露《ツユ》に囂《カマビス》しき合汶《カウフン》のこゑ諂《ヘツライ》を伝《ツタ》ふ
5　㋙なんてうの一万里ちうのじやうかたからす　㋭難蝶《テウ》の一万里《マンリ》中洛の城不《レ》固《ズカタカラ》
6　㋙もとみちこうの御ことなり　㋭基《モト》通公《ミチコウ》の御事《コト》なり
7　㋙つくりみち　㋭朱雀《シユシヤカ》
8　㋙三千しゆと　㋭三千衆徒《センノシユト》
9　㋙をのれらは
10　㋙㋭ぬけからはかり
11　㋙いのちは儀によてかろし　㋭命《メイ》はきによてかろし
12　㋙いけ　㋭以下《イケ》
13　㋭こしらへ侍つるにとて涙《ナミタ》くみ給へはいかに具《グ》し奉《タテマツ》り給はぬそ
14　㋙出入月の　㋭いて《如本如本》の月《ツキ》の
15　㋙いている月を　㋭出《イテ》つる月を
16　㋭みなりぬる
17　㋙ゆきなん　㋭ゆきけん
18　㋙けうしよく　㋭矯飾《ケウシキ》
19　㋙ほうわうおほせのむね
　　㋭ほうわうの仰《ヲホセ》のむね
20　㋙㋭にて
21　㋙いげ　㋭以下《イケ》
22　㋙わうほうと申ものむかしたうどにありけり　㋭葵順《サイジユン》と申者唐土《モノタウト》にありけり
23　㋙わうほう　㋭葵順《サイジユン》
24　㋙㋭かくす　※名義抄「蔵　カクル《ス》」

巻三十二（㋝欠）

1　㋙㋭えましく
2　㋙もんてい　㋭門弟《モンテイ》
3　㋙㋭ひまはさまもなく
4　㋙京いりなればとて　㋭京入なれはとて
5　㋙㋭まきゑのたち
6　㋙しきりにめしけれとも　㋭しきり

に召《メシ》けれとも
7 ㋵むめのこうちのちうなごんながかた ㋭梅少路《ムメカコウチ》中納言長方《ナカカタ》
8 ㋵ことなるしやう ㋭殊賞《シユシヤウ》
9 ㋵ちやうのくたしふみ ㋭廳下文《チヤウクタシフミ》
10 ㋵すでに ㋭已《ステニ》
11 ㋵ぶんしやう ㋭文章《フンシヤウ》 ※底本頭書 帝《テイ》イ
12 ㋵すてに ㋭已《ステニ》
13 ㋵くものはてうみのはてまでも ㋵雲のはて海のはてまても
14 ㋵おほせられければ ㋭被仰《ヲヽセラレ》けれは
15 ㋵はかところへまいられ ㋭はか所にまいられて
16 ㋵くわげん ㋭管絃《クワケン》
17 ㋵夜さむになりにけり ㋭夜寒《サム》に成にけり
18 ㋵よしつね ㋭義恒《ヨシツネ》
19 ㋵むつましく ㋭なつかしく ※名義抄「懐 ムツマシ」
20 ㋵すてに ㋭己《ステニ》
21 ㋵すてをきたてまつる ㋭被奉奇《ステヲキタテマツ》置《ラレ》 ※底本頭書 棄《ステ》イ
22 ㋵ぎちう ㋭議中《ギチウ》
23 ㋵すでに ㋭已《ステ》に
24 ㋵じてい ㋭次第《シタイ》
25 ㋵うちまけ手にいらぬと思ふほとに ㋭打まけ手《テ》に入ぬと思ふ程に
26 ㋵すくよかににぎて《ツ》 ㋭つよくにきりて
27 ㋵㋭太郎
28 ㋵とくしやし羅こく ㋭徳刃尸羅国《トクシヤシラコク》
29 ㋵㋭太郎
30 ㋵ゆげいのぜう ㋭靭負尉《ユケイノセウ》
31 ㋵しゝとのしよきやうたねなを ㋭石戸諸卿種直《イシトシヨキヤウタネナヲ》
32 ㋵むめのこうち ㋭梅《ムメカ》少路
33 ㋵ぎしきをそなふへし ㋭可備議《キシキヲソナフ》式《ヘシ》
34 ㋵ちやうゐんせうでん ㋭聴院昇《チヤウインセウ》殿《テン》
35 ㋵ほうろくすてにしよぞんのことくか ㋭俸禄己如所存歟《ホウロクステニシヨソンノコトクカ》
36 ㋵すてにそんかうをたてまつられ ㋭己被奉尊号《ステニソンカウタテマツラレ》て
37 ㋵いけの事 ㋭以下事

巻三十三（㋝欠）

1 ㋵以前《イセン》の事 ㋭いせんのこと
2 ㋵うけとりもてなすによりて ㋭請《ウケ》取玩《トリアソフ》すによて
3 ㋵一ゐんの御ちやう ㋭一院《イン》の御諚《チヤウ》
4 ㋵あひふれけり ㋭あひふるゝ
5 ㋵よもすからを ㋭終夜《ヨモスカラ》
6 ㋵きり〳〵す ㋭螽《キリ〳〵ス》
7 ㋵㋭あなの中に

8　㋵をばたけみやうしんのすいしやくなり　㋭嫗巓《ウハタケ》の明神《ミヤウジン》の法体《ホウタイ》也

9　㋵われけれは　㋭分《フン》しけれは

10　㋵太弥太か子　㋭大弥太《タイヤタ》が子《コ》

11　※底本頭書　次《ジ》イ

12　㋵㋭小太郎

13　㋵いとくすのはかまきて　㋭糸蘭のはかまきて　※「誇」は「袴」とあるべき。

14　㋵太上ほうわう　㋭太政法皇《シヤウホウワウ》

15　㋵おこのものとも　㋭おこの者とも

16　※底本頭書　駕《カ》イ

17　㋵しんめまいらせらるかくて　㋭神《シン》馬《メ》を奉るかくて

18　㋵さえゆく月に　㋭冷ゆく月に

19　㋵くわうきよ　㋭皇居《クワウキヨ》

20　㋵ぬらす　㋭ひたす

21　㋵ふるまひもてなし奉る　㋭ふるまひもてなしたてまつる

22　㋵せうとにて　㋭妹《イモト》にて

23　㋵巳上　㋭以上

24　㋵たゝみ二でう　㋭たゝみ二帖《テウ》

25　㋵しつらひて　㋭作りて　※名義抄「料理　シツラフ」

26　㋵すへ　㋭居《スヘ》給

27　㋵ひさしに　㋭軒《ノキ》に

28　㋵すへ　㋭居《スヘ》給ふ

29　㋵ちいさく　㋭すこし

30　㋵㋭をのが

31　㋵きらひ　㋭あやまり　※名義抄「簡　キラフ」

32　㋵ゆきいへにおほせうたるへし　㋭行家《ユキイヘ》に仰て誅《チウ》せらるへし

33　㋵よしなかにおほせうたるへし　㋭義仲《ヨシナカ》に仰《ヲヽセ》て誅《チウ》せらるへし

34　㋵まいどにはいくんせらる　㋭毎度《マイト》に軍《イクサ》をあらためらる

35　㋵あるへからすと　㋭有へからすと

36　㋵きらひ給ふか　㋭きらひ給か

37　㋵ざうしきいなばのさくはんはらをたてゝ　㋭雑色因幡《サウシキイナハノ》志《サクワン》腹《ハラ》をたてゝ

38　㋵㋭そろへて

39　㋵うるふ　㋭閏《ウルフ》

40　㋵㋭そろへて　※底本頭書　揃《ソロヘ》ィ

41　㋵げんはむまのせうよね田　㋭源《ケン》八馬允番《ムマノセウツカフ》

42　㋵やみのよ　㋭やみの夜　※底本頭書　闇《ヤミ》イ

43　㋵やだのはうくわんだい　㋭八田判《ハウ》官代《クワンタイ》

44　㋵いこくにつけ　㋭いこくにつくことは

45　㋵うるふ　㋭閏《ウルフ》

46　㋵はりまぢ　㋭播磨路《ハリマチ》

47　㋵せめひもむすび　㋭せめひもゆひ

48　㋵ひしうへさかも木ひきなとして　㋭ひしうへさかもき引なとして

49 ㋵㋭くらさ
50 ㋵かくなり給ひぬ　㋭かく成給ひぬ
51 ㋵とりをか　㋭烏岳《カラスヲカ》
52 ㋵㋭ふりて　※名義抄「雨　フル」
53 ㋵小太郎と　㋭小大郎と
54 ㋵小太郎との　㋭小大郎殿
55 ㋵小太郎かもと　㋭小大郎か許
56 ㋵小太郎を　㋭小大郎を
57 ㋵手をふせて　㋭手負《テヲイ》て
58 ㋵㋭手のちやう
59 ㋵はりまのくに　㋭はりまの国
60 ㋵はりま　㋭幡磨《ハリマ》
61 ㋵ひだの三郎さゑもん　㋭飛弾《ヒタ》三郎
左衛門尉《セウ》
62 ㋵さゝへふさか《ツ》て　㋭さゝへふせき
63 ㋵むまのあしをと　㋭馬の足音
64 ㋵はりま　㋭幡《ハリマノ》
65 ㋵はりま　㋭幡磨《ハリマ》
66 ㋵しざいざうぐ　㋭資財雑具《シサイサウク》
67 ㋵しよくふついしやうをうはひとる
ことやはありし　㋭食物着物《ショクフツキルモノ》をうは
ひとる事やは有し

巻三十四（㋝欠）

1 ㋵よろしく　㋭冥《ヨロシク》　※「冥」の誤
り
2 ㋵はりかけたり　㋭ひろけかけたり
3 ㋵㋭おこかましき
4 ㋵しうのぶわう　㋭周武王《シユノフワウ》
5 ㋵いんのちうを　㋭殷討《インチウ》
6 ㋵くもさえ　㋭雲凍《コホリ》
7 ㋵みかとを　㋭皇《ウワウ》
8 ㋵をのか身　㋭をのれか身
9 ㋵㋭をのれらが
10 ㋵さいちの人　㋭在地人《サイチ》
11 ㋵をのれらがめ　㋭をのれらがつま
12 ㋵いへの子　㋭家子《イヘノコ》
13 ㋵はりまの　㋭幡磨《ハリマ》
14 ㋵はりまの　㋭幡磨《ハリマ》
15 ㋵もんどのかみ　㋭主水正《モントノカミ》
16 ㋵かはらなかに　㋭河原中《カハラナカ》
17 ㋵あふらのこうち　㋭油 少路《アフラノコウチ》
18 ㋵こうぢ　㋭少路《コウチ》
19 ㋵もんどのかみ　㋭主水正《モントノカミ》
20 ㋵くきやう大し　㋭弘経《クキヤウ》の大士《タイシ》也
21 ㋵しつしやう　㋭執杖《しつしやう》　※底本頭書
竹《チク》イ
22 ㋵いげの　㋭以下《イケ》の
23 ㋵ときの人　㋭時人
24 ㋵大くうじ　㋭大郡司《タイクウシ》
25 ㋵むしんの手をゆしやくしたりえん
てんたり　㋭無尽《ムシン》の手《テ》をいたしおとり
たりころひたり
26 ㋵そのれつ　㋭其烈《ソノレツニ》
27 ㋵かぶと　㋭よろひ
28 ㋵うちころし　㋭討害《ウチコロ》し　※名義抄
「害　コロス」

29 ㋵いたびさし　㋭板《イタ》ふき
30 ㋵くはんげん　㋭管弦《クワンケン》
31 ㋵おなじきくに　㋭同国《トウコクノ》
32 ㋵すくよかなるむまに　㋭つよき馬に　※名義抄「健　ツヨシ」
33 ㋵かんせき　㋭巖石《カンセキ》
34 ㋵のたまふ　㋭は
35 ㋵をよそ　㋭大旨《ムネ》
36 ㋵㋭まさる
37 ㋵㋭ほめよかし　※名義抄「歎　ホム　嘆正」
38 ㋵ときのきら　㋭時のきら
39 ㋵㋭ほめたりけれは
40 ㋵げんた　㋭源太《ケンタ》
41 ㋵けんた　㋭源太《ケンタ》
42 ㋵さうもあれ《ともかくイ》　㋭ともかくもあれ
43 ㋵小平　㋭小平次《コヘイジ》
44 ㋵たいし　㋭太子《タイシ》
45 ㋵八ほう　㋭八封《ハチフ》

巻三十五（㊆欠）

1 ㋵太郎　㋭太郎《ラウ》
2 ㋵㋭太郎
3 ㋵㋭太郎
4 ㋵㋭太郎
5 ㋵弥太郎　㋭弥大郎
6 ㋵小太郎　㋭小大郎
7 ㋵㋭六弥太
8 ㋵㋭太郎
9 ㋵太郎　㋭太郎《タラウ》
10 ㋵太郎　㋭大郎
11 ㋵ねの井の大弥太ゆきちか　㋭根井《ネノヰ》弥《ノヤ》大郎行近《ユキチカ》
12 ㋵㋭そろへて
13 ㋵こはくは　㋭つをくは
14 ㋵㋭太郎
15 ㋵いはほけはしうして身をそはめてつたひ　㋭いはほ身《ミ》をそはめてつたひ
16 ㋵うふるしやくろのさと　㋭殖栢《ツケノ》の里《サト》
17 ㋵ふかさ　㋭水かさ
18 ㋵やけしすたま〴〵のがれいでたれども　㋭焼《ヤケ》もしに遁出《ニゲイテ》たれとも
19 ㋵やけしにけり　㋭焼《ヤケ》ほろひにけり
20 ㋵やく《そく》せられけれは　㋭仰られけれは　※底本頭書　仰《ヲホセ》イ
21 ㋵已上　㋭以上
22 ㋵きこえけれは　㋭聞《キコヘ》けれは　※底本頭書　教《ヲシヘ》イ
23 ㋵いこのもの　㋭以後《イゴ》の者《モノ》
24 ㋵ふどし　㋭褌　※名義抄「褌　シタノハカマ」
25 ㋵のたり　㋭乗《ノツ》たり　※名義抄「騎　ノル」
26 ㋵げんだ　㋭源太《ゲンダ》
27 ㋵げんだとの　㋭源太殿《ゲンダトノ》
28 ㋵のひて　㋭くつろきて

29 ㋙けんた　㋭源太《ゲンダ》
30 ㋙たち　㋭たち
31 ㋙けんた　㋭源太《ゲンダ》
32 ㋙げんだ　㋭源太《ゲンダ》
33 ㋙げんだ　㋭源太《ゲンダ》
34 ㋙㋭はけしきなかれ　※名義抄「厲ハゲシ」
35 ㋙あふみ　㋭鐙《ヨロヒ》　※「鎧」の誤り
36 ㋙おほたち　㋭大たち
37 ㋙くさすりおもくおほえてみゆれは
㋭草《クサ》すりおもく覚えて見えけれは
38 ㋙㋭いとこに
39 ㋙さめむま　㋭しろあし毛《ゲ》の馬《ムマ》に
40 ㋙㋭大弥太
41 ㋙こはたのしやう　㋭木幡《コハタ》の庄《シヤウ》
42 ㋙つよきむま　㋭つよき馬　※名義抄「健　ツヨシ」
43 ㋙㋭さしくつろけて　※名義抄「甘クツロク」
44 ㋙わたせものとも〱　㋭わたせ者とも〱
45 ㋙すてに　㋭既《ステ》に
46 ㋙おほせつかはされけり　㋭仰《ヲホセ》つかはされけり
47 ㋙㋭すてに
48 ㋙㋭ひたすら
49 ㋙ばうじやくぶしん　㋭傍若無人《バウジヤクブジン》
50 ㋙ちうた　㋭中太《チウダ》
51 ㋙あふらのこうち　㋭油少路《アブラノコウヂ》
52 ㋙あさけり　㋭あさむき
53 ㋙㋭そろへて
54 ㋙いけの　㋭以下《イゲ》の
55 ㋙たてゑほし　㋭立烏帽子《タテヱボシ》
56 ㋙かけときがしそくげんだかげするゑ
㋭景時子息源太景季《カゲトキシソクゲンダカゲスヘ》
57 ㋙さいし　㋭宰史《サイシ》
58 ㋙はきとて　㋭ぬきとりて　※底本頭書　剥《ハギ》イ
59 ㋙太郎　㋭大郎
60 ※底本頭書　甲《カブト》イ
61 ㋙㋭たち
62 ㋙たかのはそや　㋭わしの尾《ヲ》のそや
63 ㋙おもひものして　㋭思ひ物《モノ》して
64 ㋙せ《おもひものイ》　う　㋭思ひもの
65 ㋙はりま　㋭幡磨《ハリマ》
66 ㋙をのが　㋭をのれ
67 ㋙㋭ふるまひ
68 ㋭異文があり、かつ本文の順序に異同がある。
69 ㋙地とうのもとに　㋭ナシ
70 ㋙すてに　㋭既《ステ》に
71 ㋙㋭すてに
72 ㋙いげの　㋭以下《イゲ》の
73 ㋙わりいりて　㋭わりて入
74 ㋙いけの　㋭以下《イゲ》の
75 ㋙たへたれ　㋭こらへたれ
76 ㋙をかまつ　㋭岡《ヲカ》の松《マツ》

77　㋵すてに　㋭既《ステ》に
78　㋵すてに　㋭既に
79　㋵㋭太郎
80　㋵せつし《ろくィ》やう　㋭摂録《セツロク》
81　㋵大じやう大じん　㋭太政大臣《ダイシヤウダイジン》
82　㋭東三条《トウサンテウ》殿と申
83　㋵せうし　㋭詔書《セウシヨ》
84　㋵せつろく　㋭摂録《セツロク》
85　㋵ひた《ツ》てゑほうし　㋭引立烏帽子《ヒツタテエボシ》

巻三十六　（㋝欠）

1　㋵はりま　㋭幡磨
2　㋵㋭はりま
3　㋵㋭はりま
4　㋵㋭太郎
5　㋵きくわいなり　㋭きいなり
6　㋵めぐりあふ　㋭めくりあふ
7　㋵つきまさりけれ　㋭つきましけれ
8　㋵すはうのすけ　㋭周防介《スワウノスケ》　※底本
頭書　守ィ
9　㋵いげ　㋭以下
10　㋵やゝなかめして　㋭やゝ詠《エイ》して
11　㋵ふたみのうら　㋭ふたみの浦
12　㋵世をすきけり　㋭世を過けり
13　㋵しんこ　㋭鎮護《チンゴ》
14　㋵おほせふくめられける　㋭仰ふくめける
15　㋵一ちやうのきん　㋭一ちやうの琴《コト》
16　㋵うれへさらん　㋭不優《サルウレヘ》
17　㋵きよいの木　㋭みそき
18　㋵㋭一てう
19　㋵すてに　㋭既に
20　㋵太郎　㋭大郎
21　㋵㋭太郎
22　㋵太郎　㋭大郎
23　㋵㋭はりま
24　㋵㋭太郎
25　㋵㋭藤太
26　㋵㋭太郎
27　㋵㋭小太郎
28　㋵㋭太郎
29　㋵太郎　㋭大郎
30　㋵太郎　㋭大郎
31　㋵小太郎　㋭小大郎
32　㋵㋭太郎
33　㋵㋭太郎
34　㋵太郎　㋭大郎
35　㋵㋭太郎
36　㋵次郎　㋭二郎
37　㋵㋭はりま
38　㋵つきにけり　㋭付けり　※名義抄「属　ツク」
39　㋵すてに　㋭既に
40　㋵㋭くつろけ　※名義抄「甘　クツロク」
41　㋵おほせあはせられ　㋭仰合られ
42　㋵はゝかた　㋭母方　※名義抄「外

祖母　母方ノヲバ　外甥　ハヽカタノ
メヒ」
43 ㋵おほせられ　㋭仰られ
44 ㋵すてに　㋭既に
45 ㋵おほせられたり　㋭仰られたり
46 ㋵きらはれは　㋭えらはるゝは　※
名義抄「簡　キラフ エラフ」
47 ㋵すてに　㋭既に
48 ㋵㋭こやの
49 ㋵ひも　㋭紐《ヒモ》
50 ㋵いまたあした　㋭また朝　※底本
頭書　明ィ
51 ㋵㋭ほさつ
52 ㋵めしかはにけてけり　㋭めか一は
にかしけり
53 ㋵㋭くらつめ
54 ㋵大耳子小耳子　㋭大かんし小かん
し
55 ㋵七しやく　㋭七尺

56 ㋵㋭八尺
57 ㋵㋭おとなたち
58 ㋵けに　㋭あゝ
59 ㋵はりま　㋭幡磨
60 ㋵よき　㋭このむ
61 ㋵つか　㋭管
62 ㋵しろかねさやのこかねいりたるか
たな　㋭白金筒《シラコントウ》の金《コカネ》入たる刀《カタチ》
63 ㋵㋭はりま
64 ㋵いはかけ　㋭岩かけ
65 ㋵㋭おとしほり
66 ㋵㋭心やすし　※「安」の誤りか
67 ㋵へう　㋭豹《ヒヨウ》
68 ㋵㋭こやの
69 ㋭しみて
70 ㋵㋭こやの
71 ㋵すでに　㋭すてに
72 ㋵㋭かけ
73 ㋵㋭きこゆる

74 ㋵㋭はりま
75 ㋵㋭もん
76 ㋵こんた　㋭ごんだ
77 ㋵うしろどかせ　㋭後戸《セト》風《カセ》
78 ㋵なつけたる　㋭名付たる　※名義
抄「号　ナヅク」
79 ㋵おほせられしかは　㋭仰《ヲホセ》られしか
は
80 ㋵㋭はりま
81 ㋵ひきき所《ところ》　㋭ひきゝ所　※「卑《ヒキキ》」
の誤写か

補注

補注

巻三十一

一　北陸道の在地領主群は去就を決めかねていたが、加賀の領主群は木曾がたについていた。越前燧城の戦いに越前の斎藤氏は平泉寺長吏の斎明の指揮のもとに平家に味方する。越中の領主群は、平家物語では石黒系、宮崎系の人たちが登場するが、彼等は去就に迷ったあげくに木曾がたにつく。そして越中国砺波山の戦いには越中勢は木曾の七手のなかに案内者として分属させられ、加賀の斎藤氏の林、富樫は樋口兼光の手に従ったとされる。

二　吉記の寿永二年七月二二日に源氏が東塔総持院に城郭を構えたことが見える。

「二十二日甲申　陰晴不定。源氏等已着東坂下（中略）前内府依被申行、北面輩等、相具甲冑着小袴、祗候。源氏等上東坂并東塔惣持院、構城郭居住云々。午刻許、平中納言知盛、三位中将重衡、等向勢多。共着甲冑。両人勢及二千騎云々。又入夜、按察大納言頼盛、下向。今夜各宿山科辺云々」
（吉記・寿永二年七月）

三　恵光房珍慶は平清盛の治承三年一一月のクーデターののちに、堂衆勢力を基盤として山門における反平家活動の中心となった人物。吉記・寿永二年七月二七日の条には山の悪僧と記される。高倉宮以仁王の乱にさきんじての園城寺の動きに同調しつつ、親平家の明雲の動きに逆って、反平家の蜂起を治承四年三月に行っている（玉葉は一六日、山槐記は一七日）。以仁王の乱のときは、山の大衆三百余人が以仁王に与力している（玉葉・治承四年五月二二日）が、その張本は珍慶であったのだろう。

そして、乱の後の平家による園城寺攻撃ののちも、珍慶は山上に反平家の拠点を維持していたのではないか。寿永二年七月に木曾義仲が与力を求めて山門に送った牒状の宛先は恵光房律師御房となっている。そして平家都落の際に比叡山に避難した後白河院が同年七月二七日に下山し蓮華王院に入御された時に警固にあたったのは近江源氏の山本義経の子の錦部冠者と恵光房珍慶の手の者であった（吉記）。

木曾義仲が語らった三人の山門の悪僧は、おそらくは以仁王の乱あるいは平家の園城寺攻撃ののちに山を下りて、近江ないし北陸方面に反平家の活動の場を求めていたのだろう。義仲はそうした三人の嚮導のもとに山上の反平家勢力の張本の恵光房珍慶を知り、彼に宛てた与力要請の手紙を書いたと思われる。この時期、恵光房が反平家の武装勢力として存在したことは京都でも周知のことだったらしい。都落を思い止まった近衛基通が頼ったのも恵光房であった（吉記・寿永二年七月二五日）。

盛衰記はそうした状況また人物とその関係についての知識の欠如あるいは歪曲のために、三神阿闍梨源慶と恵光房珍慶の名を合成した三上阿闍梨珍慶なる名前を登場させているのだろう。しかも山門牒状の宛先の恵光房律師を珍慶と別人とする本文を書いている。盛衰記のみならず延慶本、長門本また覚一本も恵光房一派の山門における重大な動きについての認識を欠くか、あるいは歪めている。それゆえであろうか、二七日の後白河院下山の記述には、吉記では錦部冠者と珍慶の姿を特記しているにもかかわらず、上記の平家の諸本には珍慶の名が落ちている。

四　「廿一日、癸未〔天〕晴。午刻、追討使発向。三位中将資盛為二大将軍一、肥後守定能相具、向二多原方一。経二予家東小路一。富小路。家僕等、密々見物。其勢千八十騎云々。慥計レ之云々。日来、世之所レ推、七八千騎、及萬騎云々。而見在之勢、僅千騎。有名無実之風聞、以レ之可レ察歟。今夜、法皇臨二幸法住寺殿一。事火急之時、可レ有二行幸一之故云々。

廿二日、甲申朝間天陰。辰刻以後晴。卯刻人〔告〕、江州武士等、已入二京六波羅辺一。物騒無レ極云々。又聞、入京非二実説一。而地武士等登二台嶽一、集二会講堂前一云々。日来登山之僧綱等併下レ京。但座主一人、不レ下レ京云々。無動寺法印、同以下レ京。又聞、十郎蔵人行家入二大和国一。住二宇多郡一、吉野大衆等与力云々。仍資盛、貞能等、不レ赴二江州一、相二待行家之入洛一云々。貞能去夜宿二宇治一、今朝欲レ向二多原地一之間、有二此事一。仍止二彼前途一、相二待此入洛一云々。又聞、多田蔵人大夫行綱、日来属二平家一、近日有下同二意源氏一之風聞上。而自二今朝一忽謀反。横二行摂津河内両国一、張二行種々悪行一、河尻船等併点取云々。両国之衆民皆悉与力云々。又聞、丹波追討使忠度、其勢非二敵対一之間、帰二大江山一了云々。凡一々〔之〕事、非二直事一歟。今日、上皇宮卿相参集、有二議定之事一云云。予同雖レ有二其召一、依レ疾不参。今日可レ有レ行二幸同宮一之由、雖レ有二其議一、依レ為二復日一延引。明後日可二臨幸一云々」

（玉葉・寿永二年七月）

「今日、新三位中将資盛卿、舎弟備中守師盛并筑前守定俊等、為家子相従。資盛卿雑色懸宣旨於頸、相伴肥後守貞能、午刻許発向。都盧三千余騎。法皇密々有御見物。経宇治路赴江州。資盛着水干小袴、帯弓箭云々」

（吉記・寿永二年七月二一日）

補注二の吉記

「十郎蔵人行家超伊賀、已着大和国宮河原之由、別当僧正被申殿下。東大寺領聊有狼籍事。其旨以中綱遣觸之処、下手人切手、答不可狼籍之由云々。

資盛卿相具貞能可帰参之由、為泰経奉行被仰出云云。奉追討者、未聞此例。而間猶不帰洛。本是宿宇治一坂辺。自件所廻八幡南、向河尻方。是称多田下和《知カ》、太田太郎頼助、或押取鎮西粮米、或打破乗船等、或焼払河尻人家云々。為鎮此事、先行向云々。於資盛卿者、給宣旨人也。自院可被召遣。至于自余輩者、私遣了。直可召返之由、前内府被申云々。変々（ママ）沙汰、上下迷是非。多田蔵人大夫行綱依有叛逆聞、為定長奉、被遣御教書。其請文状云、近日謬説出来歟。但可被遣軍兵之由、依風聞、近辺雑人等走騒歟。早可加制止者。雖進此請文、其躰如叛云々。又或人云、可有遷都気出来云々。但密事也。但不出自叡慮事歟。予退出間、右佐逢門前。示云、行幸今夜猶可候之由、自殿下被申云々」

（吉記・寿永二年七月二四日）

「二一日。新三位中将資盛卿以下、為追討使、向宇治。其勢三千余騎」

（百錬抄・寿永二年七月）

五　尊卑分脈には加賀斎藤氏傍流として、能登国羽咋郡大田富永荘とのつながりが想定される大田大夫為則およびその子の大田左衛門尉章直の名が見える。また吉記・寿永二年七月二四日の条に、摂津の河尻方面で多田行綱の下知に従って行動している太田太郎頼助の名が見える。

六

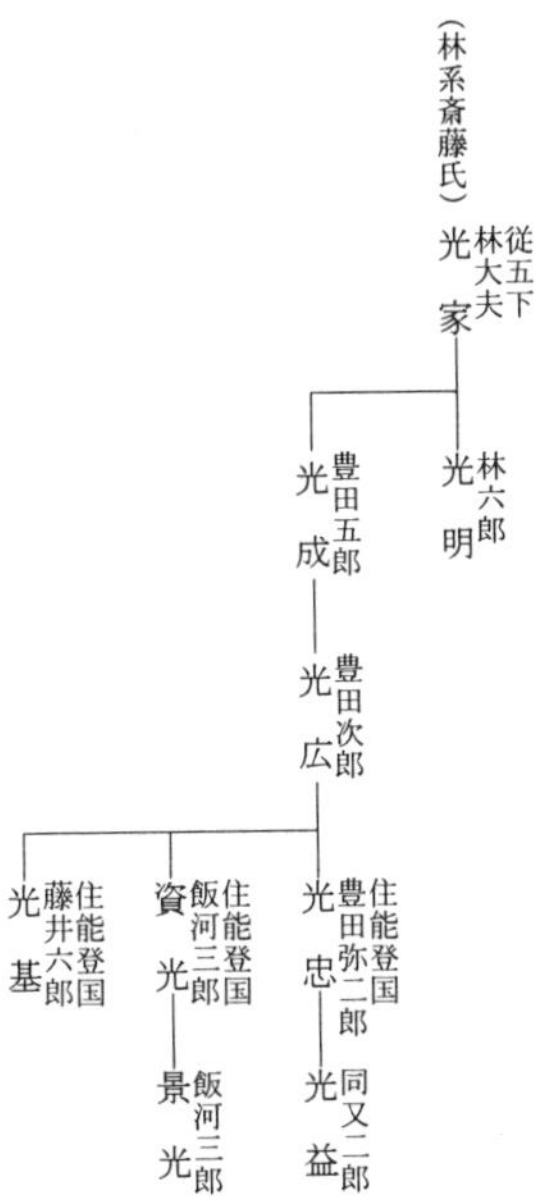

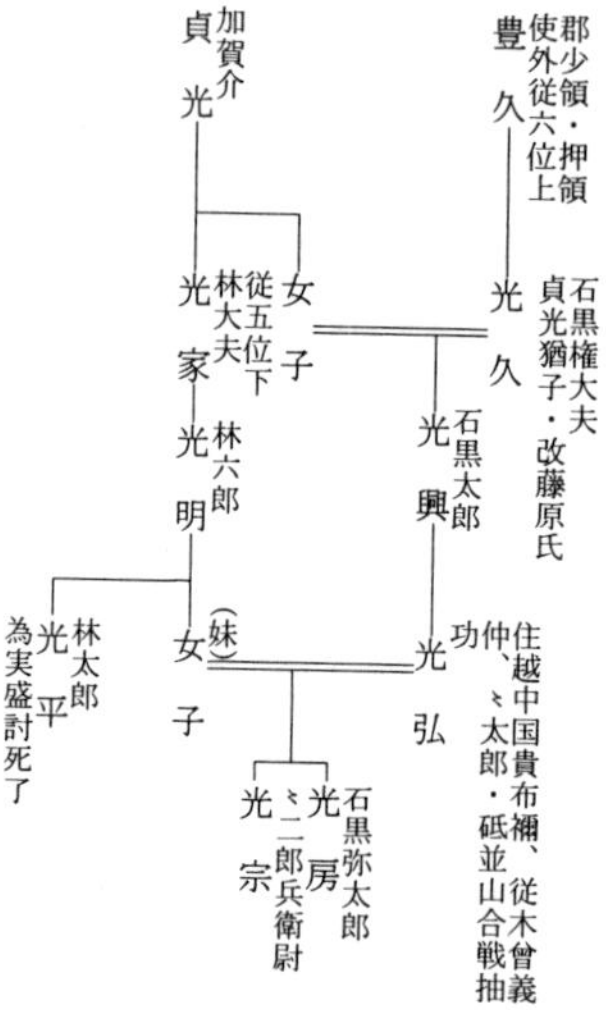

（浅香年木『治承・寿永の内乱論序説』による）

七　「廿三日。乙酉。雨。六波羅之辺、歎息之外無二他事一云々。今旦、法皇渡三御法性寺御所二云々。依二世間物忩一也。廿四日。丙戌。〔天〕晴。此一両日、江州武士登二台嶽一。今夜可レ有二夜打一之由風聞。仍忽行三幸法性寺御所二給。及二暁天一云々。依二此辺有一レ恐、余女房相具渡二法性寺家一」（玉葉・寿永二年七月）

「後聞、及暁更、行幸法住寺殿。公卿平大納言時、新中納言頼、源宰相中将通、新宰相中将泰通、等供奉云云」（吉記・寿永二年七月二四日）

「廿五日。丁亥。天晴。未明法皇出御法住寺殿。不知何方逐電令密幸給之由、有風聞之説。或信或不信。周章之間、及辰刻聞定説。而間南方有火。《脱カ》奇尋之処、六波羅辺前内相府已下人々家々云々。奇驚之間、同院御之由・彼人々奉具主上、御乗車、南轅赴海西。事之殊勝可謂未曾有。大原辻并河合辺守護武士左馬頭行盛已下引返了。洛中騒動之外無他事」

（吉記・寿永二年七月）

八　「廿五日。丁亥。〔天〕晴。寅刻、人告云、法皇御逐電云々。此事日来萬人所二庶幾一也。而於二今次第一者、頗可レ謂レ無二支度一〔歟〕。子細追可二尋聞一。卯刻、重聞二一定之由一。仍女房等、少々遣二山奥小堂之辺一。余法印相共他僧達同レ之、向レ堂、最勝金剛院、候二仏前一。此間、定能卿来。尋三出幽閑之所一、密々隠置了。及二巳刻一、武士等奉レ具二主上一、向二淀地方一了者。在レ籠二鎮西一云々。前内大臣已下一人不レ残。六波羅、西八条等舎屋不レ残二一所一、併化二灰燼一了。一時之間、煙炎満レ天。昨者称二官軍一、縦追三討源氏等一。今者違二省等《寺イ》一若指《君イ》二辺土一逃去。盛衰之理、満レ眼満レ耳。悲哉、生死有漏之果報、誰人免二此難一。恐而可レ恐、慎而可レ慎者也。摂政自然遁二其殃一、逃三去雲林院信範入道堂辺一、方二了云々。或人告云、法皇御登山了。人々未レ参。暫之有二秘蔵一云々。平氏等皆落了之後、定能卿登山了。付二件卿一申二参入如何之由一了。申刻、落武者等又帰レ京。敢不二信用一之処、事已一定也。貞能称二一矢可レ射之由一云々。或又奉レ具二主上及剱璽賢所等一、欲レ趣二鎮西一、而不レ可レ無二臣下一。仍為レ取三具可レ然之公卿一也云々。怖畏雖レ無レ限、忽不レ及二計略一。仰レ天任レ運。奉レ念二三宝一之処、帰京之武士等、以二此最勝金剛院一、可レ構二城郭一之由、下人来告。仍遣レ人令レ見之処、已少々来趣云云。非レ可二同居一、非レ可二追却一。仍周章相三伴女房少々一、其残隠二山奥少堂一了、向二日野辺一之処、源氏已在二木幡山一云々。仍忽宿二稲荷下社辺一。狼籍不レ可二勝計一。然而、参二社頭一奉二法施一了。自然之参詣、可レ謂二機《緒イ》縁一歟。此辺猶有二怖畏一云々。仍明暁欲レ向二日野一。今朝此事已前、法印被レ帰二白河房一了。今之間送二使者一云、可レ来二我房一。今夜相具欲二登山一者。依レ有二路次之恐一、不二行向一。寄宿家之為レ体、凡卑之至、未曾有。身無二一過一、今遇二如レ此之難一、宿業可レ悲」（玉葉・寿永二年七月）

「後聞、法皇去夜被遣御書於前内府許云、若及火急者、何様可令存知御乎。臨期定令周章歟。可被申其子細。其御返事云、無左右参入可候御所者、奉具法皇主上、無左右可逃退海西之由、内々有支度之旨、世以推之。

又銘叡慮歟。又北面者之中、祗候彼辺之輩等、令伺形勢云々。行幸成之間、偸以出御。令参新熊野新日吉等給。儲御輿、経鞍馬路、先令渡横川給。右馬頭資時朝臣、大夫尉知康等之外、他人不候。於山上、権僧正俊堯、法印尊澄等、殊以早参云々。次第御巡拝了、着御東塔円融房云々。入道関白殿相具尊澄法印、令早参給。顕家朝臣一人在御供云々。後聞、今日登山公卿、三条中納言、藤宰相中将、前大貳、右大弁等云々。行幸事雖不聞慥説、風聞云、院密幸之由、及辰時前内府聞之、差左中将清経、行幸早可成之由被申。殿下令宿侍直廬給。公卿已下諸司不可候。可何様乎之由、有御返答。不及是非、可為御車之由、重被申之。殿下忽昇給。主上御乗車。御乳母二人、并按察局、御乳人一人遠江、劒璽等御同車。事次第筆墨難及歟。平大納言時忠、忽自里亭参上。内侍所取御鏡許、并玄上鈴鹿御笛筥、御倚子時簡等令取之。一身奉行之。職事等雖宿近辺皆以逃去。殿下同令扈従給。即遷御六波羅泉亭。建礼門院、八条殿等、駕別車連轅。一族人々周章馳出。非武士人、平大納言并息中将時実朝臣之外不聞。殿下同令扈従給。而自途中西轅逐電。物忩之間、武士等不知此旨。内蔵頭信基朝臣在御共。雖奉留無御承引云々。誠是氏明神冥助歟。先令落着信範入道知足院給。次令向西林寺給。而信基頻留申。依不聞食入、一身逐《遂ヒ》赴西海。殿下遂令登山給。以恵光房為御所。臨夕新三位中将資盛卿率舎兄維盛卿及舎弟等云々、今日余人不聞、及肥後守貞能率八百余騎軍兵、自山崎辺引帰、入住蓮華王院。相逢源氏可合戦云々。或説、可然卿相等各可虜之由風聞。洛中重以騒動。皆悉逃走。或説、小松内府子息等可帰降之由云々。後日聞之、不申達之由又可焼払京中之由風聞。然而無指所為。各迎取妻子等、翌日天曙之後、猶以下向。其勢過半落了。真龍先勢之謂歟。然而帰入之条感気人相交云々」（吉記・寿永二年七月二五日）

九　「二日。甲午。天晴。伝聞、摂政（近衛基通）有二ヶ条之由緒、不可動揺云云。一者、去月二〇日比、前内府（平宗盛）及重衡等密議云、奉具法皇、可赴海西。若又可参住法皇宮云云。聞如此之評定、以女房故邦綱卿愛物・白川殿女房冷泉局密告法皇。可被報此功云云。一者、法皇艶摂政、依其愛念、可抽賞云云。雖為秘事希異之珍事、為令知子孫、所記置也」（玉葉・寿永二年八月）

一〇　「二五日。平家党類、前内大臣已下率一族出奔西国。天皇、建礼門院同奉相具。内侍所神鏡、神璽、宝剣、時簡、殿上御倚子、玄上、鈴鹿、皆以相具。六波羅以下家、同時放火。洛中騒動、無物于喩。頼盛卿一類留京都。主上駕御車、摂政扈従、即遷御六波羅泉亭。建礼門院、准后、駕列車轅。摂政自途中廻轅逐電。主上六歳」（百錬抄・寿永二年七月）

一一　天子代々に受け継がれるわたり物のひとつ。直幹申文絵詞に「朝々代々の御わたりもの、御倚子、時簡、玄象、鈴鹿」とあり、内裏炎上の際には、それらを運び出したことが記される。平家都落ののち、同年八月二〇日の後鳥羽帝践祚の時には、前日に能筆の世尊寺伊行の子で、建礼門院右京大夫の兄弟にあたる伊経の染筆によって新造されている。

一二　「又、寿永ニ平家西国へ落行クトキ、玄象并ニ鈴鹿取具シテオチントスルニ、女官女孺心賢ク取リカクシテケリ。失セニケリト御歎ノ所ニ、平家オチテ後、取出シマヰラス。由々敷高名シタリト御感アリケリ」（絲竹口伝・巻五）

玉葉・百錬抄の寿永二年八月五日の記事には、この日、玄上が見付かったことが記される。

「五日。丁酉。天晴。（中略）玄上出来了。検非違使知康許女持来之云云」（玉葉・寿永二年八月）

「八月五日。玄上出来。大夫尉知康於路頭見付、即進院」（百錬抄・寿永二年）

一三　江談抄に「和琴」（群書類従本・一六〇）「和琴事」（神田本・二四）として「井上、鈴鹿、朽目、河霧、斎院、宇多法師」「鈴鹿、河霧事」（群書類従本・一六一）「鈴鹿、河霧」（神田本・三

二）として「和琴ハ鈴鹿、是累代帝皇渡物也。河霧、故上東門院ニ渡テ令持給之時、故大臣殿任右大臣、令初参給、引出物ニ被献。仍在殿下。(下略)」

拾芥抄にも河霧は上東門院が相伝、今、摂関家にあるか、とする。

糸竹口伝に河霧を「和琴宝物事　鈴鹿、河霧、宇多法師」とする。

一四　たとえば愚管抄・巻五には平治の乱の時のこととして「尹明ハシヅカニ長櫃ヲマウケテ、玄象、スヾカ、御笛ノハコ、ダイトケイノカラビツ、日ノ御座ノ御太刀、殿上ノ御倚子ナドサタシ入テ、追ザマニ六波羅ヘマイリケレバ」とある。

一五　「強呉滅兮有荊蕀　姑蘇台之露瀼々　暴秦衰兮無虎狼、咸陽宮之煙片々」　（和漢朗詠集巻下・故宮）

前二句は呉越合戦の伍子胥の説話に取材。史記を原拠とするその説話の伝承については、とくに伍子胥変文の太平記への影響の問題に重点を置いて増田欣『『太平記』の比較文学的研究』二五六〜二六〇頁が詳述。

一六　「ソノ中ニ頼盛ガ山シナニアルニモツゲザリケリ。カクト聞テ先子ノ兵衛佐為盛ヲ使《つかひ》ニシテ鳥羽ニヲヒツキテ、イカニ、ト云ケレバ、返事ヲダニモヱセズ、心モウセテミヱケレバ、ハセカヘリテソノ由云ケレバ、ヤガテ追様ニ落ケレバ、心ノ内ハトマラント思ヒケリ。又コノ中ニ三位中将資盛ハソノコロ院ノオボエシテサカリニ候ケレバ、御気色ウカヾハント思ケリ。コノ二人鳥羽ヨリ打カヘリ法住寺殿ニ入リ居ケレバ、又京中地ヲカヘシテアリケルガ、山ヘ二人ナガラ事由ヲ申タリケレバ、頼盛ニハ、サ聞食ツ。日比ヨリサ思食キ。忍テ八条院辺ニ候ヘ、ト御返事承リニケリ。モトヨリ八条院ノヲチノ宰相ト云寛雅法印ガ妻ハシウトメナレバ、女院ノ御ウシロミニテ候ケレバ、サテトマリニケリ。資盛ハ申イル丶者モナクテ、御返事ヲダニ聞カザリケレバ、又落テアイグシテケリ。サテ廿五日東塔円融房ヘ御幸ナリテアリケレバ、座主明雲ハヒトヘノ平氏ノ護持僧ニテ、トマリタルヲコソワロシト云ケレバ、山ヘハノボリナガラヱマイラザリケリ。サテ京ノ人サナガラ摂籙ノ近衛殿ハ一定グシテ落ヌラント人ハ思ヒタリケルモ、チガイテトヾマリテ山ヘ参リニケリ。松殿入道モ九条右大臣モ皆ノボリアツマリケリ」　（愚管抄巻五）

一七　「日蓮宗、世にひろこり、京中もあまねかりける時に、近衛太政殿もならせ給へ、さらすは、あめか下もくらかるへし、とせめける時に、新藤か申けるは、まつ〱一旦、あやうきを遁給へきにこそ、と申ける。さらは、氏神に詣て、暇を申さん、とて、参らせ給ふ。世の有さま、か丶る事にこそ、心中にそむくへきにはあらねと、藤氏の絶ぬるきはにこそ侍れ、かくそ、したかひもや申さん、と申給ふけるに、御神、けきやうし給ひて、のたまはく、此妙典は可也、此宗は不可也。近衛太政殿、手を合て、おかみ給ひけるに、左右の大指、青蛇のかしらと成にけり。帰給ふ道に、童子、後より引留てかくなん、

いかにせむ藤のうら葉の枯ゆくを只春の日にまかせたらなん

さてこそ、彼宗にはならせ給はて有ける。少おもひよらせたる心、つみにて、大指の朽はてにけるとそ」　（月庵酔醒記上巻）

注「新藤」は「進藤」とすべきところ。

今谷明『天文法華の乱―武装する町衆―』（平凡社　一九八一年刊）でも、この説話を取りあげ論じている。

一八　知足院は延喜年間にはすでに建てられていた天台宗の寺院で紫野、雲林院の近くにあった。摂関家にゆかりの深い寺院で、藤原忠実は保元の乱後、知足院に籠居、そこで没したので知足院と呼ばれる。平信範は藤原忠実の家司で、その関係から父知信（時忠には祖父にあたる）の建てた堂舎を知足院の傍に移築している（兵範記・仁安四年二月三日）。

一九　「寅の日、殿上の淵酔あり。朗詠今様などうたひて、三こんはて丶乱舞あり。次第に沓をはきて、女官の戸よりのぼりて、うへをへて、御ゆ殿のはざまより下におりて、北のぢんをめぐり、五節所にむかふ。其後所々に参りてすいさんなどあり。郢曲の輩をして、まいたんなどうた

ふ。后宮女院など、ゐんすいあれば、けふあすの程なり。けふ御前のこゝろみあり。御殿のひさしにて乱舞あり。くしなどをかる。昔は年々におこなはる。今は大嘗会の時より外はなきにや。昔は狩使などいふ事あり。それはけふ五節所に給はん為に、交野の雉などを召れしに、使の有しを狩の使とは申なり」

（建武年中行事・十一月）

二〇　「太子の御幸には、犍陟駒に乗りたまひ、車匿舎人に口取らせ、檀特山にぞ入りたまふ」

（梁塵秘抄・二〇七）

「摩訶陀国の王の子に、おはせし悉達太子こそ、檀特山の中山に、六年行なひたまひしか」

（梁塵秘抄・二一九）

二一　久我家文書には、平家没官領のうち頼盛の所領、荘園一七箇所を頼盛に還付することを示した寿永三年四月二〇日付の「源頼朝下文案」を初めとして、池大納言家領に対する源頼朝そして鎌倉幕府の保護の実態を伝える文書が残されている。

二二　「七日戊子。前筑後守貞能者、平家一族、故入道大相国〔清盛〕専一腹心者也。而西海合戦不レ敗以前逐電。不レ知二行方一之処、去比忽然而来二于宇都宮左衛門尉朝綱之許一。平氏運命縮之刻、知レ少二其時一、遂二出家一遁二彼与同一之難一訖。於レ今者隠二居山林一、可レ果二往生素懐一也。但雖二山林一、不レ蒙二関東免許一者難レ求レ之。早可レ申三預此身一之由懇望云々。朝綱則啓二事之由一之処、平氏近親家人也。為二降人一之条、還非レ無二其疑一之由、有二御気色一。随而無二許否之仰一。而朝綱強申請云、属二平家一在京之時、聞下挙二義兵一給事上。欲二参向一之刻、前内府不レ免レ之。爰貞能申三有朝綱并重能有重等一之間、各全レ身参二御方一、攻二怨敵一畢。是啻匪レ思二私芳志一、於レ上又有レ功者哉。後日若彼入道有下企二反逆一事上者、永可下令レ断二朝綱子孫一給上云々。仍今日有二宥御沙汰一、所レ被レ召三預朝綱一也」

（吾妻鏡・文治元年七月）

二三　「凡今度滅亡平家一族之中、旧好不レ浅之輩少々侍。経正但馬守者、故御《覚性》所御時祇候之童也。手操二四絃一、心学二六義一。然間被レ下三預青山於紅顔一。理髪之後、多歳之程、彼御琵琶不レ離レ身、唯相三同居易之南華篇一。雖レ然寿永之秋、俄辞二禁中之雲上一、欲レ赴二外境之月前一。于レ時経正持三参青山一返上畢。亦経盛忠度等、為二和歌会衆一毎月企参之好士也。彼等旧作懐紙、皆以仰二仁性律師一為二経料紙一者也。倩思予之身上、忝稟二刹利之種一、雖レ酌二継薗之貴流一、拙生二澆漓之末一。悲留二汚道之烈塵一。残涯難レ知。終焉何時。若二宿レ草之露命一、秋又送レ秋。戯レ華之蝶夢、春猶迎レ春。彼後来世事、何視何聴矣。爰聊依レ有レ所レ思、密招二義経一記二合戦軍旨一。彼源廷尉匪二直之勇士一也。張良三略、陳平六奇、携二其芸一得二其道一者歟」

（左記）

二四　「二八日。庚寅。天晴。午上参院《蓮花王院》。于時諸卿参集南御所殿上廊。頃之、頭弁兼光朝臣進出（中略）良久兼光朝臣又出来。仰左府云、前内大臣忽巧謀叛赴西海。偸奉具幼主之間、神鏡并剣璽等累代御物同奉取了。（中略）幼主叡慮之中所察思食也。仍早可還宮之由被遣仰時忠卿許了。（中略）予申云（中略）於追討者、若及遅々者、東国雖已平、西国又叛者、頗如前歟。（中略）重仰云、頼盛卿帰仁、撰（マヽ）乎参上。年来又有奉公志。可被免否可計申。予申云、帰降者無被征伐之例。今度不被宥者、誰人又帰仁乎。（下略）」

（吉記・寿永二年七月）

二五　「四日。己巳。従五位上行掃部頭藤原朝臣貞敏卒。貞敏者、刑部卿従三位継彦之第六子也。少耽愛音楽、好学鼓琴、尤善弾琵琶。承和二年為美作掾兼遣唐使准判官。五年到大唐。達上都、逢能弾琵琶者劉二郎。貞敏贈砂金二百両。劉二郎曰、礼貴往来、請欲相伝。即授両三調。二三月間、盡了妙曲。劉二郎贈譜数十巻。因問曰、君師何人。素学妙曲乎。貞敏答曰、是我累代之家風、更无他師。劉二郎曰、於戯昔聞謝鎮西、此何人哉。僕有一少女。願令薦枕席。貞敏答曰、一言斯重。千金還軽。既而成婚礼。劉娘尤善琴箏。貞敏習得新声数曲。明年聘礼既畢。解纜帰郷。臨別劉二郎設祖筵。贈紫檀紫藤琵琶各一面。是歳、大唐大中元年、本朝承和六年也。七年為参河介。八年遷主殿助。少選遷雅楽助。九年春授従五位下。数歳転頭。斎衡三年兼備前介。明春加従五位上。天安二年丁母憂解官。服闋拝掃部頭。貞観六年兼備中介。卒時年六十一。貞敏无他才芸。以能弾琵琶、歴仕三代。雖无殊寵声価稍高焉」

（三代実録・貞観九年一〇月）

「一、四絃来我朝事 簾承武は大唐の比巴の博士なり。開元寺のうちに一館をしむ。これを翹材館といふ。仁明天皇の御宇、承和第二のとし、この仁明天皇は、嵯峨の第二の御子・和琴御笛御比巴長也 かもんのかみ藤原貞敏といへる人を遣唐使として比巴をならひにつかはす。この貞敏は刑部卿継彦の第四の子、わかくより琴をひき給。先途ほとゝをき万里のなみのうへなれは、後会いつれのときを期しかたくおほえ侍りけれとも、命を君にたてまつるは忠臣のならひなれは、事とはすとも縄をときて、七日七夜といひけるに、西域の東のとまり、明洲といふ所に着し侍ぬ。かの開元寺のきたなる水館にたつね行て王牒を官察府につく。察府これを請て銀青大夫にたてまつる。大夫、則奏聞をへて唐勅を承武にくたす。承武、則朝使貞敏に謁する事を得たり。たちまちに勅旨のかたしけなきをつたふるにをよひて、承武面を地にたれて勅答のをもむきを奏せんと、すなはちあたらしき調二三調を貞敏にさつく。宮令そのひとつをきゝて十のことをさとる。武師をとろきていはく、貴殿は日本にはいつれの人の弟子哉。もとより妙曲つくせりや。貞敏のいはく、われさらに他の師なし。曲をつくさはいかてかその道をもとめん。たゝ世をかさねたる家の風なれは也といふ。武師又云、われ一人の愛女あり、そのなを劉娘といふ。たてまつらん事如何。宮令答謂、一言これをもきかゆへに、千金かへりてかろしといひて、則かのむすめにあひぬ。女もとより琴・箏なといみしくひきけれは、あたらしき曲調あまたならひとる。このあひたわつかに四ケ月の程也。

　さて貞敏、ともつなをときて本朝にかへらんとす。こゝに武師のいはく、君しれりやいなや。師弟の深契は一旦の約諾にあらす。皆これ三生の因縁によれり。胡琴・瑶箏の両絃をさつくるのみにあらす、あまさへ劉公、かたへなるかたちをゆるして、すてに父子の礼儀にいたれり。一流一河にのそむ、なをこの世ひとつのよしみにはあらす。いはんや父子師弟の契、定多生の因果あるらん。時うつり日かさねて、すてに帰朝の期にのそめり。劉公といひ愚師といひ、いかてか別離のわかれをおもはさらん。但倩事の心をおもふに、汝はこれ日本の牒使なり。さらに唐廷にわしるへき臣にあらす。はやく本朝にかへりて曲調を帝聞に奏達せらるへし。但さつくる所の調、すてに四十一ケ譜也といへとも、いまた比巴のおのれか秘曲をさつけす。胡比巴には秘々の曲あり。いはゆる楊真操・流泉・啄木の三曲なり。これをつたへて後、すみやかにともつなを日域にときて、飛帆を西南の嵐にまかすへしといへり。貞敏おもへらく、ひとつには師範なり、ひとつにはをやなり。かたく心ほそくはおほえけれとも、まことにとゝまるへきみちにあらぬうへ、臣家のならひ、王命かきりありけれは、たゝいたらんことをのみいてたちけり。

　かの三秘、日を良辰にゑらひてゆきむかふといへとも、よのことのみ談してあへて曲をはさつけす。日は黄昏にしつみ、月は東嶺にすゝむ。かやうにのみして黙止する事すてに三ケ度なりけれは、貞敏あやしく思て、心に崇廟を念し、春日の社にいのり申けるしるしにや、まとろめる枕上に三尺の金人来ての給はく、天子のたからは金玉にあらす。たゝ才芸の人をもて臣とすといへりとみて、をとろきてみれは、かたはらにひとむすひのつゝみ物あり。これ渡唐の時御門より給はりたりし蘭林坊の砂金三百両なりけり。これをみるに、ま事や、人に心さしをみゆる事は、たからこそあるへかりけれと心えて、銀の扇にたかく盛て、第三度といふに、ひさまつきて目上にあけて低頭、国史ニハ二百両、口伝ニハ三百両、こゝに武師すゝみいたりてこれをみていはく、礼はゆきゝたるをもてたふとみ、志をみるは則重宝にありといひて、忽にうしろなる比巴をいたきよせて、秘調秘曲を又二三相伝す。又庶宴をまうけて経営して、二面の胡比巴・四巻の家譜をそへおくる。一面紫壇玄上、一面紫藤牧馬、をの〳〵これら也。大唐開成三年九月七日也太宗十三代帝、文宗皇帝御代也。日本□承和二年にあたれるとやらん承しかとも、隆円さやうの事にはくらけれは、いまた和漢の年代記をも勘合し侍らす。たゝ人の申をきゝをけるはかり也。

王しもろき事なかりけれは、風波しつかにして貞敏ほとなく本朝の西のきしにつきぬ。御門おほきに叡感ありて、いそき貞敏をめす。仁明・文徳二代、これをまなひならはせをはしますといへとも、たへなる御きりやうなりけれは、清和の聖主いまた東宮にてわたらせをはしましけるのみそ、あきらかにつたへしろしめされける。貞敏はふかく呂律をわきまへて、三代の御師範をけかす勅ありてつねに竜楼に侍らしめて妙曲をそ奏しける。又横笛、比巴の調によくも和合せさりける事をも、この人のみこそとゝのへ合給けれ。賀殿といふ楽は破もなくて急はかりを号けるとかや。比巴にて、この貞敏伝わたせりけり。本朝にて嘉祥楽をとり入て破とは用らるゝ也、さて貞観六年に歳六十一にてついに卒給ぬ。一男大けんもち良臣ありけれとも、みちをつたへす。当道にはこれを祖師とす。このさきにも比巴ありけれとも、曲わつかに七八、髣髴なりければ、御門いかゝとおほしめされて遣唐使までの御さたもありけり。

抑いまきこゆることくならは、三曲を一度につたへたりと聞哉。我朝にとりてはいまたその例をきかす。但むかしはこれほとも秘せさりけるにや。又秘蔵しなからなをさつけゝるにや、不審也。又灌頂にとりて、ふかき口伝五あるとかや。そのうち三までは人にもゆるす。いま二の事はまめやかに道を継へき子孫・嫡弟なとよりほかには、ゆめ〳〵さつくる事なしとうけ給也。又いかにいみしき器量なれとも、女子なとのつたふる事はなきとこそ申されしか。代々いみしかりし女楽しらせ給はさりけるこそ、くちをしくはきこえ侍れ。所謂四ケの称名・五ケの口伝これなるへし。又女房、帝師たる事常にはまれなりといへとも、くはしくかんかへみれはその例なきにはあらす。こまかにたつね記すへきなり」

（文机談巻二・藤原貞敏）

「賀殿　有レ甲　中曲　新楽

破有二一帖一。拍子各十。急有二四帖一。拍子各二十。此曲ハ、モロコシヘ承和御門ノ御時、判官藤原貞敏《サダトシ》ト云ケル者ヲ、ツカハサレタリケルニ、廉承武ト云人ニ琵琶ヲナラヒテ此朝ニハヒロメタルナリ。今急忠拍子舞ハ同御門ノ御時ニ有レ敕（下略）」

（教訓抄巻一）

また古事談第六・亭宅諸道や十訓抄第一可庶幾才能芸業事その他諸書に載る。

二六　琵琶のよく鳴るのは甲が鳴るので、腹のほうが鳴る（りやらめく）のはよくない（胡琴教録巻下・知善悪第二〇）。従って甲の材質は吟味されるべきもので、紫藤は珍重された。順徳院御琵琶合に「大鳥　（前略）依為紫藤甲、音色殊にすめる所あり。仍為勝」とある。また渭橋も紫藤の甲で音色がよいとしている。文机談巻四には久我通光の秘蔵の琵琶である黄菊の甲は紫藤であるとし、巻三には鴨長明が紫藤の小琵琶を作ったことが記されている。

二七　「或人云、牧馬は紫檀甲に小馬を二、三疋木絵にゑりいれたるなり」（胡琴教録巻下・知善悪第二〇）また「牧馬ハ槽ニ四角ナル馬ノ形ヲ木絵ニ彫入タリ。（中略）或人云、撥面ノ絵ニ牧ノ馬ヲ書タリト云、僻事也」（絲竹口伝・琵琶宝物）

二八　村上天皇の故事としては、玄象を弾じていた時、廉承武が現われて、上玄、石上の二曲を授けたという説話が有名である（文机談巻二・源高明、十訓抄巻一〇、古事談第六、拾菓抄・管絃曲）。また、それを源高明の故事であるとする説もある（十訓抄巻一〇、文机談巻二・源高明、吉野吉水院楽書）。塵荊抄には廉承武が村上天皇に青山によって上玄、石上の二曲を授けたとする説話を載せる。そして琵琶法師の伝書である当道要集にもその故事が記されている。

「一平家に琵琶を錯あはする事私ならす。勅定也。性仏僧正、或時内裏へ奏し申されけるは、件の平家に糸か竹かかき合て謡ハまほしく存するかいかに、と奏せられければ、実も平家はかりさう〳〵しく侍る間、琵琶然るへし、と勅定有て、上原石上と申秘曲を当道へゆるさせまし〳〵き。此上原石上と申秘曲ハ、仁明天皇の御宇、嘉祥の比ほひ掃部頭貞敏渡唐して、簾妾夫に歎て三曲を相伝の時、簾妾夫、上原石上の曲をは秘して、貞敏に不伝。其後数年を経て、村上天皇の御時、応和の比ほひ、八月十五日の夜、主上、清涼殿の月の宴にして、玄上と申御琵琶遊しける時、影のやうなるもの御前へ参りて、（奏カ）歌を仕る。主上、御琵琶を置せ給ひ、汝ハいかなるものそ、と御尋あれハ、我ハむかし貞敏渡唐の時、三曲を教侍にし簾妾夫と申者也。彼三曲のうち上原石上と申曲を秘して、貞敏に伝へさりし罪によりて、魔道に沈淪す。されハ彼の秘曲を天子に伝へて仏果を得侍らん、とて、御前へ立られたる青山を承て、四絃を掻ならし、彼秘曲を天子に授て消失ぬ。上原石上の曲是也。か様に目出度妙なる曲を、当道にゆるさせましまします朝恩を、心底にふかく思ひ入侍るへし」　（当道要集）

二九　たとえば『平家物語研究事典』は、典型的な武人像を教経のうえに造型しようとする『平家物語』の文学作品としての虚構性を指摘する。㈠吾妻鏡・元暦元年二月七日の一ノ谷合戦の記事と㈡同・元暦二年四月一一日の壇ノ浦合戦の合戦注文の交名そして㈢玉葉に書かれた一ノ谷合戦後の元暦元年二月一九日の記事がその論拠となっている。

吾妻鏡の㈠の記事は教経が一ノ谷合戦のとき、遠江守安田義定の軍勢に討ち取られたことを記し、㈡の交名に彼の名は記載されていない。一ノ谷合戦で戦死したとすれば、㈡の交名に彼の名がないのは当然で、両方の記事の整合性をそこに認め得る。吾妻鏡は教経の戦死については㈠の記事の内容を公認しているのであり、一ノ谷合戦の直後にはそのことを記した合戦注文が作成され、それに基づいて論功行賞がなされていた可能性もある。しかし、討ち取られたのが、事実、教経であったのか、あるいは教経を名乗る別人であったのか、吾妻鏡の記事をそのまま信じることはためらわれる。

平家物語諸本では教経は一ノ谷を落ちのびていて、屋島、壇ノ浦の両合戦での華々しい合戦ぶりが特記されているのである。吾妻鏡の記事を根拠にそれを虚構と断じてよいものだろうか。その判断は平家物語の文学作品としての在りかたの根幹に関わる大きな問題である。伝太田道灌作の我宿草に景清の見聞談として、教経の乳夫の長沼三郎が教経と名乗って討たれ、その隙に教経は屋島に向かって逃れていったと記している。その記事自体に信を置くことは難しいが、それは事実のひとつの可能性を示すものと言える。

『平家物語研究事典』では吾妻鏡の主張を裏付ける記事として玉葉の㈢の記事を掲げて、「この事実は、『玉葉』の著書九条兼実も「被渡之首中、於教経者一定現存云云」と確認している。平家物語には明らかに虚構が見られるが云云」と記している。しかし、玉葉の文章は一ノ谷合戦の後に大路を渡された教経の首を確かにそれと確認するという意味のものではない。玉葉の文章はそれとは逆に大路を渡された教経の首は、どうやら偽物であったらしいという判断を記したものである。

寿永三年二月一三日に平家の首の大路渡しがあり、公家の意向に逆らって公卿である通盛の首までが渡された。玉葉の記主兼実はそれを弾指すべき世であると嘆く。安徳帝の外戚にあたる平家一門の首の大路渡しについては、朝廷の側は強く反対し、関東の側との対立があったことが、玉葉の一〇日の記事に見える。そして一一日になって、義経や範頼など関東側の強い不服の申し立てに押されて、朝廷側は大路渡しを認めたことを兼実は記している。平家の首の大路渡しは朝威失墜を示すことにもなる由々しき措置であって、朝廷側にとっても兼実個人の気持ちのうえでも歎かわしいことであったに違いない。関東の意向と動向そして一ノ谷敗戦後の平家の勢力とその動きもまた朝廷の将来を左右する問題として朝廷にとってもそして兼実にも気懸りなことであった。㈢の記事はそうしたなかで記されたものである。参考までに関係箇所の本文を掲げる。

一九日。戊寅。天晴。（前略）伝聞、平氏帰住讃岐八島、其勢三千騎許云云。被渡之首中、於教経者一定現存云云。（以下略）

延慶本第五本・能登守四国者共討平ル事によると、都落をして赴いた九州を追い出された後、平家は屋島に御所を構え、河野氏をはじめとする反平家の勢力を押さえこみ、四国に拠点を確立しようとしていた。その戦略的合戦のなかで教経は目覚ましい働きをしていたとされるのである。一ノ谷の合戦に敗れた平家はその根拠地である屋島に退いたのである。玉葉はそれを「帰住」と表現する。そして屋島を根拠地に支配地を再び確保するために平家は直ちに軍事行動を再開し、武将として教経が活躍しているという情報が京都にも伝わったのだろう。それで京都では、大路を渡された教経の首は別人のもので、教経は生きているという噂が広がった。兼実はそれを「被渡之首中、於教経者一定現存云云」と玉葉のなかに書きつけたのである。玉葉の本文は、大路を渡された首のなかで、教経については、偽もので、彼が、いまも生きていることは確かだ、と言っていると解される。従って玉葉の記事は一ノ谷合戦以後の教経についての平家物語の叙述を虚構と断ずる論拠にはなり得ない。

この問題にさらに付け加えるならば、醍醐寺雑事記の元暦二年の条に載せられた壇ノ浦の合戦注文の交名がある。いっぽうで錯誤を含んでいるが、その自害の項に、「中納言教盛、中納言知盛、能登守教経」として彼の名前が掲げられる。それに従うならば教経は平家物語が記すとおり、壇ノ浦合戦に至るまで活躍を続け、その最後の合戦で自害を遂げたことになる。玉葉の記事とこの交名とによるならば、教経の一ノ谷合戦以後の活躍の叙述は、それを虚構として論じることは出来ない。

三〇　「範季ガメイ刑部卿ノ三位（範子）ト云シハ、能円法師ガ妻也。能円ハ土御門院ノ母后承明門院ノ父ナリ。コノ僧ノ妻ニテ刑部卿三位ハアリシ、（承明門院は）ソノ腹也。ソノ上、（尊成親王つまり後鳥羽天皇の）御メノトニテ候シカドモ、能円ハ、六ハラノ二位（平時子）ガ子ニシタル者ニテ、御メノトニモナシタリキ。落シ時、（能円を）アイグシテ平氏ノ方ニアリシカバ、其後ハ刑部卿ノ三位モヒトヘニ範季ヲヂニカヽリテアリシナリ。ソレヲ通親内大臣又思テ、子ヲイクラトモナクムマセテ有キ。故卿ノ二位（兼子）ハ刑部卿三位ガ弟ニテ、ヒシト君（後鳥羽天皇）ニツキマイラセテ、カヽル果報ノ人ニナリタルナリ」（愚管抄巻五）

三一　頼盛の後室は俊寛と父母を同じくする女性で、父は法勝寺上座の寛雅、母は八条院の乳母であった宰相局。彼女自身も大納言の召し名で八条院に女房として仕えていた。その関係で、彼女と頼盛の間の子である光盛も八条院の御給によって叙爵（安元二年）し、平家滅亡後も八条院の庇護を受け、文治四年にはその御給によって従四位上に至っている。また頼盛は八条院領の多くの庄園の知行者となっている（石井進「源平争乱期の八条院周辺」　同氏編『中世の人と政治』　吉川弘文館　一九八八年）。頼盛と八条院との関係は早くに村田正言「源頼朝と平頼盛」『国史学』一〇号において触れられている。八条院暲子の御所と頼盛の八条第とはすぐ近くであった。

三二　八条院の御所は頼盛の八条室町第の東、八条東洞院にあるが、源氏入京の噂が立ったのち戦乱を避けるため、七月のはじめに仁和寺の常盤殿に移っている。玉葉に「今旦、八条院渡御仁和寺御所」（寿永二年七月三日）とある。彼女は、後にそこを仁和寺の支院として寺に改め蓮花心院と号した。中古内外京師地図に仁和寺を南に下ったあたりに「常盤、八条院、蓮花院」を載せる。

三三　保元の乱の折りの平頼盛の清盛への加担、頼盛の郎等平宗清による頼朝生け捕り、頼盛の母、二位の尼による頼朝助命嘆願を、愚管抄は次のように記す。

「伊豆国ニ義朝ガ子、頼朝兵衛佐トテアリシハ、世ノ事ヲフカク思テアリケリ。平治ノ乱ニ十三ニテ兵衛佐トテアリケルヲ、ソノ乱ハ十二月ナリ。正月ニ永暦ト改元アリケル二月九日、頼盛ガ郎等ニ右兵衛尉平宗清ト云者アリケルガ、モトメ出シテマイラセタリケル。コノ頼盛ガ母ト云ハ、修理権大夫宗兼ガ女ナリ。イヒシラヌ程ノ女房ニテアリケルガ、夫ノ忠盛ヲモタヘタル者ナリケルガ、保元ノ乱ニモ、頼盛ガ母ガ新院（崇徳上皇）ノ一宮ヲヤシナヒマイラセケレバ、頼盛ハ新院ノ御方ヘマイルベキ者ニテ有ケルヲ、コノ事ハ一定新院ノ御方ハマケナンズ。勝ベキヤウモナキ次第ナリ、トテ、ヒシト兄ノ清盛ニツキテアレ、トオシヘテ有ケル。カヤウノ者ニテ、コノ頼朝ハアサマシクオサナクテ、イトオシキ気シタル者ニテアリケルヲ、アレガ頸ヲバイカヾハ切ンズル。我ニユルサセ給ヘ、ト、ナク〳〵コヒウケテ、伊豆ニハ流刑ニ行ヒテケルナリ。物ノ始終ハ有興不思議ナリ。（下略）」（愚管抄巻五）

　頼朝による頼盛への報恩は、頼盛の勅勘を許さるべきこと、家領三四箇所を安堵さるべきことを奏請する措置を頼朝が取ったことを記す元暦元年四月六日の記事をはじめ、吾妻鏡に詳しい。

三四　「晉陽秋曰、王裒母性畏雷。及母死、毎雷震、輒就墓側啓曰、裒在此、裒在此」（芸文類聚巻二・雷）

「王裒栢惨　晉書、王裒字偉元、城陽営陰人。少立操尚博学多能。其父儀為文帝司馬見殺。裒痛父非命、未嘗西向而坐。示不臣朝廷也。隠居教授。廬于墓側、旦夕常至墓所、拝跪攀栢悲号。涕涙著樹、々為之枯。母性畏雷。母没。毎雷輒到墓日、裒在此。（下略）」（徐状元補註蒙求）

「晉書曰、晉人王裒母生時、畏雷。裒至母終後、天雷輒還遶墓曰、裒在此、裒在此」（太平御覧巻一三・雷）

巻三十二

一　「此薩摩守ノ、アル宮バラノ女房ニ物申ムトテ、ツボネノウヘクチサマニテタメラヒ給ケルニ、事ノ外ニ夜フケニケレバ、扇ヲハラ〳〵トツカヒナラシテ、キヽシラセ給ケレバ、心シリノ女房ノ、ノモセニスダクムシノネヤ、トナガメケルヲ聞テ、扇ヲツカヒヤミ給ニケリ。人シヅマリヌトオボシクテ、出合タリケルニ、ナド扇ヲバツカヒ給ハザツツルゾ、ト問ケルニ、イサ、カシカマシトカヤキコヘツレバヨ、ト宣ケルゾ、イトヤサシカリケル。

　　カシカマシノモセニスダクムシノネヤ
　　　ワレダニモノハイハデコソ思ヘ

ト云歌ノ心ナルベシ。」（延慶本第三末・薩摩守道ヨリ返テ俊成卿ニ相給事）

「薩摩守忠度といふ人ありき。ある宮ばらの女房に物申さんとて、つぼねのうへざまにてためらひけるが、ことのほかに夜ふけにければ、扇をはらはらとつかひならして、きゝしらせければ、此局の心しりの女房、野もせにすだくむしのねや、とながめけるをきゝて、あふぎをつかひやみにけり。人しづまりて出あひたりけるに、この女房、あふぎをばなどやつかひ給はざりつるぞ、といひければ、いさ、かしがましとかや、きこえつれば、といひたりける。やさしかりけり。

　　かしかまし野もせにすだく虫のねよ
　　　我だに物はいはで社思へ」（今物語）

「薩摩守忠度《刑部卿忠盛子》、或宮原ノ女房ニ物申サムトテ、局ノ上サマニテ、音ナハムモツヽマシク、タメラヒケレト、事ノ外ニ更ニケレハ、扇ヲハラ〳〵トツカヒ鳴テ聞シラセケレハ、此局ノ心シリノ女房ノ声ニテ、野モセニスタク虫ノ音ヨ、トナカメケルヲ聞テ、扇ヲツカヒヤミニケリ。人シツマリヌト覚シクテ、逢タリケルニ、女房、ナト扇ハツカヒ給ハサリツル、ト云ケレハ、イサ、カシカマシトカヤ聞ヱツレハ、ト云タリケル。イトヤサシカリケリ。

　　カシカマシ野モセニスタク虫ノ音ヨ

我タニモノハイハテコソ思へ」
(書陵部本・十訓抄巻上)

「いつの比の事にか、男（忠度が事にや）ありけり。内の女房を、しのびて物いひわたりけるが、ある夜、局のあたりにたたずみて、ここにありと知られんとて、扇のかなめを鳴らしてつかひければ、女房聞きて、をりふし便宜あしき事やありけん、なにとなきやうにて、局の内にて、野もせにすだく虫の音よ、とうち詠めたりければ、男聞きて、扇をつかひやみてけり。

かしかまし野もせにすだく虫の音よ
我だになかで物をこそ思へ

この心なるべし。男も女もいと優にありけるにや。」
(九条家本・古今著聞集巻八)

二 大和言葉については鈴木棠三「やまとことば」（『ことば遊び辞典』東京堂出版 一九六六年）、大島建彦「「やまとことば」の伝承」（『月刊言語』昭和五六年六月号）「やまとことばとその周辺」（『日本学』13巻 一九八九年）、辞書については清水泰「大和詞についての考察」（『立命館文学』昭和一三年一二月号）など参照。お伽草子における大和言葉の趣向については拙稿「お伽草子と説話」（『説話とその周縁—物語・芸能—』説話の講座6 勉誠社 一九九三年）で簡単に言及した。

三 「行盛、提婆品を読給ひける事は、父基盛大和守に任じて上洛の時、宇治河のはたに下て、水練して遊けるに、水に流て死けり。其後、基盛の女房、夢に見けるは、我、思かけず宇治左大臣頼長の為にとられて、河の底に沈ぬ。法華経にあらずは得道しがたし。追善には提婆品を読誦書写して、廻向せよ、と見えたりければ、此夢を阿翁入道殿に語たれば、不便なりとて、福原の経の島に御堂を立て、八人の持経者を置て、毎日に法華経を転読し、殊に提婆品をば極信に被読けり。行盛、其比は幼少也。成人して是を聞、毎日に不懈、此品をよみ給けるが、今日は未読給はざりけるやらん、又、今を最後と思召けるにや、最、貴、哀にぞ覚えける」
(源平盛衰記巻四三・二位禅尼入海)

四 「寿永二年、おほかたの世しづかならず侍りしころ、よみおきて侍りける歌を、定家がもとにつかはすとて、つつみがみにかきつけて侍りし

平行盛

ながれての名だにもとまれゆく水の
あはれはかなき身はきえぬとも」
(新勅撰和歌集・雑歌二・一一九四)

五 「大炊天皇 同（天平宝字）七年癸卯 少僧都道鏡九月四日任。法相宗。東大寺河内国人。弓削氏。天智天皇孫。志基親王第六子也。義淵僧正弟子。初籠葛木山、修如意輪法。苦行無極。高野天皇聞食之。於近江保良宮、有御薬。仍召道鏡、被修宿曜秘法。殊有験。御悩平復。仍被任少僧都。」
(僧綱補任抄出)

六 「九日。辛巳。有大夫属定康。関東功士也。彼近江国領所、平家在世之時者、称源家方人、被収公滅亡。今又守護（左々木）定綱為兵粮米点定云云。依之企参上、募申有労之間、停止旁狼籍、如元可領掌之趣、今日被仰下云云。去々平治元年十二月合戦敗北之後、左典厩令赴東国美濃国給。于時寒風破膚、白雪埋路、不便進退行歩。而此定康、忽然而令参向其所之間、為遁平氏之追捕、先奉隠于氏寺号大吉堂天井之内、以院主阿願房以下住僧等警固之後、請申私宅、至于翌年春、竭忠節云云」
(吾妻鏡・文治三年二月)

玉葉・建久三年三月一五日の後白河院の御葬送の記事のなかに、炬火の役を勤めた六人の北面の下臈の名を掲げるが、そこに大夫尉定康と検非違使俊兼の名が見える。

七 「法皇は鞍馬寺ヨリ、エブミ坂、薬王坂、サヽノ峯ナムド云、嶮キ山ヲ越サセ給テ、横川ヘ登ラセマシ〳〵テ、解脱谷ノ寂場房ヘゾ入セ給

ケル」

「法皇は鞍馬寺より薬王坂、小竹が峰などいふ、さかしき山を越えさせ給ひて横川へ上らせ給て、解脱の谷、寂場坊へぞ入せ給ひける」

（延慶本平家物語・第三末）

（長門本平家物語・第十四）

鞍馬寺―薬王坂―静原―江文―大原―篠ヶ峰越（仰木越）―横川　このコースを通ったことになる。篠ヶ峰越を経ての横川への道は大原越横川道（武覚超『比叡山三塔諸堂沿革史』　叡山学院　一九九三年）と呼ばれる。

八　二五日に登山の公卿は巻三一の補注八の記事を参照。二六日の記事を次に掲げる。

「二六日。戊子。晴。自早旦、山僧等下京。路次狼籍不可勝計。或称降将縁辺放火、或号物取追捕、人家一宇無全所。眼前見天下滅亡。嗟乎悲哉。予亭免此殃、偏仏神冥助也。此間人々登山之由、旁有其告。過路頭物忩之後、未刻出蓬門登山着直衣。強雖不可。然、依有所思也。自西坂駕肩輿。於禅師坂辺、前馬助経業示云、八条院御所辺物忩之由依聞食及、為御使参上之由称之。於水飲辺、前源中納言（雅頼）今朝参上云々。山上武士馬成群、不異麋鹿。開闢已後未聞此事。惣持院構城。是源氏等登山即所構也。直参御所円融房。人々祗候。主典代御随身等在庭上。如見射山。以大夫尉知康入見参。頃之退下宿所尊澄法印房。後聞、今日登山人々、右府（兼実）、花山院大納言（兼雅）、中御門大納言（宗家）、前源中納言（雅頼）、源宰相中将（通親）、予、大蔵卿（高階泰経）等也。或宿、或帰」

（吉記・寿永二年七月）

九　貴嶺問答の九月二三日の往状を次に記す。

「文庫事　栖霞寺辺、有兎裘地。所占郭内及七八町。有山有水、有田有園。可送余算於此処也。而東方有谷。依為閑所、欲立倉庫、如何。立倉之地形、若有所見哉。於資貯者、北陸武士乱入京師之時、不残一物、奪取畢。其後有何之財宝。只多年間所嗜儲之文書余六千巻。無所于宿納。仍所相営也。昨日罷向彼所、紅葉復紅葉、連峯錦浅深。実令悦目者也。尽日会賦一首。令同道給哉。且文庫之地形、可申合也。書不尽言。不具謹言　　九月二三日　」

一〇「二七日。己丑。天晴。辰刻参御所円融房。今日始参上公卿、皇太后宮大夫（実房）布衣、垂袴、別当（実家）直衣、新中納言（頼実）布衣上絬等也。還御遅々者、洛中物忩不可休之由、忽有沙汰。而今日帰忌日也。可有憚否、被問陰陽権助済憲大舎人頭業俊等之処、不還御御所者、不可有憚。明日復日、二九日御衰日、晦日雖有吉事之例、旁以不快之由申之。被行御卜之処、今日還御者吉也。遅々不快云々。又人々或申早可還御之由、或又申云、賊徒於途中被誅之由、皆以僻事也。又源氏等未入京。毎事不落居。無左右還御無謂者。又山座主、及永弁、智海、并山僧等、同申此旨云々。依此事猶空経時刻。法皇出御之次、予拝龍顔。殊有蒙無仰之旨。昇進以後無此事。踢踖無極。及未刻、一定之由風聞。次出御。公卿着浄衣祗候人々等前行。着直衣布衣等人々、皇后宮大夫已下下立。武士字錦部冠者義経男前行。恵光房阿闍梨珍慶山悪僧、着錦直垂腹巻等。為有識者豈可然哉。万人属目。在御輿前。常祗候侍臣等、或着浄衣或着例狩衣扈従。皇后宮大夫、別当、新中納言、予、并頭弁（平親宗）等候御後。皆駕。輿右府（兼実）同令下洛給云々。予至于京雖可参、卒爾之間駕御輿直令入洛給之間、自別路駕車帰家。院着御蓮華王院、依帰忌日不還御御所也。今日御幸専可為尋常儀。雖卒爾雖無其儀、猶可為御車歟。駕御輿入御京中、甚見苦事歟。」

（吉記・寿永二年七月）

玉葉の記事は略す。

一一　その系譜を尊卑分脈によって掲げる。

（近江源氏・甲斐源氏）

- 甲斐守 新羅三郎 義光
  - 相模介 義業
    - 遠江守 山本 義定
      - 伊賀・若狭守 山本冠者 義経
        - 箕浦冠者 義明
        - 山本判官代 義弘
        - 柏木 義兼
        - 錦織冠者 義高
  - 武田冠者 義清
    - 逸見冠者 清光
      - 武田太郎 信義
      - 遠江守 安田三郎 義定

（尊卑分脈）

延慶本は当該箇所に錦織冠者義弘とする。また吾妻鏡の元暦元年一月二〇日条に錦織判官代義高の名が見える。尊卑分脈をも勘案すると混同があるらしい。盛衰記は名乗の表記に問題があるのかもしれない。

なお義仲と関わっての近江源氏の動きについては、浅香年木『治承・寿永の内乱論序説』（法政大学出版局　一九八一年）参照。

三　蓮華王院の縁起譚をめぐっては阿部泰郎「唱導と王権——得長寿院供養説話をめぐりて」『伝承の古層　歴史・軍記・神話』（桜楓社　一九九一年）、「熊野詣考——浄穢の境界を越え〈聖なるもの〉へ至る経験の場——」（『日本文化と宗教—宗教と世俗化—』（国際日本文化研究センター　一九九三年）

亖　「二八日。庚寅。天晴。午上参院蓮華王院。于時諸卿集南御所殿上廊。頃之頭弁兼光朝臣進出、仰左府云、京中并神社仏寺狼籍、何様可有沙汰哉。上﨟一両可申計。左大臣、内大臣、堀河大納言等相議被申云、忩可有沙汰。若及遅々者□《勝イ》何事《等歟》大事歟。注《雖イ》分所々可守護之由、可被仰下歟。良久兼光朝臣又出来、仰左府云、前内大臣忽巧謀叛赴海西、偸奉具幼主之間、神鏡并劔璽等累代御物同奉取了。幼主叡慮之中所察思食也。仍早可有還宮之由被遣仰時忠卿許了。然而其事輙難達歟。何様可被進止哉。先是着布衣祗候人々、民部卿成範、左兵衛督宗通、大宮中納言実宗、新宰相中将泰通、等起座。又雖着直衣、右京大夫基家、起座。頭弁廻座下方之後、依左府気色昇長押上、候座下中央。予欲定申之間、内府被申云、今日豫議已密事歟。視聴人済々。専可・《為カ》閑所歟。左府被諾。尤可然事歟。次人々起座。左大臣、内大臣、堀河大納言忠、別当実家、梅小路中納言長方、源宰相中将通親、予等也。参集御所西北方。愚案、如此大事、於御《前ハ》所被定可宜歟。人々云、不可有取条儀。只可議定。但早可定申。予申云、神鏡并劔璽事、見当時為體、仏法王法猶未盡歟。天下之運若存者、自然出来歟。早可被祈請神宮已下諸社。兼又籠中臣官人於神祇官、可令祈申。其上仰諸道博士等、召勘文、重可有豫議歟。但至勘文条者、聞食行幸左右可有沙汰歟。於追討者、若及遅々者、東国雖已平、西海又叛者、題《頗歟》如前歟。可忩沙汰事也。源相公申漢家之例。重議定之時可申事歟。人々気色同不甘心歟。別当申旨大略同予。然而申可有卜筮之由。堀河亜相、梅納言等、暫止追討儀、神鏡以下宝物等、先可有可被返計歟。雖赴海西、何遂《逐ヒ》無征伐之由被申之。内府、於征伐者不可被緩怠。但神鏡已下事為朝大事之由、可被仰聞義仲行家等歟。左府申状不聞。可尋。大概人々申状、不可不異予申状、其中聊相違如此。人々猶以評定。次頭弁為奏聞参上。不可申人別申状。只分別条々可奏之由、人々被申也。以大蔵卿伝奏云々。帰出仰云、人々申状聞食了。可被存此旨御。但御祈事可何様乎。又御卜事、於院被訪亀兆之条如何。重可被申者。神宮奉幣有何事乎之由、左府雖被申出、御出家以後有其憚歟之由、被申之。召中臣官人、皆悉参籠可祈申之由、可被仰歟。諸社七社之外、日吉、祇園、住吉、北野、吉田等、或召社司、或可遣仰歟。又於院被訪亀兆、有何憚歟。私人不憚之由申之。兼光云、御堂御所如何。人々於御所、申可被行之由。予云、於南殿者、暫不可被行歟。出御之後未還御之故也。中々新御所可宜歟。以此等旨又奏聞。重仰云、頼盛卿帰仁。撰乎参上、年来又有奉公志。《忠イ》可被免否可計申。予申云、帰降者無被征伐之例。今度不被宥者、誰人又帰仁乎。就中件卿故入道相国之時、度々雖有不快事、今度殊造意不聞。只為一族許歟。尤可被寛宥。人々皆一同。但大理被申云、被優之由、尤可被仰当時武将歟。又源相公云、被仰合彼等、可有左右歟。又々（イ无）人々議奏云、洛中追捕可被鎮。不可被廻時刻。頭弁帰出云、計申之・（事カ）聞食了。自今以後、雖無例（別カ）仰、此間事可議奏。又叙位除目類可何様乎。左府被申云、太上天皇詔候。不可憚。兼光云、於何所可被行乎。左府云、院殿上可然（宣イ）歟。次人々起座帰着本座。于時人々又着座済々焉。但着浄衣祇候御共近臣不見。又大外記大夫史等参上。又職事等著禁色参入。検非違使大夫尉知康布袴、已下祇候南門。中斜武将二人、木曾冠者義仲年三十余、故義方男、着錦直垂、黒革威甲、負石打箭、折烏帽子、小舎人童取染直垂帯劔、又負替箭、覆油単。、十郎蔵人行家年四十余、故為義末子、着紺直垂、負宇須部箭、着黒糸威甲、立烏帽子、小舎人童上髪、負替箭、両人郎従相并七八輩不分別、参上。行家先参入門外申云、被召御前之両人相並同時可参歟。被仰可然之由云々。次入南門相並行家立左、義仲立右、参上。大夫尉知康扶持之。各参進御所東庭。当階隠間蹲居。別当下居公卿座北簀子、可進砌下之由被仰之。然而両将不進、西面蹲居。大理仰云、可追討進前内大臣党類也。両人称唯退入。忽見此両人容餝、夢歟非夢歟、万人属目。非筆端所及。両人退出之間、頭弁下地相逢、有仰含之旨。可尋之」（吉記・寿永二年七月）

「廿八日。庚寅。天晴。今日、義仲行家等、自南北義仲北、行家南、入京云々。晩頭、左少弁光長来語云、召義仲行家等於蓮花王院御所、被仰遺追討事。大理於殿上縁仰之。彼両人跪地承之。依為御所也。参入之間、彼両人相並、敢不前後。争権之意趣以之可知。両人退出之間、頭弁兼光仰京中狼籍可停止之由云々。今朝、定能卿来。法印昨日下京」（玉葉・寿永二年七月）

一四 「王莽、平帝ヲ鴆シ奉テ、宣帝ノ玄孫ノ年二歳ニ成給ヲタテ、、皇太子トシテ、孺《シュ》子嬰《エイ》ト号シ奉ル。王莽政ヲ摂シテ、仮ノ皇帝ト号ス。此時ニ、東郡ノ大守、翟義ト云者、劉信ヲタテ、、天子トシテ、〔いはく〕王莽、平帝ヲ殺シテ、天子ノ位ヲ摂ス。今共ニ、天罰ヲ行テ、王莽ヲ誅セント。王莽ヲチテ、孺子ヲイタキテ、天地ニ禱告ク。王邑等ヲ遣テ、翟義ヲ打破テ、威徳日々ニ盛ナリ。王莽遂ニ真ノ天子ノ位ニ即ク。国ヲ新室ト号シ、年ヲ建国元年トス。伝国璽トテ、帝王ノ宝物アリ。王莽是ヲトラント思テ、王舜ト云物ヲ使トシテ、太后ニ申ス。此太后ハ、成帝ノ御母、王莽カ伯母也。太后瞋テ、王舜ヲ罵テ、ノ給フ。汝カ輩ハ、恩義ヲ不顧、我ハ漢家ノ老婦也。旦暮ヲ不知トテ、呼泣タマフ。左右泪ヲナカサスト云者ナシ。使ノ王舜、悲ニ不レ堪。良久シテ、太后ニ申サク、伝国璽ヲハ、王莽必ス得ント思ヘリ。太后与ヘ給マシキニヤ。此時ニ、太后王莽ヲ恐テ、（以下衍カ）伝国璽ヲハ、王莽必ス得ント思ヘリ、太后与ヘ給マシキニヤ。此時ニ、太后王莽ヲ恐テ、伝国ノ璽ヲイタシテ、地ニナケテ、ノ給ハク、我ハ老テ已ニシナントス。ナンタチカ兄弟ノホロヒン事ヲシレトソ、ノ給。其後、漢ノ号ハ捨ラレヌ。子臨ヲハ、皇太子トス。孺子ヲハ定安公トス。殿ヨリ下テ、北面シテ、臣ト称ス。百官ノミルモノ、無不悲傷。鴻臚府ヲモテ、定安公ヲヌキ奉ル。門ヲ守、使者キヒシクシテ、乳母ニ勅シテ、物語スル事エス。常ニハ四方ニ壁アル中ニスヘ奉ル。」（唐鏡）

一五 「三〇日。壬辰。晴。巳時許参院。今日聊有予議。三相府（左府経宗、右府兼実、内府実定）、皇后宮大夫（実房）、堀河大納言（忠親）、梅小路中納言（長方）等参上云云。一両人為被仰合儀者勿論、及五六輩者、大臣参上之時、参議一人尤可祇候歟。如此事、申沙汰人、都不知案内歟。有若亡之世也。被定事、可被行勧賞事頼朝、義仲行家、関東北陸庄園可被遣使事、京中狼籍可被制止事等云云。委不聞之。謁人々之間、臨夕、宿九条亭。（下略）」（吉記・寿永二年七月）

「三〇日。壬辰。天晴。早旦、泰経卿送書於季長朝臣許曰、今日、於院可被議定大事、巳刻可予参者。午一点、着冠直衣、参蓮花王院。先是、左大臣（経宗）、大納言実房、忠親、中納言長方等、在御堂南廊東面座依風吹。余同加彼座頭。弁兼光朝臣奉仰来、仰左大臣云、条々事可計申者。垂簾其事三ヶ条具載左。
一、仰云、今度義兵、造意雖在頼朝、当時成功事、義仲、行家也。且欲行賞者、頼朝之斟難測。欲待彼上洛、又両人愁賞之晩歟。両ヶ之間、叡慮難決。兼又三人勧賞可有等差歟。其間子細可計申者。
人々申云、不可被待頼朝参洛期。加彼賞、三人同時可被行。頼朝賞、若背雅意者、随申請改易、有何難哉。於其等級者、且依勲功之優劣、且随本官之高下、可被計行歟。惣論之、第一頼朝、第二義仲、第三行家也。

頼朝、京官、任国、加級。左大臣云、於京官者、参洛之時可任。余云、不可然。同時可任。長方同之。

義仲、任国、叙爵。

行家、任国、叙爵。但以国之勝劣任之。尊卑可差別云云。実房卿云、義仲従上、行家従下宜歟。

（中　略）

兼光聞人々申状、参御所了。其後経数刻。此間、余問左府曰、若被行勧賞者、除目儀如何。左府曰（中　略）如此議定之間、兼光帰来云、勧賞除目其議如何、宜令計申者。忠親卿云、准拠之例、可被問外記歟。左府称善、即以兼光問之。帰来申云、（清原）頼業、（中原）師尚等申云、如諸社行幸御幸等賞、先被仰其人、後日被載除目宜歟。又嘉承摂政詔、先帝崩御、新主未御。以法皇詔、於仗下被下了。然者、以新儀於殿上被行、又可在御定。但初議穏便歟。且是時中任参議例也。円融院大井川逍遥、依舞賞、被仰任参議之由、後日被載除目。此事見小野宮記。彼記人々皆以此儀為是。左府又破執同意、以上皇宣、被任参議之条、甚難之。兼光帰参了。即出来云、各議奏之趣。皆以可然。早此定可被行者。於今者、各可有御退出者。（下略）」（玉葉・寿永二年七月）
一六　玉葉寿永二年七月三〇日の記事によると、嘉承二年の藤原忠実の摂政任命と寛和二年の源時中の参議任命とのふたつの先例は、以下のような脈絡において取り上げられたものである。その日の評定の席で、源頼朝、義仲、行家に対する勧賞の方針は固まった。ただし官職の任免は除目において決められるのが決まりである。そこで除目との関係が問題となった。授与すべき具体的な官職の決定をどこで行い、どこでそれを伝えるか。除目での決定を経ないままで勧賞を行ってもよいのか、それとも勧賞を経た後に行うべきなのか。そういった制度そして手続に関わる問題を詰めておく必要が生じたのである。後白河院の諮問を受けないうちに、勧賞の方針を決めた人々の間で内々に、そのことが話し合われた。蔵人頭も経験し有職故実に詳しい左大臣経宗は、院の殿上で三人の官職を決め、それを通達するのは正式の除目の場合と同様に官庁・外記庁ですればよい、と主張する。右大臣兼実は通達を除目の場合に合わせるなら、決定も除目に準じて陣の定めによるべきで、どのような場合であれ官職を院の殿上で決定するのはよくないとして経宗の意見に反対する。その意見の背後には院政を苦々しく思っている摂関家の立場が隠されているのだろう。兼実は、授与する官職は勧賞を行なう場で仮に口頭で伝え、正式には新天皇の践祚の後に行われる除目において後追いでそのままに認めればよい、とする対案を出す。弁官経験者でしかも切れ者の中納言長方は兼実の案にいう新天皇践祚が安徳天皇の京都帰還を前提とするのならば、その部分は非現実的だとして修正を加えるべきことを主張する。そうした議論がなされているなかに後白河院からその問題についての諮問が頭弁で後白河院の院司でもある兼光によって齎らされる。そこでその問題が審議されることになり、中山忠親の発議で、準拠となる先例について外記に問い合せることになった。その諮問に対して外記の判断と先例とが答申として返ってきた。外記の清原頼業と中原師尚はふたつの可能性を示す。ひとつは、神社への行幸と御幸などの時の勧賞の仕方に従って、先ず当人に勧賞として官職授与のことを仮に口頭で申し渡し、後日、除目の時に後追いでそれを認める。これは兼実の案を長方の意見によって修正したものとほぼ同じ案と言えるだろう。ふたつめは、嘉承二年の忠実に対する摂政任命の事例に従うという案である。嘉承の事例は、玉葉から判断すると、堀河天皇が崩御した嘉承二年七月一九日、五歳の鳥羽天皇の践祚の儀式が行われる前に、白河院が天皇に代わって忠実を摂政に任命する詔を発しそれを陣の座において通達したらしい。新しいやりかたになるが、それに従えば、院の殿上で官職決定を行いまた通達をもする。これは経宗の案に近い部面を持つもので、後白河院の主導を全面に押し出した方式となる。その二案を示した上で、外記たちはひとつめの案がより妥当だろうという意見を添える。その意見の拠り所として、寛和二年の時中に対する参議任命の事例を挙げる。寛和の時には、寛和二年一〇月一三日、円融院の大井川御幸の際、源時中の舞を愛でた院は彼に越階して参議とするという勧賞をその場で与え、一〇月一五日に除目によって正式に任命を行ったという。外記の提案は一座の人々に受け入れられ、経宗も賛成し、それが一座の案として後白河院に報告された。後白河院はそれを了承して、ただちに実行に移すようにとの下命があった。玉葉はそうしたことを記すなかで、寛和の事例の記事に、その事例は小野宮記に記録されているが、それは、上皇の宣旨だけで参議任命を決定するのは無理で、後追いでも除目による正式決定が必要であることをいう意図のもとに記されたものである、と分かち書きの注記をしている。その分かち書きの内容まで外記の答申にあったのか、摂関家の立場から兼実が加えた注なのか、そこのところは判断出来ない。

以上が玉葉の記事である。盛衰記の本文は、寛和の事例に準拠したこと決定のなかみに関しては玉葉の伝える事実と一致している。しかし嘉承の事例については、ずれがあると見てよい。そしてその案が長方のものであるとするところは玉葉の記事から判断すると虚構である可能性が高い。もっとも、ここに勧修寺家の長方を登場させたことに作為があるのか否か、そこまでは判断出来ない。

一七「円融院大井河逍遥之時、御御舟、到給都那瀬（戸無瀬。嵐山付近。歌枕）。管絃詩歌各異其舟。公任乗三船之度也。先乗和歌船云云。又摂政（兼家）召管絃船。被仰大蔵卿時中拝参議之由云云。非主上（一条天皇）御前、奉法皇仰任参議、如何之由、人々多傾奇之云云」

（古事談巻一・円融院大井河逍遥事）

「一四日。円融院幸大井河。摂政已下扈従、有和歌管絃。大蔵卿時中任参議由、於彼席被仰下之」

（百錬抄・寛和二年一〇月）

一八「二一日。丁丑。晴。（前略）又聞、以荒聖人文覚申云、当時摂政棄置平妻、留洛。敢無過怠之上、君又如此思食、不可有異議。（下略）」

（玉葉・元暦元年八月）

一九「（前略）　次読式文　凡有三門　先述意門　敬白、極楽化主弥陀如来、観音勢至、海会衆生、乃至法界一切三宝　而言、夫以、三有苦海厭而深可厭。誰人不覚流来生死之難離。九品浄刹欣而弥可欣。何類不求証大菩提之易得。是以、為欲結出離妙因、永別輪廻故郷、種往生善根、早到安楽仏土。依弥陀四十八願、至讃歎礼拝之誠、寄観経十六想観、運発心修行之志。但今所勤修、稍異常儀、非啻礼讃称念、兼以妓楽歌詠。其所尅念、非無由緒。当時律呂調音、暫静散心於一境、来世絲竹翫曲、遍施供養於十方。声為仏事、簫笛箜篌自順法音方便。楽即法界、管絃歌舞何隔中道一実矣。大樹緊那弾瑠璃琴、忽預未来成仏之記。妙音薩埵奏十万楽、速得普現色身之証。忉利鼓響説於無常、諸天聞之厭楽。馬鳴伎音演於苦空、衆人由之悟道。仏道資粮専有楽音者乎。況安養界風動宝葉、宮商相和、調於法性真如。波打金渠、声音妙韻、唱於四諦縁生。管絃満雲上、微妙之声常聞。妓楽遍国中、歌詠之曲無絶。則知、須准此界雅楽、慕於西方快楽者也。豈只世俗遊戯之玩引乎。（以下略）」

（順次往生講式）

大樹緊那羅王所問経の本文は載せない。この説話の流布の様相を示すのに参考までに二、三の資料を次に掲げる。

「香山大樹緊那羅が、瑠璃の琴には摩訶迦葉、や、三衣の袂に従ひて、草木も四方にぞ靡きける」（梁塵秘抄巻二・雑法文歌）

「香山大樹緊那羅ノ　瑠璃ノ琴ニナゾラヘテ　管絃歌舞ノ曲ニハ　法性真如ヲトナフベシ」（浄業和讃・日中讃補接）

「天竺ニハ大樹緊那羅衆、吹笛弾琴シカハ、迦葉ハ起テ舞、阿難ハ声歌シ給キ」（教訓抄巻七）

「一、四緊那羅ノ事。此ニハ疑神ト云也。是ハ人ニ似而額ニ一ノ角アル故ニ、是ヲハ人非人トモ云也。人ニ似テ而モ畜生也。是ハ十宝山トテ須弥ヲ始トシテ十ノ宝山コレ在リ。常ニ此ニ住ム。帝釈ノ眷属也。是ヲ法ノ楽神ト云也。故ニ法緊那羅ハ四諦ノ楽ヲ奏シ、妙法緊那羅ハ十二因縁ノ楽ヲ奏シ、大法緊那羅ハ六度ノ楽ヲ奏シ、持法緊那羅ハ惣シテ前ノ三種ノ楽ヲ奏スル也。又、四緊那羅ハ四教ノ法ノ楽ヲ奏スル也。去ハ、仏忉利天ニ上テ、帝釈宮ニ於テ説法シ玉フ時、諸天、此緊那羅カ八万四千ノ妓楽ヲ奏スル也。此時、三千界動ト見タリ。去ハ、大法緊那羅カ琴ノ音ニ迦葉ハ立テ舞ヲ舞ト見タリ」（法華経直談鈔巻二本・三六・緊那羅王事）

三〇　巻一五・高倉宮出寺に万秋楽が都率天の楽であること、万秋楽による都率往生のことが記される。教訓抄、続教訓抄、体源抄などにも同様のことが記される。ここでは文机談の本文を参考として掲げる。

「この三品（源博雅）ためしなきすき人にをはしましけれは、事にふれたる物語いくらも世に侍り。ことに万秋楽を秘愛して箏譜のをくかきにちかひ給けるむねこそ、いみしくあはれにもうけ給はれ。我必滅のゝち、生を他界になつくとも、願は譜のうちの虫となりて、なかく此曲を守護すへしとそ、かきつけたまひける。桂大納言（源経信）の記には、かの願すてに成して、都率の内院にうまれ給よし、夢のつけありと、申置給とかや承れとも、隆円（文机談の著者）、れいの記録にうすき身なれは実否はしり侍らす」（文机談第一冊・源博雅）

三一　この曲は乱序・囀（さえずり）、嗔序、荒序、入破で構成される。そのうち乱序また嗔序のなかでなされる秘蔵の手。「乱序一帖。比内有各別名。日ヲ掻キ返ス手、桴ヲ飛（ヒルガヘス）手、蜻蛉返（トムハウカヘリ）、大膝巻、小膝巻」「口伝云、大膝巻ヲ乱序ノ内ニハ不舞シテ、此嗔序之内ニ舞ハ一ノ習也」（教訓抄巻一）「陵王この舞にはおほひざまき、こひざまき、おしもどり、荒序などいふ、ことなるひさうの事どもあるとかや相承」（雑秘別録）

三二　補注二一に続く教訓抄の本文のなかに「上﨟ニ授進荒序例」という項目があることは、楽人の家の外に荒序が伝授されることが稀であったことを示していよう。そのなかには「仁平元年、八条中納言兼長三河守ノ時、（狛）光近ヲ語ヒ寄セ給テ、習写荒序曲給。（中略）不可伝授于他人由、被出起請文。（下略）」などとある。また舞曲口伝には「羅陵王（前略）此序ハ荒序ト云。道之潅頂是也」、掌中要録秘曲には「羅陵王謂就之蘭陵王入陣曲舞有二説　荒序八帖拍子八帖終打之一説八方注之此説殊秘々蔵也」などとある。荒序には二四八説と八方八返様という二つの演じかたがあり、ことに後者が大事の秘事とされていた。「二四八説（中略）仍此説ヲ常舞也」「八方八返様、是ハキハメタル大事秘事ニテ候ヘシ」（教訓抄）とある。

三三　「倍臚　只拍子をすこしはやくしてまふ。べちの楽拍子なし。それがいかなるやらん、世の中に只拍子、中拍子、楽拍子といひて、みしなにしあひたり。いとあるべくもなし。（中略）すべて楽びやうしといふものは舞につきてあるべきことなり。只拍子ながら、ちとはやくてまふものはこれ（倍臚）と又、蘇莫者破、還城楽、抜頭、これらは只拍子にてまふ。いづれも只拍子にてまひはありとぞみつちか（狛光近）は申ける。楽人舞人はまひにするを楽拍子としり、ただのおりのを、たゞびやうしといふめり。まことには、のびて、かこ（羯鼓）を二づつうちたるぞ只拍子、おなじく、まくばり（間配）にうつぞ楽拍子とは管絃者方にはしりたる。（下略）」（雑秘別録）

「ゆふぎりとてことひき（琴弾き）ありき。楽人（大神）基政が女、それがすゑの弟子どもの中より、倍臚をはじめは、たゞ拍子にひき、なか拍子とて、又たゞ拍子ながらはやくひき、はやひきとて、てをそぎて扶南などのやうにひくことあり。これらはいづれもいづれも物ぐるはしき、実説もなき事也」

（残夜抄）

三四　「保元の春の花、寿永の秋の葉とおちはて、八条の蓬壺、六原の蓮府、暴風ちりをあげ、煙雲ほのほをはけり。龍頭鷁首を海中にうかべて、波上に行宮しづかなることなし。いそべのつつじの紅は、袖の露よりさくかとうたがひ、さ月のとまのしづくは、ふるさとを、のきのしのぶにあやまる。月をひたすうしほの、ふかきうれへにしづみ、霜をおほへるあしのはの、もろき命をあやぶみ、洲崎にさはぐ千鳥の声は、暁のうらみをそへ、そばへにかゝるかぢの音は、夜半に心をくだき、白鷺の遠松にむれゐるを見ても、えびすはたをなびかすかと、あやしみ、夜鴈の遼海になくをきゝても、つはもの舟をこぐかとおどろく。青嵐膚をやぶりて、翠黛紅顔の粧、やうやくをとろへ、蒼波眼うけて、懐古望郷の涙をさへがたし」

（六代勝事記）

三五　「（一ノ谷合戦の後、九州に逃れ、そこも追い落とされて）思々に漕別れ、蛍の焼火に身を焦し、磯打波に袖ぬらす。白鷺の遠樹に群居るを見ては、源氏の旗かと肝を消し、夜雁の雲井に啼渡るを聞きては、兵船を漕ぐかと魂を迷はす。（屋島合戦が、この後に記される。下略）」

（源平盛衰記巻四八・女院六道廻物語）

「（屋島合戦の後、九州に逃れ、そこも追い落とされて）陸ヨリ夜中ニ宮崎津トカヤニ行シ程ニ、折節、降雨イトハゲシク、吹風モ砂ヲ上ル計也。白鷺ノ遠樹ニ群居ヲ見テハ、夷ノ旗ヲ靡カトアヤシミ、夜鷹ノ遼海ニ鳴ヲ聞テハ、兵ノ船ヲコグカト驚ク。青嵐膚ヲ破リ、白波魂ヲ消ス。翠黛紅顔ノ粧、漸ク衰へ、蒼波ニ恨ウケテ、懐土望郷ノ涙弁ヘガタシ。（このあとに壇ノ浦合戦が記される。下略）」

（延慶本平家物語第六末・法皇小原へ御幸成ル事）

三六　「三〇日。壬辰。（前略）京中守護、義仲奉院宣支配之。源三位入道子息　大内裏至于替川　高田四郎重家、泉次郎重忠　自一条北、自西朱雀西、至于梅宮　出羽判官光長　自一条北、自東洞院西、至于梅宮　保田三郎義定　自一条北、自東洞院東、至于会坂　村上太郎信国　自五条北、自河原東、至于近江境　葦敷太郎重隆　自七条北、自五条南、自河原東、至于近江境　十郎蔵人行家　自七条南、自河原東、至于大和境　山本兵衛尉義経　自四条南、自九条北、自朱雀西　至于丹波境　甲斐入道成覚　自二条南、自四条北、自朱雀西、至于丹波境　仁科次郎盛家　鳥羽四至内　義仲　九重内　并此外所々、已上、義仲支配云云」

（吉記・寿永二年七月）

「八月一日、京中保々守護ノ事、任義仲注進交名、殊令警巡、可知炳誡之由、右衛門権佐定長奉院宣、仰別当実家卿。出羽判官光能、右衛門尉有綱頼政卿孫、十郎蔵人行家、高田四郎重家、泉次郎重忠、安田三郎義定、村上太郎信国、葦敷太郎重澄、山本左兵衛尉義恒、甲賀入道成覚、仁科次郎盛家トゾ注申ケル」

（延慶本平家物語第三末・京中警固ノ事義仲注申事）

交名中の人物について、おおむね盛衰記の順序に従って、解説する。

出羽判官光長　清和源氏満仲の子頼光五代の後裔。美濃源氏の祖国房の曾孫。父は出羽判官光信。光信とその子である伊賀守光基、出羽蔵人光重、出羽冠者光義そして光長たちは在京の源氏武者として朝廷に仕え、威を振るっていた。高倉宮の謀叛のときは、京都の有力源氏として、交名中に名が見える（「京都ニハ出羽判官光信子、伊賀守光基、出羽蔵人光重、源判官光長、出羽冠者光能、熊野ニハ為義子、十郎蔵人義盛、摂津国ニハ多田蔵人行綱（以下略）」　延慶本第二中・頼政入道宮ニ謀叛申勧事付令旨事、本書巻一三・高倉宮廻宣、ただし本書の交名中に光長の名はない）。そして、その折、事情を知らない平清盛によって、高倉宮逮捕のために兼綱（頼政の子）とともに（延慶本、吾妻鏡・治承四年五月一五日）、あるいは兼綱および兼成（坂上氏、明法博士、左衛門尉、歌人）とともに（本書巻一三・高倉宮信連戦）三条高倉第に派遣され、信連を捕縛した。法住寺合戦のとき、木曾義仲の軍勢と戦い、子の光経以下とともに討死した（吉記・寿永二年一一月一九日、二一日、本書巻三四・明雲八条宮人々被討）。なお延慶本に出羽判官光能とあるのは誤記だろう。

左衛門尉有綱　吉記に「源三位入道子息」とあるのに対応する。ただし有綱は頼政の孫にあたるので、人物としては別ということになる。延慶本には「右衛門尉有綱頼政卿孫」とある。有綱は頼政の子の仲綱の子で、吾妻鏡では伊豆冠者、伊豆右（左）衛門尉、伊豆右金吾などと呼ばれている。延慶本第六本・内侍所神璽官庁入御事には「伊豆蔵人大夫頼兼（頼政の子で有綱の叔父）、同左衛門尉有綱」とある。伊豆を称するのは父の仲綱が伊豆守であったからだろう。寿永二年一一月一九日の法住寺合戦ののち木曾義仲によって同月二一日、二八日に公卿および院近習人に対する解官などの処罰が行われ、一二月三日には後白河院に与した有力武者に対する処罰が行われる。その時、有綱は右衛門尉の官職を解かれる（吉記）。そして寿永三年一月二〇日に義仲が敗死し、同年四月三日の除目によって解官の輩に対する還任が行われ、有綱は左衛門尉に任じられる（吉記）。源義経が入京の後にその娘と結婚し、また反鎌倉的な活動を行っていたらしい（吾妻鏡・文治元年五月一九日「次、伊豆守仲綱男、号伊豆冠者有綱者、為廷尉（源義経）聟。多掠領近国庄公云云」）。そして義経の西国落ちの時にはその一行のなかにあり（吾妻鏡・文治元年一一月三日）、西国落に失敗し一行が離散してからは畿内にとどまっていたようで、文治二年六月一六日に大和国宇多郡で平六傔仗時定（吾妻鏡・建久四年二月二五日条に北条時兼の子とある。群書類従本北条氏系図によると時定は時政の従弟にあたる）と合戦、敗北の後、山中で自殺したとされる（吾妻鏡・文治二年六月二八日「去一六日、平六傔仗時定、於大和国宇多郡、与伊豆右衛門尉源有綱義経聟合戦。然而有綱敗北。右金吾相具入深山自殺。郎従三人傷死了。搦取残党五人。相具右金吾首、同二〇日伝京師云云。是伊豆守仲綱男也」）。なお鎌倉遺文・六七九一「西阿弥陀仏願文」によると、有綱は大江広元の娘をも娶っていたらしく、その妻の関係で北条泰時（時政の孫）とは義兄弟の関係にあったらしい（「奉造立太子御形像一躰　右、造立志趣者、為沙弥西阿弥陀仏（大江広元の子の季光カ）二親并舎兄二人源有綱并平泰時―以下略―」）。

十郎蔵人行家　略

高田四郎重家　系譜上の位置を特定することは難しいが、清和源氏満政流で、尾張源氏の一員。交名中の泉次郎重忠、葦敷太郎重隆（澄）も同族であって、その一族は、美濃、尾張のいわゆる相伴源氏として活動していた。その一族は高倉宮謀叛の折の源氏揃えの交名中にもその名が次のように列挙されている。いま問題にしている交名中のその他の人物の名前も出てくるので、参考までに全文を引用しておこう。

「京都には、出羽判官光信が男、伊賀守光基、出羽蔵人光重、（源判官光長―延慶本）、出羽冠者光義、熊野には六条判官入道為義が子に、新宮十郎義盛、平治の乱より彼に隠れ居たりしが、折節上洛して此にあり。摂津国には、多田蔵人行綱、同次郎知実、同三郎高頼、大和国には、宇野七郎親治が子に宇野太郎有治、同次郎清治、同三郎義治、同四郎業治、近江国には、山本冠者義清、柏木判官代義康、錦織冠者義広（山本、柏木、錦古利、佐々木一党―延慶本）、美濃尾張には、山田次郎重弘、河辺太郎重直、同三郎重房、泉太郎重満、浦野四郎重遠、葦敷次郎重頼、其子太郎重助、同三郎重隆、木田三郎重長、関田（開田—延慶本）判官代重国、八島先生斉助（斉時—延慶本）、同次郎時清、甲斐国には、逸見（辺見—延慶本）冠者義清、同太郎清光、武田太郎信義、同弟に加々美（加々見—延慶本）次郎遠光、安田三郎（次郎—延慶本）義定、一条次郎忠頼、同弟板垣三郎（次郎）兼信、武田兵衛有義、同弟伊沢五郎信光（同五郎信頼—延慶本）、小笠原小次郎（次郎—延慶本）長清、信濃国には、岡田冠者親義、同太郎重義（延慶本は岡田冠者親義子、岡田太郎重義とあって一名）、平賀冠者盛義、同太郎義信（義延—延慶本）、帯刀先生義賢が子に木曾冠者義仲、伊豆国には、左馬頭義朝が三男に前兵衛権佐（兵衛佐—延慶本）頼朝、常陸国には、為義が子義朝が養子に信太三郎先生義憲、佐竹冠者昌義、子息太郎忠義、次郎義宗、四郎義高、五郎義季（延慶本は昌義のあとに、同太郎義季として、他の三名の名はない）、陸奥国には、義朝が末子に九郎冠者義経とて候。此等は皆六孫王の苗裔、多田新発満仲が後胤、頼義、義家が遺孫也。」　（源平盛衰記巻一三・高倉宮廻宣）

以上の交名のなかで美濃尾張には、として列挙される一二名のほぼすべての人物を満政流の系図に見出すことができる。関係箇所を下に掲げる。系図も以下の記事も尊卑分脈による。

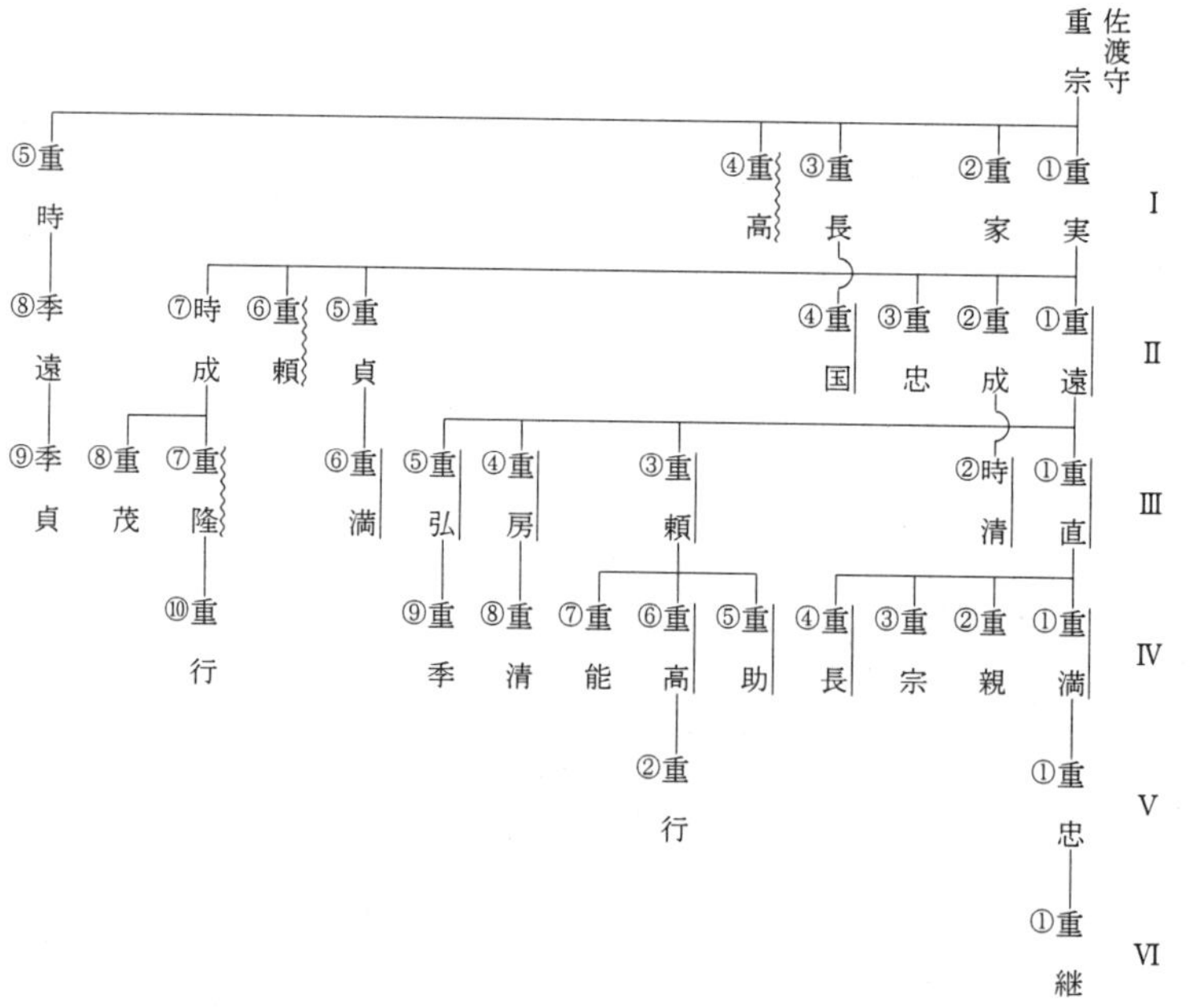

I

①重　実　号八島冠者。鳥羽院武者所。同院御時四天王其一也。佐渡源太。保延三年勅勘出家。承暦三年八月与父相共相随（源）国房於美濃国合戦云云。保元乱之時候禁裏御方。平治乱之時依信頼語与同、（源）義朝合戦之後相伴没落之路、於美濃国子康森辺、依被取籠土民等自害。

②重　家

③重　長　木田三郎。住美濃国東有武郷、号木田郷。

④重　高　重宗子。佐渡七郎。

⑤重　時　（相模氏の祖）。鳥羽院北面四天王内。白川院北面最初相加云云。大和信濃相模守。従五下。叙留。宮内丞。使。左衛門大尉。母若狭守守忠女。康治元年一〇月四日卒。此仁鬢髪皆落無之。世人号無髪判官。

II

①重　遠　号浦野四郎。信濃守。兵庫允。母、号浦野。重遠事、義家朝臣聟。祖父重宗為猶子擬四男。而依重宗勅勘追却、蒙使庁之責了。生国者美濃国、住国者尾張国浦野也。

②重　成　号佐渡式部大夫。昇殿。従五下。近江守。式部丞。母勾当大夫宗成女、号八島。

③重　忠　号佐渡二郎先生。

④重　国　開田（この苗字の祖）。木田判官代。高松院判官代。承久京方。於美濃国大豆渡被討了。家文片連銭四也。

⑤重　貞　号山田先生。左兵衛尉。筑後守。依搦進鎮西八郎為朝之賞、任筑後守。

⑥重　頼　号葦敷二郎。

⑦時　成　八島先生。使。左衛門尉。

⑧季　遠　養子。後白川院武者所并北面。安芸守。内舎人左兵衛尉。本者若狭国住人。刑部卿（平）忠盛青侍也云云。

III

①重　直　山田（この苗字の祖）。号山田先生。又号佐渡孫太郎。浦野太郎。又依住尾張国河辺庄、号河辺冠者。

②時　清　二郎。

③重　頼　葦敷二郎。

④重　房　小河三郎。

⑤重　弘　山田六郎。

⑥重　満　北白川院侍長。左兵衛尉。重満以下兄弟并重高等、治承為頼朝卿、於美濃国被誅、被渡首了。

⑦重　隆　佐渡守。左衛門尉。

⑧重　茂

⑨季　貞　雅楽助。左兵衛尉。従五下。叙留。使。左衛門尉。後白川院北面。後院庁預、主典代。

IV

①重　満　山田太郎。山田先生。号泉冠者。治承合戦之時、於美濃国墨俣、為平家被討了。

②重　親　彦坂冠者。

③重　宗　高田三郎。

④重　長　足助（この苗字の祖）。賀茂六郎。右兵衛尉。為平家被討了。

⑤重　助　生津太郎。

⑥重　高　改重澄。葦敷二郎。左衛門尉。佐渡守。

⑦重　能　葦敷三郎。

⑧重　清　小河又三郎。左兵衛尉。謀叛人。

⑨重　季　山田小二郎。
⑩重　行　正治二年――被誅。
Ⅴ　①重　忠　改重広。山田二郎。承久乱之時、為重方（京方カ）被討了。
②重　行　葦敷三郎（イ本、二郎）。
Ⅳ　①重　継　山田孫二郎。伊豆守。承久乱、父子同時被討了。

この系図は浅香年木氏も問題にされているように（『治承・寿永の内乱論序説』　二三二―二三三頁）、なんらかの誤写を含んでいると思われる。名乗の重複が七組あり、佐渡守重宗とⅣ③重宗、Ⅰ③重長とⅣ④重長、Ⅰ④重高とⅣ⑥重高、Ⅱ③重忠とⅤ①重忠、Ⅱ⑥重頼とⅢ③重頼、Ⅲ⑥重満とⅣ①重満、Ⅳ⑩重行とⅤ②重行がそれで、同じ名乗を襲ったのか、猶子となったのか、系譜の混乱か、表記の誤りか、厳密には判定しがたい。

Ⅰから Ⅵまでの六つの世代の人々は白河院の院政期から承久の乱に至る一一二〇～一四〇年ほどの期間に活躍している。Ⅱ④重国は世代的にはⅣの世代に位置する人物であり、系譜上の混乱がある。また浅香氏が指摘されるようにⅢ⑥重満とⅣ①重満は同一人物かもしれないが、判断は難しい。

名乗の右側に傍線を付したのは高倉宮謀叛の時の源氏揃の交名に美濃尾張の源氏として現われる人々である。その交名中の重長は世代的に見てⅠ③重長ではなくⅣ④重長であり、重頼はその子重助、重高とあるところから見てⅡ⑥重頼ではなくⅢ③重頼であり、重隆は重頼の子でかつ重助の弟とあること、葦敷を苗字にしていること、また前掲延慶本第三末の交名中に葦敷太郎重澄とあり、Ⅳ⑥重高の注記に「改重澄」とあることなどによって、Ⅲ⑦重隆ではなくⅣ⑥重高である、と判定し得る。

朝廷から京官、地方官の地位を得ていた源姓のこの一族の勢力とこの時期における活動については浅香氏がまとめておられる（前掲書）。ここでは重家について吾妻鏡によって補足しておこう。建久元年九月に行われる予定の伊勢内宮の式年遷宮にむけての役夫工米の所課が諸国地頭に宛てられていた。ところがその所課を対捍する地頭も多くいたらしく、重家そして後に取りあげる重忠はもっとも問題となる人物であったらしい。彼等は頼朝との関係を口実に公家の支配を退けるかたちで、朝廷をそして幕府をも困らせていたようである。建久元年六月二九日の記事に「尾張国住人重家重忠等所課事、任法可有御沙汰候也」とある。そして七月三〇日には、公領に対する侵犯を繰り返していた兼信、重隆とともに重家に対して朝廷から流人の官符が下される（八月一三日条）。兼信は前掲の源氏揃えにも見える甲斐源氏の板垣三郎兼信であり、重隆は後で取り上げる山田重隆である。しかし官符は下されたものの彼等は配地に送られることなく京都に止まるという状況が続いた（九月一三日条）。朝廷では一一月の頼朝上洛以前に三人に対して配流の処置を実施したいとあせっていたが、抵抗があるらしく出来ないでいた（玉葉・建久元年九月二七日条）。頼朝は一〇月三日に鎌倉を出発し上洛の途につくが、後白河院や九条兼実など朝廷側との会談の前に朝廷の心証を良くし、かつ鎌倉の支配を海道の諸国のうえに確立するための政略として、途次においてさまざまなことを行う。その一環として頼朝はこの問題解決への姿勢を示す。一〇月二八日、美濃国の墨俣到着のときに、既に京を去り本国の尾張に引き上げていた重家とその子そしておそらく重隆をも墨俣の宿所に召喚する。吾妻鏡の同日条に「及晩着御于美濃国墨俣。爰高田四郎重家、乍蒙配流宣旨、

る幕府軍に対して美濃国墨俣で対陣する人々のなかにいる（承久三年六月三日条・承久記）。まめどの陣を破って進撃する幕府軍に対してひとり奮戦するが、そこを落ち（同月六日）、勇敢に抵抗を繰り返しながら（承久記）、京に向かったのだろう。瀬田の陣営にあって防衛の任にあたった人々のなかに山田次郎の名が見える（同月一二日・承久記）。そこでも奮戦するが、そこをも落ちて、後鳥羽院の御所に行くが、門前で追い返され、嵯峨に向かい、山中で自害して果てた（承久記）。重忠が武勇の人であり、かつ優しい人柄の人物でもあったことを語る説話が沙石集巻九・芳心アル人ノ事のなかに載せられている。

葦敷太郎重澄　延慶本も同じ名になっているが、吉記には重隆とある。系図のⅣ⑥重高がそれに当たる。高倉宮挙兵の折りの源氏揃の交名の中にもその名が挙げられていた。義仲の上洛の後には京都駐留の源氏勢の一翼を荷っていたが、義仲とはうまくいっていなかったらしい。玉葉に「武士之中ニハ葦敷重隆、殊結意趣云云。又院近臣如（高階）泰経、同内々相怨云云」（寿永二年閏一〇月二三日）と記している。法住寺合戦の際の動きは分からないが、義仲と戦うことはしていなかったと思われる。それゆえ一一月二九日の義仲のクーデターによって解官された人々のうちには含まれなかったのだろう。しかし一二月三日に義仲によって強行された解官によって佐渡守の官職を奪われている（吉記同日条）。義仲滅亡後、頼朝の派遣軍に属して平家と戦ったようで本書では義経の配下の交名に（巻三六・源氏勢汰）、延慶本では範頼の配下の交名に（第五本・源氏三草山并一谷追落事）にその名が見える。平家滅亡の後は、美濃国の地頭として当地で威を振るい、公領を盛んに侵犯していて、朝廷側からの糾弾の対象となり（吾妻鏡・建久元年四月四日条）、やがて流人の官符を下されるに至った。しかし朝廷が配流を実行できないまま猶住本所、剰有謀反企之由依聞食及之、遣御使之処、重家父子参上、陳申無異心之由云云」とある。朝廷の権威を尊重する姿勢を示し、同時に鎌倉の支配の徹底をはかるに効果のある、一石二鳥の処置であったと見てよいだろう。一一月二日に頼朝は近江国柏原に着くがそこから発した大江広元宛ての書状のなかで三人に対して頼朝が行った処置のことを示し、朝廷と鎌倉とのパイプ役となっている民部卿吉田経房を介して朝廷にその旨を奏上するよう指示している。重家は広元宛ての指示書を持たせた使者とともに上洛させて朝廷側にひきわたす。兼信もまた頼朝によって別途、京都に送られたらしい。重隆は頼朝一行に同道して上洛することになった。（同年一一月二日条）。朝廷の権威を無視して本国に帰っていたらしい三人は、頼朝の力によって再び朝廷の処置にまかされるべく京都に連れ戻されることになったわけである。もっとも頼朝の在京が無言の圧力となって、朝廷が三人に対して厳しい処置を取り得たかどうかは疑わしい。そのことに関する資料はない。もし緩やかな処置が取られているなら、頼朝は三人に対して恩を売ったことになる。上洛途次における件の措置は、頼朝にとっては一石三鳥の得のいくものだったのかもしれない。さて、その後の重家のことは未勘である。建保元年の和田合戦の際、生虜となった人々の交名のなかに高田四郎の名があるが（建保元年五月六日条）、重家のことなのかどうか判然としない。

前掲の系図のⅠ②重家を、ここで示した人物と認めることはできない。従ってこの系図中に彼を特定することはできない。浅香氏はⅣ③重宗かその近親者かと推定されている。

泉次郎重忠　前掲系図のⅤ①重忠である。建久元年に式年遷宮の役夫工米の所課を対捍したことは重家のところで見た。吾妻鏡に次にその名が見えるのは承久の乱のときである。彼は京方に立って西上す

に頼朝の介入があったことは、重家のところで見たとおりである。朝廷側が最終的にどのような処置をしたのかは分からないが、厳しいものであったとは思えない。二年足らずの後には美濃国にいて御家人として威を振るっていたらしい。すなわち、建久三年七月に頼朝は征夷大将軍となり鎌倉幕府が正式に開かれることになるが、そのひと月前の六月二〇日、京都大番役が美濃国の御家人に宛てられ、佐渡前司重隆にその役を勤めるよう特に催促すべきことを命じた頼朝家政所の下文が発せられている（吾妻鏡・同月二一日条）。

安田三郎義定　長承三年～建久五年。甲斐源氏の棟領のひとり。治承内乱期から頼朝による開幕の時期までの甲斐源氏そして義定の動きについては既に多くの研究がある。たとえば、浅香氏前掲書を参照されたい。吾妻鏡や語り本系諸本では頼朝の配下としての動きに焦点を当てて取り上げている。木曾義仲の入京の際に、相伴源氏として入京しているが、甲斐源氏の一族と同じく頼朝の側に自らの立場を見出していたと思われる。

村上太郎信国　信濃源氏。源頼義の弟の頼清流の清和源氏。頼清の曾孫為国を村上党の祖とする。高倉宮謀叛の折りの源氏揃の交名中には見えない。義仲入京の際の相伴源氏と考えられるが、信濃源氏ということもあって、義仲入京の際には他の相伴源氏よりは関係が密であった可能性もある。近江に入った義仲が山門勢力を味方にするための手づるとした三人の悪僧、白井法橋幸明、慈雲房法橋寛覚、三神阿闍梨源慶（延慶本第三末・木曾送山門牒状事付山門返牒事、本書巻三〇・覚明語山門および巻三一・木曾登山）のうちの寛覚は信国の兄弟ではないか。その系譜を尊卑分脈によって示しておこう。

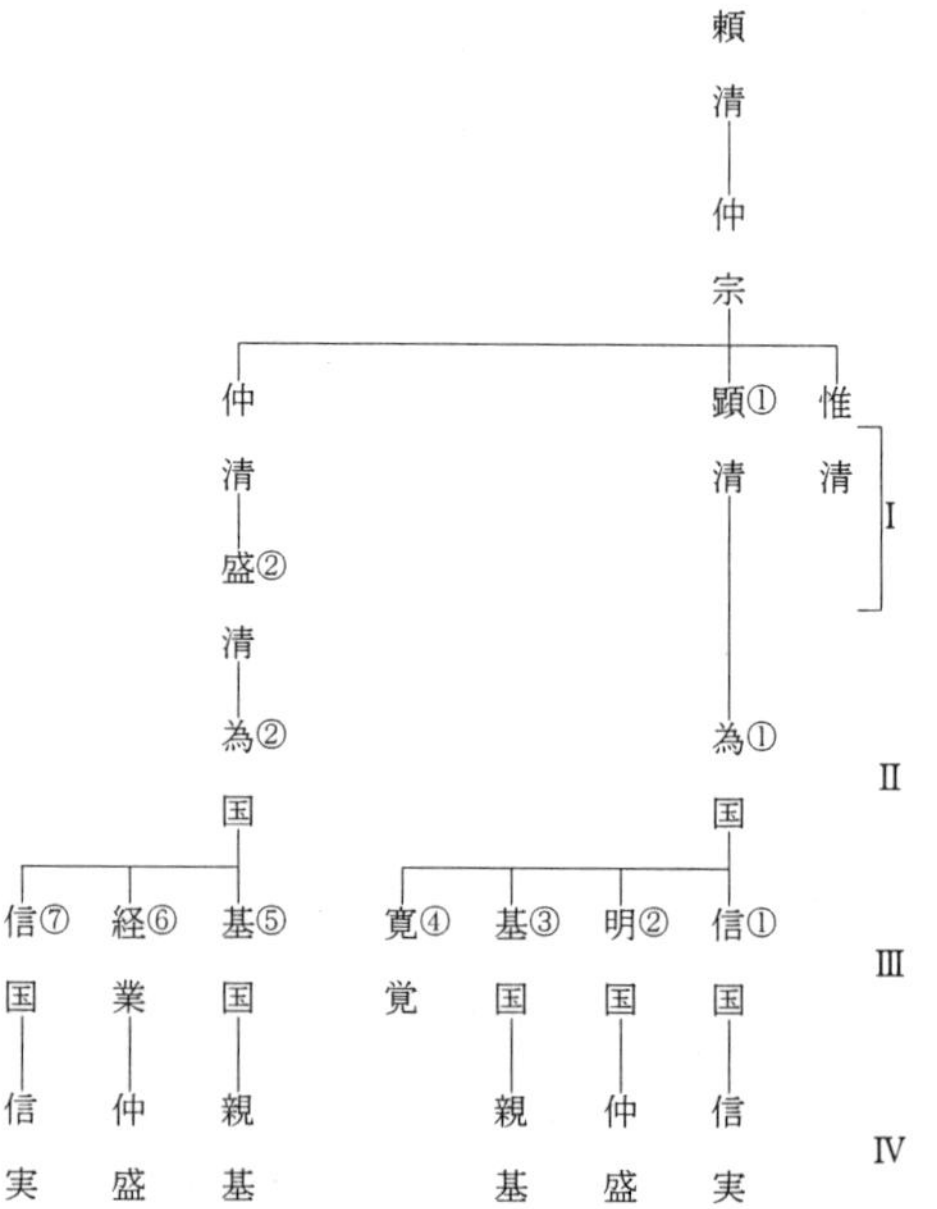

Ⅰ　①顕　清　村上。蔵人。昇殿。白川院蔵人。依刃傷武蔵守（藤原）行実事配流伊豆大島
　　②盛　清　或仲宗子。蔵人。昇殿。

Ⅱ　①為　国　実父盛清、為惟清子。但顕清子也。此義正説也。号村上判官代。崇徳院判官代。
　　②為　国　村上党祖也。当流者有相承両説。仍記両義者也。但雖有説々為国者顕清子正説也。

Ⅲ　①信　国　為国子。従五下。右馬助。母少納言入道信西女。
　　②明　国　改経業。為国子。従四下。使。左衛門尉。左馬助。

中務権大輔。
③基　国　為国子。明国弟。村上判官代。高陽院判官代。
④寛　覚　為国子。戸隠別当。粟田禅師。
⑤基　国　号村上判官代。八条院蔵人。高陽院判官代。
⑥経　業　本名明国。為国子。使。左衛門尉。左馬助。中務権大輔。号深(原)坂。従四位下
⑦信　国　右馬助

注　この系図が村上一族の諸系図を照合して作成された際に、村上党の祖として要の位置にあるⅡ為国とその裔孫の展開に二つの系譜が伝わっていることが分ったのだろう。それでその二様の系譜が採用され併記された結果、錯綜した印象を与えることになった。Ⅱ為国が何故、二つの世系に位置することになったかは、両流の伝承があるとあり、Ⅰ①顕清の子とするのが正説であるとするだけで、その子細は分からない。Ⅲ、Ⅳの世代は二つの系譜で異同があるが、ここにはⅢ④寛覚を除き、一致する人物のなかの主なものを掲げておいた。

この一族もまた信濃国の豪族として在地でも威を振るっていたのだろうが、平安後期に既に京都においても院庁あるいは権門に仕えて然るべき官職を与えられて活動していたのだろう。それぞれの人物の注記からそれが知られるし、保元物語（古活字本巻上・左大臣殿上洛の事付けたり著到の事）に崇徳院の御方に駆けつけた人々の交名のなかにⅢ③⑤の村上判官代基国の名が挙げられていることから推測し得る。基国は義仲滅亡後は頼朝の派遣軍の範頼の手に属して戦ったらしく（延慶本第五本・源氏三草山并一谷追落事）、後には頼朝の御家人として京と鎌倉における頼朝の盛儀に供奉人として参加している（吾妻鏡・文治四年三月一五日、建久元年一一月七日、同二年二月四日、同年三月四日、同三年一一月二五日、同六年五月二〇日）。その基国が村上党の棟領であった可能性が高い。頼朝の時代にその盛儀の供奉人として登用されるのはⅢ②⑥経業である（吾妻鏡・文治元年一〇月二四日、同年一一月二〇日、建久元年一一月一一日、同五年一二月二六日、同六年三月一〇日）。経業は系図では左馬助、吾妻鏡では右馬助となっている。彼も頼朝の御家人の地位を得ていたと思われる。寛覚はさきに述べたとおり、義仲の入洛の際に働いた慈雲房法橋寛覚なのかもしれない。問題の信国は義仲軍団に相伴源氏として参加して、この寿永二年七月三〇日の時点で京中警固の役割を分担することになっている。右馬助の官職はどの時点で得たものかは分からないが、その後、義仲から離反して、法住寺合戦後の義仲による処分の対象となって一二月三日に、さきの重隆、有綱その他の人々とともにその官職を解かれている。木曾義仲滅亡後の寿永三年四月二日の除目で解官の輩の還任がはかられているが（吉記・同日条）、そのなかに彼の名は見えない。

山本左兵衛尉義恒　吉記、尊卑分脈には義経。清和源氏で新羅三郎義光を祖とする近江源氏。甲斐源氏とは同じ流で前掲の安田三郎義定とは又従兄弟の関係にある。柏木義兼とともに近江騒動の張本であった（本書巻二四・頼朝廻文）。延慶本などで「アブレ源氏」（第二末・厳島へ奉幣使ヲ被立事）などと評される近江源氏の動向と山本義経については田中義成「山本義経」（『史学雑誌』第四編四九号）、浅香前掲書の一五五〜一六四頁、二三五、二三六頁、田中文英『平氏政権の研究』（思文閣出版　一九九四年）の三六八〜三九二頁を参照されたい。

甲賀入道成覚　吉記に甲斐入道とある。山本義経と近江において行動をともにしている甲賀入道と同一人物か。とすれば前項に示した諸研究にその働きが記されている。玉葉によると甲賀入道は「年来住彼国（近江）源氏之一族云云」（治承四年一一月二一日条）とあり、

その名は（柏木）義兼（同月三〇日条）とも（山本）義重（同年一二月一日条）ともある。尊卑分脈によれば甲賀の柏木厨（現在の水口市）に拠ったと思われる柏木義兼は山本義経の子であり、山本義重は山本義経の孫、山本義弘の子である。彼等は山本義経のところで記したように甲斐源氏の武田氏の同族であり、交渉もあったらしい。近江騒動の時には武田がたから甲賀入道義兼のもとに人が派遣されて、統一行動を取ることが要請されたらしい（玉葉・治承四年一一月三〇日条）。吉記に、甲賀入道とせずに甲斐入道としているのも強ち誤りと断ずることもできない。成覚という房号ないし法名を義兼ないし義重が持っていたのかどうかは未勘である。

仁科次郎盛家　略す。

二七　「三〇日。壬辰。（前略）成範卿奉院宣、仰遣時忠卿許。又内々有仰遣貞能許之旨等云云。殿下（藤原基通）依院宣、帰住五条亭給云云。（以下、補注二六に掲載の本文に続く）」（吉記・寿永二年七月）

二八　「一二日。甲辰。雨下。伝聞、行家称非厚賞、忿怒。且是与義仲賞懸隔之故也。閉門辞退云云。一昨日夜、所遣時忠卿許之御教書、返札到来。其状云、京中落居之後、可有還幸剣璽已下宝物等事、可被仰前内府歟云云。事体頗似有嘲哢之気。又、貞能請文云、能様可計沙汰云云。当時在備前国小島、船百余艘云云。或説云、鎮西諸国補宰吏云云。大略、天下之体、如三国史歟。西平氏、東頼朝、中国已無剣璽。政道偏暴虎与冱弱也。甚似無其憑歟。（下略）」（玉葉・寿永二年八月）

二九　「六日。戊戌。（前略）此日参院。以定能卿申入。以頭弁兼光、被仰下云、立王事、所思食煩也。先可奉待主上還御哉、将又且雖無剣璽可奉立新王哉之由、被行御卜之処、官寮共、申可被奉待主上之由。而猶此事依所思食、重被問官寮。各数人（官二人寮八人）申状、彼是不同。但吉凶半分也。此上事、何様可有沙汰哉。可計申者」（玉葉・寿永二年八月）

この諮問に対し、兼実は三箇条の理由を示して、早く新主を立てるべき由、答える。新主を立てるべきことの決定を見たのは一〇日、その際、候補にあげられた人物はいずれも親王の宣旨を受けておらず、その対処の仕方も議論された。また、即位の儀式に関わる事柄、その折りに必要な天皇渡り物のうち、平家によって持ち去られた時簡などの用意の仕方などについても話し合いがなされた。玉葉の八月一〇日の次の記事から、それらのことが知られる。

「十日。壬寅。天晴。依昨日召、申刻、着直衣参院。先是、左大臣（経宗）内大臣（実定）在西対代南庇座。余加其座。昨日催之時、申依所労参入不定之由。仍余参入以前、大略議定了云云。両府粗語其趣。各云、兼光為奏聞評定之趣、参御所了。未帰来之間也云云。（中略）兼光来、仰左府曰、条々聞食了。但、親王宣旨事、重可計申者。（中略）余曰、任光仁天皇例、雖無親王宣旨、何事之有哉。且宣下之間、無便宜之上、宝亀例（神護景雲四年八月四日、大納言白壁王を皇太子とし、同年一〇月一日即位して光仁天皇。同日に宝亀と改元）為最吉者。左右両府同之。（中略）此後、兼光問条々事於余。両府以前申了事等也。一、皇居事（下略）　一、大刀契、鈴印等在大内。奉渡閑院之間、縁事諸司可供奉歟事。（下略）　一、漏刻、陰陽寮可供奉歟事。（下略）　一、御椅子、多在蘭林坊。是大嘗会之時御物也。大略螺鈿也。可被用彼歟、将可被新造歟事。（下略）　一、時簡事。（下略）　一、伝国璽宣命、於何所可被宣下哉事。（下略）　一、蔵人瀧口所衆等、任例可被渡御装束歟事。（下略）　一、剣璽事、可被召諸道勘文否事。（下略）　一、勘文事、内々以御教書可下知歟、将可仰上卿歟（此事始。所仰也）（下略）　一、若宮御渡議事（此事始。所問也）（下略）」（玉葉・寿永二年八月）

百錬抄の同日の条にも「於院召三丞相、議定践祚間事」とある。

早々に新主践祚あるべしとする九条兼実の意見が採用されたことは、愚管抄・巻五にも次のように記されている。

「カクテヒシメキテアリケル程ニ、イカサマニモ国王ハ神璽・宝剣・内侍所アイグシテ西国ノ方ヘ落給ヒヌ。コノ京ノ国主ナクテハイカデカアラント云サタニテアリケリ。父法皇（後白河）ヲハシマセバ、西国王（安徳）安否之後歟、ナド、ヤウ〳〵ニサタアリケリ。コノ間ノ事ハ左右大臣（経宗と兼実）、松殿入道（治承四年一二月に許されて配流地の備前から帰京していた藤原基房）ナド云人ニ仰合ケレド、右大臣ノ申サルヽムネ、コトニツマビラカ也トテ、ソレヲゾ用ヒラレケル」

また百錬抄の八月五日の条には「践祚事有御卜」とあって、その日、後白河院は新主践祚のことを占わせていたらしい。

三〇 「一八日。於院有議定。神鏡剣璽諸道勘文、又践祚間条々事也」（百錬抄・寿永二年八月）

「一八日。庚戌。終日雨降。今日議定之趣、追可尋記之。定無異議歟。近代之作法而已。静賢法印以人伝云、立王事、義仲猶欝申云云。此事先始以高倉院両宮被卜之処、官（神祇官）寮（陰陽寮）共以兄宮（承安第三宮と呼ばれた惟明親王）為吉之由占申之。其後、女房丹波御愛物遊君。今ハ号六条殿。夢想云、弟宮（後鳥羽）四位信隆卿外孫也有行幸。持松枝行之由見之、奏法皇。仍乖卜筮、可奉立四宮之様思食云云。然間、義仲推挙北陸宮。仍入道関白〔基房〕摂政〔基通〕左大臣〔藤経宗〕余、四人応召。三人参入。余依病不参。彼三人各被申云、北陸宮一切不可然。但武士之所申不可不恐。仍被行御卜、可被従彼趣。松殿ハ一向不及占、可被仰御子細於義仲云云。余只奉勅定之由申了。仍折中被行御占之処、今度、第一、四宮（後鳥羽）依夢想、事也。第二、三宮（惟明親王）、第三、北陸宮、官寮共申第一最吉之由。第二半吉、第三始終不快。以占形遣義仲之処、申云、先以北陸宮可被立第一之処、被立第三無謂。凡今度大功、彼北陸宮御力也。争黙止哉。猶申合郎従等、可申左右之由申云云。凡勿論之事歟。不能左右。凡初度卜筮、与今度卜筮、被立替一二之条、甚有私事歟。卜筮者不再三。而此立王之沙汰之間、数度有御卜。神定無霊告歟。小人之政、万事不一決。可悲之世也」（玉葉・寿永二年八月）

ここに夢想を得たという丹波局は、山槐記の安元元年八月一六日に彼女が後白河院との間に儲けた承仁が天台座主明雲の弟子となったことを記して「（承仁は）建春門院御猶子。実遊女一臈号丹波局腹。御年七歳。蔵人右少弁親宗奉養之」とある。玉葉にも「御愛物遊君」とすることから推して、その素姓は遊女であったと思われる。

また立皇の日の記事を記す玉葉の八月二〇日の日記にも、新帝の選定の時のことが記される。

「寿永二年、八月二〇日。壬子。天晴。有立皇事高倉院第四宮御年四歳。母故正三位修理大夫信隆卿。女。兼日、頻有其沙汰。先以高倉院両宮三宮四宮、被卜定以三宮立第一之処、官寮共申一吉之由。其後、女房有夢想事子細見先日記。四宮可立給之由也。又義仲引級坐加賀国之宮子細見先日記。如此之間、更又有御卜今度以四宮立一。加賀宮立第三云云。又卜申一吉之由。第二半吉、第三不快云云。以卜形遣義仲之処、大忿怨申云、先次第之立様、甚以不当也。依御歳次第者、加賀宮可立第一也。不然者、又如初可被為先兄宮。事体似矯飾。不思食故三条宮至孝之条、太以遺恨云云。然而一昨日重遣御使僧正俊堯。木曽之定使也、数遍往還、慭申可在御定之由。仍其後一決云云。（以下略）」（玉葉）

また健寿御前（藤原俊成の娘）の建春門院中納言日記（たまきはる）に、後白河院と異母妹の八条院暲子との間で八条院の別邸、常盤殿においてかわされた会話として、

「（八条院）女院、御位はいかに、と申させおはします。御返事に、高倉の院の四の宮、と、おほせごとありしを、うちききしに、さほどかずならぬ身の、心の中に、夜のあけぬるここちせしこそ、おかしけれ。女院、木曾ははらだち候ふまじきか、と、申させおはします。木曾は何とかは知らん。あれ（北陸宮）は、すぢのたえにしかば、これ（後鳥羽）は、たえぬうへに、よき事の三つありて、と、おほせごとあり。三つは

何事、と、申させおはします。四つにならせ給ふ、朔旦の年、この二つは鳥羽の院。四の宮はまろ（後白河）が例、と、おほせごとありしを聞きて（以下略）」　（建春門院中納言日記）

三一「一六日。丁卯。天晴。伝聞、高倉宮猶不御坐。仍破塗籠見之。全不御坐。有辛櫃二合。一合有鎖。一合不入得御装束開蓋云云。宮御坐三井寺云云。衆徒不奉出。不用宣旨云云。宮御子若宮八条院奉養。平納言頼盛奉仰奉責。武士如雲如霞。数剋令怪惜給。武士乱入門内。仍被出之。被奉寺宮一院御子也。即出家云云。」　（吉記・治承四年五月）

三二　愚管抄巻一の本文を左に掲げておこう。

「四十天武天皇（中略）天智七年ニ東宮トス。天智崩御ノ後、位ヲ譲リ給ト云ヘドモ、請取給ハズ。サテ后ヲモ大友皇子ヲモツケ給フベキ由被申テ、セメテ其御心ナシトシラセムトテ、出家ヲシテ、吉野山ニ入籠給ヘリ。其ヲ猶大友皇子、軍ヲ発シオソヒ奉ラルベシト御ムスメ大友皇子、ノ妃ナリヒソカニツゲ給ヘリケレバ、コハイカニ、我ハ我ト、カク振舞ニ、トヤ思食ケム、伊勢ノ方ヘ逃下テ、太神宮ニ申サセ給テ、美濃尾張ノ軍ヲ催テ、近江ニテ戦ヒ勝給テ、御即位アリテ、世ヲ治給ヘリ。其軍ノ事ドモ人皆知レリ」　（愚管抄巻一）

扶桑略記あるいは水鏡などによっても、よく知られていた歴史故事と思われる。

三三「サテ、イカニモ〳〵践祚ハアルベシトテ、高倉院ノ王子三人オハシマス。ソノ御中ニ三宮、四宮ナルヲ法皇ヨビマイラセテ、見マイラセラレケルニ、四宮御ヲモギライモナク、コビヲハシマシケリ。又、御ウラニモ、ヨクヲハシマシケレバ、四宮ヲ寿永二年八月二〇日、御受禅ヲコナハレニケリ」　（愚管抄巻五）

この記事には補注三〇の玉葉に記す卜占のことにも触れている。保暦間記には八月五日のこととして同様の記事を載せる。増鏡・おどろのした、にも、三宮を守貞のこととする誤りを含むが、同様の記事を載せる。

三四　**坊門家略系**

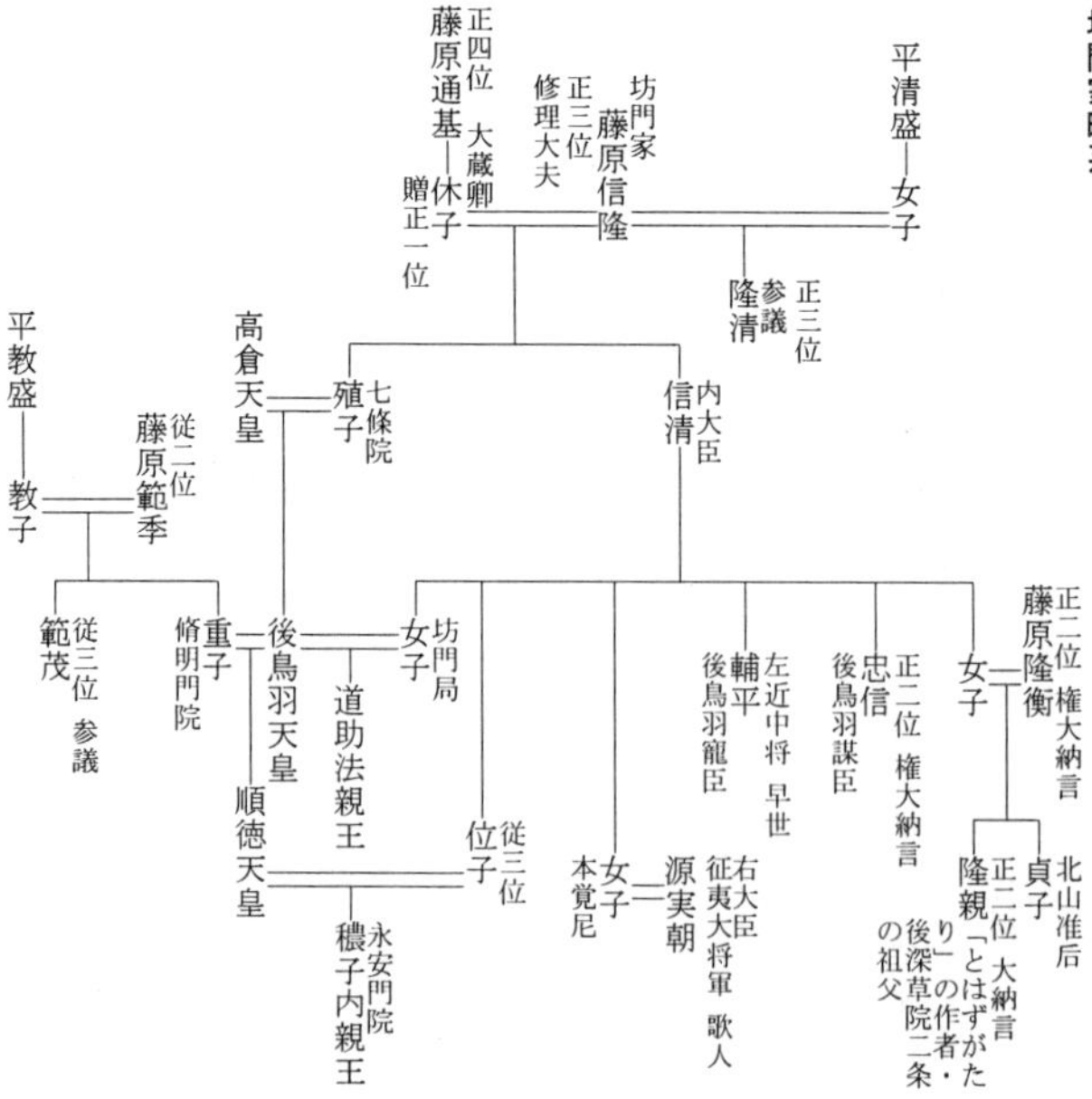

（角田文衛『平家後抄』下による）

また異説が建春門院中納言日記に載るが、それは補注三〇を参照。

三五　藤原範季（大治五年〜元久二年）と後鳥羽天皇との関係、また彼の姻戚との関係について愚管抄巻五にも記述がある。

「コノ範季ハ後鳥羽院ヲヤシナイタテマイラセテ、践祚ノ時モヒトヘニサタシマイラセシ人也。サテ加階ハ二位マデシタリシカドモ、当今（順徳天皇）ノ母后（修明門院重子）ノチヽナリ。サテ贈位モタマハレリ。範季ガメイ刑部卿ノ三位（藤原範子）ト云シハ、能円法師が妻也。能円ハ土御門院ノ母后承明門院（源在子）ノ父ナリ。コノ僧ノ妻ニテ刑部卿三位ハアリシ、ソノ腹也。ソノ上、（範子は尊成親王の）御メノトニテ候シカドモ、能円ハ六ハラノ二位（平時子）が子ニシタル者ニテ、（範子を）御メノトニモナシタリキ。落シ時、（能円は）アイグシテ平家ノ方ニアリシカバ、其後ハ刑部卿三位モヒトヘニ範季ヲヂニカヽリテアリシナリ。ソレヲ通親内大臣又思テ、子ヲイクラトモナクムマセテ有キ。故卿ノ二位（藤原兼子）ハ刑部卿三位ガ弟ニテ、ヒシト君（後鳥羽帝）ニツキマイラセテ、カヽル果報ノ人ニナリタルナリ」　（愚管抄巻五）

この本文は建久九年の源通親による、いわゆる建久の政変と能円の外孫の土御門帝の即位の伏線となる文章である。九条家の立場で叙述する慈円は、その箇所で能円の逝去にも触れ、しかも冷ややかである。

下に範季と能円に関する系図を示しておく。

三六　範光に関して、冨倉徳次郎氏は、村上源氏・久我家との姻戚関係のあることに留意すべきこと、なぜなら久我氏が当道座支配の家であったから、ということを説いている（『平家物語研究』第三章　角川書店　昭和三九年）。

久我家文書における当道座支配に関わる初見は天文三年一一月一六日付の「後奈良天皇綸旨」である。参考までに次に掲げる。

「当道盲目法師座中事
後白河院御宇以来御管領云云。弥不可有相違之由天気所候也。以

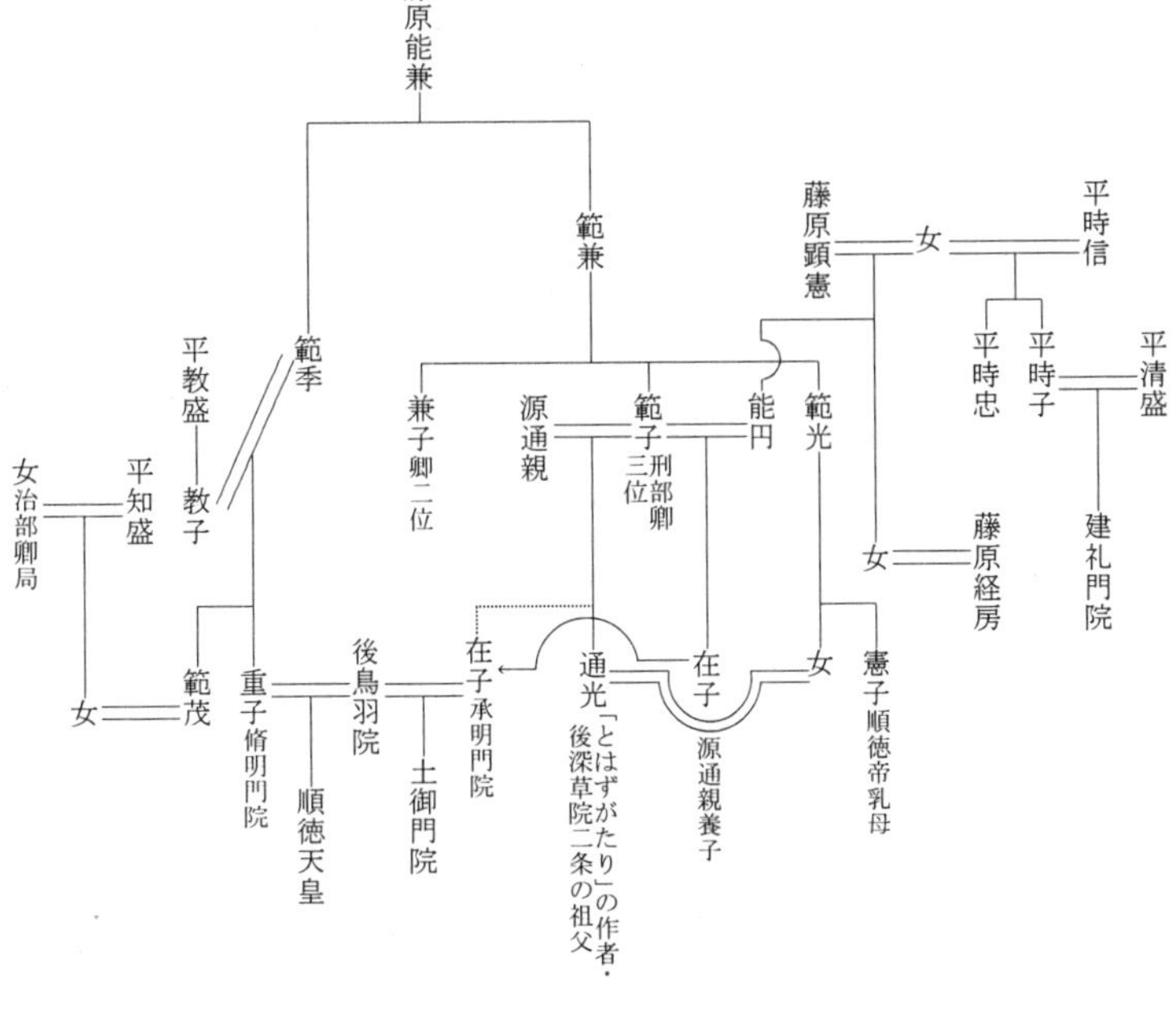

此旨可令洩申給。仍言上如件。兼秀頓首謹言。天正三年十一月十六日　左中弁藤（花押）進上　右京権大夫殿」

三七　この説話における藤原信隆の邸の位置をどこと考えればよいのか。兵範記の仁安三年四月二一日の記事に

「四月七日。丙寅。去夜、大炊御門烏丸右兵衛佐信隆家焼失」（兵範記）

とあり、古今著聞集巻一・神祇に

「仁安三年四月二十一日、吉田の祭にて侍りけるに、伊予の守信隆朝臣、氏人ながら神事もせで仁王講を行ひけるに、御あかしの火、障子にもえつきて、その家焼けにけり。大炊御門室町なり。その隣は民部卿光忠卿の家なりけり。神事にて侍りければ、火うつらざりけり。恐るべき事なり」（古今著聞集巻一・神祇・伊予守信隆、神事を怠り家居焼亡の事）

とある。仁安三年に焼亡した折りの信隆邸は大炊御門に面した位置にあったらしい。それでは、この説話を成り立たせるのに所在が余りに北に過ぎる。そこで考えられるのは七条坊門邸である。その邸は信隆の娘である七条院藤原殖子の御所として知られたもので、その所在は現在の京都市下京区東中筋通正面下ルの紅葉町あたりであったとされている。京都坊目誌・下京第二三学区之部に

「古蹟　七条坊門亭ノ址　紅葉町を中心とし、米屋町、福本町に至り、古へ方一町の所なり。山州名跡志に七条堀川にありとするは誤なり。此殿は七条院殖子の御在所にして寿永二年、平宗盛、安徳天皇を奉じ、西国に走る。皇弟守貞（高倉帝第一皇子を安徳帝とす。第二皇子を守貞とす。第三皇子を後鳥羽帝とす。守貞は典侍殖子の生む所。文治五年親王と為る。後高倉院是なり。）之に従ふ。以て儲貳に擬せらる。元暦二年四月帰洛し、七条院の七条坊門亭に入らる。此亭建久三年炎上す。爾後、史に見えず。東鑑巻四云、元暦二年四月二十八日。辛巳。建礼門院渡御于吉田辺云云。又若宮（今上兄）御座船津之間、侍従信清令参向奉迎之、奉入七条坊門亭云云」（京都坊目誌・下京第二三学区之部）

とある。下京のその場所ならば、鶏が鳥羽田あるいは西京田にまで飛んでいったとする内容も現実味ないしもっともらしさを持ち得よう。

三八　「一四日。丙午。入夜、大蔵卿泰経為御使来（先是有召。依疾中其由。仍所来也。）余隔簾謁之。泰経云、践祚事、高倉院宮二人（一人義範女腹五歳、一人信隆卿女腹四歳。）之間、思食煩之処、以外大事出来了。義仲今日申云、故三条宮御息宮在北陸。義兵之勲功在彼宮御力。仍於立王事者、不可有異議之由、所存也云云。仍重以俊尭僧正（与義仲為親昵之故）被仰子細云、我朝之習、以継体守文為先。高倉院宮両人御坐。乍置其王胤、強被求孫王之条、神慮難測。此条猶不可然歟云云。義仲重申云、於如此之大事者、源氏等雖不及執申、粗案事之理、法皇御隠居之刻、高倉院恐権臣、如無成敗。三条宮依至孝、亡其身。争不思食忘其孝哉。猶此事難散其欝。但此上事在勅定云云者。此事如何。可計奏者。（以下略）。」（「玉葉・寿永二年八月一四日）

三九　俊尭は補注三八の玉葉の寿永二年八月一四日の記事に「与義仲親昵」、補注三〇の玉葉の寿永二年八月二〇日の記事に「木曾之定使」と記される。当年六六歳の僧正俊尭は義仲と朝廷との間の斡旋役を勤め、義仲は彼を対朝廷、対山門政略の道具として利用していた感がある。浅香年木「第三章　義仲軍団と北陸道の「兵僧連合」」のⅣ（『治承・寿永の内乱論序説』　法政大学出版局　一九八一年刊）が、義仲の対朝廷、対山門の政略と失策に位置づけを与えるかたちで俊尭を取りあげている。ここでは、関連資料を列挙しておく。玉葉の寿永二年一〇月二三日の記事には

「（前略）、或人云、義仲ニ可賜上野信濃。不可虜掠北陸之由、被仰遣了。又頼朝許ヘキ件両国可賜義仲、可和平之由被仰了云云。此事依或下臈之申状、俊尭僧正一昨日参院（御持仏堂、時云云。）申此由法皇。称善、即従僧正諌言、忽被降此綸旨了云云。此条愚案一切不可叶。凡国家滅亡之結願、只在此事。可弾指々々々。（下略）」（玉葉・寿永二年一〇月二三日）

寿永二年一一月一九日の法住寺合戦で明雲が殺害されたために天台座

主の地位は空席になるが、義仲は寿永二年一二月一〇日臨時の除目の行われた、その同じ日に強引に俊尭をその地位に据える。『天台座主記』(『続群書類従』第四輯下所収本)に

「第五十八権僧正俊尭五智院　治山歴三十日　神祇伯源顕兼卿息　師主相源大僧都　寿永二年一二月一〇日任座主年六十六。超僧正昌雲、前権僧正全玄等　勅使少納言源頼房　同三年甲辰正月一六日拝堂　同一七日拝賀　同二一日戊剋三塔大衆切払本房雙照房追却山門。是義仲謀叛之間依彼吹挙、超上臈構補之。故永削其跡云云。雖補座主最勝寺灌頂阿闍梨本山授戒和尚等不勤之。仍法印実宴少僧都永弁等勤之。文治二年三月二五日入滅六十九」

とある。治山三〇日とあって実際に座主の地位にあったのは僅か三〇日、しかもその間も座主としての職務のうち最勝寺灌頂阿闍梨と本山授戒和尚の勤めは法印実宴と少僧都永弁に代行してもらっていたという。義仲の傀儡座主であった。明雲殺害後、反義仲の姿勢を明らかにしていた三塔の大衆は義仲が瀬田で討死をとげた寿永三年正月二〇日の翌日に俊尭の本房を破壊しその名跡さえも削ったらしい。山門においては全く受けいれがたい座主であった。俊尭の座主補任が義仲の強引な介入によって行われたものであることは、吉記・寿永二年一二月一〇日の記事によっても知られる。

「被補天台座主事僧事俊尭付補間事

被補天台座主権僧正俊尭

伝聞、第一昌雲、第二全玄也。先被尋合人々。而左府被申云、上臈両三之中、今度尤可被撰器量。且可被尋山上住侶等歟。其申状慥不聞。或暫不被補云云。世〻所推全玄当(其)仁。於俊尭者。世以不評。山又不用。而義仲殊執申之間、無左右所被補也」

四〇　惟喬と惟仁両親王の立太子争いの説話は江談抄二、阿娑縛抄一三〇・大威徳、元亨釈書一二・恵亮、曾我物語諸本巻一などに載せられる。江談抄では法験争いをするのは空海の弟子の真済と空海の弟でもある真雅で、どちらも真言宗の僧である。真雅の法流は真言宗の中心となり、真済の法流は絶える。江談抄の説話は空海の後継者の位置をめぐる法験争いの様相を見せている。一門の人々もまた当人自身も醍醐寺と深い繋がりのある源俊房と親交があり、また同じく一門の人々が醍醐寺と後に深い繋がりを持つ南家藤原氏の実兼とも親交のあったのが大江匡房である。匡房の談話の聞き手の中心にいたのは実兼であり、江談抄の成立に実兼は深く関わりを持っている。それに零本ではあるが江談抄の善本たる水言抄は実兼の孫の醍醐寺座主の勝賢の所持するものであった。そうしたことを勘案しても、真雅対真済の法験争いとして語られる江談抄の説話は真言宗の側での伝えであったことが推測できる。

いっぽう本書をも含めて阿娑縛抄以下に示した書物に載せる説話は天台宗の恵亮対真言宗の真済の法験争いとなっていて、しかも恵亮の勝利を語る。本書は空海の弟子の真済と慈覚の弟子の恵亮との験力争いであることを明示する。東密対台密の優劣を語る説話なのである。台密の優位についての主張は、空海が両部(金剛・胎蔵)の法を伝えたのに対し、慈覚は三部(金剛・胎蔵・蘇悉地)の法を伝えたこと、また円仁・円珍に胎蔵界の印信を授けたとされる恵果付法の弟子の法全が慈覚を真言の正流と述べたとする説などを根拠(延暦寺護国縁起)に天台の宗徒の間で広まっていたと思われる。天台宗の儀軌の集成書たる阿娑縛抄に載せられる説話がそうした内容となっていることを勘案しても、これが天台宗の法験を真言宗のそれの優位にあると主張する天台宗側の伝承であることは間違いない。たとえば愚管抄巻三の清和天皇の条に「サテ文徳ノ王子ニテ清和イデキ給。コノトキ山ノ恵亮和上ハ御イノリシテ、ナヅキヲ護摩ノ火ニイレタリナド申伝タリ」などとするところ、あるいは、補注四一などから推測しても、それは天台宗側の人気の話題となっていたらしい。本書が恵亮と真済の争いを語る説話を載せ、しかも諸本のなかで最も詳細であるのは、本書の成立の場が天台宗寺院であると推定し得

ることと関連するように思われる。参考までに阿娑縛抄・大威徳の本文を掲げる。

「一先蹤　文徳天皇譲位之時、大楽大師恵亮奉為儲君惟仁清和、被修之。効験炳焉。太子継宝位了。其時柿本紀僧正真済為惟喬親王、令修金剛夜叉法。妬其験含怨心。文徳帝有四人皇子惟喬、惟首。惟彦、惟仁。三人母紀名虎女、第四者忠仁公女也。抑、山王院皇宴君、以此尊為本尊。彼君其身無官禄。似不遂先途。以此、他門称山門此法不利。尤可有斟酌事也。恵亮碎脳事者、朝家最重之洪基、山門無双之面目歟。皇宴君心難知、以世路官途不可称不利。況八坂浄蔵者息将門乱、南山和尚（相応）降柿本霊。凡厥霊験往々不知数云云」（阿娑縛抄・大威徳）

四一「四品惟高親王東宮事　文徳天皇第一皇子。母従四位下紀静子。正四位下名虎女。嘉祥三年一一月二五日戊戌、惟仁親王為皇太子。誕生之後九箇月也。先是有童謡云、大枝於超天莽超天騰加利躍土利超天我耶護毛留田仁耶捜阿佐留食母志岐耶雌雄伊志岐耶。識者以為、大枝謂大兄也。是時文徳天皇有四皇子。第一惟喬、第二惟條、第三惟彦、第四惟仁。天意若曰超三兄而立。故有此三超之謡焉。承平元年九月四日夕、参議実頼朝臣来也。談及古事。陳云、文徳天皇最愛惟喬親王。于時太子幼冲。帝欲先暫立惟喬親王。而太子長壮時還継洪基。其時先太政大臣（良房）作太子祖父、為朝重臣。帝憚未発。太政大臣憂之。欲使太子辞譲。是時藤原三仁善天文。諫大臣曰、懸象無変。事必不遂焉。爰帝召（源）信大臣。清談良久。乃命以立惟喬親王之趣。信大臣奏曰、太子若有罪、須廢黜更不還立。若無罪、亦不可立他人。臣不敢奉詔。帝甚不悦。事遂無変。無幾帝崩。太子続位。後応天門有火。良相右大臣、伴大納言計謀欲退信左大臣、共参陳座。時後太政大臣（基経）為近衛中将兼参議。良相大臣急召之。仰云、応天門失火、左大臣所為也。急就第召之。中将対云、太政大臣知之歟。良相大臣云、太政大臣偏信仏法、必不知行如此事。中将則知太政大臣不預知之由、報云、事是非軽、不蒙太政大臣処分、難輙承行。遂辞出。到職曹司、令諮太政大臣。大臣驚、令人奏曰、左大臣是陛下之大功之臣也。今不知其罪、忽被戮。未審因何事。若左大臣必可見誅、老臣先伏罪。帝初不知、聞大驚怪。報詔以不知之由。於是事遂定矣。爾後太政大臣薨。清和天皇為之朞中不挙楽云云。此等事皆左相公所語也。」（大鏡裏書）

四二　西塔宝幢院と恵亮とに関しては、武覚超『比叡山三塔諸堂沿革史』（叡山学院　平成五年）の「相輪樘」「椿堂」「恵亮堂」に簡にして要を得た説明がある。宝幢院は藤原良房の帰依を受け、恵亮が相輪樘のかたわらに新たに堂宇を建立したものである。そのことは阿娑縛抄・諸寺縁起集下巻などにも記されていて、少くとも叡山居住の人々にはよく知られたことであったのだろう。恵亮がそこに修法の壇を建てたとする盛衰記の叙述は、それを知るものにとってそれなりの真実らしさの印象を与えるものとなっている。盛衰記の作者が宝幢院のこと、また周辺の地を知っていたればこその本文なのである。松田宣史氏はこの箇所における諸本の異同を検して、盛衰記がこのような本文を持つことを重視し、その背景に盛衰記作者と青蓮院との関係を見ようとする（「『源平盛衰記』と青蓮院門跡」）（『室町芸文論攷』三弥井書店　平成三年）。宝幢院が青蓮院門跡領であったことを根拠にしての仮設である。しかし恵亮、宝幢院、惟仁親王の関係と伝説そしてそのことについての知識の伝承伝播を考えるならば、青蓮院関係者の手になるまでもなく、この本文は作り得たものと思われる。それ故、この箇所を盛衰記の成立圏を青蓮院に特定する仮設の根拠に数えあげることは短絡に過ぎよう。

次に阿娑縛抄の本文を掲げておく。

「宝幢院。亦名法華延命宝幢院。十六院之一。是伝教大師点定地。即便此院内建立。貞観先帝御願堂也。恵亮嘉祥年中創建立也。又云、恵亮大法師為遂大師結縁宝幢大願一名浄菩提心無垢浄光摩尼幢相輪幢、其峰号中山頂、造立宝幢院、安置観音像。便於霊像前、奉祈貞観先帝（清和）御即位事。仍有勅建立御願、於

此院庭、置手分於観音前也。云云」　（阿娑縛抄・諸寺縁起下）

三二　密教の相伝について、真言宗では付法の真言八祖と伝持の真言八祖をたてる。付法の真言八祖は、大日如来、金剛薩埵、龍猛、龍智、金剛智、不空、恵果、空海で、伝持の真言八祖は、龍猛、龍智、金剛智、不空、善無畏、一行、恵果、空海である。鉄塔説は龍猛が南天竺の鉄塔を開きその内に入って金剛薩埵から大日如来の教法を伝授したことを言う。東密・台密ともにその説をとる。鉄塔説の本拠は金剛智の口伝を弟子の不空が記した金剛頂経義訣に出て、日本でも義訣をうけて金剛頂経と大日経の付法伝来の説として展開する。秘密曼荼羅教付法伝、両部大教伝来要文・鉄塔誦伝事、真言伝巻一・龍猛菩薩から所説を二、三摘記しておこう。

「第三祖者、昔釈迦如来掩化之後、八百年中、有一大士。名那伽閼頼樹那菩提薩埵唐言龍猛菩薩。旧云龍樹、訛略也。誕迹南天。化被五印。（中略）遂則入南天鉄塔中、親受金剛薩埵灌頂、誦持此秘密最上曼荼羅教、流伝人間。（下略）」

「徳一未決文第十一鉄塔疑云、習真言宗徒、伝云、真言宗所憑経論、是釈迦如来滅度後八百年中、龍猛菩薩入南天鉄塔、受金剛薩埵。（下略）」

「（前略）金剛智三蔵説、如来滅後有大徳名龍猛、願開此塔、即蒙金剛薩埵等灌頂加持、誦持所有秘密法門、宣布人間。（後略）」
（以上、秘密曼荼羅教付法伝巻一）

「金剛頂経略釈云、此経及大日経、并是龍猛菩薩、南天鉄塔中所誦出文」

「尋云、訣文、龍猛菩薩開彼鉄塔、雖見誦出金剛頂経、於大日経、伝来未明。其証如何」

「（前略）彼真言宗、是龍猛菩薩入南天鉄塔、受金剛薩埵。唯口伝、都無文伝。云何以此例、彼文伝得信受文」

「秘密決疑抄尊海云、問、真言教自鉄塔始流布。何此塔必用鉄乎。三世常恒深教蔵、以金可成。以真金性譬仏性、不変故也。答、鉄者非常世間黒鉄。此塔即白鉄也。白鉄者甚難得者也。問、其白鉄証文如何。答、西域云、如来錫杖、以白鉄為環」
（以上、両部大乗伝来要文上・鉄塔誦伝事）

「此菩薩（龍猛）、密宗ノ血脈ノ中ニハ第三ノ祖師ニ当リ給。如来滅後八百年ニ曁（および）テ、南天竺ノ鉄塔ニ入テ、金剛薩埵ニ灌頂ヲ受給テ、真言教ヲ人間ニ流伝シタマウ。彼ノ鉄塔ハ仏滅度ノ後、数百年之間、此塔ヲ開クニ人無。鉄扉鉄鎖ヲ以テ封閉セリ。其比、天竺ノ仏法漸衰。龍猛菩薩、大日如来虚空ニ現シテ真言ヲ説タマウヲ見テ、次第ニウツサシメヲハンヌ。毘盧遮那念誦法要一巻是也。龍猛即彼法要ニヨリテ、七日之間、此塔ヲ開カン事ヲ願フ。塔ヲ遶リテ持誦シテ、白芥子七粒ヲ以テ此塔門ヲ打ニ、塔ノ門開ヌ。塔内ノ諸神一時ニ踊怒シテ、入事ヲ得セシメス。塔内ヲ見ニ、香灯一丈二丈ニシテ、名華宝蓋カカリツラナレリ。又、讃ノ音アリテ、此経王ヲ讃スルヲ聞ク。時ニ至心ニ懺悔シテ大誓願ヲヲコシテ、塔ノ中ニ入コトヲ得タリ。入ヲハリテ、其塔閉。又、多日ヲ経テ、両部ノ大経ノ広本一遍ヲ讃ス。食頃ノ如キハカリニ、諸菩薩ノ堪ル処ヲ指授スル事ヲ得テ、記持シテ忘レス。其内ヲ観ニ、則、法界宮殿、毘盧遮那現証率都婆是也。三世ノ諸仏、諸大菩薩、普賢文殊等、皆其中ニ住シ給ヘリ。即金剛薩埵等ノ灌頂加持ヲ蒙テ、アラユル秘密法門ヲ誦持シテ、塔ヲ出テ給フ。塔門カヘリテ閉ルコトモトノ如シ。塔内ノ灯光明等、今ニ滅セスト云ヘリ。（後略）」　（真言伝巻一・龍猛）

ところで高野山の根本大塔（多宝塔）と中院小塔は南天竺の鉄塔を摸したものとされる。

三四　「誡、此山（高野山）所、上生浄土也。何求遠西方十万億仏土。大師則生身弥陀如来御座。其故、正大師御詞、我昔遇薩埵親悉伝印明宣。若然者、龍樹菩薩鉄塔戸開、遇金剛薩埵、伝密教給。大師則龍樹菩薩再誕也云事無疑。彼龍樹菩薩妙雲如来垂跡也。妙雲如来阿弥陀如来之異名

也。若然者、大師則弥陀如来、此山者上品蓮台也」（生阿弥・高野山記）

「恵果ハ馬鳴菩薩ノ応作、大師ハ龍樹菩薩ノ化身ナル故ナリ」

（三国伝記巻三・弘法大師事）

四五「昔、威光菩薩 摩利支夫。大日化身也 即常居日宮、除阿修羅王難。今、遍照金剛、鎮住日域、増金輪聖王福。神号天照尊、刹名大日本国乎。自然之理、立自然名」 （真言付法纂要抄）

四六「伝云、尋血脈相承、昔遍照如来初授金剛薩埵。金剛薩埵伝龍猛菩薩。龍猛菩薩伝龍智阿闍梨。龍智阿闍梨伝金剛智三蔵。金剛智三蔵伝不空三蔵。不空三蔵伝恵果和尚。恵果和尚伝空海和尚云云」

（第八代弟子経範集記・大師御行状集記）

四七「大師（慈覚）得府衙牒、到五台山。巡礼聖跡。謁山中諸碩徳。主人僧謂、客僧是文殊歟。客僧又疑、主人僧皆文殊乎。如此相疑、送致礼敬。（中略）大師住大華厳寺、過一夏。初礼中台。台上之池中、有文殊石像。巡礼已畢。次向西台。去中台廿許里。又向北台。去中台卅許里。欲至此台、雲霧満山、蹊路難尋。纔及霽来、望見前路、有一獅子。其形可怖。心神失據、廻身卻走。少時稍復進行。師子蹲踞、猶当中路。大師弥懐驚畏、退行素所。恨悒良久、移時又進。師子於是忽焉不見。大師深怪思之。遂礼北台」 （慈覚大師伝）

「かくて覚大師、天台山にのぼり、五台山にいたりて、諸大徳にあひて顕密の仏法を伝へきはめ給。殊に北台の普通院にして生身の文殊に値遇し、極楽世界の八功徳池の浪の音に唱ふる曲調を伝て、引声の阿弥陀経を受得したまふ。（絵）大師在唐之間、会昌の乱によりて、殊に求法艱難し給ひ、十年をへて承和十四年十月に、勅使とあひともに乗船、帰朝ありけるに、彼引声の一曲を失念あるによりて、焼香礼拝し祈請し給に、虚空より船帆の上に、小身の阿弥陀仏、香煙に住立し、成就如是や、功徳荘厳、と唱給時、大師随喜肝膽し、至心信楽し給ひて、吾朝に来至ありて、一切衆生を済度し給べき本願いつはりましまさずは、我法衣へ移り給へ、と祈念し給ひければ、まのあたり影向し給を、即袈裟に裹とり給と。其につきて、五台山にて文殊のあらはれ給ひしも、弥陀の教勅ならし。文殊発願経に、願我命終時、滅除諸障碍、面見弥陀仏、往生安楽国、とあれば、諸菩薩おほき中にも、文殊につけ給けるなるべし。凡、真丹（震旦）にては、南岳は観音の現身、天台は薬王の変作也。此師資の契約を成じて、日域にては、伝教は薬王の再誕、慈覚は観音の化生也。かやうに主となり伴と成ても、弥陀法華一体無二のさとりを得しめむためぞかし。されば船中に小身の弥陀現じ給しも、観音大士は師孝のために冠中に安置し給なれば、別仏にはあらじかし」 （真如堂縁起）

この後に、慈覚が帰朝後に、船中で感得した阿弥陀仏の彫像を作ったこと、その像の眉間の白毫のところに玉を埋めこんでいないことの因縁、その像が叡山常行堂に安置され、後に真如堂に移されたことなどが記される。

慈覚大師伝などには、五台山で修学中に大師が文殊閣を造ることを発願し、帰国後、五台山の霊石を五方に埋め文殊楼院を建立したことを記す。根本中堂正面東側の虚空蔵尾にある有名な建物で、寛永一九年に再建された楼閣が今に残る。その文殊楼院についての延暦寺護国縁起の記事では慈覚大師伝の件の伝文が次のように変化している。

「一文殊楼院　清和天皇御願　（中略）　謹案本記意云、慈覚大師攀踏五台山。有種々奇之中、或逢生身文殊、或見生身之師子之有青毛」

（延暦寺護国縁起）

四八「仁寿元年、移五台山念仏三昧之法、伝授諸弟子等、始修常行三昧」

（慈覚大師伝）

「念仏ハ慈覚大師ノモロコシヨリ伝テ、貞観七年ヨリ始行ヘルナリ。四種三昧ノ中ニハ常行三昧トナツク。仲秋ノ月ス丶シキ時、中旬ノ月明ナルホト、十一日ノ暁ヨリ十七日ノ夜ニイタルマテ、不断ニ令行也」

（三宝絵下・八月・比叡不断念仏）

「亦、貞観七年ト云フ年、常行堂ヲ起テ、不断ノ念仏ヲ修スル事、七日七夜也。八月ノ十一日ヨリ十七日ノ夜ニ至マデ、是、極楽ノ聖衆ノ阿弥陀如来ヲ讃奉ル音也。引声ト云フ、是也。大師、唐ヨリ移シ伝ヘテ、永ク此ノ山ニ伝ヘ置ク」

（今昔物語集巻十一・慈覚大師始建楞厳院語第二七）

「常行三昧院亦名般舟三昧院。在講堂北

（前略）安置金色阿弥陀仏坐像一体。同四摂菩薩像各一体。

或記云、常行堂本尊者、慈覚大師帰朝時、於西海波上、得小仏像。

以件小像、奉納于腹心矣。

此堂四種三昧之其一也。伝教大師弘仁九年七月二七日、分諸弟子配四種三昧、令慈覚大師経始常坐三昧堂。同年九月土木功畢。自入三昧六年修行。大師、承和五年入唐、十五年帰山。新建立常行三昧堂。仁寿元年移五台山念仏三昧之法、伝授諸弟子等。永期未来際始修弥陀念仏。貞観六年正月十四日子時、慈覚大師遷化。遺言始修本願不断念仏。念仏之軌躅邈矣。大哉。昔、斯那国法道和尚入定。現身往生極楽国、親聞水鳥樹林念仏之声。和尚出定、以伝彼法音、流布五台山。慈覚大師入唐求法之時、登五台山、一夏之間学其音曲。又伝叡岳。師資之所承、不可輙置者也」

（山門堂舎記）

また、補注四七の真如堂縁起をも参照。

四九　「六君夫、高名相撲人也。伯耆権介、名丹治筋男、父則、丹治文左之子孫、母則、薩摩氏長曾孫氏。気体長大而形貌雄爾也。強力勇捍而、取手無競者。内搦・外搦・亘繋・小頸・小脇・逆手等上手也。絡衣腰支、理髪々際、庭翔心地、手合気色、腕力筋、股村肉、支成、骨連、外見当迷惑、相敵忽臆病。雖佐伯希雄・品治此男・丹治是平・紀勝岡・近江蕾・伊賀枯丸等、狭間内取、大庭抜手、未有蹶之汚之者。況自余最手・占手、諸国貢御白丁、合之皆不仇。譬如帇会猫、鴆相鷹。非金剛力士之化現者、此亦奇。可紀八法師之再生来也。仍蒙最手宣旨、賜八十町免田畢。」

傍線部分が本書の本文にほぼ一致する。

（新猿楽記）

五〇　尊卑分脈によれば藤原山蔭は仁和四年二月四日に六五歳で薨じている。その系図は右のとおりである。

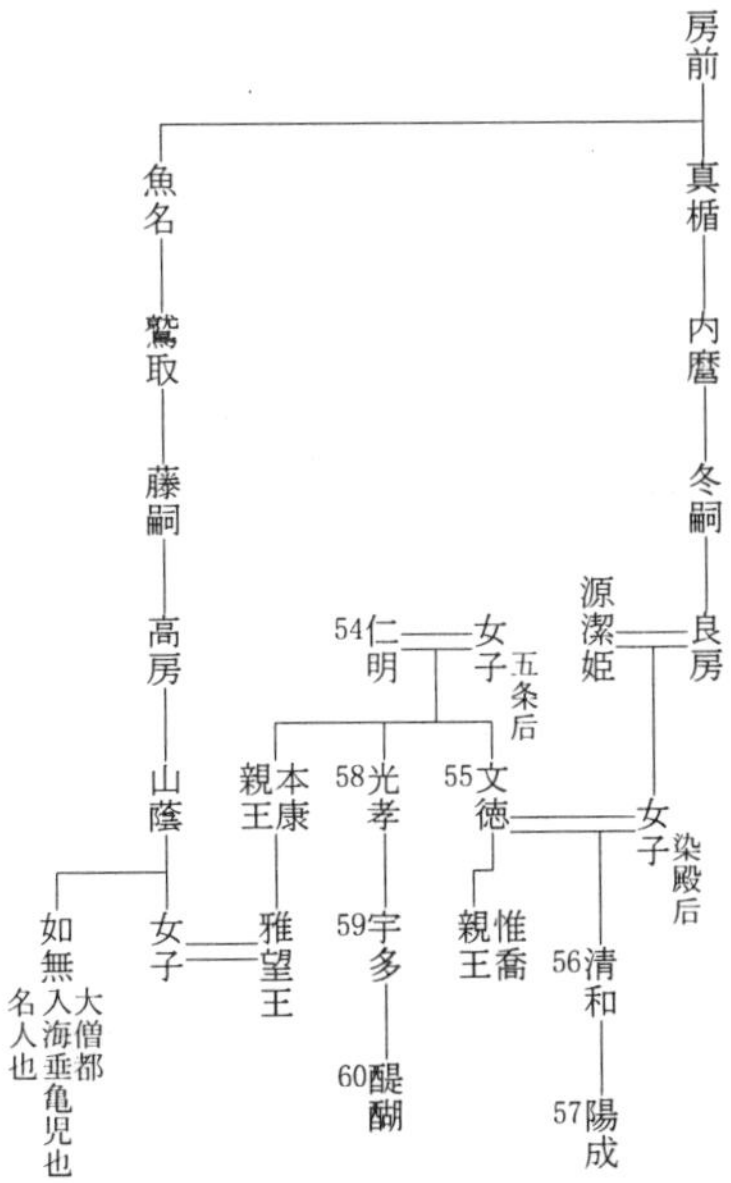

山蔭中納言は摂津国総持寺の建立と本尊の観音菩薩像造立の折りの不思議（長谷寺観音験記下巻）、今様中興の祖とされること（郢曲相承次第、今様伝授系図）、その子孫の六位の者が大嘗祭卯の日の小忌湯の役を勤めること（中右記・寛治元年一一月一九日、永和大嘗会記）、その息子の如無僧都が亀に助けられたという説話（今昔物語集巻一九・本書巻二六）などによって知られる人物である。

そうした山蔭中納言について、史料、資料の掘り起こしを通して、その人物像と伝承とに光を当てた論文に菅野扶美「山蔭中納言ノート」（『梁塵研究と資料』第一号　昭和五八年）がある。細部における不備を含むものだが、山蔭中納言について最も穿った研究をなしたもので、小野隠棲の惟喬親王を山蔭中納言が訪問したとする本書の説話の背景がそれによって漠然とながら浮かび上る。ことに「良房から始まる天皇系図の上で、しかも陽成をもって絶えてしまう文徳系の上で、山蔭中納言の占める役割は、祭祀・儀礼という私たちの目からは特殊にして、当時には重要な分野で大きなものがあったといえるであろう」（二八頁）とする結論に至る過程で示された諸事実、伝承は、山蔭中納言が惟喬親王を訪れることの必然性についての想像をかきたてる。宗教者ではなく太政官の高級官人の身分にありながら、祭祀・儀礼そして芸能をもって悪霊、悪疫を退け、文徳の皇統をその霊的部面において守護する役割を山蔭中納言は帯びていたのかもしれない。無念の思いを呑んで小野に隠棲している惟喬親王の心を晴らし、怨念を転じるべき役割をもって山蔭中納言が訪れたとする伝承が生まれたと想像しても、強ち無稽なこととも思えないのである。

五一　「九日。辛丑。今日修百度祓。伝聞、去六日、有解官二百余人云云。時忠卿不入其中。是被申可有還御之由之故也云云。朝務之乏弱。以之可察。可憐々々」
（玉葉・寿永二年八月）

「六日。平家党類解官。自権大納言頼盛卿、至于諸司三分。前内大臣除名」
（百錬抄・寿永二年八月）

「八月六日、平家党類悉以除名解官。但、時忠卿一人除之」
（皇帝紀抄七）

「同（八月）六日、平家ノ一族、公卿殿上人衛府諸司、都合百六十人官職ヲ留ラル。此内平大納言父子モレヌ。三種ノ神器ヲ皈入奉候ベキ由、被仰ケルニ依テ也」
（保暦間記）

ただし保暦間記は平家物語に拠ったものと思われる。

平家都落直後における安徳帝還御および神器返還の交渉はおおよそ次のようである。

七月三〇日　神器などについて神祇官および陰陽寮において卜占があり、ついで平時忠のもとに後白河院の院宣が伝えられた。いずれも藤原成範が奉行している。また平貞能のもとにも内々の使者が派遣された。

「三〇日。壬辰。（前略）又、召官寮被行御卜。民部卿（成範）奉行也。直衣。神鏡神璽宝剣等事也。共卜申云、相具三種宝物有還御歟。五十日内申乙庚辛日、及冬節中云云。（中略）成範卿奉院宣、仰遣時忠卿許。又、内々有仰遣貞能許之旨等云云」
（吉記・寿永二年七月）

「三〇日。（前略）召官寮於仙院、令卜申三種宝物事。民部卿成範奉行之。御出家（後白河院）之後、官（神祇官）御卜如何之由、先日有議」
（百錬抄・寿永二年七月）

八月一〇日、平時忠および平貞能からの返書があった。平時忠の返書には（源氏が退去して）都の騒擾が静まったならば、平家の総帥である平宗盛に直接に交渉されればいいでしょうという、嘲哢気味の返答が記されていたらしい。

「一二日。甲辰。（前略）一昨日夜、所遣時忠卿許之御教書、返礼到来。其状云、京中落居之後、可有還幸剣璽已下宝物等事、可被仰前内府歟云云。事体頗似有嘲哢之気。又、貞能請文云、能様可計沙汰云云。当時在備前国小島。船百余艘云云。或説云、鎮西諸国補宰吏云云」
（玉葉・寿永二年八月）

こうした交渉の始終が、平時忠の解官のことと関連していたのだろう。つまり、八月六日の時点では、時忠の返事を待っている状況であったため、彼のみ解官されずにいたのだが、一〇日に後白河院の意向にそわず、しかも機嫌を損なうような文面の返答を得た。それで一六日の除目の折りに合わせて、平時志を解官したのだろう。なお吉記の寿永二年七月三〇日の記事には「成範卿奉院宣、仰遣時忠卿許」とあり、玉葉の寿永二年八月一二日の記事には「所遣時忠卿許之御教書」とある、「御教書」をどのように解するかは問題だろう。後白河院は院宣によって藤原成範を正式な交渉役に任命し、藤原成範は自らの名のもとに平時忠に御教書を送ったのかもしれない。後白河院が表に出ないやりとりだったのではないかとも思われる。

五二 「一〇日、壬寅。（前略）今日、除目俄延引。只被行勧賞許云云。経房書之、実房下外記。但非除目之議云云」（玉葉・寿永二年八月）

「一〇日。（前略）於院殿上、被行除目。義仲任左馬頭兼越後守、行家任備後守。践祚以前除目、人々傾申之」（百錬抄・寿永二年八月）

五三 「一六日。於院被行除目。義仲遷伊予守、行家遷備前守。其外可然任官多」（百錬抄・寿永二年八月）

「一六日。戊申。長光入道来、談古事等。今夕、有受領除目。於院殿上行之。上卿民部卿（藤原成範）、参議右大弁親宗書之。無清書。召外記下之。又有解官等云云。任人之体殆可謂物狂。可悲々々」（玉葉・寿永二年八月）

「同一六日、院ノ御所ニテ除目行レケリ。源氏義仲左馬頭兼越後守ニナル。行家備後守ニ成。義仲越後ヲ嫌ヘ者、伊予国ヲタブ。行家備後ヲ嫌ヘバ備前守ニ成」（保暦間記）

一〇日と一六日の除目は天皇不在でしかも南殿ではなく院殿上において行われた。しかも木曾義仲および源行家の顔色を窺いながらの後白河院の思わくが働いた変則的なものであったのだろう。それ故に除目における決定についての認識にも微妙な揺れがあったものと思われる。平家諸本にもそれが投影しているらしく、保暦間記の本文もそれを反映しているのだろう。

五四 安田義定の遠江守任命については吾妻鏡に八月一〇日のこととする。

「一九日。丁未。安田遠州梟首畢。被誅子息義資収公所領之後、頻歌五噫（無限の悲痛を詠じた歌）。又相談于日来有好之輩、欲企反逆。緈已発覚云云。

遠江守従五位上源朝臣義定年六十一。安田冠者義清四男。寿永二年八月一〇日、任遠江守、叙従五位下。文治六年正月二六日、任下総守。建久二年三月六日、還任遠江守。同年月日、叙従五位上」（吾妻鏡・建久五年八月）

五五 「太行之路能摧車。若比人心是担途。巫峡之水能覆舟。若比人心是安流。人心好悪苦不常。好生毛羽悪生瘡。（中略）近代君臣亦如此。君不見左納言右納史。朝承恩暮賜死。行路難不在水不在山。只在人情反覆間」（白氏文集巻第三・諷諭三「太行路」）

信救（覚明）の白氏新楽府略意から関連箇所を摘記する。

「太行路者、世間夫婦、好則結昵近之交、悪則成厭離之心。夫、為人君之者、朝愛其臣雖加恩寵、夕悪其臣忽致誅害。誠是、人之凶悪難於山川。故諷之。（中略）好生毛羽者、文選西京賦曰、所好生毛羽、悪成創痏。（中略）行路難者不在山不在水者、荘子云、凡人心険於山川云云」（白氏新楽府略意巻上）

醍醐寺所蔵のこの本にある墨書の奥書は平家物語の成立を考える際、重要な意味を持つものなので、次に引いておく。

「元久二年春二月之比以信救自筆之草本於信貴山誂当山住侶乗順房什円書写畢　深賢」

（太田次男「釈信救とその著作について—付・新楽府略意二種の翻印—」『斯道文庫論集』第五輯　昭和四二年）

信救は木曾義仲の手書き（執筆）であり、深賢は醍醐寺地蔵院の院主で、八帖本平家の存在について触れる普賢延命鈔紙背消息の差出し人である。

五六 安徳帝のため大宰府で里内裏を造進して以後、平家滅亡に至るまでの三年間、菊池高直は平家に与して戦った。本書巻四六・高直被斬に「此三箇年の間、平家に付て、度々の合戦に勲功ありしかども」と記す。南北朝時代の元中元年七月に後醍醐天皇の皇子で前征西将軍宮の懐良親王に忠誠を申したてるために菊池武朝が征西将軍府に提出した菊池武朝申状にも、その先祖の功績として安徳帝への与力のことを挙げている。源平時代は南北朝時代において因果的かつ再現的な関係性をもって認識されていたことに留意すべきである。

「(前略) 謹検当家忠貞之案内、中関白道隆四代後胤太祖大夫将監則隆、後三条院御宇延久年中始而従下向菊池郡以降、至武朝十七代、不与凶徒、奉仕朝家者也。然寿永元暦之頃者、曩祖肥後守隆直不与東夷之逆謀、奉守剣璽、受安徳天皇之勅命。数年励忠勇、嫡子隆長、三男秀直以下数輩致命畢。(下略)」
(菊池武朝申状)

菊池高直は治承五年正月、二月に謀叛の噂が朝廷で取り沙汰され(玉葉・治承五年正月一二日、二月一一日)、四月一四日には後白河院によって平宗盛を追討使に任じる宣旨が下され、平貞能が九州に派遣されることになる(吉記同日)。しかし平定は難航していたのだろう、同年八月四日の玉葉の記事には、九条兼実邸を訪問した吉田経房が、菊池高直を肥後守に任じるという方策をもって彼の反抗を鎮めるといった案を話していったと記している。因みに菊池高直は肥後国の住人であり、吉田経房は同国の知行国主であった。

「四日。戊申。(前略) 経房暫談雑事。其中、有鎮西事等。菊池高直使給国司 肥後国経房知行。即高直住国也、使全無謀叛之儀云云。(下略)」
(玉葉・治承五年八月)

その時期の菊池高直の謀叛を必ずしも反平家の動きとのみ捉えるには及ばない。京都の朝廷に対する在地の抵抗、反乱であったのではないか。京都を追われた平家にいち早く与力したのは平貞能によって軍事的に抵抗を封じられていたからというよりも、自らの勢力伸張の機会の到来をそこに見たからなのだろう。原田種直や菊池高直などの在地勢力の援助を必要とする平家は、やがて前者を筑前守に、後者を肥後守に補任する。

三七 「　宮こをすみうかれて後、安楽寺へまゐりてよみ侍りける
住みなれしふるき都の恋しさは神もむかしに思ひしるらむ　」
前左近中将重衡
(玉葉和歌集・旅歌・一一七九)

この和歌は作者と歌句の上に異同がある。作者については本書のように経正とするもののほかに、その父経盛とするもの、そして玉葉和歌集のように重衡とするものの三様である。参考までに延慶本の本文を掲げておく。

「一門人々、安楽寺へ参り、通夜而詩ヲ作リ連歌ヲシ給テ、泣悲給ケル中ニ、旧都ヲ思出テ、修理大夫経盛カクゾ詠給ケル。
スミナレシ古キ都ノ恋シサハ神モ昔ヲワスレ給ワジ　」
(延慶本第四・平家人々詣安楽寺給事)

ところで玉葉和歌集は勅撰和歌集のなかで平家歌人の和歌を最も多く、しかも目立つほどに入集させている(谷山茂著作集六『平家の歌人たち』〈角川書店　昭和五九年〉の二八頁)。そして歌苑連署事書に「雑部はただ物語にてこそ侍るめれ。哀傷のところは盲目法師がかたる平家の物語にてぞある」と玉葉和歌集を評していることはよく知られている。

三八 大鏡、拾遺和歌集、拾遺抄、正系の天神縁起諸本をはじめ古今著聞集、十訓抄あるいは真名本曾我物語、太平記などは全て、配流される際に自邸で詠んだとしている。

本書のように大宰府で故郷の梅を思って詠んだとする内容は異伝と言ってよい。延慶本第四・安楽寺由来事付霊験無双事の説話は、二月とする細部を欠くが、大宰府での詠とする点で本書と一致する。因みに、この和歌を載せるのは平家物語の主要な伝本のうち、延慶本と本書のみである。さて、異伝はお伽草子系の天神縁起のいくつかの諸本に見られる。次に室町末の天神絵巻の本文を掲げておく。

「程なく二月二日になりしかは、のきはにうへし紅梅も、今は匂ふらんと、おほしめし、都のかたへむかはせ給ひて

こちふかは匂ひをこせよ梅の花あるしなしとて春をわするなと、うちなかめさせ給ひけれは、吹くる風、なにとなく、梅匂ふかと、おほゆる程に、いとゝ都を恋しくおほしめす所に、こうはいの色うつくしく、さきそめたるか、ねなから、御まへにありしを、御らんすれは、宮古にうへ給ひし梅なりけり。あんらくしへ、とひけるによりて、とひ梅とは申候へ。あまりの御おもひにや、一夜はくはつとなり給ひしも、此時の御事とかや。其後、かんせうしやう、おほしめしけるは、都にて、梅桜松、てうあひしける中にも、梅は、我をかなしみ、西国のはて迄もきたれるよ、と仰けれ。さて又、松は心つよくて、すきけるよと、おほしめして、かくそ、あそはしける。

梅はとひさくらはかるゝ世中になにとて松はつれなかるらん

と、あそはしけれは、おひ〳〵とひけるによりて、おひまつと、これを申はんへりけり」

この天神絵巻の本文には桜の枯れたことに言及する本文がないので、参考までに慶安刊本の天神本地から、その箇所のみを摘記する。

「桜は春の風にもひらかすして、かれにけり。春にあへとも花さかす、夏にあへとも葉もしけらす。たゝ、あるしを恋ふるさま、人間にははるかにまされり」

とある。

この異伝は、たとえば大永、享禄のころの成立かとされる榻鴫暁筆第廿二・草木付香之類の「飛梅付追松」にも見える。その本文は次のようである。

「　　飛梅付追松

菅丞相と申侍るは、風月の本主、文道の大祖として、天には日月のごとく、地には塩梅の臣たり。然に木秀於林、風必摧之、行高於人、衆必非之とする習ひなれば、本院左府、種々讒し申させ給ければ、日月欲明、浮雲覆之、叢蘭欲茂、秋風敗之こと、つねのことはりにて、明君と申な

がら、終に昌泰四年正月二九日、菅丞相を大宰権帥にうつし、九州へ配流せさせ給けり。かしこにて三とせの春秋を送らせ給ひしに、都にて愛させ給ふ梅花を思召出て

東風ふかば匂ひおこせよ梅の花あるじなしとて春なわすれそ

と詠じ給ひしかば、此梅はるかに飛去て、配所の庭にぞ生たりける。されば、夢の告ありて、折人つらし、とおしまれし西府の飛梅是なり。心なき草木までも馴し御別をおしみ悲しみけるにや。其後、故郷の御庭の桜はかれけるとなん。此事を聞しめし及ばせ給ひて、

梅は飛桜はかるる世の中に松ばかりこそつれなかりけれ

さてこそ、都の松は御跡を追て、西府には生たりけれ。追松と申侍るは是なり」

第二首目の「梅はとび」の和歌は、「東風ふかば」の異伝系の説話に登場するものであったらしい。異伝系の説話も室町末には流布していたことが、知られるわけだが、天正ごろの成立かとされる月庵酔醒記の次の連歌も「梅はとび」の和歌を踏まえてのものである。「雪に梅花をさくらの木すゑかな　北野天神」「松のあらしやふきたゆむらん　播磨大納言局」（月庵酔醒記上巻「たちはなのあそむもろのりの御息女」の項目より摘記）

五九　百錬抄には「一八日。於院有議定。神鏡剣璽諸道進勘文。又践祚間条々事也」（寿永二年八月）とある。玉葉には寿永二年八月一九日に左中弁で蔵人頭の藤原兼光に昨日一八日の議定の子細を問い合わせ、注文を得たとして、その詳細を記している。八人の公卿が参加した会議であったが、人物名を平家物語諸本と対比して示してみよう。

盛衰記と延慶本とは一致している。玉葉との間に異同があるが、そのうち6と8については呼称のみの相違で、そのどちらもそれぞれに正しい。長方は八条とも梅小路とも呼ばれているし、親宗は公卿であったが正四位下であったので親宗朝臣と記されて然るべきであり、また彼は右大弁

	玉葉	盛衰記	延慶本
1	左大臣経宗	○	○
2	皇后宮大夫実房		
2'		皇后宮権大夫実守	○
3	堀川大納言忠親	○	○
4	民部卿成範	○	○
5	前源中納言雅頼	○	○
6	八条中納言長方	梅小路中納言長方	○
7	源宰相中将通親	○	○
8	親宗朝臣	右大弁親宗	○

（○印は直上の人物名と一致することを示す）

であった。問題は2と2'の相違である。実房とする玉葉の記事がその本文の性格から見ても正しいと思われる。それに玉葉によると八月二〇日の践祚に関する議定に参入した公卿は七人（経宗、実房、経房、良通、実宗、長方、通親）で、実房はその中の一人であった。後鳥羽院御即位記に所引の定長記によると寿永二年九月一五日の即位の時期の延期問題の議定に参入した公卿の中にも実房の名が見えている。一方、公卿補任の実守の薨じた年である文治元年の条によると、実守は「此三ヶ年所悩、大略不食。脚気」とあって、件の議定に参入したのは実房であった可能性が高い。そうしたことから推測しても玉葉の記す実房が正しく、盛衰記と延慶本はともに同じ誤りを記していると思われる。誤りの生因と両本における誤りの共有の原因とは不明だが、留意すべきことである。議題は新帝の践祚と即位に関わることで、神鏡事、剣璽事、固関事、宣命事、時簡事、御譲位日時定事、先主尊号事、践祚夜内侍事、御即位事、二代同輿事、新帝渡御内裏御装束事、大刀契行列事　以上十二件が取り上げられた。盛衰記はそのうち、神鏡事、剣璽事、宣命事、御即位事、先主尊号事の五件について記しており、その内容は玉葉との間にずれがある。もっとも、その書きかたは両者ともに取意と摘記によるもので、盛衰記の記事には玉葉では省かれたらしい細部に触れるところもある。

六〇　盛衰記の本文と対比し得る玉葉の記事のみを玉葉の記載の順序のままに以下に示す。

「神鏡事

左大臣　皇后宮大夫　前源中納言

如諸道勘文、可被存如在之儀。然者、立浜床設御座、可儼恒例臨時之神事。忽不可及御辛櫃歟。兼又可被祈申諸社並山陵。

堀川大納言　八条中納言　源宰相中将

神鏡忽不全紛失、暫御羈中。被行如在之儀、還似有其恐。女官等候内侍所、可致祈請歟。凡可被申伊勢已下諸社歟。且行徳政、且致祈請者、定令還坐歟。但任勘文之趣、可存如在之礼者、任天徳之例、召年料辛櫃、可被奉安置内侍所歟。神鏡縦不御、何可棄内侍司哉。

民部卿　親宗朝臣

事出不慮之外。更無可准之例。但如諸道勘文申、致如在之礼、専可令祈請歟。御幸櫃已下、任例可奉作儲。先於明後日者、召大蔵省辛櫃、以駅鈴可付之歟。

剣璽事

已上、諸卿一同申云、於践祚者、忩可被遂行。一日曠之、庶務悉乱云云。其後被祈請者、何不令還坐哉。

源中納言

其趣同上。但無剣璽者、行幸之夜、頗可無礼儀。以累代御剣、暫可為御護歟。

源宰相中将

後漢光武、晋元帝　即位之後、経年得璽。彼既為明時。何不因准乎。

但於本朝者、敢無其類歟。
　固関事
　　（中　略）
　宣命事
嘉承之例、頗雖相似、偏難准拠。彼者、自皇太子有登極事。此者、即日定皇太子、可奉授帝位。然者、太上天皇詔ニ天、皇太子並践祚、前主不慮脱履、摂政如旧事等ヲ可書載。於院殿上奏、清書可伝中務之由、可仰外記。
　時簡事
　（中　略）
　御譲位日時定事
　（中　略）
　先主尊号事
尤可作之由、一同議定。若無其議者、定有両主之疑歟。
　践祚夜之内侍事
　（中　略）
　御即位事
其所官庁、其月十月、可宜。紫宸殿儀、安和、治承甚以不快。十月例、上者光仁天皇、近者法皇御時是也。
　二代同輿事
　（中　略）
　新帝渡御内裏御装束事
　（中　略）
　大刀契行列事
　（後　略）
（玉葉・寿永二年八月一九日）

神鏡を内侍所に奉安する儀式に関して。神鏡を欠いたまま形だけを模する如在の儀は神への憚りがある。奉還の後に行うべきである、と定められたと盛衰記は記す。玉葉の記事の堀川大納言ら三名の意見のなかの傍線部がそれに該当しよう。

剣璽の渡御および夜御殿奉安の儀式に関して。宝剣と神璽は左右中将がそれぞれ捧持して摂政（幼帝の場合）を先頭とする行列歩行によって中門から南殿の階に至る。摂政が先ず南階を昇って座に着く。次に両中将が昇って、主上の御座の東と西において跪座して内侍に剣璽を手渡し、南階を下りる。新帝が出御し剣璽を自らのものとして後、内侍がそれを夜御殿に運び奉安する。その後、中門の外に参集している人々が召し入れられ新帝による新体制の成立を示す儀式が展開する。そのように進行する践祚の儀式において剣璽の渡御と奉安は目立つものであって省略しにくいものなのである。さて、そのことに関して、この日の会議では、(イ)本朝に前例はないが、中国にその例があるので、剣璽のことは省略して践祚の儀式を行う、剣璽のことは奉還の後に執り行う、(ロ)あるいは他の剣を宝剣がわりに用いて、剣璽の渡御と奉安のかたちを行うべきか、といった評定がなされたと盛衰記は記す。玉葉では、践祚は急ぎ行うべきで、一日でも延びると政務に支障が生じる、三種神器の奉還は神仏に祈請すれば必ず実現する、といった評定がなされたとし、源中納言雅頼と源宰相中将通親の意見が載せられる。雅頼の意見は盛衰記の(ロ)に該当し、通親の意見は意味内容は異なるが(イ)の前例の箇所に対応する。通親の意見は、後漢第一代の光武帝と東晋第一代の元帝とは神璽を具備せぬままに即位式を行ったが、その後に神璽を得た、聖明の天子の場合なのだから前例と考えることにして悪くはあるまい、但し本朝にその例はない、というものである。

即位の期日と場所に関して。盛衰記は意味不明の本文となっている（延慶本も同じ）ので、まず玉葉の記事を確認しておく。玉葉では、場所は太政官庁で、期日は一〇月中がよいとする。即位の儀式は本来、大極殿で行われるべきものだが、当時、大極殿は焼亡したままであったので、場所が問題となったのである。紫宸殿で行うのは、その初例となった安和元年一〇月一日の後冷泉院の場合も、前代、治承四年四月二二日の安徳帝の場合も、好ましくない前例である。それで太政官庁とされた。期日を一〇月とするのは、古くは、天武の皇統から当代の皇統である天智系に復する契機をなした光仁天皇の神護慶雲四年一〇月一日（同日宝亀と改元）、近くは後白河院の久寿二年一〇月二六日の前例がある。それで一〇月がよい、とされたとする。

盛衰記の本文は錯雑していて意味不明の箇所を持つ。延慶本も同一本文なので、対校によって本文を正すことも出来ない。以下に理解可能な範囲において解釈する。「八月受禅〜率爾也」は次のように理解できる。八月に受禅し九月に即位した例に円融院がある（安和二年八月一三日冷泉院より受禅、九月二三日即位）。前例はあるが、今は天下の動乱が静まっておらず、九月というのは余りに急すぎる。「一〇月例光仁寛和なり」は意味不明である。光仁天皇の即位については前に記した。寛和は一条院が花山院の譲位を受けて受禅し即位した年である。しかしそれは一〇月のことではなく、一条院の受禅は寛和二年六月二三日で、即位は七月二二日である。原資料からの不備な摘記ないし本文書写の際の脱落の結果なのかもしれない。この文は一〇月の即位を非とするものなのか是とするものなのか。光仁天皇の例に言及する玉葉の記事、また「一〇月旁可宜歟」とする後の本文からすると、是とするものであるとみてよい。とすると、「可依二代者、十二月に可被行」という一文は意味不明となる。文字通りの意味は、それらの二代に依拠するのがよいということであれば、一一月か一二月に即位式を行うのがよいだろう、ということになる。しかし、「二代」というのが、どの天皇の場合を指すのかを文中に認めることは困難である。そのことは、くどく説くまでもあるまい。不備な摘記また脱文の結果と見てよいのではないか。次に「而今年〜朔旦」という文は、一一月ないし一二月に即位した場合、ことしは一一月一日が冬至に当たる朔旦の年であるのに、それを祝っての臨時の節会に慣例によって即位以前の天皇は出御できない。「嘉承無出御。不吉事也」というのは嘉承二年一二月に即位した鳥羽天皇のときのことを言っており、その時期、源義親の乱が出雲で起こり不穏であったことを言うものか。次に「十月旁可宜歟」とあるのは、文字通り、いずれをとってみても、一〇月に即位するのがよいのではないか、の意である。実際には翌寿永三年（元暦元年）七月二八日に即位。

次に即位式の場所について記される。「任治暦之例」とあるのは、後三条院の治暦四年七月二一日の即位式を指すもので、その折りは大極殿が焼亡したままであったので太政官庁で行われた。その例による、というのである。とすると、それを受ける「可被用官庁紫宸殿歟」という本文は奇妙である。それは太政官庁か紫宸殿を用いるべきか、という意味である。一文全体は、太政官庁を用いた治暦の例に准じて、太政官庁か紫宸殿を用いるとよい、ということになり、意味が通らない。文中の呼応関係に乱れを生じている。不備な摘記また脱文の結果なのだろう。実際には太政官庁が用いられた。

次に旧主尊号事について。玉葉と盛衰記は文章は異なるが、同じ内容のことを記している。尊号は天皇位を退いて後に贈られるものである。それ故尊号を贈るということは西国にある天皇を退位したものと見做す上で是非に必要なことである。本来ならば受禅つまり皇位の譲渡が行われるべきであるのに、その手続きを取らずに践祚つまり皇位を践むという変則的な仕方を、この度、断行しようとしているのだから、尊号を送って、西国にある天皇を下り居の帝として位置づける必要が説かれるのである。

次に宣命事について。盛衰記は次のように記す。外記局から提出された先例についての報告書の趣旨に沿って、嘉承二年七月一九日の鳥羽院の践祚の折りの宣命の書きかたに倣えばよい、ということになったとする。玉葉は、盛衰記とは異って、次のように記している。鳥羽院の嘉承の折りの践祚は、嘉承二年七月一九日に堀河院が崩御し、受禅の儀のないままに践祚が行われ、宣命を発する宣命主が前帝（堀河院）ではなく太上天皇（白河院）であったという点で、今度の場合とたいへん似ているけれど、そのまま准拠することは出来ない。鳥羽院の場合は、践祚以前、康和五年八月一七日に皇太子になっていて、皇太子が皇位を践むという自然な手続きがなされている。しかし今度の場合は一日のうちに皇太子に立ち皇位を践むことになる。それ故、文面には、太上天皇（後白河院）の詔旨によるということ、立太子と践祚の儀を兼ね行うということ、前帝（安徳天皇）が思いがけないかたちで帝位を退いたこと、安徳天皇の摂政であった藤原基通がひき続いて摂政の位につくことなどを、盛りこむこと、手続きとしては、院の殿上において太上天皇に宣命を御覧いただいて後、大臣が外記を召して、詔勅・宣命・位記などの管理にあたる役所である中務にそれを渡す、という手順を踏む、以上のことが話しあわれたと玉葉は記している。実際に、文面はそうした内容を盛りこんだものであったようで（玉葉の同月二〇日の記事からは宣命に立太子と践祚を兼ね行うということを記載したか否かは不明）、手続きの上では、宣命の草稿を院奏し、院に御覧いただいて返却されたものを清書して再び院奏し、しかる後に中務に納めるという手順を踏んだらしい。

以上、盛衰記の本文は、この時の議定の内容を伝える何らかの資料からの摘記、取意によるものと思われるが、著しい誤脱を含むものとなっている。そして平家物語の主要な諸本のうちで、この内容を持つものは盛衰記と延慶本の二本だけなのだが、両伝本が同一本文で誤脱を共有するものであることは注目に値する。両伝本の関係を考える時、問題とするべき箇所なのである。

六二「八月二〇日。壬子。天晴。此日有立皇事高倉院第四宮。御年四歳。母故正三位修理大夫信隆卿女。（中略）子細見左大臣次第。続左。不得剣璽践祚之例、希代之珍事也。仍続加之。

践祚次第　左大臣造

（前　略）

次大臣召大内記内記光輔、仰宣命事。可載太上法皇詔旨之旨、可仰下之。又摂政事可載之。先帝不慮脱履事、同可載歟。

（以　下　略）」（玉葉・寿永二年）

六三「花下明月　藤原尹明

花散て月のもりくる木のもとは
ひとへに風をえこそうらみね」

「冬　藤原尹明

水滴壷人宮漏響　雪理沙鳥羽毛文」

（和漢兼作集『平安鎌倉未刊詩集』所収　図書寮叢刊　昭和四七年刊）

巻三十三

一「三〇日。壬戌。天晴。（中略）自今夜、法皇令入公卿勅使御精進屋給。明後日発遣。明日為前斎之故也」（玉葉・寿永二年八月）

「九月二日。太上法皇発遣伊勢公卿勅使参議脩範卿。寛治・天承例也。御出家已後、雖無此例、有議被立之」（百錬抄・寿永二年）

「仙洞大神宮勅使

寿永二年九月二日、法皇令行之給。参議脩範卿参仕。朱雀、白川、鳥羽雖有三代之例、皆御出家以前也。法皇例、今度始也」（濫觴抄下）

二「二八日。庚申。（前略）余和説申云、脱屣之後、雖有発遣勅使之例、皆是非御出家。太神宮事、其斎殊密。以法体、下宸筆、書宣命、奉幣帛、有御拝之条、曾無例。又乖理。今已践祚之後、猶自公家可被立歟。

若有別御願者、付加祭主、可被祈申。又可被奉可然之僧徒歟。此事雖有恐、偏思冥鑑所申也。（下略）」　（玉葉・寿永二年八月）

三　（治承四年正月二八日。辛巳。（前略）　豊後守藤宗長　頼輔朝臣二男。実者孫。前司（頼経）子也。父子前司新司雖不可然、称兄弟也。（下略）」　（山槐記・除目部類）

四　緒方氏の系譜については緒方富雄『緒方系譜考』（私家版　緒方銈次郎発行　大正一五年三月刊）が詳しいが、ここには、そこに触れられていない資料を示す。江戸時代、柳川藩立花家の上級武士であった緒方一族、十時氏の嫡流にあたる十時光宏氏（名古屋聖霊短期大学事務部長現在退職）所蔵の家譜および「秘譜抜伝」の関連箇所を掲げる。ただし、いずれも江戸時代後期ないし末期のもので、後者には寛政四年二月の年記がある。なお、十時氏の談によれば、幼少の折、祖母君から緒方一族である十時氏嫡流の同氏には、その印として、いつか鱗が生じるであろうと密かに告げられたという。

次に十時系図の惟基の項を掲げる。訛伝、誤写、誤脱が多いが、そのままとする。

「豊後国大神氏始

貞観元年庚辰、当于仁王五十六代也。清和天皇御時、一条院、陽成院御宇。

父　緒方庄祖母嶽菩薩　号祖母嶽大明神

母　准大臣之由被宣下也。位等三四（儀同三司の誤記）伊周公母（女の誤記）、因悪事、被流刑。配所緒方庄、萩培螻住。

惟基　称銅大太　男子五人

同尋三輪明神因縁、大菩薩告妻云、可胎子息、姓大神、名大太云云。

養父肥後国菊池大納言隆家聟ニ成。隆家後大《ママ》政大臣照宣《ママ》公者是也。聟被取様者、九州寄合大狩。隆家秘蔵之大馬、以人為食之間、依無乗者、無念之事被思計。惟基推参之処、被与此馬之時、指寄暫纏テ彼馬流汗。其後、散々乗、養父為射鹿。喜之余、取聟ニ云云。今菊池者落胤之末也。為大納言被譲豊後国之国司於大太。後号大藤大太云云。自従九国、致狼籍之間、被召上四条河原、欲被切頸之時、大太惟基詠歌云

惟基之都参之唐衣頸与利哉末津始ケン　以此歌、経奏聞之処、被赦免云云。」　（十時家譜）

「大神姓系図略

（前　略）

伊周　儀同三司　従一位内大臣　一条院御宇長徳二年四月二八日左遷　大宰権帥

隆家　中納言　従二位　肥後権守　号菊地　大太夫惟基養父也。今菊地ハ落胤ノ末也。

女子　長徳二年四月二八日、父伊周公依左遷、同被流テ豊後国塩田大太夫ト云者ニアツケラル。然而後、於彼女許、在夜々通フ男。経日数為懐胞。塩田夫婦怪之問云、通来者何人ゾヤ矣。女答云、視来不知帰云云。其時、大太夫教テ曰、翌朝帰時、印ヲ付テ可繋見云云。如其教、朝帰時、為男着水色狩衣之裾ニ針ニ賎ノ緒手捲ト云物ヲ付テ、経テ行を繋テ見ニ、豊後ト日向ノ境ヒ姥嶽ト云高山之下ノ大ナル岩穴ノ内ニ繋。岩屋ノ口ニ佇、内ノ体ヲ窺ヒ見ニ、大ナル声シテ叫フ。女云、為奉見御姿、是マテ来ル也ト云。岩屋ノ内ヨリ答云、我ハ是非人姿。汝我姿ヲ見ハ、膽魂身ニソフマシキソ。胎所ノ子ハ男子也。弓矢打物取テ、九州二島ニ不可有肩双者ト云。女重云、雖為如何姿、日比ノ情、争不可忘。互ニ今一度、見エント云。其時、岩屋ノ内ヨリ、臥長五六尺、跡枕エハ十四五丈程ノ大蛇、動揺シテ匍出ル。狩衣ノ裾ニ指ト思ヒシ針ハ、大蛇ノ咽ニ立タリ。女帰テ、程ナク、男子出産ス。大太惟基是ナリ。

件ノ大蛇ハ姥岩大明神ノ神体也。後崇高知保大権現。三輪大明神御一体也」

惟基　大太　男子五人　字者号皸《ママ》童太。七歳ニテ為元服。号大太惟基。自称太神姓。弓馬打物達人也。母方伯父菊地中納言隆家卿為猶子」　　（大神姓系図略）

これらは、惟基の母を藤原伊周の娘、また塩田大太夫の養女とする伝えを示しているが、別伝もある。十時氏蔵の「秘譜抜伝」には藤原長良と塩田大太夫藤原惟政の娘との間に生まれた小松姫であると記す。その内容には訛伝が多く含まれるが、参考のために、次に掲げる。

「惟基卿母之正伝

惟基卿之母、白川大納言之女小松姫也。此父亜相忠仁公良房也。或実、謂良房公之兄従五位下左兵衛督長良朝臣之女。此朝臣、正二位枇杷中納言贈左大臣、再贈太政大臣長良公也。彼女、実養並堀川中納言之姉也。此黄門昭宣公基経也。嘗長良朝臣下東豊之領地之時、妾日州塩田郷大令塩田大大夫藤原惟政之女。此女生女子。而后、是曰小松姫。長良朝臣帰洛之後、此女子寓大大夫惟政之家。小松姫交神、生男子。曰大太。大太取塩田之名与叔父堀川参議基経卿之名、乃称惟基、賜太神朝臣姓。此謂太神姓、朝臣尸矣。亦或、世間太神氏百家之譜、或所伝世諺、惟基卿母氏之事、区説紛々也。他省而不載焉」　　（秘譜抜伝）

最初に掲げた十時家譜の豊後国大神氏始の巻頭に清和天皇、一条院、陽成院と三代の天皇の名が列挙されている。そのうち一条院は惟基の母を藤原伊周の娘とする家譜の記事に呼応している。しかしあとの二代は孤立していて、意味をなさない。ところが秘譜抜伝には惟基の母を藤原長良の娘としていて、それならば清和天皇の御時にあたる。それに秘譜抜伝の末尾に惟基の母の素姓については諸説のあることを記している。そうしたことから推測して、家譜の巻頭の三代の天皇の列挙は、少なくとも三様の伝承が十時氏のなかに伝わっていたことを示す痕跡であるように思われる。緒方氏の置かれた経済的、社会的あるいは政治的諸状況のなかで、惟基の母の素姓は更改されていったのかもしれない。その意味で、菊池氏との姻戚関係を主張する家譜の記事は面白い。

五　漢の成帝の子の子輿を詐称する邯鄲の易者、王郎が邯鄲城に入って帝を称し、幽州、冀州を帰伏させていた。当時、薊城の攻略にあたっていた劉秀（のちの光武帝）は、薊城の人々が王郎側についたので、身の危険を感じて、薊州を落ちて南の方に向かって逃げた。下曲陽のあたりで、王郎軍の迫るのを聞き、一行は皆、恐れた。滹沱《こた》河が前進方向にあるが、氷結していれば渡河が可能である。船がないと渡れないという斥候の報告が入った。そこでもう一度、従者の王覇に河の状態を偵察させた。王覇は士気を失わせるのを恐れ、氷結していて渡河が可能であると報告する。劉秀一行が河にさしかかると、天祐であろうか、河は氷結していた。一行は渡河することができたが、あと数騎というところで、氷は溶けてしまった。劉秀は王覇の危険な賭けと機転によって危うい命を生きた。

後漢書・王覇伝に原拠を持つ。十八史略ほかの史書にも載せる。この話は滹沱《こた》氷凝《こほりこる》という故事として知られる。この故事は胡曾詩・滹沱河にも「後漢光武征河北。被賊王郎子敗於邯鄲。帝欲渡黄河不可過。使王覇祝河神。令凍河成氷。遂得過免難」と記して、「光武経営業未興　王郎兵革整憑陵　須知後漢功臣力　不及滹沱一片氷」と詠じている。胡曾詩抄にはそれに注をつけ、その文中に曲陽の地名も記している。

曲陽県における光武帝の危機は、王莽ではなく王郎によるものである。盛衰記では、この箇所また巻一七・光武天武即位どちらの箇所においても誤って王莽としている。その誤りを共有するのが、和漢朗詠集永済注・春氷の注である。同注はその内容を東観漢記によるものとしている。王郎を王莽とするのは盛衰記作者の誤りではなくて、和漢朗詠集の注釈を通して誤って人々に記憶されていた結果の可能性が高い。

六　たとえば本書巻三八・重国花方西国下向上洛に載せる平宗盛の請文に

「(前略)相当于人王八十一代之御宇、我朝之御宝、引波随風赴新羅高麗百済契丹、雖成異朝之財、終無帰洛之期歟」

などと述べている。そうした文言だけではない。たとえば藤原親光の例などは朝鮮半島との往来を示す事例として面白い。治承三年に対馬守に補せられ、在島していた親光が寿永二年に屋島にあった平家から平知盛と原田種直とを奉行として参陣するよう催促を受けた。しかし源頼朝と外戚の関係にあり、かつ源家に与力する志を持っていた親光はそれに応じなかった。ために原田一族によって三箇度、追討を受け、壇ノ浦合戦の少し前、文治元年三月四日に危機に瀕したため渡海、朝鮮半島に逃れたという。そしてその地で虎に襲われたが、親光の郎従がそれを射殺した。高麗王はそれに感銘して親光を臣下とし三箇国を知行させたという。親光はそうして、かの地に逗留していたのだが、平家が滅亡してすぐの文治元年五月に頼朝からの迎えを受け、六月一四日に高麗から対馬に帰着した。ところで対馬守は、親光帰国の時期には、元暦二年一月二三日以来、平頼盛の家人の史大夫清業がその任にあった。それに対して親光の訴えを受けた頼朝の強い推挙によって、文治二年中には親光は対馬守に還任されたらしい。

「一三日。丙申。対馬守親光者武衛御外戚也。在任之間、為平氏被襲之由依有其聞、可迎取之旨、今日被仰遣参河守之許。剰作過書所被遣也。(下略)」　(吾妻鏡・文治元年三月)

「一三日。乙巳。参河守範頼、受二品之命、為対馬守親光迎、可遣船於対馬島之処、親光為遁平氏攻、(文治元年)三月四日渡高麗国云云。仍猶可遣高麗之由、下知彼島在庁等之間、今日既遣之。当島守護人河内五郎義長、同送状於親光。是平氏悉滅亡訖。不成不審、早可令帰朝之趣載之云云」　(吾妻鏡・文治元年五月)

「一四日。乙丑。参河守範頼并河内五郎義長等、任二品命、渡使者於高麗国之間、対馬守親光帰着彼島云云。是去々年、自当島欲上洛之折節、平家零落于鎮西之間、路次依不通、不能解纜。猶以在国之処、為中納言知盛卿并少貳種直等奉行、可令参屋島之由及其催。九州二島中国等、皆雖従于平家之方、親光猶運志於源家之間、不行向。仍三箇度被遣追討使。所謂、高次郎大夫経直種直家子両度、拒押使宗房種益郎等一箇度也。此輩頻下国、或知行国務、或及合戦。難存命之間、凌風波、去(文治元年)三月四日令越渡高麗国之時、相伴妊婦。仍構仮屋於曠野之辺、産生。于時猛虎窺来。親光郎従射取之訖。高麗国主感此事、賜三箇国於親光。已為彼国臣之処、有此迎帰朝。件国主殊惜其余波、与重宝等、納三艘貢船、副送之云云」　(吾妻鏡・文治元年六月)

「二四日。壬申。晴。申剋、頭左中弁光長来申条々事。(中略)又、対馬守親光可還任之由、同自関東令申云云。件事者、治承三年依成功任当国守、即赴任国之間、逢平家之乱。仍恐彼乱行、越渡高麗国。聞平氏滅亡之由、帰朝在国之間、史大夫清業依巡年、被拝当国了。而親光攀向関東、触此子細了。仍頼朝卿感不従平氏之意趣、奏此旨云云。而清業又無指過怠。此上事如何。可被問人々歟云云。(下略)」　(玉葉・文治二年二月)

「二日。己卯。前対馬守親光可被還任之由、重所被申京都也。此親光在任之間、平氏下向鎮西、可参向屋島之由雖相触不従。仍以少貳種直郎従等欲追討之間、遁渡高麗国訖。彼氏族滅亡後、依二品仰無為上洛。(下略)」　(吾妻鏡・文治二年五月)

七　都落した平家の九州到着から屋島に向けての九州離脱に至る行程は諸本間で異同があり、それに関わる大事な要件が柳浦の所在である。柳浦は注に示した二箇所が考えられ、いずれも豊前国の地名である。盛衰記の記述では、作者が大分県宇佐市の柳浦をあてていることはその行程から推定できると思う。他の伝本の場合はどうだろうか。以下に諸本が記す行程を簡略化して示してみよう。

盛衰記

①八月一七日大宰府着　②大宰府落。緒方来攻　③箱崎津へ　④山鹿着と山鹿落。緒方来攻　⑤柳浦着（海路）。宇佐参詣七日間　⑥柳浦発（滞留七日後）。清経入水。九月中旬、後の名月の折りの詠歌⑦屋島着（長門からの舟を利用）

延慶本

①八月一七日大宰府着。八月二〇日宇佐参詣（海路か）　②大宰府落。緒方来攻　③水城・住吉・箱崎・香椎・宗像を経て葦屋津泊（陸行）。④山鹿着（海路）。九月中旬、後の名月の折りの詠歌。山鹿落。緒方来攻　⑤柳浦着（海路）。滞留七日間　⑥柳浦発。清経入水　⑦屋島着（長門からの船を利用）

覚一本

①八月一七日大宰府到着。宇佐参詣（海路か）。九月中旬、後の名月の折りの詠歌　②大宰府落。緒方討罰。緒方来攻。③箱崎津へ。住吉筥崎、香椎、宗像を経て山賀へ（陸行）　④山賀着と山賀落。敵来攻　⑤柳浦着（海路）。⑥柳浦発。清経入水　⑦屋島着（長門からの舟を利用）

盛衰記では⑤と⑥に示したように、平家は柳浦に七日滞在、宇佐社に七日参詣そして柳浦を発って屋島に向かうとあるのだから、柳浦は宇佐社の鎮座する現在の大分県の宇佐市の柳浦でしかありえない。いっぽう延慶本と覚一本は細部の相違はあるが、行程の基本は同じである。両伝本の場合、柳浦は注に示した二箇所のうち、どちらと考えるのがよいのか。山鹿を緒方勢に追われた平家が海路逃れたさきが門司の柳浦であっても、周防灘に面した宇佐の柳浦であっても、おかしくはない。それに長門からの援助、四国への渡海は、どちらの柳浦であっても可能である。但し追撃している緒方勢からより距離をとり、かつ七日間の滞留を可能にした場所としては門司の柳浦よりも宇佐の柳浦のほうが、それらしく思える。それに宇佐大宮司公通は補注八に記すように平家に味方する有力な人物でもあったから、それはなおさらのことである。もっとも机上での推定が必ずしも事実を言いあてるとは限らない。通説では門司の柳浦の行在所などが紹介され、門司の柳浦がその場所であると説かれている。私としては、いずれが是とも答えを出すことは出来ないと考える。ただ盛衰記に限って言えば、柳浦を宇佐の地と見なしていることは認めてよいと思われる。

八　保元三年八月に平清盛が大宰大弐になり、北九州に勢力を築いてゆくなかで、大宰府、豊前国の国衙と関係をもち、勢力を伸ばした。仁安元年に大宰権少弐（吉記・養和元年四月一〇日）、安元二年に対馬守（玉葉・同年正月三〇日）、治承四年に豊前守（山槐記・同年九月一六日）となり宇佐宮の全盛期を築く。終始、平家に味方し、平家物語諸本でも治承五年二月に九州で緒方氏が蜂起したことを通報したことが記されている。平家の滅亡後の文治元年七月に、八幡宮領であった緒方庄の庄司緒方惟栄に襲われ、一時、疲弊した。

九　「平家ノ一類、筑紫ニ下リ宇佐宮ニ参テ、今一度都ヘ帰シ給ヘ、ト種々ノ立願アリシ時、

世中ノウサニハ神モ無キ物ヲ何祈ラン心ヅクシニ

此御詠、御殿ノ内ヨリ聞ヘシカバ、弱リ果ヌル秋ノ暮哉トテ、心細クモ出ラレシ事ハ哀ニ見ヘシカド、日来ノ悪行身ニ余リ、為ニ仏神国家ノ怨敵ト成リシカバ、大慈大悲ノ神明モ捨ハテサセ給ケル也。積善ノ家ニハ余慶アリ。積悪ノ所ニハ余殃アリ。一業所感ノ罪人ハ三宝神祇ノ冥助アルベカラズ。返々モ可レ恐ル」

（八幡愚童訓甲本）

甲本とは群書類従所収本と続群書類従所収本の二種類が知られている八幡愚童訓の伝本のうち、萩原龍夫氏が便宜上、前者について与えた呼称

である（『寺社縁起』日本思想大系）。花園天皇の治世中の成立と考えられている。

一〇　「ことにおなじゆかりは、思ひとるかたのつよかりける。うきことはさなれども、この三位中将（維盛）、清経の中将と、心と、かくなりぬる（自殺した）など、さまぐ人のいひあつかふにも、（資盛は）のこりて、いかに心よわくや、いとゞおぼゆらんなど、さまざま思へど（下略）（和歌二首略、国歌大観番号の二一七と二一八）」

（建礼門院右京大夫集）

一一　「一　たゝらのなにかし、在京して年ひさしかりし時、むつましくしける女に別て、くにゝ下りけるとて、ひんのかみを切て出したるに、ほとへて、そのかみにそへて、つかはしける哥、

みるたひにこゝろつくしのかみなれはうさにそかへすもとのやしろに

此哥をつくしなるつまのみて、になくおもふ心はへの哀なりとて、こなたへよひて、かはらぬ心さしこそあらまほしけれ。さてこそは、たけきものゝふの心をも、なくさめぬる道にてはあらめ、などいひて、京なるをんなに、かくよみてつかはしける、

身をつみて人のいたさそしられける恋しかるらむ恋しかるへし」

（月庵酔醒記中巻）

なお、この和歌の流布の様相は、井出幸男「『室町小歌』の一基盤—『月庵酔醒記』所収の巷歌を中心にして—」（『梁塵』第三号　昭和六〇年）

一二　「二日。癸亥。（前略）申刻、頭弁兼光来。予謁之。（中略）語云、平氏始雖入鎮西、国人必依不始用、逃出。向長門国之間、又不入国中。仍懸四国了。貞能ハ出家シテ留西国了云云。此由自周防伊予両国、進飛脚令申云云。又私義仲送使於兼光之許、其男説如云々、無相違。其上申云、自前内府之許、送使者於義仲之許云、於今者偏可帰降、只欲乞命云云」

（玉葉・寿永二年閏一〇月）

吉記抄出には次の記事がある。

「四日。甲午。（前略）或説云、平氏在讃岐八島。九国輩菊池已下、為追討進、已出文司関了云云。又、安芸志芳脚力到来云、平氏一〇月二〇日、一定被逐出鎮西了。事已必然也。可哀可哀。又出家人有其数云云。（下略）」

（吉記抄出・寿永二年一一月）

一三　「（前略）建仁三年一一月三〇日奉供養大仏師《ママ》。（中略）抑、当寺浄土堂、元是阿波国所建立也。願主彼国住人字阿波民部大夫重能也。但仏像等未終其功也。重能者清盛入道郎従、当寺焼失之乖将也。為乱逆之長故《ママ》、遂被誅戮畢。為救彼等之罪根、此堂宇所建鐘堂崗也。安九体之丈六、勧万人之念仏也。其仏未終其功、（重源）上人今加種々荘厳、令遂供養畢。（下略）」

（東大寺造立供養記）

一四　「一日。乙巳。（関東、東海に地歩を築きつつある源頼朝から、東国の固めは源氏、西国の固めは平氏といった棲み分け方式の提案が密々に寄せられたとして、後白河院から平宗盛に意向の打診があった。宗盛は清盛の頼朝討滅の遺言を理由にそれを拒絶した。そういった情報が九条兼実の耳にも届いたことが記される。その間の本文省略）貞能、鎮西下向必定、人以為奇云云。大略逃儲之料者」

（玉葉・治承五年八月）

「五日。丁卯。雨下。早旦、或人云、平氏党類、余勢全不減。四国、並淡路、安芸、周防、長門、并鎮西諸国、一同与力了。旧主崩御之由風聞、謬説也云云。当時在周防国。但、国中、無可用皇居之家。仍乗船泛浪上云云。貞能已下、鎮西武士菊池原田等、皆以同心。鎮西已立内裏。随出来可入関中云云。明年八月可京上之由結構云云。是等皆非浮説也。（下略）」

（玉葉・寿永二年九月）

そして補注一二の玉葉・寿永二年閏一〇月二日の条。また吾妻鏡にも次の記事が載る。

「七日。戊子。前筑後守貞能者平家一族、故入道大相国専一腹心者也。而西海合戦不敗以前逐電、不知行方之処、去比、忽然而来于宇都宮左衛

門慰朝綱之許。平氏運命縮之刻、知少其時、遂出家。遁彼与同難畢。於今者、隠居山林可果往生素懐也。(下略)」　(吾妻鏡・文治元年七月)

五 「一四日。甲辰。(前略)申刻、頭弁兼光為院御使来。召簾前謁之。普通之例、貫首可招上長押上。然而兼光依為家司不正其礼耳。仰云、神鏡剣璽、出城在外、吾朝之大事、莫過於此。仍試遣御使、誘以勅命如何。此事天下有変之時、人々議奏。予雖有其沙汰、自然送旬月。而去九月之比、前内大臣(平宗盛)上書於法皇。其状云、於臣全無奉背君之意。事出不図。周章之間、於旧主者且為遁当時之乱、奉具蒙塵外土了。然而此上事、偏可任勅定云云。如此状者、弥表和親之儀。可被奉迎彼三神歟。而義仲追討之時、官兵敗績(水島合戦)。臨此時、被遣御使者、辺民之愚、恐存依士卒之尫弱諂諛之由歟。此条如何。能思量可計奏者。申云、此事旧主蒙塵之刻、速可有此儀。而延而及于今。懈怠之条、悔而無益。況於有彼漏達之趣乎。被遣御使之条、不可及異儀。抑彼報奏之旨、密而可有予議。遠境之間、御使更帰参之後、重有其儀者、擁怠之処、自有変易歟。仍智慮所及、有議定、可被含御使也者。兼光云、摂政被申云、御使之上、以手跡、可被献女院。為避疑殆也。左府被申云、御使可有二人也云云。余云、此儀共可然。抑撰器量、可被献其人者。兼光退帰了」　(玉葉・寿永二年一一月)

六

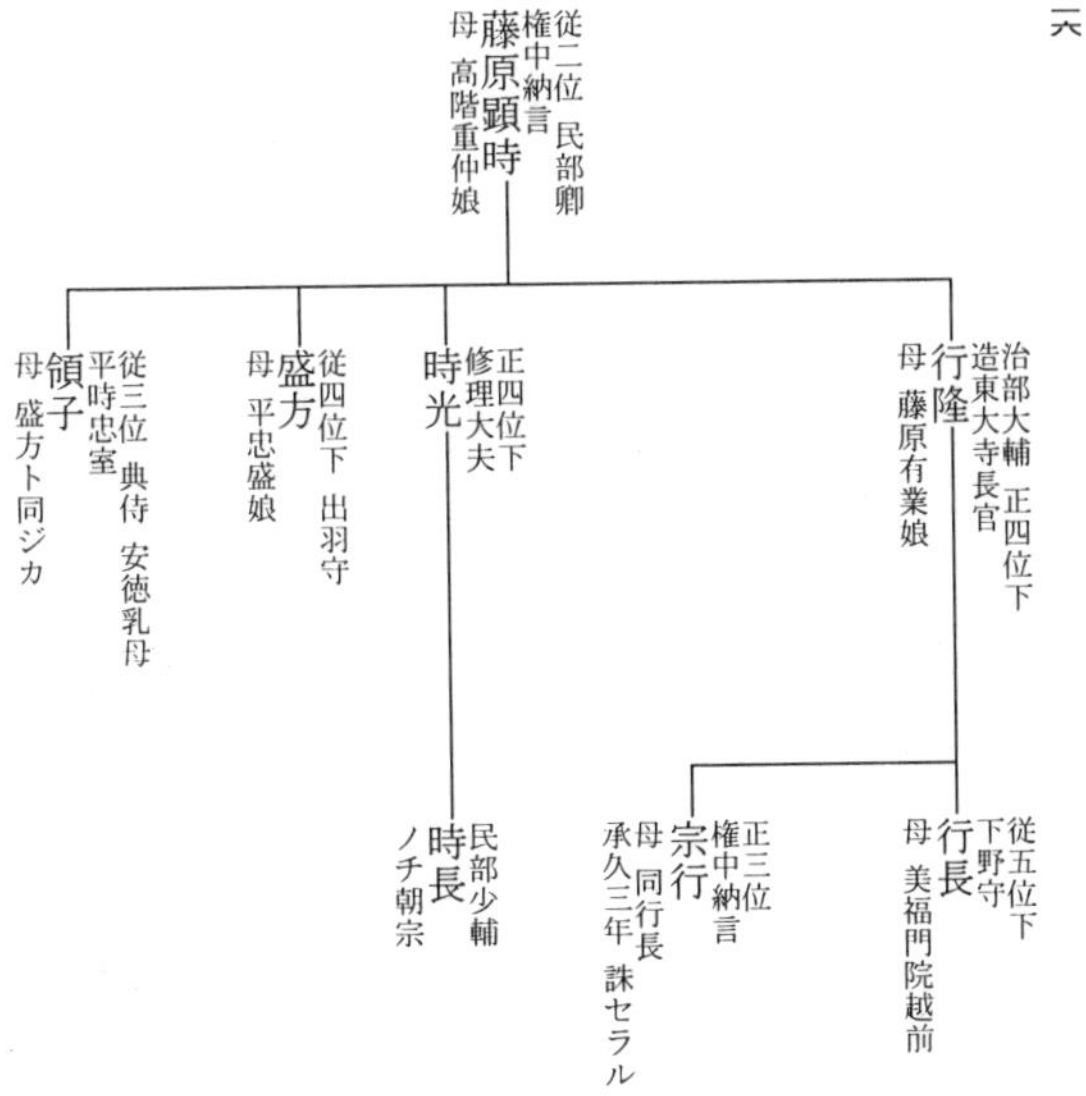

(角田文衛『平家後抄』下(朝日選書　昭和五六年刊)の二二五頁)

七 「三〇日。壬辰。(法住寺御所における公卿僉議。三ケ条のうち、頼朝、義仲、行家の行賞について)頼朝　京官、任国、加級。左大臣云、於京官者参洛之時可任。余云、不可然。同時可任。長方同之」(玉葉・寿永二年七月)公卿補任・元暦二年によると頼朝は従二位に叙せられるが「其身在相模国」の注記が、また官途の記事中、寿永三年三月二七日に正四位下に叙せられたことを記すところにも「其身不上洛、猶在相模国鎌倉」の注記がある。在地のままの叙任は朝廷の方針に反することであったのだろう。建久元年一〇月に権大納言兼右大将に任じられるが、それは頼朝の入洛に伴っての措置であった。

一六　「一日。壬辰。（前略）伝聞、先日所遣頼朝許之院庁官、此両三日以前帰参。与巨多之引出物云云。頼朝載折紙、申三ケ条事云云」
（玉葉・寿永二年一〇月）

「二日。癸巳。朝間天陰。午後雲晴。或人云、頼朝所申之三ケ条事、一は平家所押領之神社仏寺領、慥如本可付本社本寺之由、可被下宣旨。平氏滅亡為仏神之加護之故也云云。一は院宮諸家領、同平氏多以虜掠云云。是又如本返給本主、可被休人怨云云。一は帰降参来之武士等、各宥其罪、不可被行斬罪。其故何者、頼朝昔雖為勅勘之身、依全身命、今当伐君御敵之任。今又落参輩之中、自無如此之類哉。仍以身思之、雖為敵軍、於帰降之輩、寛宥罪科、可令存身命云云。此三ケ条載折紙、言上云云。一々之申状、不斉義仲等歟。（下略）」　（玉葉・寿永二年一〇月）

「四日。乙未。陰晴不定。及晩大夫史隆職来、密々持来頼朝所進合戦注文并折紙等。院御使庁官所持参云云。件折紙不違先日所聞。然而為後代、注置之。

一可被行勧賞於神社仏寺事
右日本国者神国也。而頃年之間、謀臣之輩、不立神社之領、不顧仏寺之領、押領之間、遂以其咎、七月二五日忽出洛城、散亡処所。守護王法之仏神、所加冥顕之罰給也。全非頼朝微力之所及。然者可被行殊賞於神社仏寺候。近年仏聖灯油之用途已欠、如無先跡。寺領如元可付本所之由、早可被宣下候。

一諸院宮博陸以下領、如元可被返付本所事
右王侯卿相御領、平家一門押領数所。然間、領家忘其沙汰、不能堪忍。早降聖日之明詔、可払愁雲之余気。攘災招福之計、何事如之哉。頼朝尚領彼領等者、人之歎相同平家候歟。宜任道理有御沙汰者。

一雖奸謀者、可被寛宥斬罪事
右、平家郎従落参之輩、縦雖有科怠、可被助身命。所以者何。頼朝蒙勅勘、雖坐事、更全露命、今討朝敵。後代又無此事哉。忽不可被行斬罪。但随罪之軽重、可有御沙汰歟。

以前三ケ条事、一心所存如此。早以此趣、可令計奏達給。仍注大概、上啓如件。

合戦記不遑具注」　（玉葉・寿永二年一〇月）

「一三日。甲辰。（前略）此日、大夫史隆職来、談世上事等。院庁官官史生泰貞先日為御使向頼朝許。去比帰洛、重為御使可赴坂東云云。件男来隆職之許、語頼朝仔細云云。不遑記。（下略）」　（玉葉・寿永二年一〇月）

「二三日。甲寅。（前略）或人云、義仲ニ可賜上野信濃。不可虜掠北陸之由、被仰遣了。又頼朝之許ヘモ件両国可賜義仲。可和平之由被仰了云云。此事依或下﨟之申状、俊堯僧正一昨日参院御持仏堂、時云云、申此由法皇。称善、即従僧正諫言、忽被降此綸旨了云云。（下略）」（玉葉・寿永二年一〇月）

「二四日。乙卯。天陰。伝聞、頼朝先日付院使泰貞也、令申事等、各無許容。天下者君之令乱給ニコソトテ、攀縁即塞其路、美乃以東欲虜掠云云。但此条不知実説」　（玉葉・寿永二年一〇月）

「一三日。甲戌。天晴。及晩、大夫史隆職来、談世間事。平氏在讃岐国云云。或説、女房船奉具主上并剣璽、在伊予国云云。但此条未聞実説云云。又語云、院御使庁官泰貞、去比、重向頼朝之許了。仰趣無殊事。与義仲可和平之由也。抑、東海東山北陸三道之庄薗、国領、如本可領知之由、可被宣下之旨、頼朝申請。仍被下宣旨之処、北陸道許、依恐義仲、不被成其宣旨。頼朝聞之者、定結欝歟。太不便事也云云。此事未聞。驚思不少云云。此事隆職不耐不審。問泰経之処、答云、頼朝ハ雖可恐在遠境。義仲当時在京。当罰有恐。仍雖不当、被除北陸了之由、令答云云。天子之政、豈以如此哉。小人為近臣、天下之乱無可止之期歟。（後略）」

（玉葉・寿永二年閏一〇月）

以上、玉葉によれば、後白河院は院庁の官人たる史生の泰定を九月に一度、一〇月に一度と二度にわたって鎌倉の頼朝のもとに派遣している。また、本文を掲示しなかったが、中原景能も一〇月末ないし一一月初めに頼朝のもとに院使として送られていたことが玉葉・寿永二年一一月一五日の記事によって知られる。しかし、ここに示した記事からも分るとおり、それらは頼朝に任征夷大将軍の旨を伝えたものではない。まず九月の使いの趣だが、それは記載がないので推測の域を出ない。もっとも頼朝の三ケ条の要請および合戦注文の送付はそれと無関係ではあるまい。合戦注文の送付は、地方で合戦が行われた際、国衙から朝廷に送られることになっていた合戦の解文の送付と類比的に捉えられるものだろう。三ケ条の申し状は平家没官領と平家方の降人に対する処罰についての頼朝の要望を記したものである。次に一〇月の使いの趣は明らかで、いわゆる寿永の一〇月宣旨に関わっての言い訳である。東海東山北陸の三道の平家没官領は平家押領以前の状態に復することを頼朝は要望した。その意図の一部には対義仲の政略が含まれていたはずである。つまり、北陸道には平家が知行国主そして国司をしていた国々があり、それらが平家没官領として扱われることになる。それに新規の扱いをするとなれば、その地域の在地勢力を糾合して平家を敗走させた義仲への恩賞として多くが与えられることになる可能性が高い。それは義仲に勢力をつけることになり、頼朝の制肘がきかなくなる危険性を孕んでいる。国衙領と荘園がもとの国主・国司そして本所・領家に返還されるならば、その危険は避けられる。頼朝の平家没官領の扱いについての要望にはそうした考えが働いていたと思われるのだが、後白河院はその北陸道に関して頼朝の要望を無視する内容の措置を取った。義仲を上野と信濃の知行国主とし、北陸道を除く二道にのみ平家以前の状態に復することを命じる、いわゆる一〇月宣旨を下したのである。それは近くにいる義仲の横暴を恐れての緊急避難的な措置であるとの言い訳を伴うものであったのかもしれないが、頼朝の不満を買うことは必至であった。それで後白河院はその措置について説明し頼朝の怒りを和らげるために、重ねての院使を派遣したのである。吉記の寿永二年一一月四日の、軍勢を率いて上洛途上にあった頼朝に、足柄上道で康定（泰貞）が行き逢ったとする記事は、二度目の使いの折りのことだったのだろう。

頼朝を征夷大将軍にということが除目の折に議論された最初の時期は義仲追討後の寿永三年三月であったらしい。しかしその案は、征夷大将軍の任命は、朝敵追討のために軍監、軍曹などと共に任命され、追討に赴くに際して征夷大将軍が節刀を賜わる儀式を経るといった形式と内容を伴うものである、然るに通常の除目において他の官職と同様のやりかたで任命するとなると、征夷大将軍の官職の性質が変化してしまうことになる、それ故、今度の除目において義仲追討の賞として頼朝に征夷大将軍の官職を与えるのはよくない、として退けられたという。

「一〇日。戊寅。源九郎使者、自京都参着。去月二七日有除目、武衛叙正四位下給之由申之。是義仲追討賞也。持参彼聞書。此事、藤原秀郷朝臣天慶三年三月九日、自六位昇従下四位也。武衛御本位者従下五位也。被准彼例云云。亦依忠文宇治民部卿之例、可有征夷将軍宣下歟之由、有其沙汰。而越階事者、彼時准拠可然。於将軍事者、賜節刀、被任軍監軍曹之時、被行除目歟。被載今度除目之条、似始置其官。無左右難被宣下之由、依有諸卿群議、先叙位云云」　（吾妻鏡・寿永三年四月）

一九　「二六日。丙申。勅使庁官肥後介中原景良、同康定等参着。所持参征夷大将軍除書也。両人各着衣冠、任例列立于鶴岳廟庭。以使者可進除書之由申之。被遣三浦義澄。義澄相具比企左衛門尉能員、和田三郎宗実并郎従一〇人各甲冑、詣宮寺請取彼状。景良等除書未到之間、問名字之処、三浦次郎之由名謁畢。則帰参。幕下御束帯、予出御西廊。義澄捧持除書、膝行而進之。千万人之中義澄応此役、面目絶妙也。亡父義明献命於将軍訖。

其勲功雖剪鬢、難酬于没後。仍被抽賞子葉云云。
除書云、
右少史三善仲康　内舎人橘実俊
中宮権少進平知家　宮内少丞藤原定頼
（中　略）
対馬守源高行　左近将監源俊実
左衛門少志惟宗景弘　右馬允宮道式俊
建久三年七月一二日
征夷使
大将軍源頼朝
従五位下源信友
左衛門督通親参陣。参議兼忠卿書之。将軍事、本自雖被懸御意、于今不令達之給。而法皇崩御之後、朝政初度、殊有沙汰被任之間、故以及勅使云云。又為知家沙汰、点武蔵守亭、招勅使経営云云。
二七日。丁酉。将軍家令招請両勅使於幕府給。於寝殿南面御対面。有献盃。加賀守俊隆、大和守重弘、小山七郎朝光等従所役。前少将、三河守、相模守、伊豆守等候其座。及退出期、各給鞍馬葦毛鹿毛。左衛門尉祐経、朝重等引之。両客降庭上、請取之。一拝之後退出云云。
（中　略）
二九日。己亥。景良、康定帰洛。先是、将軍家、馬一三疋、桑絲一一〇疋、越布千端、紺藍摺布一〇〇端、令餞送之給云云。朝光為使節」
（吾妻鏡・建久三年七月）

三〇　まず関係資料を掲げる。
①「六日。庚戌。（前略）頭弁（経房）来。伝院仰云、余着直衣、出逢也関東賊徒猶未及追討。余勢強大之故也。以京都官兵、輙難攻落歟。仍以陸奥住人秀平、可被任彼国史判之由、前大将（平宗盛）所申行也。件国、素大略虜掠。然者、拝任何事之有哉。如何。又、越後国住人平助成、依宣旨、向信濃国。依勢少、軍敗者、全非過怠。志之所及、已不惜身命。忠節之至、頗可有恩賞歟。且為令励傍輩也。而其法如何。忽賜越州者、遂其節之時如何。又如只今者、大略為敵軍被追帰了。其賞預執国、頗無其謂。若可被任可然之京官歟。進退之間、叡慮難決。宜可令計奏云云。（下略）」
（玉葉・治承五年八月）
②「七日。辛亥。（前略）今日、経房奏人々申状。依余申進、被仰合前幕下（平宗盛）。即被申云、申請佐渡国、可賜助職云云。於許否者、未聞及。或人所告送也。（下略）」
（玉葉・治承五年八月）
③「一五日。己未。朝雨。午後晴。去夜有除目。隆職注進之。
陸奥守藤原秀平
越前守平親房
越後守平助職
此事、先日有議定事也。天下之恥、何事如之哉。可悲々々。大略、大将軍等、計略尽了歟。此中、親房事不得心。通盛為国司下向、忽被任他人、如何々々。可尋也」
（玉葉・治承五年八月）
④「十五日。己未。天晴。朝間、自前大将、有被示送事。秀衡助職等事也。相次院宣到来。子細同前。（中略）次予進出、仰除目任人。以詞仰之上、書折紙奉也助職叙爵同仰之。頼業云、任大国者、別雖不仰可叙歟。於仰下者全無議也。次令置膝突。次召外記令進硯。師尚云、依急事被行除目之時、雖不召外記局硯、入細硯於筥令進有例云々。次予依召参着参議座。依参議不参也。染筆書除目。此間召外記、被尋内記参否。申不候之由。仍助職叙爵事被仰外記助道。次予書除目了進上卿。復座之後隨上卿気色起座退去。次上卿被仰外記筥可持参之由。即持参之。次上卿進弓場殿被奏之。予奏之。殿下御早出了。於内覧者予所申請也。仍其旨觸上卿了。次上卿帰着仗座、召外記、被尋式部参否。申不候之由。仍被下除目於外記。先是予宣下蔵人雅楽助重保橡袍宣旨事。次上卿退出。

太政官謹奏、
陸奥国、
守従五位下藤原朝臣秀衡、
越前国、
守従五位下平朝臣親房、
越後国、
守従五位下平朝臣助職、
養和元年八月十五日
親房者、基親息、前近江守也。秀衡助職事人以嗟歎。故不能記録。
（吉記・養和元年八月）

⑤「三日。丙子。越後守資永号城四郎、任勅命、駈催当国軍士等、擬攻木曾冠者義仲之処、今朝頓滅。是蒙天譴歟。
従五位下行越後守平朝臣資永
城九郎資国男　母将軍三郎清原武衡女
養和元年八月一三日任叙」（吾妻鏡・治承五年＝養和元年九月）

⑥「二九日。丙申。（前略）今日、秀衡入道於陸奥国平泉館卒去。（中略）
鎮守府将軍兼陸奥守従五位上藤原朝臣秀衡法師
（中略）養和元年八月二五日、任陸奥守、同日叙従五位上」
（吾妻鏡・文治三年一〇月）

⑦「同（治承五年＝養和元年八月）二五日、除目被行けり。陸奥国住人藤原秀衡、征将軍に被補ける上に、当国守に任ず。越後国住人城太郎資永、越後守に任ず。秀衡は頼朝追討のため、資永は義仲追討のため也と、各々、聞書の注文に子細を被載たり。（中略）九月二〇日、城太郎資永が弟に城次郎資茂と云者あり。改名して永茂と云けるが、早馬を六波羅へ立。平家の一門馳集て、永茂が状を披くに云、去八月二五日除目の聞書、九月二日到来。謹で披覧之処に舎兄資永、当国守に任ず。朝恩の忝に依て、明三日義仲追討の為に五千余騎の軍士を卒して、重て信州へ進発せんと出立ぬる夜の戌亥の刻に当て（中略）明る巳時に悶絶僻地して、周章死に失候畢ぬ。（下略）」　（盛衰記巻二七・資永中風死）

⑧「（治承五年＝養和元年八月）二五日、除目ニ城四郎長茂、彼国ノ守ニナサル。同兄城太郎資長、去二月二五日他界之間、長茂任国守。奥州住人藤原秀衡、彼国ノ守ニ被補。両国共、以頼朝義仲追討ノ為也トゾ、聞書ニハ被載タリケル。越後国ハ木曾押領シテ、長茂ヲ追討シテ、国務ニモ不及ケリ」　（延慶本第三本・城四郎越後国ノ国司ニ任ル事）

⑨「五月二四日、改元あて寿永と号す。其日、又、越後国住人城四郎助茂、越後守に任ず。兄助長逝去の間、不吉なりとて頻に辞し申けれ共、勅命なればちから不及。助茂を長茂と改名す」
（覚一本巻六・横田河原合戦）

以上の日記そして平家物語の本文から次のことが推定できる。改変的編集を随所に加えられた覚一本を除くと、日記も平家物語も藤原秀衡と平助職がそれぞれ守に補任された時期を治承五年八月としている。治承五年には源頼朝と義仲とはそれぞれ関東と信濃において威勢を張り、平家にとって危険な存在になりつつあった。延慶本では治承五年正月一六日、一七日に、城助長、藤原秀衡をして源頼朝、信義を追討せしむべしとの院宣が下ったとして（第三本・沼賀入道与河野合戦事）、その文書を載せ、また治承五年二月一九日に城太郎資長と藤原秀衡に源頼朝・義仲追討の院宣が下されたとしている（第三本・秀衡資長等ニ可追討源氏由事）。盛衰記では治承五年四月二八日に藤原秀衡に源頼朝追討の院宣が下されたとしている（巻二七・頼朝追討庁宣）。治承五年八月における彼等の国司補任はその延長線上にある措置で、それによって彼等の勢力を拡大させ、また彼等を督励して源頼朝と義仲を討たせようとするものであった。それは平清盛薨後、危機感を増した平宗盛など平家の画策から出た政略であった。その後、平家の都落の結果、寿永二年八月六日、平家とその一類に対する解官が行われた。延慶本に載せる解官者の交名の中に「越後守助職」「常陸介隆義」の名が見えている。ただし陸奥守秀衡の名は見えない（第四・平家一類百八十余人解官セラル丶事）。

その治承五年八月のものと同じ内容の補任の聞書が盛衰記また延慶本においても寿永二年九月に源頼朝のもとに届けられたというのである。その本文をどのように解すればよいのかが問題である。源頼朝のもとに届けられた征夷将軍補任の除目の聞書に二年前の治承五年における件の除目のことが付記されていたというのか、それとも寿永二年八月における除目において源頼朝の征夷将軍補任も彼等の国司補任も決定されたとして、それが聞書に載せられていたとするのか、そのどちらなのか。後者であるとするならば、テキスト内部に矛盾をかかえこんだ、かつ事実からの違背を二重に犯した、それ故に杜撰の誹りを受けることを覚悟で虚構を構えた本文であるということになる。あるいは杜撰さの自覚のないままに作られた本文なのかもしれない。いずれにしても源頼朝の征夷将軍補任という虚構が重要な意味を持つものであることの現われであると見てよい。その虚構の意味については幾つかの考えが導き出せると思うのだが、ここでは触れない。次に、前者ということであれば、盛衰記も延慶本も本文の表現が極めて不十分であると言わざるを得ない。長門本を見てもそれは同様である。それ故、この辺りの本文は未完成であるのか、あるいは、重大な脱文が現存の諸本の上に生じているのか、のどちらかということになる。

三　佐竹系図（続群書類従所載）の関係箇所を略して掲げる。

義光――義業――昌義――
　忠義 佐竹四郎（イ本太郎）治承四年十月一日於常州見誅。
　隆義 佐竹四郎母奥州藤清衡女
　　義政 依頼朝命為上総介広常於大矢橋被討
　　秀義 文治五年七月二十一日頼朝泰衡追伐之時始テ宇都宮小田橋ニ於テ頼朝ニ見ユ。

同系図の秀義の項には、奥州征討の頼朝のもとに参陣したとき、旗に変更を加えるよう、頼朝から命じられたことを記している。佐竹氏が家の旗である無文白旗に月を描いた扇を付けることを源頼朝から命じられたのは吾妻鏡によると文治五年七月二六日のことである。奥州攻めのために宇都宮に到着した源頼朝の陣に佐竹四郎が到着した折りのことである。吾妻鏡は佐竹四郎とするのみで、その諱を記さない。四郎を通称とするのは系図では忠義か隆義かのいずれかである。それ故、この佐竹四郎は隆義かとも思われるのだが、系図が伝える家伝ではその人物を秀義であるとしている。ここは家伝に従って佐竹四郎を隆義ではなく、その子の秀義と見るべきなのだろうか。いずれにしても、この時期以後、佐竹氏は源頼朝の幕下に参じ、家を保つことに成功するのだが、それ迄は源頼朝にとって敵対的なものとして意識される勢力であった。

治承四年八月に挙兵した源頼朝は石橋山の合戦に敗れるが、その後、急速に勢力を拡大し、同年一〇月中旬の富士川の合戦では大軍を催して平家軍を敗走させる。その間、常陸にあって背後から源頼朝を脅かしていたのが佐竹氏であった。富士川の合戦に勝利すると、源頼朝はただちに常陸攻めの軍を進める。吾妻鏡によると、一〇月二七日に軍を発し、一一月四日、五日の合戦において源頼朝は佐竹勢を敗る。その時、隆義は平家に伺候のため京都におり、佐竹勢の首将は息子の秀義であった。秀義は敗れて逐電したという。延慶本によると、その合戦で隆義の父の昌義が、また系図によると忠義そして隆義の子の義政が戦死したとする。しかし佐竹氏の勢力はその後も存続し、延慶本によると、治承五年四月二〇日には、隆義のもとに源頼朝追討の院庁の下文が発せられたといい、また平家の案によって隆義を常陸介に任じ彼に勢力をつけ、源頼朝を攻めさせたという。その合戦でも隆義は敗れ、奥州に逃れたらしい（第三本・頼朝与隆義合戦事）。そして平家都落後に行われた寿永二年八月六日の平家一類に対する解官の折りに隆義は常陸介を解任されている（補注二〇参照)。しかし、その間も、そしてその後も佐竹氏なかんずく隆義は源頼朝にとって危険な存在でありつづけたらしい。この度、つまり寿永二年九月における一度目の院使康定の派遣の趣きには源頼朝の上洛を促す内容が盛られていたと思われるのだが、頼朝がそのことについて使者を上京させて示した返答に次のような一節がある。

「九日。庚子。天晴。静憲法印来、談世間事等。頼朝進使者。忽不可上洛云云。一ハ秀平隆義等、可入替上洛之跡。二ハ率数万之勢入洛者、京中不可堪。依此二故、上洛延引云云。(下略)」

(玉葉・寿永二年一〇月)

つまり、自分が上洛して鎌倉を留守にしたら、藤原秀衡や佐竹隆義が関東を我がものにしてしまうだろう、と源頼朝は言うのである。もちろん、それは後白河院による上洛の要請を断わるための口実であったのだろうが、佐竹隆義が敵対を続ける危険な存在であったことにもよるのであろう。補注二〇で見た藤原秀衡と城助職の場合と同じ問題をここにも見ることができるだろう。

源頼朝の征夷将軍補任を言う平家物語の虚構は、この作品のメッセージにおいて重きをなすものとして十分な注目を払われるべきものであることが、あらためて知られる。

ひとつ付言するならば、延慶本は寿永二年八月六日の平家一類の解官を言うところで、解官者の交名を掲げることで、自己撞着をおかしていると思われる。補注二〇で触れたように、その交名のなかに越後守助職と常陸介隆義の名が挙げられている。ところが源頼朝にもたらされた征夷将軍補任に関わる下文は、その請文によって八月七日付けのものであることが分る。城助職と佐竹隆義の補任を記す除目の聞書が同じ時期のものであるということになると、この二人を解官して、すぐ後に再び補任したということになる。かなりの無理を犯して作られたのが、源頼朝の征夷将軍補任の記事であったように思われる。

三 「二〇日、壬午。(前略)入夜、人伝云、義仲今日俄逐電。不知行方。郎従大騒、院中又物忩云云」

(玉葉・寿永二年九月)

「二一日。癸未。伝聞、義仲一昨日参院。被召御前。勅云、天下不静。又平氏放逸。毎事不便也云云。義仲申云、可罷向ハ明日早天可向云云。即、院手取御剣給之。義仲取之退出。昨日俄下向云云」

(玉葉・寿永二年九月)

醍醐寺ではその下向を法住寺において座主勝賢が修した転法輪御修法の力によると伝えている。

「一自九月一二日座主御房転法輪御修法於法住寺桟敷御所奉行之。伴僧六人勝海阿闍梨、朗朝々々々、覚禅々々々、乗遍々々々、祐賢々々々(ママ)、信恵大法師

第二七日満日、左馬頭義仲構西国打手、俄出洛了。仍京中所鎮也。法験之由有風聞也。五七ケ日結願了」

(醍醐寺雑事記上之下)

亖 「九日。庚子。(前略)伝聞、義仲経廻播州。若頼朝上洛者、可超北陸方。若頼朝忽不上洛者、可伐平氏之由支度云云」

(玉葉・寿永二年一〇月)

亖 「一七日。戊申。(前略)伝聞、義仲随兵之中、少々超備前国。而彼国并備中国人等起勢、皆悉伐取了。即焼払備前国、帰去了云云。又聞義仲無勢云云」

(玉葉・寿永二年一〇月)

亖 「二〇日。己卯。去一五日、本三位中将遣前左衛門尉(平重国)於四国、告勅定旨於前内府(宗盛)。是旧主(安徳帝)并三種宝物可奉帰洛之趣也。件返状今日到来畢。京都備叡覧云云。其状云、

去一五日御札、今日二一日到来。委承候畢。蔵人右佐(藤原定長カ)書状同見給候畢。主上国母可有還御之由、又以承候畢。去年七月行幸西海之時、自途中可還御之由、院宣到来。備中国下津井御解纜畢之上、依洛中不穏、不能不日立帰。愍被遂前途候畢。其後、云日次之世務世理、云恒例之神事仏事、皆以懈怠。其恐不少。其後、頗洛

中令属静謐之由、依有風聞、去年一〇月出御鎮西。漸還御之間、閏一〇月一日称帯院宣、源義仲、於備中国水島、相率千艘之軍兵、奉禦万乗之還御。然而為官兵、皆令誅伐凶賊等畢。其後、着御于讃岐国屋島、于今御経廻。去月二六日又解纜、遷幸摂州。奏聞事由、随院宣行幸近境。且去四日相当亡父入道相国之遠忌。為修仏事、不能下船。経廻輪田海辺之間、去六日修理権大夫（藤原時光カ）送書状云、依可有和平之儀、来八日出京、為御使可下向。奉勅答不帰参之以前、不可有狼藉之由被仰関東武士等畢。又以此旨、早可令仰含官軍等者。相守此仰、官軍等本自無合戦志之上、不及存知、相待院使下向之処、同七日、関東武士等襲来于叡船之汀。依院宣有限、官軍等不能進出。各雖引退、彼武士等乗勝襲懸、忽以合戦、多令誅戮上下官軍乎。此条何様候事哉。子細尤不審。若相待院宣、可有左右之由、不被仰彼武士等歟。将又、雖被下院宣、武士不承引歟。若為緩官軍之心、忽以被廻奇謀歟。倩思次第、迷惑恐歎、未散蒙霧候也。為自今以後、為向後将来、尤可承存子細候也。唯可令垂賢察御。如此之間、還御亦以延引。毎赴還路、武士等奉禦之。此条無術事候也。非難渋還御之儀。差遣武士於西海依被禦、于今遅延。全非公家之懈怠候也。（中略）行幸西国事、全非驚賊徒之入洛、只依恐法皇御登山也。（中略）依恐御登山一事、周章楚忽、遷幸西国畢。其後又称院宣、源氏等下向西海、度々企合戦。此条已依賊徒之襲来、為存上下之身命、一旦相禦候計也。全非公家之発心、敢無其隠也。云平家云源氏、無相互之意趣。平治信頼卿反逆之時、依院宣追討之間、義朝朝臣依為其縁坐、有自然事。是非私宿意。不及沙汰事也。於宣旨院宣者非此限。不然之外、凡無相互之宿意。然者頼朝与平氏合戦之条、一切不思寄事也。公家仙洞和親之儀候者、平氏源氏、又弥可有何意趣哉。（中略）還御事、毎度差遣武士、被禦行路之間、不被遂前途、已及両年候畢。於今者早停合戦之儀、可守攘災之誠候也。云和平云還御、両条早蒙分明之院宣、可存知候也。以此等之趣、可然之様可令披露給。仍以執啓如件

二月二三日　」　　　（吾妻鏡・元暦元年二月）

「閏一〇月一日。平氏与源氏合戦。源氏敗北」　　（百錬抄）

「閏一〇月一日。平氏、野多《（マヽ）》判官等源氏於海上水島合戦。源氏被打了」　　（一代要記・第八十一安徳天皇）

二六　盛衰記の本文を参考源平盛衰記によって記せば、

蘇子卿如レ囚二胡国一、李少卿似レ帰二漢朝一。遠著異国昔人所悲トイヘリ。

とある。そしてその下に「按以上語、必有脱誤」と注する。

延慶本第四・兼康与木曾合戦スル事の本文は、

蘇子荊ノ胡ヘトラハレ、李少卿ガ漢朝ヘ如不帰。異朝ニ着ル事、昔ノ人ノ悲メリシ所也ト云ヘリ。

とある。

覚一本巻八・瀬尾最期の本文は、

蘇子卿ガ胡国ニトラハレ、李少卿ガ漢朝ニ帰ラザリシガ如シ。トヲク異国ニ付ル事ハ、昔ノ人ノカナシメリシ処也トイヘリ。

とある。

前半の本文は、延慶本と覚一本の本文に合わせ考えるならば、「似」を「不」の誤字と見て、

蘇子卿如下囚二胡国一、李少卿不上帰二漢朝一（ソシケイガココクニトラハレ、リセウケイガカンテウニカヘラザリシガゴトシ）

あるいは、「似」の下の「不」の脱字と見て、

蘇子卿如レ囚二胡国一、李少卿似レ不レ帰二漢朝一（ソシケイガココクニトラハレシガゴトク、リセウケイガカンテウニカヘラザリシニニタリ）

以上、もとの本文はそのいずれかであったのだろう。

後半は文選・李陵答蘇武書に拠るもので、李少卿の思いを述べたものである。「遠託二異国一、昔人所レ悲」の「託」が「著」に置きかわってい

る。訓みは覚一本の本文に合わせて、「トホクイコクニツケルコトハセキジンノカナシメリシトコロナリ」としてよいだろう。本国を遠く離れて身を異国に託すという境遇は昔の人も経験した悲しみだ、の意である。

　蛇足ながら本文を解釈すると次のようになる。

　匈奴の単于のもとに囚われの身となったが屈せず、ついには漢土に帰り忠節を全うした蘇武、漢王への忠義の心は失わないままに単于に仕え、ついに漢土に帰ることのできなかった李陵、身を義仲のもとに託している兼康の心中も彼等と同じであったのだ。「遠く異国に身を寄せるという境遇は昔の人も悲しんだところである」と李陵が書いているとおりだ。

三七　この時期の義仲をめぐる情勢は玉葉によると次のようであった。一〇月宣旨によって頼朝を源氏の統領として源氏勢力を一元的に扱う姿勢を示した後白河院に対して義仲は反発を示した。後白河院は北陸道などに関しては譲歩を示したが、義仲を制肘する姿勢を取り続けたらしい。義仲に平家の追討を迫る一方で、頼朝に上洛を促し、義仲の警戒心をあおりたてる。義仲は頼朝の動勢と勢力を増しつつある平家の動きによる圧力を受け、また後白河院の謀略に不安を募らせ、場あたり的な行動を繰り返している。玉葉に記される噂や談話から推測すると、義仲は後白河院を軍営に伴って、北陸に退く、平家を討つ、あるいは頼朝を討つなどの考えを廻らしていたらしい。行家はそうした情況の下で、あるいは後白河院による調略もあったのか、義仲との間に疎隔を生じていった。そうしたなか、閏一〇月一九日、義仲の邸において、後白河院を奉じて頼朝を討つ案が話し合われた時、行家は義仲と対立、その案に反対を唱えた。そしてその後、両者の対立は表面化し、亀裂が深まっていったらしい。

　次に閏一〇月一九日の出来事を記す玉葉の同二〇日の記事を掲出する。

　「二〇日。辛巳。（前略）今日静賢法印為院御使、向義仲之家。仰云、其心（義仲の心）不説（悦の意）之由聞食。仔細如何。不申身暇、俄可下向関東云云。此事等所驚思食也云云者。申云、奉怨君事二ケ条。其一ハ、被召上頼朝事、雖申不可然之由、無御承引。猶以被召遣了。其二ハ東海東山北陸等之国々所被下之宣旨（いわゆる一〇月宣旨）云、若有不随此宣旨之輩者、随頼朝命可追討云云。此状為義仲生涯之遺恨也云云。又、於下向東国之条者、頼朝上洛者、相迎可射一矢之由、素所申也。而已以差数万之精兵、令企上洛其身不上云云。仍為相防、欲下向。更不可驚思食。抑、奉具君可臨戦場之由、議申之旨聞食、返々恐申。無極無実也云云。已上義仲申状静賢帰参、欲申此由之処、依御行法之間、不能申入。然間、義仲重以使者、示送静賢之許云、猶々関東御幸之条、殊恐申。早可承執奏之人云云。件事、昨日、行家以下一族源氏等会合義仲宅、議定之間、可奉具法皇之由、其議出来。而行家光長（後に法住寺合戦で義仲と戦って敗死する出羽判官光長）等、一切不可然、若為此議者、可違背之由、執論之間、不遂其事。以件子細、行家令密達天聴云云。義仲申無実、定以詐偽歟。為恐々。兼又、義仲殊有申請事云云。可討頼朝之由、賜一行之證文、欲見東国之郎従等云云。此事已大事也。不能左右云云。又伝聞、平氏党類出九国、向四国之間、甚尩弱。而今度官軍敗績之間、平氏得其衆、勢太強盛。於今者、輙不可得進伐云云。而義仲等称甚安平之由、是又偽言云云。天下滅亡、只在今来月歟」　（玉葉・寿永二年閏一〇月）

　巻三四の補注四五に掲出した玉葉の記事によると、行家はその後、独自の行動をして、京都を離れ河内に滞在するといった態度に出ていたらしい。

三八　「八日。戊戌。天晴。今日、備前守源行家為追討平氏進発。見物者語云、其勢二七〇余騎云云。太為少如何云云。今日、義仲已打立。只今如乱逢事、院中已下京都諸人、毎家鼓騒。抑、神鏡剣璽、無事奉迎取之条、朝家第一之大事也。而君臣共無此沙汰。仍余竊以此趣、含行家了。全無親睦之縁。然而偏依思社稷、招或僧具以聞達了。中心之誓上天可鑑耳。

」　　　　　　　　　　　　　　　　　（玉葉・寿永二年一一月）
「八日。（前略）今日、備前守源行家為追討平氏発向。父子駕車。今夜宿鳥羽。或者云、追討使駕車例何時事乎云云。又云、進発之時降雪。為源氏為吉事云云。出門所具之軍兵三百余騎也。可及三千騎云云」
　　　　　　　　　　　　　　　　　（吉記・寿永二年一一月）
「八日。備前守行家為追討平氏、下向於播磨国合戦。行家兵敗云云。或云、平家被追出鎮西」　　　　　（百錬抄・寿永二年一一月）

二九　「二日。壬戌。天晴。伝聞、義仲差使送平氏之許在播磨国室、泊云云。乞和親云云。又聞、去二九日、平氏与行家合戦。行家軍忽以敗績。家子多以被伐取了。忽企上洛云云。又聞、多田蔵人大夫行綱引籠城内、不可従義仲命云云」　　　　　（玉葉・寿永二年一二月）
「二八日。戊午。（前略）又、自安芸志芳庄、脚力到来云、平氏前陣着室泊辺、追討使着馳前宿云云」　　　　　（吉記・寿永二年一一月）
「三日。癸亥。天霽。平氏一定可入洛云云。行家去二八日合戦之由、世ニ嗷々。（後略）」　　　　　（吉記・寿永二年一二月）
「七日。丁卯。（前略）□□号木良先生。平氏也。参河国平男入来。相伴行家、為追討平氏下向者也。談去月二八日合戦次第。行家郎従百余人死去、或被生虜云云」　　　　　（吉記・寿永二年一二月）

三〇　「京中追捕物取等已及公卿家。又松尾社司等相防之間、放火于社司等家。梅宮社及神殿追捕、広隆寺及金堂追捕、度々合戦。行願寺又追捕云云。其外在々所々不遑記。尽天下一時魔滅已在此時歟」

　　　　　　　　　　　　　　　　　（吉記・寿永二年七月三〇日）

「或人云、頼朝、去月二七日出国、已上洛云云。但不信受。義仲偏可立合支度云云。天下今一重暴乱出来歟。凡近日之天下、武士之外無一日存命計略。仍上下多逃去片山田舎等云云。四方皆塞。（中略）畿内近辺之人領、併被刈取了。段歩不残。又京中片山及神社仏寺人屋在家、悉以追捕。其外、適所遂不慮前途之庄公之運上物、不論多少、不嫌貴賤、皆以奪取了。此難及市辺、昨日失買売之便云云」

　　　　　　　　　　　　　　　　　（玉葉・寿永二年九月三日）

「近日、京中物取、今一重倍増。（中略）所憑只頼朝之上洛云云」

　　　　　　　　　　　　　　　　　（玉葉・寿永二年九月五日）

「（義仲の申し状）又、依恐平氏之入洛、院中之緇素、洛中之貴賤、運資財、匿妻子、太非穏便。早可有御制止」

　　　　　　　　　　　　　　　　　（玉葉・寿永二年閏一〇月二三日）

「於資貯者、北陸武士乱入京師之時、不残一物、奪取畢。其後、有何財宝」　　　　　（貴嶺問答・九月二三日往状）

「一、今年九月九日御祭、神輿不奉渡旅所。自釈迦堂後奉渡西大門居祭也。其故者、源氏郎等眷属乱入、所々道場行追捕、依奪取物、当寺為妨其難、辻々并所々路々構垣楯矣。取壊事依有其煩也。馬長不乗之巫不乗也」　　　　　（醍醐寺雑事記）

「木曾冠者、花洛に乱入のとき、たゞ一日聖教を見ざりき」

　　　　　　　　　　　　　　　　　（法然上人行状絵図巻五）

巻三十四

一　「寺ノ宮ハ尊星王法ヲコナハレケリ。院、事ヲハシマスベクハ、カハリマイラセント、祭文ニカヽレタリケリトゾ申シ」（愚管抄巻五）

二　「一八日。戊申。天霽。（中略）仁和寺宮已下宮々并山座主、及他僧綱僧徒、各相具武士、候辻々。或引防雑役車、或引逆毛木、掘堰。警固之体、非言語之所及也。但偏是天魔之結構也」
　　　　　　　　　　　　　　　　　（吉記・寿永二年一一月）

「カヤウニテスグル程ニ、コノ義仲ハ頼朝ヲ敵ニ思ヒケリ。平氏ハ西海ニテ京ヘカヘリイラント思ヒタリ。コノ平氏ト義仲ト云カハシテ、一ニナリテ関東ノ頼朝ヲセメント云事出キテ、ツヽヤキサヽヤキナドシケル程ニ、是モ一定モナシナドニテアリケルニ、院ニ候北面下﨟友（知）康・公友ナド云者、ヒタ立ニ武士ヲ立テ、頼朝コソ猶本体トヒシト思テ、物ガラモサコソキコヘケレバ、ソレヲヲモハヘテ、頼朝ガ打ノボランコトヲマチテ、又義仲何ゴトカハト思ケルニテ、法住寺殿院御所ヲ城ニシマハシテ、ヒシトアフレ、源氏山々寺々ノ者ヲモヨホシテ、山ノ座主明雲参リテ、山ノ悪僧グシテヒシトカタメテ候ケルニ、義仲ハ又今ハ思ヒキリテ、山田・樋口・楯・根ノ井ト云四人ノ郎従アリケリ、我勢ヲチナンズ、落ヌサキニトヤ思ヒケン、寿永二年一一月一九日ニ、法住寺殿へ千騎内五百余キナンドゾ云ケルホドノ勢ニテハタトヨセテケリ」

（愚管抄巻五）

三　平家都落に際して入京し、義仲が京師守護に任じられた時、ともに京中守護の役割を与えられた軍事貴族的な相伴源氏が一一名いる（ただし仁科盛家のみは平姓を称する）。本書巻三二・福原管絃講の本文によってその名前を記すと次のようである（延慶本第三末・京中警固ノ事義仲注申事は同じ。吉記・寿永二年七月三〇日の記事は小異があるので、それのみ括弧に入れて注記する）。

①右衛門尉有綱頼政卿孫（源三位入道子息）　②高田四郎重家　③泉次郎重忠　④出羽判官光長　⑤保田三郎義定　⑥村上太郎信国　⑦葦敷太郎重澄（重隆）　⑧十郎蔵人行家　⑨山本左兵衛尉義経（兵衛尉）　⑩甲賀入道成覚（甲斐）　⑪仁科次郎盛家

（これら一一名に関しては巻三二の補注二六参照）

これら相伴源氏は義仲からなかば独立した勢力であり、義仲の意向にのみ従っていたのではない。義仲も彼等の協力を取りつけるためには合議の体制をとらざるを得なかった。巻三三の補注二七の玉葉の記事はその一端を示すものだろう。その折りは⑧行家と④光長が義仲の意向に反対の意を示し対立している。⑧行家は義仲と同格の存在として振舞おうとしており、義仲と対立離反して法住寺合戦以前に既に河内国に下向していた。光長は法住寺合戦では後日河院がたについて討死をとげている。他の相伴源氏の法住寺合戦の際の動向は定かではないが、合戦後の一二月三日に行われた解官の折りには①有綱、⑥信国⑦重隆⑪盛家が解官されている。その折りには他に左衛門尉藤原助頼、同源経国、左兵衛尉源義任、右兵衛尉平康盛も解官されている（吉記・寿永二年一二月三日）が、そのうちの二人は系譜は未詳だが在京の源氏の有力武士である。また助頼は越前斎藤氏であり、北陸勢の一部もまた義仲から離反していたらしい。盛衰記と延慶本において後白河院がたで戦った源氏の有力武士として記される人々に、七条末を固めた摂津源氏の多田蔵人、豊島冠者、太田太郎（以上三人は人物を特定できない）、南門を固めた河内守光助と弟蔵人仲兼（延慶本は河内守光資と弟源蔵人仲兼。世系未詳）、南門を通って落ちていった錦織冠者義広、そして討死をとげた④光長とその子光恒（延慶本は光経。尊卑分脈も光経）などがある。

相伴源氏また在京の有力源氏さらには北陸勢の一部もまた法住寺合戦以前において義仲との間に隙を生じていたのであり、ただでさえ不安定であった義仲の軍事的基盤は動揺の度を強め、その軍事的勢力は著しく弱体化しはじめていた。

四　「八日。丙寅。（前略）又、下河辺庄司行平依仰調献御甲、今日、自持参之。開櫃蓋置御前。相副紺地錦御甲直垂上下。御覧之処、冑後付笠標。（頼朝）仰曰、此簡付袖為尋常儀歟、如何者。行平申云、是曩祖秀郷朝臣佳例也。其上、兵本意者先登也。進先登之時、敵者以名謁知其仁。吾衆自後見此簡、可必知某先登之由者也。但可令付袖給否、可在御意。調進如此物之時、用家様者故実也云云。于時蒙御感」

（吾妻鏡・文治五年七月）

五　「武王伐紂、都洛邑。海内神相謂曰、今周王聖人、得民心乎。当防之。随四時而風雨。陰寒雨雪十余日、深丈余。甲子平旦、有五大夫乗馬車従両騎。止門外。欲謁武王。武王将出、不見。太公曰、不可。雪深丈

（太公金匱）

余而車騎無跡。恐是聖人」

「跡なしと思ひし雪のしるへにそ深き心の末はとほりし

大周天闕路　今日海神朝　周の武王殷紂をうたんとし給へるに、都に冬の天雲さえ、雪ふれる事十余日。高さ一丈五尺迄になりぬ。ときに、いつつの車、ふたりの馬のり、門の外に来り臨て云、王をたすけて紂をうたん、といひて、さりぬ。車馬の跡なし。海神の天の使として来れるなりけり。つゐにうつ事を得たり」　（百詠和歌第一・天象部・雪）

「昔、周武王、殷紂を討とするに、冬天雲さえて雪降事高丈にあまりぬ。五車二馬に乗人、門外に来て、王をたすけて紂をうつべしといひてさりぬ。深雪に車馬のあとなし。海神の天の使として来なりけり。しかうして討事を得たり。又、漢高祖、韓信がいくさにかこまれてあやうかりけるに、天俄に霧ふり、くれをなして、高祖のがるゝ事を得たりといへり」

（六代勝事記　頼朝による関東平定後の下野国における合戦を叙するところ）

六　「又（漢書）曰、漢高祖、至平城、匈奴囲上七日。天大霧。漢使人還往、胡不覚。後得免平城之難」　（太平御覧巻一五・天部・霧）

「霧　漢帝出平域　漢高祖、韓信をうち給ふに、韓信がいくさ、かへりて高祖を本城にかこめるとき、天より雲霧、雨雪くたりて、世中くれたるがごとし。高祖、陳平がはかりことに随て、此まぎれに、にげのがれ給へり。又、陰陽みだれて、きりと成といへり」

（百詠和歌巻一・天象部・霧）

七　「一九日。己酉。天陰。時々小雨。早旦人告云、義仲已欲襲法皇宮云云。余不信受之間、暫無音。以基輔令参院、令尋仔細。午刻帰来云、已参上之由、雖有其聞、未無其実。凡院中之勢甚為少。見者有興違之色云云。光長又来、為奏院退出了。然而義仲之軍兵、已分三手、必定寄之風聞、猶不信用之処、事已実也。余亭依為大路之頭、向大将之居所了。不経幾程、黒煙見天。是焼払河原之在家云云。又作時両度。于時未刻也。或云為吉時云云。及申刻、官軍悉敗績。奉取法皇了。義仲士卒等歓喜無限。即奉渡法皇於五条東洞院摂政亭了。武士之外、公卿侍臣之中矢死傷之者、十余人云云。夢歟非夢歟。魂魄退散、万事不覚。凡漢家本朝天下之乱逆、雖有其数、未有如今度之乱。義仲者是天之誡不徳之君使也。其身滅亡、又以忽然歟。憖生見如此之事、只可恥宿業者歟。可悲々々。摂政未合戦之前、被逃宇治之方了云云。入夜定能卿竊来母堂之許。即日来余居所之北隣也。今日、二位中納言兼房参院。合戦之間、為雑人被隔僕従乗物等、歩行而迷出、当時在小屋。可送乗物之由、以雑色男被示送。仍相具牛車等、送遣之処、尋失了云云。後聞歩行来法性寺僧都之許云云。及深更被帰家了云云。日来都籠居之人何故今日被院参哉。尾籠之甚、可謂嗚呼々々也。定為天下之沙汰歟。主上、実清卿奉相具云云。未知其御在所云云。今夜宿大将亭」　（玉葉・寿永二年一一月）

「一九日。己酉。天霽。午刻南方有火。奇見之処、院御所辺云云。再三雖進人、依為戦場、敢以不通。雖馳意馬、不能参入。徒見南方空及夕陽。縦横之説信不信之処、及日入、院御方令逃落給之由有風聞。嗚咽之外更他事不覚。後聞、御所四面皆悉放火、其煙偏充満御所中、万人迷惑。義仲軍破入所々、不能敵対。法皇駕御輿、指東臨幸。参会公卿十余人、或鞍馬、或匍匐逃走四方。雲客已下不知其数。女房等多以裸形。武士、伯耆守光長、同子廷尉光経已下合戦。其外併以逃去。義仲於清隆卿堂辺追参、脱甲冑参会。有申旨、於新御所辺駕御車。于時公卿修理大夫親信卿、殿上人四五輩在御供。渡御摂政五条亭云云。今年闘諍堅固当百三十三年。而保元已後連々雖有逆乱、何時可及今度哉。於根元者、故不記之。偏是讃岐院怨霊之所為歟。天照太神不令奉守給。雖先世御果報、可悲可歎。筆端難及。後代有恐。然而諸人定以記歟。憖録大概而已。今日参入公卿

花山院大納言兼雅　権中納言兼房　民部卿成範　前源中納言雅頼　三条

中納言朝方　藤中納言頼実　左京大夫脩範　修理大夫親信　左宰相中将定能　源宰相中将通親　大貳実清　刑部卿頼輔　大蔵卿泰経　治部卿顕信　新三位季能　新宰相中将泰通　右大弁親宗
殿上人
頭弁兼光朝臣　已下不知交名
入夜所々有火。伯州光長宅、又山座主三条房等也。今日賀茂臨時祭也。而依天下乱逆無其沙汰云云」（吉記・寿永二年一一月）

「一九日。左馬頭義仲率軍兵寄攻院御所法住寺南殿、放火。官軍敗績。法皇駕輿、出御北門。渡御新日吉。義仲兵乱入。公卿殿上人各逃去。園城寺円恵法親王法皇御子、天台座主明雲、越前守信行、近江守重章、主水正近業亡命。上皇於河原駕車、渡御摂政五条第。主上渡御御母儀七条亭云云」（百錬抄・寿永二年一一月）

八　「二二日。壬子。天晴。早旦大夫史隆職告送云、権大納言師家任内大臣、可為摂政之由被仰下了云云。昨夜丑刻云云。及晩隆職来語云、主上御閑院云云。今朝参新摂政。人々済々。前摂政（基通）居所近々。事甚掲焉云云。余免今度事、第一之吉慶也。伝聞、座主明雲合戦之日、於其場被切殺了。又八条円恵法親王、於華山寺辺被伐取了。又権中納言頼実卿、着直垂折烏帽子等、逃去之間、武士等不知為卿相之由、引張天欲斧処、自雖称其名、衣装之体非尋常之人。偽称貴種也、猶可打頸之由、各沙汰之間、下男之中、有見知之者、称実説之由。仍忽免死。武士等相共、送父大臣之許云云。大臣憂喜相半、与纏頭於武士等云云。抑、今度之乱、其詮只在明雲円恵之誅。未聞貴種高僧遭如此之難。為仏法為希代之瑕瑾。可悲々々。又人々運報、誠難測事歟。前摂政去七月乱之時、専可去其職之処、依法皇之艶気、無動揺。今度依何過怠、被奪所職哉。入道関白（基房）之許、送書札、賀其子吉慶事。本意之由有報札。又以使者、遣義仲之許。是等為遁当時之害也。又聞、大外記頼業子直講近業、中流矢失命云云。但未聞一定。仍問遣父真人之許。今日送訪札於前摂政之許。此日依天下穢、無大原野祭。仍不奉幣。但神斎如恒。依殿暦説也」（玉葉・寿永二年一一月）

「サテ、山ノ座主明雲、寺ノ親王八条宮ト云院（後白河院）ノ御子、コレ二人ハウタレ給ヌ。明雲ガ頸ハ西洞院河ニテ、モトメ出シテ、顕真トリテケリ。カヽリケルホドニ、ソレニグシテ見タル者ノ申ケルハ、我カタメタル方（最勝光院）落ヌト聞テ、御所ニ候ケルガ、長絹ノ衣ニ香ノケサゾキタリケル、コシカキモ何モカナハデ、馬ニノセテ、弟子少々グシテ、蓮花王院ノ西ノツイヂノキハヲ、南ザマヘ逃ケルニ、ソノ程ニテ、ヲヽク射カケヽル矢ノ、鞍ノシヅハノ上ヨリ腰ニ立タリケルヲ、ウシロヨリ引ヌキケル。クヽリメヨリ血ナガレ出デケリ。サテ南面ノスヱニ田井ノアリケル所ニテ、馬ヨリ落ニケリ。武者ドモ弓ヲヒキツヽ追ユキケリ。弟子ニ院ノ宮、後ニハ梶井宮（後白河院の皇子承仁法親王）トテ、キト座主ニナラレタリシハ、十五六ニテ有ケルハ、カシコク、ワレハ宮ナリ、ト名ノラレケレバ、生ドリニ取テ、武者ノ小家ニ唐櫃ノ上ニスヱタリケリ、トゾ聞ヘシ」（愚管抄巻五）

九　「八条宮ハ、グシタリケル人、アシク、衣ケサナンドヲヌガセ申テ、コンノカタビラヲキセタテマツリタリケレバ、ハシリカヽリテ武者ノキラントシケルニ、ウシロニ少将房トテ、チカクツカハレケル僧ハ、院ノ御所ニ候源馬助俊光ト云ガアニ也、ソノ僧ノ、アニ、ト云テ、手ヲヒロゲタリケルカイナヲ、打落スマデハ見キ、ト申者アリケリ」（愚管抄巻五）

一〇　「院ノ御前ニ御室ノヲハシケル、一番ニ逃給ヒニケリ。口惜キ事也、トゾ人申シ」（愚管抄巻五）

一一　補注七の玉葉、吉記、百錬抄参照。また一代要記も同じく、次のように記す。
「一院令逃給。至新日吉辺妙音堂太政入道家、義仲見付之、奉迎五条東洞院摂政御所。殿自宇治令逃南都方給。第三日帰京。然而無許容」

（一代要記己集）

摂政基通は補注七の玉葉によると合戦開始前に宇治の方に逃避し奈良に潜んでいたらしい。そして二一日に京都に帰ってきたことが玉葉、吉記の同日の記事それに一代要記からも分かる。

二二　「二〇日。庚戌。天晴。伝聞、入道関白自去夜、参宿五条亭。義仲迎寄云云。花山大納言逃向日野方云云。或人云、雅賢被搦取了。又、資時被伐取了云云。但不知一定説。後聞両人共搦取在武士之許云云」（玉葉・寿永二年一一月）

二三　「二四日。甲寅。以侍外記大夫政職遣大外記頼業之許、弔其子親業安否。去一九日、於戦場夭亡之由、有風聞之故也」（玉葉・寿永二年一一月）

二四　「二一日。辛亥。今日伯耆守光長巳下首百余、懸五条河原。人以目云云。義仲検知云云」（吉記・寿永二年一一月）

「二〇日。院中輩首百十一懸五条河原。義仲監臨。軍呼三度。主上密々還御閑院。参議修範卿出家。人以称美」（百錬抄・寿永二年一一月）

「同（一一月）一九日　院与左馬頭義仲合戦。院被落被捕了。法住寺南殿御所焼了。天台座王法務大僧正明雲、三井寺長吏宮共被射殺了。刎頸懸者一三〇人。此外不知其数」（醍醐寺雑事記上之下）

二五　補注八の愚管抄の本文も参照すべし。

「山座主ガ頸ヲトリテ木曾ニカウ〳〵ト云ケレバ、ナンデウサル者、ト云ケレバ、タヾ西洞院川ニステタリケルナメリ」（愚管抄巻五）

二六　「第五に、怨憎会苦と申は（中略）聖徳太子は救世観音のすいじやくなり。されども守屋の大臣が首きりたもふ《ママ》。弘法大師は則第三地の菩薩なり。しかれども守敏僧都を調伏し給ひてき。まして震旦は合戦を先とし、煙塵を業とする国なれば、かぞへ申に及ばず。しかれども少々申侍るべし。（中略）況や天竺は国も広く、人の心もおほきなれば、かやうの事多く侍るなり。（中略）引正太子は龍樹ぼさつの命をうしなひ、舎衛国のあき人は仏弟子伽留陀夷を殺す。神通第一の目連、竹枝《ママ》外道にうたれ、無上の位にの給《ママ》ひし釈迦如来、提婆達多に御はぎをうたれ給ふ」

（宝物集　九冊・第二種七巻本の第二）

一巻本は龍樹菩薩と引正太子、伽留陀夷と舎衛商人の因縁はない。二巻本はこれらの因縁をすべて欠く。その他の諸本でこれらの因縁を持つもののなかに、「守敏」を「宗円」「修円」とするものもある。

二七　「守敏僧都奉咒咀大師条第八六

守円依有咒咀大師之聞、被修調伏法。而大師於瑜伽座之上、現不動之身。向大壇之時、守敏現大威徳身臨来。共雖現教令輪相、依有次第、不可敢犯上智云云」（大師御行状集記）

弘法大師御伝もこの本文と同じく守敏逝去のことがない。今昔物語集と太平記には両者の験くらべとその結果としての守敏の逝去のことが記される。

二八　「鳥羽法皇叡山御幸之時、前唐院宝物御覧之時、諸人不知事有三ヶノ事。古老僧徒猶不分明云云。而少納言入道乍三申之。一ニハ杖ノサキニ円物ノ綿フクフクト入タルヲ付タル物有。人不知云云。通憲申云、是ハ禅法杖ト申也。修禅定之時、僧ノ所痛アレバ、是ニテ腹胸ナドヲツカヘテ居物也。二ニハ鞠ノ様ニ円ナル物ノチヒサキガ、投レバ有声物ナリ。人又不知之。通憲申云、是禅鞠ト申物也。同修禅之時、眠ナドスルニ、頂ニヲキテ、ネブリ傾ク時ハ落バ鳴也。ソレニオドロカンレウノ物也。今一ハ、木ノ十文字ニ差タル物、人不知之。通憲申云、此ハ助老ト申物也。老僧ナドノヨリカカル物也。大略、脇足体ノ物候云云。諸人莫不感歎云云」

（古事談巻一・王道后宮・通憲、博識ニシテ山門ノ三奇物ヲ解ク事）

沙石集巻二・仏舎利感得シタル人事、金刀比羅本平治物語巻上・叡山物語の事の本文は略す。

二九　「明雲座王、相者にあひ給ひて、おのれ、もし兵仗の難やある、と尋ね給ひければ、相人、まことにその相おはします、と申す。いかなる相ぞ、と尋ね給ひければ、傷害の恐れおはしますまじき御身にて、かりにもかく思し寄りて尋ね給ふ、これ既に、その危ぶみのきざしなり、と申しけり。はたして矢にあたりて、失せ給ひにけり」

（徒然草第一四六段）

二〇　釈迦の九悩は大智度論巻九（大正新修大蔵経第二五巻の一二一頁下段）にも記されるが、ここには法華経直談鈔の本文を掲げる。

「大論第九云、仏有九悩矣。一ニハ（中略）五ハ瑠璃王殺釈氏ヲ。婆斯匿王ノ太子ニ瑠璃太子ト云ハ釈摩難ト云人ノ所ニ細々行テ、弓ヲ稽古シ給也。有時、釈摩難請シテ仏ヲ、説法サセ申時、瑠璃太子来テ説法ノ堂ヲ踏鐡タリ。其時、五百人ノ釈氏出テ、汝ハ何ナル者ナレハ我カ堂ヲ穢スソト、トカメケリ。太子是ヲ口惜思テ、其罸リヲ散トテ、於後日ニ、五百人ノ釈氏ヲ自ラ取利剣ヲ、殺タリ。是モ仏ノ悩也。（下略）」

（法華経直談鈔巻第六末・見宝塔品第一一・二四仏九悩之事）

本書により近いのは興起行経巻上、毘奈耶雑事などに原拠を持つ因縁だが、ここでは沙石集巻一に記すものを掲げる。

「仏ノ在世ニ五百ノ釈種、吠瑠璃太子ニウタレシヲ、釈尊モヱ助ケ給ハズ。釈尊ノ御親類ナレバ、イカナル神通ヲモ運テ、助給フベキニ、ト、人不審申セシカバ、其ノ不審ヲ開カン為ニ、一人ノ釈種ヲ御鉢ノ中ニ入レテ、天上ニ隠シヲカセ給ヒシモ、余ノ釈種ノウタレシ日、自然トシテ、御鉢ノ中ニシテ死セリキ。彼因縁ヲ説給ヘルハ、五百ノ釈種、昔五百人ノ網人トシテ、一ノ大キナル魚ヲ、海中ヨリ引アゲテ害タリシ故也。彼大魚トイフハ、今ノ瑠璃太子也。我其時童子トシテ、草ノ葉ヲ以テ魚ノ頭ヲ打タリシ故ニ、今日頭痛ナリ、ト仰ラレテ、釈尊モ其日御悩有キ。況ヤ凡夫ノ位ニ、因果ノ理、遁レナンヤ」

（梵舜本・沙石集巻一・七神明道心ヲ貴ビ給フ事）

二一　「二一日。辛亥。（前略）参議正三位左京大夫脩範卿、昨日於醍醐寺出家之由聞之。元自有其志。当此時遂素意。可随喜感歎者也。年四十一。故信西入道末子。母紀伊二位、法皇御乳母也」

（吉記・寿永二年一一月）

百錬抄の本文は補注一四に掲げた。

二二　「二一日。権大納言師家卿年一一関白子。入道任内大臣。可為摂政藤氏長者之由宣下。無節会。内大臣実定喪之後、未復任。被借召之」

（百錬抄・寿永二年一一月）

また補注八の玉葉、補注二三の吉記参照。

二三　基通は後白河院の寵愛を受ける身であったらしく、そのため平家の婿であったにもかかわらず平家都落の後も失脚を免れてきた（補注八の玉葉の記事）。しかしこの度は、庇護者である後白河院は敗残の身で支配力を大きく減じ、また合戦に際しての基通の奈良への逃避行は一時的に後白河院の不興を買うことになって（補注一一の一代要記の記事）、基通は後楯を失っていた。兼実は義仲に同調して政治の中枢にいるという状況に陥いることを警戒していて、政治の動向から一歩ひいたところに身をおこうとしていた。玉葉・寿永二年一一月二一日の次の記事にはそのことを記している。

「二一日。辛亥。（前略）余密々祈請云、今度義仲若行善政者、余当其仁。此事無極不祥也。仍今度事、不可入其中、不可順義仲之由、聊謝仏神了。莫言々々」

そうした状況のなかで、平家の都落の後、政治の中枢への返り咲きを図っていた基房はこの時を好機とみて、義仲を利用して地歩を固めようとしたのだろう。後白河院は基通不在の基通の五条東洞院第に幽閉されたのだが、基房はそこに参上する。義仲が彼を呼び迎えたのだともいう（補注一一の玉葉）。そして自らの将来に不安を抱き、かつ基通への不快の念に捉われていた後白河院を口説いて、基房はこの摂政の交替劇を実現させたのだろう。基房が朝廷における主導権を握ろうとして、この強引な沙汰を行ったということは当代の人々にも知られていた。たとえば吉記の次の記事はそのことを示している。

「二一日。辛亥。（前略）今夜権大納言師家可為摂政之由宣下。上卿権中納言頼実卿奉行也。重日如例。長者宣下、大外記師尚持参花山院亭。蔵人少輔親経家司覧之云云。陣儀可尋注。被任内大臣云云。頭中将隆房朝臣深更参内府実定、暫可被避之由触申云云。誰人使哉。如風聞者、天下庶勢入道関白殿（基房）御沙汰云云。大臣借用未聞此例。無上表推被任之。乱世之政可驚事歟。又前殿下（基通）今度罪科何事哉」

（吉記・寿永二年一一月）

また慈円も同様の理解をしていたことは補注二四の愚管抄に見えている。

二四　「二三日。癸丑。天晴。此日帰北家。伝聞、内大臣非解官、借用云云。凡闕官ハ三也。所謂死闕、転任、辞退也。借官始之。于当今禅門之計可然々々」（玉葉・寿永二年一一月）

また補注二二の百錬抄、補注二三の吉記にも借用という前例のない非常措置であったことが記されている。愚管抄にもそのことが記されている。

「サテ義仲ハ松殿（基房）ノ子一二歳ナル中納言、八歳ニテ中納言ニナラレテ八歳ノ中納言ト云異名アリシ人ヲ、ヤガテ内大臣ニ成シテ摂政・長者ニナリ、又大臣ノ闕モナキニ実定ノ内大臣ヲ暫トテカリテナシタレバ、世ニハカルノ大臣ト云異名又ツケテケリ。サテ松殿世ヲオコナハルベキニテアリキ。サシモ平家ニウシナハレ給テシカバ、コノ時ダニモナド云心ニコソ」

（愚管抄巻五）

二五　宝物集（九冊・第二種七巻本）の本文のみを掲げる。

「我朝にもか様の事多く侍るめり。軽の大臣と申ける人、遣唐使にて渡りて侍りけるを、如何成事か有けん、物いはぬ薬をのませて、身には絵を画、かしらには灯台と云物をうちて、火をともして、灯台鬼と云名を付て有と云事を聞て、其子ひつの宰相と云人、万里の波を分て、他州震旦国まで尋行て見給ければ、鬼泪をながして、手の指をくひ切て血を出してかくぞ書給ひける。

我是日本花京客　汝即同姓一宅人
為父為子前世契　隔山隔国恋情辛
経年流涙蓬蒿宿　逐日馳思蘭菊親
形破他州成灯鬼　争帰旧里寄斯身

是を見給ひけん子の御心、いかばかり覚し給ひけん。さて、唐の御門にこひとりて、日本国へ具して帰り給ひしとぞ申ためる。子ならざらん人、他州震旦まで行人侍りなんや。

此事日本紀以下諸家の日記にみえず。さ程の人、名をしるさず。無不審に非ず。遣唐使の唐にとゞまるは、きよかはの宰相、安倍仲麿等也。但、大和国に軽寺と云所あり。彼大臣帰朝の後、建立といへり。能々定説を可尋也」

（宝物集巻一・子宝の条）

二六　愚管抄と平治物語の本文を掲げる。

「（平治の乱の頭初、信西とその一族を追却した藤原信頼と麾下の武者達が官加階をなされたのに対して）太政大臣伊通公其比左大将にておはしけるが、才学優長にして、御前にても常におかしき事を申されければ、君も臣も大にわらはせ給て、御遊もさむるほど也。内裏にこそ武士共のし出したる事もなくて、官加階を成るなれ。人をおほく殺たる計にてくわんかかひをならんには、三でう殿の井こそ人をばおほく殺したれ（後白河院の御所三条殿の井戸。信頼・義朝の軍勢の放った火を避けて大勢の人が飛び込み多くの死者がでたことが、少し前に記されている）。など、其井は官は成ぬ、とぞ咲ける。（平治物語巻上・信西の子息尋ねらるる事付けたり除目の事并びに悪源太上洛の事）

「サテ義朝ガ頸ハトリテ京ヘマイラセテワタシテ、東ノ獄門ノアテノ木ニカケタリケル。ソノ頸ノカタハラニ歌ヲヨミテカキツケタリケルヲミケレバ、

下ツケハ木ノ上ニコソナリニケレ
ヨシトモミヘヌカケヅカサ哉

トナンヨメリケル。是ヲミル人カヤウノ歌ノ中ニ、コレ程一文字モアダナラヌ歌コソナケレトノヽシリケリ。九条ノ大相国伊通ノ公ゾカヽル歌ヨミテ、オホクオトシ文ニカキナドシケルトゾ、時ノ人思ヒタリケル」

（愚管抄巻五）

二七　「されは、きそよしなかほと、あらけなき、ふしは候はぬか、をんなかたは、すき候て、大りにありける、うゑもんのなひしをみて、恋にしのひかね、やう〳〵中たちをたつね、やう〳〵の事にて、かのをんな、しのひていて給ひぬ。さて、あけの日、なかたちきて、よへのまれ人は、ととひし時、よしなか、うちわらひて、さかりよきをんな、あたら、きすのあるぞ、といふ。いかなるきすそ、といへは、てにきなつめかありつるそ。いかやうなる事にか、といへり。中人あやしくて、まいりて、しか〳〵こそ申され候へ、と申せは、をんな、うちゑみて、いま一たひゆかんとおもふといへ、とありしかは、そのよし申。よしなか、よろこひて、さん《(ママ)》しやうして、むかへたり。やかて、さかな、ひわをもたせられけれは、此女はう、ひきよせて、思ふさま、しらへられけるに、かしこきおとこにて、てんしゆのかたに、てをかけて、いとをしめらるゝをみて、さては、このうへなり、と心えて、いまはのきは、たくひなく思ひかはしけるとかや。へいつくをんなにこそ、きねのつめはあれ。それをきそみならいて、いひけるを、女はう心えて、ひわひきて、みせられけるそ、やさしき」

（天理本・女訓抄巻中・第一八話）

六　「二八日。院近習人中納言朝方卿以下数十人解官。兼雅卿被止出仕。所領収公」

（百錬抄・寿永二年一一月）

「二八日。戊午。（前略）今日有解官事。不知是非。嗟嘆。悲哉々々。

中納言藤原朝方　参議右京大夫讃岐権守同基家
太宰大貳同実清　大蔵卿高階泰経
参議右大弁平親宗　右近中将播磨守源雅賢
右馬頭同資時　肥前守源康綱
伊豆守同光遠　兵庫頭藤章綱
越中守平親季　出雲守藤朝経
壹岐守平知親　能登守高階隆経
左衛門尉平知康　若狭守源政家
備中守源資定　右衛門尉中原知親
藤信盛　橘貞康
源清忠　清原信貞
藤資定　藤信景
卜部康仲　右衛門尉源季国
藤友実　安倍資成
左兵衛尉藤時成　藤定経
同実久　平重貞
藤家兼　右兵衛尉大江基兼
平盛茂　藤基重
左馬允藤重能　藤道貞
同基景　同遠明（カ）
中原親仲　同親盛
平盛久

解職
官掌紀頼兼不知其故

被止出仕
権大納言兼雅卿但無解官事

今度逢事人、皆射山（後白河院）近習之輩也。其外基家卿并同家人相交歟。各可被取召所領云云」

（吉記・寿永二年一一月）

「二九日。己未。天晴。宰相中将定能卿来。只今帰参院云云。花山大納言頗成恐之由、示送大将女房之許云云。仍送訪札之報状云、雖不入解官之中、被没官所領、又被停止出仕云云。尤不便事歟。晩頭、大夫史隆職注送解官等。

解官

中納言藤朝方	参議右京大夫同基家
太宰大弐同実清	大蔵卿高階泰経
参議右大弁平親宗	右中将播磨守源雅賢
右馬頭源資時	肥前守同康綱
伊豆守同光遠	兵庫頭藤章綱
越中守平親家	出雲守藤朝経
壹岐守平知親	能登守高階隆経
若狭守源政家	備中守源資定

左衛門尉平知康大夫尉

此外衛府二六人云云」

（玉葉・寿永二年一一月）

二九 ①「一七日。戊寅。天陰。静賢法印密々告送云、昨日義仲参院、申云（中略）又頼朝弟九郎不知実名為大将軍、卒数万之軍兵、企上洛之由、所承及也。為防其事可怱上洛也。若事為一定者、可行向。為不実者、非此限。今両三日之内、可承其左右云者。已上、義仲申状也。（下略）」

（玉葉・寿永二年閏一〇月）

②「二日。壬辰。天晴。伝聞、頼朝去月五日、出鎌倉城、已京上。宿旅館及三ケ夜。而頼盛卿行向議定。依粮料㡯等不可叶、忽停止上洛、帰入本城了。其替出立九郎御曹司誰人哉。可尋聞。已令上洛云云」

（玉葉・寿永二年一一月）

③「一〇日。庚子。（前略）伝聞、頼朝使於供物者着江州了。九郎猶在近江云云。以澄憲法印為御使、遣義仲之許。頼朝使入京、不可欝存之由云云。雖有不悦之色、愁領状歟。於無勢者、強不可相防之由、令申云云」

（玉葉・寿永二年一一月）

④「一日。辛酉。（前略）伝聞、去一一日、候院北面之下﨟二人公友也到伊勢国、告示乱逆次第於頼朝代官九郎并斎院次官親能等也。即差飛脚遣頼朝之許。待彼帰来、随命可入京。当時九郎之勢、僅五百騎。其外伊勢国人等多相従云云。又和泉守信兼同以合力云云。（下略）」

（玉葉・寿永二年一二月）

⑤「一三日。癸卯。天晴。今日自払暁至未刻、義仲下向東国事、有無之間変々七八度、遂以不下向。是所遣近江之郎従以飛脚申云、九郎之勢僅千余騎云云。敢不可敵対義仲之勢。仍忽不可有御下向云云。因之下向延引云云」

（玉葉・寿永三年正月）

三〇 ①「一〇日。己丑。還御鎌倉之処、左典厩（一条能保）被申云、（中略）又、刑部卿頼経、右馬権頭業忠等者、其志偏有予州腹心。廷尉知康同前之由云云」

（吾妻鏡・文治元年一一月）

②「一一日。甲申。去年同意行家義顕等之凶臣事、依二品御欝陶、或被解却見任、或被下配流官符訖。其中、前廷尉知康殊現奇怪之間、被憤申之処、称可陳申、所参向関東也。何様可被沙汰哉。可随勅定之旨、可被申京都之由云云」

（吾妻鏡・文治二年一二月）

③「二三日。乙丑。前廷尉知康同意于行家義顕叛逆。事露顕之後、為遁一旦之難、参向関東訖。断罰之篇、二品頗雖被決賢慮之間、度々雖被伺奏、于今依無左右、言上事等、不預分明之勅裁之条、有恐欝之由、所被仰遣黄門経房之許也」

（吾妻鏡・文治三年一月）

④「二七日。乙未。下河辺庄司行平為使節上洛、又重被申京都条々。

（中略）

一壹岐判官下向事

同意義経行家等者也。随而無別仰。此上可進上歟事」

（下略）」

（吾妻鏡・文治三年八月）

⑤「三日。庚午。付下河辺庄司、千葉介等上洛。洛中群盗以下条々令奏聞給事、悉有勅答。其状今日到来于鎌倉也。

（下略）

院宣云、
　去八月一九日、同二七日等御消息、今月一五日到来。条々事奏聞畢。
一群盗并人々事
　（前略）知康事、下向之時も不奏事由。在国之間も無申入之旨。逐上とも只可在御計。不及沙汰事也。（下略）
（下略）（吾妻鏡・文治三年一〇月）
⑥「二六日。己亥。陰。尼御台所令還給。昨日儀、雖似有興、知康成独歩之思、太奇怪也。伊予守義仲襲法住寺殿依致合戦、卿相雲客及恥辱。其根元起於知康凶害也。又、同意義経朝臣、欲亡関東之間、先人殊令憤給、可被解官追放之旨、被経奏聞訖。而今忘彼先非、被免昵近、背亡者御本意之由、有御気色云云」（吾妻鏡・建仁二年六月）

三一　「二五日。戊戌。陰。尼御台所（北条政子）入御左金吾（源頼家）御所。是御鞠会雖為連日事、依未覧行景以下上足也。此会適可為千載一遇之間、上下入興。而夕立降遺恨之処、即属晴。然而樹下滂沱、尤為其煩。爰壹岐判官知康、解直垂帷等、取此水。時逸興也。人感之。申刻被始御鞠。（中略）臨昏黒事訖。於東北御所有勧盃。及数巡間舞女微妙有舞曲。知康候鼓役。酒客皆酣、知康近御前、取銚子勧酒於北条五郎時連。此間酒狂之余、知康云、北条五郎者云容儀云進退、可謂抜群処、実名太下劣也。時連之連字者貫銭貨儀歟、貫之依為歌仙、訪其芳躅歟。旁不可然。早可改名之由、将軍直可被仰之云云。令可改連字之旨、北条被諾申之」（吾妻鏡・建仁二年六月）
　「一五日。丙辰。有御鞠。員二百卅、百六十之後、秉燭程、将軍家又出御于石御壺。屏中門内召行景、以小鞠令争勝負給。一二三足之後給行景。行景又献上及度々。已員揚百五十之処、壹岐判官知康起座、打落件鞠之間、将軍家入御。行景臨退出之期、知康云、君令落者、公私互可為恥辱。仍知康打落之云云。行景即参御台所、知康所為非指尾籠所存候之由、以女房申之間、頻御入輿云云」（吾妻鏡・建仁二年九月）
　「一九日。己未。雪降積地七寸。将軍家為覧鷹場、令出山内庄給。入夜還御之処、知康候御供。而於亀谷辺乗馬驚騒沛艾之間、忽以落入旧井。然而存命。依之入御御所之後、賜小袖二〇領於知康」（吾妻鏡・建仁二年一二月）
　「一二日。丁丑。知康行景等可上洛之由被仰下。仍為広元朝臣沙汰、今暁各令帰洛云云」（吾妻鏡・建仁三年九月）
　また北条政子の頼家への諫言は、補注三〇の⑥参照。

三二　玉葉は寿永二年一二月二日の記事（巻三三の補注二九）に義仲が播磨国の室にいる平家に和親の使いを送ったとする。また同月五日にも次第に勢力を回復しつつある平家をめぐる動きについての噂を記す。同一三日にも平氏入洛の可能性と義仲との和平の噂を記す。吉記は同月二〇日に平家入洛の可能性と義仲と平家の和親を否定する噂などを記す。
　「五日。乙丑。（前略）伝聞、平氏猶在室。南海山陽両道大略同于平氏了云云。又頼朝与平氏可同意云云。平氏竊奏院有可許云云。又義仲差使示可同意之由於平氏云云。平氏不承引云云」（玉葉・寿永二年一二月）
　「一三日。癸酉。陰晴不定。時々風吹。伝聞、平氏入洛来二〇日云云。或又明春云云。与義仲和平事一定云云」（玉葉・寿永二年一二月）
　「二〇日。庚辰。（前略）日吉社神輿奉返送本社。於湖上押取運上米悪僧房等切焼。又義仲書誓状上山上之由風聞。或者来云、平氏入洛来二二、五、八日之間必然也。門々戸々営々。或説、与義仲和親、或不然云云」（吉記・寿永二年一二月）

三三　玉葉・寿永二年閏一〇月一三日の記事は巻三三の補注一八参照。同一一月四日の記事を次に記す。
　「四日。甲午。天晴。伝聞、頼朝上洛決定止了。代官入京也。今朝云云。今日着布和関云云。先奏事由、随御定、可参洛。義仲行家等於相防者、任法可合戦。不然者過平事、不可有之由仰合云云。又聞、平氏一定

在讃岐国云云。此日降職宿祢来」（玉葉・寿永二年一一月）

三四 「一〇日。庚午。院遷御六条西洞院左馬権頭業忠宅。五条殿有怪異之故云云」（吉記・寿永二年一二月）

三五 「一七日。丁丑。天霽。午時許参院。今日歳末御懺法終也。公卿、堀河大納言（忠親）直衣民部卿（成範）左宰相中将（定能）源宰相中将（通親）已上布衣予等也。頭中将通資朝臣候座末。布施口別被物二重、綿一結、貲布二結各五段敷、已上義仲調進。殿上人資泰、実教等朝臣、已下一〇余輩参上。（下略）」（吉記・寿永二年一二月）

三六 元号撰出の任に当った兼光による兼光卿改元定記も残されているが、当日の公卿僉議の場の一員であった権大納言右大将藤原良通の九槐記の記事、元暦改元定記が、より詳しいので、その該当箇所を次に示す。

「（前　略）
元暦光範所進
大略無難。通親卿云、偽位（涼州張敦自立称王）之年号也。見太平御覧。不及一年。不似普通之年号。此条又不可有難。中々不可及沙汰。経房卿云、件条不及難。暦字本朝最吉也。延暦天暦其外皆以吉也。至于永暦鎮平治、猶以最吉也。尤可被用歟。左府問元暦引文於兼光朝臣。兼光云、尚書之末文考霊曜也。件文不入見在書之目録。然而件条不及沙汰歟。左府又問云、元暦之反音（ギャクまたゲキで逆に通じる）如何。兼光云、年号者反音事宗不可沙汰之由所存也。仍不能申是非候。余云、縦雖反音凶、全不及苦。延喜天暦本朝第一之聖代也。件両号共反音（イ、テキで違、敵に通じる）凶也。然者不可有沙汰歟。
（下　略）」（元暦改元定記）

三七 「一日。辛卯。陰。払暁、四方拝如常。今日無院拝礼院御所不及。改鋪設云云又無小朝拝。為代始而依日次不宜也凶会。未刻、大将飾剣如例参院。即参内。晩頭摂政参入。其後公卿着陣。節会如例。（下略）」（玉葉・寿永三年正月）

「正月一日。辛卯。節会。不進腹赤贄。依西国賊乱也。又無小朝拝。代始為凶会日之故也。今夜子刻已後及遅明、暴風雷雨。将軍墓鳴動」（百錬抄・元暦元年）

三八 「六日。丙申。叙位也。昨日延引。依公家并摂政御衰日也」（百錬抄・元暦元年正月）

「七日。丁酉。天晴。早旦見叙位聞書。新摂政叙正二位越従二位。正三位也木（下略）」（玉葉・寿永三年正月）

「二〇日。庚戌。蒲冠者範頼、源九郎義経等、為武衛御使、卒数万騎入洛。是為追討義仲也。今日、範頼自勢多参洛。義経入自宇治路。木曾、以三郎先生義広、今井四郎兼平已下軍士等、於彼両道雖防戦、皆以敗北。蒲冠者、源九郎、相具河越太郎重頼、同小太郎重房、佐々木四郎高綱、畠山次郎重忠、渋谷庄司重国、梶原源太景季等、馳参六条殿、奉警衛仙洞。此間、一条次郎忠頼已下勇士、競走于諸方。遂於近江国粟津辺、令相模国住人石田次郎誅戮義仲。其外、錦織判官等者逐電云云。

征夷大将軍従四位下行伊予守源朝臣義仲年三一。春宮帯刀長義賢男。寿永二年八月一〇日、任左馬頭、兼越後守、叙従五位下、同一六日、遷任伊予守、一二月一〇日、辞左馬頭、同一三日、叙従五位上、同叙正五位下、元暦元年正月六日、叙従四位下、一〇日、任征夷大将軍

検非違使右衛門権少尉源朝臣義広。伊賀守義経男、寿永二年一二月二二日、任右衛門権少尉元無官、蒙使宣旨」（吾妻鏡・元暦元年正月）

「義仲　号木曾冠者　昇殿　征夷大将軍　左馬頭　伊与守　正五下」（尊卑分脈）

三九 ①「九日。己亥。伝聞、義仲与平氏和平事已一定。此事自去年秋比、連々謳歌。有様々異説。忽以一定了。去年月迫之比、義仲鋳一尺之鏡面、奉顕八幡或説熊野御正体、裏鋳付起請文仮名、云云遣之。因茲和親云云」（玉葉・寿永三年正月）

②「一一日。辛丑。（前略）今暁、義仲下向忽停止。依有物告也云云。来一三日、平氏可入京。預院於彼平氏、義仲可下向近江国云云」
（玉葉・寿永三年正月）

③「一二日。壬寅。（前略）伝聞、平氏此両三日以前送使義仲之許云、依再三之起請、存和平義之処、猶奉具法皇、可向北陸之由聞之。已為謀叛之儀。然者同意之儀可用意云云。仍一一日下向忽停止。今夕明旦之間、可遣第一之郎従字楯云云。即召返院中守護兵士等了云云」
（玉葉・寿永三年正月）

④「一三日。癸卯。（前略。補注二九の⑤の本文）平氏一定今日可入洛之処、不然之条有三之由緒云云。一ハ義仲奉具院可向北陸之由、風聞之故。二ハ平氏遣武士於丹波国、令催郎従等。仍義仲又遣軍兵令相防。然間、平氏一定和平了。仍事一定之後、遣脚力、可引退之由仰遣之処、猶企合戦、平氏方郎従一三人之首已梟了云云。因茲置心遅怠。三ハ行家出逢渡野辺ヲ一箭可射之由令称云云。因此事、遅々。縦横之説雖難取信、依非浮説記之」
（玉葉・寿永三年正月）

四〇「一〇日。庚子。入夜人告云、明暁、義仲奉具法皇、決定可向北陸。公卿多可相具云云。是非浮説云云
（玉葉・寿永三年正月）

四一「六日。丙申。天晴風吹。入夜刑部卿頼輔来。此日叙位云云。或人云、坂東武士已越墨俣入美濃了。義仲大懐怖畏云云。今日向大将（良通）第、及深更帰来」
（玉葉・寿永三年正月）

「八日。戊戌。御斎会始也。世間風聞云、坂東武士令来美濃伊勢等国。義仲為相禦、差遣軍兵等。西国武士平氏、又越来福原辺云云」
（百錬抄・元暦元年正月）

四二「一一日。以伊予守義仲、可為征夷大将軍之由、被下宣旨」
（百錬抄・元暦元年正月）

「一五日。乙巳。（前略）隆職来語云（中略）又云、義仲可為征東大将軍之由、被下宣旨了云云。（下略）」
（玉葉・寿永三年正月）

「一〇日。庚子。伊予守義仲兼征夷大将軍云云。粗勘先規、於鎮守府宣下者、坂上中興以後至藤原範季安元二年三月、雖及七〇度、至征夷使者、僅為両度歟。所謂、桓武天皇御宇延暦一六年丁丑一一月五日、被補按察使兼陸奥守坂上田村麻呂卿、朱雀院御宇天慶三年庚子正月一八日、被補参議右衛門督藤原忠文朝臣等也。爾以降、皇家二二代、歳暦二四五年、絶而不補此職之処、今始例於三輩、可謂希代朝恩歟」
（吾妻鏡・元暦元年正月）

また補注三八の吾妻鏡に記す義仲の卒伝にも元暦元年正月一〇日に征夷大将軍に補任されたとしている。

四三「一六日。丙午。雨下。自去夜京中鼓騒。義仲所遣近江国之郎従等、併以帰洛。敵勢及数万。敢不可及敵対之故云云。今日、奉具法皇、義仲可向勢多之由風聞。其儀忽変改。只遣郎従等、如元警固院中可祗候。又分遣軍兵於行家許、可追伐云云。凡自去夜至今日未刻、議定変々及数十度。如反掌。京中周章無物于取喩。然而及晩頗落居。関東武士少少付勢多云云」
（玉葉・寿永三年正月）

四四「二一日。辛亥。源九郎義経主、獲義仲首之由奏聞。今日及晩、九郎主搦進木曾専一者樋口次郎兼光。是為木曾使、為征石川判官代、日来在河内国。而石川逃亡之間、空以帰京。於八幡大渡辺、雖聞主人滅亡事、押以入洛之処、源九郎家人数輩馳向、相戦之後生虜之云云」
（吾妻鏡・元暦元年正月）

尊卑分脈の石川系図では義兼を石川判官代とし、本書や延慶本も義兼を判官代として登場させる。吾妻鏡では義資を判官代として登場させる。従って吾妻鏡のこの箇所も義資を指すものと思われるが、兼光が攻めたとする石川判官代は義資、義兼のいずれとも決めがたい。

四五「二七日。戊子。天晴。入夜或者来云源氏武者也。源義兼号石川判官代。故兵衛尉義時孫。判官代源朝臣義基子、也。為討平氏、行家来月一日可進発。為伴彼明日先可向河内所領云云。其次語云、義仲与行家已以不和。果以不快出来歟。返々不便云云、其不

和之由緒者、義仲向関東之間、可相伴之由触行家。行家辞遁之間、日来頗不快之上、此両三日殊以嗷々。然間、行家来月朔日必定下向。義仲又為不被奪其功於行家、相具可下向之由風聞云云。如只今者、外相雖不悪、其実必相互指隙歟云云。又云、於行家者、不可立合頼朝之由、内々令議云云」

（玉葉・寿永二年閏一〇月）

四六　「同（元暦元年一〇月）二五日に大嘗会の御禊あり。源九郎大夫判官義経、本陣に供奉す。色白して長短し。容貌優美にして進退優なり。木曾などが有様には似ず、事外に京馴て見えしか共、平家の中に、えりくづと云し人にだにも及ねば、心ある者は皆昔を忍て袖を絞る」

（巻四一・義経拝賀御禊供奉）

義仲そして平家の公達と比較してのこの評価は延慶本第五末・御契ノ行幸之事、覚一本巻一〇・大嘗会之沙汰にも記される。

四七　「十三日。甲戌。今日昼番之間、於広御所、佐々木壹岐前司泰綱与渋谷太郎左衛門尉武重及口論。是泰綱以武重有称為大名之由事。武重咎之云、已亘嘲哢之詞也。於当時全非大名。先祖重国号渋谷荘司者、誠相模国大名内也。然間貴辺先祖佐々木判官定綱于時号太郎牢寵之当初者、到重国之門寄得其扶持。子孫今為大名歟云云。泰綱云、東国大少名并渋谷庄司重国等皆官平氏、莫不蒙彼恩顧。当家独不諛其権勢、棄譜代相伝佐々木庄、遍《ママ》運志於源家。遷住相模国、尋知音之好、得重国以下之助成継身命。奉逢于右大将軍草創御代、抽度々之勲功。兄弟五人之間、令補十七箇国守護職。剰面々所令任受領検非違使也。昔牢寵更非恥辱。還可謂面目之。始重国以秀義為聟之間、令生隠岐守義清訖。被用聟之上、夫非馬牛之類。為人倫之条勿論歟。此上令過言頗荒涼事歟云云。列座衆悉傾耳、敢不能助言云云」

（吾妻鏡弘長元年五月）

四八　中世には洒匂宿から黄瀬川宿に至るのに足柄峠を越える足柄越と箱根を越える箱根越の両道があった。足柄越の道は洒匂宿を出て関本に至り、足柄峠を越えて竹之下を通り横走に至りそこから足柄路を通って黄瀬川宿に着く。箱根越の道は洒匂宿を出て湯坂路を辿り箱根の湯本に至り、そこから箱根路を辿って伊豆国府そして黄瀬川宿に着く。従って洒匂宿—湯本—足柄—黄瀬川とする本書の道筋には明らかに錯誤がある。近道は足柄越か箱根越かという問題もあるが、ここは本文の誤写ないし誤植と見て、「関本」の関を「湯本」の湯に誤った結果の混乱であると見たい。当時、足柄越も箱根越に劣らず利用されていた。因みに延慶本第五本・梶原与佐々木馬所望事ではこの時、義経勢は箱根越の、範頼勢は足柄越の道を取ったとしている。また富士川合戦のとき頼朝は足柄越をして黄瀬川宿に至ったとされる（巻二三・大場降人）。また承久の乱で生虜となった甲斐宰相中将藤原範茂は鎌倉への護送の途次、足柄越の道をとり関本の南の宿付近で斬られたという（承久記巻下）。件の混乱は、後世、箱根越の利用が進み足柄越がすたれるなかで、湯本の名が高くなったことが作用して起った誤写ないし誤植によるものではないか。

四九　馬筏については既に今昔物語集巻三一・陸奥国安倍頼時行胡国空返語第一一に北海道の人々（胡人とする）が馬筏で渡河したと記す。その説話は宇治拾遺物語一八七・頼時が胡人みたる事にも記され馬筏の語も見える。大陸系の人々の馬術として馬筏が記される例は太平記巻四・備後三郎高徳事付呉越軍事にも見える。そこでは呉越合戦において越王勾践の軍勢が馬筏を組んで渡河したとする。

源平合戦の折りは二度の宇治川合戦において馬筏のことが記される。治承四年五月の以仁王の乱の折りの平家軍と寿永三年正月の義経の源氏軍が宇治川を渡ったときのことである。前者は平家物語の覚一本巻四・橋合戦に見える。足利又太郎忠綱の下知で坂東武者が馬筏を組んで宇治川を渡河したことを記す。本書と延慶本には馬筏の語は見えない。その折り馬筏が組まれたことは山槐記・治承四年五月二六日の記事にも見え、「橋上方有歩渡瀬。或又雖深淵、以馬筏郎等二百余騎渡河」と記す。愚管抄にも「大勢ニテ馬イカダニテ宇治河ワタシテケレバ」と馬筏に言及している。足利又太郎忠綱の馬筏は世に喧伝されていたものと思われる。後者は本書の巻三五・高綱渡宇治河、延慶本第五本・兵衛佐ノ軍兵等付宇治勢田事に見える。覚一本巻九・宇治川ではその体制での渡河のことは記されるが馬筏の語は見えない。西行の聞書集にも次のように馬筏のことが記される。

「よのなかに武者おこりて、にしひんがしきたみなみ、いくさならぬところなし。うちつづき人のしぬるかずきくおびたたし。まこととおぼえぬほどなり。こはなにごとのあらそひぞや。あはれなることのさまかなとおぼえて

225 しでの山こゆるたえまはあらじかし
　なくなる人のかずつづきつつ

武者のかぎりむれてしでの山こゆらん、山だちと申すおそれはあらじかしと、このよならばたのもしくもや。宇治のいくさかとよ、むまいかだとかやにてわたりたりけりときこえしこと、おもひいでられて

226 しづむなるしでの山がはみなぎりて
　むまいかだもやかなはざるらん

きそと申す武者しに侍りにけりな

227 きそ人はうみのいかりをしづめかねて
　しでの山にもいりにけるかな」

（聞書集）

二二六の和歌の配置から見て、その詞書に言う馬筏は寿永三年正月の宇治川合戦の折りのことを記したものである可能性が高い。

巻三十五

一

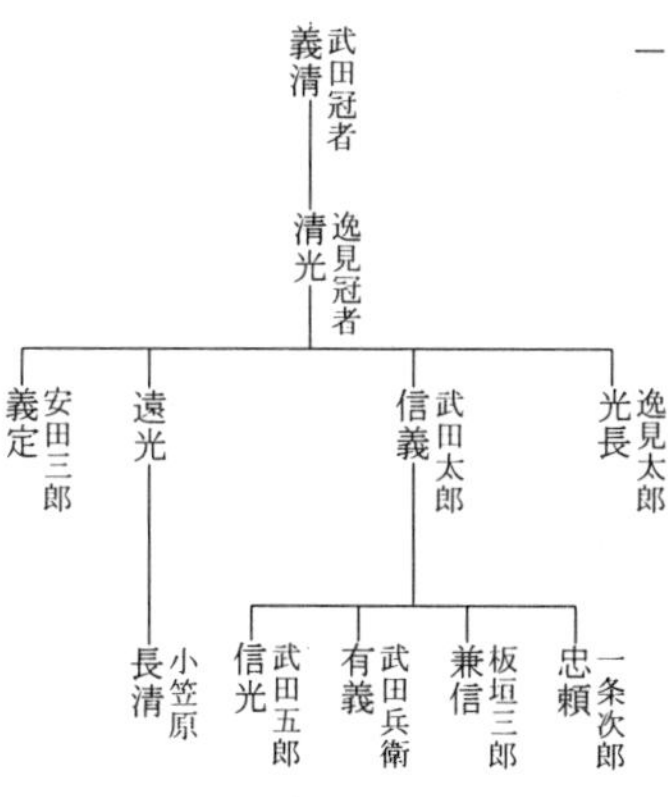

件の七人はこの交名を含めて追討使の交名の中に次のように見えている。

	この交名		一ノ谷			屋島		
	盛衰記	延慶本	盛衰記	延慶本	吾①	盛衰記	延慶本	吾②
信義	範	範		範				
遠光	範	範		範				
忠頼	範	範	義					
長清	範	範		範				
信光	範			範				
兼信	範	範		範	範	範		
義清	範		義					

但し、義清は世代的にも、交名中の位置からもおかしい。あるいは光長（吾妻鏡・治承四年一〇月一三日、文治元年六月五日には逸見冠者）か。

二二八、二二九頁の交名に見える義定と有義は次のとおり。

義定				義	義	義	義	
有義			義	範	範	範	範	範

「吾①」は元暦元年二月五日、「吾②」は範頼勢の交名を記す文治元年正月二六日の記事。「範」は範頼勢、「義」は義経勢。

二

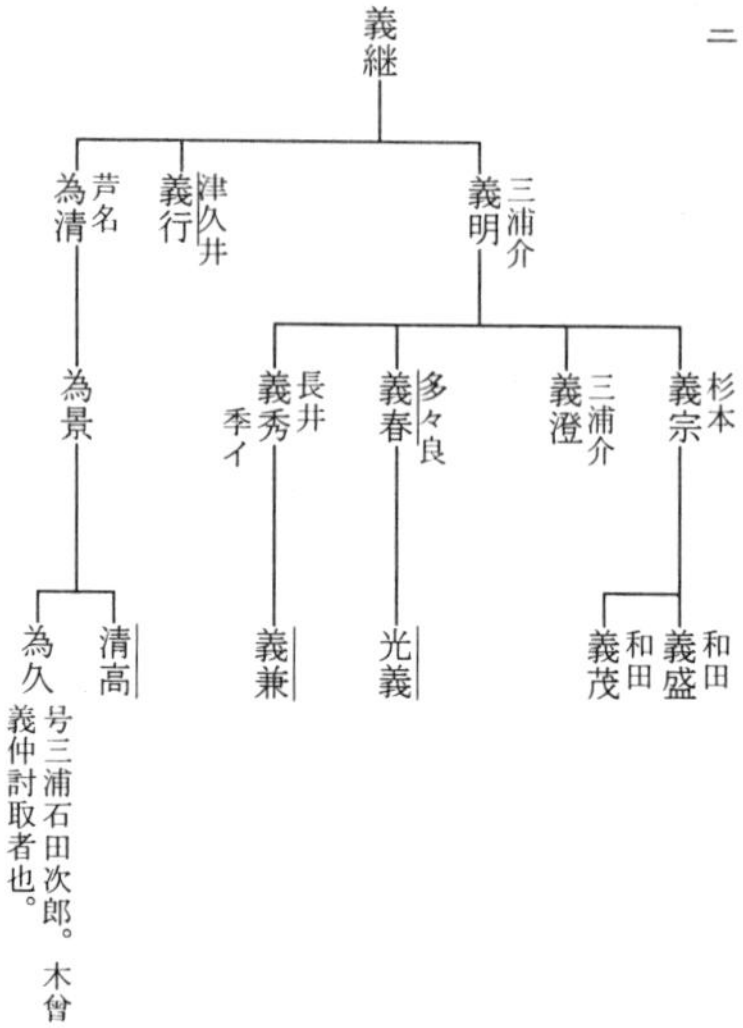

本文に登場する五人はこの交名を含めて追討使の交名の中に下段の表のように見えている。

	この交名		一ノ谷			屋島		
	盛衰記	延慶本	盛衰記	延慶本	①吾妻鏡	盛衰記	延慶本	②吾妻鏡
義春	範		義	義		義	義	
光義	範		範	範				
義兼	範		義	義				
義行	範		義	義				
清高	範		義	義				

①吾妻鏡は元暦元年二月五日、②吾妻鏡は文治元年正月二六日の記事。範は範頼勢、義は義経勢。

三

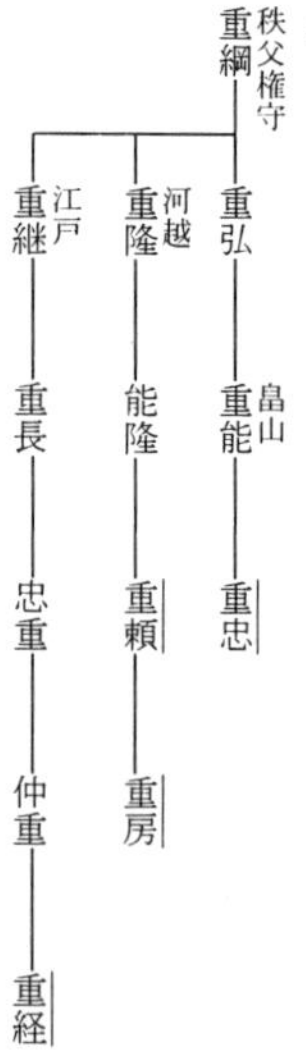

（畠山系図による。但し重房と重経は中条家本桓武平氏系図で補う。）

件の四人はこの交名を含めて追討使の交名の中に次のように見えている。

	この交名		一ノ谷			屋島		
	盛衰記	延慶本	盛衰記	延慶本	①吾妻鏡	盛衰記	延慶本	②吾妻鏡
重忠	義	義	義	義	範	義	義	
重頼	義		義	義			義	
重房	義			義			義	
重経	義		義	義				

①吾妻鏡は元暦元年二月五日、②吾妻鏡は文治元年正月二六日の記事。範は範頼勢、義は義経勢。

四

景時─┬─景季
　　　├─景高
　　　└─景茂──家茂

（中条家本垣武平氏系図）

件の四人はこの交名を含めて追討使の交名の中に次のように見えている。

	この交名		一ノ谷			屋島		
	盛衰記	延慶本	盛衰記	延慶本	①吾妻鏡	盛衰記	延慶本	②吾妻鏡
景時	義	義	範	範	範	義	義	
景季	義	義	範	範	範	義	義	
景高	義		範	範	範	義	義	
景家	義		範					

①吾妻鏡は元暦元年二月五日、②吾妻鏡は文治元年正月二六日の記事。範は範頼勢、義は義経勢。景家は系図にない。吾妻鏡には梶原三郎景茂の名が見える。

五 「一九日。己酉。昨今天下頗又物騒。武士等多向西方。為討行家云云。或又在宇治。為防田原地手云云。義広三郎先生為大将軍云云」
（玉葉・寿永三年正月）

六 「二〇日。庚戌。天晴。物忌也。卯刻、人告云、東軍已付勢多。未渡西地云云。相次人云、田原手已着宇治云云。詞未訖、六条川原武士等馳走云云。仍遣人令見之処、事已実。義仲方軍兵、自昨日在宇治。大将軍美乃守義広云云。而件手為敵軍被打敗了。東西南北散了。即東軍等追来。自大和大路入京於九条川原辺者一切無狼藉。最冥加也。不廻踵到六条末了。義仲勢元不幾。而勢多田原分二手。其上為討行家、又分勢。独身在京之間遭此殃。先参院中、可有御幸之由、已欲寄御輿之間、敵軍已襲来。仍義仲奉棄院、周章対戦之間、所相従之軍僅三、四〇騎。依不及敵対、不射一矢落了。欲懸長坂方、更帰為加勢多手、赴東之間、於阿波津野辺、被伐取了云云。東軍一番手、九郎軍兵加千波羅平三云云。其後多以群参院御所辺云云。法皇及祇候之輩免虎口。実三宝之冥助也。凡日来、義仲支度焼払京中可落北陸道。而又不焼一家、不損一人、独身被梟首了。天之罰逆賊、宜哉々々。義仲執天下後、経六十日。比信頼之前蹤、猶思其晩。今日、卿相等雖参院、不被入門中云云。入道関白以顕家為使者、両度上書。共無答。又新摂政乗顕家車参入、被追帰了云云。可弾指々々々。余依風病、不参入。大将又病悩、仍不参也。為恐々々」
（玉葉・寿永三年正月）

「二〇日。庚戌。今日辰刻、坂東武士源義経等自宇治路入洛。伊予守義仲朝臣随兵雖合戦、無程敗績。於大津辺義仲被討畢。余党散乱四方。坂東武士各追乱云云」
（百錬抄・元暦元年正月）

七 「二七日。丁巳。未刻、遠江守義定、蒲冠者範頼、源九郎義経、一条次郎忠頼等飛脚、参着鎌倉。去二〇日遂合戦。誅義仲并伴党之由申之。三人使者、皆依召参北面石壺。聞食巨細之処、景時飛脚又参着。是所持参討亡囚人等交名注文也。方々使者雖参上、不能記録。景時之思慮猶神妙之由、御感及再三云云」
（吾妻鏡・元暦元年正月）

愚管抄にも記事がある。補注一二参照。

八 橋をとりあげるときの詩語として虹橋、虹梁、雁歯が使われる。ここは特定の詩文を引用しているのではない。たとえば百詠和歌の「橋」には次のようにある。

「橋　形似雁初飛　橋は雁歯あり。又、虹の形あり。はしのかた、かりのつらのこととしともいへり。

行雁の雲のかけはしみわたせば
おくるゝつらそと絶也ける

即今滄海晏　無復白雲威　秦の始皇、石橋を作りて海に渡すといへとも、浪荒く風はけしくてかなはす。（中略）又云、始皇、海の中に石橋を渡し給に、海神はしらをかたむ。皇、この海神の姿を見んとおほすに、海神のいはく、我姿甚見にくし。姿をうつすことなかれと契りて、皇にみえ奉りてさりぬ。時に何人、ひそかに案して、其姿をかく人、おほれてしぬ」

（百詠和歌第七・居処部）

また白氏文集第五七・問江南物による和漢朗詠集第四一・懐旧に
「蘇州舫故龍頭暗　王尹橋傾雁歯斜」とある。
また白氏文集第八・題小橋前新竹招客に
「雁歯小虹橋　垂簷低白屋（下略）」
また同第五七・答王尚書問履道池旧橋に
「虹梁雁歯随年換、素板朱欄逐日修（下略）」
などとある。

九 「九日。辛卯。渋谷五郎重助、不預関東御挙令任官事、可被申止召名之旨、重有沙汰。是父重国石橋合戦之時、雖奉射武衛、依寛宥之儀被召仕之処、重助者猶令属平家、背度々召畢。而平家赴城外之日、留京都従義仲朝臣、滅亡之後、為廷尉専一之者。条々科被優精兵一事之処、結句令任官歟。旁不可然之由有其沙汰。今度、重国又渡豊後国之時者、雖有先登之功、先立于参州上洛之条、同以不快。則被仰遣此条々云云。又原田所知者、可被分宛于勲功輩之由、被仰遣参州云云」
（吾妻鏡・文治元年五月）

一〇 「六日。庚寅。為追討平家在西海之東士等、無船粮絶而失合戦術之由、有其聞之間、日来有沙汰。用意船可送兵粮米之旨、所被仰付東国也。以其趣、欲被仰遣西海之処、参河守範頼去年九月二日、出京赴西海、去年一一月一四日飛脚、今日参着。兵粮欠乏間、軍士等不一揆、各恋本国、過半者欲逃帰云云。其外鎮西条々被申之。又被所望乗馬云云。就此申状、聊雖散御不審、猶被下遣雑色定遠、信方、宗光等。但定遠信方者在京。自京都可相具之旨、被仰含于宗光。宗光帯委細御書。是於鎮西可有沙汰条々也。其状云、

（中　略）

重仰
御下文一枚進し候。（中略）甲斐の殿原の中には、いさわ殿、かゝみ殿、ことに糸惜しくし申させ給へく候。かゝみ太郎殿は、次郎殿の兄にて御座候へとも、平家に付、又木曾に付て、心ふせんにつかいたりし人にて候へは、所知なと奉へきには及はぬ人にて候也。たゝ、次郎殿をいとをしくして、其をはくゝみ候へきなり。

（下　略）

元暦二年正月日
前右兵衛佐源朝臣」

（吾妻鏡・文治元年正月）

二 「中有のありさま、おろ〳〵申侍るべし。水すこしたまりたる所の、広き野のやうなるを、四五才の子になりて、たゞひとりゆくなり。あるひは、ほむらのもゆる所もあり。むかし、あひみし人、こゑをだにきく事なし。こゝをもつて大集経に云、
妻子珍宝及王位　臨命終時不随身　唯戒及施不放逸　今世後世為伴侶
摩訶止観には、
冥々独行　誰訪是非　所有財産　徒為他有」
（九冊・第二種七巻本宝物集巻二・死苦）
「同行に思ひける人うちつゞきはかなく成りにければ、おもひ出でて　右
故郷をこふる涙やひとり行く
ともなきやみのみちしばの露」
（慈鎮和尚自歌合・一二番　無常・八六）

三 「カヽル程ニ、ヤガテ次ノ年正月ノ二〇日、頼朝コノ事（法住寺合

戦のこと）キヽテ、弟ニ九郎ト云ヒシ者ニ、土肥実平、梶原景時、次官親能ナド云者サシノボセタルガ、左右ナク京ヘ打イリテ、ソノ日ノ内ニ打取テ頸トリテキ。ソノ時スデニ坂東武者セメノボルト聞テ、義仲ハ郎等ドモヲ、勢多、宇治、淀ナンドノ方ヘ、チラシテフセガセント、手ビロニクハダテヽ有ケルホドニ、スヽドニ宇治ノ方ヨリ、九郎、チカヨシハセ入リテ、川原ニ打立タリトキヽテ、義仲ハワヅカニ四五騎ニテカケ出デタリケル、ヤガテ落テ、勢多ノ手ニクハヽラント、大津ノ方ヘヲチケルニ、九郎ヲヒカヽリテ、大津ノ田中ニヲイハメテ、伊勢三郎ト云ケル郎等、打テケリトキコヘキ。頸モチテ参リタリケレバ、法皇ハ御車ニテ御門ヘイデヽ御覧ジケリ」

（愚管抄巻五）

三　「二日。辛酉。樋口次郎兼光梟首。渋谷庄司重国奉之。仰郎従平太男。而斬損之間、子息渋谷次郎高重斬之。但、去月二〇日合戦之時、依被疵為片手打云云。此兼光者、与武蔵国児玉之輩為親昵之間、彼等募勲功之賞、可賜兼光命之旨申請之処、源九郎主雖被奏聞事由、依罪科不軽、遂以無有免許云云」

（吾妻鏡・元暦元年二月）

四　「二一日。辛亥。（前略）或人云、前摂政（基通）可還補之由云云。法皇之愛物也。尤可然也。弥下官不能出詞。努力々々」「二二日。壬子。（前略）人告云、摂政内大臣、各如元之由、被仰下了云云。（後略）」

（玉葉・寿永三年正月）

「摂政前内大臣基通。普賢寺京極摂政殿一男。母従三位藤忠隆卿女。　治承三年一一月一六日任内大臣元二位、中将。為関白氏長者。一七日、叙正二位、勅授牛車、給随身兵仗、并可列左大臣上之由宣下。四年二月二一日、改関白為摂政。依践祚也。勅授兵仗如故之由宣下。四月二一日、叙従一位御即位次。寿永元年四月二四日、賜内舎人二人為随身。六月二七日、上表内大臣、勅許。二年八月二〇日、更為摂政法皇詔。一一月二一日、停摂政。元暦元年正月二二日、如元為摂政第二度。文治二年三月一二日、停摂政。三年三月一日、給随身兵仗。建久七年一一月二五日、更為関白第三度。九年正月一一日、改関白為摂政。建仁二年一一月二七日、停摂政。建永元年三月一九日、賜兵仗随身。承元二年一一月五日、出家法名行理。天福元年五月二九日薨年七四」

（吾妻鏡・正治元年首）

「二二日。壬子。摂政師家停止氏長者。如元以基通可為摂政者」

（百錬抄・元暦元年正月）

五　「二六日。丙辰。梟伊予守義仲首去二〇日斬之。字九郎義経相具之。廷尉（検非違使の佐、尉）於六条河原、請取之、懸東獄門樹。見者如堵。此外字根井、今井、樋口等、雖為降人、渡路頭」（百錬抄・元暦元年正月）

「二六日。丙辰。晴。今朝検非違使等、於七条河原、請取伊予守義仲并（高梨）忠直、（今井）兼平、（根井）行親等首、懸獄門前樹。亦囚人（樋口）兼光同相具之被渡訖。上卿藤中納言（実家）、職事頭弁光雅朝臣云云」

（吾妻鏡・元暦元年正月）

「二六日。義仲等首、義経渡大路。同郎従樋口二郎兼光、為追討行家、遣和泉国之間、二〇日入洛。於七条朱雀合戦。逃籠鞍馬寺山、後日捕之。生虜渡大路之後、斬首」

（皇帝紀抄七・後鳥羽院・元暦元年正月）

百錬抄の記事は、盛衰記と異なり、獄門の木に懸けられたのは木曾義仲の首ひとつで、根井行親、今井兼平、樋口兼光は降人として、大路を渡されたとする。吾妻鏡は、盛衰記と同じ。

巻三十六

一　「四日。癸亥。（前略）源納言（雅頼）示送云、平氏奉具主上、着福原畢。九国未付、四国紀伊国等勢数万云云。来十三日、一定可入洛云云」

（玉葉・寿永三年二月）

「四日。癸亥。平家日来、相従西海山陽両道軍士数万騎、構城郭於摂津与播磨之境一谷、各群集」

（吾妻鏡・元暦元年二月）

二　「抑、当寺（東大寺）浄土堂、元是阿波国所建立也。願主、彼国住人字阿波民部大夫重能也。但、仏像等未終其功也。重能者清盛入道郎従、当寺焼失之乖将也。為乱逆之長故、遂被誅戮畢。為救彼等之罪根、此堂宇所建鐘堂崗也。安九体之丈六、勤万人之念仏也。其仏未終其功、上人（重源）今加種々荘厳、令遂供養畢」　（東大寺造立供養記）

三　「平家物語九巻（六ケ度軍に近い内容。ゆえに略す）家旧記、安芸国沼田ノ城ヲバ能登殿ニ責落サレヌ。沼田次郎ヲ取テノクトテ、手負タル大武者ヲ肩ニ掛テ、一里余リノキテ船ニ乗テ、安安ト渡シケルトナリ。沼田ハ其ヨリ当国ニ居住シテ、十八ケ村ニモ入ケルト云云。又、出雲坊宗賢ト云ハ、通清若年ノ比ニ、江州西坂本ニテ、捨子ヲ拾ヒ得タリ。葛籠ノ蓋ニ入テ錦ニテ裹ミ、上ニ平ノ字ヲ書タリ。如何様、用有者也。抱帰、養育シテ見レバ、生長スルニ随テ、容儀モ吉。勢力世ニ越タリ。先、法師ニ成、出雲房ト名ヅク。通信ハ親ヲ奴可入道ニ討セ、口惜思、如何シテ敵ヲ打バヤト、明暮、悲メ共、牢落ノ身ナレバ詮方モ無。宗賢モ同志ニテ、鬱念ヲ含タル計ニテ、月日ヲ送ル処ニ、奴可入道、備後国ニ恩賞給テ、栄花ノ余ニ、鞆浦ニ出テ、室高砂ノ遊君ヲ集メ、山海ノ鱗蹄ヲ集テ、連日酒宴ヲシケル。此節、又、蚫ノマワリ三尺余ナルヲ設タリ。以之、宗賢ト二人、彼酒宴ノ処へ行テ、云様、是ハ与州今治ノ海人也。御遊宴ノ由承及間、可然肴ヲ求得テ、持参ス、ト申ケレバ、西寂ヲ始トシテ、満座ノ人、驚目、悦不斜。幕ノ内へ呼入テ対面シ、盃ヲ出サントスル処ヲ、宗賢飛入テ、西寂ヲ生取、提出、船ニ乗、筒ノ前ニ搦付テ、両人船ヲ推出シ、通信大音揚テ名乗ナリ。是、河野四郎通信ナリ。父ノ敵ヲバ、真角取ゾト云テ、漕出セルナリ。伊予国風早郡北条ノ浜ニ付、西寂ヲバ高縄城、通清ノ墓ノ前ヲ三度曳マワシテ、首ヲ刎ケル也。西寂モシレ物ニテ、墓ニ屎ヲシカケヽリ。其ヨリ当家ニハ、墓ヲ建ル事ヲバ不用。サテ鞆浦ニ残者共ハ、各、仰天シテ、追懸ントと思者モ、初、西寂ヲ虜程ニ、若ヤ赦ケント思テ、アラゲナウモセズ。船ニ乗テ後ハ、二人ナガラ船達者ナレバ、櫓ヨ楫ヨト云間ニ、行延程、可追付様モナシ。且ハ、二人ノ武略ニ恐レ、大酒ノ酩酊ニ忘却シテ、追懸ル者モナキ也。二人ニテ思フ侭ニ、サイナミテ、本意ヲ遂事、希代名誉也。出雲房、弥、忠賞、十八ケ村入、桑原ト称シテ、一種ノ姓トナル也。今ニ繁昌シケル也」　（群書類従本・予章記）

引用本文中に、時期を明示する年号はないが、元暦元年の出来事である六ケ度軍の続きに書かれ、しかも、次に置かれるのが元暦元年の屋島合戦の記事であることから、この記事が元暦元年のこととして書かれたものであると判断し得る。

四　「二日。辛酉。天晴。伝聞、伯耆国美徳山有称院御子之人。生年二〇歳、未元服云云。件宮、資隆入道外孫云云。幼稚之時、九条院被奉養育。其後依無象《ママ》生、在外祖父家。然間、生年十五之年、無音逐電。人不知其意趣。即向大和国、暫随逐二川冠者其時称成親卿子也云云。其後、先到伯耆大山、次移住美徳山、猶称成親卿子。而平氏被追落之後、顕其実、称院御子。已伐取伯耆半国。海陸業戌(ママ)彼国有勢武勇者也奉付之。但、小鴨基康不従云云。又、美作国小々(ママ)打取了。昨日上使者於京都。為入院見参云云。奉仰、源氏相倶可伐平氏云云。事次第奇異也。仍為後記之」　（玉葉・寿永三年二月）

和名抄に伯耆国久米郡小鴨郷を載せる。応仁記巻二に「伯耆には小鴨、南条、進、村上」とある。

伯耆国久米郡小鴨郷から出た小鴨氏は、平時忠が伯耆国の知行国主、平忠度が国司であった時期に平家と関係を持った可能性がある。そして会見郡に本拠をおき源氏の側に立った紀氏と伯耆国を二分する勢力となって、小鴨、紀の両氏は合戦を繰り返す。小鴨介基康と村尾海六成盛（玉葉に海陸業戌）とが、出雲、石見、備後の豪族をも巻きこんで、一進一退を繰り返す合戦を続けていたらしいことを示す次の資料がある。

「二〇日。戊午。（前略）風聞云、伯耆国住人成盛称海六。先年為基保被滅亡者也。与基保称小鴨介合戦。基保被追落。死者不知幾千。出雲石見備後等国々与力云云」

（吉記・寿永元年八月）

「当国に村尾、小鴨とて、二人の大将、東西に権をあらそひける。小鴨が師匠月光坊のために修禅房に宿意を結び、養和六年二月二八日、小鴨、修禅房へ夜討の入たりけるに、鈴錫五古三古など飛来て、兵共をうちはらひけり」

（伯耆国大山寺縁起・第七〇段）

五　「安芸都宇竹原并生口島荘官罪科注進状写

都宇竹原并生口島公文下司等ハ、平家御時、付沼田五郎、於毛宇（門司）関合戦畢。次去々年（承久三年）御合戦之時ハ、各企上洛。然則二箇度罪科不浅者也。其上、都宇竹原領家中、賀茂禰宜資総依合戦咎、被召下関東、即預于人畢。又、生口島領家冷泉中納言殿教成令向宇治云云。然間、依申此子細、為勲功給預彼所等畢。為後可被召尋件沙汰人等歟。且去々年御合戦之時、企上洛輩之交名等、

都宇竹原公文等

文章生盛安但庄ヲ迯脱

同子息是盛

源六守家（花押影）

生口島公文下司等

東権守盛経（花押影）

西権守貞兼（花押影）

六郎新大夫則弘（花押影）

張紙ニテ

安芸国巡検使平三郎兵衛尉盛總（綱）、当国々府ェ下向時、以此折紙、此交名之輩ニ京方シタルカ否ノ事、被捉尋候処ニ、京方之由領状ヲ申ニヨリテ、其儀ナラハ可加判之由、被申ニヨリテ、件輩加署判云云」

（小早川家文書　鎌倉遺文三〇六六）

貞応二年三月の状。都宇と生口島は沼田郡、竹原は賀茂郡の庄園。

沼田五郎は平家を領家とする都宇、竹原、生口島の公文、下司をつとめ、壇ノ浦合戦で平家に与したこと、彼に従った交名中の人々は同じく平家に与し、のちに承久の乱で京方に味方したことが知られる。

六　「漢高三尺之剣　坐制諸侯　張良一巻之書　立登師傅」

（和漢朗詠集巻下・帝王）

朗詠によって知られる、この句を下敷きにしている。

七

言泉集　忌日帖　三帖之一

忌日表白　忌日釈

忌日本文　以光目因縁為十三年事

尺尊切（忉）利天安居当广（摩）耶入滅之日始之事

菩提樹葉至炎（涅槃）之日零落事

外典忌日　第三年忌日

十三年忌日　表白幷本文

冥官暦以十二年為一年

尺法敬十三年□還□

「忌日本文」のなかに

「梵網経下云、若父母兄弟死亡之日、応請法師講菩薩戒経律。追福資亡者、得見諸仏生人天上。若不爾者、犯軽垢罪。又云、父母兄弟和尚阿闍梨亡滅之日及三七日乃至七々日、亦応読誦講説大乗経律斎戒求福」

八　「一、晋師曠死して後、一の琴残れり。其後彼琴、師曠が忌日ごとに独鳴て終日不止。其声哀にして聞者皆腸をたつ。後人これに習て断腸

曲を作る」　（楊鴫暁筆第一八楽器・琴起并曲等）

九　「二二日。壬子。天晴。風病聊有減。仍慭参院。以定長被尋問事五箇条。（中略）一、御所事如何。申云、早々可有渡御他所。其所、八条院御所外、無可然之家歟。　定長語云、昨日左大臣、左大将、皇后宮大夫、堀川大納言、押小路中納言、左右大弁等参入有議定。各申状大概同下官申状」　（玉葉・寿永三年正月）

「二日。辛酉。天晴。（前略）入夜有火。出来自七条室町東西。而相并十余町焼亡。当時、院御所八条院御所。即御同宿也。雖近令免了。余進使者、謝不参之恐於両方了」　（同・寿永三年二月）

「一六日。甲戌。自去夕雨降。（前略）今夜、法皇有御移徙事修造白川金剛勝院御所、所令渡給也」　（同・寿永三年四月）

一〇　「十二日。己未。（前略）又、申云、為上皇御願、近江国高島郡被安五丈毘沙門天像、近日可有供養之儀云云。善信聞此事、申云、彼像者、去養和之比、於仙洞仰仏師院尊法印被作始之。幕下仰曰、此事度々所有風聞也。自平相国在世之時奉造立。推量之所及、為源氏調伏歟。頗不甘心云云。仍其趣内々被仰遣廷尉許云云」　（吾妻鏡・建久二年五月）

一一

	武者名		上京軍			一ノ谷			備考
	名乗	苗字・通称	盛	延	吾	盛	延	吾	
1	**範頼**	**蒲冠者**	○	○	●	○	○	○	**清和源氏**
2	重成	稲毛三郎	○	○		○	△	○	武蔵　秩父
3	重朝	榛谷四郎	○	○		○	△	○	重成の弟
4	行重	森五郎	○			○	△	○	重成の弟
5	重清	長野五郎		△		○	△		重成の従兄弟 重忠の弟
6	景時	梶原平三	△	△		○	○	○	相模　鎌倉党

	武者名		上京軍			一の谷			備考
	名乗	苗字・通称	盛	延	吾	盛	延	吾	
7	景季	梶原平太	△	△	●	○	○	○	景時の子
8	景高	梶原平次	△			○	○	○	景時の子
9	景家	梶原三郎	△			○			系図不載。景時の子景茂か
10	祐信	曾我太郎	△			○	○	○	伊豆　曾我
11	常胤	千葉介	○			○	○	○	上総　千葉
12	胤将（正）	太郎	○			○	○		経胤の嫡男
13	成胤	小次郎	○			○	○		経胤の嫡孫
14	師常	相馬次郎				○	○	○	経胤の子
15	胤通	国分五郎				○	○	○	経胤の子
16	胤頼	六郎				○	○	○	経胤の子
17	胤盛	武石三郎				○	○		経胤の子
18	胤信	大須賀四郎				○	○		経胤の子
19	広綱	佐貫四郎				○	○	○	上野　秀郷流足利
20	海老名太郎（季久） 以下兄弟四人					○	○	○	武蔵　横山党 季定の子
21	（本間右馬允能忠）					○	○		季定の子
22	（国府三郎有季）					○	○		季定の子
23	（海老名四郎季能） 義季					○	○		季定の子
24	家長	中条藤次				○	○	○	武蔵　横山党
25	家長	庄太郎				○	○	○	武蔵　児玉党
26	忠家	庄三郎	△			○	○	○	庄家長の叔父
27	広賢（弘方）	庄五郎				○	○	○	庄家長の叔父

	武者名		上京軍			一の谷			備考
	名乗	苗字・通称	盛	延	吾	盛	延	吾	
28	維広(弘)	塩谷五郎				○	○	○	武蔵　児玉党
29	小林次郎					○			
30	小林三郎					○			
31	小河五郎					○			
32	有直	勅使河原権三郎	△			○	○		武蔵　丹党
33	行綱	秩父武者四郎				○	○	○	武蔵　児玉党
34	重平	大田兵衛				○			
35	実氏	広瀬太郎				○			
36	重治	大田四郎				○			
37	実能(光)	安保二郎				○	○	○	武蔵　丹党
38	時経	中村小三郎				○	○	○	武蔵　丹党
39	助重	玉井四郎				○			武蔵　横山党
40	高山三郎					○			
41	八木次郎					○			
42	八木小二郎					○			
43	高直	河原太郎				○	○	○	武蔵　私市党
44	盛直	河原次郎				○	○		高直の甥
45	行平	小代八郎	△			○	○	○	武蔵　児玉党
46	実(重)光	久下次郎				○	○	○	武蔵　私市党
47	道綱	小野寺太郎				○	○	○	下野　山内首藤
48	**義経**		**△**	**△**	**△**	**△**	**△**	**△**	**清和源氏**
49	義定	安田三郎	△	△		△	△	△	甲斐　清和源氏
50	忠頼	一条二郎	○	○		△	○		義定の甥
51	義清	逸見冠者	○			△			義定の祖父

	武者名		上京軍			一ノ谷			備考
	名乗	苗字・通称	盛	延	吾	盛	延	吾	
52	有義	武田右兵衛				△	○	○	義定の甥
53	重忠	畠山庄司次郎	△	△	●	△	△	○	武蔵　秩父
54	直光	久下権頭				△			武蔵　私市党
55	維義	大内冠者	△	△		△	△	△	清和源氏
56	親能	斎院次官				△	△	△	中原氏
57	義範	山名太郎				△	△	△	上野　清和源氏
58	実平	土肥二郎	△	○		△	△	△	相模　中村
59	遠平	弥太郎	△			△	△		実平の子
60	義澄	三浦別当				△			相模　三浦
61	義盛	和田小太郎	△			△	△		義澄の甥
62	義連	佐原十郎	△	△		△	△	△	義澄の弟
63	義春	多々良五郎	○			△	△		義澄の弟
64	光義	多々良次郎	○			△	△		義春の子
65	重国	糟谷権頭			●	△	○		
66	有季	糟谷藤太		△		△	△	△	相模　盛久の子
67	重頼	河越太郎	△		●	△	△		武蔵　秩父
68	茂(重)房	河越小太郎	△		●	△	△		重頼の子
69	実基	後藤兵衛	△			△			京武者　秀郷流
70	範綱	猪俣金平六	△	○		△	△	△	武蔵　猪俣党
71	為重	平佐古太郎				△	△	△	相模　三浦
72	直実	熊谷次郎		△		△	△	△	武蔵七党
73	直家	小次郎		△		△	△	△	直実の子
74	季重	平山武者所		△		△	△	△	武蔵　西党
75	広行	大川戸太郎				△	△	△	下総　結城

番号	武者名 名乗	武者名 苗字・通称	上京軍 盛	上京軍 延	上京軍 吾	一ノ谷 盛	一ノ谷 延	一ノ谷 吾	備考
76	重経	師岡兵衛	△			△	△		武蔵　秩父
77	近範	金子与一	○			△			武蔵　村山党
78	広綱	源八	○			△	△		摂津　清和源氏
79	助茂	小川小次郎				△	△	△	
80	重澄	山田太郎				△	○	△	美濃尾張　清和源氏
81	清益	原三郎				△	△	△	下総　千葉
82	経春	片岡太郎	△			△	△		下総　千葉
83	義兼	長井小太郎	○			△	△		相模　三浦
84	義行	筒井次郎	○			△	△		相模　三浦
85	義盛	伊勢三郎	△			△	△		義経の手郎等
86	清高	葦名太郎	○			△	△		相模　三浦
87	忠俊	蓮沼太郎				△	△		武蔵　猪俣党か
88	国長	蓮沼六郎				△	△		武蔵　猪俣党か
89	忠澄	岡部六弥太	△			△	△		武蔵　猪俣党
90	忠康	岡部三郎				△	△		武蔵　猪俣党
91	清忠	渡柳弥五郎	○			△	△		
92	江田源三		△			△	△		義経の手郎等
93	熊井太郎		△			△	△		義経の手郎等
94	正重	蒲原太郎				△			
95	正成	蒲原三郎				△			
96	池上次郎					△			
97	香河五郎（経高か）					△			相模　鎌倉党
98	諏訪三郎					△			信州　諏訪
99	藤沢六郎					△			信州　諏訪

注

①盛衰記に見える一ノ谷合戦における源氏軍の交名を、その順序どおりに表にしたものである。範頼勢と義経勢の両方をとおした通し番号をつけた。

②「上京軍」の「盛」は巻三五の巻頭の交名のことで、「延」はそれに相当する交名である。「吾」は吾妻鏡・元暦元年正月二〇日の後白河院の御所に馳せつけた武者の記事に見える交名である。

③「一ノ谷」の「吾」は吾妻鏡・元暦元年二月五日の記事に見える交名である。

④「○」は範頼勢、「△」は義経勢の交名に載せられていることを示す。「●」は当該交名に載ることを示す。どちらの勢に属したかの区別はない。

番号	武者名 名乗	武者名 苗字・通称	上京軍 盛	上京軍 延	上京軍 吾	一ノ谷 盛	一ノ谷 延	一ノ谷 吾	備考
100	景宗	平賀次郎				△			
101	封戸次郎					△			
102	正頼	封戸六郎				△			
103	継信	佐藤三郎兵衛	△			△	△		義経の手郎等
104	忠信	佐藤四郎兵衛	△			△	△		義経の手郎等
105	城三郎（資綱か）					△			越後平姓城氏
106	為春	片岡八郎	△			△			義経の手郎等
107	備前四郎					△			義経の手郎等
108	重家	鈴木三郎				△			義経の手郎等
109	重清	亀井六郎				△			義経の手郎等
110	武蔵坊弁慶		△			△	△		義経の手郎等

⑤「備考」に注記すべきことの補足を以下に記す。
「12胤将（正）」　延は「太郎胤時」とする。「胤将（正）」が正しいか。

「15胤通」　上京軍の盛に「国府五郎胤家」とあるが、「胤通」の誤りか。

「20〜23海老名太郎兄弟四人」　延は「海老名太郎、三郎、四郎、五郎」とする。

「32有直」　延は「権三郎有則」とする。系図では権三郎が有直、権四郎が有則。

「37実能」　延、吾は「実光」。系図に実光は載るが実能は見えない。

「44盛直」　吾は「河原次郎忠家」とする。系図に忠家は見えない。

「46実光」　延、吾は「重光」とする。重光が正しいか。

「51義清」　世代が合わない。義定の兄である逸見冠者光長とあるべきか。

「57義範」　延の「一ノ谷」に「山名」。

「62義連」　「一ノ谷」の延の義経勢の交名で「相従輩」の中に入れているのは、おかしい。

「65重国」　糟谷権守盛久と渋谷庄司重国との合成。渋谷庄司重国は「上京軍」の吾の交名、「一ノ谷」の延の範頼勢の交名に載る。糟谷権守盛久は見えない。

「77近範」　「一ノ谷」の延の義経勢の交名に載る「金子十郎家忠」の弟。

「79助茂」　延は「小川小次郎助義」、吾は「小河小次郎祐義」。

「82経春」　義経の手郎等的存在。

「84義行」　津久井氏。

「87忠俊」「88国長」　猪俣党に蓮沼氏があるがこの二人の名は系図に見えない。

「106為春」　片岡常春の弟。

「109重清」　鈴木重家の弟。


二「五日。甲子。酉刻。源氏両将到摂津国。以七日卯時、定箭合之期。(中略　範頼、義経勢の交名）平家聞此事、新三位中将資盛卿、小松少将有盛朝臣、備中守師盛、平内兵衛尉清家、恵美次郎盛方已下七千余騎、着于当国（摂津国）三草山之西。源氏又陣于同山之東。隔三里行程、源平在東西。爰九郎主、如信綱実平加評定、不待暁天、及夜半、襲三品羽林。仍平家周章分散畢」　（吾妻鏡・元暦元年二月）

三「近江守有佐といひし人は、後三条の院のまことには御子ときこえしかど、讃岐の守顕綱の子にてこそやまれにしか。有佐といふ名も、帝の御手にて扇に書かせ給ひて、母の侍従の内侍に給へりけり。堀河の左の大臣（俊房）は、中務の少輔有佐が道にあひて、おりて居たりつるこそ、いとほしくおぼえつれ。院に違はず似奉りたるさまなどありけり、ときこえしかど、それは、さてこそ止まれにしか」
（今鏡・ふじなみの上第四・伏見の雪の朝）

四　管仲随馬　（中略）　韓非子曰、管仲・隰明、従桓公伐孤竹。春往冬返、迷惑失道。管仲曰、老馬之智可用也。仍、放老馬而随之、遂得道。（下略）」　（徐状元補註蒙求）
「管仲随馬　管仲ハ斉ノ桓公ニツカヘテ上卿タリキ。桓公、孤竹ト云トコロヲユクトキ、ヲヽキニ雪フリテ、ミチニマトヒニケリ。時ニ管仲カ云ク、老馬智ヲモチヰルヘシト云リ。ココニ老馬ヲハナチテ、ソノアトヲユクニ、馬、モトコシミチヲハスレネハ、ツイニシルシトナリニケリ。（中略）　マヨハマシ雪ニイヘチヲユクコマノシルヘヲシレル人ナカリセハ」　（国会図書館本・蒙求和歌）
「雪中放馬朝尋跡　雲外聞鴻夜射声　羅虬
此詩モ、武士ノコトヲツクレリ。上句ハ、周ノ代ニ、管仲、字夷吾ト云人アリキ。穎川ト云処ノ人也。斉ノ桓公ニツカヘテ上卿トナレリ。桓公、北ノカタ、孤竹山トイフ山ニユクニ、管仲アヒシタカヘリ。コノヒ、大ニユキフリテ、ミチヲウシナヒテケリ。オホクノイクサトモ、ユクスヘ、イツチトモシレルモノナシ。桓公、大ニウレフ。コヽニ管仲、コヽロカシコキモノニテ、イヒケルヤウ、老馬ノ智ヲモチヰルヘシ、トイヒケリ。言ハ、オイタル馬ヲハナチテ、ソレカユカムカタヘユクヘシ、ト云ナリ。ヲシヘケルマヽニ、ハナチタリケレハ、フルサトノミチヲヘテケリ。韓子記ニミヘタリ。今句、此意也。（下略）」（和漢朗詠集永済注）

「韓子云、管仲字夷吾、事斉桓公為上卿也。時桓公北征孤竹。山行値雪迷失路。於是軍衆莫知。管仲曰、可用老馬之智。可放老馬於前、而後随之。逐馬於道而帰」

（世俗諺文上巻・老馬智）

一五　「其（提婆達多が行った）五逆ト者、此人ハ白飯王ノ太子、阿難尊者兄也。為レ仏ニハイトコ也。自作ノ三逆、他化ノ二逆也。先、自作ノ三逆ト者、一ニハ破和合僧、二ニハ出仏身血、三ニハ殺阿羅漢ナリ。先、破和合僧ト者、於ニ霊鷲山一ニ、仏説法シ玉フ時、提婆向レエリ仏。可レ然弟子ヲ我ニ与給ヘト申ケレハ、釈迦被レ仰様ハ、汝カ様ナル悪人カ弟子ヲハ何用ソト、仰ケレハ、仏ノ弟子ニ新学ノ者有ニ五百人一。是ヲ勾引取テ、象頭山ニ連テ昇ニ立高座一、五法ヲ説テ聞スル也。五法ト者、一不受五味、（中略）已上、婆娑論ノ説也。提婆ハ此五法カ真実ノ説ニシテ仏説ハ非ニ実説ニ云也。如レ此説法スル事一日一夜ノ間也。此間ハ一大三千界ニハ説法スル事モ不レ成、仏弟子ハ座禅読経スル事モ不レ成也。其時、仏、舎利弗ト目連トヲ象頭山ニ差遣玉フ也。目連ノ以ニ神通一ヲ、提婆ヲ眠セ給ニ、大イヒキカイテ眠タリ。此時、目連取ニ提婆一ヲ、傍ニ除ノケラレタリ。其時、舎利弗登ニ高座一ニ、為ニ五百人ノ新学一ノ、説ニ八正道一ヲ、釈迦ノ正法ニ令レメ玉フ帰也。其ノ時、目連以ニ神通一、五百人ノ比丘ヲ掌ノ中ニ入テ、仏 前ニ帰玉ヘリ。去ハ、新学ノ比丘翻ニ邪心一ヲ事ハ、舎利弗ノ智恵ノ威徳也。サテ提婆ヲ眠セ高座ヨリ下シ新学ノ人ヲ連帰事ハ目連神通ノ謂也。其後、提婆、眠覚テ、何事ニ高座ヨリ下タルソト問ニ、如レ此云ケレハ、提婆、是ヲ口惜ク思テ、仏ヲ奉レント害思イ、（下略）」

（法華経直談鈔巻第七本・自作三逆教他二逆之事）

「提婆達多勾《カト》ニ引《ヒテ》五百ノ比丘一ヲ、逃ニゲ籠ル象頭山一ヲハ、目連行テ、神通ヲ以テ、縫テレ袋ヲ取ニ入レテ五百ノ新学ノ比丘一ヲ、懸ケレ臂ニ、飛ニ帰ル仏所一ニ。如レク此ノ、神通無反也」

（私聚百因縁集巻第三・目連神通事）

一六　「日本記云　綏靖天皇或本孝霊之時、日本ニ金山ヲ造ラン云《（ママ）》誓ヒ御坐シテ、此事ヲ乙身丸ト云人ニ仰含給フニ、奏シテ云、日本ハ小国也。此事難叶。然ハ大国ノ金山ヲ宣旨ヲ以テ請給ヘシト奏ス。其義可然トテ、宣旨ヲ以テ、大唐ニ向テ、金ノ山ヲ請シ給フ。仍テ、大唐ノ五台山ノ未申ノ方カケテ飛来テ、二ニ破レテ、一ハ金峯山ト成リ、一ハ常陸国筑波山ト成ル云云」

（太子伝玉林抄巻第一三）

「大仏あらはれ給日、堂塔いできたりぬるに、此国もと金なくして、ぬりかざるにあたはず。（聖武帝は）かねのみたけの蔵王に祈申さしめ給。今、法界衆生のために寺をたて、仏をつくれるに、我国、金なくして此願なりがたし。つてにきく、此山に金ありと。願は分給へ、と祈に、蔵王しめし給はく、此山の金は弥勒の世に用るべし。我は只守るなり。分がたし」

（三宝絵巻下・六月・東大寺千花会）

また大峯縁起に、紀伊国牟婁郡に天竺の霊鷲山や檀徳山のように満金を大地に敷いた聖俗の同居する修善の地があって、そこに蔵王権現が七尺の水精の石像として顕現したことを記している。

その他、多くの説話に、金峰山が金の埋蔵された聖地であることが語られる。

一七　諸本は、熊谷父子と平山の一二之懸を、搦め手である一ノ谷の城戸口でのこととして描く。本書は、巻三七の、それに関わる叙述において、それが一ノ谷の城戸口なのか、それとも大手の生田森の城戸口なのか、混乱した書き方になっている。そのことと、巻三六のこの章段における二四六頁の注九および注一四の二ヶ所の本文の齟齬とは関連がある。二三七―二三八頁に、搦め手の義経勢は一ノ谷の城戸口に向かう田代勢と鵯越に向かう義経勢の二手に分かれたこと、熊谷と平山が義経に従ったことが書かれている。ところが熊谷直実は、鵯越の坂落としの攻撃では先陣が誰か分からなくなることを恐れて、先陣がはっきり認められる戦場となる一ノ谷の城戸口のほうに行こうとした。そのために義経勢をそっと抜け出して、播磨大道に下ろうと考えた直実は息子の直家に、そのことを告げる。それが注九の本文である。ところが、注一四の本文は、熊谷父子が「大手」に向かったと述べ、その後のところで、平山も「大手」に向かったらしいと言う。巻三七で、一二之懸が一ノ谷の西の城戸口でのこととばかり述べてあるならば、注一四に言う「大手」について、蒲冠者範頼の向かった生田森の「大手」でなく、一ノ谷の城戸口を、義経の向かった鵯越の攻め口に対して「大手」と言っていると解釈することも可能である。しかし巻三七・馬因縁の本文に一二之懸が生田森の城戸口であると述べる箇所がある。それゆえ、注一四の「大手」を、その本文と対応するものと解釈するならば、それは生田森の城戸口を指すことになる。とすれば二四九頁の注一七の本文も生田森の城戸口ということになる。『平家物語』では、三草合戦から展開する一ノ谷合戦は戦場の所在に関して不分明な点がいくつか認められているが、本書の場合、一二之懸に関しても、混乱ないし曖昧さを含んだ叙述となっているのである。

六　「隗曰、古之君、有以千金使涓人求千里馬者。買死馬骨五百金而返。君怒。涓人曰、死馬且買之、況生者乎。馬今至矣。不期年、千里馬至者三。今王必欲致士、先従隗始。況賢於隗者、豈遠千里哉。於是、昭王為隗改築宮、師事之」　（十八史略・春秋戦国・燕）

「昭王、身ヲ卑シ、幣ヲ厚シテ、賢者ヲ招テ黄金ノ台ヲ築テ、郭隗ヲ師トセラレシカハ、隗ヨリ賢ナル物共、多ク国々ヨリ来レリ。又、駿馬ノ骨ヲ市シカハ、馬ヲ好給トテ、良馬ヲ奉ル物多シ」（唐鏡第二燕昭王）

「燕王のほねを市し、駿馬おのつからきたり、魏勃の隗を重うする、賢士はやくいたりけり」　（文机談巻五・藤原孝経）

この説話は「市駿骨」という諺となって流布していた（世俗諺文）。

源平盛衰記と諸本の記事対照表

この表は、源平盛衰記に比較的近似している延慶本・長門本と、性格の異なる語り本系の覚一本とをとりあげて、盛衰記を基準として記事内容の異同を概観したものである。（使用した底本は以下の通り。源平盛衰記＝慶長古活字本　延慶本＝汲古書院刊影印　長門本＝国書刊行会翻刻　覚一本＝日本古典文学大系）

一、ゴチック体は章段名を示す。

一、［　］内は本文中の日付を示す。

一、下欄の記号の○×は該当記事の有無を、その上下の数字は記事の順序を表わす。（◎＝盛衰記と同内容ながら詳細である。●＝同じ事柄を扱うが異なる内容を持つ。×＝該当する記事がない。）

一、矢印は記事の位置が異なることを表わす。⊙は、記事の前半、後半など、一部分の位置が異なることを表わす。見開き頁を越えて位置が異なる場合は頁を数字で示した。本冊の範囲を越える場合は、前出・後出のように示す。

なお、他の諸本については左記の書の巻末にある対照表に譲ることとした。

『平家物語の基礎的研究』渥美かをる　三省堂　昭37
　＊読み本系・語り本系の二十二種の諸本

『平家物語研究辞典』市古貞次編　明治書院　昭53
　＊覚一本・屋代本・延慶本・四部合戦状本

源平盛衰記	延慶本	長門本	覚一本
〈巻第三十一〉	〈第三末〉	〈巻第十四〉	〈巻第七〉
木曽登山	**木曽送山門牒状事** 付山門返牒事	**木曽山門ヱ捧牒状事**	**主上都落**
義仲、天台山に登る	○	○	○
	平家送山門牒状事	**平家山門ニ牒状ヲ事**	
勢多軍	**肥後守貞能西国鎮メテ京上スル事**	**薩摩守親頼事**	
勢多での合戦	×	×	×

	惟盛北方事（別離の悲しみとなれそめ）	佐渡左衛門尉重実事	
	大臣殿女院ノ御所へ被参事		
鞍馬御幸	法皇忍テ鞍馬へ御幸事	法皇鞍馬寺ェ御幸事	
北面、平家の都落を院へ奏上	●	●〔7・24〕	×
法皇、鞍馬へ御幸〔7・24〕	●	●	○
宗盛、女院御所へ参向	●	●	○
秀康、法皇の不在を宗盛に報告	○〔7・25〕	○〔7・25〕	○〔7・24〕
平家都落	平家都落ル事	平家都落給事	
主上、建礼門院、三種神器とともに都落	●（六波羅落首）	●（六波羅落首）	○
平家一門の邸宅炎上	●	●	○
摂政近衛殿、都に残留するにあたり、春日明神示現	●（和歌）	●	●（和歌）
維盛惜妻子遺	惟盛与妻子余波惜事		維盛都落
維盛へ行幸の一報届く	○	○	×
北の方との馴れ初め	○	○	×
妻子との別れ	⊙	⊙	○
悉達太子の挿話	×	×	×
斎藤兄弟の残留	○	○	○
宗盛の繰り言	○	○	●（知盛）2
畠山兄弟賜暇		池大納言都ニ留給事	聖主臨幸
畠山兄弟、都へ戻る	●（朝綱）	●（朝綱）	●（朝綱）
小松一門到着	○	○	○ 4

源平盛衰記			
経正参仁和寺宮			忠度都落
経正、仁和寺へ参る	○	○	経正都落　○
青山琵琶　流泉啄木			
青山琵琶の由来	○	○	青山之沙汰　○
龍泉啄木の由来	×	×	×
別離にあたっての和歌の贈答	●	●	●
景家、孫を残しての都落	×	×	×
平家名寄	○	○	一門都落　5 ○
頼盛落留	頼盛道ヨリ返給事		2
頼盛、都に引き返す	●（抜丸）	●	1・3 ⊙ 5 4
	近衛殿道ヨリ還御ナル事	朝綱重能有重被免事	
貞能参小松殿墓	筑後守貞能都へ帰リ登ル事		
貞能、行幸に出会う	○	○	○
貞能、帰京し重盛の墓に詣でる	○	●	○
小松大臣如法経			
墓前での夢	×	×	×
王哀の孝養譚	×	×	●（供養のみ）
貞能出家し、重盛の菩提を弔う	×	×	×
頼盛の狼狽	○	○	○
頼盛を批判する落首	○	×	×
〈巻第三十二〉			
落行人々歌			福原落
都落する人々の家族への思い	○	○	○

354

盛衰記			
落行人々の歌	6 ●	3 ●	●
	薩摩守道ヨリ返テ俊盛卿ニ相給事		
忠度、俊成に歌を託す	●	●	○
内裏女房との挿話	○	×	×
	行盛ノ歌ヲ定家卿入新勅撰事		
行盛、定家に歌を託す	○	○	×
	経正仁和寺五宮御所参スル事		
	付青山ト云琵琶ノ由来事		
	平家福原仁一夜宿事　付経盛ノ事		
刈田丸討恵美大臣	恵美仲麻呂事　付道鏡法師事		
恵美大臣、討たれる	●	○	×
円融房御幸	法皇天台山ニ登御坐事　付御入洛事		
法皇、天台山へ御幸	○ ―〔7・25〕	○〔7・25〕	1 ○
義仲行家京入			
義仲・行家、入京〔7・26〕	○〔7・28〕	○	3 ●（行家のみ）
法皇自天台山還御	義仲行家仁可追討平家之由仰ラルヽ事		
法皇、天台山より還御〔27〕	○〔7・28〕	○〔7・28〕	2 ○〔7・28〕
義仲、行家、院御所へ〔28〕	○〔7・29〕	○〔7・29〕	4 ○
院御所にて議定	×	×	×
院庁下文	×	×	×
義仲、行家、勧賞勅問	×	×	×

353

福原管絃講			
福原の風情	4 ○	4 ○	2 ○
二位殿、宗盛の訓戒	7 ○	2 ○	1 ○
清盛の墓前にて忠度の詠	1 ○	1 ●（歌なし）	×
福原管弦講演奏者と楽器の紹介	×	×	×
大樹緊那羅の説話	×	×	×
音楽陀羅尼	×	×	×
経盛、笛秘曲	2 ○	×	×
能方との経盛の別れ	6 3 ○	×	×
平家の人々乗船、福原落	○	5 ○	3 ○
京中保々守護のこと〔8・1〕	5・8 ○〔8・1〕	×	×
四宮御位	**新帝可奉定之由評議事**	**高倉院王子御位ニ可付給事**	〈巻第八〉 **山門御幸**
公卿僉議	● **京中警固ノ事義仲注申事**	○	×
	〈第四〉 **高倉院第四宮可位付給之由事**	〈巻第十五〉 **高倉院四宮御即位事**	
四宮選定、範光の功労〔8・5〕	○	○	⊙—（落首）
信隆卿、白鶏を飼うこと	×	×	●
義仲、北陸宮を推挙〔8・14〕	○〔8・14〕 356	○ 356	○ 356
	平家一類百八十余人解官セラル丶事	**惟仁親王御即位事**	**名虎**
		恵良和尚砕脳事	
維高維仁位論			
維高・維仁、位争い	○ 356	**柿下紀僧正真済事** ●	356 ○

阿育王即位			
阿育王、即位のこと	×	×	×
義仲行家受領	〔8・6〕		
平家一門解官〔8・6〕	●（解官された者の名簿あり）	**義仲行家任官事**	
		×	○〔8・16〕
	惟高惟仁ノ位諍事		
	源氏共勧賞被行事		
法皇、南殿へ移る〔8・10〕	○	○〔8・10〕	×
除目のこと〔8・10、16〕	○	○	○〔8・10〕
平家著太宰府	**平家人々詣安楽寺給事**	**平家太宰府着給事**	
平家一門、大宰府着〔8・17〕	●（在原業平の和歌）	○〔8・17〕	○〔8・17〕
安楽寺参詣、経正の詠	○	**平家宇佐宮参詣事**　○（歌）	●（重衡）
北野天神飛梅	**安楽寺由来事　付霊験無双事**		
北野天神の飛梅説話	●	×	×
	平家人々宇佐宮へ参給事		
	宇佐神官カ娘後鳥羽殿へ被召事		
還俗人即位例	**四宮践祚有事　付義仲行家ニ勲功ヲ給事**		
四宮即位等についての議定〔8・18〕	○	×	×
没官領、義仲、行家へ〔8・18〕	○	×	×
四宮践祚〔8・20〕	○	○〔8・24〕	○〔8・20〕
本朝の帝位空位の例	○	×	×
還俗の国王	○	○	○

〈巻第三十三〉			
太神宮勅使 後白河院、伊勢へ勅使を立てる	○	○〔9・2〕	○〔9・2〕
〔9・2〕			
尾形三郎責平家	**平家九国中於可追出之由被仰下事**	**平家被追出太宰府事**	**緒環**
平家、筑紫に皇居を構える	○	○	○
頼経、平家追討を惟義に下知	○	○	○
惟義の先祖惟基の誕生譚	**伊栄之先祖事** ○	**緒方三郎惟能事** ○	○
惟村、使者として平家へ	**尾形三郎平家於九国中ヲ追出事** ○	○	**太宰府落** ○
平家太宰府		**平家山鹿城着給事**	
大宰府を落ちる	○	○	○
山鹿城を経て柳浦到着	○	**柳御所着給事** ○	○
忠度「都ナル」の歌	○	●	×
平氏参宇佐宮歌 平家、宇佐宮参詣、歌を詠む	⊙ ●	⊙	●
清経入海	**左中将清経投身給事**	**小松左中将清経入海事**	
清経、契りし女房との挿話	○	×	×
清経入水	○	○	○
九月十三夜歌読 名月の夜、平家、歌を詠む	○（山鹿城にて）	○（山鹿城にて）	●
同著屋島	**平家九国ヨリ讃岐国ヘ落給事**	**平家屋島着給事**	
平家、屋島に皇居を構える	○	○	○
成能、平家のもとに参じる	○	○	○

時光辞神器御使 時光、三種神器返還の使者役を断る	○	●	×
頼朝征夷将軍宣 頼朝、征夷将軍の宣旨	**兵衛佐蒙征夷将軍宣旨事** ○	**頼朝征夷将軍宣旨事** ○	**征夷将軍院宣** ○
康定関東下向〔9・4〜25〕 康定、征夷将軍の院宣を携え関東下向、後日鎌倉の様子を語る	**康定関東ヨリ帰洛シテ関東事語申事** ○〔9・4〜27〕	○〔9・4〜27〕	⊙〔〜10・14〕
院宣請け文	○	●（文なし）	**猫間** ×↑
行家、西国追討停止〔9・15〕	×	×	×
	文覚ヲ便ニテ義朝ノ首取寄事		
光隆卿向木曽許 猫間中納言、義仲を訪う	**木曽京都ニテ頑ナル振舞スル事** ○	**猫間中納言事** ○	○
木曽院参頑 義仲、車暴走	○	**木曽乗車院参事** ○	○
水島軍 平家と源氏、水島にて向き合う	**水島津合戦事** ○	**水島合戦事** ○	**水島合戦** ○
水島合戦〔閏10・1〕	○〔10・1〕	○〔閏12・1〕	○〔閏10・1〕
斉明被討 斉明、斬られる	○	○	×
木曽備中下向〔閏10・4〕 兼康を先達に義仲、備中下向	**兼康与木曽合戦スル事** ○〔閏10・4〕	**妹尾太郎兼康合戦事** ○〔閏10・4〕	**瀬尾最期** ○
兼康討倉光 兼康、偽って倉光を討つ	○	○	○

同人板蔵城戦			
義仲軍、兼康を追う	○	○	○
兼康、兼通父子の最期	○	○	○
行家依謀叛木曾上洛	室山合戦事　付諸寺諸山被成宣旨事　付平家追討ノ宣旨ノ事		室山合戦
行家、義仲に反旗を翻す	○	○	○
室山合戦			
行家、平家と戦う	○	室山合戦事 ○	○
木曾洛中狼藉	木曾都ニ天悪行振舞事　付知康ヲ木曾ヵ許ヘ被遣事	義仲押寄法住寺殿事	鼓判官
義仲、京にて狼藉を働く	○	○	○
落首	○	○	×
〈巻第三十四〉			
木曾可追討由	木曾可滅之由法皇御結構事		
知康、院の使いとして義仲のもとへ	●	●	○
院、木曾追討を命じる	○	○	○
同人怠状挙山門	木曽怠状ヲ書テ送山門事	木曾遣怠状於山門事	
義仲、山門に怠状を送る	○	○	×
法住寺城郭合戦	木曽法住寺殿ヘ押寄事		
法住寺殿に兵、集まる	○	○	○
周の武王と殷の紂との戦い	○	○	×
漢の高祖、危機を逃れる	○	○	×
義仲、今井・樋口の諫言を退ける	○	○	○
知康、築地の上での振る舞い	○	○	○

合戦〔11・19〕	○〔11・19〕	○	○
知康ら逃走	○	○	○
明雲八条宮人々被討			
明雲・八条宮、討たれる	○	○	○ 4
御室脱出	×	×	×
院、五条内裏へ逃げ込む	○	○	○ 6
主上、閑院殿へ逃げ込む	○	○	○ 7
加賀房、討たれる	○	○	○ 8
仲兼、摂政近衛殿に追い付く	○	○	● 9
頼直、討たれる	○（頼成）	○（頼成）	×
雅賢、生け捕られる	○	○	○ 3
信行、焼死	○	○	● 2
近業、討たれる	○	○	○ 1
頼輔、裸にて兄の宿所へ行く	○	○	○ 5
	木曽六条川原ニ出テ首共懸ル事		**法住寺合戦**
六条河原梟首〔11・20〕	○〔11・20〕	○〔11・21〕	○
行清、明雲と八条宮の首を高野へ納める	○	○	×
二僧のこと	×	×	×
信西相明雲言	**宰相修憲出家シテ法皇御許へ参事**		
信西、明雲の人相を占う	×	×	×
前唐院座主の次第	×	×	○（前出巻第二「座主流」）
修憲、出家し、院を訪う	○	○	○
今井、義仲をたしなめる	**木曽院御厩別当ニ押成事** ○	○	●（覚明）

師家、摂政となる〔11・21〕	松殿御子師家摂政ニ成シ給事○	○〔11・21〕	○
義仲、基房の娘婿となる	×	×	○
四十九人止官職	木曾公卿殿上人四十九人ヲ解官スル事		
四十九人解官〔11・28〕	○〔11・28〕	○〔11・28〕	○〔11・23〕
公朝時成関東下向	宮内判官公朝関東へ下事		
公朝と時成、義仲の狼藉を訴えに熱田滞在中の範頼・義経のもとへ	○	○	○
公朝、鎌倉下向	○	○	○
知康、頼朝に謁見、芸能を披露	知康関東へ下事　付知康関東ニテヒフツク事　○	○	●
範頼義経上洛			
範頼、義経、義仲追討のため上洛と披露	兵衛佐山門へ牒状遣ス事　○	○	○
頼朝遣山門牒状		頼朝遣牒状於山門事	
頼朝、山門に牒状を送る〔12・21〕	○〔12・21〕	○〔12・22〕	×
義仲、平家に講和を求めるものの成立せず	木曾八島へ内書ヲ送ル事　●	●	○
維盛、妻子を思い悲嘆にくれる	惟盛卿古京ヲ恋給事　○	○	×
木曾内裏守護	木曾依入道殿下御教訓ニ法皇ヲ奉宥事		
木曾、基房の言葉に従い、解官した人々を許す	○	○	○
院、業忠の家に移る〔12・10〕	法皇五条内裏ヨリ出サセ給テ大	○〔12・10〕	○〔12・10〕

362

木曾、除目を行う〔12・13〕	**善大夫業忠カ宿所へ渡セ給事** ○	○〔12・13〕	○〔12・13〕
光武誅王莽葬			
王莽、光武に討たれる	●	○	○
	〈第五本〉	〈巻第十六〉	〈巻第九〉
改元、正月の儀式、事欠く	**院ノ拝礼幷殿下ノ拝礼無事** ○	**摺墨池すきか事** ○	**生ずきの沙汰** ○
平家、屋島にて越年	**平家八島ニテ年ヲ経ル事** ○	○	○
義仲、西国発向を止める〔1・10〕	**義仲為平家追討欲下西国事**〔1・10〕○	○〔1・10〕	○〔1・11〕
義仲将軍宣	**義仲可為征夷将軍宣下事**〔1・11〕		
義仲、征夷将軍の宣下〔1・11〕	○	○	●〈朝日将軍前出巻第八「名虎」〉
兼光、行家と合戦する〔1・19〕	**樋口次郎河内国ニテ行家ト合戦事** ○〔1・19〕	×	×
東国兵馬汰			
関東での評定	×	×	×
東国の兵馬揃え	×	×	×
佐々木賜生唼	**梶原与佐々木馬所望事**		
景季、生唼を望むも、頼朝は磨墨を与える	○	○	○
高綱、頼朝から生唼を賜る	●（歌）	○	○
景季、生唼を見つけ頼朝を恨む	○	○	○
高綱の弁明	○	○	○
象王太子象			
中天竺、象王の挿話	×	○	×

〈巻第三十五〉			
義経範頼京入	**兵衛佐ノ軍兵等　付宇治勢田事**		**宇治川先陣**
入京する範頼、義経軍の交名	●	●	●
義仲の無勢	○	○	×
義経ら宇治進軍、道行き	×	×	×
宇治川の先陣争い	○	**高綱宇治河渡事** ○（→高綱、先陣として宇治川を渡る）	○
熊谷父子の奮闘	●（発心の次第）	×	×
高綱渡宇治河			
鹿島与一の功名	○	○	×
畠山重忠の言葉	○	○	○
高綱、先陣として宇治川を渡る	○	○↑	○
源氏の兵ども宇治川を渡る	○	○	○
根井行親、畠山重忠を射損じる	●	●	●
重忠の活躍	○	○	○
行親の孤軍奮闘ぶり	×	×	×
義経ら、京への行程	×	×	×
木曾、院の臨幸を締め退出	○（→義仲、基房の娘との別れ）	○	**河原合戦** ○
木曾惜貴女遺			
義仲、基房の娘との別れ	○	●（みや腹の女房）	●（名ナシ）
能景ら、義仲を諫める	●（家光のみ）	●（家光のみ）	●（家光のみ）
義仲、敗走	○↑	○	○
義経院参	**義経院御所へ参事**	**義経自関東始て院参事**	
義経、院のもとに参じる	○	○	○
東使戦木曾	**義仲都落ル事　付義仲被討事**	**義仲最後合戦事同頸渡事**	

塩谷兄弟と長瀬官代との一戦	×	×	×
義仲軍の戦い	●	○	○
巴関東下向			**木曽最期**
重忠の参戦	×	×	×
巴、内田家吉を討つ	●	●	●（恩田）
義仲、巴に暇を与える	×	×	○
巴の後日談	×	●	×
粟津合戦			
範頼軍、兼平と一戦を交える	×	×	×
義仲、兼平と再会、奮戦する	○	○	⊙
義仲、兼平の最期	○	○	○
樋口次郎、降人となる	**樋口次郎成降人事** ●	○	**樋口被討罰** ○
木曽頸被渡	**師家摂政ヲ被止給事**		
基通、摂政に還任〔1・22〕	○	○〔1・20〕	○〔1・22〕
義仲らの首、大路を渡される	**義仲等頸渡事** ○	○〔1・26〕	○
落首	●	●	×
兼光被誅			
兼光、斬られる	○	○	⊙
沛公咸陽宮			
沛公、入京の折りの挿話	○	○	○
	義経鞍馬へ参ル事		
〈巻第三十六〉	**義経可征伐平家之由被仰事**	**義経西国下向事**	
一谷城構	**平家一谷ニ構城郭事**		

平家、一谷に城郭を構える	○	○	○
交名	○	○	×
能登守所々高名	**能登守四国者共討平ル事**	**能登守教経所々合戦事**	**六ヶ度軍**
教盛ら、下道郡での戦い	●（下居郡）	●（下居郡）	●（下津井郡）
通盛、教経、淡路国での戦い	○	○	○
通盛、教経、四国での戦い	○	○	○
教経、西宮沖での戦い	○	○	○
教経、園部での戦い	○	○	○
教経、今木城での戦い	○	○	○
福原除目	**平家福原ニテ行仏事事　付除目事**		**三草勢揃**
平家、福原にて仏事を行う〔2・4〕	○〔2・4〕	○〔2・4〕	○〔2・4〕
平家、福原にて除目を行う	○	○	○
将門称平親王			
叙位除目を行った将門の先例	○	○	○
維盛住吉詣　同明神垂跡			
維盛、住吉に詣でる	×	×	×
住吉の縁起	×	×	×
能因と歌枕のこと	×	×	×
忠度見名所々々			
忠度、名所歌枕を廻る	×	×	×
難波浦賤夫婦			
葦刈伝説	×	×	×
維盛北方歎			

維盛と北方の嘆き	●（密かに上洛を計画）	●	○
梶井宮遺全真歌			
梶井宮、全真へ歌を贈る	○	○	○ ↑
福原忌日	**梶原摂津国勝尾寺焼払事**		
院、義経に三種神器の保全を命じる	**法皇為平家追討御祈被作始毘沙門事** ○	○	○ ↓〔1・29〕
源氏、戦評定	**源氏三草山幷一谷追落事** ○ ↑	○	○
忌日にまつわる挿話	×	×	×
源氏勢汰			
院、平家討伐を祈祷	○	×	×
源氏の軍兵の交名	○	○	○
土肥と梶原の対立	×	×	×
義経向三草山			**三草合戦**
義経、戦評定	○	○	○
田代冠者のこと	○	○	○
義経、夜討ちをかけ、平家敗走	○	○	○
教経、三草山に向かう	○	○	**老馬** ○
通盛請小宰相局			
通盛、小宰相との逢瀬	○（女）	○（女房）	○（北方）
清章射鹿			
清章、鹿を射る	○ ↓〈後出〉	○	×
義経、兵を二手に分けて鵯越へ	○	○	○
鷲尾一谷案内者			
	364	364	365

義経、案内者を請う	●（重房）	●	○
鷲尾経春、義経に従う	×	×	●
（異説）多賀久利、鵯越を案内	○	○	×
経春、鵯越を案内	×	×	○
（異説）久利、褒美を賜る	○	○	×
源氏、攻め寄せる	○	○	×
熊谷向大手		**熊谷平山城戸口寄事**	**一二之懸**
熊谷父子、大手に向かう	○	○	○
駿馬を手に入れる挿話	×	×	×
熊谷父子、城戸口に至る	○	**一谷合戦事**　○	○

源平盛衰記㈥　第一期二十七回配本
中世の文学
定価は函に表示してあります

平成十三年八月十日　初版第一刷発行

©校注者　美濃部重克
榊原千鶴
発行者　吉田榮治
製版者　第二整版

〒一〇八-〇〇七三
東京都港区三田三―二―三九
発行所　株式会社　三弥井書店
電話　（〇三）三四五二―八〇六九
振替口座　〇〇一九〇―八―二一一二五番

ISBN4-8382-1027-2　C3391　　第二整版印刷

中世の文学

附録

27

平成13年7月
源平盛衰記(六)
第27回配本

目次

成簣堂文庫蔵『源平盛衰記』写本のこと……岡田三津子　1
北陸宮と嵯峨孫王……………………櫻井　陽子　4

三弥井書店

成簣堂文庫蔵『源平盛衰記』写本のこと

岡田三津子

財団法人石川文化事業団お茶の水図書館成簣堂文庫蔵『源平盛衰記』写本（以下「成簣堂本」と略称する）は、巻三十二巻末に「弘治二天二月日校合了」の識語を有する現存最古の盛衰記伝本である。本文は漢字カタカナ交じり、和歌は漢字ひらがな交じりであり、このような用字の使い分けは他の盛衰記伝本に類をみない。また成簣堂本の本文表記は、現存盛衰記伝本の中では慶長古活字本（以下、慶長古活字本を「古活字本」と略称する）にもっとも近く、漢字とカタカナの使い分けにいたるまで、ほぼ一致している。

古活字本は、無訓無点であり、送り仮名を省く場合も多いため、通読に困難な場合が多いことが早くから指摘されていた。古活字本をいかに訓み下すかが盛衰記の本文研究の重要な課題の一つであった、と言ってもよい。成簣堂本には、難訓漢字に振り仮名が付されていること、文書類に訓点が施されていることなど、盛衰記を「よむ」際に参考とすべき点が多い。

以下、二つの具体例を挙げて、成簣堂本が盛衰記の本文校訂に果たす役割について私見を述べる。

一　周章死―アツチジニ―

成簣堂本巻二十六「入道得病」には、清盛最期の様が次のように記されている。（成簣堂本の本文を掲げ、私に句読点を付す。また古活字本との表記・本文異同箇所に傍線を付し、対応する古活字本の本文を後に示す。ただし、文字の大きさの違い、および古活字本に最初から存しない振り仮名は除外する。以下同）。

①ツヰニ七箇日ト申ニ、悶絶僻地シテ周章《アッチ》死ニ失給キ。馬車馳違、貴賤訇リ騒テ京中六波羅塵灰ヲ立タリ。一天ノ君ノ御事也共②カクシモヤ有ヘキ。オヒタヽシナト云モ不斜。

（古活字本、十三丁表六行目から九行目までに対応）

①ツヰ―終　②カク―隠

注目すべきは、成簣堂本が「周章」を「アツチ」と訓んでいる点である。他の盛衰記伝本では、「周章死《アハテシ》に失給《ウセ》き」（蓬左本）、「あはてしにうせたまひき」（近衛本）、「周章死《アハテジニ》ニ失給キ」（無刊記整版本）等、いずれも「アハテ」とよんでおり、成簣堂本だけが「アツチ」の訓をもつ。成簣堂本の「アツチ」が投げかける問題を、以下に述べる。

熱病の果ての清盛の死は、どの『平家物語』諸本にも描かれているが、その最期を描写することばは諸本によって揺れている。「アツチ死」とするのは、延慶本・覚一本・南都本・長門本・四部合戦状本である。一方、「熱死」、「アツタ死」等とする諸本もあり、語形が一定しない。「あつち」の意味が早くから失われた結果、このような揺れが生じたのであろう、と考えられている。従来、盛衰記の「周章死」は、蓬左本や無刊記整版本に従って「アハテジニ」と訓まれ、「あつち」の原義からは遥かに離れたものと考えられてきた。「周章死とはおかしな語」（岩淵悦太郎氏『国語史論集』一九七七年、筑摩書房。初出は一九三七年七月『国語と国文学』）、「頓死、急死の意だろうが、『あつち』の語義が不明になったための改作である可能性もあろう。」（『四部合戦状本平家物語注釈』二〇〇〇年、和泉書院）、などの指摘もある。

古辞書類によれば「周章」の一般的な訓は「アワテ」であり、成簣堂本に従って「アツチ」と訓むためには傍証が必要である。だが、管見の範囲で、周章を「あつち」と訓んだ例を見いだすことはできない。従って、盛衰記では「アワテ」と訓ませる意識で「周章死」と表記していたのであって、覚一本や延慶本のごとき『平家物語』本文に影響されて「アツチ」の訓が付された可能性も高い。

ところが、成簣堂本は巻二十七にも「悶絶僻地シテ周章死《アハテ》ニ失候畢ヌ」とあり、左訓が「アツチ」である。成簣堂本には、「周章」を「アツチ」と訓む意識が確かにあったと考えてよいだろう。

現時点では、現存最古の盛衰記伝本に二箇所にわたって「アツチ」の訓が存することを指摘するにとどまる。だが、成簣堂本には、「情（ヤサシ）」・「煩（カネ）」・「天河（ウツヲ）」・「資（タバフ）」等、興味深い訓も散見される。「周章（アツチ）」を、盛衰記に特徴的な用字の例として扱う可能性も否定できない、と筆者は考えている。

二　此哥俊成卿哥也

第二の具体例として、巻三十三の一節を以下に示す。都落の後、宗盛が一門とともに宇佐神宮に参籠し、一門衰微の託宣を得て悲しみに暮れる場面である

主上①カクテ渡ラセ給フ上、三種ノ神器②随二御身一御座セハ、サリ共今一度旧都へ還御ナカランヤト③思食ケルニ、此御託宣聞召テハ、御心細ク④思ヒ給ヒ涙クミ給テカク

さりともと思ふ心も虫の音もよはりはてぬる秋の暮かな ⑤此哥俊成卿哥也在二千載集一云々

（古活字本、五丁裏十一行目から六丁表四行目までに対応）

①カクー角　②随二御身一ー随御身
③食ー召　④思ヒ給ヒー思給
⑤此哥俊成卿哥也在二千載集一云々ーナシ

⑤は、傍書として記された和歌の出典注記である。古活字本はこの注記を欠くが、古活字本の元となったテキスト（親本）、あるいはその前段階のテキストには、この注記が存していた可能性が高い。その傍証として、早大書込本にも成簣堂本と同じ位置に同文の注記が存すること、蓬左本には和歌の左注として「此哥俊成卿哥なり千載集に在也云々」とあることを挙げておく。古活字本がこれを欠くのは、親本に本来存していた傍注が、古活字本版行の際に省略されたためであろう。あるいは親本の前段階の書写過程で、傍注が脱落したとも考えられよう。そもそも盛衰記の傍注は、本文と一体化して受け継がれていった痕跡を様々に残しており、この場合もその例に加えてよいであろう。

⑤を除けば古活字本と成簣堂本の相違点は、用字（①・③）、返り点の有無（②）、送り仮名の有無（④）だけとなる。②と④についても、⑤と同様、古活字本の元になったテキスト（親本）に付されていた傍訓・送り仮名が、古活字本版行の際に省略されたもの、とみられる。

右の場合は、成簣堂本を参照せずとも古活字本通読にそれほどの困難はない。しかし、「無跡（古）―無《ナカラン》跡（成）」（巻十三）・「咲クサ（古）―咲《ハレ》クサ（成）」（巻十四）等、成簣堂本の送り仮名が、古活字本を「よむ」際に有用である場合も数多く指摘できる。また、先に述べたとおり、成簣堂本が現存する巻（全四十八巻のうち三十八巻が現存）のほとんどの文書類に傍訓が付されている。

成簣堂本は、現在遡ることが可能な盛衰記本文として古活字本を「よむ」ために有用な情報を、様々な意味で含んだ伝本である。

〔付記〕小考では、成簣堂本と古活字本との対校作業に基づき、本書巻頭の写真との関連で、成簣堂本について私見を述べた。

一九九六年九月から一九九九年十二月にわたって成簣堂本盛衰記を閲覧する機会を得ました。貴重な図書の閲覧をご許可くださった成簣堂文庫に、心から御礼申し上げます。

参考（成簣堂本に言及した拙稿）

「『源平盛衰記』写本考—お茶の水図書館成簣堂文庫本の検討を通して—」（関西軍記物語研究会十周年記念論文集『軍記物語の窓 第一集』和泉書院、一九九七年）
「成簣堂文庫本『源平盛衰記』異本注記の検討」（『軍記と語り物』第三十五号、一九九九年）
「『源平盛衰記』伝本考—出典注記・人物注記の検討を通して—」（『神女大国文』第十一号、二〇〇〇年）

（大阪工業大学一般教育科　助教授）

北陸宮と嵯峨孫王

櫻井　陽子

平家打倒計画は未然に発覚した。以仁王は逃亡するが、流れ矢にあたって絶命する。治承四年（一一八〇）のことである。以仁王には数人の子女がいた。その一人は北国に落ち延び、木曾義仲に救われる。平家物語によれば、北陸宮、また、還俗宮といわれた（巻四。源平盛衰記では巻十五）。平家一門が都を落ちた寿永二年（一一八三）七月以後、義仲は都を席巻し、新帝を立てる際には北陸宮を強力に推す（巻八。盛衰記巻三十二）。語り本系巻四や盛衰記巻十五では、後には嵯峨に住んだことも記される。

北陸宮が義仲に守られ、新帝候補者として擁立されたことは『玉葉』にも詳しい。但し、その後、資料上に北陸宮の行方は杳として知れない。僅かに半世紀後の寛喜二年（一二三〇）七月八日に嵯峨で死亡したことが『明月記』によって知られ、六十年余の失意の人生を我々に仄かに示してくれる。これらは諸注に引用されるところである。

しかし、些か腑に落ちないことがある。もとより、平家物語は歴史的事実をそのままに描くことを主目的とするものではなく、事実を意図的に捩じ曲げていることもあるし、また、原拠資料の誤りや誤写をそのままに引き継いだために、結果的に記述が事実とは異なる場合もある。しかし、現代の読者にはそれらの区別はつきにくい。寧ろ、平家物語を基準として当時を眺めがちである。「殿下乗合」のような大胆な虚構については史実と物語との距離を十分に認識して物語に接するが、細かな箇所は、ともすれば盲目的に平家物語を信じる節がある。物語を読み進めていく上では大した問題でもないのだが……。

北陸宮についてもささやかな疑問が拭いきれない。一旦平家物語の記述を離れてみよう。

北陸宮についての実在を保証してくれるのは『玉葉』、『愚管抄』等である。尤も、『愚管抄』では、「北国ノ方ニハ（略）宮ノ御子ナド云人クダリテオハシケリ」（巻五）と記すのみで詳細はわからない。一方、『玉葉』には以仁王の死後、以仁王の生存説や子息の噂が頻繁に記される。その一つに前述したように、新帝擁立に際して義仲が、「故三条宮御息宮在二北陸一、義兵之勲功在二彼宮御力一、仍於二立王事一者、不レ可レ有二異議一之由所レ存云々」（寿永二年八月十四日条）と言上した記事がある。義仲が以仁王の子息を北陸で匿ったことが事実であることがわかる。これは溯って、前年七月二十九日条、八月十一日条の、讃岐前司重季が「故宮若宮」を連れて北陸道に向かい、越前国に入ったとする記事と連続する。ところで、義仲の主張は兼実を始め、朝廷に拒否される。兼実の掲げる理由としては、「我朝之習、以二継体守文一為レ先、高倉院宮両人御坐、乍レ置二其王胤一強被レ求二孫王一之条、神慮難レ測」

（八月十四日条）とするものである。つまり、皇位継承の正統性から言っても、高倉院の二人の皇子をおいて北陸宮を推す必然性はないというものである。この後、三人の候補者をめぐって、占いによる決定に委ねることとなる。

　が、『玉葉』には北陸宮が還俗していることについては一切記述がない。この後、文治元年（一一八五）十一月十四日条には、「伝聞、三条宮息、年来被レ座二北陸一之宮〈生年十九歳、雖レ加二元服一未レ有二名字一〉、一昨日入洛、頼朝之沙汰云々」（〈　〉は割書）と、その元服は記すが、やはり出家していたことについては触れられていない。もし北陸宮が一時でも出家していたことを兼実が知っていたならば、還俗の帝の是非について一言触れてもよいのではなかろうか。また、寿永二年八月十八日条には、基房、基通、経宗の意見も記されているが、やはり還俗については触れていない。兼実たちは北陸宮が還俗の身であることを知らなかったのだろうか。義仲がひた隠しにしていたのであろうか。それとも、問題とするほどの事柄でもなかったのだろうか。

　さて、次に北陸宮が登場するのが『明月記』である。「未時許心寂房来、去八日、嵯峨称二孫王一之人〈世称二還俗宮一〉逝亡〈数月赤痢、年六十六〉、以仁皇子之一男云々、治承宇治合戦之比、為レ遁二時之急難一、剃レ頭下二向東国一、為二俗体一而入洛、建久、正治之比、雖レ望二源氏一不レ許、老後住二嵯峨一、以二宗家卿女一為レ妻〈於二心操一者落居之人歟〉、養二申土御門院皇女一、譲二一所之領一云」（寛喜二年七月十一日条。これは、嵯峨に住む孫王と称する以仁王の子息の死を知って記した記事である。この孫王は宗家女を妻としており、定家と少なからず縁があった（定家の姉は宗家の妻となっている。但し、孫王の妻となった女性の母は別人である）。また、心寂房は嵯峨に住み、定家に様々な情報をもたらしている。その人物からたまたま定家の身辺の情報を聞きつけ、関心を寄せたと想像される。定家は孫王の前半生については特に、「還俗宮」のいわれに関心を向けている。以仁王の挙兵の時に、難を逃れるために慌てて剃髪して東国に向かい、その後、還俗して入洛したという。なお、八月三日条に「嵯峨入道孫王」とあるので、生前には再び出家していた。

　宗家は八条院の従兄弟にあたる。以仁王と八条院の緊密な関係からすれば、孫王と宗家女との結婚も理解できる。その他の孫王の後半生についての情報も比較的確かなものと思われる。しかし、孫王の年齢は不審である（以仁王の十四歳の時の子となる）。また、孫王の逃げた「東国」と、北陸宮の逃げた「北国」とは方角が異なる。東国を経由して北国に落ちたのだろうか。或いは、既に半世紀も前のことである。記憶も曖昧になっているのだろうか。また、特に記し留められた東国下向や入洛の経緯は、義仲の入洛や新帝の候補者とされたこと等と関わるはずであるにも拘らず、それらへの言及はない。義仲との関係が記憶に刻まれていれば、「東国」と記すこともなかろう。或いは、義仲との関係は定家の記憶になかったのであろうか。しかし、定家の姉の健御前の記した

『たまきはる』には、新帝即位に関する裏話が載り、義仲の腹立ちを気にかける八条院の言葉が残る。定家が北陸宮についての知識がなかったとも思えない。

確かに、嵯峨孫王が北陸宮である蓋然性は高いと思われる。それにしては、『玉葉』に載る北陸宮の記事と、『明月記』に載る孫王の記事が、以仁王の子息という以外には重なる要素がないことが気にかかる。定家は北陸宮についての詳細を知り得た環境にあると思われるにも拘らず、何故、孫王の死亡記事に関して、心寂房からの曖昧な情報を書き付けるに留めたのだろうか。果たして、定家は、嵯峨孫王を北陸宮と認識していたのだろうか。

現在はこれ以外の資料はなく、俄かに結論は出せない。が、平家物語の記事を無前提に扱い、『明月記』の記事を北陸宮に直截にあてはめるには些かためらいが残る。ご教示を乞うところである。

（熊本大学教育学部　助教授）

校注者紹介

美濃部重克　一九四三年、堺市生れ。一九六九年、大阪大学大学院博士課程中退。南山大学教授。中世散文文学について研究。
主著『金撰集』（古典文庫　西尾光一氏と共校　一九七三年）『閑居友』（中世の文学　三弥井書店　一九七四年）『室町期物語（二）』（伝承文学資料集　田中文雅氏と共校　三弥井書店　一九八五年）『中世伝承文学の諸相』（和泉書院　一九八八年）ほか。

榊原千鶴　一九六一年、名古屋市生れ。一九八四年、南山大学文学部卒業。一九九五年、名古屋大学大学院文学研究科博士課程満期退学。一九九九年、名古屋大学より博士（文学）取得。名古屋大学大学院文学研究科助手。
主著『平家物語　創造と享受』（三弥井書店、一九九八年）
主要論文「安徳天皇異聞—近世後期にみる『平家物語』享受の一端—」（『国語と国文学』一九九七年一月）、「牢人神戸良政の著述活動—近世初期にみる『平家物語』享受の背景—」（『国語国文』一九九八年五月）ほか。